Albert von Trentini

Goethe

Der Autor

Albert von Trentini - Geb. 10.10.1878 Bozen/Südtirol;
gest. 18.10.1933 Wien.

Nach dem Jurastudium arbeitete der aus alter Trientiner
Adelsfamilie stammende Sohn eines Gerichtsbeamten im
Wiener Innenministerium und brachte es bis zum
Sektionschef. In den 1920er Jahren war er eines der
aktivsten Mitglieder des konservativen »Kulturbundes«,
1931-33 dessen Präsident.

Albert von Trentini

Goethe

Der Roman von seiner Erweckung

edition mabila

Erstveröffentlichung 1923

edition mabila
Reihe „Europäische Klassiker"
© 2012. Alle Rechte vorbehalten.
ISBN 978-1-4716-4848-9

Erstes Buch

Mauer

Serenissimus war vor einigen Wochen plötzlich und hartnäckig wie immer auf den Einfall gekommen, ein Reglement über den Geschäftsgang bei der hochpreislichen Landesregierung in Weimar zu erlassen. Serenissimus hatte dem bleichen Geheimerate, der jetzt zwischen den Geheimeräten Schnauß und Schmidt, gegenüber dem wirklichen Geheimerate und Staatsminister Freiherrn von Fritsch saß, seine höchstpersönlichen Notizen zu diesem Einfall übergeben. Serenissimus hatte weiters eben demselben bleichen Geheimerate das Referat zur Sache in hochdero geheimem Consilio anvertraut. Dieses Referat war eben abgehalten worden. Hatte geschlagene drei Stunden gedauert. Die Paragraphi waren auf das Sorgfältigste durchberaten, die Bemerkungen der drei Herren Geheimeräte, wie Vorschläge zu Korrekturen, Amendements und Umstellung verschiedenen Paragraphorum gewissenhaftestes niedergelegt, und übrigens auch die Äußerungen der, gegen jede Gewohnheit, zur Abgabe ihrer Wohlmeinung einberufenen Herren Regierungspräsidenten von Weimar und von Eisenach und des ältesten Herrn Rates der landesherrlichen Kammer zu Weimar pünktlichst angemerkt worden.

Nun schlug die Uhr der Schloßkirche drüben halb sechs.

Die Herren Geheimeräte und, sogleich nach ihnen, die drei Herren Zugezogenen hoben die Häupter um einen Zoll höher in die graublaue Conseilstubenluft; in der letzten Viertelstunde hatte müdes, nachprüfendes Schweigen geherrscht.

»Darf ich sonach feststellen«, fragte endlich der referierende Geheimerat, »daß der Entwurf angenommen ist?«

»Herr Geheimerat sehen heute geradezu beängstigend aus«, sagte der Staatsminister von Fritsch über die grüne Öde des Tisches herüber. »Fehlt Ihnen etwas?«

Der referierende Geheimerat lächelte prompt. Aber dabei wurde sein Gesicht nicht röter. »Mir liegt sehr an der Sache.« Sein Auge, zusammengekniffen, als ob der Blick schmerzte, lief in den Regen hinaus, der vor den Fenstern grau niedertroff; kehrte entschlossen wieder zurück und heftete sich auf die glatte, bewundernswert konservierte Miene des Herrn Staatsministers. »Ist der Conseil also einverstanden?«

Der Herr Staatsminister – er hatte etwas Unnahbar-Würdehaftes, wenn er die Lippen aufeinanderpreßte – wandte sich zu den Fenstern hinüber, zwischen denen die drei Herren Zugezogenen saßen, und fragte hochmütig. »Haben die Herren vielleicht noch etwas zu bemerken?«

Keine Minute später verschwanden der Regierungspräsident Bechtoldsheim, der Regierungspräsident Schmied und der Kammerrat Büttner, nach ergebenen Verbeugungen, durch die weiße Tür des Conseilsaales.

»In der Sache völlig einverstanden«, sagte nun der Herr Staatsminister, und die Herren Geheimeräte Schnauß und Schmidt nickten zustimmend. »In puncto formali – im Stil – wünschte ich allerdings, gewissermaßen, etwas mehr Tradition. Er ist, um nicht mehr zu sagen, salopp.«

»Serenissimus befahlen aber ausdrücklich . . . .«

»Ich weiß! Ich weiß!« Der Herr Staatsminister trug drapfarbenen Frack und drapfarbene Weste; er war stark und groß und Drap machte ihn noch stärker. Dazu regte er sich jetzt auf. »Aber Herr Geheimerat sollten da wohl, denke ich, Ihren hochmögenden Einfluß auf Serenissimum ausüben, damit aus einer landesherrlichen Verordnung nicht, unter Umständen, etwas werde, was einem Gedichte in freien Rhythmen verdammt ähnlich sieht!«

»Ich bin derselben Meinung«, hüstelte der Geheimerat Schmidt. Dieser war schmal, er stak im schwarzen Kleid und saß mit gekrümmtem Rücken. »Der Stil ist famos, – nichts zu sagen! – aber *zu* ungewöhnlich!«

»Ja!« ließ sich die tiefe, biedere Stimme des Geheimerates Schnauß vernehmen. Er spielte, den Kopf tief in das grüne Tuch niedergebeugt, mit der Lorgnette. »Bin ich auch gewiß kein Feind freierer Gedanken in neuen legislativen Arbeiten, – eine gewisse Festhaltung der nicht grundlos in allen amtlichen Enunziationen konsequent bewährten Diktionen scheint auch mir nötig.«

»Serenissimus kommt immer wieder auf diesen Punkt zurück!« begehrte der referierende Geheimerat auf; nun ward sein Gesicht ledergelb. »Er haßt den verholzten Kanzleistil wie der Teufel die Seele!«

»Im öffentlichen Dienste entscheiden nicht persönliche Geschmacksurteile!« sprach der Herr Staatsminister unbekümmert aus. Er anerkannte die fabelhafte Fähigkeit des referierenden Herrn Geheimerats, sich in die heterogensten Materien einzufühlen, seine strenge Auffassung von Pflicht und seine unerschöpfliche Arbeitskraft. Aber: dieser Mann war sozusagen als grüner Junge in den Conseil gekommen! Jeweils ein Klopferchen aufs Dach schadete ihm also nicht. »Im übrigen dürfte es mir ebenso leicht gelingen, Serenissimum bei der nächsten Gelegenheit von unseren Bedenken zu überzeugen, als es Ihnen, Herr Geheimerat, – bei Ihrer agilité im Schreiben – Kinderspiel sein wird, den Entwurf in etwas gesetztere, autoritativere, ponderösere, – mit einem Wort: angemessenere Formen zu bringen. – Haben die Herren noch andere Referenda?«

Ja! Schnauß hatte fünf, Schmidt sieben Vortragsakten. Mit der zeitverachtenden Gründlichkeit der Bürokraten, die Essen, Trinken, Schlaf, Familie, – das Leben überhaupt vergessen, sobald sie einen Akt vor sich haben, legten sie sie dar: Bagatellen, von unerbittlicher Gewissenhaftigkeit in Folianten ausgequetscht.

Und ruhten nun. Erleichtert in die Sessel zurückgelehnt, die geschlossenen Akten vor dem zufriedenen Blick; die Hände unter den adretten Krausen adrett gefaltet.

»Herr Geheimerat – nicht auch ein Stück?«

»Nein.«

»Hm.« Der Herr Staatsminister räusperte sich. Noch einmal. Nahm dann aus dem Täschchen rechts im Frack die Silberdose. Öffnete sie mit wohlerwägenden Fingern und griff die Prise. Die braunen Körnchen, die aufs Jabot gefallen waren, entfernte er mit diesen wohlerwägenden Fingern wie mit der Pinzette. »Im großen Ganzen kann man sagen« – drittes, geräumigstes Räuspern – »geht es doch langsam aufwärts jetzt!« Gewiß sei noch Vieles zu tun. Nichts und nirgends locker zu lassen. Das schwer Errungene beharrlich festzuhalten. Der Sinn des Fürsten immer wieder den Bedürfnissen des Landes anzuzwingen. Die Bevölkerung auf jede Weise zum Vertrauen auf die liberalen Absichten der Regierung zu erziehen. Die Beamtenschaft an strenge Disziplin zu gewöhnen. Die Grenze nicht zu übersehen, bis zu welcher zu wirken möglich sei, aber auch nicht untätig verzagt zu werden vor dieser Grenze. »Die vier Territorien des Herzogtums gleichen sich mählich einander an . . .«

»Sehr richtig!« lispelte Geheimerat Schnauß.

»Die Stände sehen langsam ein, daß, was des Fürsten ist . . .«

»Des Fürsten sein muß!« unterbrach fest und feierlich Geheimerat Schmidt.

»Jawohl! des Fürsten ist. Die Kammer . . . .«

»Ist in Ordnung!« warf blitzschnell der bleiche Geheimerat ein.

» . . . . kommt mit der Zeit in Regeln. Die Kriegskommission . . . .«

»Ist in Ordnung!« warf zum zweitenmal der bleiche Geheimerat ein.

»Die Wegebaudirektion . . .«

»Ist in Ordnung!« erklärte zum drittenmal der bleiche Geheimerat.

Der Herr Staatsminister lehnte sich zurück; ließ seinen grauen Blick – diesen Blick, der sämtliche Persönlichkeiten des Herzoghauses bis hinab zu den nascituris ebenso restlos und lückenlos durchdrang wie jeden Winkel des Landes Weimar, des Landes Eisenach, der Jenaischen Landesportion und der Hennebergschen Erbschaft – lange auf der gallgelben Miene des bleichen Geheimerates verweilen. Kein Zweifel! Er anerkannte den Mann dieser Miene; in vollem Maße. Aber gegen Antipathien ist nicht zu streiten! »Das Land ist den verehrten Herren ewig Dank dafür schuldig«, sagte er endlich – aber nur Schmidt und Schnauß verneigten sich, denn nur nach links und rechts war dieses Lob geflossen – »dafür, daß Sie in unermüdlicher Aufopferung stets nur das Beste, das Abgewogenste wollen und vorkehren; sich, so möchte ich sagen, ohne jedwedes Schielen nach Fürstengunst und personalem Vorteil den aufreibenden Geschäften hingeben und . . . . kurz und gut! Tatsächlich kann denn auch bemerkt werden, daß, zum Beispiel, die mannigfachen Maßnahmen der vortrefflichen Generalpolizeidirektion . . .«

»Des hochzuverehrenden Oberkonsistoriums!« erlaubte sich Geheimerat Schnauß ergebenst beizufügen.

»Auch dieses. Aber selbst die Lokalbehörden, ja sogar die Landschaftskassendirektorien beginnen Morgenluft zu wittern.«

»Wie fein gesagt!« lächelte Geheimerat Schmidt in wonnigem Entzücken.

»Ja!« Der Brustkasten des Herrn Staatsministers hob sich, die Krause des Jabots ward gebläht, die Wangen bekamen Schimmer. »Es ist doch ein Hauch von neuem Geiste, – von universalerer Ordnung, bewußterer Einfühlung, tieferem Zusammengehörigkeits- und Verantwortlichkeitsgefühl zu spüren.« Jäh erhob er sich. Der bleiche Geheimerat hatte auffallend laut gehustet. »Herr Geheimerat scheinen anderer Ansicht?«

Im Nu verwandelte sich der Angeredete. Feuerrot wurde er. Daß der Stuhl laut ächzte, richtete er sich auf. Riß hoch das Haupt empor. Den rechten Ellbogen stemmte er hart in den Tisch. Das Auge, nimmermehr zu bändigen, durchbohrte mit Pfeilblick, nacheinander, jeden der Dreie. Soll ich noch einmal, schien es dabei zu überlegen, all das, was da an Schwarzsucht, Ekel, Widerwille, Galle und Ohnmacht in mir aufgespeichert ist, – soll ich es noch einmal hinunterwürgen? Oder? Da sprach er schon. Nein! Er sei nicht anderer Meinung. »Ich bin ganz Ihrer Meinung!« Und weil der Spund nun aus dem Faß geschlagen war, die Wollust der Explosion schon den Dampf verklärte, ward seine Gestalt mit einemmal gelöst. Strotzte das Auge, endlich entladen, von Lebensfeuer. Entspannten sich die Züge. Sank von den Gliedern jede Steifheit. »Ich sehe nur auch die Kehrseite, das Aber.«

»Das sehe ich auch!«

»Exzellenz sprach wohl davon?« hauchte Schnauß.

»Gewiß. Ich aber sehe es anders! Natürlich: ein Staat, und wäre er auch der kleinste, wird nicht in einem Menschenalter hochgebracht. Ich diene kaum elf Jahre. Und auch ich bin noch nicht ganz ohne Hoffnung. Nicht ganz unzufrieden. Nein! Aber wenn ich zurückblicke . . . .«

»Aus welchem Anlaß?«

Schwelgend im innersteigenen Geheimnis verzog sich der schmale Mund. »Ich bin ein Mensch der Bilanzen. Der Übersicht; wenn Sie wollen, der Tabellen. Und ziehe ich nun die Summe des bisher für diesen Staat Mitgeleisteten . . .«

»Ein Staat ist keine Person! Auch keine Statue! Kein Drama!«

Der Losgelassene jedoch war nicht mehr aus der Fassung zu bringen. Wild fuhr die Hand, auf einmal so beweglich, im Takt der ausgeschleuderten Worte durch die graue Luft. »Ich sehe, auf der einen Seite: Schweiß, redlichen, rechtschaffenen, ehrlichen, von uns allen Tag und Nacht, ohne Unterlaß, bei zusammengebissenen Zähnen vergossenen Schweiß! Und auf der anderen –: Nichts! Kein wirkliches Ergebnis. Nichts Positives. Halbes nur. Die Erhaltung, höchstens, des status quo.«

»Beispiele, wenn ich bitten dürfte!«

»Mit Vergnügen!« Weit, gierig beugte sich die entfesselte Brust über das grüne Tuch herein. »Das Land ist zu klein, ein Nichts. Als eigener Wirtschaftskörper überhaupt nicht möglich. Die vier Landschaften dazu in beständigem Partikularismus einander gegenüber. Das ewig qualvolle Dilemma: Wie die Steuerschraube bremsen, um die Bevölkerung nicht tot zu pressen, und wie der Kammer genug Geld verschaffen? zu notorisch, als daß ich lange darüber reden müßte. Jeder Landtag ein schmählicher Bittgang des Fürsten, und zugleich eine schmähliche Schlappe der Stände. Die Maximen, mit denen wir regieren, in ganz gleichem Widerstreit! Despotismus soll nicht angewendet werden! Aufklärung wieder – kostet Geld! Wir haben aber niemals Geld, so daß auch das Bescheidenste, was an Reformen durchgeführt werden will, an diesen uneinnehmbaren Mauern scheitert: Kein Geld, weil viel zu klein und zu zerrissen, – und, weil kein Geld, auch keine tüchtigen Beamten und keine mitwirkenden, mitarbeitfähigen Untertanen. Ist denn, um beim Kleinsten anzufangen, die Abschaffung der Feiertage etwa gelungen? Die Einführung von Prämien für geleistete Überarbeit? Haben unsere Vorsorgen für die Ansäung von Klee und Esparsette genützt? Ist's mit dem Tabak- und Krappanbau gegangen? Seitdem der alte Amtmann von Groß-Rudestedt dahin, ist's mit der Maulbeerzucht solenn vorbei. Die Chausseen Weimar-Jena, Weimar-Erfurt vermögen wir nicht auszubauen; wir brauchen die vorhandenen Steine zum Löcherausfüllen in der Stadt. Die Wirkereien in Apolda zu heben, scheint nachgerade aussichtslos. Die Almosenkassen sind umsonst, wenn dem privaten Bettel und den Vagabunden nicht gesteuert werden kann. Die Witwen- und Waisensozietät hat hundert – sag' und schreibe: hundert Mitglieder! Von der Feuerversicherung will man losgezählt sein. Den Impfzwang einführen . . .«

»Um Gotteswillen!«

Mit Leidenschaft fuhr die mitredende Hand zwischen den tödlich erschrockenen Geheimeräten in die Höhe. »Das Sportelwesen der Justiz- und Rentbeamten abzuschaffen, hat selbst das hohe Consilium sich nicht getraut! Und ist etwa aus der Prozeßordnung etwas geworden? Aus unserer kolossalen Konkursordnung? In Sachen der Kirchenbuße Ausreichendes geschehen? Von der Reform des Schulwesens gar nicht zu reden!«

»Die ist in Vorbereitung!«

»Sehr wohl, Exzellenz! Und darum hat ein Landlehrer noch heute ganze siebzehn Taler Jahrgehalt, das Land kein Lehrerseminar, das Gymnasium einen morschen Lehrplan, und ist die Garnisonsschule – die Schule der Kinder unserer glorreichen Armee! – die einzige, in der wir bisher etwas wirken konnten! Fange ich nun aber erst noch mit der Universität in Jena an . . .«

»Gewiß!« Tieftraurig senkte Schmidt den Kopf. »Vier Höfe, die dreinzureden haben!«

»Und Weimar, das sozusagen alleine zahlt!« seufzte bänglich Schnauß.

»Trotzdem!« Geräuschvoll mächtig, zum leiblichen Protest, erhob sich der Herr Staatsminister im Herzogsstuhl; breit legte er beide Hände in den Tisch hinein. »Trotzdem: er malt zu schwarz! Zu finster!«

»Ja doch! Zu düster!«

»Ist denn kein einzig Lichtlein da?«

»Sähe ich nicht auch die Lichter,« – schonungslos durchbohrte Wort und Aug zum zweitenmal die Dreie – »dann säß' ich nicht noch da. Weil ich jedoch noch dasitze, sprech ich's auch offen aus: Ich lasse mich nicht täuschen. Was wir da tun, ist fruchtlos Tun, weil Tun mit unzulänglichen, niemals vollen Mitteln. Der Kampf, den wir da kämpfen, Kampf gegen Wind. Sisyphusarbeit unsere Arbeit. Fortfretten, fortfristen können wir die Bettlerexistenz dieses Kleinstaats. Mehr nicht! Und wenn wir uns den letzten Atem aus der Seele schinden!«

»Hm.«

Auch der Geheimerat Schnauß machte »Hm«.

Nun auch Geheimerat Schmidt, um einen Halbton leiser, machte »Hm.«

Das schöne Haupt des Herrn Staatsministers, daß der Puder flog, lehnte sich nach rückwärts über die Lehne.

Blieb eine Weile lang in dieser Lage.

Dann, fast jugendlich rasch, hob es sich zurück. Leichtfertig beinahe glomm das Auge auf. »Sie sind stumpf gearbeitet, Herr Geheimerat!« sagte er wohlwollend über den Tisch hinaus.

Der wieder bleichgewordene Geheimerat lächelte unbewegt. Er hatte nichts mehr zu sagen.

»Es kommen solche – wenn ich sagen darf, persönliche Stimmungen über jeden von uns; dann und wann.«

Steinern lächelte der bleiche Geheimerat. Er hatte wirklich nichts mehr zu sagen.

»Übrigens, sollten Sie nicht Serenissimo andeuten . . .« Rasch brach der Staatsminister ab: Der Conseildiener Barthner, ein weißhaariger, würdiger, mit Medaillen vollbesetzter Mann, war eingetreten. Auf den Zehen, nach tiefem Bückling, schlich er an den Stuhl des bleichen Geheimerates heran; meldete flüsternd: »Seine Durchlaucht, der Herr Herzog erwarten den Herrn Geheimerat unten im Fürstenhaus.«

»Bitte!« erwiderte der Herr Staatsminister sofort den fragenden Blick von gegenüber. Glut war in sein Gesicht gestiegen. Überschnell erhob er sich. »Wir sind ja ohnedies seit einer Stunde fertig. Ich meinte nur« – zwiespältig trat er, von Schmidt und Schnauß umflankt, vor die Gerufenen hin –: »sollten Sie nicht unserem gnädigsten Herrn zu verstehen geben, daß unsere ›Bettlerexistenz‹ seine Preußenpolitik nicht wohl verträgt?«

»Ich tue, was ich kann.«

»Und was das Reglement betrifft« – gefolgt von Schnauß und Schmidt, trat der Herr Staatsminister in die Tür –: »Sie sorgen für Emendation des Entwurfes?«

»Ich werde pflichtschuldigst referieren.«

Krampfhaftes, starres Abschiedslächeln. Sanft schloß sich der Flügel. Erst als draußen im Korridor die Schritte verklungen waren, verschwand auch der bleiche Geheimerat. Durch die Tapete.

»Ist Götz da?« fragte er im Durchschreiten des langen, schmalen Gemachs, das seine Kanzlei vom Conseilsaal trennte, den Diener.

»Zu dienen, Euer Exzellenz.«

»Er soll herein!«

Götz aber war ein Haustier. Erst nach guten fünf Minuten trat er ein. Als er den Herrn Geheimerat, auf den der Herzog ungeduldig wartete, vor dem ungeschlachten Schreibtisch sitzen sah, im Dämmerlicht des Regenabends, der ohne jede Liebe hereingrinste, war sein Erstes: »Der Herzog marschiert schon seit einer halben Stunde im Garten unten und wartet auf Ihnen.«

»Hast du die Gesellschaft bei mir abgesagt?«

»Jawohl. Der Herr Generalsuperintendent wird aber auch bei Frau von Stein Abendbrot essen«, sagte er.

»Ist Sutor mit den Sachen ins Gartenhaus hinaus?«

»Um sechse schon. Der Fritz ist mit ihm.«

»Kriegt der was zu essen, draußen?«

»Sutor hat Eier und Wurst mit. Aber – der Herr Herzog *wartet!*«

Der Herr Geheimerat sprang auf. Sah den Mann mit blitzenden Augen an, – so lang, bis der abtrat. Dann, wie ein Krüppel, der früher einmal Athlet gewesen, riß er die Arme hoch. Grausen schüttelte den verzweifelten Leib. Hilfesuchend lief der Blick die grauen Wände empor; von den Wänden weg über die grauen uralten Möbel hin; von diesen hinaus in den grauen abgemessenen Himmel; vom Himmel

17

zurück ins eigene Innere, – auch dieses war grau. Dumpf und ohne Strahl senkte sich der Blick auf die Platte des Schreibtisches hinab. Berge von Akten auf ihr. Gestern Abend war sie leer gewesen, – morgen abend mußte sie wieder leer sein. So ging's seit fast elf Jahren! Ohnmächtig begann die Hand zu blättern: Supplik des Kammerhusaren Siebold um allergnädigste Verleihung einer Herberglizenz; wo immer. Befürwortet von Seiner Durchlaucht, dem Prinzen Constantin. Inständige Bitte der Professorswitwe Schultheiß um allergnädigste Gewährung einer huldvollen Gnadengabe: neun Kinder. Einbegleitet vom Koadjutor von Dalberg. Händeringendes Flehen – auf fünf Winkeladvokatenbögen à elf Groschen – der ehemaligen Kammerzofe Ihrer Durchlaucht der Herzogin Witwe um Permeß zur Hochzeit mit ihrer verstorbenen Schwester Gatten unter Verleihung einer herzoglichen Forstgehilfenstelle in Ettersburg; Schrift des Fräuleins von Göchhausen. Wegstreit zwischen der Gemeinde Kaltennordheim und dem Grafen von Werthern-Neunheiligen; mit Visitkarte des Prinzen August von Gotha. Bitte der Schießstandsgesellschaft in Stützerbach um Verleihung des Rechts, in der Vereinsfahne das herzogliche Wappen zu führen.. Rechnungsabschluß des Kammerbauamtes pro 1. Januar bis 1. April 1788. Neukreierung einer Aushilfsdienerstelle am Rentamt in . . . . .

Donnernd: »Was ist?«

Barthner, medaillenklirrend, war wieder eingetreten. »Euer Exzellenz wollen sich gnädigst erinnern, daß Seine Durchlaucht . . . .«

Mitten in den Boden hinab, so, daß es laut aufklatschte und gezüchtigt in seine Blätter zerfiel, ward das Bündel Akten geworfen. »Gib Degen und Hut!«

Zwei Minuten später stieß unten im Toreingang der angejahrte Kandidat der Theologie Meßmer seinen sehr welt-

18

lichen jungen Begleiter, einen Studenten aus Bückeburg, in die Hüften »Das ist er!«

Salzsäule ward der Studiosus: Der bleiche Geheimerat ging steif, erhaben, Gesicht streng geradeaus gerichtet, Weisung Nordnordost, wie ein wandelnder Stein an ihnen vorbei.

Ohne jeden Ton kam es endlich aus der stotternden Kehle: »Das ist Goethe?«

Der Kandidat lächelte vielsagend. Der Herr Geheimerat, rasch nach abwärts schreitend, versank im Dämmer. »Du hast ihn dir anders vorgestellt?«

Der Junge versuchte sich zu erholen. Aber der Blick gehorchte einfach nicht; wie an einer Schnur gezogen, lief er der Gestalt nach. »Er schaut ja aus wie . . . .«

» . . . eine Hofschranze! Jawohl!«

Der Bückeburger begann zu laufen. Der Furor hatte ihn erfaßt. Um alles in der Welt willen mußte er nachrennen. Gierig zog er den Kandidaten hinter sich her. »Wohin geht er nun? Weißt du es?«

»Ins Fürstenhaus, oder ins Palais, oder zu Frau von Stein. Oder nach Hause. Anderen Weg hat er keinen.« Sie jagten geradezu. Der Abend war tief hereingebrochen. Die Stadt, was man von ihr sah an Pflaster, Hauswänden, Dächern, Gassenbäumen, dunkelte armselig, winkelig, unschön, fast häßlich. Es war einfach nicht auszudenken, daß das Weimar war, an einem Junisonnabend-Abend, der grün, golden und blau über viel unberühmteren Städten lag, und daß der Dichter des Werther genau so aussah wie ein x-beliebiger Staatswürdenträger, dem der Hof ein Lineal in den Leib gesteckt und der Aktenstaub das Gesicht gelbgallig gemacht hatte.

»Er sitzt den ganzen Tag im Bureau?«

»Schmiert den ganzen Tag Akten.«

»Und Herder?«

»Predigt Sonntags genau wie jeder andere gottselige Pastor.«

»Und Wieland?«

»Seine zwei Jüngsten haben eine böse Diarrhöe durchgemacht. Er ist heute auf der Suche nach Milch, die von einer trockenheufressenden Kuh kommt.«

»Da ist er wieder!« Wie angewurzelt blieb der Fanatische stehen. Atemlos griff er in den Arm des schon Weiseren, Älteren. »O Gott! Er geht wirklich hinein! Er ist – weg!«

»Das ist das Fürstenhaus!«

Blöde stierte die dunkle Wand des gestaltlosen Hauses die Zweie an. Im Flur, den eine zittrige Öllampe soviel erleuchtete, daß aus der allgemeinen Finsternis das Pechschwarz der Nischen und das nächtige Loch des Stiegenhauses hervorgähnte, verhallte der Schritt des Entschwindenden.

»Was tut er nun drin?«

»Der Herzog wird ihn fragen, ob er ihm nicht ein Gedicht für seine jüngste Amour machen möchte. Es kann aber auch ein altes sein! Oder er ändert eines um!«

Der Herzog tat vorerst etwas Anderes. Er hielt sich den Bauch über den streng gemessenen Bückling – keinen Zoll zu viel und keinen zu wenig! – mit dem Goethe, aus dem Flur in die Bühne des Gartens getreten, vor ihm Halt machte. »Haben sie dich endlich losgelassen, oder bist du ausgerissen?« lachte er unangenehm laut, so, wie Unbeteiligte über den Ärger der Anderen lachen. Aber Goethe antwortete nicht. Stumm ließ er sich auf der weißen Bank an der Hauswand nieder. Das Dach bildete Schirm über ihr und den paar Sesseln und dem Tisch, die da standen. Draußen aber, wohin der müde Blick nun wanderte, fiel aus dem grauschwarzen Himmel der Regen, die Bäume und Büsche tropften ergeben, seufzend sog der Boden ein.

»Na?« stampfte der hübsche Fürstenfuß ungeduldig die Steinplatte.

Aber Goethe antwortete auch jetzt nicht. Das Auge, tief verhaftet dem Chaos des finsteren Gartens, das, so dürftig, kalt und altbekannt es auch war, dennoch anzog, weil es eben Chaos war, pflückte vom hintersten Vorhang der Fliederbüsche die lechzenden Worte ab: »Das Land der Griechen mit der Seele suchend.«

»Sie haben den Entwurf abgelehnt«, sagte er plötzlich mit raschem Augenaufschlag.

»Ich wüßte nichts, was mir gleichgültiger wäre!« lachte Karl August kurz. »Machen wir es eben ex plenipotentia regis! Du bist doch sonst nicht verlegen?«

»Aber müde!«

»Vermehre die Jasager! Will einer einen Orden? Geld habe ich keines!«

»Eben!«

Ungewiß, lange wartend, sah ihn Karl August an. Als Goethe trotzdem, ja wie zum Trotz krampfhaft weiterschwieg, sagte er: »Ich bleibe, soviel Mühe ich mir auch gebe, die Mitgift meiner verdammten Natur abzustreifen, leider doch immer ein Fürst. Abends nach acht will ich von Regierung nichts mehr wissen. Du hingegen . . .«

»Ja – ich!« Bitter wie Galle kam es aus Goethes Munde. »Ich bin noch um Mitternacht Feuer und Flamme dafür!«

»Und versumpfst langsam darin!«

»Scheinbar meine Pflicht!«

»Als ob es für diese Pflicht eines Goethe bedürfte!«

Der Degen an Goethes Seite klirrte. »Sie haben mich in das Amt gesetzt!«

»Aber doch nicht gegen deinen Willen, soviel ich mich erinnere?«

»Ich bin jeden Augenblick bereit«, stieß Goethe heiser hervor, »es in Ihre Hände zurückzulegen!«

»Um dann den Triumph zu genießen, daß der Nachfolger umschmeißt. Und er *muß* umschmeißen! Du hast doch alles so höchst eigenpersönlich Goetheisch eingerichtet, daß ein Müller oder Meier oder Schulze, der nach dir käme, sich die Haare ausraufen müßte, bevor er sein Normalgehirn in deiner Politeia unterbrächte!«

»Ich mache doch nichts allein!«

»Ah ça! Gar nichts? Gar alles!« Sollte der Herr Dichter und Minister nur wieder einmal erraten, wie die Kamarilla, die gegen ihn hetzte, seinem gnädigsten Herrn die Ohren vollsang, und wie sein gnädigster Herr nicht so dumm war, die Diktatur nicht zu spüren, die von dieser sogenannten olympischen Stirn aus das Land und seine Leute – und seinen Herzog beherrschte. »Du bist zum Tyrannen geboren! Das habe ich dir oft schon gesagt! Aber von mir aus magst du es ruhig bleiben« – wütend, weil Goethe bei diesem »magst« jäh aufgezuckt hatte: »also: *sollst* es ruhig bleiben! Mon Dieu! Das ginge mir noch ab, daß auch du Faxen machst und so tust, als wüßtest du nicht, daß ich kein heuriger Hase bin! Deine Verdienste kennt niemand besser als ich . . .«

Blitzschnelle Handbewegung. »Und doch tun Sie so, als ob ich ein Dienstbote wäre, der das weitere Bodenscheuern davon abhängig macht, daß ihm der Herr versichert, er habe es bisher recht ordentlich besorgt! Euer Durchlaucht sind zwar sehr gnädig . . .«

»Laß deine Durchlaucht fahren! Zum Teufel!« Eine zornige Furche legte sich über der noblen Temperamentnase senkrecht in die rotgewordene Stirn Karl Augusts. »Das weiß ich nach elf Jahren Zusammenlebens selber, daß du kein Lakai bist und daß du dir über mich Gedanken machst! Deine Verdienste kennt niemand besser als ich, und sie wären selbst dann inkommensurabel mit dem, was dir mein windiger Hof bietet, wenn du aus geschwollenem Ehrgeiz – als Streber dientest! Ein Regierender kann nur zweierlei Arten von höchstem Diener haben: entweder eine Puppe, die macht, was er anordnet, – und dazu sag' ich: danke! – oder einen Mann, der es besser als er kann und ihn darum um den Finger wickelt! Daß aber in diesem Falle der Herr Regierende merschdendeels die Puppe ist, wirst du nicht bestreiten, und daß er hiebei hie und da löckt wider den Stachel, hoffentlich verstehen. Denn er ist auch ein Mensch! Weil aber einem anständigen Regenten das Land vor ihm selber rangiert . . .«

»Ich habe aber bisher nicht die Empfindung gehabt, daß Sie mich nur deshalb . . . .«

»Ich habe bisher die Empfindung gehabt«, unterbrach ihn Karl August grob, »daß dein Regiment unserem Hause und dem Herzogtum von Segen ist, und mich darum dazu erzogen, in deine Geschäfte nicht dreinzureden. Tu, was du willst, mache, was du willst, meine Approbation hast du, und die Hunde lasse ich kläffen! Das ist meines Erachtens klarer und billiger Standpunkt. Aber diese ewige Miene des Vorwurfs, dieses larmoyante Schweigen . . .«

»Um des Himmels Willen!« Wie Eiter aus geplatztem Geschwüre schossen die Worte aus Goethes ringender Brust. »Was kann ich denn weniger tun als schweigen?«

»Du könntest so viel gelernt haben«, antwortete Karl August ebenso kühl, wie etwa Goethe ihm auf eine solche Frage geantwortet hätte, »um zu wissen, daß das Leben in der Überwindung unwürdiger Schwierigkeiten besteht. Für einen Mann wie dich, wenigstens. Denn du hast dich! Deine Person! Die Anderen nichts! Mache deine Iphigenie einmal fertig! Natürlich!« Geradezu wollüstig: »Du dichtest ja nichts mehr! Schreibst nichts mehr! Immer nur diesen gottverfluchten Aktendreck! Bist du früher je so herumgelaufen, einen Ladestock im Leib und die sieben Siegel auf den Lippen? Wenn ich mich erinnere: was für ein unerschöpflicher Brunnen bist du gewesen! In jedem Finger zu jeder Sekunde zehn Gedichte, vorm Insbettgehen ein Drama, beim Zähneputzen eine Elegie, – und jetzt?«

Schweigen!

Nach langer fruchtloser Pause, lang unsicherem Blick auf den schwarzen Rücken hin, der in unbeweglicher Starrheit wie ein Block im Dunkel gegen ihn aufragte, trat Karl August in den Regen hinaus.

»Sie gehen morgen auf die Jagd?«

Dankbar, sogleich kehrte der Herzog zurück. Liebesuchend, bedürftig legte er beide Hände auf den Block der Finsternis. »Und du begleitest mich? Sag' Ja! Bitte! Endlich einmal wieder!«

Gequält drehte sich Goethe um. Mit einem Blick ohnmächtigen Leidens sah er zu Karl August empor. »Ich möchte ausrasten. Meine Korrespondenz, eine Unmenge von Privatgeschäften, – alles liegt. Ich komme zu nichts! Brauchte einen vollen Monat, um nur wieder einmal aufzuräumen. Wie ein polnischer Student komme ich mir vor.«

Ingrimmig schüttelte der Herzog den Kopf; die auf dem Rücken verschränkten Hände zitterten. »Anstatt einmal in der Woche sich ordentlich auszulüften, sitzt er mit dem Buben im Gartenhaus und seziert Regenwürmer!«

»Mein einziges Vergnügen!«

»Die Regenwürmer?«

Achselzucken.

Stärker ging der Regen jetzt nieder. Seine Tropfen fielen dick; langsam, aber mit entnervender Gründlichkeit. Karl August trat in eine kleine Pfütze. Er wandte das Gesicht himmelwärts: ein Tropfen mußte die Nase treffen! Er traf sie. Er sandte den Blick rundum, erspähte die fahlen Lichter der Nässe, erlauschte die obligate Geräusche. Ja! Obligat! Alles war obligat hier! Er konnte sich vorstellen, auf Grund scheinbar jahrzehntelanger immer gleicher Erfahrung, wie nun die schmutzige Stadt vom Jakobstor herab übers Erfurtertor und, auf der anderen Seite, vom Kegeltor bis zum Frauentor in den Nebeln erstickte, im Naß ersoff. Wie der hochgeborene und der hochwohlgeborene Adel, die Herren Ratsleute, die Bürger, die Handwerker, das Gesinde, das Gesindel in den grauen Stuben hockten, unrettbar eingehüllt in die muffigen Netze ihrer unentrinnbaren Gewohnheiten, die sich wie Uhrräder drehten im ewig gleichen Gehäuse der Jahreszeiten. Und konnte erraten, was sie dabei dachten und nicht dachten; diese Gedanken und Gedankenlosigkeiten durch Jahrhunderte zurück verfolgen und ihnen Jahrhunderte voraneilen –: vom Anfang der Welt bis zum Ende waren sie einander unerbittlich gleich! Und die Würmer aller Gemächer im eigenen Hause fielen ihm ein, im Schloß zu Belvedere, im Schlößchen zu Tiefurt und im Palais seiner Mutter, und die Mienen aller Kammerherren, Hoffräuleins, Kammerhusaren, Jäger, Edelknaben, Lakaien und Dienstweiber, alle diese Mienen aus Stein, Holz, Gips, Tapetenpapier und aus Fleisch und Blut lächelten wie eine einzige, verdammte, und sagten heiser: »Es regnet.« – »Du hast es falsch gemacht!« wandte er sich eckig zurück an den schweigenden Goethe. »In diesem Nest – wenn man schon drinnen leben muß – kann man nur existieren, wenn man den kräftigsten Teil seines Ichs draußen lebt!« Die Schultern gingen hastig empor, zu Fäusten ballte er die Hände. Es gab Stunden, in denen er peinlich deutlich erkannte, daß seine Art zu leben dem Ruf seines Gewissens nicht entsprach. Aber nach jeder solchen Stunde entdeckte der Geist, der sich nicht leicht ein X für ein U vormachen ließ, noch viel deutlicher das: daß er ohne diese Art Selbsthilfe in diesem Nest, das sich für Bethlehem hielt, zum Krüppel verwachsen oder zum Tier sich zurückentwickeln müßte. »Sieh mich an! Ich habe mich darnach gerichtet. Ich esse und trinke und schlafe und regiere in Weimar, – aber, was dabei nicht aufgezehrt wird an Person und Natur, geht« – fanatisch: »hinaus! Oder soll ich mich erwürgen lassen? Und du schiltst mich albern, wenn ich noch immer meine Spässe haben muß? Die mich doch retten! Warum kann ich denn existieren hier? Pfeifen auf die ganze Banauserei? Weil ich frei bin von Weimar, mitten drinnen in Weimar! Du aber erlaubst dir nicht den geringsten Seitensprung. Spinnst dich hier ein, als ob zwischen Schweinemarkt und Ilm das einzig mögliche Zentrum deiner ganzen Person läge. Da bläst man dann freilich Trübsal!«

Aber Goethe, nun starr an die Hauswand gelehnt, in einer Woge von Schmalzgeruch, der niederträchtig erdlich aus der Küche im ersten Stockwerk herabströmte, schwieg hartnäckig weiter.

Mühsam beherrschte sich Karl August noch eine Weile. Endlich, als der Mann da, der ihn kannte wie seine Tasche, scheinbar immer absichtlicher so tat, als habe er nicht lange schon erraten, wo seinen Herrn der Schuh drückte, platzte er ganz einfach los. »Wenn du morgen schon nicht mit mir gehst, – gehe wenigstens im Laufe des Tages zu Louise hinauf!«

Im Augenblick, höhnisch, lächelte Goethe. Aha! Hurtig stand er von der Bank auf. »Was für Aussichten gibt Professor Stein?«

»Es kann in einer Stunde sein, und kann auch erst in drei Wochen sein. Die Kerle wissen ja nichts!«

»Also kann es auch morgen sein?«

Heiß flammte das passionierte Auge auf. »Ich warte seit vier Wochen wie eine geprüfte Hebamme, mein Lieber! Du willst ins Karlsbad und bist auch schon ungeduldig! Aber von einem Tag auf den anderen um den Bau da herumtrippeln und auf einen Prinzen warten, der entweder mit Lebensgefahr seiner Mutter kommt, oder eben nicht kommt . . .« Mit sehniger Hand riß er an der goldgestickten Krause, die glitzernd über den Frackrevers herabrann. »Ich kann nicht mehr! Ich muß hinaus, und wenn es nur für ein paar Stunden wäre. Denn wenn dann die Chose anhebt, vergehen ja doch leicht wieder vierzehn Tage, bevor ich ausbrechen darf. Ludwig von Braunschweig kommt schon übermorgen!«

Fest nahm Goethe den Hut unter den Arm, hob den Degen um einen Zoll. »Vielleicht melden Sie mich für morgen zwölf Uhr bei der Frau Herzogin an? Ich laufe sonst Gefahr, verwundert – oder auch gar nicht empfangen zu werden.«

»*Du* bist es doch, der nie kommt!«

Gewandt schob sich Goethe auf des Herzogs linke Seite und strebte nach dem Flur hin. »Offen gestanden bin ich schon seit langem in Verlegenheit um das Motiv, mit dem ich Ihrer Durchlaucht meine Aufwartung legitimieren soll.«

Karl August ließ Goethes Arm fallen. Groß, weit, aber auch schuldbewußt tauchte das sprühende Auge in das strengbeherrscht kühle.

Endlich, traurig, sagte er: »Es hat sich vieles verändert.«

»Gewiß! Aber nicht meine Ergebenheit für Sie und Ihr Haus!«

Dennoch! Zaghaft nur streifte der getröstete Blick Karl Augusts die gemessene Miene, zu der sich das dionysische Jünglingsgesicht in elf Jahren verwandelt hatte. Ja! Er liebte diesen Mann gleich wie früher. Und umgekehrt. Aber die Kluft, die der Rausch des Sturmes und Dranges nicht gesehen, der feste Wille zu immer vollerer Verschmelzung zweier Herrennaturen übermütig geleugnet hatte, – jetzt war sie nicht mehr zu überbrücken. Am wenigsten mit Worten. »Sie hat dich gern«, sagte er sanft; die Hilflosigkeit über die Wehmut dieser Erkenntnis bebte in seiner Stimme. »Und sie geht zugrunde in ihrer Umgebung. Ich . . .« – eng an Goethe gelehnt, schritt er im trostlosen Angesicht der regenrauschenden Gasse den Flur durch – »finde mich mit ihr nicht. Das weißt du ja. Und sie ist jetzt, natürlich, doppelt empfindsam! Sie bedarf eines Menschen, der ihr irgendwie . . . . der ihr gewissermaßen, . . . denn« – feuerrot wurde Karl August – »ich weiß nicht, ob es ihr von Gotha oder von Dessau her zugetragen wurde oder von weiß Gott welchem Tratschnest, aber sie hat unzweifelhaft Witterung von meinen Dornburger Séjours. Das merke ich genau! Und sie ist wie du weißt, eine eifersüchtige Natur. Und im gegenwärtigen Zeitpunkt . . .«

»Sie jagen morgen in . . . Dornburg?«

Als ob ihn Goethes Augen mitten in seine Augen hinein geschlagen hätten, senkte Karl August das Gesicht. Hob es aber schnell darauf zurück, justament empor in den unerbittlichen Blick. »Ganz richtig! Soviel ich mich aber erinnere, habe ich mich niemals dazu verstiegen, dich zum Paravent von Exkursionen zu machen, die ich nun eben einmal machen muß? Ich möchte also nicht falsch verstanden sein!«

Verbeugung.

Mit voller Absicht übersah sie Karl August. »Aber du bist der Einzige, dem Louise glaubt, daß meine Natur, auch wo sie ihren eigenen Weg geht, eine . . . . keine lumpige ist! Und diesen Glauben muß sie haben in diesen Tagen! Und darum bat ich dich eben: geh zu ihr!« Mit einem hochmütigen Schritt wegtretend vom Freunde, eiskalter Händedruck: »Du gehst Richtung Ackerwand? Gute Nacht!«

Mit Gewalt schob sich Goethe in die Gasse hinaus.

Als er im Hause der Frau von Stein eintrat, zerfloß eine Träne auf den noch fester zusammengekniffenen Lippen. »Spät!« lächelte der alte Bediente, als er ihn wie immer im Vorsaal das Haar zurechtstreichen sah; wie ein müdes Jahrhundert, mit zitternder Hand, hielt er den Leuchter. »Spät, Exzellenz!« Goethe verzog das Gesicht nicht; zwischen erkünstelter Herablassung und Verzweiflung nahm es den Ausdruck eines marmornen Statuenkopfes an. Das Eßzimmer, von dessen rundem Tisch bis auf ein einsames Gedeck alles abgeräumt war, durchschritt er hochaufgerichtet; mit lautem Tritt. In den kleinen Raum gekommen, der, halbdunkel, daranstieß, zögerte er: wer war da? Einen Augenblick später neigte er sich schon tief über die Hand der Frau, die ihn auf der Schwelle empfing. »Herder ist da und Knebel. Aber sie gehen bald!« flüsterte sie ihm eilig zu. Seine Miene erhellte sich. Lächelnd trat er ein. »Schon geboren?« rief ihm Herders rundes Gesicht gleich entgegen. »Ich bin zum événement herübergeritten«, fluchte Knebel – wie ein bäurischer Mönch hielt er die hingestreckte Hand klammerfest in der seinigen – »und reite nun wahrscheinlich rebus infectis zurück!«

Gerne setzte sich Goethe. Rastend begrüßte das Auge die vertrauten Wände, vor denen die trautesten Dinge im heimatlichen Kerzenlicht schimmerten. »Ich bitte um Vergebung«, sagte er plötzlich, als ob ihm plötzlich der Berg von der Brust sänke, »daß ich so spät noch wage . . . .«

»Vor allem anderen müssen Sie essen!« Frau von Stein erhob sich. »Kommen Sie! Wir leisten Ihnen Gesellschaft.«

»Dieser Mensch hat ein Leben!« Rauh griff Herder ihn an, schob ihn, Knebeln im Arm, ihr nach. »Quo caput ponere possit, habet semper et ubique. Wenn er raschelt, fliegen die Verse, und wenn nicht, raschelt der Lorbeer auch. Ein fürstliches Kind kann in Weimar nicht zur Welt kommen, ohne daß er es agnoszierte. Dahero wird er hochmütig wie ein Fisch, und – es ist die Schuld des Himmels!« – »Predigen Sie ihm nachher: er ist hungrig!« lachte Frau von Stein, es sollte lustig klingen; in derselben Sekunde trafen sich ihr und sein Blick. Eine schmale Flamme sprühte auf, überstürzte magisch, wie die Seele eines Feuers, das hunderttausend geheime Stunden des Brennens hinter sich hat, beide Häupter, – und erlosch wieder. »Er gehorcht vorher und nachher nicht!« höhnte trocken Knebel, der den Blick aufgefangen hatte. »Wir bekamen unsere Leibspeisen vorgesetzt, und entdecken nun, daß es nicht die unserigen waren, sondern die seinigen!«

»In materialibus hat er noch denselben Geschmack wie wir!« stichelte Herder; Goethe, noch stehend, hatte das Glas, das ihm Frau von Stein eingeschenkt, auf einen Zug leer getrunken. »In dieser Beziehung könnte man noch 1775 schreiben? Hm?«

»Nur in dieser?«

Wie aus weiter Ferne herein fragte Goethe den schmunzelnden Knebel: »Du gehst zum Herzog?«

Knebel verzog das Gesicht über der provinzialen Krause. Er war schlecht rasiert und seine Zähne wurden von Monat zu Monat weniger und gelber. »Und du kommst von ihm? Wie steht's?«

»Es wird ihm wohltun, dich zu sehen.«

»Er glaubt kein Wort von dem, was er sagt,« kicherte Herder, boshaft blinzelten seine Augen. »Gehe ihm nicht auf den Leim! Der Herzog hat den Fürstenbund im Leibe und sonst nichts, und vergeht darüber, daß er ihn nicht gebären kann, bevor nicht die Herzogin gebiert.«

»Ich habe gehört«, sagte Goethe – er aß nun – »daß der Herr Generalsuperintendent eine Taufrede vorbereitet hat, darin der Ton den Superlativ von Würde und der Gedanke den Himalaya der Weisheit ersteigt. Stimmt das?«

Prompt – Herder war aufgefahren – griff die Hausfrau ein. Sie war schon als Kind dazu erzogen worden, auf Eiern tanzen zu können und die Disharmonien – wie ihr Herr Vater, der gewesene Hofmarschall zu sagen gepflegt hatte – zu »applanieren.« Hatte sich weiters, in elf Jahren Gemeinsamkeit mit Goethe, daran gewöhnt, dann, wenn in ihrer Gegenwart das Format und der Inhalt seiner Natur von den Personen der Zeitgenossen allzuscharf abstachen, die Kluft mit dem Steg ihres unfehlbaren bon ton zu überbrücken. Knebel war ein kulturliebender Philister. Herder ein Arrivierter des Geistes. Goethe aber die Rechtfertigung ihrer Existenz! »Sie wissen also noch nicht, ob Sie nächste Woche reisen können?« fragte sie ihn sanft, beugte sich, daß das schwarze Taffetkleid mit dem weißen Atlasrand im Busenausschnitt Lichter bekam, ihm zu und legte das fünfte Pastetchen auf den Teller.

»Ich verzweifle daran.« Er würgte, ohne aufzusehen, hinab. »Haben Sie Nachrichten von Josias?«

»Daß es kalt ist in Pyrmont. Sonst nichts.«

»Kalt wie hier!« Als ob ihm eine Gänsehaut über den Rücken hinabliefe, krümmte er sich. »Und wie geht es Ernesten?«

Ihr Gesicht, das nicht schön war, ihre vierundvierzig Jahre allzu gewiß bestätigte, hob sich schmerzlich um einen Zoll.

Klar, offen, ohne jeden Rückhalt blickten die Augen von Knebel über Herder zu Goethen und blieben über ihm ruhen. Und während sich nun die Hände unwillkürlich langsam über der mädchenhaften Brust falteten, seufzte der Mund, süß fast: »Der Arme!«

Knebels Gesicht verzog sich zum zweitenmal. »Was hat unser Starke in Jena gesagt?«

Im Nu wechselte Goethe das Thema. »Kannst du mir morgen einen Brief für Batsch mitnehmen?« fragte er.

Knebel nickte. Ob aber Goethe vor der Reise nicht noch hinüberkäme? Goethe wich aus; wie der Unterricht im Italienischen anschlage? Knebel hob hüstelnd die Hand an das Kinn; sprach mit unitalienischem Munde: »spero di poter fra breve avvicinarmi a Dante.« Man lachte. Fritz plappere schon sehr niedlich, meinte Frau von Stein mit einem mütterlichen Blick auf ihres Jüngsten Pflegevater. Herder bekannte, daß die italienische Sprache ungemein viel durchgebildeter sei, als ihre Musik verraten lasse. Es entstand der Streit, ob die Römer ihr Latein wohl etwa ähnlich ausgesprochen haben dürften wie die Italiener ihr Italienisch? Goethe und Herder bejahten. Knebel protestierte; die Quetschlaute verletzten sein puritanisches Lukrez-Ohr. »Aber«, sprang er hurtig ab und sah Goethe eifersüchtig an, »warum greifst du jetzt auch noch zum Italienischen? Die Fakultäten in Jena schütteln die Köpfe über dich. Mit Loder, – das ist schon verjährt. Aber mit Batsch macht er jetzt in Infusionstierchen, mit Wiedeburg Algebra, mit Griesbach redet er stundenlang über die Dekretalen Isidors, und daheim paukt er sich und Ihrem Fritz Italienisch ein. So nebenbei. Du bist ein Vampyr!«

»Was macht die Wielandin?« fragte geistesgegenwärtig Frau von Stein, noch ehe die Pause zu peinlich wurde; Goethe tat, als ob er allein wäre, aß unbewegt sein Pflaumenkompott und goß nacheinander zwei Gläser Wein hinab. Schroff erhob sich Knebel; streifte den Frack glatt. »Auch noch nicht geboren!« knurrte er.

»Er kommt heut Abend noch zu mir,« sagte Herder und stand ebenfalls auf. »Hat er nicht jetzt mit deiner Iphigenie zu tun?« Weil aber auch darauf kein Wort von Goethe her kam, sondern nur ein starrer, stummer Blick, wandte er sich entschlossen zum Abschied. »Er ist ein armer Teufel!« jammerte er – kranzartig scharten sich die drei Männer um Frau von Stein in der Tür – »jetzt geht die Bettelei um die Taufpaten von neuem an.«

»Es gibt nichts Schrecklicheres, als einen Dichter; von der Nähe besehen!« erklärte Goethe, – da waren sie schon draußen.

Eine gute Minute lang noch hörte man Herdern im Vorsaal mit dem Bedienten sich unterhalten; das war seine Weise. Und Knebeln pfeifen. Dann – eine Tür war laut zugefallen – wurde es still. Vollkommen still.

»Gehen wir?« bat Frau von Stein leise.

Draußen vor dem Hause sank die Gasse in den Bann der ereignislosen Sonnabendnacht. Die Kerzen vor dem schmalen, ovalen, goldgerahmten Wandspiegel im kleinen Salon waren tief herabgebrannt. Die hellen Damastbezüge des Sofas, in dem die zwei Schweigenden – durch einen korrekten Zwischenraum voneinander getrennt – saßen, die Fauteuils und die Sessel blinkten im gleichmäßigen Licht wie liebe, ruhige Blumengartenflecke; schläferten, duftlos, fast ein. Die Porträtchen und Schattenrisse in runden Ebenholzrahmen, die Gruppe von sechs Kupferstichen in viereckigen Eichenholzrahmen über dem Schreibtisch zwischen den Fenstern schauten gütig, ohne Prätention, aber auch ohne allzu beleidigende Gleichgültigkeit herab. Aber auch alle anderen Dinge da, tausend nur allzu bekannte, allzu durchschaute Dinge – sagten sie etwas?

Der Busen der Frau, die auch nach elf Jahren Gemeinschaft mit diesem Manne sich noch nicht erlaubte, das grausam ausschließliche Gefühl, das sie ihm verstrickte, auch nur für Augenblicke ungezügelt leben zu lassen, wogte in unsichtbarer Bewegung. Während die Seele angstvoll auf das erste Wort, die erste Geste des Geliebten wartete. Denn schonend unsichtbar zwar, aber doch unheimlich gegenwärtig schwebte die Seele dieser elf Jahre in diesem Raume. Der Sturm der ersten Eroberung, die innere Gewalt des Kampfes gegen sie, die Süßigkeit des zweiten Gebanntwerdens, der sich die dürstende Natur, endlich widerstandmüde, überlassen, – sie hatten die Wesenheit ihres zauberhaften Schicksals in all den Dingen hinterlassen, vor denen sie Erscheinung geworden waren. Aber auch der zähe Streit um die Wahrung des letzten Gewissens der Gattin, die unzähligen Stunden der Zähmung des Mannes, dessen lodernde Herzensglut auch den Verstand umfeuerte und die Sinne aufwühlte, hatten ihre unzerstörbare Erinnerung den Dingen eingebrannt, die, scheintot scheinbar, rundum ihr überdauerndes Leben lebten. Zuletzt hatte die Frau gesiegt. Denn wo auf der Welt – für die Wahrheit und Größe dieses Gedankens war ihre Seele nicht zu klein! – lebte der Mann, der göttlicher geben konnte und kindlich reiner, ehrfürchtiger, treuer und rechnungsloser gab als dieser? Und dennoch nicht mehr forderte als etwa ein Freund, dem die vergebens mit Feuern Umdichtete die Erfüllung verweigert und nur den Trost der verzichtenden Anbetung läßt?

Aber – und ohne daß der Mann an ihrer Seite es merkte, begann nun ihr Auge sich prüfend über ihn zu legen, unbarmherzig mit sich selber jede Miene des Antlitzes zu erforschen, das in tiefer Sammlung auf der japanischen Zwergföhre im nüchtern irdenen Topfe saß, – aber: galt dieser Sieg noch? Oder: wie lange wird er noch gelten? Sagten diese Züge, denen sie die Überwindung der heißesten Sehnsucht ebenso unerbittlich anbefohlen hatte wie, seinerzeit, dem gießbächigen Genieburschen die

Fähigkeit und den Ernst zur Allüre, – sagten diese Züge nicht: eine einzige wahrhaftige Erschütterung, von da oder von dort, und wir sind verwandelt? So verwandelt, daß du uns nicht mehr erkennen wirst? Saß nicht das Zeichen eines immer wieder niedergehaltenen, aber nie wirklich besiegten Aufruhrs auf der Stirne? Bargen sich hinter diesen Augen nicht Gefahren der Empörung? Des Abfalls? Der Flucht? Stand in der Schwingung dieser Lippen, denen sie niemals die Wonne des vollen Kusses gegönnt, nicht schon das Wort geformt, das sie entrechten und in die tiefsten Schauer der Einsamkeit hinabstoßen mußte, wenn es endlich einmal fiel, das Wort der unwiderleglichen Wahrheit: »Du bist um sieben Jahre älter als ich und – nicht meine Frau geworden? In mir aber glimmt nur das Feuer, schläft nur, gebändigt von dir, die Natur. Ha! Ich beginne erst zu leben, wenn ich gehe!«?

Mit einer heftigen Bewegung auffahrend, entriß sie sich der Hölle dieser Fragen.

»Ist dir nicht wohl?« Erschrocken, schnell langte er nach ihrer Hand, nahm sie fest in die seinige. »Lotte?«

Wie das wohl tat! »Armes!« Innig, zärtlich, ja kindlich weich war seine Stimme auf einmal. »Plagst dich Tag und Nacht mit deinen Sorgen, und ich kann dir so wenig beistehen!« Und wie nun sein Auge erblühte. Im Antlitz, das bittend das Auge der Erlösten suchte, die Falten des Zwangs und der Verschließung verschwanden. Die Eisen-fesseln abfielen von der Gestalt, und jeder Muskel, jede Sehne nur noch in einem einzigen Verlangen sich löste: zu dir! »Warte doch um Gotteswillen nicht länger, Liebstes, und reise!« Und hingegebener von Sekunde zu Sekunde schmiegte er sich an sie, streichelte ihre dankbar rastenden Hände. »Was brauchst du dazubleiben, bis das Kind ge-boren ist? Freude, Gesundheit ist das Erste! Der Winter war zu wechselvoll, der Frühling gab dir nichts. Dort ist die Luft heiterer, das Haus mit seiner Mühe fern, jeder Tag ein Gewinn. Du *mußt* reisen!«

»Und Ernst?«

»Für Ernsten sorge ich. Ich habe mit Lichtenberg schon gesprochen.«

»Wenn er aber am Ende doch mitkönnte?«

»Dann kommt er mit mir nach. Loder und Starke wissen bereits, daß ein Consilium gehalten werden muß. Sobald ich nach Jena komme, und das ist, sobald die Geburt stattfand, führe ich sie herüber. Sagen sie darauf, daß er ins Karlsbad darf, dann reist er mit mir. Sagen sie »nein«, dann installiere ich ihn im Gartenhaus.«

»Du kannst doch nicht für alle meine Kinder sorgen.«

»Du!« Glanz unaussprechlicher Liebe erstand im verwandelten Gesicht. Weggewischt im Nu alle Grauheit, aller Abbruch, jede Bitterkeit, alle Härte. »Wenn ich's nur dürfte!«

»Du hast ja schon den Fritz!«

»Für den sorge doch nicht ich! Der sorgt ja für mich!« Und ohne sich noch zu sträuben gegen die Flut von Innigkeit, die, alle Dämme einreißend, in der heimatlechzenden Brust aufschoß, hob er die Hand, die ihr wonniges Lachen nicht sah, an seine Lippen empor und küßte sie hingerissen. »Der Bub gibt mir Unvergeltbares! Ist mir das Pfand unseres Bundes! Löscht alle Sünden aus, die ich – rede nicht, ich habe ein sicheres Gewissen! – an dir tausendmal, tausendmal begangen habe. Der bekommt ja die Frucht, die jetzt endlich aus den Wirrnissen meiner unerzogenen Liebe dir heranreift: Das Michselberentäußernkönnen; die Glut einer Dankbarkeit, die von Tag zu Tag heißer heranwächst im steigenden Licht der Erkenntnis: Was wäre ich ohne dich? Ohne dich je hier geworden?« Ah! Nur heraus jetzt mit allem, was in dieser nachtschwarzen Brust drin noch hell war! Noch Licht war! Und nicht noch lang denken daran, jetzt, daß das gleiche Beginnen hundertmal schon von Kühle, Erstaunen, Ahnungslosigkeit, Unverständnis des Herzens, dem es galt, war verscheucht und geköpft worden! Denn einmal *muß* sie überwältigt werden! *Muß* sie das Nichtmehrerträgliche dieses gebändigten Zustandes einsehen! Wenn sie ganz erfuhr, *ganz*, was sie alles ihm war! »Es ist kinderleicht«, fuhr er atemlos fort, »einem hinstürmenden Herzen die Wonne zu willfahren, die es flammend begehrt; kinderleicht, weil gewöhnlich. Aber einen ganzen Menschen durch das Chaos der Leidenschaft, des dumpfsten Besessenseins zum Mann erziehen, der im Tempel der Liebe wohnt, zur Liebe erst kam im freiwillig getragenen Joch der Selbstüberwindung, – das ist schwer, denn es ist heldisch! Wenn ich nachts nicht schlafen kann und die Menschen vor mir aufmarschieren lasse, die mich hier umgeben«, – ganz, ganz nahe gerückt war er ihr, dicht vor ihrem immer froher erwachenden Auge glomm sein entlodertes, plötzlich märchenhaft junges – »wer bleibt von all ihnen das Geschöpf, das mich mehrt, mich vermehrt? Du allein! Der Herzog? Gewiß! Nein, ich verkenne ihn nicht. Überschätze die Stimmungen nicht, die mich enttäuscht so oft von ihm reißen. Amalia? Auch! Ich verehre sie, liebe sie. Ehrlich! Daran ändert sich nichts mehr. Und Louise! Natürlich! Auch Herders. Sie haben den Weg zu mir wiedergefunden. *Aber* – bin ich auch nur von einem einzigen von ihnen innerlich abhängig? Ward nur durch einen einzigen von ihnen meine Entwicklung, im wesentlichen beeinflußt? Von keinem! Von niemand! Nach Weimar gekommen bin ich durch sie! In den Conseil gerufen, zum Geheimerat und zum Herrn von Goethe gemacht, – ungenießbar gemacht worden durch sie! Aber zum sittlichen Menschen, der die Triebe seines gewalttätigen Lebensinstinkts im Brennpunkt ihrer Masse durch *Verzichten beherrscht*, hast nur du mich gebildet! Es war mir nicht bequem!« – wie Flamme, die wild aus der Glut bricht: »Es *ist* mir nicht bequem! Aber mein heiligster Schatz, mein gekrönter Besitz ist's, zu fühlen: vor dem Manne bin ich der Mensch, der sich selber regiert! Das ist mir das Rückgrat in dieser Wanderschaft ohne richtigen Gang, die mich oft nach allen Windrichtungen hin zweifeln heißt, mich durch Abweg und Umweg ins Unnütze, durchs Indifferente verwirrt, ängstigt und plagt. O, oft geht mir die Fron bis da herauf an den Hals, ich schüttle mich, will es abwerfen, das unnatürliche Joch, – vor ein paar Tagen, Mittwoch, ich war morgens nach Tiefurt hinausgeritten, der elende Himmel, diese visionlose Grauluft ließ mir die Zähne knirschen unter den zornigen Augen, ich kam von ödesten Bagatellen, nach dem Ritte erwarteten mich noch ödere, – und die Herzogin-Mutter, wie sie mich da kommen sah auf dem lammfrommen Schimmel – weißgott kein Siegfried, nicht einmal ein Georg! – schlug die hochfürstlichen Hände überm Kopf zusammen und rief: . . . . .«

»Richtig! Du!« Mitten hinein in den Orkan seiner Worte sprang verwegen die Stimme der Frau, die nun, in der köstlichen Sicherheit, daß er noch ihr gehörte, bei ihr allein noch der Gott war, der unsterblich machte, kein Bedenken mehr trug, die entfesselte Lohe zu stören. »Die Göchhausen war nach Tisch da; du sollst, wenn es nur halbwegs geht, nach Tiefurt. Wegen des Parks. Amalia will . . . .«

»Morgen Mittag muß ich zu Louise.«

»Was will sie?«

»Es handelt sich um eine Transaktion mit ihrem Vermögen.«

»Wie verständigst du dann Amalia?«

Der Vulkan hatte die Flamme schon eingesteckt. Ein hoher, schöngebauter Berg war er nun, wie andere schöngebaute hohe Berge. »Ich werde Seideln ein Billett mitgeben«, sagte er einfach.

Nach einer Pause, in der sie genau, aber reuelos merkte, daß sie ihn verstümmelt hatte, fragte Frau von Stein zaghaft: »Was hat die Herzogin-Mutter also ausgerufen?«

Er zuckte nicht einmal zusammen. Auf ein Endchen Großzügigkeit mehr oder weniger kam es jetzt nicht mehr an. »Das Bild der vollendeten Glückseligkeit kommt angeritten! rief sie aus«, lachte er ohne jedweden Ausdruck, »der vollendeten Glückseligkeit!«

»Und?«

Ohne zu fassen, starrte er sie an. Gibt es also wirklich und wahrhaftig niemals – niemals! – ein ganzes Verstehen zwischen dem Einen und dem Andern? Aber auch dieses Gift trank er tapfer hinab. »Und ich dachte mir: was ihr nicht alles wißt! Selbst das erlogenste Bild davon habt nicht ihr mir angeschafft, sondern nur sie!«

Totenstille.

Endlich, kühl, wie nur diese Frau kühl sein konnte, die keine Lebensmöglichkeit mehr sah, wenn sie dem rauschenden Strom ihrer Liebe die Schleusen einriß, sagte sie: »Du überschätzest mich.«

Mit einem verzweifelten Heben des Kopfes zerriß er den Klang dieses Worts, vertrieb er die Engel der Sehnsucht, den letzten Hauch Hoffnung. Auch diese Frau wußte ihn nicht! »Was laset Ihr da?« Auf dem Tischchen, zwischen zwei weißen Porzellanblumenväschen mit unhübsch gedrehten Hälsen lag ein schmaler, schmutziger, aufgeschlagener Schweinslederband; gierig beugte er sich darüber.

Schnell sie sich nach. »Die Aeneide Vergils.«

»Wie kommt die daher?«

»Knebel brachte sie mit. Es sind auch die Georgica in dem Bande. Er übersetzt sie und wollte mit Herdern darüber reden. Aber Herder machte nur schlechte Witze. Seine »Ideen«, sagte er, machen ihn ungerecht gegen »Idyllen«.

»Und du willst . . . . .?«

Da lachte ihr Mund wie der eines ganz jungen koketten Mädchens. »Mich reizt diese Dido. Ich versuche es.«

Aber er hörte nicht mehr. Wie im Anfall eines plötzlichen Fiebers, mit zittrigen Fingern, begann er im Buche zu blättern. In fliegenden Stößen schoß ihm das gerufene Blut in die Wangen. Der Schein von ohnmächtiger Qual glomm auf in den tiefdunklen Augen. Endlich, wie gegen eine Gewalt, die unwiderstehlich bezwang, öffneten sich die Lippen, erbebten und lasen:

»Dissimilare etiam sperasti, perfide tantum,
Posse nefas, tacitusque mea decedere terra?
Nec te noster amor, nec te data dextera quondam,
Nec moritura tenet crudeli funere Dido.«

»Ich kann es nicht anders sagen« – wie ein Wahnsinniger sprang er auf, stürzte, an der Geliebten vorbei, an das Fenster, kam vom Fenster zurück, blieb mit ungeschickt platzlosen Armen vor ihr stehen – »ich kann kein lateinisch Buch mehr anschauen, – es tut mir ganz einfach weh! Weh! Weh!« Und mit Händen, die den Bringer dieses grausamen Schmerzes erwürgen wollten, warf er das Buch zu und schob es weit von sich weg in das Dunkel der polierten Platte. »Weimar, Ilmenau, Jena, Erfurt, Dessau, Gotha, Leipzig – und Leipzig, Gotha, Dessau, und so weiter und zurück bis nach Weimar, und immer wieder dieses Karussell!« Feindlich von ihr abgewendet, die Fäuste an den Schläfen, nichts als hilfloses Opfer von oben bis unten, stand er bebend. »Und ich bin schon weit in den Jahren und vielleicht bricht mich das Schicksal in der Mitte entzwei und der babylonische Turm bleibt stumpf, unvollendet! Neulich zeigte mir Kraus einen Stich Piranesis aus den Antichità Romane . . . . .«

Scharf brach er ab. Sah noch im Angesicht Charlottes den Anflug von Fassungslosigkeit, der sie anhauchte und ihr die Augen weit aufriß, und hatte sich schon zurückgeschraubt. Ausatmend, wie sich selber verhöhnend, lächelte er: das Instrument gehorchte noch! »Verzeih!« sagte er milde und ergriff ihre Hand. »Ich vergaß mich und mein Alter. Es muß in der Luft liegen. Ich bin sonst« – zeremoniös wie auf dem Hofball küßte er die nichtsahnende Hand – »ein ziemlich vernünftiges Wesen.«

»Ich habe es auch nicht ernst genommen,« lächelte sie schelmisch unschuldig und lehnte sich kaum merklich an seine Schulter. »Nicht in Rom, in magna Graecia, – dir im Herzen ist die Wonne da!«

Das war das Gegenteil von dem, was er hören wollte! Trotzdem: als ob er sich absichtlich nicht dagegen wehrte, die Besinnung zu verlieren, folgte er ihr, legte den Arm um sie, schlang sie an sich. Zwiespältig bange und staunend hob sich die gepeinigte Brust: also wirkte das Wunder dieser Nähe noch immer! »Ja, du warst in abgelebten Zeiten meine Schwester, oder meine Frau!« kam es flüsternd, wie aus schwerem Traum von den rastlosen Lippen.

»Wohltun möchte ich dir!« Nur ein Duft aus dem milden Licht ihrer zerbrechlichen Gestalt. »Immer!«

»Heimat! Heimat!«

»Wär' dir nicht die Welt zu feindlich?«

»Sei doch du sie!«

»Draußen im Karlsbad wollen wir's uns schön machen! Komm bald nach! Wolfgang! Sag, kommst du?« Da, mit einem einzigen Atemzug abgebrochen jede Hemmung, nur noch Sklave dieser tyrannischen Passion, stürzte er nieder zu ihren Füßen, umklammerte ihre Knie, preßte in nimmer zu bändigendem Hunger nach Einswerden, Einheit das zitternde Antlitz in die Falten der Seide, – sprang wieder auf, riß die Atemlose mit eisernen Armen an die rasende Brust, beugte sich stöhnend herab, sie zu küssen, küßte sie . . . . .

»Um Gotteswillen!« Mit entsetztem Ruck machte sie sich frei. »Wenn jemand hereinkommt!«

Wie von einem Wasserfall übergossen, der Eis führt und prügelt, im Nu, zwang sich seine Gestalt in die steinerne Fessel zurück.

»Es braucht nur die Tür aufzugehen und der Skandal ist fertig!« Feuerrot, die Finger im Haar, zitterte sie vor dem Spiegel.

»Sie ist in elf Jahren noch niemals aufgegangen!« sagte er nach langer Stille; aus unendlicher Weite.

»Gerade deshalb!«

Und wenn sie auch ganz genau fühlt, daß ich zugrunde gehe, irrsinnig werde in der Mühle dieser Unnatur, knirschte das getretene Herz in ihm, – wenn nur sie sich nicht kompromittiert!

»Wie man nur so wild sein kann!« Den Triumph ihrer Macht in der Brust, das Auge strahlend von der Wohltat seiner ungebrochenen Wildheit, kam sie zurück zu ihm, lockend, todsicher. »Räuber, du! – Du! Bist du böse?«

Er drehte sich um. Kein Mensch mehr, auch sie nicht, vermochte in diesem felsernen Antlitz noch zu lesen. »Ich bin nicht böse; wie du weißt! Soll ich an Fritzen nichts bestellen?«

»Viele Grüße!« Wohl oder übel nachlaufen mußte sie ihm, so rasch schritt er auf die Tür zu. Aber ihr war nicht bange. Im Gegenteil! Die Szene von heute war nichts Neues. Nach jeder solchen war er, bisher, nur noch lauterer, reiner und inniger zurückgekommen. »Wie steht's mit Werther?« fragte sie neugierig noch auf der Schwelle. »Geht's?«

»Ich finde, daß der Verfasser übel getan hat, sich nach geendigter Schrift nicht zu erschießen.«

»Morgen scheint die Sonne wieder!« Unbesorgt – er ist doch ein Dichter! – lachte sie ihm nach in das Dunkel. »Adieu? Schlaf gut!«

Mit taumelndem Schritt aus dem Hause heraus. »Schlafen? Ja! Schlafen!« Mit zornigem, nach bösem Auflachen, durch die schwarzen Gassen. Mit dröhnendem über das schwingende Holz der Brücke. Mit haßvoll gezieltem hinein in den Stern. »Rettungslos! Hoffnungslos! Fort! Fort! Fort! Fort!« Hart und knapp riß er die herrenlos gewordene Gestalt zusammen. Hier, unterm Himmel, ob er auch Regen warf und mit Orkanchen herumschmiß, ließ sich wenigstens atmen. »Ersticken könnt' ich von ihnen aus! Von *ihr* aus! Ohne Gnade ersticken!« Aber bevor noch, weil diese Einsicht so höllisch empörte, die Tränen ausbrachen, hob sich das Auge hochmütig empor; flog es hochmütig rundum. »Wer also, frage ich, könnte von Felonie reden, wenn ich ginge?« Behauptet im Nu, machte er den Schritt langsamer, breiter. »Niemand!« Er hatte sich elf Jahre lang bis über den Hals mit Geschäften, Geschäftchen, Ämtern, Verpflichtungen, Handlangerdiensten zugedeckt, mit Gelegenheitsversen, Maskeraden, Liebhaberdramchen, Nachtstuhlreparaturen und Aktenabschriften abgerackert und seine innere Sendung Sendung sein lassen. Gewiß! – energisch nickte er – dieser Altruismus hatte auch Gutes gewirkt. Ein Dichter, der nur dichtet? In der Phantasie versinken? Einseitigkeit züchten? Entsetzlich! Er hatte die Menschen kennen gelernt und ihr ewiges, erstes Bedürfnis: den Vorteil. Illusionen, soweit er solche überhaupt besessen – eiskalt lächelte er – »dahin, auch die letzte!« Aber –: hebt die Begnadung des Dichters nicht erst hinter den Illusionen an? Wird der Dichter nicht erst dann zum Offenbarer für Seelen, wenn er selber nichts anderes mehr für sich will als die Wahrheit? »Und bin ich nicht geradezu vollgepfropft mit Wahrheit?«

Wollüstig auf einmal reckte sich der Leib. Die Stumpfheit, die Schwäche, der Ekel sanken im Auftakt, im Abtakt des erleichterten Schrittes. Die größte Lebenskunst besteht darin: augenblickliche Stimmungen nicht zu überschätzen. Für den Gereiften ist das Leben nie Sekunde. Jede Sekunde nur Schwelle zwischen Vergangenheit und Zukunft. Wenn er laut aussprach: »In Weimar ist es nicht auszuhalten!« – mußte er nicht selber lachen? Für den Pflichtgetreuen, Gewissenhaften, Reinen ist es nicht nur leicht auszuhalten, sondern: allerbeste Erziehung! »Nein!« Fest stieß er den Degen in den beregneten Boden. »Ich gehe nicht!«

Schnell drauf, behutsam, hielt er inne: waren das, die so geschickt wiederfingen und wiederhielten, die Netze der Bedenken, der Rücksichten, der Gewohnheit, des Pflichtgefühls und des gezwungenen Vertrauens auf seine Kraft, auszuharren? »Nein!« Klarsten Auges, gerüstet zu empfangen, sah er in den Weg hinaus, der sich vor ihm aufrollte. Und sofort tauchten sie auf aus der geheimnisvoll geweihten Fläche der Erde: die Erinnerungen. Alle! Das süße Gefühl, zu Hause zu sein, sich zwischen Wolken und Schollentiefen zu bewegen, die in jedem Hauch und in jedem Korn die Substanz seines Wesens bargen, wie seine eigenen Strebungen, Erfindungen und Sehnsüchte zu seinem schonungslos lauschenden Herzen sprachen, liebkoste ihn. Eingeleitet von unschuldigen Morgenröten, getragen von lichten Mittagen, und beschlossen von festlichen Abendhellen, erschien die Fülle der vergangenen Jahre verklärt seinem Blicke. Rührung über diesen Reichtum an Leben, Rührung über sich selbst als den Dichter und Herrn dieses Lebens ergriff ihn. Wo war nur ein Stein am Raine, der nicht Fortschreiten bewies? Sprachen nicht sogar die nordischen Düfte des Regens, der rauhe Fittich des Sturms von Errungenschaften der Seele? Zeigten nicht Wurzel und Strunk im Dunkel verborgener Bäume, die Blumen im Wieschen, die er nicht sah, aber wußte, die gliedrige Feder des Akazienzweigs, die er ahnte, und zwischen all diesen leibhaftigen Dingen die Zwischenräume, die sein zaubernder Geist mit den Gestalten der Phantasie bevölkerte, – zeigten sie nicht alle die *ganze* Welt und bekundeten damit unwiderleglich, daß er nicht eingesperrt war und gebannt? Aber, mit lauerndem Blick kaum die Wand des Gartenhauses erspäht, die nun fahl aus diesen Kulissen aufwuchs, – und wie Wachs in der Sonne schmolz die Kraft dieser Betrachtung dahin. Mit rücksichtslos festen Umrissen traten die Dinge aus der Finsternis hervor. Die Hauswand war ihr gemeinsamer Sammelpunkt, der Pfad, der an ihren Stufen sein Ende fand, ihr gemeinsames Rückgrat. Fremd schauten sie ihn an. Ja noch mehr! Die Eschen, die Pappeln, die Weiden, die Birken, die Linden, mit ihren weitausgebreiteten oder turmspitzen oder bodenverlangenden oder fahnenschwenkenden oder dachzahmen Kronen wiesen sie spöttisch, ja höhnend auf den immer tagnaher erschimmernden Weg und sagten ohne Erbarmen: »Das ist dein Gefängnis! Dein einziger Weg! Den allein gehst du, immer wieder hin und zurück!« Und als aus ihrem Ineinanderverstricktsein, das wie Feindgenossenschaft über seinem Haupte webte und rauschte, der Giebel des Dachs sich für eine Sekunde befreite und der Kies vor der schmalen Pforte den Fuß aufnahm, schrie ein Kauz vom Schindelgiebel neben dem zahnförmigen Schornstein herab in die gepeitschten Regenschauer seinen häßlichsten Schrei, nahmen die Wellen der Ilm ihn gierig auf und gaben ihn vertausendfacht zurück, und er hieß: »Von hier entkommst du nie mehr!« Eine Rose auf tanzendem Schaft im Beet an der Pforte streute mit fahlem Purpur den Duft ihrer Seele ihm zu, der sie vor kaum vier Jahren allmorgens, allabends pflegsam begrüßt hatte, und weckte in seinem Blut noch einmal Hoffnung auf helfendes Licht. Aber als er die Hand nach ihr ausstreckte, um sie zu streicheln, kam plötzlich aus der Wirrnis der Büsche, wie eine Räuberin, Lotte hervor und trug diese Rose am Busen; und als sie verschwunden war, trat aus der Pforte von neuem, habsüchtig, Lotte hervor und trug diese Rose am Busen; und als sie zum zweitenmal verschwunden war, kam hinterm Hause zum drittenmal, unerbittlich verwehrend, Lotte hervor und trug diese Rose am Busen; und als er die Erscheinung mit wildaufstampfendem Fuß verscheucht hatte, beugte sich, über der Pforte, aus dem geheim schwarzen Fensterviereck, wieder die Blutsaugerin Lotte herab und trug diese Rose am Busen. . . . . .

Mit eiserner Hand griff er, von der Stufe zurückgetreten in den Sand, nach dem jüngsten Lindenbäumchen im Rasen. »Dich habe ich vor neuneinhalb Jahren da hereingepflanzt unter meine Stube als meinen treuesten Bruder im Werden und Wachsen. Und jetzt bist auch du, wie alles andere rundum, nur noch Pfeiler im Zirkelweg, den ich Verdammter, gefesselt auf ewig, da trotte!« Als ob ihn ein Gespenst angehaucht hätte, fuhr er auf: Gesang erscholl. Von woher? Ohne sich noch besinnen zu können, wie die Harfe, die nach dem Finger schreit, der sie streiche, lispelte er, zerbrochen, vor sich hin:

» . . . . . Was dem Menschen unbewußt
Oder wohl veracht't
Durch das Labyrinth der Brust
Wandelt in der Nacht!«

Schwarz trat er auf die Stufe zurück. Duldsam gab das Tor der befehlenden Faust nach. Unheimlich tönte der Schritt auf den Fliesen. »Götz!« rief er ungeduldig ins Stockwerk hinauf, wie in einer Kirche hallte die Stimme. »Götz!«

Katzenpfötig kam Götz das Treppchen herabgeglitten.

»Schläft er?«

»Er wollte aufbleiben, bis Sie kämen. Als es elf war und Sie noch fortblieben, hab ich ihn ins Bett gesteckt.«

»Hat er gegessen?«

»Pfannkuchen mit Spinat und ein' Henkel Wurst.«

»Zieh mir die Schuhe aus!«

»Der wacht nicht auf, Exzellenz, und wenn Sie hineinreiten!«

Dennoch: auf Strümpfen stieg er empor. Auf den Zehenspitzen, die Türklinke leise niederdrückend, trat er in der Stube ein. Wie Hammerwerk schlug ihm das Herz. Schritt für Schritt, vorgebeugt, schlich er im flackrigen Schein des Nachtlichts an das eiserne Bett. Der Bub schlief. Das weißrote Jungengesicht, fast verborgen im Walde der Locken, ruhte mit halbgeöffneten Lippen auf dem rechten Arm. Der linke lag, nur bis zum Ellbogen im Ärmel des Nachthemdes, auf der weißen wollenen Decke. Die eine Hand, ausgestreckt wie nach einer Frucht, die zu pflücken war, schaute zwischen Bett und Kissen hervor; die andere hielt mit eingeklemmtem Finger ein Buch.

Plötzlich – er begann am ganzen Leibe zu zittern – schossen ihm, wie er da staunte und schaute, die Tränen über die Wangen herab. Ein flattriger Ruck ging durch den schlummernden Leib. Die Augen, für eine blitzschnelle Sekunde, öffneten sich und erkannten. Selig lächelte der blühende Mund. Leise fing die Kinderhand die suchende, heiße des Führers: »Bist du – schon da?« Überwältigt, mit sehnsüchtig gebreiteten Armen, nichts anderes mehr als Liebe, Hingebung, Hinfließen – Natur! – sank er vor dem Bett in die Knie; schlang die Arme um den Lockenkopf; legte das brennende Antlitz auf die stillatmende Brust, die schon wieder im Traum war. »Nein! Nein! Ich geh' nicht!« schwor es mit tausend siegreichen Stimmen in all seinen Adern, während Wonne und Weh ihn gleich grausam rüttelten vor dem Fleisch und Blut der Geliebten, die nicht ahnte. »Nein! Ich bleibe bei dir. Wer sollte dich denn sonst lieben!« Gewaltsam hob er das Haupt; die Arme. »Wenn du mich auch nicht mehr hättest und mutterseelenallein da ver . . steintest!« In der nächsten Sekunde traf den geschlagenen Blick der finstere, viereckige Raum. Das Fenster. Das Fensterkreuz, das wie unerbittlicher Grenzpfahl gegen die Wüste der Nacht starrte. Und sofort fiel der pressende Berg auf die Brust zurück. Wie entrissen verebbte der Atem. In steifes Eis zurück versanken die Glieder. Herrisch befehlend stach der geheftete Blick in die Nacht vor dem Gitter. Und sie gehorchte. In überdeutlichen Bildern ihrer rettungslos, hoffnungslos ewig gleichen Personen, Landschaften und Begriffe erstand vor dem Fenster die Grimasse der Gegenwart. Aber hinter ihr, märchenhaft plötzlich, in heiterster Sonne die Welt. Breit und nach allen Richtungen der säuselnden Winde hin gewendet, schnitten schimmernde Straßen ihren köstlichen Plan. Von sanften Höhen herab winkten Tempel. Aus Hainen, die südlich erglühten, Statuen. Aus den Bögen der leichtesten Loggien die Pracht großer Farbe. Die Freiheit herrschte, die Schönheit erschuf, – und die Kunst triumphierte. Neben ihr, als nicht weniger göttliche Schwester der Göttin, die Lust der Natur. Aus dem Wirrsal der Formen der Erde, aus dem Teppich der Blumen, dem Nebeneinander der Tiere, aus der lebendigen Vielzahl der Rassen des Menschen blinkte, unsäglich verlockend, das Geheimnis des Gesetzes, aus dem heraus all dies geworden, war, und noch wurde. Vor dem Bilde des Ganzen aber, jauchzend, stand er und –: begriff es! Und in diesem Begreifen, in einem einzigen Augenblick, siehe! sank alles dahin, was er bisher gewesen. Und ward er neu! Erstgeboren! Goldener, goldenster Raum senkte sich rechtfertigend herab aus der kampfwild erstrittenen Weite auf die dunkel geborgenen Früchte des Darbens. Befreit aus den lange verschlossen, verdrossen gewesenen Keimen der Enge stiegen die Gestalten der Poesie in das Leben zurück. Faust rief mit mephistophelischer Sicherheit, Tasso flehte in der Inbrunst seiner zertretenen Seele, Egmont befahl mit der lautern Stimme seines reinen Schicksals: »In die Welt!«

– »Nein! Ich *muß* gehen, sonst ermord' ich mich selber!«
schluchzte, endlich besiegt, die Brust überm schlafenden
Kinde.

Zweites Buch

Flucht

»Also Iphigenien erwarte ich in längstens vierzehn Tagen?«

»Ich denke, ich darf es versprechen.«

»Und Werther wirst du gewiß nicht liegen lassen? Nicht vor der Mühe erschrecken und Reißaus nehmen? Es wäre jammerschade.«

»Der Kerl ist mir zuwider wie Stachelbeersulze. Aber in Gottesnamen will ich's noch einmal versuchen.«

»Es ist mir eine wahre Erleichterung, denken zu können, daß die vier ersten Bände der gesammelten Schriften nun endlich in Ordnung sein werden. Man will doch einen Überblick haben. Und diese unbezahlten Nachdrücke! Daß du aber dem Göschen ordentlich auf die Finger schaust! Der beluxt dich sonst auch noch! Ich meine überhaupt . . . .«

Nervös unterbrach Goethe: »Dich friert ja!« Er hatte Frau von Stein, die nach vollendeter Kur heimfuhr, vom Karlsbad bis Schneeberg herübergeleitet. Sie gingen, indes der Postillon im Gasthof drin sein Halbmittag löffelte, auf den Katzenköpfen der engen Gasse auf und nieder. Der Omnibus stand mit scharrenden Pferden in einer großen Regenpfütze parat, die den südwindgejagten Blankhimmel blauweiß widerspiegelte. »Du bist immer das gleich unvorsichtige Geschöpf, das nach dem Kalender und nicht nach dem Wetter geht!« Umständlich legte er ihr die Federnboa, die sie um den Hals trug, unter dem zylinderartigen Maschenhut enger an. »Als ob's Mitte August in Böhmen nicht hundekalt sein könnte! Und wenn dir gerade jetzt, wo du dich erholt hast, ein Schnupfen anfliegt?«

»Mein Zahnweh, höchstens, fürchte ich.«

Wie er sie ansah, mit kummervoll großen nachdenklichen Augen, konnte er für ihren Mann gelten. Der glücklich war. Gattenhaft fürsorglich sah er aus im grauen Reiseüberrock, in den festen Kalblederstiefeln und dem dicken Halstuch. Das Gesicht sonnverbrannt, die Gestalt zwar hager, aber verjüngt gegen Weimar. »Die paar Wochen«, sagte Frau von Stein froh hin, sie hielt die Hutkrämpe gegen den lustigen Wind, der an den altgrauen und altgelben Hauswänden hinstrich, den Hahn auf dem Kirchturm tanzen und die grünen Fensterläden klappern machte, und lachte gesundet, »will ich's schon fertig bringen, mich zu schonen. Und dann kommst du ja wieder! – Mon Dieu! Fährt er schon ab?« Sie liefen zum Omnibus zurück. Nein, der Herr Postillon hatte noch einen Schnaps zu trinken! Aber die Passagiere waren schon drin im Wagen. »Sage!« fragte Frau von Stein lebhaft und legte ihren Arm so in seinen Arm, daß die Hand im safranfarbenen Handschuh gerade seine Hand fand; »was für eine Arbeit wirst du nun vornehmen? Steine, Pflanzen, Osteologisches? Oder Tasso?«

Er vermochte nicht gleich zu antworten. Verlegen blickte er weg. Stieß die Spitze des Stockes zwischen Katzenkopf und Katzenkopf in die Erde. Weißgott! Wenn er es unnachsichtig betrachtete, war es eine Feigheit – und Falschheit – ohnegleichen, ihr nicht zu sagen, daß er nach den »paar Wochen« nicht nach Hause zurückkehrte, sondern nach Italien fuhr! Daß er's allen anderen nicht verriet, gut! Aber ihr?

»Lotte!« sagte er heiser, während ihm das Herz in der Brust drin wie einem Verbrecher schlug; »es waren schöne Tage? Nicht?«

»Sag!« drängte er ängstlich, weil sie in plötzlicher, unbewußter Angst in die Weite blickte, »warst du nicht zufrieden?«

»Sehr!« Zuversichtlich kam ihr Blick zurück. Geborgen drückte sie seine Hand. »Sogar sehr! Ungetrübte Tage waren es!«

Erleichtert richtete er sich empor. Man muß die Sachen sehen, wie sie sind! Es war vollkommen richtig, ihr nichts zu sagen! Gewiß, so viel hatte er an sich schon erfahren: wo es darum ging, daß er sich entwickelte, mußten die anderen leiden. Aber sollte er verdorren? »Selten noch, siehst du«, begann er übereifrig, wie um den plötzlichen Mut noch zu erhöhen, »habe ich es so erkannt wie in diesen Tagen: wir sind – ja! lach' nur so süß!« – oh unseliges Dilemma! Er liebte sie und floh von ihr weg! – » . . . im wahren Sinne des Worts: unzertrennlich sind wir! Dein Wesen und meines, jetzt erst, überhaupt dann immer erst ganz besonders, wenn wir den Schauplatz Weimar los sind, kommt es zutage: in allen Fudamentalartikeln des Lebens durchaus eins sind sie. Oder hältst du es auch nur für möglich, daß sich der Augenblick ereignen könnte, in dem wir einander nicht mehr wechselseitig das Nächste, Verwandteste, einzig Ergänzende wären? Nicht wahr: nein? Elf lange Jahre gehen wir nun nebeneinander, so eng und verschwistert wie wohl nicht oft ein anderes Paar Menschen, und es hat, mein' ich, genau so viel Kampf und Widerstand und auch Trennendes zwischen uns gegeben, wie zwischen allen anderen, die lieben. Aber: über die Möglichkeit einer inneren Scheidung sind wir doch heute auf ewig und endgültig hinaus! Wenn ich mir, zum Beispiel, vorstelle,« – ja, es war so! es war so! In hartnäckigem Glauben daran riß er den Kopf hoch – »vorstelle: du verreistest, auf Jahre, weißgott wohin, und ich würde dich lange nicht wiedersehen. Ja! Entbehren, vermissen, rufen, herbeiflehen würde ich dich, wie . . . . .«

Gefoltert setzte er aus. Grenzenlos wird sie leiden!

» . . . . . wie die Luft zum atmen«, fuhr er trostlos fort, »den Stab des Tags, die Ruhe der Nacht! Aber: daß sich dabei der Grundinhalt unseres Verhältnisses verändern, verschieben, verlieren, verflüchtigen würde . . . ?«

»Und dennoch ist mir bang!«

»Wovor?« Totenbleich zuckte er zusammen. »Wovor ist dir bang?«

Aber erst nach einer langen, unentschlossenen Pause, in der er entsetzt sah, wie ihr die Angst an der Kehle faß, antwortete sie zögernd: »Du verbirgst mir etwas!«

»In all den drei Wochen, die wir nun zusammen waren«, setzte sie stockend fort, »bin ich den Eindruck nicht los geworden, daß du uns allen – nicht nur mir – etwas verbirgst!«

Als ob ihn der Schlag getroffen hätte, fiel ihm das Gesicht auf die Brust herab. Wußte er beim besten Willen nichts anderes zu tun, als mit dem Stock in die Luft zu schlagen und mit verdammt künstlichem Lächeln zu lächeln: »Aber, Kind!«

»Sage, daß ich mich täusche!«

Der Schweiß trat ihm auf die Stirn. Felsenfest stand es: dieses Schweigen wird sie mir niemals verzeihen! Wenn jemand auf der Welt, so darf sie sich ein Recht auf meine Geheimnisse anmaßen. »Ich bin, so töricht es sein mag«, stotterte er, ringend zwischen Zweifel und Zweifel, »ein abergläubischer Mensch. Es gibt Entschlüsse, die ich mir vornehme, in mir fasse, und die ich nur deshalb nicht verraten will – und kann, weil mich die Furcht plagt, die panische Furcht davor: daß sie dann nicht zur Tat werden!«

»Versteh' ich nicht!« Mit plötzlich ganz und gar fremd gewordenem Gesicht, die etwas scharfe Nase pikiert nach aufwärts gezogen, sah sie an ihm vorbei. »Ein Mensch wie du, und abergläubisch!« Und bevor er noch, mitten drin im wildesten Kampf, den er noch nicht entschieden hatte, einen

Laut tat, zog sie den Arm aus dem seinigen und trat fest von ihm weg. »Also habe ich ja recht gehabt!«

Außer Rand und Band vor Ohnmacht stampfte er den Boden hinein. Nein! Jetzt sag' ich's ihr nicht. Gerade nicht! Eigens nicht! So sind sie ja alle, immer, wenn ihnen etwas nicht behagt! Schmollen und Reizen ist ihr ganzes Verstehen! »Ich kann eben genau so wenig wie jeder andere aus meiner Haut. Das ist das Ganze.«

»Streiten wir doch nicht!« Kalt drehte sie sich auf dem Absatz um. Im selben Augenblick riß ein Peitschenschlag die Luft entzwei: der Herr Postillon, ein dicker Fünfziger mit riesigem Schnurrbart im versoffenen Mondgesicht, war aus dem Haustor getreten. »Einsteigen, meine Herrschaften!« schrie er fett in den Platz hinein und peitschte, daß der Platz knallte. »Einsteigen!«

Wie ein Pfeil fuhr ein Engländer, die Pfeife zwischen den Zähnen, in den Omnibus hinein, der zum Bersten voll war.

»Lotte!« stammelte Goethe, verzweifelt an den weitfaltigen Mantel aus blauem Schnursamt gepreßt, »laß uns um Gotteswillen nicht so auseinandergehen! Fühlst ja doch, weißt ja doch, daß mir die ganze Welt nichts zu sagen hat, wenn du mich nicht lieb hast, und daß ich in einer Viertelstunde schon untröstlich, unheilbar . . . Lotte!«

»Wenn du nur bald zurückkommst!« lächelte sie wehmütig mit heroischen Lippen, die Tränen liefen ihr armselig über die Wangen herab. »Wann wird's denn sein?«

Todverachtend bestimmt, während er, von Vorwurf und Ahnung zerrissen, die gebrechliche Gestalt auf den Tritt emporhob: »Heut ist der vierzehnte. Wenn es gut geht, bin ich Ende des Monats mit den vier Bänden fertig. Dann möchte ich noch auf eine Zeitlang – – irgendwohin.«

»Wohin?«

Aus verzerrten, verzogenen Zügen, kein Wort nah am anderen: »Ich sagte doch schon: ich möchte für eine gewisse Weile in eine andere Luft – in ein neues Stück Welt.«

»Abfahrt!« schrie der Postillon wütend und sprang auf den Bock.

»Liebstes!«

»Du!« Wie im Schauer von Schmerz und von Rosen: Kuß und Umarmen.

»Schreibe!«

»Du auch!«

»Vergiß mich nicht!«

»Grüß mir die Buben!«

Jetzt winkt noch ihr Auge. Jetzt winkt ihre Hand noch. Mit dröhnendem Trab schaukelt der Wagen über die Buckel der Pflaster. O! Fing die Hegire so an? »Und ich Ausbund! Ich Scheusal!« Und in der brennenden Scham ein herzhafter Sprung, und er stand schon im Wagen; auf dem Trittbrett. »Bitte!« schmeichelte er, höflich den Hut gezogen, und sah dem Engländer unwiderstehlich ins verblüffte Gesicht. »Wollten Sie wohl die große Entsagung üben, nicht zu rauchen? Die Dame« – ein Blitz nur von Blick – »kann Tabak nicht vertragen.« Und im Nu wieder herabgesprungen, aus unheimlich weitoffenen Augen, sah er dem Wagen nun zum zweitenmal nach. Jetzt rollte er in den Engpaß der Gasse. Jetzt verschlang ihn einschärfend der Bauch, den mit eigensinnig austretender Mauer das Stadthaus in die Gasse hinein wölbte. Und jetzt . . . .

O! Dieses Augenblicks, da er, wie zwischen Gestern und Morgen, einer Welt, die versank, und einer Welt, die neu aufstand, im Schneeberger Platzpflaster gestanden hatte, zu Mittag des vierzehnten August, den Hut in der Hand, an allen Gliedern zitternd und nicht fähig, umzukehren, und

nicht fähig, fortzugehen, nein! in willenlosem Warten gebannt, bis ein Mann an ihn herantrat, der fragte, was er
begehre, und den er nun fragte, ob er ihm wohl die
Wohnung des Bergverwalters Beer zeigen könnte, – dieses
Augenblicks mußte er sich oft noch mit Grausen erinnern!

»Hast du von Lavater nichts weiter gehört?« fragte ihn, ein
paar Tage nach der Rückkehr, der Herzog auf dem Morgen-
spaziergang hinter Karlsbad, im sanft ansteigenden Walde.

»Nichts!« erwiderte er blutrot, als wären ihm die Kleider
vom Leibe gerissen worden; noch vor wenigen Wochen, in
Weimar, hatte er den einst so Vergötterten wie einen räudi-
gen Hund behandelt.

»Und von Frau von Stein?«

Und da saß schon der Stich, der erinnerte Augenblick, dol-
chspitzig im Herzen. Über ein Wieschen und die Tannen
zur Rechten in das nackte Gestein empor, das sich in ungleichen, wagrechten Lagern unter dem makellosen Himmel talaus schob, schielte hilflos der Getroffene. »Daß sie
gut ankam in Kochberg. Und Ernst große Schmerzen
leidet.«

Der Herzog, barhaupt, die Sonne im Gesicht und auf dem
verräterisch ausgesuchten dunkelvioletten Kleide mit Gold-
stickerei, lachte derb. Er hatte einen guten Tag, gute Zeit
überhaupt jetzt: ferne von Weimar, dazu von Preußen herab
– trotz dem Tode des Königs – die angelegentlichste Werbung. »Wenn ich nicht irre«, schmunzelte er teuflisch und
blickte herüber zu Goethe, »hast du, vor Jahren, meine
Bekanntschaft mit Lavater ›Siegel und oberste Spitze‹ unserer damaligen Schweizerreise genannt und eine ›Weide
am Himmelsbrot.‹ Nicht? Und jetzt?«

Als ob ihm ein Riese auf den Fuß getreten wäre, zuckte
Goethe empor. »Tempora mutantur,« gab er stotternd
zurück.

»Nos autem mutamur in illis!« war die schlag-
fertige Antwort. »Als du neulich Abends aus der Iphigenie
vorlasest...« – Karl August blieb stehen, schickte das
Auge in den Himmel hinauf und ließ es darin festsitzen, als
ob die goldene Bläue alle Bilder widerspiegelte, die eine
plötzliche Erinnerung wachrief – »kam mir das gewaltig
zum Bewußtsein. Was sind neun Jahre! Als ob es heut
wäre, steht mir der Abend vor Augen, an dem ich den
Pylades am Ettersberg spielte. Es war im April, um den
zwanzigsten herum....«

»Den zwölften war's.«

»Kalenderfuchs! April ist April! Und wir hatten damals
beide noch wirklich April!« Derber noch lachte er. O, er sah
es sehr wohl, wie den Mann neben ihm da der Name
»Iphigenie« noch viel blutiger ritzte als der Name
»Lavater« und der Frau von Steins; wie er das Gesicht
verzog, Ameisen in die Glieder bekam, wie unter Felsen
wild atmete, und ihn knirschend verfluchte und verwünschte. »Natürlich gefiel mir das Stück. Was gefiel mir denn
nicht von dir? Aber von Verständnis war doch keine Spur
da. Eine edle, humane, griechische Fabel in humanen, edlen
Versen – von J. W. Goethe. Jetzt hingegen....?« Stolz,
ohne jeden Rückhalt von übertreffender Fürstlichkeit
wandte sich der sprechende Blick Goethen zu. »Jetzt...
dämmert es mir sehr beträchtlich, was da gewollt und erreicht ist. Weib und Frau, – welch unendlicher Unterschied!
Ich habe noch immer – sei's geklagt! – für die Weiber viel
übrig. Aber gerade die Unzufriedenheit mit mir selber
darüber ist der stärkste Grund meiner Verehrung für die
Frauen. – Was lachst du?«

»Im Gegenteil!« versicherte Goethe, sofort, tief erlöst:
Gottseidank war die Klippe umschifft, die Gefahr vorbei,
und hatte er überdies den Herzog jetzt dort, wo er ihn
gerade heut haben wollte. »Ich freue mich vielmehr ganz
besonders...«

»Was man in sich selber nicht hat«, unterbrach rasch Karl August, »das begehrt man am meisten. Ich muß einen Charakter wie Iphigenien verehren, weil mir die Reinheit, die Unbedingtheit, Sicherheit, – Selbstverständlichkeit ihres moralischen Instinkts leider Gottes abgeht. Rettungslos abgeht! Ich mußte immer an Louisen denken, als du lasest. Es ist eine Ironie sondergleichen, daß mich das Temperament des Bluts von einem Menschen entfernt, den der ethische Sinn aufs Bewußteste immer neu suchen geht. Welche Vorwürfe ich mir oft mache! Du hast keine Ahnung! Aber auch das tat mir wohl: jetzt, im Zuhören, zu erraten, daß du, ganz ähnlich wie ich, zum Dithyrambus auf die edle Frau eigentlich nur dadurch kamst..«

»Wodurch? Schnell! Also?« fiel entsetzt Goethe ein.

» . . . daß du dein eigenes Ideal von Sittlichkeit«, antwortete ohne Schonung Karl August, »in dir selbst nicht erreichtest. Daß du anders lebst, als du innerlich möchtest. Und, von diesem Gesichtspunkt gesehen – da kommt die Erzherzogin!«

»Darf ich Ihnen«, lächelte er wunderschön nach der Verbeugung, die er mit duftiger Frisur über dem Handschuh der jungen Maria Anna gemacht hatte, »meinen Freund und Minister Herrn von Goethe vorstellen?«

Erzen, bolzengerade, das gefrorne Lächeln restloser Hofetikette in den zusammengerafften Zügen, stand Goethe vor dem verlegenen Prinzeßchen.

»Sie würden es verschmerzen dürfen, kaiserliche Hoheit«, fuhr der Herzog übermütig wie in einem Champagnerschwips fort, »keinen Sprudel in Karlsbad getrunken und mich und andere Barbaren mit Krönchen nicht gesehen zu haben. Aber *ihn* nicht gesehen zu haben . . . .«

Alle, wie verabredet, lachten: die Erzherzogin sanft und ahnungslos; die Fürstin Dietrichstein und die Gräfin Bellegarde furchtsam; der Herzog inbrünstig; Goethe steinern.

»Und Sie können sich's erst noch zum Glück anrechnen. daß Sie ihm mit mir da begegnen! Denn er hat eine heillose Angst vor allem, was Hof ist, weil er schon elf Jahre bei Hof ist, und flieht, was nach Thron riecht, wie den leibhaftigen Teufel! Haben Sie seinen Werther gelesen?« – Da, unheimlich rechtzeitig, trat Goethe vor. »Kaiserliche Hoheit haben einen anmutigen Spaziergang gemacht?« lächelte er wie von kirchturmhoher Höhe herab, daß es dem Herzog schien, er höre die Scherenspitzen klappern überm zerschnittenen Faden. »Die Umgebung Karlsbads ist ja so unendlich abwechslungsreich, so für jeden Geschmack und für jede Konstitution genießbar . . .«

»Und das sagt ein Goethe!« schüttelte sich der Herzog vor Lachen, kaum daß der verdutzte Hofstaat die Erzherzogin wieder entführt hatte, und rang die Hände: »sagt *mein* Goethe!«

»Sie werden nie anders!«

»*Du* hast mich abgekanzelt!«

»Sie haben es provoziert!«

»Wie das arme Ding rot wurde! Ist sie jung? Ist sie alt? Bei den Habsburgern bringt kein Mensch mehr heraus, als: daß sie Habsburger sind. Ihr Land ist sympathisch. Aber sie? Übrigens vermute ich, daß ihnen Fritzens Tod wie ein Praterfest mit laufenden Backhendeln kam. Sage?« Aber Goethe – »Da schauen Sie her!« rief er begeistert, stand weit weg schon von Habsburg mit gespreizten Beinen in der gerölligen Halde, krallte mit eiligen Händen einen verwitterten Klumpen aus dem sandigen Gries, bröckelte den Schutt um den Kern herum ab; sprang zurück. »Sehen Sie den Kristall? Feldspat! Rhombischer! Wie er hier überall im

Granit vorkommt. Das heißt: nur im grobkörnigen.« Atem-los, einen Strich unbändigen Glücks im Zug von den Wangen zum Kinn, klopfte er mit dem Taschenmesser den Kristall frei. »Ist das nicht köstlich? Ein vollkommen ausgebildeter Doppelkristall aus zwei Kristallen, die ineinander und übereinander greifen. Den einen ohne den andern könnte man gar nicht denken. So ein Kerl! Ich habe bisher keinen größeren und schöneren gesehen. Auch in der Müllerschen Sammlung steckt kein so frappanter. Unglaublich!«

»Stein ist Stein,« sagte der Herzog.

»Da heroben hat die Verwitterung schon begonnen. Sehen Sie? Weiße Porzellanerde. Aber abwärts, – die Farbe ist doch prächtig! Haben Sie nie die Trittsteine vor den Häusern in Karlsbad betrachtet, wenn sie vom Regen abgespült sind? Ihr porphyrartiges Ansehen haben sie nur von diesem Feldspat.«

»Du nimmst doch den Felsen nicht mit?«

Den Fund wie einen lebendigen Schatz an die Brust gedrückt, lächelte Goethe glückselig. Alles böse Gewissen, jeder hindernde Zweifel, jeder innere Streit war jetzt völlig gebannt. Leuchtend stand es im Herzen und in Himmel und Erde: ich geh nach Italien! »Die Welt gibt uns überall«, sprach er wie im Triumph aus, »die Ahnung eines Zentrums, aus dem ihre Wesenheiten geschaffen sind und sich weiterbilden. Diese Ahnung herzhaft erfaßt, den Gegenstand, der sie wachruft, das Gesetz, auf das sie deutet, vertrauensvoll betrachtet und mit Folge fortgeführt, – und der Geist hat es leicht, Kreis um Kreis zu bilden, die einzelnen Erscheinungen zu ordnen, und langsam aus allen die eine, allen einzelnen übergeordnete nachschaffend zu formen. – Ich sage das nicht«, fuhr er nach innigster Pause fort, »um meine Leidenschaft für den Granit als das Höchste und Tiefste im Erdbau zu rechtfertigen. Aber: alle natürlichen

Dinge stehen in genauem Zusammenhang. Es hat mich mehr, als ich zeigte, beruhigt und erfreut, als Sie mir vorhin verrieten, daß Ihnen Iphigenie den Wert einer edlen Frauenseele als auch eines Zentrums inneren und äußeren Manneslebens empfinden ließ. Denn ich erblicke darin Ihr Verlangen nach Sammlung. Und Sammlung im Zentrum ist alles, aber auch das Einzige, wessen Sie noch bedürfen!« Geradezu gleichgewichtslos war er vor zwei Stunden dem frisch und blank daherstürmenden Fürsten in die lebenslustigen Arme geraten. Nun sah er nicht gemessen wie der Hofmann, nicht wichtig wie der Staatsmann, nicht dunkel und unberechenbar wie der Dichter, sondern sicher väterlich aus, auf der Mitte eines Lebens stehend, das unermüdete Fürsorge für die Seele des Anvertraut-Gewählten golden und inhaltecht gereift hatte. Während Karl August, als strahlte diese Wandlung auf ihn über, sinnend ging, die Hände auf dem Rücken, gewillt zu lauschen, und überzeugt, daß es gut wäre, zu gehorchen. »Ich darf wissen«, begann Goethe entschlossen von neuem, »Ihnen den Glauben an meine Liebe niemals durch Schmeichelei eingeimpft zu haben. Ich bin unabhängig und selbständig. Ich verhehle Ihnen nicht, daß mir der Hof nie Freude gibt, sondern nur Freude nimmt. Anderseits begreifen gerade Sie, daß bei meinem Dienste der Mensch gewinnt, was der Poet verliert. Sie aber glücklich zu machen im Bewußtsein, daß Sie ein Land glücklich machen, das Sauerteig sein kann im Mehl von Deutschland, ist nicht ein Bestreben aus dem Schaffenstrieb meines Geistes, sondern aus meinem Herzen. Sie sind ein ganzer Fürst, und werden ein immer richtigerer, je mehr Sie den Menschen in sich selbst vervollkommnen. Der Mensch bildet sich aber nicht von außen nach innen, sondern umgekehrt. Die Welt erwirbt man nicht, indem man über ihre Länder und Meere dahinfliegt, sondern indem man irgendwo auf ihr wie in seinem Mittelpunkt tätig Wurzel faßt. Gewiß hilft es dem Charakter, sich besser zu erkennen, wenn er, nach stetem Beharren auf seinem Platze, einmal einen anderen aufsucht, um die Wirkung neuen Himmels, neuer Erde, neuer Menschen und Sitten auf ihn zu erproben. Aber, kehrt er nicht mehr zurück,« – Buchstabe für Buchstabe, wie aus tropfenweise hergebendem Brunnen kam's heraus – »dann heißt das ebenso gewiß: daß der lang behauptete Platz falsch und die Kraft, die dort betätigt wurde, vergeudet war. Darf ich die Moral aus dieser Reihe für Sie ziehen?«

»Ich bitte darum.«

Tiefatmend blieb Goethe stehen. Was er verlassen wollte, lag als Berg von Verantwortung auf der stürmisch bewegten Brust. Was ihn erwartete, befahl mit beschwörender Eindringlichkeit: bestelle vorerst, nach deinem Gewissen, dein Haus! Dir sind nicht Landfetzen anvertraut, abstrakte Geschäfte und Leute, die Material eines Regimes sind, sondern Seelen, die wiegen. Und bissig marternd im innersten Innern ging die Wunde jenes grausigen Augenblicks wieder auf: des verlogenen Abschieds von Charlotte. Umsoweniger durfte ein zweitesmal geschwiegen, gelogen werden! »Ich maße mir kein Recht darauf an, Ihrem Einflußdrang Grenzen zu setzen. Jeder bewegt sich gern, wie die Glieder es verlangen. Ich kenne Sie so gut, um ganz zu wissen, wie nur ein hoher Begriff von Ihrem Amte Sie dazu treibt, für die Fürstenbundsache so hitzig zu fechten.«

»Da wären wir also!« lachte Karl August nicht ohne Verlegenheit auf.

»Da sind wir. Jawohl! Ich habe mich, soweit nicht Sie mich zur Anteilnahme verpflichteten, von diesem Problem ferngehalten. Ich bin kein politischer Geist. Ich gehe also auch jetzt in die Einzelheiten des Zwecks und der Technik zu seiner Erreichung nicht ein. Ich sage nur so viel: auch wenn der Erfolg die Bemühungen gerechtfertigt haben wird, – Eines bleibt gewiß: der Herzog von Weimar hat seine beste Kraft seinem eigenen Land entzogen!«

»Weimar ist doch in Deutschland?«

»Trotzdem sehe ich die Gefahr: Deutschland zu nützen, ohne Weimar zu nützen.«

»Weil du kein Nationalgefühl hast!«

»Ich erblicke die deutsche Nation in der deutschen Kultur. Im Geistig-Sittlichen erfüllt sie ihre Sendung.«

»Kein Mensch lebt von der Seele allein; geschweige denn eine Nation!«

»Aber alle die Experimente der Fürsten und Staatsmänner, die sich um den Leib der Nationen kümmern, fragen gewöhnlich keinen Deut darnach, ob diese Experimente auch vom moralischen Schritt der Nation gefordert werden. Und darum geschehen sie denn auch fast alle und immer zu Abbruch des Innerlichen, lenken die Entwicklung der Nation von der Seele ab und erweisen sich am Ende – eines wie das andere – als simple Wiederholungen der sogenannten Weltgeschichte . . .«

»Von der du, sehr hochmütig, behauptest, daß sie keinen höheren Sinn habe, als den, dem dramatischen Dichter als Repertoire zu dienen!«

»Als Repertoire der immer gleichen Gegensätze zwischen Starken und Schwachen, der immer gleichen Ursachen, Mittel und Ausgänge des Kampfs zwischen beiden, – also der immer gleich barbarischen Rauflust und Mordgier, der selbst ein Evangelium Christi nichts anhaben konnte!«

»Und doch wird die deutsche Nation in wenigen Jahren von allen anderen auch moralisch für alle Zeiten überholt sein, wenn sie sich nicht endlich aufrafft aus der Schande ihrer Apathie!«

»*Sie sich* aufrafft! Denn so sehr ich der Ansicht bin, daß der innere Fortschritt einer Nation nur von den Einzelnen bestimmt, nur von Gipfeln hinaus- und hinabgeleuchtet wird in die Masse der Täler und Ebenen, – so sehr glaube ich, daß die irdische Sorge um ihren Hausbau der Nation als solcher muß vorbehalten bleiben. Sie wird sich schon rühren, wenn sie innerlich so weit ist!«

»Darauf kannst du lang warten!«

»Das kann niemand wissen. Was man aber gewiß weiß, ist dieses: daß es Preußen nicht einfallen wird, in der Fürstenbundsache für die deutsche Nation zu handeln. Das fällt *Ihnen* ein, aber nicht Preußen!«

»Da hört sich doch alles auf!« Bebend vor Zorn stampfte der Herzog in den Boden. »Was weißt denn du von der ganzen Geschichte? Ich kann von einem Staat nicht verlangen, daß er gegen seinen Vorteil politische Pläne verwirkliche. Natürlich hat Preußen keinen Nachteil vom Bund. Aber daß in der ganzen, verlotterten Tafelrunde deutscher Fürsten, wenn es sich um das Werden eines einigen Deutschlands handelt, nur der König von Preußen als spiritus rector in Betracht kommen kann . . .«

»Es handelt sich um die moralische Vervollkommnung der deutschen Nation!«

»Die noch nicht da ist!«

»Aller Deutschen denn!«

»Von denen jeder anders denkt und tut als der andere!«

»Das hindert die Vervollkommnung nicht!«

»Zeige mir eine Nation, die in der Uneinigkeit groß wurde!«

»Sie braucht eben nicht äußerlich groß zu werden! Staatliche Größe ist Herrschaft und Macht, diese zwei Begriffe aber haben mit sittlicher Sendung nichts zu tun!«

»Und wenn es den Russen, den Briten, den Franzosen, – einer weißgott wie gewaltigen Koalition einmal einfällt, über dies Schachbrett von Ländern und Ländchen herzufallen und es in Grund und Boden zu stampfen?«

»Gegen Möglichkeiten, die in der Inferiorität der Anderen liegen, läßt sich schwer vorbeugen!«

»Also abwarten und Tee trinken?«

Aus den lichthellsten Augen sah Goethe den Aufgeregten an, der im Feuer seiner Überzeugung heiß glühte. »Ich sage es zum zweitenmal: ich bin kein politischer Mensch. Aber ich halte die Absicht, die die schaffende Natur mit den Nationen hat, nicht für darin erfüllt, daß sie große Staaten errichten, Menschen, Land, Geld, Reichtümer und Schätze häufen, über andere Völker gebieten, Furcht erzeugen und erhalten, – kurz: eine möglichst bedeutende Landkartenrolle auf der Welt spielen. Denn die Natur liebt ebensowenig den Mißbrauch der Kraft, den sie mitgibt, wie das Mißverhältnis zwischen den Geschöpfen ihrer Reihen. Ich kann mir natürlich vorstellen, daß die deutsche Nation geeint wird. Ich kann mir auch vorstellen, daß sie dabei – wenn sie besonderes Glück hat – moralisch höher kommt; aber auch, daß sie – wie es aufsteigenden Völkern gewöhnlich ergeht – innerlich niedersteigt. Ich kann mir endlich sogar vorstellen, daß sie ungeheuere Siege erringt, oder ungeheuere Niederlagen erleidet.« Frohgemut lachte er. »Das ganze Repertoire der Weltgeschichte kann ich mir eben von der geeinten deutschen Nation ebenso gut wie von der zerstückten vorgestellt denken. Aber: für heute und immer werde ich sowohl die glorreichsten wie die demütigendsten Stationen dieses äußeren Wegs für unwesentlich halten. Für völlig nichtssagend! Sie zeigen nur den Spielanteil der Deutschen am Theater der Welt an, nicht den moralischen Anteil der deutschen Nation am Prozeß der Vervollkommnung der Menschheit. Um diesen allein aber ist's mir zu tun! Sie kennen wie ich unseren Nationalcharakter. Er wird, geblendet von der pomphaften Auswirkung, die der ganz andere Charakter der andern europäischen Völker von diesen verlangt, stets verkennen, daß sein Reich von einer anderen – von der sittlichen Welt ist, und daher immer glauben, die »Großmächte« nachahmen zu müssen. Begreiflicherweise wird ihm das nie gelingen. Aber erst, wenn er das bittere Lehrgeld dieses Mißlingens immer wieder und wieder wird bezahlt haben, wird es ihm aufdämmern, daß, genau so wie der einzelne Mensch, auch ein Volk seinen höchsten Triumph nur darin finden kann: durch die möglichste Ausbildung seiner geistigen Natur dem Gesetz der aufsteigenden Entwicklung *aller* Organismen zu helfen. Und diese Dämmerung . . . .«

»Soll ich meinen Landständen beibringen!« Schallend lachte Karl August; fuchtelte puterrot, mit empörten Armen vor Goethe herum. »Daß das aber nichts anderes heißt, als: die Sachsen-Weimar-Eisenachschen Fliegen fangen und dabei den Daumen im Schoße drehen, dürftest du wissen. Als ob das, was wir »Volk« nennen, jemals die Leiter des Geistigen emporgeführt werden könnte! Das, was wir Wenigen in Weimar – wenn du erlaubst, daß ich mich mit dazu zähle – an Geistigem fördern, jemals über uns Wenige hinaus wirkte! Die Masse muß handgreiflich – und das heißt: daß sie's am *Leibe* spürt – geschüttelt werden, um auf einen neuen Gedanken zu kommen! An der Seele magst du *uns* packen, die zum Bewußtsein von ihr schon gekommen sind. Aber nicht die Masse!«

»Die Masse muß eben zu diesem Bewußtsein gebracht werden!«

»Damit jeder noch so stinkende Prolete sich selber bestimme, wahrscheinlich?«

»Sich selber verantworte!«

Grausam höhnisch lachte Karl August auf. »Du bist und bleibst der Frankfurter!«

»Der Bürgerliche, wollen Sie sagen?«

»Ich kann nichts dafür, daß ich keiner bin!«

»Aber es steht beim Fürsten, das obligate Potentatenspiel nicht mitzumachen. Ein höheres, bedeutenderes Leben zu führen.«

Als ob ihm Eisenringe die Brust schnürten, atmete Karl August. Mit schmerzhaft durstigen Augen blickte er hinaus in die Weite. Sie waren auf dem Sattel angelangt. Flammende Wiese dehnte sich vor ihren Füßen, senkte sich, zwischen den links und rechts mählich abflankenden Ufern des Waldes hinab in die glastigen Wellen des Bodens, der, im Mittaglicht, Berglein, Hügel, Dorfschaften, Tümpel und Säume gierig eintrank. »Ich brauche Feld wie jeder andere!« brach er wie am Ersticken los. »Muß etwas wirken, erschaffen, leisten, erzeugen können!«

»Für die menschliche Leistung gibt es kein weiteres Feld als das geistig-sittliche!«

In prasselnder Glut ging Karl August auf. »Und es ist wahrscheinlich keine sittliche Idee, eine Nation aus dem Schlaf zu wecken? Ja, du! Du hast es leicht! Wenn dir dein Ilmenauer Bergwerk zu fad wird und die Kriegskommission die Gelbsucht anhetzt, dann gehst du ins unbegrenzte Reich deiner Kunst . . . . .«

»Vide: Lila, oder Jery und Bätely!«

» . . . oder deiner Naturwissenschaft, und tobst dich aus! Ich aber, – soll ich wie der Weimarer Stadtkirchturm unbeweglich brav hocken bleiben zwischen meinen schundigen Mistbeeten und keinen Muckser tun, wenn mir die Zunge beim Hals heraushängt?«

»Es tut mir sehr leid,« antwortete Goethe nach trockener Weile ungerührt, »aber ich kann auch Ihrem Furor gegenüber von meiner Mahnung nichts nachlassen. Jeder gewissenhafte Mensch, auf welchem Platz immer er stehe, hat vor allem die Pflicht, Beispiel zu geben; das Lehren und

Predigen kommt erst lange nachher daran. Ihnen also, da Sie nun schon einmal der Herzog von Weimar sind, obliegt die Aufgabe, es besser zu sein, als jeder, auch der qualifizierteste Andere vermöchte. Damit ist aber schon gesagt, daß Sie Ihre großen Anlagen nicht einem politischen Phantom widmen dürfen, das Ihrem Land höchstens mittelbar nahegeht, – sondern diesem Lande unmittelbar!«

»Als ob ich der Landes-Rabenvater in Person wäre!«

Ruhig ließ ihn Goethe ausbrausen. »Eben weil Sie auch den guten Durchschnitt deutscher Regenten weit überragen«, erwiderte er weise lächelnd, »muß jeder, den das Schicksal an Ihre Seite gestellt hat, rücksichtslos danach trachten, Sie zum Muster . .«

»Eines Miniaturfürsten zu machen!«

»In der Beschränkung zeigt sich erst der Meister!«

»Dankbare Aufgabe!«

»Jede ist dankbar, die Menschen erziehen hilft.« Und noch weiser, noch herzlicher lächelte Goethe. »Und wüßten Sie erst noch, welch hohen Ruf Sie bei den Besten rundum genießen, die Sie kennen, weil sie Sie erfahren haben, – dann würden Sie noch leichter begreifen, warum ich so inständig bitte: erhalten Sie sich Ihrem Lande!«

Jäh ging Karl Augusts Kopf in die Höhe. Aber kein Wort mehr kam aus ihm heraus. Sie hatten den Rückweg angetreten. Stumm, mit starken Schritten gingen sie nebeneinander. Stille nahm sie der Wald wieder auf. Ward immer dunkler, schweigsamer, dichter. Die Schritte immer hartnäckiger. Ein Vogel sang jubelnd von weit hinten im Dickicht herüber. Das Stückchen Himmelblau über den reglosen Spitzen lachte mit ungemessener Freude herab. Als die Finsternis sich lichtete, die Bäume langsam zurücktraten, fiel die Sonne voll in den Grund herein. Ein paar Lärchen säumten jetzt noch den Weg. Nach scharfer Krümmung begann er rauh abzusteigen. Die Stadt erschien. Dach an Dach, die Türme, der Fluß, die Promenade. Plötzlich, unisono, läuteten die Mittagglocken. Der zurückgebliebene Wald schien begeistert zu lachen. Die niederfallende Halde, die Stadt, das Land um sie herum, alles frohlockte. Groß und nackt schwebte die Sonne. Ungefährliche Wölkchen segelten. Jugend glänzte über dem Grünen. Mut sprach aus dem heiter aufgerollten Licht in die Weite. Das Deutsche aus dem Handinhand der greifbar gerahmten Nähe. »Sage mir jetzt«, blieb hart Karl August stehen, unerbittlich blickte das tapfere Auge Goethen an, »warum habe ich diesen Sermon gerade heute gekriegt?«

Wie gestochen fuhr Goethe empor: Das Stichwort!

»Man hat mir in der letzten Zeit zugeflüstert«, fuhr Karl August fort, – als ob er erriete, daß in der Brust da neben ihm jetzt ein wildes Herz bange hämmerte, begann auch in seiner drinnen der Schlag zu toben – »daß du an eine Demission denkst. Stimmt das?«

»Käme sie Ihnen erwünscht?«

»Red' nicht so dumm!«

Im Nu verwandelte sich Goethe. Strahlend vor dem entschlossenen Blick ging in Himmel und Erde die Schrift auf: ich geh nach Italien! »Dann bedarf es hierüber keiner Worte,« sagte er schweratmend. »Aber um Urlaub möchte ich Euer Durchlaucht bitten.«

»Für – länger?«

Aber erst, als sie wieder im Schritt waren, antwortete Goethe. »Ich wäre dankbar, dürfte ich gehen, ohne einen festen Zeitpunkt der Rückkehr schon heute zu bestimmen. Ich benötige, möchte ich sagen, einer Luftveränderung . . . .«

»Ah! Endlich!!!«

» . . . und einer gewissen neuen Sammlung. Das Amtliche ist soweit geordnet, daß es mich getrost eine Weile lang entbehren kann. Übrigens war ich in der letzten Zeit ohnehin zu nichts mehr nütze. Kehre ich zurück, dann hat die Maschine wieder Dampf.«

Schwer schleppend, mit einem Schlag gesenkten Hauptes, schritt der Herzog. Also gab es auch in dieser Freundschaft von Jahr zu Jahr mehr und entschiedenere Wünsche, die sich nicht vereinen ließen! Da war er, der nach Neuem begehrte; und da war der Andere, der nach Neuem begehrte. Für jeden von beiden aber war das Neue etwas anderes! »Merkwürdig!« stieß er bleich hervor, sie näherten sich gerade den ersten Häusern, »selbst wenn dir Weimar bis an den Hals geht und mit dem Ersticken droht, verteidigst du es und hältst daran fest. Nicht reden!« setzte er atemlos hinzu; leidenschaftliche Handbewegung. »Es würde auch wirklich viel in mir zusammenbrechen, wenn ich den Glauben an deine unbedingte Treue verlieren müßte. Obwohl ich, offengestanden«, – einer Schafgarbe hieb er den Kopf ab mit dem sausenden Stock – »auch eine Untreue – von dir! – begreifen würde.«

»Ich habe« antwortete Goethe schnell wie im Schwindel, trotz der Glorie von Freiheit, die jetzt zaubernah mitschwang in jedem Strahl, jedem Lufthauch, würgte ihn etwas, »eine Karte meiner Existenz auf Sie gesetzt. Und Sie dürfen nicht glauben, daß ich die riesenhafte Bändigerarbeit nicht sehe, die Sie brav gegen Ihr Temperament leisten. Im Gegenteil! Ich sehe alles!«

»Und bist doch niemals zufrieden!«

Schamlos schoß eine Träne aus dem mühsam offengehaltenen Auge. »Ich liebe Sie. Darum will ich Sie vollkommen sehen.« Als ob ihn ein Sturm im Rücken triebe, schritt er eilig und krumm. »Ich fehle nach meiner Fasson viel mehr als Sie. Aber ich sehe den Balken auch im Auge des andern gewiß nur aus dem Grunde, weil ich nicht nachlassen *will*, von mir das Höchste zu verlangen, und mich mitverantwortlich fühle mit jedem, der mit mir geht!«

Musik, sorglose Polka, fröhlicher Gang, buntes Lachen lustwandelnder Menschen und jegliche Farbe war wach jetzt. Aber sie hörten nicht; sahen nicht. Als sie wie aus tragendem Traum vor des Herzogs Quartiertor ankamen, blickten sie einander an, als wären sie durch den lautlos ewigen Saal ihrer verbundenen Seelen geschritten.

»Wohin du gehst, wirst du mir nach alter Gewohnheit nicht sagen wollen?« lächelte Karl August; sanft ließ er die Hand los, die er lange gehalten. »Denn eine gemeine Reise, ahne ich, wird es diesmal kaum werden?«

Mit zuckenden Fingern griff Goethe ins Jabot. »Wenn Sie Ihre Güte krönen wollen«, bat er, ohne aufzublicken, mit erstickter Stimme, »dann sagen Sie niemandem, wieviel Sie allein wissen! Ich – kann's nicht anders machen. Ich hoffe . . . .«

»Holländisch abschieben zu können?« Mit seinem liebevollsten Blick umarmte ihn Karl August. »Tu, was du mußt! – Abends bei Tafel?«

Freiheit? Auf einmal, endlich, wirklich: die Freiheit? In seligem Aufwärts, fanatisch, wölbte sich kostend die Brust. Umso entschiedener, – rücksichtslos biß sich der Erlöste durch den Menschenknäuel durch, aus dem ihn Blick um Blick habgierig anstach – umso unnachgiebiger heißt es jetzt: Ende machen! Abschluß! Bilanz! »Rück' mir das Werther-Manuskript herab!« befahl er Vogeln, dem Sekretär, kaum in der Stube eingetreten. »Zweites Fach von oben, drittes Abteil.« Und setzte sich sogleich an die Arbeit. Ohne daß er es merkte, ward der Mittag Nachmittag, der Nachmittag Abend. Ein nervöses Pfeifen auf den Lippen, die Hand an der Stirn, saß er über den Bögen: die vier ersten Bände der »Gesammelten Schriften« *mußten* am siebenundzwanzigsten in Ordnung sein. Aber der Abend wurde Nacht, die Nacht schritt vor, – er nicht! Gepeinigt sprang er, als der Nachtwächter unten Eins ausrief, auf. Der violette Sommerschlafrock wirbelte gefährlich um die fahrige Gestalt. »Nein! An dem Werther ändere ich nichts mehr! Ich kann nicht! Es geht nicht!« Und überhaupt! Durstig goß er ein Glas Rotwein hinab, biß, nur um etwas zu tun, in eine der drallen böhmischen Pflaumen, die auf dem gelbweißen Teller lagen. Ganz abgesehen von der Höllenqual, Hirn und Herz in lange schon überwundene Empfindungen, Überzeugungen, Erfahrungslosigkeiten zurückzuzwängen. –»Streiche ich einen Satz aus, dann kommt der Goethe von heut an seine Stelle, aber niemals der Goethe von damals!« Überhaupt aber, was war es denn, was er bisher geschrieben hatte? Stöhnend langte er den ›Faust‹ herab. Ein aus dem Unbewußten hervorgebrochenes, armseliges Fragment. Den ›Götz‹. Ein außerhalb aller Regeln in wirrem Zufallsgriff aus Konglomeratstoff herausgezerrtes Thema. Wenigstens stand diesem Werk gegenüber fest, daß es sich nicht in ein Stildrama umwandeln ließ! Aber ›Werther‹, von dem die Besserwisser *verlangten*, daß er ihn frisierte! Und – die anderen Dummheiten. Ja! Dummheiten! Spritzfahrten eines besoffen Weglosen, der nicht weiß: woher und wohin. Waren zum Beispiel diese ›Mitschuldigen‹ noch zu retten? Sollte die ›Geschwister‹ noch etwas verdaulicher machen können? Und ›Clavigo‹? Verzweifelt fuhr die Hand über die Augen. »Ich kann es nicht mehr lesen! Nicht mehr sehen!« Die Leute hielten dieses sorglos gedachte, sorglos gebaute, sorglos geschriebene Stück für pragmatische Kunst, wie jedes andere Stück von ihm! Und es war doch nur, wie jedes andere Stück von ihm, ein Stück Johann Wolfgang Goethe! Dies aber einzusehen, – »schauderhaft!« Hieß denn: sich selber bekennen, seine eigene, elende Menschlichkeit dadurch beruhigen, daß man sie niederschrieb, – hieß das: das Leben durch die Kunst bändigen? Was aber anderes als Fratzen der eigenen Vergangenheit, verjährte

Taktlosigkeiten, schamrot vergessene Geschmack-losigkeiten, überwundene Kinderkrankheiten, grinste aus all diesen Wachsmasken ihm entgegen? War das noch er? Steckte nur in einem einzigen davon er? Der Jetzige? Schaudernd warf er den ›Clavigo‹ aufs Bett. Da schaute ihn ›Stella‹ an. Eishaut lief ihm den Rücken hinab. Ekel strömte im Munde zusammen. Sterben, in Staub zerfallen sollte der Künstler nach jedem Werk! Kein Dieb kann überlegener höhnen, wenn er, zum organisierten Einbruchdiebstahl vor-gerückt, sich der anfängerhaften Dietriche erinnert, mit den-en er die ersten Schlösser sprengte! »Wo ist ›Iphigenie‹?«

Es kamen ihm die ›Vögel‹ in die Hand.

Erleichtert glättete sich die verzerrte Miene. Endlich etwas, woraus der Pubertätsschmerz und die Hätschelhanserei nicht glotzten. Auftauend las er. Gerne. Lange, bis ihn, wie Ahnung von Aufklärung, die ›Iphigenie‹ zurückrief. Die erst machte ihn still. Wie ein boshafter Affe schaukelte das Weimarische Jammerleben, das ihm die Zeit selbst zu diesem Werke gestohlen hatte, hinter diesen Blättern. Den-noch: der Affe störte nicht. Nichts mehr störte auf einmal. Der Mann, der da vor dem pechschwarzen Fenster saß, dar-in plätschernd dunkel die Nacht rauschte, war wieder Goethe. Und zwar der jetzige! Hier stand nämlich nicht nur Gebeichtetes. Hier floß – zum erstenmal! – Inhalt und Form in Harmonie zusammen. Konnte ein Kunstwerk werden! Alles andere . . . . .

Trotzdem! Jetzt rann der Glaube wieder! Erstand im ruhig gewordenen Geiste der Sinn für Stufen wieder. Man ist nicht Meister schon im ersten Sprung. Und gibt es einen rechten Dichter, der *nicht* beichtet? So fand denn Herder, als er am siebenundzwanzigsten nachmittags in die Stube trat, die vier Bände abgeschlossen. Mit einer einzigen Aus-nahme: ›Iphigenie‹ war auf die Seite gelegt worden. »Also dieser da«, fragte Herder mit Polizistenblick, nachdem er das Wertherheft Blatt für Blatt durchgesehen hatte, »bleibt, wie er ist?« Und sogleich war Goethes mühsam erstrittener Gleichmut dahin. »Ich habe«, erwiderte er mühsam beherrscht, »die Fremdwörter herausgetan, Lotte maskiert und Albert Einiges von seiner Unausstehlichkeit genommen. Kestners können nun ruhig schlafen!« Aber Herder legte das Heft nicht weg. Die artig gestärkten Spitzenmanschetten fielen ihm kokett über die roten, haltenden Hände. Das pedantisch ausrasierte Kinn, mit voller Rundung an die glänzenden Wangen geschmiegt, wiegte sich, als ob es Takt gäbe. Lehrerhaft wichtig blinzelte das Auge, das, vom Fistelleiden her, das, was es sagen wollte, noch immer nicht eindeutig ausdrücken konnte. »Ich habe den Abschnitt in den letzten Tagen wiederholt gelesen«, sagte er endlich, »und beanstandete folgendes: Der Verdruß Werthers bei der Gesandtschaft muß als Nebenmotiv des Selbstmords weg!« – »Aber Jerusalem hat sich aus unglücklicher Liebe *und* verletztem Ehrgefühl erschossen!« – »Du schreibst keinen Polizeibericht. Das Kunstwerk hat mit der Tatsächlichkeit nichts zu tun!« beharrte Herder bocksteif. »Dramatische Antriebe dürfen nicht gekreuzt werden. Die Seele handelt, wo sie aus der fortschreitenden Folge eines Affektes weiter handelt, zuletzt bestimmend aus dem Orgasmus eben dieses Affektes!« – »Im Gegenteil! Nach meiner Erfahrung unterliegt die erlebende Seele nicht nur einem Angriff. Sie tanzt, wie das Schiff, auf dem Meer aller Wellen. Die Marionette hängt an einem Faden; wir an allen, die bewegen können!« – Aber der Kritiker zuckte nur die Achseln. Ironisch blank schimmerten die Zähne zwischen den üppigen Lippen. »Und zweitens: ich möchte in die psychologische Schilderung, die das blinde Hinschreiten zum Endentschluß darstellt, ein zusammenfassendes, zum letzten Schritt drängendes Exempel, – ein Geschehen eingeschoben sehen. Die Logik der Erzählung ist am Schlusse zu abstrakt. Man müßte an irgendeinem letzten dramatischen Akzent begreifen, daß der Mann nicht mehr gerettet werden kann.«

Goethe war an das Fenster geschlichen. Stand nun mit dem Profil gegen das Fenster. Das Grün der Baumkronen, die vor der Brüstung draußen schaukelten, malte sein Gesicht bleich und alt. In unausgesetzter Bewegung quälte sich dieses Gesicht. Die Zähne bissen die Unterlippe. Die gekreuzten Arme zuckten. Die Finger spielten auf den Ärmeln Klavier. »Ich werde mir's überlegen,« sagte er schließlich finster und kam in den Raum zurück. Daß dieser adrette Mensch da ihn immer wieder peinigen kommen mußte! Auf diese Weise war ja immer wieder alles umsonst zur Ruh gebracht, zerstob jede kaum ertrotzte Sicherheit von neuem und schob sich die Reise immer weiter hinaus! »Sage mir lieber«, trat er Herdern jäh vor den Leib und ergriff die Iphigenie, »was aus dem Frauenzimmer da werden soll? Höre!« Und begann, als ob er eine Hanswurstiade läse, den ersten Auftritt zu lesen. Rücksichtslos, mit grausamer Übertreibung die Ruhelosigkeit, Unsymmetrie, Unrhythmik der kurzen Verszeilen herausstellend, in die das Werk erst in den letzten Wochen geschnitten worden war. »Was? Wie wenn eine angeschossene Katze übers Sturzfeld humpelt? Da war die Prosa-Fassung noch besser! Und jetzt höre dagegen Sophokles, aus der ›Elektra‹!« Und melodisch, in rollendem, atemreich vollem Period rauschte der griechische Vers an die lautlos aufhorchenden Wände. Da gab es keine Gruben und Hürden, vollends keine Erdspalten, darin das Wort diabolisch gleichzeitig mit dem entzweigerissenen Gedanken versank. »Ein Teufel hat mir den Mahner da in die Hand gespielt!« Triumphal schwang der Band in der abgesetzten Hand, Feuerwerk sprühte das herausgeforderte Auge. »Und jetzt nahst erst noch du mit dem Brechmittel ›Werther‹! Und ich bin müde, bin krank, habe es satt, möchte Tabula rasa machen, um endlich einmal Anderes, Neues zu beginnen! Die ganze Nacht habe ich gestritten mit dem Zweifel, ob ich mir die Mühe geben muß, den Vers noch einmal umzugießen. Hab's dann, am

Morgen, auch wirklich versucht: fünffüßige Jamben. Paß
gut auf!« Und nun las er zum drittenmal, keuchend:

»Heraus in eure Schatten, rege Wipfel
Des alten, heilgen, dichtbelaubten Haines,
Wie in der Göttin stilles Heiligtum
Tret ich noch jetzt mit schauderndem Gefühl,
Als wenn ich sie zum erstenmal beträte,
Und es gewöhnt sich nicht mein Geist hierher.
So manches Jahr bewahrt mich hier verborgen
Ein hoher Wille, dem ich mich ergebe;
Doch immer bin ich, wie im ersten, fremd.
Denn ach, mich trennt das Meer von den Geliebten,
Und an dem Ufer steh ich lange Tage,
Das Land der Griechen mit der Seele suchend;
Und gegen meine Seufzer . . . .«

»Höre auf!« Donnernd sprang Herder empor. Drohend
spannten sich die Augenbrauenbögen über den gekniffenen
Lidern. Dieser Mensch war begnadet! Er mochte wachen,
träumen, sacktief schlafen, – in diesem Leibe rauschte ein
Brunnen! Man kann ihn klafterhoch einschütten, Unrat aus
Fässern in ihn gießen, die Sonne zehn Jahre lang ununterbrochen auf ihn herabbrennen lassen, – er rauscht und quillt
dennoch! Denn er ist: Genius! »Und ich?« Wie ein Dolch
fuhr die Vorstellung von den tappenden Sätzen in die barbarisch aufgerissene Neidwunde, das Bild der unsicher
Brücke schlagenden Gedanken, mit denen er Jahr für Jahr
genielos kleistrig die bandwurmlange Allee der ›Ideen zur
Philosophie der Geschichte der Menschheit‹ zog. »Wieland,
wenn ihm das nicht gefiel, ist ein Esel!« stieß er grimmig
hervor, ergriff, als dulde ihn die Erregung keine Sekunde
länger in der Stube, den Stock und den Hut und floh an die
Tür. »Natürlich mußt du es so machen! Versteht sich von
selber! Da gibt es keine Wahl!« Die Klinke riß er mit rauher Hand nieder. »Habe ich dir nicht unlängst geschrieben:
Gott segne dich, daß du den ›Götz‹ gemacht hast, tausend-

fältig? Aber der Satan mitsamt seiner Großmutter soll dich reiten, – auch tausendfältig! – wenn du an dieser Arbeit einschläfst!« Und war weg.

Lange, lange, und von Viertelstunde zu Viertelstunde gekrümmter, fahler, ging Goethe zwischen den eindämmernden Wänden auf und nieder. Als, bei Dunkelwerden, Vogel eintrat, auf den Zehenspitzen, um zu melden, daß es Zeit sei, zum Herzog zur Tafel zu gehen, knurrte der Mann, der hochrückig wie ein giftiger Kater vorm Tische saß: »Ich bin krank.« Als Vogel nach einer halben Stunde zitternd wiederkam: Seine Durchlaucht und die Gesellschaft wünschten etwas vorgelesen heute Abend, schrie er ihn an: »Ich bin gestorben.« So kam er zur Tafel, als das Obst gereicht wurde. Paradiesisch kalt rieb er sich die Hände, als ihn die Stimmchen der »verrückten Weiber«, wie Herder sie nannte, mit Vorwurf und Sehnsucht umzwitscherten. Er hatte mittlerweile im ›Werther‹ die Geschichte vom Knecht eingeschoben, der den Nebenbuhler erschlägt, damit keiner die Geliebte habe, die Geliebte keinen habe. »Du bist nicht zu retten, Unglücklicher! Ich sehe wohl, daß wir nicht zu retten sind!« Diese Worte der endgültigen Verzweiflung übertönten die aufgewärmten Verse, die er las. Er las: ›Proserpina‹ aus dem ›Triumph der Empfindsamkeiten‹ und las doch, für sich, nichts anderes als ›Iphigenie‹. Trotzdem, in derselben Nacht noch, als im zweiten Auftritt Arkas mit Iphigenie sprechen sollte, sprachen weder Iphigenie noch Arkas. Sie schwiegen wie Holzgötter. Wie Wüstensteine! Es war ihm, als ob sein Gehirn Sand rollte, in seinem Gemüte drin ein Krebsschwamm die mager vom Hirn herab tropfenden Klangreste aufsöge, die Hand, die den Kiel führte, stockte, der Kiel wie ein schartiges Schwert widerkratzte. »Ich *war*, vielleicht, ein Dichter. Ein Künstler. Aber ich bin's nicht mehr!«

»Wenn heut der König dich anredet, dann –

Ermögliche ihm, daß er sich klar erklärt!«

An allen Gliedern zu beben begann er. Sprang auf, öffnete gierig das Fenster. Nahm, als das nicht half, einen Band Voltaire vom Brette. Begann zu lesen; vielleicht sprang der Knopf auf! – Nein! Der Knopf sprang nicht auf! »Ich habe zu lange gewartet. Die Gefahr unterschätzt. Hätte schon viel früher fliehen müssen!« Krampfhaft versuchte er, einen Einfall zu haben; einen neuen Stoff zu finden; die Stimmungsfarbe, den Ton für die Weiterbehandlung der schon angepackten zu erhaschen. Nichts! Er war ausgetrocknet! Sein Verstand gewiß auf der Höhe. Aber die poetische Produktionsfähigkeit dahin! Vielleicht in den Naturwissenschaften konnte er es noch zu etwas bringen? Oder in der bildenden Kunst? Aber in der Dichtung – nie wieder! Mit wahnsinnigen Händen, daß die Dielen schrill aufsangen, rüttelte er den Tisch. »Zum Eunuchen haben sie mich gemacht: der Hof, und die Akten, – und du!« Wie gestochen fuhr er empor. Der Atem riß ihm das Blut ins Gesicht. Schüttelfrost griff ihn. »Gott verzeihe ihnen, denn sie wußten nicht, was sie taten! Aber ich hätte es wissen müssen!« Oder: behauptete man etwa nicht, daß schon unzählige Dichter mit einem Schlag zu dichten aufgehört haben, nachdem der letzte Nachfunke des Pubertätsfeuers verglommen war? »Und ich werde in dieser Nacht siebenunddreißig!

Wenn heut der König dich anredet, dann –
Ermögliche ihm, daß er sich klar erklärt.«

Wie ein Orkan blies er das Licht aus. Verrecken!

Als der Morgen heraufdämmerte, nagelte er unter hartem, häßlich höhnischem Gesicht das Phänomen der »durchgewachsenen Rose« fest. »Kelch und Blumenkrone wie sonst um die Achse angeordnet«, schrieb er sauber und zäh je nach überzeugtem Blick auf das Phänomen vor seinem Aug' im Glase. »Hingegen wird Samenbehältnis in der Mitte nicht zusammengezogen, ordnen sich Zeugungsteile daran und darum nicht an, sondern geht der Stiel in seiner Vertikale weiter, halb rötlich, halb grünlich, und kleine, dunkelrote, gefaltete Kronenblätter entwickeln sich an ihm; einige tragen Spuren von Antheren. Weiter oben entstehen Dornen; noch weiter aufwärts gehen die Blättchen in halb rot, halb grün gefärbte Stempelblätter über, und aus den Augen regelmäßig gebildeter Knoten wachsen Rosenknöspchen (unvollkommen).«

Plötzlich, wie befohlen, fuhr er auf. Kein Zweifel! Hatte die Entdeckung des Zwischenkiefers die sichere Ahnung davon eingeflößt, daß die erschaffende Gewalt die vollkommenen organischen Naturen nach einem allgemeinen Schema erzeugt und entwickelt habe, und daß das Urbild dieser Naturen, wenn auch nicht den Sinnen, so doch wenigstens dem Geiste dargestellt werden könne, – die folgeeifrig fortgesetzte Betrachtung der Körperbestandteile der Pflanze ließ eine ähnliche Ahnung für die Genesis der Pflanzenwelt durchschimmern! Aber! Entsprach dieser Trieb des Menschengehirns, die Unzahl der verschiedenen Naturerscheinungen unter eine bequem geringe Anzahl von Schöpfungs-Grundgesetzen zu bringen, auch dem Wesen der Natur, das, vielleicht, gar kein Bedürfnis nach zentralen Gesetzen hat? Sagte nicht jemand: »*Schwärmer* streben nach Einheit?«

Zerrissen ließ er sich wieder nieder. Lehnte sich, den blauen Morgenhimmel vor dem unheimlich hagern Gesichte, tief in den Sessel zurück. »Oder habe ich selber das gesagt?« Mit aller Gewalt sich dazu zwingend, den Dampf, der in ihm bohrte, nur zur Erträglichkeit zurückzuzähmen, begann er, auf ein sauberes Weißblatt die Rose zu zeichnen; Zeichnen bändigte gewöhnlich. Aber der Einfall vom »Schwärmer« saß zu tief im Hirn. War der »Schwärmer« am Ende nur der Künstler? Und durfte also nur der Künstler nach Zentren streben? Wenn man aber zur Einsicht kam, daß man keiner war, – ratsch! ging ein Strich daneben – durfte man dann trotzdem, der Natur gegenüber, die Methode des Künstlers anwenden, weil man eine andere nicht besaß? »Gesetzt den Fall, die Natur beschaut meine Art, in sie einzudringen, erinnert sich meiner oft geoffenbarten Maxime: keine Wissenschaft sollte ohne Kunst getrieben werden! und lacht, daß ihr die Tränen über die bäurischen Wangen laufen: Dilettantismus?«

Mit spöttischem Blick, gewappnet auf noch ein Heer von Feinden, betrachtete er die Zeichnung und die Rose. »Wie aber,« – mißhandelt knarrte der Stuhl – »wenn es auch für den Künstler – also überhaupt – Irrtum wäre, nach Einheit zu streben? Jede Sehnsucht nach Architektonik, nach organischem Aufbau – nach Pyramide! – nur Wahn wäre, der des Lebens wahren Instinkt: wahllos zu ergreifen, was willkürlich nebeneinander da ist, zu kurz kommen läßt?« Vielleicht hatte er die unselige Pedanterie der Zentripetition nur vom Vater geerbt, und wäre es viel naturrichtiger, nebeneinander Dichter, Naturforscher, Staatsmann, Beamter, Philister, Liebhaber, Asket, Griechenfreund und Deutscher, und in jeder dieser Eigenschaften nur Feststeller und Genießer zu sein? *Ohne* den hierarchischen Sinn, der immer eine dieser Eigenschaften und Tätigkeiten allen anderen überzuordnen strebte und diese Überordnung aus der Absicht des proportionierten Baus vollzog? Wenn aber »Ja«, – war dann die ganze Quälerei dieser Tage, dieses hartnäckige Sichzwingen, vor den neuen Anfang einen Abschluß zu setzen, nicht Hekuba? Überhaupt aber! »Früher, vor ein paar Jahren noch, haben mich solche philosophische Spintisierereien nie geplagt! War ich unbewußt, naiv, ließ mich seelenruhig treiben von mir selber, – und mit Erfolg! Und jetzt auf einmal bin ich – der Grübler!«

»Marce, sancte Marce!« flog in diesem Augenblick ein Strauß blühender Stimmen von der Straße herauf in die

Stube. »Evangelista! Veni, benedicte, ut gratulemur!«

Weiß wie die Wand im Gesicht, floh er in die tiefste Tiefe der Stube zurück. Der Geburtstag!

Aber die Stimmen, nur noch üppiger, kamen wieder und wieder. »Tierfreund! Ein Papagei, allerlieblichster Papagei ist da! Höre ihn plappern!« Der Papagei plapperte: »Epops maxime! Freundsinsulaner!« Und nun brüllender Chor: »Frühstück wollen wir haben! Heraus mit der Wirtschaft, Versteckter! Dein Hals wird gefordert!«

Geradezu bedientenhaft blitzschnell, und ohne zu wissen, wie automatisch er gehorchte, schlich er ans Fenster, neigte sich in strahlend vollendeter Konvention hinab auf die tobende Schar. »Hoch!« stürmte der Chor. »Evviva! Evoë! Salve!« Ganz Karlsbad schien zu rufen, die Arme zu heben, die Augen emporzuschicken, so raste, trommelte, schillerte das vielfarbige Volk. »Und bist du nicht willig, sofort . . . . ?«

Atemlos, ohne noch eine Sekunde länger zu zögern, flog er die Treppe hinab.

Als er gegen vier Uhr nachmittags heimkam, sah er um zehn Jahre älter aus. Nichts mehr als fressende Scham stand im Gesichte. »Oder bin ich das goldene Kalb?« schrie er, während ihm die Tränen der Vernichtung über die verzerrten Wangen herabrollten, in die grinsend leblosen Wände hinein; »oder ein Hanswurst? Wer sagt mir's?«

Ungeheures Schweigen. Schweigende Masken im engen Viereckraum. Falsche Mummenschanztöne unter den Füßen, die wie bewußtlos die Diele traten. Erlogene Gebärden in jedem Stehen, Liegen, Sitzen der Dinge. Theater!

»Oder lieben mich diese ahnungslosen Mördergruben der Freunde wahrhaftig so, wie sie weihräuchernd vorgeben?

Und ich sie wahrhaftig so, wie ich mit Rührungsblick, salbungsvollem Händedruck und Seufzen, mich anwolken lassend, es ihnen zurückgebe?«

Gleichgültigstes Schweigen! War das Grüne dieser Bäume draußen in Wahrheit Blaues? Lebten diese gondelnden Zweige, diese zimtbraunen Dächer ein habgierig verborgenes, mit Wedeln und Blinken überdecktes Sinn-Dasein? Und die Wolken im Himmel?

Jedenfalls, irgendwo in den Verhülltheiten dieser verschleierten Himmel saß der Funke des Strafgerichts – blitzesammelnd! Und wartet!

»Und wartet!« Er saß lange schon wieder vorm Tische, es war lange schon Abend geworden, die Grimasse dieses Tages lange schon wieder abgelöst gnädig von versöhnender Folge, und er sagte es noch immer, mit fluchender Stimme, vor sich hin: »Und wartet!« O! Er hatte die artigsten Komplimentchen gemacht, wie eine Pagode genickt, gläubig wie sein eigenes Denkmal dagestanden, causiert, scharwenzelt, geflirtet, nach dem schwarzen Kaffee in der Garderobe die Lanthieri, zehn Minuten darauf, in derselben Garderobe, auch noch Henriettchen von Assebourg geküßt. »Jawohl!« Diabolisch verzog er die Lippen. »Die Frauen lieben die verlassenen Gemächer hinter lauten Banketten. Und sie lieben die Dichter. Ohne zu wissen, warum. Aber wir wissen es! Weil wir, in dieser Beziehung, eine verdammte Ähnlichkeit . . . . . .«

» . . . . . . mit den Komödianten haben! Jawohl!«

Von diesem Augenblick an, wie ein entlebter Leib, eine hartholzgeschnitzte Puppe, ohne noch die Stube zu verlassen, arbeitete er bis an den Abend des zweiten September. Es schraubte sich von unten, von der Straße herauf, der müde Ruf eines todmatt heimtrottenden Weibes: »Taubeer!«, als er sich gemessen erhob.

»So! Das war getan!« Ohne für jeden Handgriff mehr als die genau dazu nötige Weile zu verwenden, verpackte er die vier abgeschlossenen Bände der »Gesammelten Schriften« und siegelte das Paket. Aber kein zufriedener Atemzug verließ die zäh geheim vorbereitete Brust. Denn erst jetzt kam das Letzte! Das Schwerste! Ohne Umweg, kurz nach acht Uhr, holte er Herdern ab. Herder war erstaunt. Sie spazierten erst lange vor dem Kreuzbrunnen auf und nieder. Dann zogen sie sich – da war es bereits stockfinster – in ein Rondell der Anlage dahinter zurück und ließen sich auf einer Bank nieder. Noch mehr erstaunte Herder. Nach beiderseitig unsicherem Schweigen begannen sie über die Kur zu reden. Umständlich. Herdern verursachte das Wasser Leberbeschwerden. Goethe klagte über seinen ganz miserablen Darm. Von neuem Schweigen. Auch lange. Aber wieder brach es Goethe. Vorsichtig näher heranrückend an den nun fast furchtsam Verblüfften, fragte er, wie es mit der Berufung nach Hamburg stünde? Der Herzog habe ihm vor dem Weggehen ausdrücklich versichert, er werde tun, was er könne.. Wie eine Rakete stieg Herder sofort. Also das war der Zweck dieses Nachtbesuches? »Fürstenwort ist Fürstenwort!« tobte er. »Und betteln tue ich nicht!«

»Ich fürchte nur, du würdest dich überall gleich unwohl fühlen, wie in Weimar.«

»Du, allerdings, kannst dich in alle Verhältnisse finden!«

»Ich bin ein durchaus bejahendes Individuum!«

»Und ich keine Kompromiß-Natur!«

»Du wärest mit dir und der Welt vollkommen zufrieden, wenn du die erste Flöte blasen dürftest!«

»Und du würdest uns alle miteinander erwürgen, wenn du das nicht dürftest!« Zittern machte Herdern die Empörung. »Du bist ein Sonntags-, und ich ein Werktagskind! Da liegt der Hund begraben!«

Hinter niedrigen Giebeln, bleich und frostig, kam ihnen gegenüber der halbe Mond hervor.

»Es gibt keine elendere Mißgeburt«, knirschte Herder, »als einen Geist, dem die Kleinigkeit von ein paar Lot dazu fehlt, ein Genie zu sein. Es wäre ihm besser, er wäre als der Instinkt eines Kohlenbrenners geboren!«

»In diesem Gedanken liegt dein ganzer frevelhafter Undank gegenüber der Natur.«

»Und so redet der Reiche zum Armen, von dem er verlangt, daß er das weise Prüfungswalten des christlichen Herrgotts bewundere!«

Jetzt sprang Goethe auf. Jetzt konnte er einsetzen! Jetzt frisch heraus mit der Generalbeichte! »Ich habe mich in den letzten Tagen ausgiebig damit beschäftigt«, entschloß er sich ohne weiteres, »mein bisheriges Werk unter Etiketten zu bringen!« Voll tönte die gezwungene Stimme. Den Kies mißhandelte der plumpe Birkenstock. »Und es, um zu einem Ergebnis zu kommen, mit dem deinigen verglichen. – Ja!« donnerte er, weil Herder impertinent hüstelte; »weil ein anderes ebenbürtiges Vergleichsobjekt nicht in der Nähe war!«

»Und was ist herausgekommen?«

Als ob ihn das innerste Innere händeringend noch einmal anflehte, es doch lieber nicht zu entblößen, wenigstens nicht vor diesem König der Taktlosigkeit zu entblößen, erzitterte Goethe.

»Es ist dabei herausgekommen, daß dein Werk schon heute einem gerade und folgerichtig aufwärts gerichteten Baume gleicht, dem jedes Kind die klaren und fortschreitenden Epochen des Wachstums ablesen kann, – das meinige aber einem Garten, in dem Rosen und Krautköpfe *und* Papjerblumen wirr nebeneinanderwuchern.« Gewandt fuhr er Herdern in die prompt abwehrende Hand. »Zählen wir einmal deine Hauptwerke in zeitlicher Reihenfolge auf: ›Fragmente über die neuere deutsche Literatur‹, ›Kritische Wälder‹, ›Über den Ursprung der Sprache‹, ›Über Ossian und Shakespeare‹, ›Älteste Urkunde des Menschengeschlechtes‹, ›Die Stimmen der Völker‹, ›Vom Geist der hebräischen Poesie‹, – dabei lasse ich erst noch alles, was eigene Dichtung ist, vorläufig beiseite . . .«

»Um mich auf diesem Gebiet«, wetterte Herder schlagfertig, »mit einem einzigen deiner Gedichte endgültig totzuschlagen!«

» . . . um den Blick nicht von der Wurfkraft und Zielweite abzulenken, die diesen Arbeiten für die gesamte Kultur der Menschheit zukommen! Denn du weißt es sehr gut, mein Lieber, – und nur deshalb wagst du so wegwerfend zu reden! – wie dich schon das erste dieser Werke überall, wo noch der Geist regiert, berühmt gemacht hat!«

»Und gelesen!«

»Gelesen? Tausende haben meinen ›Götz‹ und meinen ›Werther‹ gelesen, und wer redet noch heute von mir als dem Dichter? Auf das Weiterschieben des Rads der Gesittung und der Gesinnung kommt es an, nicht auf den Lärm, den die keuchende Arbeit dabei macht! Und wer schrieb denn schon seinerzeit, als er übers Wasser nach Frankreich fuhr, fünfundzwanzigjähriger Gimpel: ›Geschichte, Erziehung, Psychologie, Literatur, Altertum, Philosophie, Künste, Moden usw. . . . . . . das sei mein Lebenslauf, Geschichte, Arbeit?‹

Das schriebst du! Indes ich in jedem Jahr . . . was? in jedem Monat, jeder Woche je hundert wieder neue Programme entdeckte! Und bist du bisher auch nur in einem Einzelnen von der Idee dieses Riesenhauses abgewichen? Dessen unterster Sockel der klar analysierten Individualität der deutschen Volksseele gilt, dessen Dach aber alle Völker der Erde überspannen kann? Oder leuchtet dir etwa nicht ein, daß die ›Ideen zur Philosophie der Geschichte‹, je weiter du darin fortschreitest, immer fester dieses Dach bilden werden?«

Kein Zweifel, – Herder zögerte einen Augenblick – kein Zweifel: diese Worte taten wohl! Aber gerade deshalb durfte man sich Widerspruch dagegen leisten. »Es ist außerordentlich gnädig vom Herrn Geheimerat von Goethe«, meckerte er boshaft, »einem armen Skribifax, den er sich äußerlich schon durch ungezählte Beweise der Huld verpflichtet hat, auch innerlich Gerechtigkeit widerfahren zu lassen. Ich bleibe aber vorläufig noch neugierig darauf, welches Motiv dieser ahnenden Gerechtigkeit zugrunde liegt?«

»Du bist und bleibst eine Kröte!« Angewidert sprang Goethe auf. Lief in den Kies hinaus. Kehrte aber gleich wieder zurück. Jetzt gab es keine Flucht mehr! »Ich habe von dir geredet«, sagte er unumwunden, »um von mir reden zu können.«

»Und ich also richtig vermutet.«

Die Hände mit aller Gewalt an die Ohren gepreßt, setzte sich Goethe zurück. Rechteckig wurde sein Gesicht in der erbarmungslosen Spannung, die das befehlende Gehirn jedem Muskel nun auflegte. »Meine dichterischen Arbeiten sind durchwegs Konfessionen. Will ich mir also mein Lebenswerk vorstellen, so brauche ich nur die verschiedenen Stadien meines Lebens zu betrachten.« Unbändigbar zerriß die Scham jedes Wort. Sträubte sich der Abgrund der Seele gegen den Zwang der abringenden Stimme. »Beginnen wir also!« Aber erst nach einem ewigen Räuspern, das die Kehle mit geizigen Schleiern umflorte, begann er: »Meine Kindheit, – darüber ist nichts zu sagen. Ich war ein begabtes Kind; Mutter, Vater, Vaterhaus wirkten also nur logisch stärker als normal auf mich ein. Trotzdem empfand ich niemals ein so starkes Heimweh, eine so zwingende

Sentimentalität für dieses Vergangene, daß sie mich am frischen Weiterleben in der Gegenwart irgendwie gehindert hätten. Leipzig bedeutete, wahrscheinlich, nur den Sprung aus dem übersättigten Psychischen ins ungebunden Physische. Als ich krank heimkehrte, fühlte ich nicht Reue darüber, bewußt und voll genossen zu haben, sondern nur Wut über die Krankheit, die mich an der schnellen Korrektur hinderte. In Straßburg, – was in Straßburg vorging, weißt du ebensogut wie ich. Es war nur selbstverständlich, daß der Mann, in dem der Produktionstrieb zum erstenmal die Hülle der tappenden Ahndung durchbrach, die Liebe zum Weibe als Medium für den Ausdruck dieses Triebes ergriff. ›Götz‹, ›Faust‹ und ›Werther‹, – überhaupt meine Zeit bis zum Einrücken nach Weimar, mußten also damals geboren werden.« Gütig übergoß die Nacht das blutrote Antlitz. »Von den Jahren 1772 bis 1775 ist nichts anderes zu sagen, als: konzentrierten Auftrieb schien ich damals zu haben. Merck skeptizierte, Lavater sanguinisierte mich, die neuen Lieben brachten das witternde Bewußtsein von der Frauenseele im allgemeinen, vom ewig Weiblichen, das ich über diese Lieben hinaus noch brauchte, zur besseren Reife. Die Anwaltschaft hinderte mich nicht, der Vater ging mir aus der Rückschau, aber auch mit Bezug auf Mutter und Kornelien auf die Nerven; Mutters allzu allgegenwärtige Geistesgegenwart verstimmte mich leise; Frankfurt war öde; Wetzlar absolut nur im Rausch genießbar; Darmstadt sehr absichtlich geistig; Klopstocks Grenzen wurden mir voll deutlich; Wielands Zaun noch klarer. Meine gesamte menschliche Umgebung preßte ich auf Geben; die gesamte äußere benutzte ich als Nehmer; meine Inkommensurabilität, in Frankfurt, mit der gesamten Welt erschien mir plan wie eine Tischplatte. Es entstanden meine drei Werke, und es wurde ›Egmont‹ vorbereitet. Ich machte mir nicht die geringsten Gedanken über die Zukunft meiner Entwicklung. Wenn ich ein Bild brauchen soll: ich war wie der Pfeil während des Flugs.«

Scheu setzte er für einen Augenblick aus.

Nach einem tiefen Seufzer fuhr er fort: »Ich wollte nach Weimar – aus dunklem Durst nach äußerer Welt! Es war geplant: Anschluß dieser Hemisphäre an die andere, die ich bereits besaß. Nun leidet mein Leben, dem Auge des ferner Stehenden, daran, daß es kein Mißlingen kennt.«

»Du hast eine Menge Mist geschrieben!«

Beherrschung! Schweigen! Nach langer, bitterer, widerspruchsvoller Pause: »In Weimar entfaltete ich drei Tätigkeiten: ich arbeitete als Beamter, als Dichter, und als Naturbetrachter.«

»Und als Hofmann, Hofnarr, Laubfrosch, Politiker, deutsches Kulturdenkmal, – die Liebe erst noch vergessen!«

Generalbeichte! Nicht wehleidig werden! Morgen fliehst du! »Ziehe ich einen Querschnitt durch die elf Weimarer Jahre«, stieß Goethe schwer hervor, »so finde ich: mähliches, bewußtes Versiegenlassen der Quelle, die vielstrahlig, aber doch meersicher von Straßburg an gesprudelt hatte. Das Interesse an Kunst überhaupt breitet sich fächerartig aus. Sammelt sich aber nicht mehr in einem Hauptstrang. Die Sucht nach verständlicher und technischer Bewältigung des Verwaltungsgeschäfts erhebt sich vor diesem allgemeinen Kunstwillen als tätiger Vordergrund. Die vorhergegangene Zeit wirkt nicht anknüpfend und überleitend. Die Phantasie, die am besten dann waltet, wenn das Gehirn über allzuklare Vorstellungen nicht verfügt, wird geknechtet von der nüchtern hellen Masse der alltäglichen Tatsachen. Der Verlauf jedes Tages steigert das Material der Menschenkenntnis. Die Pflicht des Amtes läßt ein zwar kleines, aber abwechslungsreiches Land erkennen. Diese Übersicht und der Überblick über die Typen der Klassenvertreter geben vereint den Besitz eines festgegrenzten Stücks Welt. Für den Verwalter ist aber gar nichts gleichgültig, was die Natur erstehen läßt. Der bedeutende

Mensch wird ihm bedeutender Staatsbürger. Die Philosophien erscheinen ihm als Mächte, die er im Bürger zu stärken oder zu beschränken hat. Die Wissenschaften und die Künste erhöhen, gepflegt, die moralische Stellung eines Landes und die Fähigkeit der Bürger, Regierungs-Maximen und Maßnahmen organisch zu begreifen und zu unterstützen. Nicht weniger schwerwiegend erscheinen daneben aber Wehrkraft, Ernährung, Werterzeugung, Geldwirtschaft, – Wirtschaft überhaupt. Den Mann also, der als Künstler in das Staatsgeschäft tritt, führt das Geschäft – soferne er es gewissenhaft besorgt – von selbst in das Praktische; damit von selbst in die Naturwissenschaft. Ich unterlasse nicht, zu zeichnen; es ist aber möglich, daß das Verlangen nach Beherrschung der Formen und Umrißlinien der realen Gegenstände mehr Antrieb dazu gibt als die künstlerische Neigung, Ausdruck zu finden. Ich entdecke in Ilmenau die Notwendigkeit, mir geologische Einsichten zu verschaffen. Battys Entwässerungsarbeiten führen ins Klimatische und Geometrische. Die Osteologie drängt sich auf. Die Botanik folgt. Der Geist, der vom Künstlertum kommt, ist aber an das Streben nach Entdeckung einheitlichen Aufschlusses aus einer Hauptursache zum Zweck der Entdeckung einheitlichen Abschlusses in einer Hauptwirkung gewöhnt. Meine Beobachtungen in der Geologie, Mineralogie, Botanik, Zoologie, Anatomie und Staatsregierung drängen also nach Sammlung der Erfahrungen in Ideen.«

Wieder setzte er aus; nun schon, ohne daß er es merkte, verzaubert von der Schau, die er sich aufgezwungen. Wie entrückt starrte er. Während in Herders Brust, vor dem wachsenden Rätsel dieser seltsamen Enthüllung, die Flut des Spottes gehemmt zurückschwoll. Vom Dunkel geschützt, saß er fröstelnd zusammengekauert jetzt, wortlos und reglos.

»Nun die Kehrseite!« Mit Gewalt hob Goethe das Haupt; dieser Blick erst brachte die Generalbilanz! Wie vor der Meduse schaudernd, schloß sich sein Auge. »Ich kam in den schönsten Jahren nach Weimar. Ich wurde der Freund des Fürsten. Der Herzogin Seelengröße zwingt zur Verehrung. Ihr Charakter dazu, in die Freundschaft zum Gatten immer selbstloser das Mahnende zu mischen. Die Herzogin-Mutter lebt ihr Altenteilschicksal in lebhafter Empfänglichkeit für alles, was Kunst ist. Frau von Stein gewöhnt den stürmischen Naturschritt in geduldiger Lenkung an das Parkett. Wieder ist es nur selbstverständlich, daß, der Veränderung des Platzes entsprechend, die zu liebende Weiblichkeit in veränderter Gestalt entgegenkommt. Es entstehen innere Verwandtschaften und innere Abstoßungen. Zwischen beiden Vorgängen bilden sich Spannungen. Ihre treibende Kraft wird erhöht von der Schwere des nördlich ungewohnten Himmels, ausgewirkt höchstens in der naturvergebenen Einsamkeit des Gartenhauses. Der Urgrund jeder Dichtung: das menschlich empfindsame Herz, wird so an allen Fasern und Fibern neu erschüttert. Die jeden Tag füllende, immer rücksichtslosere Vielheit der neuen Pflichten aber raubt diesen Erschütterungen die Zeit, zu sichtbaren Explosionen zu führen. Der innere Kampf spielt sich unter der Oberfläche ab. Das Lied gelingt noch, wenn einmal doch ein Funke dem Panzer entschießt. Die dramatische Ader muß sich den bescheidenen Forderungen der Gelegenheit anbequemen. Die epische Prosa tobt sich im Briefe aus. Baudenkmäler von eindringlicher Sprache sind nicht da. Was an Gemälden und Skulpturen, auch nur in Kopie, erreichbar ist, auch Münzen, geschnittene Steine, Kupferstiche, getuschte Blätter, – notwendig überwichtig wird alles betrachtet und verglichen. Summa: wie sich aus der Betätigung mit der Staatslenkung ein buntes Nebeneinander von Leistungen, Erfahrungen und Begriffen im Geiste sammelt, – baut sich in ihm gleichermaßen ein Mosaik von

Empfindungen, Eindrücken, Bildern und Forderungen aus der Herzens- und Kunstwelt!«

Mit dem ganzen Gewicht des aufschnellenden Körpers, jäh, legte er sich in die Bank zurück und streckte die Beine weit von sich in den Sand aus.

»Und?« fragte Herder nach langer, rieselnder Totenstille; der Mond war vollkommen hinter Wolken verschwunden.

»Ich bin fertig.«

Endlich, nach ewigem Zögern, mit spitziger Stimme, sagte Herder: »Ich sehe vor allem aus dieser Beichte, daß ich, seitdem ich lebe, und ob ich nun Kandidat der Theologie, Bibliothekar, Chirurgiestudent, Lehrer, Pfarradjunkt, Eutinscher Reiseprediger, Bückeburgscher Konsistorialrat oder Weimarscher Generalsuperindentent war, stets nur das unpersönliche Werkzeug eines allgemeinen Intelligenzdrangs, – gewissermaßen ein Akzessorium des absoluten Begriffes ›Schreibtisch‹ gewesen bin. Währenddem du in erster und letzter Linie gelebt hast.«

»Du hast natürlich zu deinem Leben ebensowenig Distanz, wie ich zu dem meinigen.«

»Jedenfalls wäre ich bereit, jeden Augenblick mit dir zu tauschen.«

»Du bekämst eine Gemischtwarenhandlung gegen eine vollständige Hauseinrichtung.«

»Ein saftiges Künstlerleben gegen einen zwitterhaft nebulosen Gedankenbetrieb!«

»Du bist schon Herder! Ich bin vorläufig, wie schon gesagt, nur eine Enzyklopädie, deren Name zufällig ›Goethe‹ ist.«

»Aber dieser Name« – wie der Phönix aus verlodernder Asche klang es auf, feuerheiß –, »steht eben über ›Götz‹, ›Werther‹ und ›Faust‹!«

»Und seither, elf Jahre lang, über Mist, wie du sagtest!«

»Und die ›Iphigenie‹?«

»Ist noch nicht gemacht! Soll ich erst machen!«

Leidenschaftlich, alle Pein der Selbstzerfleischung, des Neides, der Eifersucht, der Scheelsucht vergessend, schoß Herder aus dem lauernden Kauern empor. »Lächerlich!« Mit wilder Faust schlug er an die Brust, daß es dröhnte. »Ich fühle mich als die Fratze der Schöpfung gegenüber dir! Denn du bist wie sie selber! Allgegenwärtig und unberechenbar! Ich will nicht behaupten, daß ich die Idee ›Künstler‹ an sich anbete. Ich bin, aus düsterem Schraubstockleben, zu sehr an das Moralische gewiesen; Tutiorismus wahrscheinlich! Aber ein Künstler ist eben nicht Fleisch und Blut gewordene Folge, wie der Gelehrte, zum Teufel, sein muß! Wenn der Gedankenspion sich zerreißt vor Gram, weil er vor drei Jahren mehr Wahrheit gefunden hat, als er heute findet, – der Künstler darf sich grinsend die Hände reiben, wenn der Quark, den er heute macht, dem Kunstwerk, das vor zehn Jahren gelang, ins Gesicht schlägt. Wenn er um zehn Uhr dichtet, um zwölf Uhr sich wollüstig sattfrißt, um drei eine Tabakpfeife schnitzelt und um sechse ein Weibsbild betrügt. Denn er lebt *richtig* erst außerhalb der Regel!«

»Ah ça!«

»Wer soll denn besser wissen, was ein Künstler sein *darf*, als ich, der's im Fegefeuer erfahren hat, daß er keiner sein *kann?!*«

»Aber bisher dachtest du anders!«

In den Boden stampfend: »Hast du bis heute je so ex imo zu mir geredet?«

»Ich wendete keinen Hauch ein gegen das, was du sagst, wenn es eben schon ausgemacht wäre, daß das Leben, das ich da aufsagte, ein Künstlerleben war.«

»Was denn sonst?«

Als ob Wolken ohne Zahl, schwärzeste, grausam verballt, niederstiegen und ihm grausam den Geist wieder umnebelten, von dem er mit den zitterndsten Händen soeben den Schleier gerissen hatte, beugte Goethe sich vor. »Das Buch der Natur lockt mich, je älter ich werde, immer unwiderstehlicher. Die Lust, zu zeichnen, zu bilden, – so oft unterdrückt, noch öfter vergangen – lebt von Jahr zu Jahr ungestümer auf. Nimm nun an, es entschiede sich in der nächsten Zeit klar, daß ich zum bildenden Künstler oder zum Forscher geboren bin!«

»Um des Himmels willen! Mensch!«

Die Arme hart kreuzend über der Brust, weil ihm noch niemals so schonungslos das Rätsel des eigenen Wesens war entblößt worden, noch niemals so qualvoll wie ein Albtraum die Pratze der Not diese Brust gerüttelt hatte, fuhr Goethe fort: »In jedem dieser zwei Fälle stünde dann fest: die Jahre bisher sind, – wenn nicht völlig verloren, doch zum mindesten nicht mit Bedacht auf den Zielpunkt gewonnen. Freilich: das Gleiche käme auch dann heraus, wenn sich entschiede, daß ich doch Künstler bin, und war, von Anbeginn an. Aber es wäre auch möglich,« –wie ein Gemarterter lächelte er, wandweiß – »daß die großmächtige Mutter weder das Eine noch das Andere, noch das Dritte mit mir vorhatte. Dann bliebe mir nur übrig: ein möglichst runder Mensch zu werden. Rund aber wird man . . . . Ah, wenn ich noch einmal so viele Jahre, als ich schon lebte, gewisse, vor mir hätte! Dann wär' mir nicht bang!« Jagend rang die entsetzte Brust. »Aber nimm an: ich hätte nur noch zwei, . . nur noch eines, . . nicht einmal eines! Ein halbes! Du, wenn du stirbst, hinterlassest der Welt ein in den Grundlinien schon fertiges Gebäude deiner geistigen Person. Ich: – Verheißungen! Ansätze! Nichts sonst!«

»Und die unzähligen Zeugnisse deiner ungeheuren Wirkung in Deutschland?«

Verzweifelt starrte Goethe in das unheimliche Dunkel, aus dem Herders Auge lauernd emporflackerte. »Und wer hat in seiner frühesten Jugend schon gerufen: ›Ich gehe durch die Welt. Was habe ich in ihr, wenn ich mich nicht unsterblich mache?‹!«

Daß sie laut krachte, sprang Herder von der Bank auf. Wollust! Unaussprechliche Genugtuung! Befreiung! Endlich, zum erstenmal stand es da, schwarz auf weiß, daß die Geier des Zweifels an sich selber auch diesen – so wohltemperierten! – Geist zerfraßen! Allerdings – und dieser Gedanke, zum Teufel! zerbrach wieder die Wollust der Befreiung – ihn nur deshalb zerfraßen, weil auch er unsterblich werden wollte, trotz ihnen; also noch immer auch nicht zufrieden war. »Im dreizehnten Buche meiner ›Ideen‹,« stieß er wie im Schwertkampf mit dem scharlachenen Nebenbuhlergeist seiner zwiespältigen Seele hervor und riß den Zerrissenen von der Bank auf und zurück in die Allee, »stelle ich, nach der Darlegung der Geschichte der Griechen, folgende Sätze auf. Erstens: Was im Reiche der Menschheit nach dem Umfang gegebener National-, Zeit- und Ortsumstände geschehen kann, geschieht in ihm wirklich. Zweitens: Was von einem Volke gilt, gilt auch von der Verbündung mehrerer Völker untereinander; sie stehen zusammen, wie Zeit und Ort sie band; sie wirken aufeinander, wie der Zusammenhang lebendiger Kräfte es bewirkte. Warum sich also mit Betrachtungen quälen, ...«

»Ich quäle mich gar nicht!« kam's wie Sturzbach der Reue aus dem schwindlig Dahingezogenen.

»......die kraftlos sind gegenüber der Erkenntnis, daß die Prämissen, und nur die Prämissen den Schluß bedingen? Denn die zwei Sätze gelten, wie für die Völker, so auch für die Menschen! Wie die ganze Menschheitsgeschichte Naturgeschichte ist, so auch die Entwickelung des Einzelnen! Man wird, oder man wird nicht! Und da plagt sich dieser Naturafrikaner . . . .«

Wie der Blitz, der schon getroffen hat, aber dem Donner noch nachlauert, der die Erde zerstampfen wird, riß Goethe sich los; sie standen vor seinem Quartier. »Ich würde nicht den verschlafensten Gedanken an diese Dummheiten vergeuden«, spie er schneidend heraus, »wenn ich nicht ganz genau wüßte, daß diesen Sätzen, am Schluß der Geschichte der Menschheit, ein ganz andrer folgen wird!«

»Und der heißt?«

»Daß der Zweck der Menschennatur *Humanität* ist, und daß – Gott selber mit diesem Zweck sein eigenes Schicksal in unsere Hände gelegt hat!«

Fassungslos, Schrecken, starrte Herder ihn an.

»Denn das hieße soviel«, fuhr Goethe wie der teuflischeste aller Henker fort, »daß es mit der reinen Naturgeschichte in der Menschheitsgeschichte nicht weit her ist! In die fatalistische Natur käme die moralische Determination . . . . .«

»Apage!« Keuchend, mit zerbrochener Stimme,. wehrte Herder entsetzt ab. Grausam in seine zwei Teile: Natur und Wille zurückgerissen, die so schön schon gekittet gewesen, verendete vor dem ermordeten Blick das geliebteste Werk. Wie eine gewirbelte Marionette. drehte er sich um sich selber, entglitt in das Dunkle.

»Du! Höre! Warte!« girrte Goethe, mitvernichtet mit dem Vernichteten, in die Finsternis nach. »Wie wär's, wenn wir morgen früh ein bißchen zusammen spazierten, um das aus-zu– *reden?*«

Aber keine Antwort mehr kam.

Mit prachtvoll gezieltem Stoß, knirschend, triebe Goethe den Schlüssel ins Schloß. Riß das Tor auf. Schlug es zu.

Als er es wieder öffnete, wieder aus ihm hervortrat, hüstelte die verrostete Kirchenuhr drüben: Drei Uhr früh. »Herr Geheimerat von Goethe?« sprang hurtig ein schläfriges Stimmchen vom Bock des Wägleins herab, das schwarz und herbstfröstlich in der Gasse draußen wartete. »Ist's richtig?«

»Los!« rief der Gefragte heiser und zeigte sein Gesicht nicht; warf die Mantelsäcke hinein unters finstere Dach und stieg nach.

Drittes Buch

Freie

Wind weht um den Helm des Campanile. Blauer Seewind. Frischer Seewind. Spiel aus Luft und Takt aus Duft. Die Stadt zu seinen Füßen, – gewiß: die vecchia putana ist sie jetzt, wie Piero sagt. Das Weib, das nicht vergessen kann, wie prunkvoll schön es war; wie heiß und üppig es gelockt, geliebt, gelacht und triumphiert hat. Das sich im letzten Strahl hinsinkender Glorie auf einem Bett von Sünden und von allzu kunstvoll lang erhaltener Jugend noch immer schminkt, pompöses Lever erhält und aus vergilbten Briefen – vor blindgewordnen Spiegeln – vergangne Lust liest. Umsonst, natürlich! Der Leib ist ausgelebt, das Herz erstickt, im Antlitz rinnen Runzeln. Und die Kanäle stinken. Goldüberzug erblaßt. Die Pfähle morschen. Stein röchelt in Verwitterung. Das Bett sogar, auf dem sie sterben wird, ist faul. Ein Wind jedoch, ein Strich von diesem blauen Wind, – und sie steht auf! Das faule Bett, elastisch, wirft sie ab. Sie lacht: Provinzen erschrecken. Sie hebt die Arme in das fließend goldenrote Haar: Prinzen, echte, stammeln Wollust. Sie öffnet, siegsicher schon, die Lippen, nur ein einzig Wort

Unwiderstehlich, aus einem Volk von Herzen, reißt der blaue Wind das Lied: »La regina, la regina tu sei del mar'!«

Und sie ist siebzehn Jahre wieder!

Frohlockend überm Deutschenkopf, der inbrünstigen Auges vom Campanilesöller aus dies Fest der Runde trinkt, stürzen sich die Himmel in die unerschöpflichen Höhen unbegrenzter Freude. Und Freude ist, im Nu von neuem, des Lebens einzige Moral! Gott hat die Welt geschaffen, daß der Einzige, der ihn ahnt, der Mensch, sie hell genieße!

Denn wo, wo hat Beschwernis, Bangheit, Herznot, Angst
noch einen Sinn, so lang ein Wind in solchen Schmeichel-
wellen lächelnd leicht von Griechenland herüber, von
Afrika herauf und von den Alpen abwärts rollen kann? Die
Welt ist groß, ist nicht nur, wo man stockend hockt! Wüßt'
man das stets, man hätte keine Flausen! Wird jetzt in
Altona oben ein gemeiner Mord getan, – in Mekka unten
betet zur selben Stunde das weiße Lämmchen eines heiligen
Wilden zu Mohammed empor! Und weint in Tibet drüben
jetzt ein unrettbar unglücklicher Idealist den letzten Tropfen
Kraft aus, weil er den Busen Massilamas nicht bewegen
kann, – in einem Weingartstück in Ungarn oben zwingt
rücksichtslos der braune Tokaierbub das sonst so wilde,
plötzlich sanft verstummte Mädel zur Wonne in den Boden
nieder.

Oder – ist's nur die Freiheit in der entflohenen Brust drin,
die so urtrostvoll alldurch sehen macht? So weltrundweit?
Und gegenwärtig?

»Ich bin noch nicht, Orest, wie du bereit«, flüstert
schelmisch fast der Mund in den verwegenen Wind hinaus.

»In jenes Schattenreich hinabzugehn!
Ich sinne noch, durch die verworrnen Pfade,
Die nach der schwarzen Nacht zu führen scheinen,
Uns zu dem Leben wieder aufzuwinden.
Ich denke nicht den Tod; ich sinn und horche,
Ob nicht zu irgend einer frohen Flucht
Die Götter Rat und Wege zubereiten.«

Und hingerissen, Dank für tausend Götter, liebkost der
Blick die Berge des Nordwestens, zwischen denen der See
von Garda die ersten Verse wie langgereifte Früchte von
den befreiten Lippen pflückte. »Ich denke nicht an Tod; ich
sinn und horche« . . . . .

Rasch fuhr der Blick hinab: eine Glocke hatte angeschla-
gen.

Wo, in welchem Turm schwingt diese Glocke?

Aber während das Ohr noch suchte, mitten im Tönen des Klangs, den der blaue Wind wie Vater den Sohn empfing, schoß eine Gondel von San Moisè heraus, hinterm Palaste Giustiniani in den Kanal herein.

»La regina, la regina tu sei del mar'!«

Nun, hinter der Maria della Salute, verschwand sie! Und jetzt – die Glocke hat eine zweite gefunden, irgendwo, die sie begeistert begleitet – kommt sie wieder hervor, in der Giudecca.

»La regina, la regina . . . . .«

Wenn eine Glocke in Weimar läutete, – dumpfer Schlag, pochende Mahnung: memento mori! *Diese* Glocken, – wie vom Wind getrieben, nackt, sehnig, warm, Schuß Natur in jeder Ader, beugte sich der Selige über die Brüstung. In den Glast hinaus, der unter der Sonne überm blauen Zackenkranz der Alpen von Vicenza und von Padua die hundert Kuppeln, Campanili, Kreuze, Kelchkamine, Flachdachplatten wie Fluß ununterbrochen strömenden Goldes überrieselte. *Diese* Glocken klingeln an die Schale des Leibs, die biegsam gegenzittert; an die Membrane des Bewußtseins, das lachend, im Augenblick, antwortet: memento vitae!

O! Arme ausgebreitet! An dieses Herz, an dieses todentrungene Herz, ihr Alle! Alles! »Vita! Vita! Vita!«

Denn: lebt er nicht, der blaue Wind, als käme er blank unmittelbar aus Gottvaters quellendem Munde her? Und schwebt sie nicht, in seiner Brise, die Heiterkeit der Allgegenwart? Sind seit der Schöpfung Millionen von Jahren verflossen? Trennen die Meere die Erdteile, Berge und Flüsse die Länder, Sonne und Sitte die Menschen? Nichts trennt! Ein einziger Blick, getan mit freigelöstem Auge von der Warte über einem neubeschrittenen Schollenbug, – und die

Vergangenheit versinkt; es stürzt der Grenzpfahl ein, und jedes Unterscheiden zwischen dir und mir zerschmilzt im Kuß der Gegenwart; des Augenblicks! Was ist Venezia da unten, rund herum um den scharfen Blauschatten des Turms? Reliquie der Geschichte? Symbol des Vergehens? Eine Stadt an der Adria? Italienisches Mirakel? Nur Leben! Nichts als Leben! Das ewig gleiche, ewig neue Leben! Oder hören diese Glocken je zu klingen auf? Im Gegenteil! Was der blaue Seewind nur geweckt hat, reißen sie mit ihren vollen Tönen erst hervor ans Licht! Das Licht ist: Oktober des Südens. Rauchlose Helle. Badend in der Flut dieser opalenen Klarheit, dringt das Auge die Flimmer des Sonnuntergangs hindurch in den Norden des Kanals. Findet: San Rocco, San' Staë, Santa Chiara, San Geremia und, am Ausgang des Canareggio, San Giobbe. Der Kanal zieht zwischen Nachtblau und Grellblond seine geplätscherten Windungen aufwärts. Schiebt links Paläste und Klöster mit verdufteten Gärten hinaus ins Gewitter der Strahlen. Läßt rechts die Wirrnis ihrer triebhaft willkürlichen Formen, zwischen hundert pfützenschmal blitzenden rivi, der wildgehäuften Mitte der Stadt, dem Rialto. Das Auge, besessen, läuft höher. Im Norden vermählt sich, in triefenden Kaisteinen, gesprungenen Firsten und geschwungenen Simsen, der Prunk des mastengetragenen Westlichts mit der geklärten Durchsichtigkeit, die von der terra herabrinnt. Aber, hinübergeeilt an die glasklare Küste der Misericordia, und vor den Türmen der Santi Apostoli, von San Giovanni Chrisostomo und Santi Giovanni e Paolo, wie vor junihaft rosenrot-akeleiblauem Garten stumm atmender Steine, wogt die Welle, von keinem Pfeilstrahl der Sonne geritzt, nur von der Gnade des Widerscheins angehaucht, in mild östlicher Unschuld hinüber an die Inseln Murano, Burano, Torcello und weiter. So unschuldig mild, daß das Auge nun ruhig hinabzieht übers Arsenal nach dem Lido, in der größeren Woge von rollendem Purpur die schwersüdlichen Glanze des Meeres auffischt, – und zuletzt, gesättigt zu völliger

Rundheit, zurückpilgert über Chioggia, Pellestrina, Malamocco und San Giorgio Maggiore in den länger gewordenen Schatten des Turms; und in das Läuten der Glocken. Denn diese Glocken . . .

Jauchzend riß er den Hut vom Haupte: Jetzt läuten sie alle!

Feiernder Brust atmete er, als sie eine nach der anderen verklangen, vor der smaragdgrün aufwachsenden Weite. Unten im schwarzblauen Pflaster des Markusplatzes klapperten die hohen Absätze lockender Dirnen. Vor dem Palazzo ducale stampfte der Schaftstiefelschritt der hellebardeblinkenden Wachen. Auf der riva Schiavoni schlichen, abgetretener Sohlen, schwarzradmantelige Nobili. Aus dem Schlauch der Merceria scholl hebräisch gedehnt der habeilige Ruf ihrer Händler. Vom Schwalbensöller des kerzeschmalen Hauses hinter den Prokuratien kam gezwitschert das Lied eines Weibes, das Wäsche aufhängte; vom viel tieferen Doppelbogen des Fensters im Palazzetto daneben der knatternde Lärm zügellos gepeitschter Betten. Die Uhr in San Marco schlug dröhnend. Hahnschrei! Taubengeflatter! Schlank hallend wird die Luft aufgewirbelt. Das Banner des Evangelisten auf der Piazzetta knallt gierig. »È?« schreit toll der Gondoliere, den das Auge nicht sieht, im verborgenen Engpaß. »Stali!« antwortet bassig gemütlich der zweite. Vom Ponte dei sospiri kommt, Geheimnis, der Laut scheu ausgesetzter Gondel. An dem Marmor der Salute bricht sich gurgelnd die Woge. Jede Hochzeit, die von den Töchtern des Regenbogens gefeiert werden kann mit den Söhnen des Regenbogens, leuchtet noch einmal, farbiger magisch, empor aus der in den Abend hinsinkenden Stadt. Und sofort, wie das zweite Märchen von Buntheit, folgt der Chor aller Stimmen der Menschen und Dinge. Aber lächelnd übertönt ihn die Woge, die brandet an dem Marmor der Salute; brandet an allen marmornen Stufen, umschaukelten Pfählen, überalgten Schwellen und gequaderten Mauern der Stadt. Und es zerbrechen die

Farben. Versterben die Klänge. Und die Woge allein rauscht!

Bis ein Schlag in der Brust, die ihr atemsüß lauscht, mit dem Hochgefühl des Geschöpfes erkennt: rauschest Leben wie ich! »Vita! Vita! Vita!«

»Bin ich wieder ein Mensch? Atmet ringsumher nichts mehr als Menschheit?«

Barhaupt, ein Lächeln, das nimmermehr starb, auf den Lippen, stieg der Andächtige die finstern Stufen zurück. Schritt er aus dem niedrigen Modertor in den schwerdämmernden Platz. Ach, wie erzengelgut rief Piero endlich, als er den Herrn die Holzstiege in der Königin von England emporklettern sah, übers Geländer herab: »Heilige Jungfrau! Wo sind Sie so lange geblieben? Ich warte angstvoll. Seit Mittag.«

Ja! Das ist Piero! Noch immer wie im Traum schüttelte Goethe den Kopf. Piero, die Seele von einem Menschen! »Niente paura!« Köstlich geruhsam, als käme er nun erst recht nach Hause, trat er in die düsteren Gasthofkammer ein. »Ich bin auf dem Campanile gewesen.«

»Ah!« Begeistert ging der schöne alte Apostelkopf in die Höhe. »Spendida vista! N'e?«

In den schwarzledernen Lehnstuhl, das einzige bequeme Möbel im Raum, ließ sich Goethe fallen. »Meravigliosa!«

»Incommensurabile!« Dienststeifrig in die Steinfließen niedergekniet, streifte Piero dem Herrn die Stiefel ab. »Indimenticabile! N'e?«

»Indefinibile!«

Wollüstig schmunzelnd erhob sich Piero. Holte die zweite Garnitur aus dem Schranke. Wischte mit der grünen

Schürze, die er über den Hemdärmeln trug, den makellosen Glanz. Kniete nun, sehr zufrieden knurrend, zum zweitenmal nieder und zog dem Herrn die Schuhe an. So abgemessen gewissenhaft wie der Levite beim Hochamt, wenn er dem Patriarchen die purpurnen Sammetpantoffel anpaßt. »Contento?«

»Wie spät ist es?« Die letzte Schnalle war geknöpft; leicht stand Goethe auf aus dem Stuhl.

»Fünfe vorbei!« Aber Piero war schon beim Fenster. Indem er mit behutsamer Hand über den Vitruv strich, der symmetrisch ausgerichtet neben Tintenfaß, Kiel und Wasserglas auf dem Fenstertisch lag, griff er mit der anderen ins Freie.

»Donnerwetter! Was für göttliche Früchte du gebracht hast!«

Die winzigen, messingenen Ohrringchen unterm grauen Struwwelhaar glänzten. »Von der Gigiotta, der alten Kupplerin an der Mauer von San Giacomo. Mir macht sie keine Witze!« Und mit stolzen Fingern kniffe Piero in die Feigen, hob er die Pfirsiche, drehte er die Trauben. »Und all diese Schönheit für zwei Paoli!«

Aber er hatte noch Anderes gebracht. Aus einem Henkelkorb, der mit Seegras ausgelegt war, hob er: sechs Eier, einen Ziegel Käse, ein Knöllchen Butter, zwei Weißbrote, eine gefüllte Meerspinne und eine ungeheure neapelgelbhautige gekerbte Melone. »Santo Dio!« frohlockte Goethe, dem der Saft des Pfirsichs, den er aß, von den Mundwinkeln rann, einen Luftsprung tat er auf dem mattroten Backstein. »Du fütterst mich wie eine Martinigans! Gib her!« Und stürzte, noch am Pfirsichsaft arbeitend, auf die Melone zu. Aber Piero – »nein!« sagte er einfach, seelenruhig, und ließ die Melone verschwinden. »Die bleibt für das Nachtmahl!« Und mit bestimmter Hand schloß er den Henkelkorb wieder; denn er hatte noch Anderes gebracht. Erstens ein Moskitonetz, zweitens zwei Porzellanteller, ein

Salzfaß und Gabel und Messer aus Blech. Drittens ein Paar Bastpantoffel und einen knallroten gutzügigen Hosengurt. »Der, den Sie anhaben«, sagte er zur Rechtfertigung, »bricht morgen,« und die Abendessen auf Papier seien eine porconeria. Er habe mit dem Wirte verhandelt, und dieser ölige Schmutzian schließlich eingesehen, daß das Kochen von Eiern, die er nicht selber gelegt, im Hause keinen Diebstahl bedeute. Also werde er heute zu Nacht dem Herrn endlich etwas Warmes servieren können. Das Moskitonetz aber – »o nein!« beteuerte er stolz, mit überlegenem Lächeln. »Nicht gekauft etwa! Ausgeliehen!« Pietätvoll, mit den Fingerspitzen, hob er's in die Höhe, schaukelte es wie einen Brautschleier. »Die Tante Rosalia, – das heißt: eigentlich ist sie die Tante meiner Mutter – hat es mir geliehen. Esplicitamente e soltanto per voi, Vossignoria! Die Tante Rosalia nämlich habe vor elfeinhalb Jahren, als sie ihren Gatten, den Herrn Girolamo Benvenuti, verlor, – er war bei der herzoglichen Leibgarde, ein Monstrum von einem Athleten, Riesen, Giganten, »mezzodio, per bacco!« – eine Garküche aufgemacht, im rivo Orseolo, Numero 11, und als diese Garküche – sie kochte wie keine andere in Venedig die verze con scampi, »candellostia, che verze con scampi!« – als diese Garküche sehr gut ging, im Nebenhaus ein paar Zimmerchen zur Garküche dazugemietet und an Fremde vermietet. Denn die Tante Rosalia, weil sie eine außerordentlich standesgemäße Frau war, – zum Beispiel: die erste Köchin im Palazzo ducale, die Teresina . . .

»Eccocci!« lachte Goethe, himmlisch vergnügt: das Moskitonetz war auf den Boden geglitten.

»Massignore!« Feuerrot nahm es Piero aus den Händen des Herrn zurück. Aber dem Schrecken folgte die Rede gleich neu. Die Tante Rosalia hatte hervorragende Gäste. Den Herrn Candido Smelzio aus Bologna, zum Beispiel.

»Sie kennen ihn vielleicht?« Oder den Herrn Antonio Franchini aus Brescia. »Sie kennen ihn vielleicht?« Oder den Herrn Marco da Paglia aus Rimini. »Diesen werden Sie doch gewiß kennen?«

»Piero«, sagte Goethe und führte die letzte Feige – es war die zweiunddreißigste – zum Munde, »Piero, ich werde dich mit nach Deutschland nehmen! Was meinst du?«

Im Nu stutzte der Alte. Aus gekniffenen Augen, vorsichtig sah er den Herrn an. Drei Schritte vor dessen Leibe. Den Henkelkorb in den nußbraunen Händen. Als ob er sich wieder einmal auf Herz und Nieren fragen wollte: Ja, wer ist denn dieser Herr Filippo Möller eigentlich? Dies dunkle Gesicht mit der strengen Nase, dem schmalen Willensmund und dem starkgeprägten Kinn, – nicht zu vergessen die Augen! – war es das Gesicht eines kärntnerischen Holzhändlers, eines tirolischen Weinreisenden, oder eines Leipziger Papiermachers? Nein! Aber: Möller, – und Kaufmann!? Die Kleider allerdings, die Herr Möller trug: sie waren nicht prima. Per esempio jene leinenen Unterstrümpfe, die er anzog, sobald es kühl war! Sah man aber Herrn Möller dasitzen, ein Bein übers andere geschlagen, das Gesicht leicht in die flache Hand gestützt, den Blick mit einem Schimmer weltglatter Sicherheit auf den Dritten gerichtet, etwa auf den alten Franzosen, der hie und da kam . . . . »Jesus, Maria!« Gott sei dank, daß ihm das eingefallen war! »Vor einer halben Stunde ist der Herr Villet dagewesen. Er erwartet Sie pünktlich um sechs beim Café Marocchino!«

Wehmütig lächelte Goethe. Der gute, alte Franzose! Pritschelnd wusch er sich im Alkoven die Hände. Aber: was sei es nun mit Deutschland, Pierino? »Hm? Was meinst du?«

Von Venedig nach Deutschland, erwiderte Piero schnell, seien es, so viel er wisse, mehr als »do passi?«

»Aber die Wölfe fressen einen dort auch nicht mehr.«

»Wölfe!« Piero mußte den Korb niederstellen, so lachte er. Aber was man dort, sagen wir, zu essen kriege?

»Auch nicht Wölfe.«

Den Bauch hielt sich Piero vor Vergnügen. So eine bur-lesca! Daran zweifle er nicht. Aber wie man, per carità, zum Beispiel dort wohne? Ein Mensch, der sozusagen mit Schwimmhäuten geboren ist?

»Ich sage dir, Piero, daß du in Deutschland mit vier Schwimmhäuten nicht auskömmst. Mit sechs nicht!«

»Im – Herbst, natürlich!«

»Ja, denn im Winter schneit es. Aber auch der Schnee wird zu Wasser.«

»Gut!« Das finde er, für Deutschland, begreiflich. »Aber im Frühling?«

Das Handtuch in den Händen, trat Goethe aus dem Vorhang. »Im Frühling wird es wiederum warm, da kommt der Schnee also als Regen herab.«

»Aber um Gotteswillen! Die Deutschen werden doch auch ihren Sommer haben?«

»Selbstverständlich! Aber da beginnt es schon wieder Herbst zu werden, und infolgedessen fängt der Regen von vorne an!«

»Also . . . .« Piero ließ sich an die Tür zurückfallen. Die Augen blickten wie die armen, erstaunten, mahnenden, fragenden des Tintenfisches auf der glitschigen Bank der Pescheria. »Also – immer Regen?«

»Immer!«

»Und Kot?«

»Immer!«

»Und Nebel?«

»Immer!«

»Und Kälte?«

»Immer!«

Wie ein Stein, an der Tür, lange schwieg Piero; wie der Tintenfisch auf der glitschigen Bank der Pescheria. Dann, plötzlich einen Schritt vorgetreten, sagte er sehr leise, sehr verlegen, sehr ungerne: »Perdonate, Signore! Non accompagnerei con più amore nissun forestiere che Voi! Ma in un paese sì barbaro . . . . . ?«

»Mein lieber Piero!« Brüderlich, innig schnell legte ihm Goethe die Hand auf die Schulter. »Ich nähme dich gar nicht mit. Denn du würdest in drei Tagen oben zugrundegehen, – so sicher, wie mich die Motten gefressen hätten, wenn ich nicht endlich herabgeflohen wäre! Kauf mir etwas Papier! Du siehst, ich bin mit dem letzten zu Ende. Schön weißes, gut glattes!«

Ja, wer ihm vor sechs Wochen gesagt hätte, daß er in sechs Wochen mit einem stockfremden Lohndiener ellenlange Gespräche halten würde! »Wer mir gesagt hätte«, – wonnig schritt er, wieder aus dem Hause, übers glanzfeuchte Pflaster – »daß ich in meinem Leben nocheinmal einherschlendern werde wie ein Bursche von vierundzwanzig! Und daß ich, reich wie ein König von dieser Entdeckung, entdecken werde, daß der Mensch, *jeder* Mensch nur ein Mensch ist! – O, Monsieur!« Mit überirdischer Höflichkeit lief er dem zierlichen alten Herrn entgegen, der, die Rechte auf der Elfenbeinstockkrücke, atemlos um die scharfe Ecke geeilt kam. Wie charmant, daß Herr Villet ihn nicht vergessen habe! Und sogleich sorglich anbequemt dem unsicheren Schritt und mit eifrigem Ohr herabgebeugt zur schneeweißen Perücke, reichte er dem Franzosen den Arm.

Wie? Der Scirocco habe Herrn Villet den Tag verdorben? Wie schade! Nein! Er habe gar nicht gemerkt, daß Scirocco gehe. Was? Monsieur Villet – und alt? Wenn man so aussah? »Vraiment! Wenn ich mit fünfundvierzig noch so biegsam herumgehen und so lebhaft in die Welt hinausschauen werde wie Sie mit sechzig?«

»Schmeichler!«

»Wir Deutsche schmeicheln niemals!« Wie frisch er die Lippen aufmachte. Das glückliche Lächeln genoß, das um den vertrockneten Galliermund flog. Es sei doch keine Bagatelle, sich im Herbst vom warmen Kamin in Versailles aufzumachen und ins Land der frierenden Hunde und Banditen herabzusteigen? Und wie emsig Monsieur von Sehenswürdigkeit zu Sehenswürdigkeit wandere! »Was war heute Ihre Beute? Darf ich's wissen?«

»Gern!« Monsieur Villet strahlte verklärt. Er habe heute mittag – »Oh, mon chapeau!« Wie erschreckte Schneckenhörner gingen die zarten Chevalierarme in die Höhe: der Wind, weil sie in die Piazzetta eingeschwenkt waren, hatte ihm den Zweispitz von der Perücke gerissen, nun stolperte er über Pfützen und Schlammhaufen impertinent der Lagune zu.

»Da!« lachte Goethe, daß ihm die Tränen über die Wangen liefen, und brachte den Hut zurück.

»Sie entzückender Mensch!«

»Augenblick noch!« Und bedachtsam stellte sich Goethe dem zitternden Männlein so vor, daß ihm der Wind nicht etwa auch noch den Schnupfen bringe, und bürstete den Hut mit dem Ärmel immer wieder und wieder.

»Um Gotteswillen, bemühen Sie sich doch nicht länger! Es geht schon! Es ist schon genug!«

Aber Goethe fand eben, daß es noch nicht genug sei, und machte sich auch mit dem zweiten Ärmel an die Arbeit. »Ein Mann, der sich so peinlich soigniert trägt wie Sie . . .«

»Aber es ist mir entsetzlich, daß Sie sich so plagen! Wie kommen Sie nur dazu! Ich bitte Sie inständig . . . .«

»So!« Endlich saß der Hut wieder.

Und nun gehe man besser vom Wasser fort. Und rasch nahm er den gebrechlichen schwarzseidenen Arm wieder auf und führte den Fremden, wie ein Sohn den verehrten Vater führt, in den Markusplatz zurück. Also, was habe der Tag heute gebracht? Diese Frage aber war mit so herzlicher Anteilnahme getan, daß es dem Alten geradezu warm ins einsame, heimwehkranke Gemüt fiel. Dankbar legte er den Arm tiefer in den des Begleiters, die furchtsamen Züge erhellten sich und das Wort, das ihm sonst zögernd von den Lippen kam,. floß frei und verschwenderisch. Er sei so glücklich, sich aussprechen zu dürfen. Wenn man so alt sei und einen Buben von neun Jahren zu Hause habe . . . .

»Ja! Richtig! Haben Sie Nachrichten von Emile?«

Weinerlich, gleich wieder verzagt: »Keine! Noch immer nicht!«

Das brauche Monsieur aber auch gar nicht zu erschrecken, tröstete Goethe. Bestimmt; mit Urteil. Er sei nun schon über fünf Wochen von Leipzig weg und habe noch keinen einzigen Brief bekommen. In den nächsten Tagen lange gewiß Post ein.

»Glauben Sie?«

»Zweifellos!«

»Aber ich möchte spätestens übermorgen reisen. Ich muß weiter!«

»Das hat nichts auf sich. Sie lassen mir Ihre nächste Adresse, ich hole Ihre Briefe im Gasthof und sende sie mit der

Eilpost nach.« Aber auch, wenn noch wochenlang nichts käme, – was solle einem gesunden, in der Hut des Hauses geborgenen Kinde geschehen? Gewiß: Eltern ängstigen sich immer. Gottlob aber meistens umsonst! Emile sitzt jetzt gemütlich zu Hause, er hat soeben mit Mademoiselle Blanche einen Spaziergang gemacht, nun trinkt er mit Behagen seine Schokolade und denkt: hat's mein Papa aber schön! Der kann in der Welt herumreisen, – und die Welt, ach, die Welt ist ja herrlich! Dabei sinnt er sich schon aus, was der Papa mitbringen wird, was Papa erzählen wird, was Papa . . . .«

»O! Sie haben auch einen Sohn! Sagen Sie! Sagen Sie!«

»Nein. Nur ein – Pflegekind, gewissermaßen.«

»Aber Ihre Eltern leben noch?«

»Meine Mutter.«

»Beneidenswerte Mutter! Ja!« Und im Überschwang seiner Rührung, gewaltsam, klopfte der Alte mit dem Stock das Pflaster. »Das weiß ich, das fühle ich! Sie müssen ein musterhafter Sohn sein!« Und habgierig, sehnsüchtig, ganz, ganz enge schmiegte er sich an den Jungen, dessen Miene er jetzt nicht sah. »Das beweist jedes Wort, das Sie reden! Die unbeschreiblich gütige Art, in der Sie mit mir umgehen!« Wie verwandelt schritt er jetzt aufrecht. Und wie blitzte das Auge. »Niemand ahnt doch, wie allein ich mich hier fühle. Der Wirt betrügt mich. Der Bediente betrügt mich. Jeder Mensch, mit dem ich zu tun habe, betrügt mich. Wohin ich komme, lacht man mich aus. Zeigt mir jemand etwas? Hilft mir irgendwer? Schadenfreude ringsum, wenn man sieht, daß ich leide. Und das ist Venedig! Sagen Sie nur, gestehen Sie nur,« – leidenschaftlich blieb er stehen – »was hätte ich hier getan, wenn ich Sie nicht gefunden hätte! Sie allein, – ein wildfremder Mensch . . . . .«

»Es gibt keine wildfremden Menschen!«

Mund offen sah ihn der Alte an; sie standen just vor der Markuskirche.

»Immerhin, – Sie kannten mich nicht, ich kannte Sie nicht . . .«

»Mensch ist Mensch!« Plötzlich, wild aufschießend wie eine Riesenfontäne, die den Pfropfen aus dem Rohr knallt, stieg Goethen die Liebe aus dem jauchzenden Herzen. »Jeder Mensch, da und dort, überall – immer! – ist nichts anderes, als jeder andere! In unserem Fall aber: *Sie* waren es doch, der mir so unwiderstehlich entgegenkam.«

Salzsäule ward der Alte. »*Ich??*«

»Mit Ihrer vornehmen, väterlichen, reizenden Art. Ja! War ich nicht auch allein? Kam ich nicht auch von zu Hause? Hatte ich nicht dieselbe beschwerliche Arbeit wie Sie: die unbekannte Welt zu durchstreifen, die nichts von mir wußte?« Und wie da der Alte in einem magischen Schleier, den er nicht zu durchstoßen vermochte, in einem Traum, der vom erblichenen Gold der Mosaiken, vom Purpur der Dämmerung und vom Samtblau des Himmels her seine Augen und seinen Sinn betäubte, nur noch verblüffter dreinblickte, seine Finger noch zärtlicher in das Manteltuch preßte, fuhr er ergriffen fort: »Ich glaube, daß Sie zu jener Sorte Menschen gehören, die niemals Anderen Übles antun, aber zu demütig sind, als daß sie ihr Recht darauf empfänden, von diesen Anderen Gutes zu empfangen. So gehen Sie als ein Freund der Menschen durch die Welt, ohne zu wissen, daß diese Freundschaft einzig und allein Ihr Verdienst ist. – Aber friert Sie nicht? Sollen wir nicht lieber nach Hause . . . . . . ?«

»Nein! Um Gotteswillen! Nein!«

»Dann« – Goethe drehte um, nahm Monsieur an die Rechte und strebte stracks von der Kirche fort – dann müsse Herr

Villet doch nun endlich die Gnade haben, zu berichten, was der heutige Tag ihm gebracht habe. Ja?

Aber Monsieur Villet spazierte am Arm von Monsieur Möller noch einigemale zwischen dem Portal von San Marco und dem von San Geminiano auf und nieder und redete immer noch nicht. Das Licht des Abends über den Wänden des Platzes war nun verglommen. Die letzte Lampe im Helm des Campanile erloschen. In toter Länge, blaß und gliederlos stand der Turm. Wachsend mit Finsternis füllten sich die Bogengänge. Wo eine Gasse sich auftat, lockten plötzlich Funken, die jäh aufblitzten und gleich wieder versanken. Lärm, der nahe schien und gleich wieder ferne war, schaukelte wispernd durchs Dunkle. Bettler, Krüppel, Mönche, Courtisanen, alle scheinbar in Masken und, ob sie auch nicht zusammen auftraten, doch wie in einem wahnhaft gebundenen Drama zusammengehörten, stelzten lautlos durch die Schatten herein in die Mitte, ein Lächeln flüsterte in dieses, eine heisere Drohung stieß sich ins andere Ohr, nun – »hören Sie's nicht?« – schrie aus dem bühnendunklen Hintergrund des Dogenpalastes ein Schrei, es war, als ob ein Dolch in der Seide eines Tabarro aufflammte und eine Welle draußen im Fluß des Kanals, – und jetzt, wie auf ein Stichwort, ertönten die Glocken. Von San Marco, von San Bernardo, vom Redentore, von den Gesuati, von Santa Maria del Rosario, von San Battista, von San Domenico, von der Salute, von Santa Barbara, – jäh blieb der Franzose stehen. Gottseidank! Die Verzauberung wich! Als ob er aus einem fremden Gesicht zurück in sein eigenes stiege, erlöst, atmete er auf. »Es ist mir jetzt etwas Eigentümliches geschehen,« begann er fast flüsternd, halb noch im schreckhaften Zweifel darüber, ob der Spuk auch wirklich endgültig vorüber sei. »Ich habe mich plötzlich nicht in Venedig, sondern – ja, ganz einfach: *irgendwo* gefühlt. Und Sie sind die Ursache davon gewesen! Ich habe natürlich, was Sie da zu mir sagten, – daß es keine fremden Menschen gebe, daß jeder Mensch

114

wie der andere sei, – schon oft gelesen. Auch für mich, in jenen einsamen Betrachtungen, wozu einen die Enttäuschungen zwingen, oft bedacht. Denn es ist doch, nicht wahr,« – schamhaft, furchtsam wagte er aufzublicken – »etwas Natürliches? Aber erlebt habe ich diese Verwandtschaft noch nie. Bis heute nicht. Erst jetzt, Ihnen gegenüber . . .«

Wie erschöpft setzte er aus.

»Es hat nämlich bis heute«, fuhr er nach langem, scheuem Warten fort, Goethe ging ehrfürchtig lauschend tief vorgebeugt, »niemand je etwas Anerkennendes zu mir gesagt. Die mich am besten kennen, am wenigsten. Fremde aber überhaupt nicht. Vielleicht war einmal irgend etwas Gutes in mir. Wahrscheinlich nicht. Aber wenn auch nicht, – es hat mir jedenfalls wohlgetan, auch dies, einmal, erlebt zu haben!« Zittrig, mit heißen Fingern, preßte er Goethes pulsende Hand. »Ja! Wohlgetan! Ich kann nicht sagen, wie wohlgetan! Denn ich erfuhr dadurch zum erstenmal, daß ein Mensch auf den andern auch Einfluß üben kann. Heilsamen Einfluß! Vielleicht wäre aus mir mehr geworden, wenn mir der Zufall einen Mann wie Sie früher in den Weg geschickt . . . . .«

»Um des Himmelswillen!« Wie gewürgt vom schmerzhaften Mitleid mit dieser armseligen Armut, die sich ihm ungebeten da an die Brust schleuderte, wehrte Goethe ab. »Sie machen das Selbstverständliche zum Verdienste und übersehen vollkommen . . . .«

»Keine Angst!« unterbrach ihn der Alte sogleich. »Ich bin schon zu Ende! Ich begreife vorzüglich, daß Sie für exaltiert halten müssen, was mich da plötzlich so sehr überwältigte, denn Sie können unmöglich erraten . . . .«

»O!« Aus abgründigst getroffener Brust: »Nur *zu* gut kann ich's erraten!«

»Aber! Mit sechzig Jahren« – wie Rost fiel die Angst vor dem, was ihn so sehr überwältigt hatte, in die ringende Stimme zurück – »mit sechzig Jahren übersiedelt man nicht mehr in eine neue Welt! Ich fühlte mich, *war* für einen Augenblick aus meiner lebelangen in eine neue versetzt, ging – nicht in Venedig und nicht als der bekannte Querkopf Villet, sondern irgendwo und als nicht anderes als auch nur ein Mensch wie Sie da, neben Ihnen, und empfand das Beseligende dieser Verzauberung! Aber . . . . .« – energisch: »Bitte, verstehen Sie mich! Locken Sie mich nicht weiter in diese Oase, die meine Vergangenheit wie einen furchtbaren Irrtum ausstreichen und meine letzten Jahre unsicher machen müßte. Ich bin schon zu alt . . . . . .«

Mit einem Ruck machte Goethe halt; das Herz schlug ihm bis zum Halse empor. »Ich nahm Sie, wie Sie sind. Und nehme Sie, wie Sie sind. Und würde mir empört jede Absicht verbieten, Sie von Ihrer Person zu entfernen. Denn gerade so, wie Sie sind, erscheinen Sie mir völlig, ja gänzlich gemäß!« Und obwohl er sich nun ganz bewußt dessen war, daß er sein Gefühl für diesen Mann mit dem gezieltesten Willen verdopple, weil ihm die Gewalt dieser nackten Eröffnung schrankenlose Beharrung gebot, – er ließ nicht ab vom berauschenden Wort, das immer glühender beweisen sollte, wie jedes Leben gerechtfertigt sei, das dem Gemüt die Fähigkeit bewahrt habe, eine Stunde wie diese zu erleben. Und bemerkte daher auch gar nicht, daß, während er so drangvoll heiß redete, Monsieur Villet schon wieder in seiner Haut und in Versailles steckte. Wohl: Monsieur lauschte noch immer dankbar, ja kindlich großäugig; aber erreichen konnte ihn das stürmische Liebeswort nicht mehr. Gerüstet und geladen sprang er denn richtig in die erste Pause hinein, die sich ihm anbot. Also nun, endlich: was der heutige Tag gebracht hat! Wolle Monsieur Möller es hören? Er glaube jetzt so ziemlich alles, was in Venedig zu sehen sei, gesehen zu haben: Die Gäßchen, die Plätze, die Kirchen, die Museen, das Meer, die Lagunen, – alles! Und trotzdem: Nichts! »Nein! Ich habe kein Bild, keinen wirklichen Eindruck! Weiß nicht, was Venedig im Urteil der Welt zu Venedig macht! Der Pfahlbau? Die Markuskirche? Paolo Veronese? Der Palazzo ducale? Oder? – Ich finde es nicht!« Mit ratlos ausgebreiteten Armen blieb er stehen vor Goethen. »Helfen Sie mir! Sagen Sie mir's!«

»Ich weiß es auch nicht.«

»Sie wissen es genau!«

»Ich tue gar nichts anderes als: schauen, schauen, schauen, – und noch einmal schauen.« Helle des Himmels in Goethes Brust. Lange, lange Jahre nicht mehr war es geschehen, daß ihn ein ganz und gar einfacher Mensch so zum atmenden Bewußtsein der Sicherheit seiner selbst gebracht hatte. »Ich glaube nur, daß Sie sich umsonst quälen.«

»Aber Sie sich doch noch viel mehr!«

Geradezu liebkosend lächelte Goethe. »Aber Monsieur! Ich genieße!«

»Das sagen Sie nur!«

»Tag und Nacht! Nur genießen!«

Als ob ihn derselbe Mann, der ihn soeben erst zum betäubenden Gefühl der Brüderlichkeit aller Menschen emporgetragen hatte, nun höhnisch in die Einsamkeit seines verlassenen Selbst zurückgestoßen hätte, zog der Alte, auffahrend, den Arm aus Goethes Arm. »Ich sehe das gerade Gegenteil. Sie gehen von früh morgens bis spät abends ohne Unterlaß umher. Heute sind Sie beim Dogenaufzug, morgen vor der Familie des Darius, vormittags in der Scuola San Rocco, nachmittags am Lido; dann lesen Sie im Palladio, dann hören Sie die Mädchen in der Mendikantenkirche singen, dann geht's in die Komödie, dann machen Sie zum hundertsten Mal eine Gondelfahrt, ... nein, mein Lieber! Das ist nicht Ihre Jugend allein, die es machte daß Sie das leisten können. Sondern das System, mit dem Sie die Dinge betrachten. Sie haben ein System!«

»Ich habe nicht die Ahnung von einem System!«

»Doch! Sie haben eines!« Und hitzig wurde Monsieur jetzt. Sah unerbittlich empor in das strahlende Angesicht des Jungen. »Und ich lasse Sie nicht los, bevor Sie es mir preisgeben! Ich muß es haben! Ich gehe nicht fort, ohne es zu kennen. Was?« Einen verwegenen Atemzug tat er. In wirbelige Bewegung geriet der schwanke Körper. »Keines haben will er! Das ist ausgezeichnet!« Wie wäre denn Monsieur Möller, zum Beispiel, ohne System, das das Wesentliche vom Unwesentlichen, das Vollkommene vom Unvollkommenen, das Wahre vom Falschen unterscheidet, darauf gekommen, diese Kirche, dieses Paradigma aller Venedigbesucher, – ohnmächtig zitternd wies das Stäbchen auf die Fassade von San Marco – diese Moschee da, – »ja! es ist eine Moschee!« – überhaupt *nicht* zu sehen? »Einen Taschenkrebs haben Sie sie neulich kurzerhand genannt! Und ich – studiere Tag für Tag jedes Mosaik, jeden Bogen, jede Tür, jede Säule daran und darin und meine, ich *müßte* sie schön finden!«

»Aber deshalb, weil *ich* sie nicht schön finde, kann sie doch . . . . . .«

»Gewiß kann sie! Aber ich wäre, ohne Sie, niemals darauf gekommen, daß sie auch *nicht* schön sein kann! Weil ich kein System habe! Es war und ist mir noch heute rätselhaft, was für ein Wunder Sie an der Carità entdeckt haben und warum Sie jenes Stück Balken aus dem Antonintempel im Palazzo Farsetti so närrisch anbeten. Aber ich weiß jetzt, daß Sie dafür genau so viel Grund haben müssen, als ich keinen dafür habe, einen griechischen Tempel für ebenso schön zu halten wie eine altchristliche Basilika oder eine gotische Kirche. *Was* aber Ihr Grund dafür ist, worin dieser besteht, ja, *warum* Sie, zum Beispiel, die Gotik verdammen . . . .«

Entsetzt: »Habe ich das getan?«

»Und wie! ›Genau so gedankenlos wie unsere gotischen Fratzen!‹ sagten Sie vor drei Tagen, genau hier auf dem Fleck, wo wir stehen, und vor dem Balken schnalzten Sie mit den Fingern und spotteten hämisch über Kragsteinlein, Tabakspfeifensäulen und kauzende Heilige! O, wenn ich an die Kathedralen von Reims, St. Quentin, Amiens, Notre Dame, – an das Münster in Straßbourg denke! Wie ich sie anbetete! Vergötterte! Jede Kreuzblume daran für den Gipfel der Kunst hielt! Dieses Aufstrebende, in die Himmel Aufjauchzende der Spitzbögen und Schäfte liebte!«

»Ich auch! Einmal!«

Atemlos: »So?«

»Gewiß. Zu den heißesten Verehrern der Gotik habe ich gehört. Sogar zu den Bekennern.«

»Aber warum dann, um Gotteswillen, auf einmal . . . . . ?«

Achselzuckend: »Man entwickelt sich eben. Wird älter. Lernt klarer sehen, besser vergleichen; und auch richtiger empfinden. Ein sicherer Grad von Geschmack, von Einsicht in die Gesetze der Kunst ergibt sich . . . . .«

»Gewiß! Einverstanden! Was aber sagt nun dieser sicherere Grad von Einsicht gegenüber der Gotik?«

»Ich mag das Willkürliche nicht,« kam es zögernd von Goethes Lippen.

»So!« Diabolisch glücklich darüber, nun endlich den Hebel gefunden zu haben, an dem er diesem geheimnisvoll überlegenen Mann zeigen konnte, daß auch er nicht ein Grünling war auf dem Gebiete der Kritik der Kunst, packte er Goethen mit plötzlich kräftigen Händen an den Schultern, als müßte er ihn wachreißen. »Sie meinen: willkürliche Formen, von einer Kunst, die, auch wenn sie nicht schön ist, doch bildet, – weil sie aus einer selbständigen Empfindung wirkt, – zum charakteristischen Ganzen geschaffen? Nicht wahr?«

Wie vom Blitz betroffen starrte Goethe ihn an.

»Nicht wahr?« lachte triumphierend und um so gieriger weiterrüttelnd der Franzose.

»Hören Sie, Monsieur, mir scheint, – nun beliebt es Ihnen zu spotten?«

Monsieur Villet, spielend, machte sich größer. Volle Luft atmete er schlürfend. Als ob sie niemals gelockt hätte, war die Versuchung, in die jäh aufgezeigte Zone allgemeiner Menschlichkeit überzutauchen, überwunden; dahin. »Ich bin ein kleiner Rentier aus Versailles«, begann er sprühend, von Wort zu Wort wachsend, »dem Herr Kaufmann Möller aus Leipzig das bißchen Dogma, das er in Kunstdingen erworben hatte und glaubte, zerwarf – mit einem Hammer von revolutionären Ideen. Da muß ich mich denn doch – und wäre es auch nur pro forma – zur Wehr setzen.« Und daß es wippend zu singen anhub, stieß er das Stäbchen in den Boden und wiegte sich mit dem Rücken auf ihm. »Die Sache ist so: Von Kindheit an war mir das Gotische das Nächste. Es ist zu dem, daß es mystisch ist, monumental und patriotisch; gallisch! Vor etwa einem dutzend Jahren nun – ich war damals auf ein paar Monate in Straßbourg – kam mir eine kleine Schrift über die Gotik in die Hand. Sie war irgendwo in Deutschland erschienen . . . . .«

»In Deutschland wird viel gedruckt!« Zwischen Lachen und Weinen platzte Goethe los, der Platz mit den nachtdrohenden Riesengebäuden drehte sich tanzend um ihn im Kreise. »Das Papier ist geduldig!«

»Versteht sich! Aber Sie kennen doch den Verfasser des ›Werther‹?«

Wie ein Pferd vor dem endlich errafften Hafersack gewiehert hätte Goethe am liebsten. »Nein!« stammelte er heroisch.

»Sie kennen« – sperrangelweites Staunen! – »Sie kennen Géth nicht?«

»Ich . . . kümmere mich nicht um Literatur.«

Cäsarenstolz, Glanz, dessen strömende Fülle es noch vor zehn Minuten nicht zu träumen gewagt hätte, glomm auf im Auge des Franzosen. Das Gesichtchen, in der Wonne schamlosesten Anstarrens, bekam alle Züge restlos weidender Lust. Aufgepulvert bebte jedes Glied im entfachten Rokokoleib. Monsieur Möller war also doch nur – Monsieur Möller! Ein sektischer Philosophe vielleicht, der, ungerne, mit Käse handelte; aber kein Geschmack, und schon gar kein Esprit! Rauschend, überjäh, triefend von Schadenfreude, stieg die unerwartet erhöhte eigene Person in die Höhe. Diebisches Verächteln kräuselte die Lippen. Die kleine Schrift habe geheißen: ›Von deutscher Baukunst. Dis Manibus Ervini a Steinbach.‹ »Steinbach war nämlich der Erbauer des Münsters in Straßburg!« Und nun habe in der Schrift eben klar bewiesen gestanden, daß *gerade* die Willkür der Formen – und so weiter – und die charakteristische Kunst die einzig wahren seien; und daß daher die Gotik . . . . »und das sagte Géth! Nicht irgend ein Amateur oder Bücherwurm! O!« Mit jünglinghafter Drehung drehte er sich auf den Absatz um, von Alter, Einsamkeit, Furcht, Demut nicht ein Hauch mehr zu spüren; voilà! Er werde, nach Hause zurückgekehrt, Herrn Möller sogleich das Broschürchen schicken. »Aber so sind sie, die Deutschen!« Jauchzendes Lachen; rasender Händedruck; siegreich rasch fertiger Abschied.. »Sie haben, ein jeder, einen Scheffel Ideen . . .«

»Aber ihren Goethe lesen sie nicht! – O!« stöhnte Goethe übermütig, endlich heil in den nächstbesten Schatten des nächstbesten `rivo` entronnen, zum Himmel empor, »was für ein armes, gutes Tier ist doch der Mensch!« Und als die Nacht über der ungeheueren. Stille des Wassers in immer höhere Höhe wuchs, in seiner Kammer die Dunkelheit wie um einen saugenden Mittelpunkt sich ballte, lächelte er; lachte er. Wie süß ist es, sogar, die ewige Wahrheit von der Gebundenheit der menschlichen Auswirkung an die vorhandene Kraft zu erfahren, ja, sogar, die höhnischeste Enttäuschung zu erleben, immer wieder zu erleben, wenn man nur der Quelle dieser Wahrheit: dem Menschlichen wieder nahe war! Alles, was lebt, hat die Sehnsucht, zu sein, was es sich dünkt; unerbittlich dagegen aufgelehnt aber sehnt sich die Natur darnach: daß, was lebt, sei, was es ist. »Was sehne *ich?*« lispelte er wollüstig. Aber es schien: der erste und wildeste Durst war schon gestillt. Es redete ringsum. Gab es Elemente, die vom Leben der Existenzen nicht belebt sind? Die Luft schwang vom Schweigen und vom Tönen der lebendigen Stimmen. Die Erde trug die Fußstapfen der wandelnden und die Hockerlast der gebannten Schicksale. Mit dem Wasser schwebte das Los seiner gebundenen Ufer. Im Feuer rauschte der Verbrauch aller Brände. So war keine tote Vergangenheit und warf sich die Zukunft, mit jeder Sekunde schon geboren aus dem Gegenwärtigen, empor in ihr Sein. Und über diesem ewigen Augenblick fragte sich der unendliche Schöpfer: Was also wäre ich, ohne gedacht zu werden von meinen Geschöpfen? In allen Geschöpfen aber kreist, sie alle verbindend, das gemeinsame Blutteil, das Menschliche! Und doch wird jedes einzelne wieder geschieden von jedem anderen durch die niemals wiederkehrende Eigenheit seines Bluts. So muß also Liebe *zugleich* mit Ehrfurcht die Brust des Betrachters durchwogen, der diese Zweiheit in Gnaden entdeckte. »Finde zuerst die blutwarm umschlingende Kette, die dich allen gesellt! Dann die Wand aus unbarmherzigem Glas, die zwischen dir steht und allen! Und dann – zertrümmere die Wand, wenn ihr Aufgerichtetbleiben dem Blinderen

Zweifel an der Kette einhetzte. Denn es wäre besser, daß du mit einem Mühlstein um den Hals in das Meer versenkt würdest, als daß du im Menschen nicht dich selber erkenntest, und in dir selber . . . . .«

Er fuhr empor: was ist auf dem Wasser unten?

Lauschen!

Plötzlich, wie vom Wasser unten gerufen, sprang er ans Fenster. Beugte sich weit hinaus.

Floh jedoch gleich wieder in den Rahmen zurück; so, daß sein Gesicht, das alle Sinne gierig anstrengte, in der Nacht des Raumes aufging.

Eine offene Gondel, ärmliche, nachtschwarze Gondel, glitt kreischend an die Mauer.

Das Wasser, mit ängstlich schläfrigem Ton, gurgelte zurück.

Nun, wie über einem Anker gefesselt, schaukelte die Gondel.

Nach einem tappenden Blick die toten Fenster links und rechts in den Wänden hinauf und hinab, zog der Mann, der sich soeben von der Ruderstange weg in die Gondelbank niedergelassen hatte, die Gestalt, die reglos und unsichtbaren Antlitzes neben ihm kauerte, an seine Brust, schmiegte sie, umfing sie, umschloß sie.

Es mußte ein Mantel um beide geschlungen sein; der Mann und die Gestalt verschmolzen zu einer einzigen Stummheit.

Das Wasser, mit halberwachend unsicherer Gebärde, wallte empor.

Weiß wie eine sanft geneigte weiße Blume, glitt das Antlitz des Weibes von der Brust des Mannes. Willenlos süß sanken ihr die Arme zu den Seiten herab. Ihr Haar, plötzlich, löste sich aus dem Knoten, floß wie schwerer Schleier zurück in das Dunkle. Als ob ein Magnet ihn zöge, wanderte das Antlitz des Mannes dem Antlitz des Weibes nach. Die Arme schlangen wie Klammern. Der Mantel rauschte schleppend von den Gestalten.

Hingerissen in das weltauslöschende Schweigen des Kusses verschied das Wasser unter dem Schaukeln der Gondel.

Kein Schrei! Kein Kampf! Kein Laut! Die Leiber, unter der Tyrannis der Liebe, – wie zwei Tropfen, die unwiderstehlich ineinander verrinnen– wuchsen in einen. Bewußtlos goß sich der bewußtlose Takt dieses einen in die mild aufgreifende Höhlung der Barke.

Das Wasser starb hin. Es verhüllten sich, bis auf eines, die toten Fenster der Wände. Stoben in die göttliche Scham des Himmels zurück die Sterne. Verschwangen, webend überm Zenith des Lebens, die ewig lebendigen Jahrtausende.

Als die Arme des Mannes sich endlich, traumzitternd, lockerten, glitt der Leib des Weibes wie entschlummert in die tieferen Kissen. Auftauchend aus der Woge der Verzauberung tastete der Mann nach der Bank.

Als würden die Bänder, die es magisch entwillt hatten, magisch wieder gelöst, rollte das Wasser mir eiliger Welle nach vorne.

Die Sterne erschienen wieder. Die toten Fenster warfen ihre Verhüllung ab. Und die Jahrtausende winselten.

»Du!« schrie der Mann, der dieses Winseln vernommen, wie der Wahnsinn auf, »du!« Stürzte zu den Füßen des Weibes nieder, warf sich auf den schaueratmenden Leib, umklammerte ihn nur noch bettelnder, verhafteter und die Furie der Todesangst vor der Trennung in jedem vermählten Gliede, »du darfst nie mehr zurück! Du bist mein! Ich lasse dich nie mehr von mir!«

Wie das Antlitz der Io aber, die die Wolke umarmt, ohne Harm, ohne Wissen, ohne Furcht lächelte das Weib.

»Fühlst du's nicht?« Sinnlos in seiner Verzweiflung küßte der Wahnsinnige ihre Brust, ihren Schoß, ihre Hände. »Ich kann nicht mehr allein sein! Ich kann nicht!«

Tiefst in der Seele des Weibes aber brach das Siegel ihres Lebens auf: in ungemessenen Strömen, ohne Harm, ohne Wissen, ohne Furcht entflossen die brausenden Fluten der Erlösung.

»Fliehe mit mir!«

Immer seliger lächelte das Antlitz des Weibes.

»Oder stirb mit mir!« Arme, die das Leben dem Leben weg in die Paradieslust des Niemehrgetrenntseins rissen. »Ja! Stirb mit mir! Stirb mit mir!« Im nächsten Augenblick – ein Pfiff aus dem Schlund des Kanals war erschollen – jagte die Gestalt des Mannes auf den Bug an die Ruderstange zurück.

Hochauf spritzte von der Spitze der Stange die Sprühe. Wild fuhr das Holz in den Trichter der Welle.

Die Gondel mit dem Antlitz des Weibes, das immer seliger lächelte, flog schon.

Reglos, in der Miene nur Beten, stand Goethe in der Mitte der Finsternis. Pulst das Mysterium des Lebens überall, wo gelebt wird? Kreist das Schicksal des Menschen überall, wo er lebt?

Als er am Morgen nach dieser Nacht, ziellos wandernd, in den rivo Morea kam, eine osthin offene Gasse, in der Wasser und Steine die frühlinghaft grellste Sonne trugen, war sein Auge umflort. Girrte vor seinen Ohren Melodie um Melodie. Erzeugte sich im Gehirn ununterbrochen Bild auf Bild. Kam die Seele in heftigen Wallungen der unge-heuren Fülle nicht nach, die aus der Welt auf sie einstürmte. War die Schleuse denn so plötzlich gesunken? Das Leben der letzten Jahre wahrhaftig so blind und so taub gewesen? Nirgends in dieser Gasse war etwas anderes als Licht, volle Weite des Lichts. Nicht ein Splitterchen Schatten. Links aus dem Wasser, das weit rückwärts – wie auf ferner Bühne – von einem Brückchen überspannt wurde, stieg die endelose, nackt lichtstrotzende Mauer eines Gefängnisses oder eines Spitals. Rechts, diesem Brückchen am nächsten, ragte der rasige Vorplatz einer kleinen Kirche in die fondamenta hinaus. Die Kirche selbst war bis auf die zwei rotmarmornen Pilaster des Portals verdeckt von der schmalen Wand des hochengbrüstigen Hauses, das die Ecke der Gasse im Vordergrund bildete. Das zitternde Riesenlicht, das auf dieser Wand saß, in alle ihre ladenlosen Fenster hineinbrannte, die allüberall angeklebten Altane und Söller aus zimtbraun gebranntem Schiefholz ausmergelte, schoß wie eine Weißglutflamme von den teernassen Booten, die vor dem Tormaul zum Kalfatern bereit lagen, in den orgastisch blauen Himmel hinauf.

Was ist Wahn? Was ist Wahrheit?

Zögernd, Schritt für Schritt nahte Goethe dem Hause. Ein alter, hoher Mann mit weißem Knebelbart im roten Gesicht, oberhalb des Schurzes nur mit dem Hemde bekleidet, stand mitten zwischen den Booten. Über ihm der Teerbottich. Hinter ihm ein schlank prasselndes Erdfeuer. Von den Altangalerien herab schwang und sang eine ganze Ausstellung von Hadern, Lumpen und Fetzen in allen Farben. Vom Hause heraus ein Konzert wirrer Stimmen. Jetzt kamen sie alle auf einmal aus dem obersten Stockwerk. Nun rannten sie, eine nach der anderen, über halsbrecherische Treppen in den Flur nieder; rasend. Ein Knall! Sie stoben auseinander. Kinder schienen nun in einer ganz engen Kammer zu wimmern. Ein altes Weib keifte vom Herd im Erdgeschoß aus durch den Kamin hinauf in den Schlafkotter. Eine Matrone, schlagfertig, antwortete. Wieder Treppengepolter. »Mamma!« rief leicht übertönend eine ganz junge Stimme.

»Mamma!« Und im Nu, als ob ihn eine Zauberhand berührt hätte, wandte der Alte sich um. Im gleichen Augenblick war die ganze Familie auf der Szene. Die Großmutter auf dem obersten Söller, die Padrona im Altan überm Tor, die Kinder und das Mädel, das »Mamma« gerufen hatte, hinter ihnen.

Wie einem Ruf gehorchend, trat Goethe in den Kalfater-platz und setzte sich unter all diesen Augen auf einen Holzblock im Rasen. Den alten Mann hatte plötzlich ein Brand umlodert, wie seines Alters beraubt, im Streit von Flammen, bodenlos zwischen den Kindern neben ihm und den zwei Weibern in der Höhe, stand er ohne Hilfe. Die Kinder waren schmutzig. Die Padrona, unter dem aufgeregt herabgeschickten Blick, wackelte mit üppigen Formen hinter einem blitzgrünen Schlafrock. Das Haar der Großmutter, gelbweiß über der pergamentenen Stirn und um die papierdünnen Ohren, troff von Öl. Flackernd strich ihr Auge den Mann ab und das Mädel. Dieses war schön. Der Reiz aufgeknospter achtzehn Jahre wiegte ihre Glieder. Auf schlanken, braunen Beinen, die bis ans Knie nackt war-en, schritt sie. Goldfarben stieg der Hals aus dem schmiegsamen Bau zwischen den goldfarbenen Armen em-por. Im Gesichte, das dieser Hals trug, standen: Unschuld und Weh.

»Vei! La collazion', Francesco!« kreischte die Großmutter.

»Presto! Finalmente! Vei!« rief die Padrona ihr nach. Weil das nicht half, schlichen die Kinder an den Mann heran, zupften ihn an den Hosen. Er verharrte wie im Traum. Noch einmal, drängender, zugleich, riefen die zwei Weiber. Frech reckten die Kinder die schmierigen Hände aus und fuhren dem Alten in den Bart. Er schüttelte nur den Kopf. Da legte ihm das Mädel die Hand auf die Schulter. Und sogleich bekam er die Wirklichkeit wieder, wischte sich die Hände im Schurz ab, schaute erwacht klar rundum, und ging.

Als er wieder kam, stand Goethe ohneweiters vom Holzblock auf, trat auf ihn zu und redete ihn an. Aus was für einem Holze würden diese Barken gebaut?

Der Alte tat nicht im geringsten erstaunt. Nahm die Meerschaumpfeife aus dem Mund mit der tiefen schweren Unterlippe, sah den Fremden unverhohlen als Fremden an und sagte prompt: »Aus istrianischem.«

»So?« Und wie lange eine solche Barke laufen dürfe, ohne wieder geflickt und kalfatert werden zu müssen?

Das hänge davon ab, auf welchem Wasser sie laufe.

Und wieviele Tage man zum Kalfatern eines Bootes brauche?

Der Alte lachte verächtlich; die blanken Polentazähne blitzten in der Sonne. Das hänge davon ab, ob es das Teeren sehr notwendig oder weniger notwendig habe, und wie groß es sei.

Und den Teer bekäme er auch aus Istrien?

Nein. Aus dem Friaulischen.

Guten?

Sehr schlechten. Man müsse sechsmal, auch siebenmal streichen.

»Ich stelle mir vor«, sagte Goethe, er setzte den rechten Fuß auf das teertropfende Boot, »daß ein Kalfaterer auch Bootbauer sein müsse? Nicht?«

So dumm, wie ich meinte, ist er doch nicht! schien der Alte zu schmunzeln. Seine Miene ward eindeutig. »Natürlich! Es laufen von mir gute einhundertsechzig Kisten auf der Adria!«

Also sei sein Geschäft auch nicht langweilig? »Man baut heute ein Schiff, kalfatert morgen ein Boot . . . .«

»Und ist übermorgen Taucher!« Die Brust warf der Alte heraus. Jawohl! Vor vier Jahren habe er aus einer Fregatte, die vor Punta San Nicolò gesunken war, ganze siebenhundertvierundachtzig Goldzechinen »und sieben Ballons Zypernwein heraufgeholt! Per l'amor' di Dio!« Als ob die Teufel ihre Pratzen von ihm absetzten, wurde er sicher und frei. »Sie meinen, ich sei reich geworden? Santa Pazienza! Die Signoria ist schmutzig wie eine Hurenmutter. Aber« – mit wuchtigen Beinen stieg er in den Bootsboden hinein und kniete darin nieder – »den Wein habe ich ausgesoffen!«

»In zwei Jahren?«

»In genau neun Tagen.«

»Ich gratuliere.«

»Ja! Es war mein erster und letzter Rausch. Aber ein ganzer! Ich erinnere mich mit . . . . . . Ja, mit Wollust daran!«

»Die Signora Margherita aber wohl mit Schaudern?«

Blitzschnell hob der Alte den Kopf von der gleißenden Teernässe; er war puterrot, weil ihm das Bücken das Blut all emporgetrieben hatte; wie in einer heimlichen Hatz, lauernd, rollten die Pupillen in das blendweiße Runde zurück. Woher wisse der Herr, daß die Padrona Margherita heiße?

Goethes Auge war jetzt nicht mehr umflort. Anstatt des Chaos von Melodien zitterte nur noch ein einziger, hartnäckig bestimmter Ton ihm im Ohre. Das Gehirn folgte sparsam gemessen den Sinnen. Die Seele, obwohl ohne Grenze geweitet, gab nur diesem Eindrucke Raum. Gewiß war es köstlich, daß die Schleuse so urplötzlich weltaufreißend gesunken, die volle Unerschöpflichkeit des

Lebens dem gierig dürstenden Geiste so unfaßbar lebendig emporgetaucht war, und in jedem Stein menschliches Schicksal pulste. Aber grundfalsch, darum frevelhaft wäre es, die hungrige Seele wahllos überschwemmen zu lassen von den Fluten dieser Vollheit. Nur das *Auge*, ja, das Auge muß arbeiten! Wenn dies Auge aus seiner Stumpfheit ganz wieder erwacht und schleierlos sieht, das Ohr truglos vernimmt, der Gaumen sicherer schmeckt und die Hand leibhaft fühlend ergreift, – dann, aber auch nur dann wächst der Seele die Kraft an, das Wirkliche in das Allgemeine hinaus zu empfinden, im Menschen das Leben, im Schicksal die Welt, und von jedem Fleck Erde aus den Kosmos zu umarmen.

»Heraus mit der Sprache!« fuhr der Alte bös auf; »woher wissen Sie, daß die Padrona Margherita heißt?«

Heiter kehrte Goethes Blick von der Brücke zurück; gemütlich setzte er das Bein vom Boot herab. Es war ihm, als ob beide Füße nun, anstatt auf der Erde zu ruhen, auf einem Seil zwischen zwei Kirchtürmen gingen, aber, weil sein Auge dabei nichts zu sehen und zu messen versäumte, sicher gingen wie auf ebener Erde. »Und die alte Frau«, fügte er waghalsig lächelnd hinzu, »die vorhin vom obersten Söller herabgerufen hat, ist wohl die Mutter der Signora Margherita?«

Wütend: »Sissignore!«

»Und das junge Mädchen eure Tochter und heißt, sagen wir einmal, Marietta?«

»Nein, Maria!«

»Aber Ihr nennt sie Marietta?«

Wild, zur vollen Gestalt auf erhob sich der Alte aus dem Boot. Er hatte keinen Hut auf dem Kopfe. Dennoch fuhr ihm der rechte Arm in reißendem Zwang an den Kopf, als wollte er den Hut ziehen. Als die Hand leer zurückkehrte, schwenkte er sie schamhaft tief unters Kinn hinab, ließ den entsetzten Schädel in die Brust fallen, und sagte leise: »Capisco! Sie sind von der Fischerinnung und bringen Nachricht vom Matteo! Er ist also – hin?«

»Ihr meint den Bräutigam Eurer Tochter?«

»Er ist Dienstag abends mit den Marsili und Perotti ausgefahren, sollte vorgestern abend da sein, – in der Nacht vorher aber war Sturm!« Und kreideweiß auf einmal und schlotternder Knie, mit klappernden Kiefern bettelte er stöhnend: »Lieber schnell, Herr! Sagen Sie: ist er hin?«

Als ob er vom Seil auf die Erde zurückstiege, wirr, blickte Goethe rundum. Also *so* nahe ist das menschliche Schicksal? »Ich weiß nichts.« Ganz leise sprach er. »Gar nichts! Ich kam nur durch Zufall vorbei da. Sah euch, Eure Leute, Euer Haus; wirklich, ich weiß nichts! Aber« – und als ob ihn Fieber jäh überfiele, reckte er sich auf – »hättet Ihr's am Ende lieber, daß er – *nicht* wiederkommt?«

Der Alte, die Pfanne mit dem Teer in der Hand, erstarrte zu Stein. Schnell darauf, so, wie wenn der Sturm mit wilder Tatze eine Hütte aus dem Boden reißt und in seinen Fingern zu Krach und Splitter zermalmt, tanzten alle Glieder an seinem Leibe. Endlich, zähneknirschend, schlug er die Arme um die Brust, als ob er die brechende Hütte im letzten Augenblick noch retten wollte, und stieß speiend ein einziges Wort heraus: »Tagdieb!«

»Ich möchte tauchen lernen!« rief Goethe, als ob er nicht gehörte hätte, unwillkürlich; seine Füße gingen wieder auf dem Drahtseil. »Ja, tauchen!«

Mit Anstrengung, die ihm den Schweiß aus der Stirne riß, brachte es der Alte dazu, sich in das Boot zurückzuknieen. Rutschend strebte er nach der Ruderbank hin. Aber die Ruderbank war schon kalfatert. Wie ein angeschossenes Tier, gewunden, kroch er zum Bug hinüber.

Schließlich kratzte er eine Handvoll Morschholz aus dem Bug.

»Habt Ihr gehört: tauchen möchte ich lernen?«

Jetzt war es dem Alten gelungen, die entblößte Seele wieder zu verhüllen; die Teerpfanne hatte er zurück in die Hand geholt. »Schwindler!« sagte er kalt.

»Ich bin bis vor kurzem ein armer getretener Hund gewesen!«

»Die Schauspieler verdienen's nicht anders.«

»Ich bin kein Schauspieler!«

»Improvisatore?«

»Auch nicht!«

»Indovinatore?«

»Ein Dichter, sagt man.«

»Und die Dichter lügen, sagt man!«

»Wie die Kalfaterer. Sie streichen ein Leck mit Pech zu, ohne Holz darunter genagelt zu haben. Die beste Barke geht flöten.«

»Allora« – dieser Zickzackzug von Humor im entgeisterten Gesicht war zum Fürchten! – »siamo fratelli?«

»Wenn ich Euch sagen könnte«, antwortete Goethe geistesgegenwärtig rasch, von neuem setzte er das rechte Bein auf das Boot, »Matteo treibt gesund von Nordosten herab, oder er treibt nicht von Nordosten herab, sondern auf dem Grunde des Meeres, – kurz: so oder so, aber wenn ich Euch damit helfen, Euch den Berg von der Brust wälzen könnte, – dann redete ich ohnedies anders! Denn es ist bitter, jemanden leiden zu sehen, dem man nur sagen kann: ich möchte tauchen lernen, tauchen hinab in die allertiefste Tiefe, und: ich bin ein Dichter. Da komme ich vom Norden herab vor dies Haus, das ich hunderttausendmal im Traum schon gesehen habe, und erkenne es im ersten Augenblick wieder, und schaue und schaue und schaue, und je deutlicher ich es wiedererkenne . . . .«

Er brach ab: aus dem Tor kam das Mädel gelaufen. Es trug ein Schaff mit Wäsche vor dem Leibe, strebte, getrieben von der Last, der Stufe zu, die vom Ufer in den rivo hinabstieg, und rief, am Alten vorbei: »Babbo, xè il Sior Enrico. Vol parlarghe. Subit'!«

Genau so schnell wie früher verwandelte sich der Alte. Als ob das Ungeheuer, das in seinem Blut drinnen raste, zerspalten verreckte, hob er erlöst den Kopf, ließ die Augen, die gezwungen dem Mädchen folgten, ganz sanft werden und traurig, tat einen Seufzer, trat aus dem Boot und ging.

Ohne vom Mädchen gesehen zu werden, mit unerbittlich scharf forschendem Blick, setzte sich Goethe in den Holzblock zurück. Das Mädchen hatte die Stufe erreicht, das Schaff in das Ufer gesetzt, sich in die Stufe hinabgekniet. Nun nahm es Stück für Stück aus dem Schaffe, befestigte jedes, die Arme weit übers Wasser reckend, an Holzklappen, die der Reihe nach an einem Seil rivoaufwärts saßen, und legte die Stücke so über den Steinrand, daß sie bis zum Saum im Wasser trieben. Als dies vollendet war, hob sie vom Pfahl im Rücken das Waschbrett, richtete dieses quer vor ihrem Schoße in das Fließende hinaus, holte das Hemde, das ihr am nächsten trieb, heran und begann es, tief darübergebeugt, mit aller Gewalt einzuseifen. Ohne Mühsal bewegte sich der Körper. Leicht traten die Linien und Formen aus dem Rhythmus der Arbeit. Vom lockigen Ansatz des Blondhaars zog der Nacken flaumig hinüber zu den Schultern. Geschmeidig gewölbt schwang der Rücken zu beiden Seiten der Wirbelsäulebuchtung hinab nach den Hüften; hinab nach der fehlerlosen Rundung. Frei gebildet wuchsen die Arme, den Brüsten eng nahe, von den Achseln hinaus in die Hände. Diese, wie die Füße, die mit festen Zehen den Takt des Sichbeugens und Wiederaufrichtens in den Sand hinein spielten, lebten am kräftigsten. Nicht nur die Begierde nach unausgesetzter Regung sprach aus den Gelenken, von denen die Fächer der Finger sich knapp abhoben. Noch eine andere, vom Auge, vom Munde, vom Busen herniederfließende, antreibende Unrast sang aus ihnen; niemals, zum Beispiel, verschwand der goldene Reif, den die Linke trug, unter Seife, Wäsche, Arbeit und Wasser.

»Nicht wahr«, sagte Goethe plötzlich laut vor sich hin, die volle Gewißheit neuen Werdens triumphierte im geretteten Auge, »wir Männer machen uns gar keine Gedanken über das, was euch zarte junge Geschöpfchen von früh bis spät plagt? Über euer Tagewerk nicht, und über das, was in eueren verschwiegenen Herzlein vorgeht, noch weniger? Nicht wahr?«

Das Mädel hob die Arme vom Brett auf. Reckte das Köpfchen schräg aufwärts zu ihm; hatte wirklich dieser Fremde geredet?

»Es gibt natürlich Stunden«, fuhr er, ohne ihr Zeit zu lassen, fort, »da ihr glaubt, daß wir euch ganz verstehen: die Stunden der Liebe! Denn wir müssen euch liebhaben, und wer will nicht das Unverständlichste zu verstehen vorgeben, damit er geliebt werde von euch? Aber selbst dann, . . . glaubst du, wir wissen selbst in diesen Stunden ganz, was ihr seid, was ihr gebt? Wie viel weniger also erst vorher und nachher!«

Kopfschüttelnd, ohne Wort, ohne Gegenblick, beugte sich das Mädel zur Arbeit zurück.

In Goethes Wangen stieg Blut. Seine Hände, als hätten sie ein Stück Wachs vor sich, regten sich, den unbarmherzigen Schwillen eines Tauchers bekamen seine Augen, dem das Herz in Angst braust vor den wartenden Schrecken und Wundern. »Ein Mann ist eben immer ein Mann. Er will nach der Welt. Ihr aber, .. euere Welt, die ist er! Oder nicht?«

Zum zweitenmal, weil es sich gegen den Zwang nicht zu wehren vermochte, hob sich das Köpfchen. »Non intendo,« lispelte es endlich kaum hörbar.

»Es gibt natürlich Ausnahmen!« versuchte er schnell, listig. »Männer, die nichts anderes im Sinn tragen als das Gesichtlein der Fidanzata?«

Im Nu feuerrot geworden, grub das Mädel die Hände in die Wäsche zurück. Schlug die Wäsche so grausam, daß es wie Peitschenknall von der Wand des Gefängnisses widerhallte.

»Aber selbst diese Ausnahmen . . . .« – da entschloß er sich. Verließ den Holzblock und setzte sich knapp neben das Mädel in das Ufer hinab. »Nehmen wir an: ein junges, schönes, braves Mädel hat sich einem jungen, schönen, ehrlichen Jäger vergeben. Eines Morgens geht der Jäger auf die Jagd in den Urwald, der ebenso wimmelt von Finsternis, Löchern, wilden Tieren und Mooren, – wie das Meer von Klippen, Orkanen und Haifischen. Nun ist dieser Jäger, obwohl er schon am Abend zurückgekehrt sein sollte, nach drei, vier, fünf Tagen noch nicht wieder daheim. Das Mädel in seiner Hütte wartet, wartet und wartet . . . .«

Wie vom Blitz mitten hinein in sein Herz getroffen, riß sich das Mädel vom Brett zurück, drehte sich um; sah ihm mit schauderndem Gesicht in die Augen.

»Glaubst du nun, wenn der Jäger heimkehrt, – denn er kehrt natürlich heim! – glaubst du, er wird sich auch nur die Zeit dazu nehmen, um auszudenken, was sein Mädel in diesen furchtbaren Tagen und Nächten gelitten hat? An seine Brust nimmt er es, lachend, denn er hat Löwen erlegt und wird ihre Felle verkaufen, und küßt es wie der Sieger, der Sieger! Aber die Qual ihres Herzens . . . mit diesem Kuß ist sie, für ihn, ewig begraben!«

Mit einem Schrei, einem einzigen fassungslos wilden Erbeben, brach das Mädel in Tränen aus.

»Und dennoch,« – mit aller Gewalt zwang er dem Auge das Wort ab – »sie wird, ohne auch nur ein Wort zu sagen, nur ein einziges Schmerzchen aus ihrem Schmerz zu verraten, lächeln wie er! Nur noch glücklich darüber: daß sie so leiden durfte, um ihn wieder zu haben!«

»Er kommt aber nicht mehr zurück!« Die Hände vom Gesicht herabgerissen, mit verzweifelten Lippen, schrie sie heraus.

»Niemals wieder! Nie wieder!«

»Er kommt gewiß zurück!«

»Seit drei Tagen schon sollte er da sein!« Überschwemmt von den Tränen, an allen Gliedern zuckend und blutend aus unzähligen Wunden, rang der Leib sich, der ganze jäh aufgerüttelte Mensch sich ihm näher. »Sie wollten nur über Torcello hinaus in die obere Lagune. Von dort müßten sie lang schon zurück sein! Und es war Sturm in der vorgestrigen Nacht! Der Doddo vom Hafen erzählte, sechs Barken von Chioggia seien bei Ancona – vor Ancona! – gesunken.« Jede Nacht seit der zweiten habe sie mit den Nachbarinnen draußen auf den fondamenta verbracht, um ihm entgegenzusingen. Diese furchtbaren Stunden! Wenn man schon meint, nun ist es er, endlich und wirklich er, der zurücksingt, das Herz steht einem still, man macht die Stimme mit aller Macht groß und stark, sie muß das Wunder aus dem Himmel herabreißen, – und einen Augenblick darauf ist es wieder nichts! Ist es wieder nicht er! »O, wie schön war's, wie schön, als ich das alles nicht kannte!«

»Was: Alles?«

Sie schluchzte nur, das Gesicht in den Händen verborgen, unerbarmt vor sich hin.

Seufzend steckte Goethe sein Wissen um dies »Alles« ein. »Er ist sehr gut zu dir?«

Es kam ihr gar nicht mehr in den Sinn, zu fragen, wieso dieser plötzliche Fremde in das Meer ihrer Peinen hinabtauchen konnte. Das Gesicht, wie von einer Riesenfaust niedergepreßt, sank tiefer, stöhnend bäumte sich die Brust gegen das dreieckige Tuch, kein Tropfen Friede mehr rann im gemarterten Leibe. »Man braucht nur zu sehen, wie er mit seiner Mutter ist. Im ganzen Viertel heißt sie die Hexe!«

»Wann sollte die Hochzeit sein?«

»Zu Weihnacht.«

»Hast alles schon hergerichtet?«

»Alles!«

»Die Marsili und die Perotti sind aber auch noch nicht zurückgekommen?«

»Niemand! Nein!«

»Darum sag' ich dir eben: er wird gewiß wiederkommen! Gewiß! Ganz gewiß!«

Zitternd, bewußtlos, Finger für Finger, löste sie die Hände vom Gesicht. Es kam das Köpfchen eines Engels hervor, der sich vom Paradies auf die Erde herab verirrt hat und nach endlos vergeblichem Suchen nun zum erstenmal wieder den Schimmer des Tors sieht.

»Gewiß kommt er wieder! Ich sage es dir!« Und weil sie im panischen Kampf zwischen Glauben und Zweifeln zu stammeln schien: »Wie wollen Sie das wissen?« setzte er noch bestimmter hinzu: »Gerade der Fremde kann das fühlen! Sieh!« Und heiß, jede Fiber der Seele in gespannter Erregung, rückte er ihr näher. »Gewiß: die Rückkehr ist verzögert worden. Aber durch Ungunst? Warum nicht durch Gunst? Matteo ist ein tapferer, verwegener Bursche, er wollte, sagen wir, bis Triest kommen . . . . .«

»Bis Triest fahren sie niemals!«

»Oder sie landeten, und zogen bis Aquileja, um Holz mitzunehmen, oder sie legten an einer der Inseln an, um die gefangenen Fische zu verkaufen und im Heimweg neue zu fangen!«

»Nein! Unmöglich!«

»Nichts ist unmöglich! Alles ist möglich! Du wirst sehen, wie wenig Mögliches du gelten ließest, sobald er dir das Unmögliche erzählt hat. Denn ich sage dir: er steht jetzt lustig singend in der Barke überm Wasser, hat ein lockeres Kännchen Wein neben sich – der Wind weht von Osten – und beeilt sich gar nicht, nach Hause zu kommen, weil ihn, nach Männerart, dieses prachtvolle Abenteuer sündhaft erfreut!«

»Wenn er aber« – wie ein Dolch durchfuhr dieser Blick seine Brust – »wenn er trotzdem nicht wiederkommt?«

Als ob in diesem Augenblick sich seine Füße unwiderstehlich von der festen Erde auf das schwanke Drahtseil wiederhöben, irr, blickte er von ihr weg. Den rivo aufwärts und den rivo abwärts. Nach dem Hause zurück. In den Himmel empor. Unheimlich ineinander, in das quellende Blut dieser zauberhaften Stunde flossen alle Zeiten, alle Länder, alle Schicksale der Menschen!

»Ich kannte einmal ein Mädchen«, begann er endlich, ohne Stimme, »es war so jung, so unschuldig und so schön wie du. An einem Sommermorgen sah ich's zum erstenmal. Von diesem Blick an lieb' ich es. Als ob ich zweiundzwanzig wilde Jahre lang auf dieses Opfer wild gewartet hätte, und keines– keines mehr! – je später käme, das ich noch heißer lieben müßte! Und sie, die von der Liebe nichts noch, nichts! erfahren, – sie lernte mich wieder lieben. Ganz auf nahm mich das unverdorbne Herz. Trank kindlich gläubig jedes süße Wort, das niemals müde ward zu schwören und zu singen, wie ich liebte. Ich meint' es treu! Weiß Gott, ich meint' es treu! Ich liebte eben, liebte, – liebte! Anmutigeres als dies Geschöpf, das unter meiner Wonne täglich sonniger erblühte, hatt' ich nie gesehn. Mein Drang und Hang, ein heimliches Gemüt zu wissen, in das ich wahllos alles gießen dürfte, was wirr und unbeholfen in mir trieb und kämpfte, – ein inniglich bereiteres konnten sie nicht finden. Gott, war das Leben nun zu zweien schön! Nie mehr allein sein! Stündlich neu Vermählung! Der Tag begann mit Lächeln an den Zweiten! Im Lächeln an den Zweiten ging er hin! Mit einem Lächeln an den Zweiten schloß er!«

Reglos, ein Kind, das Märchen hört, das holde Mündchen atemfroh weit offen, hing jetzt das Mädel heiß an seinen Lippen.

»So wuchsen wir«, fuhr er schweratmend fort, »im Kreislauf eines Jahres tief zusammen. Hätt'st du mich damals je gefragt: was träumst du dir, was sehnst du von der Zukunft? – ich hätte fest beteuert: Margarethe! Und Margarethe? Sie? Um mir zu dienen, – nach Rußland, bettelarm, in Lumpen und durch Räuber, wohin ich wollte, wäre sie gewandert! Nur um zu lieben! Nur um mich zu lieben!«

»Da, eines Tages – war ich weg! Ganz einfach weg! Nicht ohne Abschied! Nein! Ich sprach es deutlich aus: die Zeit, die ich uns beiden zugemessen, von Anfang an, ist nun vorbei. Das Leben, ob ich auch die Tränen sah, – sie. weinte, o wie bitterlich sie weinte! – das Leben, sagt' ich, reißt mich fort von dir. Es wartet, und ich will es nicht versäumen. Und ließ sie krank, zerbrochen und vertan, zertretnes Herz, der Hölle ihres Todes, – und ritt vergnügt in meine neue Welt . . .«

» . . . und kehrte niemals, niemals, – niemals wieder!«

»Wenn dein Matteo nicht kommt«, – als ob ihm die tobende Brust keine Silbe mehr gönnte, die ohne Tränen aus ihr aufstieg, sein Auge keinen Funken Lichts mehr sehen dürfte, ohne geblendet zu werden zur ewigen Strafe, sprang er auf und ins Ufer zurück – »wenn dein Matteo nicht wiederkommt, Marietta, – dann denk an Margarethe, die *gejauchzt* hätte, wenn ihr der Liebste nur gestorben wär'!«

Und wie ein Schatten vor dem Aug, das ihm entgeistert nachlief, flog er weg.

»Piero«, befahl er, heimgekehrt, ohne jedes Zögern, »packe meine Siebensachen. Heut Nacht mit dem Kurierschiff reise ich.«

O, er war darauf gerüstet, daß der Alte verständnislos den Mund aufreißen und, wenn er entschlossene Augen auf sich gerichtet sah, erst in Entsetzen, dann in welsches Weinen ausbrechen würde. »Ich komme wieder, guter Junge!« sagte er drum schnell drauf, mit tief verhülltem Antlitz. Tat eine weite Handbewegung – wie über den Schmerz des starren Alten hin – und ging. Zur Carità noch einmal. Fuhr dann zum Redentore über. Auch der Rialto sah ihn; später abends. Die Dämmerung aber fand ihn draußen zwischen den fondamenta der Medicanti und Burano, zusammengekauert in einer finsteren Barke, die der greise Greco lenkte. Die Lagune still. Die Luft erfroren. In seinen welschen Mantel eingehüllt, saß er wie Statuenleib, den Blick ins tiefste Innere stumm versenkt. Sah nicht nach vorn, wo überm Buckelgang des Wassers der letzte Schimmer dieses letzten Abends auslosch, und nicht zurück in die erbliche Stadt, die mit gerecktem Arm die vielgestuften Dunkelheiten ihrer Steine zu einem einzigen blauen knapp zusammenschloß und diesen scharf losrang vom Himmelbleich und vom erblaßten Westen. Kein Denken störte den entschlossenen Geist, das dem, was außer ihm war, gelten sollte. Nicht eine Regung im versammelten Gemüt, die andres traf als ihn allein. Er fühlte, lauschte, sann und sah nur sich. Das Vollempfinden ungebrochnen Reichtums, das ihm der Morgen weckend eingegossen, erfüllte ganz, mit Andacht, seine Seele. Fremd allem ringsumher, entrückt der Möglichkeit, daß auch Vertrauteste ihn fänden, und doch dem Zittern jedes Zufalls offen, der gut und bös ihn überrumpeln konnte, genoß er staunend die Gewalt des Seins. Was er sich jemals für sich selbst gewünscht, wovor ihm jemals, für sich selbst, gebangt: Wunsch, Wille, Furcht und Bangnis waren tot. Lebendig nur noch, in ganz sicherer Freiheit, das volle Wissen: Schale bin ich, Werkzeug. Was jetzt geschah, von dieser Stunde an, die ganz erwiesen, wie er sich besaß, – es konnte mehren, mindern, oder töten. Doch eines nicht mehr: ihn sich selbst entfernen! Vergangenheit, der lähmende Begriff von Zeit, die falsch gelebt, umsonst gelebt, wie giftiger Wurm am Mark des Heute saugte, von Zeit, die schön gelebt, doch, weil sie schon vorbei, nur Schwäche, Wehmut, Leid, ja Ekel nachließ, – seit diesem Morgen war dies Wort dahin. Ein einziger Blick, getan ins Urverhüllte, ein einziger Herzschlag, rein gewirkt im Blute, das über Recht und Frevel ferner Jahre auch heut noch warm in seinem Menschen floß, – und was er je gestrebt, gelitten und gesündigt, zu reiner Gegenwart geläutert war's gerichtet. Gar jede Freude hatte recht gehabt. Gar jeder Kummer hatte recht gehabt. So war er frei! Zum erstenmale frei! Auf festem Grund, den keine falsche Reue mehr benagte, nur noch das Grün der Dankbarkeit umwuchs, schwang frei der Raum der unbegrenzten Höhe, in den er bauen sollte, was der Ruf ihn hieß. »Nur noch der Tempel bin ich, der die Strahlen sammelt, die rund und hell in seine Fenster fallen, – und sie mit Aufwärtsblick, der Kuppel zu, zu neuem Lebenssinn nach oben wandelt. Leicht winkt die Erde mir, der klare Himmel leicht . . . .«

Als ob ein Tau, das Stadt und Weite knüpfte, in raschem Riß erzitterte und schwänge, durchschnitt ein Laut – ein Schrei? – ein Lied? – die Luft, und eilte fragend, flehend durch sie weiter.

»Die Weiber, die ihren Männern entgegensingen!« lachte kühl der Greco.

»Pst!« hob Goethe streng den Finger.

Und wahrlich – horch! – ganz ferne, ferne, sang die Antwort.

Sanft, ohne Echo, wie verweht, erstarb sie.

Nun Stille!

Jetzt aber: – laut stand Goethe auf, die Barke kam ins Schaukeln – aus vier, fünf, sechs von neuem wachen Stimmen, die fordernd uferher herüberklangen, hob sich dem Ohr, das sie gespannt ergriff, wie Schwesterstimme auch Mariettas Stimme.

`»Come al lume farfalla ei si rivolse«` sang's von ihr her.
`»Allo splendor della beltà divina«` schnell vom Meere her.
`»E rimira d'appresso i lumi volse«` neu hinüber.
`»Che dolcemente atto modesto inchina!«` hell herüber.

Und jetzt, als ob der Rhythmus nun erst richtig rollte und Tassos Vers mit Flut und Ebbe wallte, spann Vers an Vers sich zur vertrauten Rede, die klar mit Frag und Antwort Meer und Land verwebte. Das Aug', dem Ohr gewichen, sah die Weiber nicht, die weltentrückt, mit hochgereckten Leibern, die Arme in die Hüften eingestemmt, der Luft dahingebeugt, die schmalen Ufer traten; die Männer nicht in den noch fernen Barken, mit dunklen Knieen tief in Fischen watend. Oft starb der Vers im Feuer der Begierde, heranzuzerren, was so schleppend nahte. Dann kam die Antwort wie gemacher Trost: »Ja, ja! wir sind es schon; habt nur Geduld!« Schnell drauf, im Gegensang, begeistert:

»Gerne!« Oft aber trieb der Wind nichts als ein Echo her, und dies nur unverständlich, zweifelhaft, verschwommen; kam's südenher? kam's ostenher? Woher? Dann war's, als ob der Heldenmut der Weiber schrill zerbräche, der Tränen Furiengriff die Stimmen würgte, – und trieb der Wind dies Spiel noch einmal, zweimal, dann schrie Verzweiflung aus den halben Worten. Oft aber – kam auch nichts vom Meere her! Kein Stoß, kein Ruck, kein Wogensang, kein Säuseln. Erlogen lachte, was so klar versprochen. Die See lag tot. Im Himmel schwarze Sterne. Die Stadt verwirkt –

Und plötzlich, allum, Schweigen.

Bis *eine* Stimme jäh es neu zerhieb, die andern aufzwang, aufriß, unerbittlich. »Marietta ist's! Ja! Wieder ist's Marietta!« Die Barke unterm Mann erschrak. Doch – auch Marietta mochte rufen, singen, – nur mehr der Dichter war's, der, lange schon vermodert, durch diesen Mund, der kaum sein Wort verstand, aus weiter Ewigkeit herüberlebte. Jerusalem, bezwungen oder frei, – Torquato Tasso sang jetzt überm Wasser! Die Weiber schliefen, an ein Schiff gelehnt, Marietta sang, weil ihr das Herz nicht schlief, – doch nur Torquato Tasso war jetzt überm Wasser! Er ganz allein, der Fern und Nah verband, dem Mann, der fiebernd in der Barke stand, mit tiefstem Sinn ins wilde Innere sang. Nicht mehr war Nacht, Venedig, Ufer, Meer, gehetzte Qual zerriebner Weiberseelen. Torquato Tasso nur, vom Staub befreit, der Erde und des Irrtums ganz entbunden, zog lächelnd durch den Doppelsaal der Welt, und zwang sie leicht, weil er sie überwunden. Und an sein schwarzes schlankes Wams gelehnt, hielt er Marietta, die ihn bettelnd pries, – »per dio! Mostro!«

Die Barke hatte einen Sprung getan.

»Diabolo! Beatissima vergine!« fluchte der Greis, aus dem Stand geschleudert, den Gast im Boden und das Wasser drüber. »Porco maledetto! Bestia!

Canaglia!« Und riß das schaukelnde Holz mit Todeseile in Gegenwasser. Aber Goethe war schon aus dem Strudel gesprungen, auf die Bank geschnellt. Mit der Stimme eines bärenhaften Steuermanns schrie er durchs Rohr der frierenden Hände zur Barke hinüber, die rauschend vorüberfuhr: »Matteo!« Der Barke folgte eine zweite, der zweiten eine dritte, der dritten die vierte, dieser die fünfte. »Matteo!« schrie er brausend in jede, während dem Schiffer der Schweiß der Wut in den Bart hinabbrann. »Matteo!« Und als die Barken mit hochaufschäumenden Kielschwänzen, in deren Wirbeln jeder Ruf ertrank, schon vorübertosten, »Matteo!« Und immer wieder gezielter, gespannter, gebannter: »Matteo!« Bis ihm – Blitz, Donner oder Schlag? – die Stimme ausging und er steil wie ein Mastbaum in die Höhe emporwuchs. »Marietta hat ihn! Hat ihn! Ja! Sie hat ihn!« Und wahrlich: Brandung drüben, am Ufer, – und die Wasser begannen zu wallen wie von neuen Quellen des Lebens, die Stadt sich zurückzuschmiegen mit Kuppel, Turm, Zinne und Leben in die Feier des Himmels, und von Torquatos Brust weg, selig schneidend, sang sich Marietta jauchzend: Sieg und Hochzeit.

»Kehr um!« befahl Goethe heiser und ließ sich nieder. Müde, todmüde. Wie ein betäubendes Gift streckte ihn die Entspannung zu Boden. Es fröstelte ihn. Schleier, so sehr er sich dagegen wehrte, überfielen immer dichter die erschöpften Sinne. »Ich muß schlafen!« stöhnte er. Aber ehe das Haupt das harte Holz fand, fiel ihm ein: Das Kurierschiff geht um Mitternacht! »Eil' dich! 's ist höchste Zeit!« rief er, rasch aufgerafft, dem Alten zu und stieß ihn tückisch in die Seite. Das half. Wie hungriger Hai schoß die Barke durchs Wasser. Rauschen. Gleiten. Strömen. Plötzlich, als ob sie krachend an etwas Hartes anführe, machte sie Halt. »Was ist?« wollte er, wachgerüttelt, noch fragen; da fühlte er sich ergriffen. Von rückwärts, mitten aus der Schar neidisch gelber Gesichter, die vom Ufer aus grinsend den

Griff der Schergen hinter seinem Rücken verfolgten, starrten ihn, eng nebeneinander lodernd, die Augen des Herzogs, Herders und Charlottens an. Des Herzogs Miene war wie Gewitterhimmel. »Also deshalb bist Du mir durchgegangen?« Wie ein Messer stach Herders spotttriefender Blick: »Um Romanzen zu erleben?« Charlotte aber, – die Empörung der weltausgespieenen Kreatur flammte in ihren Pupillen. »Wer ist *mehr* Margarethe,« schrie sie ihn tobsüchtig an, »ich oder sie?« Er tat einen Schrei, verlor den Hut, – im nächsten Augenblick, von blitzschnell Herangeruderten den Häschern entrissen, saß er gefesselt zwischen zwei Vermummten. In einer Gondel. Die Gondel flog, von zornigen Schreien verfolgt, lächelnd dahin. Landete genau an der Piazzetta. Die Vermummten stiegen aus, zogen ihn ans Land. Führten ihn durch die Porta della carta, über die Scala dei giganti unmittelbar bis vor die Gemächer des Dogen. Vor einer ungeheueren schwarzen Tür, die mit eisigem Marmor eingefaßt war, übergaben sie ihn zwei Hellebardieren. Die lösten ihm die Fesseln. Dann schlug eine der Hellebarden in den spiegelglatten Marmorterrazzo, die Flügel der Türe flogen auf, drei scharlachrote Männer traten hervor: die Staatsinquisitoren. »Ich verlange, daß ich unverzüglich freigelassen werde!« begehrte Goethe mit ungebändigter Stimme auf. »Mein Schiff geht um Mitternacht, ich habe keine Minute zu verlieren!« Aber noch während er redete, nahmen ihn die Scharlachroten in ihre lautlose Mitte, führten ihn durch eine dichte, stumm würdeduftende Gasse von Purpurroten und Violetten in das zauberhaft schnell aufgerissene Gemach des Dogen. »Da ist er!« riefen sie, unter dem tausendflammigen Lüster angelangt, dem Dogen zu, der zwischen zwei maurischen Fenstern klein und hutzelig auf einem Löwenfell kauerte; ließen die Hände von Goethe und verschwanden. »Eure Herrlichkeit«, begann Goethe, ohne eine Sekunde zu verlieren, furchtlos näherte er sich dem Dogen, »es drängen mich Gründe, die zu erklären zu weit führen möchte, unverzüglich nach Rom abzureisen. Mein Schiff geht um Mitternacht. Ich stelle an Eure Herrlichkeit die Bitte . . .« Da stand der Doge bereits vor ihm. Genau unter dem königlichen Lüster, der seine Strahlen gleichmäßig auf die Arabesken des Bodens, die Gobelins an den Wänden, die Spiegel an den Ecken, die Fresken der Decke und die verstreuten Truhen, Tische, Bänke und Sitze aus Ebenholz warf, stand er vor ihm im goldenen Talar, bedeckt mit der goldenen phrygischen Mütze. »Die Signoria hat erfahren«, begann er heiser, »daß Sie unter falschem Namen in Venedig weilen. Warum?« – In fließender Rede erklärte Goethe. – »Die Signoria hat ferner erfahren,« setzte der Doge fort, und nun vermochte Goethe jeden Zug im pergamentenen zahnlosen Gesichtchen unterm weißen Käppchen zu erkennen, »daß Sie in – sagen wir, mysteriöser Weise heute abend das Schicksal einer Familie gelenkt, – besser: verrenkt haben! Denn der heimgekehrte Matteo fiel, als er an Strand trat, unter dem Messer eines eigentümlichen Rivalen: des Vaters der Braut. Er ist tot!« – Goethe taumelte. »Das ist nicht möglich!« – »Trotzdem,« hob der Doge zum drittenmal an, »will ich mich für Ihre Freiheit einsetzen, wenn Sie zum letzten Punkt der Anklage befriedigende Aufklärung zu geben vermögen. Die Signoria hat nämlich drittens erfahren« – und nun verwandelte sich der Doge. Sein Auge, bisher der Macht bewußt und völlig geschäftskalt, ward plötzlich bange und lichtlos. Wie um sich Mut zu machen, kroch es die hohe Wand empor und tastete nach dem Markuslöwen, der marmorn das Gesimse der schwarzen Tür besetzt hielt. »Die Signoria hat nämlich drittens erfahren« – zitternd kehrte das Auge zurück, in Stößen atmete die Greisenbrust – »daß Sie sich über die Republik Gedanken machen, die . . .«

»Gedanken sind zollfrei!«

»Nicht in Venedig!« Fein lächelte der Doge. Aber schnell starb das Lächeln. »Ich bin Paolo Renier. Man hat mir vergangenen Sommer, als mir das Mißgeschick begegnete, – Sie wissen doch?«

»Nichts weiß ich.«

Wie im Schüttelfrost: »Der Ring, den ich am Himmelfahrtstag nach alter Sitte ins Meer warf, wurde vom Meer nicht angenommen; er schwamm wie Holz auf dem Wasser. Man prophezeite mir darum, nur noch *ein* Doge werde nach mir kommen . . .«

Einen todverachtenden Schritt näher tat er. »Sie sind ein Nordländer, also unvoreingenommen. Sie sind Minister eines Staates; also in den Bedürfnissen und Zuständen eines Staates wohlbewandert. Und treiben sich seit fast drei Wochen offenen Auges in Venedig herum. Ich – stehe am Rand meines Grabes. Es ist nichts begreiflicher, als daß ich« – mit wachsbleicher Zitterhand berührte er Goethes Brust – »als daß ich mit Grauen sterben müßte, wenn vorher, in Tat oder Gedanken, etwas geschähe, was mir den ungeschwächten Glauben an die Kraft meines Staates zerbräche. Wir sind ein Gemeinwesen, das mit folgestarrer, rücksichtsloser Despotie nur Weniger den ungeheuren Bannkreis unserer Untertanen, unserer erkriegten und erworbenen Länder, der angehäuften Schätze an Gold, Geld, Gut und Kunst – und unseren Weltruhm in Gehorsam zwingt. Venedigs Macht fürchtet die gesamte Nachbarschaft. Unsere Schiffe beherrschen die Meere des Handels. Unser Handel die Begierden Europas. Was wir an Schönheit von überallher zusammengerafft haben, die Sehnsucht jedes Strebenden. Dies alles nun, ohne jede Ausnahme, sehe ich noch fest dastehen, jeder Zukunft trotzen, – bis auf . . .« Plötzlichen Schweiß auf der Stirne, haschte er Goethes Hand in seine zuckenden Finger und preßte sie beschwörend; »bis auf gewisse Träume, die mich hie und da – zur Verzweiflung treiben!« Zurückschnellend, stolz, daß der Ruck den gebrechlichen Bau seines Leibes wie ein

Erdbeben durchriß, raffte er sich auf. »Sagen nun *Sie* mir – schonungslos! –: welchen Eindruck macht Ihnen Venedig?«

»Es ist das Menschlich Interessanteste, was mir jemals unter die Augen kam,« antwortete Goethe ohne Besinnen.

»Das meine ich nicht!« Wie ein enttäuschtes Kind stampfte der Doge den Boden. »Ich meine . . .«

»Venedig unterliegt der Zeit, wie alles, was ein erscheinendes Leben hat.«

»Zeit, Zeit, Zeit! Die Zeit ist lang!«

»Wenn sie nicht schon vorbei ist, für Venedig?«

»Das ist erlogen!«

»Ich sehe die Signoria erstarrt in Formeln und Artikeln.«

»Das ist Verleumdung!«

»Die Länder, die am üppigsten speisten, sind dahin. Die Schätze aufgezehrt. Die Quellen, aus denen sie flossen, versiegt. Der Ruhm – nur noch natürlicher Abglanz einer großen Vergangenheit. Die Feste, die Sie feiern, nur noch Erinnerungen. Und das Volk . . .«

»Das Volk?« Drohend wie ein goldener Schatten trat ihm der Doge an den Leib. »Das Volk?«

»Das Volk, auch wenn es zu lachen scheint, zu scherzen und zu tanzen, es lacht doch nur auf der Bühne eines Friedhofs. Tanzt doch nur, genau so wie die Signoria in Maske und Pomp, den Tanz seines Todes. – Venedig stirbt, Euere Herrlichkeit!«

Wie ein Geist wankte der Doge zurück. »Führt ihn hinab!« zischte er aschfahl die Männer an, die eingefallen waren. »Hinab!« Und wahrlich, bevor er noch einen Laut auszustoßen, mit der Wimper zu zucken vermochte, ergriffen die Maskierten Goethen und stießen ihn hinaus. Wie erstarrten Leichnam fühlte er sich. Die Augen sahen, die Ohren hörten, das Fleisch empfand die Püffe der Männer, die modrige Nässe, kalte Glätte der Wände, zwischen deren grabschwarzer Finsternis er durch unzählige Tore, ewige Hallen und Gänge über immer noch engere und zerfressenere Treppen in die Tiefe des Palastes hinabgezerrt wurde; und konnte sich dennoch nicht regen. Als ihn die Vermummten endlich verließen, fand er sich auf pfütziger Erde in undurchdringlichem Dunkel. Von Fiebern geschüttelt, schlief er in Betäubung hinüber. Zehnmal pochte es an der Wand, die seinem Haupte gegenüber starrte, ehe er es vernahm. Beim elften Schlag erwachte er. Erhob sich. Stieß das Haupt an der Decke blutig. »Was ist?« stammelte er zurückgesunken. Ein Schrei, der ihm Mark und Bein durchfuhr, antwortete. Draufhin: silbernes Lachen. Daraufhin: ein Axthieb! Nun – Stille. Wie ein Maulwurf, der plötzlich den Zentner Erde über seiner Blindheit erfühlt, griff er, den Schlamm auf den Knien durchrutschend, mit verzweifelten Händen in die bröckelnde Quader und rüttelte. Auf einmal – er mußte stundenlang gerüttelt haben – sang Wasser! Zitternd reckte er das Ohr. Wasser strömt herein! Im Nu wachsend, gurgelte es schon um seine Füße! Kein Zweifel, er hatte die Mauer, die in den Kanal hinaus ging, aufgerissen. Nun ertrank er! Klappernd vor Todesangst, mit aller Gewalt der Glieder sich zum pfeilschnellen Fisch zusammenklappend, schoß er heraus aus dem Sprudel, hinein in den Strom –, und kam prustend empor. Schwamm unterm Bogen der Seufzerbrücke im Kanal.

Eine Stunde später trieb er vor der Giudecca draußen, in der Richtung Ferrara. Am späten Abend landete er, nackt und halberfroren, an der Küste von Ferrara. Ein Bauer zog ihn in einer Schilffuhre in die Stadt. Der Herzog ließ ihn laben und kleiden. Nach Cento durchgekommen, fand er Guercinos Haus offen. Freundlich reichte ihm Guercino fünf Dukaten auf die Reise. Er war nun mager wie ein Windhund. Um den erblichenen Mund die Höhlen der Entbehrung. Dennoch: unermüdet von früh bis nachts zog er die Straße. Die Kleider zerrissen wieder. Das Geld ging aus. In mancher Herberge fand er statt geschenktem Essen und erlaubtem Lager Schimpf und Schläge. Dennoch: unermüdet von früh bis nachts zog er die Straße. »Lotte«, träumte er wohl oft im Wege vor sich hin, »wenn du jetzt deinen Liebsten sähest! Wie er mit brennenden Füßen, Hunger, Angst und Durst, und ohne Wissen, ob in Rom ein Dach sich findet, der Sehnsucht nachrennt.« Denn diese Sehnsucht machte immer heißer rennen. Hinter Foligno erzählte er einem Banditen, der ein Stück Weges mitging, es habe ihn in Venedig einfach nimmer geduldet. Als er dort angekommen, sei er noch ein Stein gewesen; als er fortging, vor acht Tagen, – ein Mensch. »Ich mußte erst, mein Lieber, das Menschenherz in diesen Rippen wiederfinden, eh' ich den heiligen Weg herab da wagen durfte. Nun freilich« – siegreicher lachte er auf – »kann mich kein Engel mehr, bei Zeus, erschlagen!« Da schlug der Engel ihn. Knapp hart vor Terni. Von einem scheugewordenen Reitroß überritten, brach er das rechte Bein. Sieben volle Stunden müht' er sich noch weiter. Dann blieb er liegen. Zwölf Vetturini, während der zwei Tage, fuhren frech an ihm vorüber. Der Berg dort unten, blaue Dreieckzacke, hieß Soracte! Nocheinmal, trotzwild, zwang er sich, zu humpeln. Umsonst. Zum zweitenmale sank er hin. Verzweifelt raste er: »Ich *muß* nach Rom!« Im Morgengrauen nach dieser grauenvollen Nacht nahm ihn ein Karren mit; zurück. Drei Nonnen saßen drin, die wollten ins Hospiz nach Orte. Er hatte sich mit Leibeskräften gegen sie gewehrt. Umsonst! Der Karren knarrte fühllos: heimwärts! »Hört!« wimmerte er von Meilenstein zu Meilenstein erbarmungswürdiger die Nonnen an, »ich *muß* nach Rom! Lebendig oder sterbend! Bringt mich in ein Asyl nach Rom! Ich laß mich gern bekehren!« Sie zogen blinzelnd ihre Rosenkränze, plapperten kreuzschlagend, – da, wie ein Blitz, die Eilpost saust vorbei! Ein einziger Gast sitzt drin!»O, nehmt mich mit! Bei Eurer Seligkeit!« rief er, von Tränen überströmt, trotz allem Schmerz weit aus dem Weidenkorb herausgebeugt, zum Fremden hin, »erbarmt Euch meiner! Gott wird's lohnen!« – »Wohl!« rief der Fremde, riß den Schlag auf. »Hurtig!« – Ha! Wie er niedersprang vom Schinderpfuhl! Ein Bein schon hebt er glücklich! Nun das kranke, – »zum Teufel!« Fluch! Das Gaulpaar zieht besessen an, der Wagen jagt, – »Rennt nach! Flink! Vorwärts!« rief der Fremde. – »Ja! Gleich! Ich komm schon!« Und nun hinkt er, dampft er, stöhnt er, keucht er, es muß, es muß, es muß gelingen! Nur noch dies kleine Stücklein lauf! Aushalten! Beiß die Zähne aufeinander! Fest wollen mußt du! Noch sechs tapfere Schrittlein, dann –

Ratsch! reißt ein Riß durch die geborstne Wunde! Er schwindelt, sinkt, der Wagen ist dahin . . .

»Ecco Signore, – Roma!« rief da sein Vetturin, gemach zurückgebeugt, und wies mit froher Geißel weit nach vorne.

Als ob er aus dem Grab aufstiege, mit tollen Händen sich die Last der Erde von den Schultern wälzen müßte, fuhr Goethe aus dem höllischen Traum. Da vorne, weit, weit vorne . . .

An allen Gliedern zitternd hob er sich empor. Sah, strahlend, Himmel in den Augen: da auf dem Kissen grüngewellten Lands, hochaufgebaut ins grenzenlose Weite, saß blau und wahr die Kuppel von Sankt Peter!

Viertes Buch

Ahnung

Eine sanfte, andächtige Stimme las langsam, gleichmäßig, Wort für Wort: »Ich war in dem ersten Augenblick gleichsam weggerückt, und in einen heiligen Hain versetzt, und glaubte, den Gott selbst zu sehen, wie er den Sterblichen erschienen.«

»Mit Verehrung schien sich meine Brust zu erweitern und aufzuschwellen.«

»Gefiele es der Gottheit, in dieser Gestalt sich zu offenbaren, alle Welt würde zu ihren Füßen anbeten, die Weisen der ältesten Zeit die Gottheit der Sonne in menschlicher Gestalt finden.«

»Sein Gang ist wie auf flüchtigen Fittigen der Winde.«

»Es scheint ein geistiges Wesen, welches aus sich selbst und aus keinem sinnlichen Stoff sich eine Form gegeben, die allein eine Erscheinung höherer Geister hat bilden können.«

»Keine Anstrengung der Kräfte und keine lasttragende Regung der Glieder spürt man in seinen Schenkeln, und seine Knie sind wie an einem Geschöpf, dessen Fuß niemals eine feste Materie betreten hat.«

»Weder schlagende Adern noch wirksame Nerven erhitzen und bewegen diesen Körper.«

»Zorn schnaubt aus seiner Nase und Verachtung. wohnt auf seinen Lippen.«

»Aber sein Auge ist wie das Auge dessen . . .«

Mit stumm erhobenem Arm gebot Goethe Einhalt.

Göttlich vom Himmel herab, über den Statuenhof, dem der Springbrunn entquoll, schwieg die weltweite Seligkeit italischer Bläue.

Irdisch vom Marmor empor die Seele des Künstlers, der dem Rufe des Himmels gefolgt war.

Wo, überm Gesims des Bogengangs, der gegen Osten lief, die Sonne in das feiernde Achteck hereinfloß, in einem breiten Strahl des Urlichts, vereinigten sich beide Gewalten: Himmel und Erde; vermählt schwebten sie nieder auf den Belvederischen Apoll.

Behutsam, wohl prüfend, ob er wache, hob Goethe das Auge auf zum Verstummten. Dann nach links. Dann nach rechts. Aber nur noch glücklicher kehrte es zurück. »Laokoon, Antinous, Nil, Meleager, Phokion!« flüsterte der ehrfürchtige Mund. Aber schnell wieder, zum demütigsten Schweigen, legten sich die Lippen aufeinander. Ein Atemzug, trinkend aus der Quelle der reinsten Lust, dennoch scheu wie der eines Kindes am ersten Morgen des Bewußtseins, wölbte die selige Brust. Aber auch, wie sie den Strom dieser Wonne nun ausatmete, tat sie es leise, geheim, in der heiligen Furcht vor dem Gotte.

»Ich lege den Begriff, welchen ich von diesem Bilde gegeben«, hub die sanfte, andächtige Stimme wieder zu lesen an, »zu dessen Füßen, wie die Kränze derjenigen, welche das Haupt der Gottheit, das sie krönen wollten, nicht erreichen konnten.«

Aber nur noch gebannter verharrte das Auge des Schauers über dem Gotte. Die klirrenden Geräusche des Lorbeers und der Myrthe wußte er nicht, die, vom Novemberhauch angeraschelt, die keusche Kühle des Morgens vom Garten des Hofes her an die Sockel der steinernen Bilder trieben. Die Säule des Springbrunnens nicht, die aus dem marmornen Schatten der Schale, ewige Schwester der reglosen Bilder, in die Höhe der Sonne stieg, in der Sonne mit

Blitzen zerplätscherte, und lächelnd wieder herabrann in den Schatten der Schale. Und die wie mit Schwalben, die zwitschernd über dem Achteck flogen, mit duftigen Winden, die von den sieben Hügeln in die Geheimnisse des Steins wehten, – ach, mit Stimmen aus allen Zeiten in die Tempelstille hereinklingenden Rufe der ewigen Stadt nicht. Nur noch den Gott! Die Küste der Heimat, nach der ihn die Furien der Sehnsucht durch barbarische Länder und Jahre gehetzt hatten. Die Offenbarung der Schönheit, die er zum erstenmal, staunend, genoß.

»Winckelmann«, wagte sich die sanfte, andächtige Stimme zum drittenmal hervor, »Winckelmann meinte, zu den Kunstwerken, die den Betrachter durch augenblickliches lebhaftes Ergreifen fesseln, gehören im besonderen jene, die eine Erscheinung darstellen, darin der Künstler den plötzlichen Eintritt eines Wesens aus einer andern Welt oder aus dem Unsichtbaren ins Sichtbare veranschaulichen wollte. Auch die Wirkung des Apoll hat er auf dies Visionäre zurückgeführt, – auf die ›Theophanie‹.«

Aber der Schauer nahm das Auge auch jetzt nicht weg von dem Gotte. Reglos, in der Gnade der Anbetung, hielt er das Antlitz ihm stumm gegenüber. Stumm; aber glühend von nimmer zu bändigender Liebe, nimmer zu fesselndem Danke. O! Nicht mehr lahm sein! Nicht mehr Bettler sein! Ruhig nun lahm oder Bettler werden dürfen, ohne den Preis dieser endlichen Heimkehr je noch verlieren zu können! »*Mir* sind diese Arme ausgebreitet! *Meiner* Sehnsucht diese Augen zugekehrt!« frohlockte die Glut. Und betend, mit Händen, die zum erstenmal frei waren von jeder Armut und Häßlichkeit, hielt er das tiefgehöhlte Gefäß seines Menschen empor zu dem Gotte. Und unablässig, ungemessen und unerschöpflich troff das Licht herab, schwoll bis zum Rande, strömte über, – Überfluß, Ende jeder Not.

»Mengs«, entschloß sich Tischbeins sanfte Stimme nun aufzuwecken, »wich in seiner Beurteilung vom Grade des

Apoll von Winckelmann ab. Die Weichigkeit in der Behandlung der Haare galt ihm als ein Zeichen der besten Zeit; des Phidias und Alexander. Früher seien sie steif gemeißelt worden. Erst in der Zeit des Nero kam man diesem ältesten Geschmack wieder näher. Die bestgearbeiteten Haare aber finde man von Marc Aurel bis Septimius Severus, als die Kunst das Ganze vernachlässigte und das Detail dafür hervorhob. Auch die erhabene Brust sei in der Dauer des höchsten griechischen Stils ein Element der Bildhauerkunst gewesen. Die flache bildeten sie erst nach Alexander. Dadurch sei viel Harmonie verloren gegangen; man vergaß, meinte Winckelmann, daß ein großförmiger Körper auch von großen Teilen zusammengesetzt sein müsse. Trotzdem haben ihn diese Mängel am Apoll nicht gestört. Mengs aber, gerade ihrethalben, rechnete den Torso, nicht aber den Apoll, zu den Statuen des ersten Grades.«

»Ich kann weder denken noch reden!« Völlig entrückt erhob sich Goethe, griff nach der Hand des Sprechers. Und unwirklich, in Glanz gebadet völlig, winkte er das Paar herbei, das geduldig wartend vor dem Meleager drüben saß. Und als er sie nun alle drei um sich hatte: Tischbein, den ganz seiner sichern Malermann, das dreiundzwanzigjährige Kind Bury und den gemütlichen Dreißiger Schütz, umarmte er sie inbrünstig in einem alle drei, der Mund öffnete sich, wollte etwas sagen; nur ein hilfloses Lächeln erschien, im Strahl einer Träne.

Langsam, in zwei Paaren – die Jüngeren hinterdrein – schritten sie aus dem Hofe.

Schweigend.

Bis Bury – er verschlang Goethen von hinten mit seinen Augen – laut losplatzte: »Er ist mir lieber als zehn Apolls!«

»Er ist der Mensch«, erklärte Schütz fest, »der jeder von uns sein möchte.«

»Und sollte!«

»Aber nicht kann.«

»Mir gehen Lampen auf«, – dem genießerischen Schütz galt das Leben sonst mehr als die Arbeit! – »seit er da ist. Obwohl er wie Pythagoras schweigt.«

»Diese cherubinische Bescheidenheit! Diese kindliche Ehrfurcht! Wie er nie als der Goethe vor etwas hintritt!«

»Im Gegenteil: eben als der Goethe tritt er hin.«

»Weiß Gott, das Genie ist ohne Prätentionen!«

»Vor allem: ein guter Mensch ist das Genie.«

»Ja, das ist das Richtige!« Kreise von Feuer im passionierten Auge. »Dieser preußische Linealschlucker und Cicerone von einem Reiffenstein, zum Beispiel . . .«

»Fürchterlicher Kerl!«

»Aber wie hat er ihn umgekrempelt! Dissinvolto geradezu geht er, und Maul halten tut er, seit er Goethe kennt!«

»Und der Zucchi! Dieser wallische Kunstgeldler, der seine Frau magari prügelt, wenn sie nicht wöchentlich mindestens dreihundert Zechinen ermalt! Wie dieses Limonigesicht aloisianisch wird, wenn es ihn nur zu riechen kriegt!«

»Das ist alles nichts gegen sie, gegen die Angelica! Hast du sie nicht beobachtet, gestern, wie sie in einem einzigen Augenblick geradezu schön wurde, als er eintrat? Sie liebt ihn!«

»Sie liebt ihn?« Hell lachte Schütz auf. »*Alle* lieben ihn! Er kommt und sie lieben ihn. Braucht nicht einmal den Mund aufzutun, und sie lieben ihn. Weil sie merken, daß er sie liebt.«

157

»Und was merkt man lieber?«

»Die Siora Piera! Wenn der Carlo die Hosen vom Herrn Möller nicht ordentlich peitscht! Und der Carlo, wenn die Siora eine Zwiebelsuppe gekocht hat! Und beide, wenn das hinkende Luder von einer Domenica nicht früh genug sein Zimmer ausgekehrt hat: `avanti, gobbino! Vuol scriver il sior Möller!`«

Er verstummte: Goethe und Tischbein standen vor dem Torso des Herakles.

»Es geht die Sage«, sagte Tischbein, sein Gesicht schimmerte erregt über dem blausamtnen Künstlerwestchen mit den Silberknöpfen, »daß Michelangelo, als Greis mit erloschenen Augen, sich hieher führen ließ, um den Marmor, den er nicht mehr sah, zu betasten.«

»Apollonios Athenaios« stand auf dem schmalen Postamentsaume. Ungeheuer wölbte sich die Riesenbrust. Ungeheuren Taten entgegen? Oder auf der Rast nach ihnen, aber niemals fürder mehr frei von der Erinnerung an sie?

»Winckelmann meinte«, fuhr Tischbein gewissenhaft fort, »wenn den Apoll nur ein göttlicher Dichter schaffen konnte, so habe an den Herakles die Kunst ihre äußersten Kräfte gewandt, so, daß sie ihn den größten Erfindungen des Witzes und Nachdenkens entgegensetzen könnte.«

Aber Goethe sah bereits die Heimat des Herakles! Argos. Der heroisch in den lichtreichen Südosten des Archipelagos hinausgreifende Zipfel des Peloponnesos erstand vor seinen Augen. Das Gemach, in dem der wachsgelbe Torso wie die grausam verstümmelte Leiche der Menschheit schimmerte, war angefüllt mit dem kalten Abglanz der Morgenbläue, die seine marmornen Wände umwallte und schweigend und fern jedem Puls machte wie eine Gruft. Trotzdem redete der Torso. Was ein auserwähltes Volk durch die Wildheit und Willkür des ersten Bestands hindurch unbewußt auf jedem

Schritt der Eroberung und Fortsetzung begleitet, dann hin-angeleitet hatte zum Besitz seiner Gaben auf gefriedeter Erde, sprach wie mit Jahrhunderten aus jedem Muskel. Aus jeder Fiber aber: die Summe der Geburten, die dem Er-wachen dieses Instinkts zur Zivilisation vorausbegangen waren; das Stück Kulturgeschichte, das die Reihe der Zeu-gungen bis zu der Zeugung des Helden in sich schloß. »Von Inachos stammt Herakles ab«, träumte Goethe, an einen Pfeiler zurückgelehnt, das Auge hoch oben in der glan-zlosen Kuppel, vor sich hin, »von Inachos, dem ersten König von Argos.« Dessen Tochter Io gebar, vom Zeus nach Ägypten entführt, den Epaphos. Von diesem kommt die Königin von Libyen, Lybia. Von dieser Belos und der Phönikerkönig Agenor. Die Söhne des Belos, Aigyptos und Danaos entzweien sich. Danaos wandert nach Argos aus und nimmt Besitz vom Stamm und Erblande. Neidig um den Reichtum, rücken die fünfzig Söhne des Aigyptos ihm nach. Sie erzwingen es, daß ihnen die fünfzig Töchter des Danaos vermählt werden. Danaos aber mißtraut. Auf sein Geheiß töten die Danaiden, in einer einzigen Nacht, ihre Männer, – mit einer Ausnahme: Hypermnestra bringt es nicht über sich, Lynkeos zu morden. Aus diesem Bette stammt Akrisios. Seine Tochter Danae gebiert, vom Zeus, den Perseos. Dessen und der Andromeda Sohn ist Alkaios. Von Alkaios wird Amphytrion gezeugt, der Gatte Alk-menes, die von Zeus den Herakles empfängt.

»Hat Danaos, der Ahnherr des Herakles«, trat Goethe rasch vom Pfeiler vor, »nicht dadurch das Erbland Argos erhal-ten, daß, während er mit dem angesessenen König Gelanor stritt, ein Wolf vor der Stadt in eine Rinderherde fiel und den anführenden Stier bezwang, und daß die Argiver dies als göttliches Zeichen für ihn auffaßten?«

Tischbein, vor den zwei ratlos einander anblickenden Jüngeren, lächelte. »Richtig! Der Wolf aber ist das Lieblingstier Apolls; Apoll hatte den Wolf gesendet. Darum erbaute Danaos dem Gotte sogleich einen Tempel und führte seinen Dienst in Argos ein.«

»Ach, Tischbein!« Überwältigt legte ihm Goethe die Hand auf die Schulter. »Also auch das zweite Stück Kulturgeschichte! – Nein! Nein!« Fröhlich lachte er; Tischbein war zu sichtbarlich erschrocken. »Ich denke nicht *daran!* Das Erschütternde ist nur, daß der ungeheure Weltinhalt zuletzt in der Tat eines Künstlers zusammengefaßt wurde; in einer einzigen Statue!«

»Winckelmann –«, nein! Diesmal brach Tischbein ab. War er nicht wie ein abstrakter Professor?

»Bitte! Bitte! Bitte!« drängte Goethe gierig.

»Winckelmann erkannte die Bedeutung des Torsos darin, daß der Held *und* der Gott in ihm zum Ausdruck kommen. In jedem Teil dieses Körpers offenbare sich, wie in einem Gemälde, der ganze Held in einer besonderen Tat. Die wellige Übergleitung des eines Muskels in den anderen aber, die den Blick des Beschauers in ihrer Bewegung geradezu mitverschlinge, zeige den vergötterten Leib, jenen, der auf dem Berge Ötha von den Schlacken der Menschheit gereinigt worden ist.«

Aber den Schauer mit dem halben Ohre zog es schon lange geheimnisvoll unerbittlich zurück. Suchend noch ein paar Schritte tat er mit, stahl sich auf einmal geschickt in das Gewühl einer britischen Fremdenherde, ließ sich von dieser aus der Tür in die Treppe hinausschieben –, und stand plötzlich allein vor dem Gotte. Und nun redete der Gott zu ihm! Die Sonne hatte den Statuenhof ganz erobert. Bis über die Knie des Bildes stieg sie den Marmor empor; nicht höher und nur mit bescheidenem Scheine. Dennoch war es gewiß wie das Dasein: ob sie auch greifbar da oben hing im azurnen Himmel und von seiner Höhe herab die Welt bestrahlte, – einzig und allein doch nur aus der Erscheinung des Gottes kam sie. Denn wie die schrankenlos fließende

Güte alles dessen, was ewig ist, redete der Gott! Wo war noch Zorn und Verachtung in dieser Miene zu lesen, die unter dem Gesetz der Offenbarung, dem die ganze Gestalt gehorchte, nichts als die Erlösung verkündete, mit der die endlich geborene Wahrheit das lechzende Herz der irrtumbefangenen Menschheit entknechtet hatte? Was konnte der Glaube an einen persönlichen Gott mehr wirken als: die Befreiung von der Mauer zwischen dem Irdischen und dem Ewigen, zwischen dem Einzelnen und dem Allgemeinen, wie sie der Anblick dieses bildgewordenen Gottes bescherte? Nicht nur die Schuppen vom nachtgewöhnten Auge fielen ab, auch die Panzer vom fronerdrückten Herzen. Man mußte nur an die Stelle der törichten Heere unnatürlicher Gewohnheiten, willkürlicher Begriffe und erlisteter Erkenntnisse die eine einzige Wahrheit setzen: das Urbewußtsein des nackt in die Welt gestellten Menschen von seiner unmittelbaren Kindschaft gegenüber der Schöpfung, – und alles war Licht! Diese Kindschaft aber und nichts anderes predigte die Tatsache, daß ein Einzelner die Gewalt des Antriebs empfunden hatte, alle wechselnden Epochen des inneren Aufstiegs seines Volkes so, als wären sie die Stadien seines eigenen Schicksals, in der Idee der Geborgenheit alles Geschaffenen im Willen der Schöpfung zu sammeln, und diese erlösende Idee in einer Statue zu verkörpern. Denn Apoll bedeutete Erlösung! Nur, wo er war, wich der Bann des Blutes vor der Herrschaft des Gedankens; linderte dieser sich zur Macht des Herzens. Was den Bezwinger der Löwen, Drachen, Schlangen, Untaten, Urfrevel, Gegengötter und Feinde des Menschlichen auf dem Berg Öta von den Dämmerungen des Irdischen befreit und zum Gottgleichen verwandelt hatte, war Apoll, nur Apoll gewesen. »Erkenne dich selbst!« stand dem delphischen Tempel in die Stirne gemeißelt. »Dann aber sei du selbst!« forderte unwiderstehlich das Auge dieses Liebe gewordenen Gottes.

Verzaubert, trunkene Fülle des Lichts über ihm und um ihn und zu seinen Füßen, schritt er, als es Mittag läutete, aus dem Palaste. Der Platz, alle seine Maße hinausgeschoben in die unwirkliche Vermählung von Bläue und Sonne, dehnte sich ins Sagenhafte. Die Geräusche des Lebens, wie unerbittlich ins süßeste Verstummen gezwungen, schwebten mit dem Glanze zitternd in der Lohe des Schemens. Plötzlich, er hatte die Kolonnaden schon im Rücken, sprach er laut vor sich hin: »Eigentlich habe ich den Geist Apolls ja schon lebendig gemacht, bevor ich hierherkam. In der Iphigenie? Es gibt keine Erlösung Orests ohne genau diesen Geist! Als ob ich geahnt hätte . . . . . .« Knapp machte er halt. »Herr Geheimerat!« hörte er rufen. »Herr Geheimerat!«

Froh erkannte er. Leicht lief er zum Tisch der Osteria hinüber, um den die drei Gefährten saßen. »Wußtet ihr nicht,« lachte er schnell, weil ihn die schmollendsten Vorwürfe trafen, »daß ich in dem sein mußte, was . . .« – da schrie das schwarze Mädel, das eben aus dem Tor getreten war, um ihn zu bedienen, schrill auf, mit fliegenden Röcken jagte sie ins Haus zurück, »Il Santo Padre!« hörte man sie treppauf und treppab rasen, als hätte ein Trompetenstoß den Brand des Borgo verkündigt, schrie jedes Tor, jedes Fenster, jeder Gassenmund, jeder Pflasterstein im Nu: »Il Santo Padre!« und wie aus der Nacht aufgerissen, urplötzlich in die panisch leere Sonnenstille des Platzes hinein, stürzte das Volk. Unfaßlich veränderte sich der Platz. Eine heisere Glocke hatte schon seit Minuten die Feier der rastenden Luft gestört. Nun, dringend, erscholl vom Castell Sant' Angelo herüber eine andere. Diese, tyrannisch, mit drei wilden Schlägen, riß alle übrigen des Borgo mit: ein Chor von Tönen, als das Volk sich mit tollem Schwall zur tausendgebärdigen Gasse entzweigewälzt hatte, brauste über die zappelig gereckten Köpfe, verstrickte ihre gierig rote Eile mit der erstaunt zurückweichenden Würde des Platzes, beide mit dem wirren Rausch seines Klangs. Bis das Volk, wie ein Regiment, das der Blitz mit einem einzigen Strahl getroffen hat, in die Knie sank. Aus dem riesigen vergoldeten Wagen, hinter den Trabanten, die klirrend in den Schatten des violetten Obelisken hineinritten, hob sich die segnende Rechte des wunderschönen Greises. Unschuldig weiß schimmerte, vom Gold, das um die Schultern blinkte, gefestigt, der Atlas des Kleides um die leicht aufrechte Gestalt. Liebereich grüßte die Sanftmut der Augen aus dem lächelnden Antlitz, väterlich flehten die ehrwürdig bleichen Locken unterm Saum des purpurnen Käppchens. Aber der Kutscher, barhaupt, mit scharlachenem Schnürrock auf dem Bock gerade über den zwei seraphisch milden Kardinälen, die dem Greise gegenübersaßen, schwang trotz dem Verbote die geflockte Peitsche; die arabischen Schimmel flogen. In der steigenden Woge der verzückten Leiber versank der Greis. Die Garden, goldübersäte Reiter auf schaukelnden Schabracken, die Hellebarden in die blitzenden Hüften gestemmt, zügelten unnötig kriegerisch die prachtvollen Tiere. Gemach und pompös, wie der schwertrittige Molosservers dem tänzelnden Trybrachis, folgten ihnen die Kutschen des Hofstaats: die Prälaten, Monsignori und Diakone. Die letzten rollten aus dem Borgo, als die Trabanten an der Treppe von Sankt Peter ankamen. Magisch schnell ward der weißgoldene Tragsessel auf die erste Stufe gesetzt. Die Glocken verklangen. Als körperliche Kulisse stand vor der Scheibe der Sonne, über der schattig erwartenden Brust der Kirche, die göttliche Kuppel auf. Mit Schleiern von Glast umwölkten sich die Kolonnaden. Der Obelisk, als ob er den Spuk dieser Verwandlung erriete, loderte wie eine Fackel ins Hohe, – in diesem Augenblick ward das vierte Tor in Sankt Peter geöffnet. Flatternden Goldornat über dem blumenweißen Chorhemd, schwebt eine Priestergestalt, die Arme sehnend weit ausgebreitet, aus dem schwarzen Viereck hinaus in die Terrasse, hin über die Terrasse, hebt, um die Stufen hinabzueilen, schon den Fuß. . . .

Da geschieht das Seltsame: Der Greis, soeben aus dem Wagen gehoben, wehrt den Sänfteträgern ab, steigt hochaufgerichtet allein die Treppe hinan, hebt die entsetzt in die Knie gesunkene Gestalt aus dem Stein auf und umarmt sie mit dem Kusse des Friedens.

Unter dem Wahnsinn des Jubels, der wie steil aufgepeitschte Meerflut sich aus dem Platz reißt und den Platz überwellt und an die Treppe hinanbrandet, tritt er nun, vom Verklärten geleitet, in die Halle der Kirche.

»Komödiant!« Mit einem verächtlichen Ruck setzte sich Schütz an den Tisch zurück.

»Ich bin sehr glücklich darüber,« lächelte Goethe nach einem gütigen Räuspern, »daß ich nun auch an den Katholizismus heranrücken darf.«

»Etsch!« Ellenlang streckte Bury die Zunge heraus; puterrot wurde Schütz.

»Sie müßten ihn sehen«, sprang Tischbein hilfreich ein, »wenn er am Himmelfahrtstag, nach der feierlichen Adoration durch das Kollegium der Kardinäle, da oben von der exedra aus urbi et orbi den Segen erteilt. Da ist er....« – da stand das Mädel wieder da. Also, was der Herr – trippelnd hatte sie vor Goethen Halt gemacht – zu essen begehre? »Maccaroni? Fisolen? Foglie?« Aber ehevor Goethe nur ein Wort sagen konnte, drehte sie sich, wie von einem Strick gezogen, um, tauchte das Auge in das noch immer schwarzoffene Tor der Kirche hinein, ließ die Lippen wollüstig aufzittern, – »O, quanto è bello!« stieß sie begeistert hervor.

»Santo padre!« meckerte in derselben Sekunde ein Gassenbub hinter ihrem Rock, den er starr festhielt. »Dateci la benediziom!«

»Con una bella collaziom!« piepste schlagfertig ein zweiter.

»Werdet ihr?« In heiligem Zorn ließ ihnen das Mädel das schmierige Handtuch um die Ohren sausen. »Lumpen, verdammte!« Und wonnig, ganz umflossen von Seligkeit, lachte sie Goethen an: »Also? Maccaroni?«

»Also, Maccaroni.«

»Es ist ja nicht unbegreiflich«, nahm Tischbein pflichtbewußt gleich wieder den Faden auf, »daß er sich sonnt. Unter Innocenz Albani geboren, noch dazu arm wie eine Kirchenmaus und in Cesena, hat er sechs Päpste durchgelebt, die nicht von Pappe waren und ihn kaum hoffen lassen konnten, daß er einmal werden würde, was sie waren. Als Benedikt Lambertini antrat, kam er nach Rom, und es war kein vielverheißender Anfang, daß er auf einen Heiratsantrag aus glühender Liebe einen Korb mit der ausgesprochenen Begründung empfing: zu wenig Zechinen! Aber gerade mit der Einsargung seines Herzens scheint er die Bahn für die Karriere freigemacht zu haben. Er wird Auditor der päpstlichen Kanzlei, schnell darauf Benedikts Geheimschreiber, unter Clemens Rezzonico erst Auditor des Kardinals Camerlengo, dann Generalschatzmeister, – endlich Kardinal; und zwei Jahre später Papst. Daß ihn die Römer nicht eben lieben, merkt er gar nicht. Daß ihn die Heidengelder, die er in die Pontinischen Sümpfe gesteckt hat, nicht berühmt machen wollen, sagt ihm niemand. Zu Nepoten hat er sich die Untauglichsten ausgesucht. Der Herzog von Nemi ist ein Schneider auch heut noch, und der Kardinal Romuald dumm wie ein Pfau. Aber Pius weiß, daß es nichts Vollkommenes auf der Erde gibt, und die Unvollkommenheit des päpstlichen Hofes kennt er genau. Drum freut er sich seines hübschen Fußes, läßt sich eine Tiara nach der anderen machen und bildet sich ein, in der Förderung der Künste Lambertinis Nachfolger zu sein. Übrigens« – interessiert tippte er Goethen an, der nun seine Maccaroni vor sich hatte – »*er* hat Clemens Ganganelli den Rat gegeben, den Statuenhof zum Ausgangspunkt des neuen Museums zu machen!«

»So?«

»Und *er* hat, nach Clemens, das Museum um ganze sieben, wenn nicht acht Säle und Kabinette vermehrt. Wenn man auf einem Stiche sieht, wie noch zu Winckelmanns Zeiten das Belvedere einsam am Ende eines öden, leeren Korridors auf dem Hügel stand, . . .«

»Jedenfalls« – himmlische Klarheit umfloß Goethen – »ist es der größte Triumph der olympischen Götter, daß sich der Statthalter Christi als der König der Geister fühlt, weil er sie beherbergt!« Kräftig wischte er sich den Mund ab. Und ganz insgeheim, aus dem tiefsten Überfluß heraus, begann er zu lächeln. »Wissen Sie, daß ich mir die elende Gesichtsfarbe der Welschtiroler aus ihrer Kost erklärt habe? Sie essen Tag für Tag diese welsche Blende. . .«

»Plenten!« behauptete Schütz.

Gespannt: »Wissen Sie das gewiß?«

»Zuverlässig!«

Dankbar: »Der ewige Brei muß ja die Gefäße verstopfen. Dieser Maccaronipapp aber sie geradezu verkleistern!« Dennoch! Ja, er wage es trotzdem! Ein volles Glas Wein goß er hinab. »Ich mag auch die hiesigen tunkelosen Braten gern. Unsere herzoglich weimarischen Saucen kommen aus der Ilm! Überhaupt: sie essen eben, diese Italiener, wie die Alten aßen: das Material! – Sylvia!« Wollüstig schmunzelte er; ein verborgener Blick in die Fülle des Himmels empor, ein versteckter Atemzug, der mit gezähmtem Jauchzen den Aspekt des Platzes grüßte: ich bin da! bin lebendig da! – »Bring mir,« lachte er, »Sylvia, noch einmal Maccaroni!«

Aber als er nach der zweiten Schüssel die Früchte gegessen hatte, stellte er den Wein entschieden weg. Schob er sich

166

vom Tische fort und senkte in rätselhaft plötzlichem Antrieb den Blick in die zitternde Sonnenwelle, die über der Laterne der Kuppel rollte. Die Freunde sahen diesen Blick. Er kümmerte sich nicht darum. Ließ den Blick festwachsen im Ätherhaften, die solide Wirklichkeit des Leibes vergessen, der ihn ausschickte, und endlich den Mut bekommen, mit der gerufenen Seele allein zu schauen. Apoll – und ein Papst? An einem und demselben Morgen? Gingen, ja gingen Offenbarungen auf, die vor diesem Morgen gar nicht ahnbar gewesen? Das Auge, von Herzschlag zu Herzschlag forschender und tapferer, machte das Antlitz ernst. Verzog den Ernst in Bewegtheit. Ward auf einmal eine Wesenheit für sich, mit der das Antlitz nichts mehr zu tun hatte. Kein Zweifel! Wie aus einer zauberhaft aufgerissenen Bühne traten Gestalten aus dem grenzenlosen Bogen des Lichts. Die einen aus der Hemisphäre zur Linken, die andern aus der Hemisphäre zur Rechten der Kuppel. Herabgestiegen langsam auf gesonderten Treppen in die Tiefe des Platzes, vereinigten sich beide vor dem gebannten Auge, zeigten ihre nackten Naturen in Körper und Seele, in Miene und Absichten, und lächelten wie mit einem einzigen Munde ihn an: Nun – wähle! Diejenigen, die den sittlichen Imperativ darstellten . . . .

Ins Schaukeln geriet der Stuhl, auf dem er saß. »Nichts!« lachte er verhüllt, weil die drei auffuhren; »ein Nickerchen nur!« Und die Augen geschlossen! Innen raste das Herz. Denn: Was bedeutete es, um Gotteswillen, daß die einen den sittlichen Imperativ vorstellten, und die anderen den Egoismus der Lebenssteigerung?

Vorsichtig öffnete er die Augen. Rasender schlug das Herz. Ungeheure Gewissenspflicht der Wahl! Nein! Zornig warf der Blick jede Vorsicht jetzt ab, jede Scham. Die einen, die den sittlichen Imperativ darstellten, die Glorie der Selbstüberwindung, – sie trugen durchaus Gesichter, die er seit langem kannte. Die Versinnbildlichungen seiner streitreichen Jahre der Aufopferung waren sie; Schauspieler der Tragödie, die er bis zur Erschöpfung erlitten. Die andern aber, die das Gebot unbekümmerter Ausbildung des eigenen Seins aussprachen, lächelnd, – Gestalten seiner *Träume* waren sie bis vor Wochen gewesen! Gehörten Rom an, diesem jetzt erst erreichten Rom, und boten eben deshalb dem Geiste, der zu wählen gezwungen ward, die teuflischeste Gefahr. Denn waren die einen nur noch Erinnerungen seiner Brust und seines Hirns, – die anderen besaßen nun seine Sinne! Allein! Ohne jede Nebenbuhlerschaft! Eines allerdings – laut bange geatmet hätte er am liebsten – eines allerdings war auch in Rom, was ihnen sinnenhaft gegenüberstand, Leib gegen Leib sie kritisierte: Die evangelische Idee! Nicht der Papst und die dreihundertundzwölf Kirchen und siebentausendvierhundertneunundzwanzig Priester! Die hatten mit dieser Idee nicht mehr viel zu tun. Aber eine Philosophie wie die des Evangeliums redet, wenn nicht mit Menschenstimmen, mit den Stimmen der Steine! Und wenn nicht aus pulsenden Leibern, aus gemalten! Oder saß etwa nicht da drüben im Gewirr der Paläste jene unheimliche Kapelle, jenes noch unerfüllt Ungelöste . . .?

Dennoch! »Er ist eben *schön!* Der Inbegriff aller Schönheit!« Laut, ohne zu wissen, daß er es tat, rief er es in den Flimmer der Luft über der Laterne hinein. »Oder?« Der Sessel flog an den Tisch vor. »Tischbein! Reden Sie!«

»Darum möchte ich ihn ja so schrecklich gerne malen!« antwortete Tischbein sofort; auch die anderen zwei sahen erleichtert den Bann weichen, der von einem aus alle bedrückt hatte. »Es wäre auch gar nicht schwer zu erreichen. Man läßt ihm durch einen Pfaffen zustecken, ein deutscher Maler sei verrückt in ihn verliebt, ...«

»Nein!« Ganz leise, mit dem scheuesten Händeauflegen zerstörte Goethe die Täuschung. »Ich meinte nicht den Papst; ich meinte den Apoll.«

Feuerrot im Augenblick wurden sie, alle drei; bissen sich die Lippen.

»Nicht böse sein!« Innig erstrahlte Goethes Antlitz. »Ihr dürft nie vergessen: Ihr habt ja schon alles, was ich erst empfange. Auch« – und nun wurde er rot – »auch lebte ich bisher mehr vom Geben als vom Nehmen. Das Nehmen beginnt erst.«

»Ach was!« Heiß flammte Tischbeins nüchternes deutsches Auge auf. »Reden Sie nicht und machen Sie mit uns, was Sie wollen!« Tief beugte er sich über den Tisch, zustimmend drängten sich die zwei anderen zu seinen Seiten. »Ja! Was Sie nur wollen! Wir sind doch nur einmal glücklich darüber, daß Sie da sind! In meinem ganzen Leben habe ich keine größere Freude erlebt, als wie ich Ihren Zettel bekam, in die Locanda an der Ripetta rannte, die Türe aufriß,« – die Faust schlug er in den Tisch – »nie werde ich das vergessen: Sie saßen in einem grünen Rock am Tisch, sprangen auf, »ich bin Goethe«, sagten Sie . . .«

Schamvoll, wie nach einem Liebesgeständnis, lehnte er sich zurück; starrte in den Himmel hinauf, und schwieg.

»Ich bin ein Glückskind!« sagte Goethe nach lange verhaltener Pause. »Trotz allem! Aber ihr dürfet mir glauben . . . . .«

Aber er vollendete nicht. Unbarmherzig forderte das Innere: weiter! »Kommt!« Rasch stand er auf, schob den Stuhl von sich, streckte ihnen die Hände entgegen. »Lasset jetzt mich euch führen! Hier winkt immer nach dem schönen Morgen ein noch schönerer Abend!«

Aber als der Abend wirklich winkte, schritt er doch wieder allein. Trat er allein durchs Pförtchen im Tor in die Villa Ludovisi ein. »Wisset ihr nicht«, versöhnte das zitternde Gemüt in die Mauern der Stadt zurück die wieder verlassenen Getreuen, »daß ich in dem sein muß, was meines

Vaters ist?« »Vater!« lispelte er in einem Sturm von Reue, als das Pförtchen, ins Schloß fallend, aufknirschte im Kies. »Sei nicht böse, Vater, daß ich nicht dich damit meine, jetzt, sondern . . . . . .« Sondern? Seine eigenen Atemzüge hörte er. Die gezwungene, dennoch gezähmte Hast seiner Schritte sah er. Was trieb ihn? Wer führte ihn? Was erwartete? Bereiteten sich Höllen von Zweifeln vor? Taten sich Paradiese des Friedens auf? Öffnete sich . . .?

Da stand er schon; festgewurzelt; unbeweglich. Ihm genau gegenüber: die Hera.

Die Sonne war im Sinken. In der Wehmut des Scheidens, in der ungeduldigen Hoffnung, die Nacht bald überwunden zu haben, strahlte sie wie ein faustischer Geist vor der Stunde leibaufgenötigter Rast. Ein Frösteln wie zwischen halbem Winter und halbem Frühling bebte mit ihrem Feuer durch die seidenblaue Ostluft. Die kurz abgesichelten Halme im hingedehnten Gartenplan lohten mit langen schmalen Funken aus dem Rahmen von angeglühtem Stein und stumpfgrünem Buchs. Rechts, weit hinausgerückt in die Harmonie der Linien, glomm der Säulenbau der Villa vor dem Steineichenwalde. Dieser Wald, bald sanft erhoben in den Himmel mit vielgliedrigen Kronen, bald ihm entgegengereckt in strengen Senkungen, zog sich über den ganzen Hintergrund nach dem Pincio hinan. Dem Tor gegenüber aber, ihm verbunden durch einen schnurgeraden Pfad, auf dem der Kies wie Wasserzeile glänzte, drang der Wald in die Welle des Gartens vor, bildete einen schwarzgrünen Hain; aus dem Hain glotzte Dickicht.

Vor dem Hain stand das riesige Haupt der Göttin.

Mit gefesselten Schritten, wie schon ihr hörig, ging Goethe ihr näher. Voll, obwohl leise das Auge gesenkt, blickte sie ihn an. In stürmisch eiliger Woge flog ihr das hohe Licht aus dem flammenden Garten herauf in das Antlitz, bis empor in die herb gewölbte Krone. Stolz sprach die Stirn unter dem Bogen des Haars die Helle des Landes aus, dem sie entstammte, während das Auge, versonnen in Wolken unnahbaren Schicksals, die stille Trauer verriet, die der Mund über dem erfahrenen Kinn mit versiegelten Lippen verschwieg.

Aphrodite, wie viele vermeinten?

Lächeln der Wegwerfung! Das ist Hera, die wissende Gattin des ewigen Zeus! Der Garten lächelt wohl, umgeben von einer Stadt der Ruinen, die Lust der gegenwärtigen Zeit aus. Die Spuren gegenwärtiger Menschen tragen die Pfade. Die Glocke von Trinità dei monti herüber singt: Ave Maria! Aber: in diesem Haupt glüht der Funke, der die fernste und nahste Zeit in eine schmilzt, die Enden der Welt mit blutigem Faden verwebt! Was von Uranfang an das Weib der Welt gewesen ist, indem es dem Manne gehört, mit ihm Wonne geschlürft, von ihm Qualen genossen, und aus ihm geboren hat, und was jemals dem Ahnen sinnarmer Sterblicher eine Göttin hat bedeuten gemußt: Erbarmerin, für sie, vor dem Donner des Gottes, und – weil sie weiblichen Blutes – auch Rächerin trotz dem sanften Gutsein des Gottes, – in diesem Riesenhaupt stand es geschrieben.

»Urweib!« flüsterte er hingerissen. »Göttermutter!« Tappte hingerissen näher . . . . . .

Da stand er vor ihr.

Zwerg mit einem Schlag. Ihrem Auge entrückt. Seine Hände, die das Fieber des Erratenwollens biß, nur den Hals mit bettelnden Findern wollten sie berühren; wie weggeschleudert sanken sie zurück, – ein Mann kam aus dem Walde hervor.

Fröstelnd floh er in den Schatten. Eilig berechnete er: drei Minuten lang kann das Licht noch währen. Dann wird sie in furchtbarer Bleiche erschauern; und mich erschlagen. Und noch weiter weg wich er, wie von Stürmen gehetzt. In seinem Rücken die Steine der Stadt zerflossen in Luft. Die Messungen des Gartens ins Grenzenlose. Seine Augen suchten furchtsam nach etwas Verwandtem. Die Füße nach einer Scholle, die festsaß. Seine Hände, – wie? Stablos, auf einmal, auch sie? Geländerlos, grifflos?

»Lotte!« Ohnmächtig stöhnte er auf. Die Kälte des blassesten Alleinseins schnürte ihm das Herz zusammen, zog die bebenden Glieder in einsamstem Krampf hinauf nordwärts, nach Deutschland. »Lotte! Oder, wenigstens, Fritz! Mein kleiner, lieber Bub!« Und wie in eine Wolkenbank gierig gesammelt, fiel die Dämonie der Sehnsucht, die er seit Wochen so höhnisch leicht niedergehalten, der süße Bann der Gewohnheit, der Heimat, die grausame Macht seiner irdischen Grenzen herab auf sein Taumeln. Wenn Charlotte jetzt da neben ihm ginge, in den schönen Händen den wildfrommen Strauß der unzähligen Stunden des Hangens und Bangens, Lechzens, immer wieder Erlöstwerdens und wiederum Lechzens! »Lotte! Liebstes! Armes! Verlassenes! Einziges!« Mit aller Gewalt raffte er sich auf. Fast drei Monate schon fort! Und noch keine einige Zeile von ihr! Hunderttausend Briefe hatte er ihr geschrieben. Aber kein einziger von ihr! »O, es ist nicht wahr!« Nein, es war nicht wahr, was er sich so oft vorsagte: daß er sie nicht mehr liebte! Es war mehr als Liebe, vielleicht war es nicht Liebe, aber – sie war die Rast seines Herzens! Und er hatte ihr weh getan! Wissend? Unwissend? Halbwissend? Deshalb schwieg sie ja! Darum! Aber wenn sie nun niemals mehr lachen und die Lippen aufmachen wird, um zu sagen: »Dich! Nur dich?«!

Da traf ihn die Göttin zum zweitenmal! Verwandelt! Von der Seite. Wie ein gefährlicher Fels schnitt sich die Stirn in den Kristall des Himmels; die Nase, der Mund, das Kinn mit fast grausamem Kontur in das pralle Finster der Steineichen. Und das Licht, das, im Sterben verzehnfacht, sie beglühte, bebte vom dämmerigen Schimmer des Blutes,

172

und mit Blitzen in diesem Schimmer zitterten die Frevel, die das Leben am Leben tut, um zu leben. Die Hand ihres Vaters Kronos, die den Urvater Uranos mordgierig verstümmelt hatte, schien wie ein Berg auf ihrer Krone zu liegen. Von der Erde auf, als wäre sie die Woge, in die des Uranos schreiendes Blut geflossen, ringelten sich mit Schlangenleibern, reckten sich mit Leopardentatzen, wuchsen mit qualligen Gliedern die Erinnyen, die Giganten und die melischen Nymphen über das Postament empor zum schaudernden Halse und zischelten: Rache! Trotzig, dennoch angstgebissen, wehrten sich die gerafften Züge. Aber die wahnsinnige Furcht der Mutter Rheia, die ihre Kinder von Kronos verschlungen sah und mit Zeus schwanger ging, preßte immer wilder, sich ringend wie eiserner Reif, die Errettung sehnende Stirn. Hilft keine List? Doch! In den Mienen der Tochter erschien sie nun, lösende Stärke, diese List der Mutter. Kronos verschlingt den Stein, den ihm Rheia vorwirft statt des geborenen Zeus, Zeus wächst heran; wirft den Vater in den Staub; der sündige Rachen speit die Kinder zurück, – und die Olympier *sind!* Jauchzt nun nicht Siegesruf um die entbundenen Schläfen? Nektar und Ambrosia, die Lippen süß öffnend, segnen den Mund: Zeus setzt den Stein, den Kronos erbrochen, in Pytho auf als ein Zeichen und Wunder den staunenden Menschen, und zu Delphi verkündet nun Apolls Pythia des Gottvaters allmächtigen Willen!

Trotzdem! Senkt sich das Auge der Göttin nicht trotzdem? Warum weint sie? Warum gleitet der Flor des Schmerzes über die Zeichen des Sieges? Kommt Schatten? Der Tod? Nein! Die Schmach! O, daß, wer diesen Mund geküßt hat, nimmer frei blieb von der Gier auch nach anderen Küssen! Wer diesen Schoß gekostet hat, vom Trieb auch nach Kindern aus anderem! Und Paris versteht nicht den Durst der betrogenen Frau nach nur schmeichelndem Trost! So sinkt Hektor dahin – und Achill! Wie ein Krampf zuckt's, wie schüttelnder Ekel vor Leben und Gottsein durchs tiefelende Haupt: »... und Achill!« Und das Licht ist dahin.

Glanzlos, unlebendig jetzt, nimmermehr Seele der Hera, nur noch Bildnis von Künstlerhand, Kunstwerk, stand das Haupt vor dem Menschen. Aber auch der Sturm in der Brust des Menschen war verebbt nun. Die Not, das Bild durch die Dünste der Menschheitsgeschichte zu betrachten, der Zwang, bis in die tiefste Wurzel des Menschlichen hinab erschüttert zu werden von den Gesichten dieser Schau, fielen ab. Die Erinnyen wichen, der Qualm zerfloß. Und wie vor dem Apoll blieb allein ein Gedanke noch atmend: alles Leben befreit nur die Kunst! Furchtlos trat er vom Haupte weg. Furchtlos nahte er ihm wieder. Furchtlos sah er den Mann, der vom Walde gekommen war, dasselbe tun, ihm gegenüber. Ohne Absicht kam es, daß sie plötzlich, nur durch die Göttin geschieden, sich hörten; jetzt, daß sie, eine dem anderen wie zugetrieben, nebeneinander standen. Mit schnell erhobenen Blicken maßen sie sich. Der Mann war hoch, in einen langen schwarzen Talar gekleidet; gelben Gesichts, dessen strenge Züge ein tief in die Brust niederfallender Bart ins Ungewisse verzerrte. Mit den knochigen Händen hielt er, vor dem Kinne, ein abgenutztes Buch in Schweinsledereinband. Die Augen, nun davon abgewendet, schienen den Geist des Gelesenen mit dem des Bildes zu vergleichen. Da, es war dieselbe Sekunde, in der Goethe und er frierend zusammenschraken: die Dämmerung war da. In der nächsten, in seltsam gleichzeitigem Antrieb, entfernten sie sich von dem Bilde, traten in den Garten zurück. Schritten lange zu zweit. Vor einem Rosenstrauch endlich, der noch Blumen trug, machten sie halt, drehten um: wie ein Stern im Himmel, der weder Nähe noch Ferne kennt, stand das Bild in der unabmeßbaren Geometrie des Raumes; bleich, jeder Lust ebenso ledig wie jedweden Leides, göttlich!

174

»Dies ist die edle Einfalt und die stille Größe der griechischen Kunst!«

Leidenschaftlich – also hatte er ihn doch endlich zum Reden gebracht! – fuhr Goethe auf. »Sie kennen Winckelmann?«

»Ich kannte ihn. Salus et pax ei!«

»Persönlich?«

»Ich war im Dienste des Kardinals Albani.«

Herzbange Pause.

Die schwarze Brust des fremden Mannes, im Widerstreit feierlicher Gefühle, hob sich. »In der Villa Albani,« sagte er mit knarrender Stimme, »stand lange das Tonmodell seiner Büste; in der Halle des Kasinos. Oft führte ich den erblindeten Kardinal hinauf. Er liebkoste dann die Züge seines unersetzten Gioachino. Er hat ihn außerordentlich geliebt. – Kannten *Sie* ihn?«

»Als er ermordet wurde, war ich neunzehn.«

»Sie sind zum erstenmal in Rom?«

Nicken.

»Noch nicht lange?«

»Einige Wochen.«

»Und haben natürlich schon alles gesehen?«

»Weniges.«

»Was?«

Sofort entspannten sich die gerufenen Züge. »Heute morgen den Apoll.«

»Und?«

»Und, merkwürdiger Weise,« – als ob es nun schon ganz sicher wäre, daß er Klarheit hier finden müßte, schaute er hell in den diamantenen Himmel hinauf – »nur die Wirkung des Ganzen. Die schöne Wahrhaftigkeit; die wahrhaftige Schönheit. Nicht aber das Einzelne. Kaum: den Apoll. – Hier hingegen, bis vor wenigen Augenblicken, nur die Hera. Warum?«

»Sie ist wie ein Gesang Homers!« stieß der Schwarze nach langem Zaudern wie gewürgt hervor. Der Blick grub im erdämmerten Kiese. »Viel einfacher als der Apoll! In der Kunst aber ist Einfachheit alles. Das Verbergen alles Unnötigen, Verschweigen alles Überflüssigen alles. Der Stoff muß bis auf seine Grundelemente entkleidet, bis auf den Typus jener Wesenheit zurückentwickelt werden, die allen Stoffen gleichen Charakters gemeinsam ist. Der Apoll aber ist ein bestimmt tätiger, in einer der unzähligen Regungen seines Wirkens tätiger Apoll.«

»Aber doch – schön?«

»In *einem* Blitz seiner Schönheit.«

»Und die höchste Kunst, glauben Sie, sei jene, die nicht diesen *einen* Blitz ausdrückt, sondern alle?«

Als ob Dolchspitzen in seinen Pupillen säßen, so scharf sah der Fremde ihn an. »Alle. Aber natürlich wiederum: in einem.« Unfreundlich klang es. »Dieser eine aber muß der urwesentliche, alle anderen mitenthaltende sein. Deshalb ist Einfachheit dasselbe wie Charakteristik des Typischen. Einfachheit in der Charakteristik der zufälligen Teilerscheinung ist gar nicht möglich. Nur im Typus wird der Teil verzehrt. Das gelang in dieser Hera. Und darum ist sie vom hohen Stil der Griechen. Aber« – und mit rücksichtslos höhnischem Lachen streifte er den Jungen, der mundoffen ihn anstarrte – »nicht deshalb hat der Apoll Sie weniger getroffen und gleich als das Schöne an sich ergriffen. Sondern, weil diese Hera der Urausdruck des Weibes ist! Das Ewig-Weibliche hat Sie, – hat den Mann gepackt!«

»Sie hassen das Weib?«

Nur ein Achselzucken. Hart zum Abschied drehte der Fremde um. »Ich weiß ja nicht, ob Sie ein Künstler sind?«

»Ich auch nicht! Aber, um Gotteswillen,« – heiß trat ihm Goethe in den Weg – »bleiben Sie doch! Reden Sie, sagen Sie!«

»Die Kunst«, lachte der Fremde grimmig in die erbliche Flur hinaus, »haßt das Wort. Braucht nur das Schweigen. Einsamkeit. Sammlung. Auge, Herz und Hirn in nichts anderes eingetaucht als einzig und allein nur in sie. Weg von der Welt! Vom Erleben! Vom Menschen! Und vom Weibe am meisten! Liebe, Leidenschaft, Lust schaffen Abhängigkeit. Abhängigkeit Nebengötter. Die Kunst verträgt keinen!«

»Ich fürchte mich aber . . .«

»Wovor?«

Atemlos: »Vor dem . . wie soll ich sagen? Vor dem Egoismus des Künstlers.«

»Warum sind Sie nach Rom gekommen?«

Ratlos!

Schrill lachte der Mann auf. »Man wird geboren zum Künstler, oder man wird nicht dazu geboren. Im ersten Fall aber kommt todsicher der Augenblick, da man, gepreßt wie eine Rose im Herbar, die Frage ausstoßen muß: Als was werde ich dem Ganzen – das mich doch geschickt hat! – besser dienen: als Künstler oder als, sagen wir, barmherziger Bruder? Wenn nun einen dieser Augenblick hier in Rom anfällt, und ich hoffe,« – daß der Boden bebte, stampfte er in den Boden: »ich *erwarte*, daß er ihn hier anfällt, – und er kommt nicht zur Entscheidung . . .«

177

»Dann?«

»Soll er Pinsel feilhalten in der via Merulana, wie ich. Gute Nacht!«

»Gehen Sie nicht!« Auf fliegenden Sohlen raste Goethe ihm nach. »Bleiben Sie! Reden Sie! Sie sind mir gesendet!«

In der Wollust des Spotts: »Ich bin niemandem gesendet!«

Die packenden Finger im grau gewetzten Talar drin, wie im Rausch flehte Goethe: »Doch! Sie sind es! Ich fühle es! Raten Sie! Helfen Sie! *Bitte!*«

»Es gibt nichts zu helfen.«

»Aber« – von bebenden Lippen, aus flackernden Augen: »Sie tragen da den ›Platon‹?«

»Ich bin ja kein Künstler!«

»Aber das Gesetz der Sittlichkeit?«

»Ah! Und das Heidentum, meinen Sie?«

»Es gibt, wie Sie gerade gesagt haben, zwei Gipfel des Menschlichen: den Künstler und den Asketen?«

»Und der Asket ist nie Künstler?«

»Also ein Heide nie sittlich?«

Teuflisch, denn er sah den riesenhaften Kampf, kicherte der Fremde. »Und die Griechen der Antike also . . .?«

»Von Jesus aus gesehen!« Mit ringendem Atem, gegen eine blutrote Scham: »Jesus war eben *nachher!* Und wir alle sind nachher!«

Daß der Talar sich bäumte, hob der Alte den gewaltigen Brustkorb. »Zum zweitenmal: Ich bin kein Künstler. Bin ein Sohn der katholischen Kirche.«

»Aber das Eine wissen doch auch Sie« – mit eisernem Leib stellte sich Goethe vor ihn hin –: »daß man nicht zugleich Priester der Kunst sein kann, *und* samaritischer Geist?«

»Wer nicht kann Mutter und Vater verlassen und Schwester und Bruder und Weib und Kind . . . .«

»Aber: um meinetwillen! heißt es, und nicht um der Kunst willen! Also heißt es gewiß auch: Wer nicht kann die Kunst verlassen um *meinetwillen?*« Verzweifelt ließ er die Arme sinken. »Mißverstehen Sie mich nicht! Ich bin kein evangelischer Zweifler. Kein Herrnhuter. Kein Religiose. Aber« – und wie Glas im Orkan zitterte seine Stimme – »ich habe Pflichten. Menschen, die von mir abhängen. Mich brauchen. Denen ich das Bewußtsein von meinem helfenden Dasein angewöhnt habe. Die mit keiner Ahnung daran denken, daß ich da in Rom mit der plötzlichen Gewißheit herumirre: du bist auf dem Scheideweg! Wähle! Und wenn ich dabei nicht so ganz gewiß fühlte: ist's die Kunst, die mich wählt, dann gibt es kein Bleiben mehr bei den anderen! Dann gibt es nur noch: die Kunst! Und das ist: mich! Oder wissen Sie es anders?«

Wie ein Stein schwieg der Mann.

»Sagen Sie! Gestehen Sie: Wissen Sie's anders?«

Mit einem Ruck riß der Mann das Haupt empor. »Besuchen Sie mich einmal. Ich will Ihnen dann etwas zeigen. Es steht ein kleines Häuschen auf dem Hang des Monte Mario, gegen Sankt Peter hinab. Darin wohne ich. Sie finden es leicht. Es trägt ein Rundrelief, eine Madonna mit dem Kind, überm Tor. – Auf Wiedersehen!« Und schritt ohne weiteres davon.

Wie betäubt, als schon die Finsternis über dem Walde und dem entsunkenen Bilde der Göttin gondelte, wankte Goethe nach Hause.

»Professor Moritz« stellte sich ihm sehr verlegen und ungeschickt ein Mann vor, als er in Tischbeins Studio eintrat. Die züngelnde Ölflamme, vom hohen Messingschaft her, beleuchtete den Tisch, um den dieser Mann und die anderen Freunde erwartungsvoll aufgesprungen waren.

»Der Herr Professor ist heute angekommen,« strebte Tischbein artig zu Hilfe, weil den linkischen Worten ein linkisches Schweigen gefolgt war. »Er wird einige Zeit hier verweilen.«

Aber völlig ungerührt ließ Goethe die Pause anwachsen. Erst als sie zu trippeln begannen alle Viere, weil sie nicht mehr wußten, wie sie sich helfen sollten, schlich er an Moritz vorbei in das Nebengemach, wo vor Tischbeins immer noch nicht fertigem »Paris« zwei Kerzen auf Flechtstühlen standen. »Nichts gemacht heute?« hörte man ihn gleich darauf rufen.

Eilig ging Tischbein ihm nach.

»Er ist sonst einfach entzückend!« tröstete Bury den verängstigten Moritz.

»Und uns zweimal heut durchgebrannt!« blinzelte Schütz mit pfiffigem Lächeln. »Und geniert sich jetzt. Er hat nämlich, müssen Sie wissen, das Gemüt einer Jungfrau.«

»Hab ich's nicht gesagt?« Im Triumph schoß Bury auf: die ganze bunte Flut dieses Tages auf dem Antlitz, kam Goethe zurück. Und ein Lächeln, – dann streifte die straffe Gestalt den Tabarro ab. »Sühnegeschenke entsteigen den Falten.«

»Engel, Sie!« flog ihm Bury um den Hals, das Pfund Johannisbrot in den begeisterten Fingern.

»Ich bin nämlich auch aus Frankfurt,« erklärte Schütz Moritzen, den Fiasco Chianti am Busen.

Wortloser Liebender hingegen, Glanz um den Mund, drückte Tischbein die verborgene Hand; er hatte die äsopschen Fabeln mit Stichen bekommen.

»Sie sind der Verfasser des ›Anton Reiser‹, Herr Professor, nicht wahr?«

Wie ein Soldat, den der König anredet, reckte sich Moritzens zusammengefallene Gestalt in die Höhe. »Zu dienen, Exzellenz!«

Lange, aufmerksam sah Goethe ihn an. Schmerz und Ruhelosigkeit standen in diesem verzehrten Gesichte. Zerrissenes Leben in den eckigen Formen des schlecht gekleideten Körpers. »Ich schätze dieses Buch außerordentlich,« sagte er endlich, scharf betonend, die Hände auf dem Rücken. »Es hat viel Verdienst. Übrigens . .« – und mit einer unvermittelten Verbeugung gegen den hochrot Gewordenen hin wich er an die Tür zurück – »wollen Sie mich nicht ohne Titel nennen?«

»Er ist jeden Tag anders!« lächelte Tischbein, als sie mit Moritzen, ohne Goethe, beim Abendmahl um den Tisch saßen.

»Aber mit jedem himmlischer!« Die Augen verzückt in der Höhe, hob Bury sein Glas. »Tibi, Jupiter!«

»Er hat eine Liebschaft!« schwor Schütz; mit der Zunge schnalzte er. Und ein viel größeres Glas, als Burys Jünglingsgurgel leerte, trank die viellebende Männerkehle. »Ich wette meinen Schädel! Er hat eine!«

»Blödsinn!«

»Bei dem ist nichts Blödsinn!«

»Ich bewundere nur,« – unbehaglich rückte Moritz den Sessel – »wie Sie es zustande brachten, ihn so . . . zahm zu machen, möchte ich sagen. In Deutschland gilt er als völlig unnahbar.«

»Weil wir keine Philister sind!« protzte Bury sehr frech.

»Weil wir ihn lieben.« Den dritten Weihebecher goß Schütz hinab.

»Er ist der vollendete Kenner der Menschen!« sagte Tischbein besonnen. »Er sieht, daß wir dankbar und glücklich sind, ihn da haben zu dürfen, im übrigen aber nichts von ihm begehren. Das macht ihm Vertrauen.«

»Und was tut er jetzt? Bleibt er allein?«

»Wir üben die vollste Freiheit.«

»Und – schweigt er auch hier so viel, wie in Weimar?«

»Ich habe nie einen Menschen getroffen«, antwortete Tischbein, sehr ernst, »der mehr Auge als er ist. Er schaut von Morgen bis Abend. Da erübrigt sich denn das Reden. In Rom.«

Aber am nächsten Morgen war nichts davon wahr. Hatte den aufgepeitschten Neuling keine Absicht, keine Spur auf das Kapitol hinaufgetrieben? Im Rundbogen des Südtors, gegen den Campo vaccino hinab, – wer saß da? Zwei Stunden später stieg der gefundene Schweiger, nach ellenlangem Gespräch mit dem deutschen Professor über die schauderhafte Unsicherheit der deutschen Prosodie, mit diesem Professor die Treppe Michelangelos zurück. »Es wäre also eine Tat, und zwar eine bedeutende«, schloß er angelegentlichst, – er müsse um elf Uhr im Pantheon sein – »wenn Sie sich einmal der Vergleichung der Silbengesetze der klassischen Sprachen mit der Gesetzlosigkeit der deutschen widmeten. Ich schwitze Blut über meiner Iphigenie!«

»Ich finde nicht, daß er schweigsam ist,« prahlte darum Moritz am Abend bei Tische; ein vollkommen anderer Mensch war er seit dem Morgen. »Im Gegenteil.«

»Siehst du?« Einen wütenden Rippenstoß unterm Tisch versetzte Bury Schützen; wie ein Eifersüchtiger im Drama zischelte er. »Jetzt ist er schon hinweg über uns. Wir sind ausgeweidet. Also tranchiert er den Neuen!«

»Er hat mir geschlagene drei Stunden lang . . .«

Glatt verstummte Moritz; Goethe war eingetreten; kein Wort mehr wußte er zu sagen. »Sie sind auf dem Kapitol gewesen heute mittag?« platzte dafür um so lauter Bury los; sie erschraken allesamt, so begehrte er auf.

»Auch auf dem Kapitol,« erwiderte Goethe, im Nu sehr verlegen.

»Sie sagten aber, Sie gingen ins Pantheon?«

»Auch im Pantheon bin ich gewesen.« Und noch unsicherer hüstelte Goethe.

»Und ich auch. Den ganzen Vormittag und den ganzen Nachmittag. Aber Sie nicht! Denn sonst hätte ich Sie sehen müssen!«

»Du bist ein loser Bursche!« Nur den Blick hob Tischbein; ein verdächtiges »Hm« hatte Herr von Goethe gemacht.

Und, wahrhaftig, nun, da Bury den Kopf verstockt senkte, kam es noch einmal; und nun noch ein drittes Mal, dies verdächtige »Hm«.

»Noch ein Löffelchen Frittura, Herr Geheimerat?« fragte Tischbein sehr fein, als das Schweigen schon rauchdick über den fünf Köpfen hing.

»Und dieses ist Falerner!« lockte Schütz nach fünf Minuten; der Herr Geheimerat, ohne »Mu« gemacht zu haben, aß weiter Frittura. »Famoser!«

»Es war ein ungewöhnlich warmer Tag!« wagte sich nach einem Viertelstündchen bang Moritz hervor; der Herr Geheimerat goß, ohne nur genickt zu haben, eben das fünfte

Glas Falerner hinunter. »Man möchte nicht glauben, daß um die Mitte November . . .«

Da brach Bury in Weinen aus.

Im Augenblick erhob sich Goethe.

»Hysterisches Weib, du!« gab Schütz den Rippenstoß, aber viel wütender, zurück; mit zorniger Hand riß er das Kind in die Höhe. »Jetzt haben wir die Bescherung. Du, wenn du nicht schnurstracks deine zwei Stelzen jetzt findest und zu ihm hingehst und um Verzeihung bittest . . .!«

Aber anstatt Burys ging Moritz. Am ganzen Leib zitterte er. Hatte, um Gotteswillen, *er* den faux pas gemacht? »Herr Geheimerat«, stammelte er unter der mißlungensten Verbeugung, »ich möchte um alles in der Welt nicht . . .«

»Schlafen Sie recht gut, lieber Professor!«

Mundoffen, trotz dem liebreichsten Händedruck, vom Tisch an die Wand und wieder von der Wand an den Tisch schleichend, wankte Moritz aus der Tür.

»Ich kann nichts dafür!« Die Tür war kaum ins Schloß gefallen, und schon stand Bury vor Goethen. Jeder Muskel Aufruhr, Blitz in den schwimmenden Augen. »Ich liebe Sie, und lasse mich vom nächstbesten hergelaufenen Professor nicht über Nacht ausstechen!«

»Kinder!« Den eiligsten Schritt tat Goethe vor. Und mit der einen Hand Tischbeinen, mit der anderen Schützen erfassend, mit der übervollen Brust aber Bury vor sich herschiebend, strebte er nach der dunkelsten Ecke des Raumes. »Kinder, ihr müßt mir helfen! Ich bin in der Sixtina gewesen!«

»Ah!« Frei riß sich Bury. Ungeheure Erlösung. »Hab ich's nicht gesagt? Also doch!«

Groß, aus weit aufgerissenen Augen schaute Goethe ihn an. »Ja. Ich bin heute mittag in der Sixtina gewesen . . .«

»Und?« Jetzt verlor selbst Tischbein die Ruhe. Heute, nach dem Apoll von gestern, allein in der Sixtina ist er gewesen? »Und?«

Hilflos, während sich das Antlitz umwölkte: »Und – ich komm nicht vom Fleck! Weiß nicht, wie ich es anpacken soll, um in die Bilder der Decke zu geraten. Weiß es nicht!«

»Eigentümlich!« sagte Tischbein nach langer Pause, sehr leise.

»Nun, nun, nun?« Schütz nach der zweiten. Aber nicht mehr; der Falerner war prima!

Bury aber, wie ein Kreisel drehte er sich plötzlich auf den Füßen, daß ihm das Blondhaar um die Schläfen flog. »Und da hat dieses Rhinozeros von einem Schütz gemeint, er hat eine Lieb . . .«

»Und du«, fauchte Schütz wie eine Rakete im Steigen, »daß er sich über Nacht in einen Professor ver . . .«

»Still!« befahl Tischbein. »Und aufgepaßt jetzt!« Und kerzengerade hob er die Rechte vor Goethes gespanntem Blick in die Höhe und spreizte die Finger. »Ein Gerippe der Deckenarchitektur wird für den Herrn Geheimerat gemacht! Und zwar richte das ich. Ihr aber zeichnet ihm je eine Sibylle, einen Ignudo, eine Lunette und eine Stichkappe. Dann, möchte ich doch wetten, dann geht es!«

Natürlich ging es. »Liebe, gute Bursche!« flüsterte Goethe gerührt in die Decke der Sixtina empor, als er eine Woche darnach, mutterseelenallein, im Boden der Kapelle lag. »Brave, getreue Bursche!« Tischbeins Riß gab unübertrefflichen Aufschluß. Schützens Kopie des Daniel ließ keinen Sprung im Bild unberücksichtigt. Burys Cumaea, in Farben, hätte Michelangelo selber loben müssen. Dennoch! Er stöhnte und keuchte! »Die Decke ist ein Spiegelgewölbe,« wiederholte fieberhaft arbeitend, zum zehnten Mal, das Gehirn. Und um dieses Gewölbe im Geiste, aus den mitgegebenen Winken, aufzubauen, nur im Geiste die Decke zu gliedern, schloß er die Augen. Ja! Das behielt sich jetzt freilich leicht! Das ebene Feld der Decke geht mit einer Wölbung in die Seitenwände der Kapelle über. Jede Längswand hat unter der Wölbung sechs Rundfenster. Die östliche Schmalwand zwei. Die Altarwand keines. Im ganzen also sind vierzehn. Über jedem dieser Fenster ragt ein Halbkreisbogen in die Wölbung hinauf. Über jedem Halbkreis ein Spitzbogen in die Decke hinein. In den vier Ecken der Decke treffen je zwei solche Spitzbögen zusammen: ergo gibt es auch vier Zwickelfenster. Nur selbstverständlich, daß der Mann diese gegebenen Räume entschlossen benutzte. Die Halbkreisbögen und die Spitzbögen füllte er mit den Bildern der Vorfahrenfamilien Christi, die Zwickelfelder mit Darstellungen der Errettung Israels vom drohenden Untergang. Wie aber nun – das war ja das Ungeheuerliche der Aufgabe! – zu einer viereckigen Decke kommen? Auch dieses höchst einfach! Zwischen je zwei Spitzbögen wurde je ein Pilasterpaar gemalt, das bis zur Spitze des Bogens hinanwächst. Jedes Paar umrahmt je einen Thron; macht zusammen zwölf Throne. Auf diese Throne, in abwechselnden Reihen, kamen die Propheten und Sibyllen zu sitzen, die Vorhersager des Heilands. Die Pilaster aber nun wagrecht durch ein durchlaufendes Gesimse miteinander zu verbinden, diese Idee ergab sich erst recht von selber! Allerdings schrie gerade dieses Gesimse, kaum auf die Decke gepinselt, nach Leben. Aber das machte nicht zweifeln: auf jedes Pilasterpaar, dort, wo es ins Gesimse einmündet, setzt sich ein nackter Jüngling, der zusammen mit dem gegenübersitzenden die runde Bronzetafel am Thronsockel festmacht. Und jetzt: von jedem Pilaster der Nordwand zu jedem der Südwand je zwei Linien gezogen, – und die Decke mit den neun Feldern war da.

»Ungeheuer! Unfaßbar!«

»Nein! Gar nicht unfaßbar!« Wütend schüttelte sich das im Boden liegende Haupt. »Wenn das Genie in diesen Kotter hereingeführt und ihm herrisch befohlen wird: schaff' oder verzweifle?«

Aber – die Bilder der Decke?

Der *Inhalt* im Rahmen?

Wie vor dem Unbekannten, dessen fremde Gewalt die ans zählbar Vertraute gewöhnte Seele mit Schrecken peitscht, schloß sich das Auge von neuem. Zwei Nonnen, auf Katzenpfoten, waren eingetreten. Schwer, angstvoll aneinandergelegt, streiften sie mit leeren Blicken die Decke, die Gemälde an den unteren Flächen der Wände, die schmal grausame Unnahbarkeit des Raumes; endlich, wie vom Fegefeuer in die Hölle gestoßen, blieben sie am »Jüngsten Gericht« hängen.

»Schöpfung, Sündenfall, Sintflut, steigende Sünde, Notschrei der Sünde nach Erlösung, Errettung von Sünde, Wiedersünde, Ahnung in sündebar gebliebenen Gemütern, Prophezeiung vom Kommen des Erlösers . . . .« – wie in einem Fieberzwang, ohne Klarheit und Wahrheit, las das angetriebene Gehirn des im Boden weh Liegenden von den Bildern der Decke abwärts zu den Mienen der inbrünstig messiassehnenden Ahnen und Propheten und Sibyllen, von diesen nieder zu den Szenen aus dem Leben Mosis und Christi, – und nun hinauf zum ›Gerichte‹.

»Wenn man wüßte«, flüsterte atemlos die ältere der zwei Nonnen, mit wachsgelber Hand, darin wie ein Strohhalm die Hand der anderen steckte, wies sie auf die Teufel empor, die die himmelgierig aufsteigenden Leiber zu Minos hinabstießen, »wenn man wenigstens wüßte, daß man nicht zurückgetrieben werden wird!«

»Nützt nur: hoffen!« lallte, selber bebend wie Espenlaub, die jüngere, ihr Antlitz in der Haube war weiß wie Alabaster.

»Was nützt die Hoffnung, wenn von allen Seiten die Teufel . . . .« – da tat sie einen Schrei, daß das Gewölbe entsetzt widerhallte; in Todesangst flogen die zwei Kutten aus dem Raume.

Auf sprang Goethe. »Was – war?« Aber schon lächelte er. Eine Eidechse! Ein Lazertchen, vom heißen Pflaster des Damasushofes herein verirrt, flitzte über die Fliesen. Vor diesem Tier waren die Nonnen davongelaufen. Nur noch ein einziger Sonnenstrahl fiel durch das letzte Ostfenster steil nieder auf das weiße Tuch des Altars. In diesen Streifen floh das Lazertchen. Gerettet im Licht, mit zitternd grünen Flanken, aus armselig bangen Äuglein sah es Goethen an. Mit dem Schritt eines Kindes nahte der ihm. Im Nu floh es in den Schatten. Mit bangen, kurzen Sprüngen, unter seinem reglosen Blick, setzte es darin fort. Endlich ans kalte Gold eines Leuchters geborgen, verlor es sein Leben; ward grau. Jede Hoffnung schwand schon aus dem Auge. Plötzlich, als ob jede weitere Sekunde in diesem Goldeis den Tod brächte, blitzend, schoß es in die Sonne zurück. »Armes Geschöpfchen!« Und ein Schritt und ein Griff, und er hatte es in der Hand.

»Liebling! Wohin bist du geraten?« Mit zuckendem Leib wehrte sich das Geschöpflein. Aber er gab es nicht frei. An den Altar gelehnt, so, daß er die Decke ganz überblickte, hielt er das zappelnde Leben mit heißer Hand an die Brust. Sah es nicht an, aber fühlte es. »Blut von meinem Blut? Sinn von meinem Sinn? Oder umgekehrt?« Wirr flammte sein Blick. »Unbekanntes umgibt uns beide! Gefahr?« Der Prophete Jeremias, mit verdammendem Blick, schaute weg von ihm! Gottvater, in sausendem Flug durch die Lüfte, weg von ihm! Der Erzengel Michael, reine Feuerstirn über dem kupplerischen Geschiller der Schlange, mit unbarmherzigem Arm wies er weg von ihm. Eine gebeugte Mutter, neben traurigem Kinde die Schauder der Zeit beseufzend, die noch immer nicht den Gerechten taute, verhüllte das Antlitz vor ihm! Und nur eine, nur Eva, nur der süß in allen Reizen lohleuchtende Leib der Frau unter der üppigen Flut des lustspendenden Baums lächelte nieder auf ihn. Aber – floh dieser selbe Leib nicht, drei Spannen weiter rechts, mit der Gebärde des Wahnsinns hinaus in die Leere, die ihn mit dem Jammer der Geburt und den Steinen der unfruchtbaren Äcker erwartete?

Geräuschvoll, mit trotzigem Schritt, verließ der Abgewiesene den Raum. Draußen auf der Freitreppe vor Sankt Peter gab er dem Tierchen die Freiheit. »Zu den Göttern!« rief er ihm trotzig nach, als er schon badete im Strom der Sonne; und lächelte trotzig.

Aber nicht mehr, als er im Nachmittag aus dem Hohlweg des Monte Mario in die Vigna einschritt, in einen Pfad, der eben vor der grenzenlosen Sicht zwischen den Weinstöcken hinausleitete zu wenigen, dürftigen Hütten. Das Häuschen, das er suchte, fand er bald. Am Abhang des Hügels, sonnenselig dem Süden hingebaut, saß es auf der halmraschelnden Wiese; an der Bergseite von Lorbeer und Thymian umbuscht. Das Rundrelief, eine Madonna mit dem Knaben zeigend, trug es wirklich überm Tor. Das Tor stand offen. Stimmen drangen daraus hervor. Dennoch trat er nicht ein. Mit Diebsschritten schnell in die Vigna zurückgeschlichen, ließ er sich, verborgen dem Häuschen, am Rand des Hangs nieder ins verbrannte Gras; Rom zu seinen Füßen.

»Rom zu meinen Füßen!« Lang und bang, ohne sich zu rühren, hatte er hinabgeschaut, bis ihn die unbegreifbare Bangnis, die über ihm schwebte, zwang, die eigene Stimme aufzurufen gegen diese Bangnis. Rostig klang die Stimme. »Rom zu meinen Füßen, und ich seh' dennoch nicht Rom!« Ach, es lag hingeschüttet da vor ihm, hingebreitet in die

Täler zwischen den sieben Hügeln und in all seiner Weite und Enge und voll vom reinsten Lichte. Aber sein Auge war nicht mehr das gestrige. Mit bleicher Furcht, plötzlich, fühlte er das Leiblein der Eidechse in seiner Hand wieder, vor deren animalischen Augen jäh die Bilder der Kapelle in die unbekannte Zone fremdseelischer Wesenheit geflohen waren. Schimmerrot stieg, während ihm die Hand wieder zitterte vom Blut des Lazertchens, der Platz hinter der Porta del popolo aus dem Gewirre der goldbraunen Dächer. Hellgelb lief die Straße, schnurgerade, zum Quirinal, zu den zwei Kolossen empor. Der Turm des Kapitals winkte gekannt in jedem seiner urheimatlichen Maße. Die Kuppel des Pantheons hob sich, obwohl niedriger als alle anderen, lächelnd aus dem Gewoge der vielen. Das Kolosseum am Ende des erratbaren Campo vaccino, hinterm Palatin, wie der vertrauteste Freund mit der zinnoberroten Wunde seines barbarischen Risses grüßte es. Ach, alles grüßte und winkte! Trotzdem: noch gestern war es anders gewesen, all dieses! Hatte es, kindlich blutsverwandt der großen Mutter Natur mit all seinen Geheimnissen des Lebens und Sterbens, geborgen im Arm dieser Mutter gelegen. Jetzt nicht mehr! Rein! Als ob das natürliche Leben und Sterben, auch wenn es mit der feinsten Kraft gelebt und mit der tiefsten Einordnung in die Gesetze des Lebens gestorben würde, nicht die letzterreichbare Möglichkeit des Geschöpfes wäre, sondern darüber hinaus noch eine Fähigkeit, ja sogar eine Pflicht des Geschöpfs läge und die beschränktere Welt der Natur überlegen belächelte, schwebte ein unwirklicher Hauch über der Stadt und entzog ihre lesbare Sichtbarkeit dem Auge. Warum, ja warum weinten die griechischen Götterbilder nicht? Warum fraß an den Zügen und Gliedern auch des Philoktet, das Laokoon, der Niobe, des Tantalos und des Sisyphos nur der begrenzte Schmerz des Irdischen, – nie aber das unendliche Leiden der Seele, die nach einem anderen Sein dürstet? Halt! Das wäre nicht genau! Nach einem anderen Leben verlangte auch die Träne und die

Trauer dieser Bilder. Aber dieses andere Leben war höchstens der Olymp oder das Elysium, wo das irdische Leben in neuer Folge fortgesetzt werden sollte. Hier aber . . . .

Scharf riß sich das Haupt in die Luft empor. Ja! So war es: Die Griechen hatten einen Olymp, aber keinen Himmel! Der Apoll und die Hera und das ganze antike Rom gehörten dem Diesseits, – Michelangelos Bilder aber dem Jenseits! Und es gab also zwei Kunstarten . . .

Diese Erkenntnis war schlagend! Es gab zwei Arten von Kunst: Die Kunst der Erde, die, wie der Nußkern in der Nußschale, im Bezirk des körperlichen Seins eingesperrt war, – und die Kunst des Übersinnlichen, die grenzenlos durch Sein und Nichtsein flog, nach dem Übersinn. Aus zwei aufeinanderfolgenden Weltanschauungen, ganz natürlich, waren diese beiden Arten geflossen; das Heidentum hatte sterben müssen, das Evangelium hatte leben müssen, und weil – auch dies war selbstverständlich! – die Kunst der späteren Zeit die Grenzen der früheren sprengen mußte, hatte, zuletzt, das Christentum triumphiert!

An allen Fibern gerüttelt von der Rute dieser Offenbarung, schloß er die Augen. Umsonst. Der Grashalm, den er anfühlte, das Myrtenreis, das er fest zwischen die Finger nahm, die nach Erde und Äther duftende Luft, die ihn anstrich, der winterliche Boden, dessen tote Kühle ihm den Rücken hinauffrieselte, entzogen sich ebenso unnahbar dem Kreise des sinnlichen Lebens, wie das Bild von Rom es getan. »Es ist unser Los«, flüsterten alle diese unheimlichen Dinge, »stumm zu blühen und zu verwelken, zu wallen über den Erden, fest zu sein unter den Lüften!« Und flüsterten es mit ganz anderer Stimme, als mit welcher sie noch gestern verkündet hatten: »Du und ich, wir sind dasselbe!« »Aber«, flüsterten sie, »die *Seele* des *Menschen* hat die Gewalt und das Gebot, uns zu verlassen und über unser gebundenes Geschäft dorthin zu dringen, wo wir beschlossen sind. Und je nachdem diese Seele will, nimmt sie uns mit, oder benutzt uns nur als Brett zu ihrem Sprung – in das uns Fremde.« Und im Nu, wie reife Früchte von geduldig gehegtem Baum herab, fielen die Bilder der Sixtina in die Schwärze vor seinen Augen. Die nackten Leiber der Jünglinge, der nackte Leib Adams, der nackte Leib Evas, die geschmeidige Riesenkraft der geringelten Schlange, die Stirn Gott-Vaters, die Hand Gott-Vaters, die sich über die Weltschlucht hin ausstreckt nach dem ersten Geschaffenen, – lächerlich, zu versuchen, sie weniger gigantisch sich vorzustellen, als sie gebildet waren! Die majestätische Tragik eines überirdischen Geistes hatte sie geschaffen, der die Maße der Erde für seine Flüge verlächelt. In den Augen Ezechiels lohte der Brand eines Feuers, das zehntausend gewöhnliche Gesichter zu Asche brennen müßte. Im Wahnsinn der Glieder, die aus der Sintflut nach Rettung schrien, rollte das Blut von unzähligen Bestien, die lebengierig ihre eigenen Kinder zerträten. Alle Reinheit eines Mannesantlitzes saß, unter den hauchverwehten Locken, um die Schläfen des Daniel. Alle Wollust des Freiheitsgrußes im himmelwärts gewandten Jonas. Und alle Anmut und Würde des weiblichen Geheimnisses um den Mund der Delphica. *Schwieg* da nicht, diesen gegenüber, der wächserne Apoll? Schlief nicht, diesen gegenüber, die Hera? War er nicht gedankenlos, dem fliehenden Adam gegenüber, der Torso des Herkules? Ha! wie spielend hatte dagegen Raffael, der fortunato garçon Bilder desselben Ursprungs – später! – in seine Loggien gemalt! Und wie unbeteiligt an der Mühle jedweden Innenkampfs thronten die Thronenden in seiner Disputa, standen die Lehrer und Schüler in der Schule von Athen! Denn auch die Regung des Gehirns ist gebunden an die Welt der Sinne, – und nur die Seele, die leidet, rüttelt machtvoll gegen die Stäbe des Käfigs. Nicht in Lust oder Wollust, Glanz oder Not ihrer Leiber wanden sich ja die Gestalten auf dieser Decke, rangen sie, reckten sie die Hände, rollten oder geduldeten ihre entloderten Augen; sondern im Orkan einer Begierde, deren Furor alles Irdische verneinte. »Nicht nur: zwischen der Kunst und dem Verzicht auf mich selbst also heißt es wählen«, tobte in Stößen die Brust, die keine Stimme mehr hatte, »sondern auch noch: zwischen der Kunst des Erlebens und der Kunst des Verzichtens!« Und im Schrecken die Augen aufgeschlagen, – und: Rom von Ponte Molle tiberabwärts bis zur Cäcilia Metella, und von Sankt Peter tiberüber bis hinaus in die rostbraune Campagna hinter der Porta Maggiore, und mit dem Schneesaum der Sabiner und dem goldenen Kraterwerk der Albaner über allem Flimmer der Trümmer, – wie auf königlicher Schüssel hielt es die Pranke eines Riesen, dem der titanisch aus der Erde gewachsene Leib von der Sehnsucht nach drüben in jedem Muskel bebte, hinan in die Glorie des Himmels, zum Opfer. Und eine Stimme, groß, läutete aus der Tiefe der Tiefen empor in die Höhe der Höhen: Agnus dei, qui tollis peccata mundi.

»Miserere nobis!« stammelte der Geschlagene im Dampf des Rausches. »Miserere nobis! Miserere . . . !«

»Ah?«

Als ob ihn ein Steinwurf vor die Brust getroffen hätte, sprang Goethe auf: Der hagere, schwarze Alte stand vor ihm.

»Kommen Sie schon zu mir?« lächelte der Mann nach einer unerträglichen Pause des Anschauens in das zerrissene Gesicht hinein. »Das – ergötzt mich!«

Einen wilden Schritt wich Goethe zurück. Die Lippen, bis sie bluteten, bissen sich. Dieser Fremde brauchte sein Taumeln nicht zu bemerken! »Zeigen Sie mir«, stieß er endlich steif aufgerafft hervor, »was Sie mir zu zeigen haben!«

Aber sie schritten, durch einen feierlichen Luftraum voneinander getrennt, lange in dem Wiesenpfad auf und nieder, ehe der Alte zu reden begann. »Sie haben mir« hob er an, »bei unserem seltsamen Zusammentreffen den Zweifel ausgedrückt . . .«

»Ich habe mich falsch ausgedrückt,« unterbrach Goethe sofort. »Nicht darum handelt es sich, ob man das eine oder das andere wählen müsse; sondern darum: welches von beiden, von der Rangordnung der unbedingten Werte aus gesehen, das unbedingt Höhere, Bessere ist. Ich bin zwar in der Meinung auferzogen, daß ein großer Künstler kein nicht guter Mensch sein könne; aber es wäre immerhin möglich . . .«

»Möglich?« Grell lachte der Mann auf. »Es ist *gewiß*, daß von dem Menschen vor allem verlangt wird, daß er *gut* sei!«

»Was ist gut?«

»Vollkommen!«

Und im selben Augenblick sah Goethe die ersten Zeichen der Dämmerung aus dem Himmel fallen. Die Sonne war im Meer verglitten, ein aschfarbiger Schleier rollte wie Vorhang von den westlichen Säulen des Horizonts nieder auf die Erde. »Ich war in der Sixtina,« sagte er wie bewußtlos in diesen Vorhang hinein. »Komme soeben aus ihr.«

»Und?« Eine Fußangel schien dem schwarzen Mann den Schritt zu ankern. »Also?«

»Eine widrige Komplikation! Es gibt also auch eine zweite Art der Kunst? Die christliche?«

»So vielleicht,« – wie Fanfare des Hohns – »wie es auch einen zweiten Gott neben dem ersten gibt?!«

»Zwischen der christlichen und der heidnischen gähnt ein Abgrund!«

»Sind Sie vor Christi Geburt in Athen auf die Welt gekommen und haben seither in Athen geschlafen?«

»Ich bin zum erstenmal in Rom.«

»In der Welt, mein Freund! Sonst könnte Ihnen nicht verborgen geblieben sein, daß es seit dem Erscheinen Christi – in der Philosophie, wie in der Kunst! – kein gewolltes Zurückgehen mehr in die Zeiten des Perikles gibt. Wer Michelangelo kennt, kann nimmer Praxiteles zum Kanon haben!«

»Das ist – eben die Frage.«

»Und wie man sie beantwortet, hängt einzig vom Maß der Gewissenlosigkeit ab, das der Frager aufbringt. Und dieser Gewissenlosigkeit geringstes Maß heißt: Autoritätsglaube, – und das ist: Faulheit!«

»Sie haben aber doch selber die Griechen als Muster hingestellt?«

»Junger Mann!« Von fahlem Schein ward das gelbe, alte Gesicht überflammt. »Als ob Sie nicht gesehen hätten, daß Michelangelo wie kein zweiter bei ihnen allein in die Schule gegangen ist. Die *Form* der Griechen bleibt Kanon, bis eine höhere erreicht ist. Der Inhalt aber, der nach Form schreit, – nicht um Raum und Zeitmaße, sondern um seelische Raum und Zeitlosigkeiten stieg er seit ihnen. Und von diesem Mehr – und dies Mehr ist doch nichts anderes als der Beweis dafür, daß die Menschheit vorschreitet! – von diesem Mehr soll ein gewissenhafter Künstler zurückkriechen zu jenem Weniger? Bedenken Sie doch! Nur zum Beispiel gesagt, als Teilbild: Die Alten hatten einen Olymp, aber keinen Himmel!«

Wie vom Blitz gerührt, starrte Goethe ihn an.

»Und da reden Sie von einer zwiefachen Kunst!«

So urnackt dämonische Unbarmherzigkeitluft also streicht um die Höhe, wo der Scheideweg läuft? Dennoch: Im Geklapper des eisigen Frosts fühlte Goethe, wie ihn die Parze dennoch zwang, auch von dieser Höhe hinab in die tiefste Tiefe zu graben. O! Briefe einfachster Wonne und Ruhe schrieb er nach Hause! Rom als die morgenblanke Tafel sanft erlauchten Gemäldes zeigte er; Rast der zerrissenen Seele. Während diese Seele, versteckt jedem Auge, in den Schrauben aller Foltern gezwickt stöhnte! »Vielleicht wird man sich«, stammelte er mit dem falschen Tonfall der Stimme, die zweifelt, »nur durch einen Ausgleich aus der Pein dieser zwei Wahlen retten können? Indem man sich zum Künstler dieser zweiten Kunst macht . . .?«

»Macht?« Schrei der haßwilden Schmähung. »Sich zum Künstler *macht?*«

»Aber« – wirr beide Hände streckte Goethe aus in die erloschene Gebärde des lautlosen Abends – »ich habe Pflichten! Menschen, die von mir abhängen! Die mich brauchen! Denen ich das Bewußtsein angewöhnt habe, daß sie auf meine Hilfe . . .«

»Plagen Sie sich nicht!« Wie mit Bissen gesprochen jedes Wort. »Wenn Sie Rom verlassen können, *ohne* zu wissen, daß Sie Künstler sein *müssen* . . .«

»Und wenn nicht?«

Da beschnellte der Alte wie zur Antwort den Schritt. Knapp vor einem würfelförmigen Steine, der aus dem bergseitigen Rain aufwuchs, grauviolett gegen den sonnenachglänzenden Opal der Luft, machte er halt. Säße ein Mensch jetzt auf dem moosigen Stein, gegen die schwindende Helle gewendet, und sähe hinüber nach der Hütte, die sich dunkelblau mit den Pyramiden des Lorbeers aus der Fahlnis des Hanges hob, – unkenntlichen Angesichts wie der Sohn

der Dämmerung tauchte er auf aus dem Rätsel dieser Dämmerung. Denn wie aus ferner, ins Fernste entflohener Welt
schimmerte das erlöschende Rom empor in diese violettsil-
brige Gräue, die seegrüne Kuppel von Sankt Peter und, aus
dem Aureliatale, die erdunkelnden Bögen der Aqua Paola.
»Wenn nicht,« – wie der Terror eines Märtyrer scholl es –
»dann macht man's wie *er!* Michelangelo! Daß der ein
Künstler war, daran zweifelt kein Mensch mehr. Aber daß
er es zustande gebracht hat, als der größte der Künstler auch
der evangelischeste Christ zu sein, – der sittlichste Mann,
den die neue Welt sah – wenn Sie das nicht erfühlen, dann:
`invano studiar e spettar!` Und trotzdem, mein
Freund,« – und nun schmetterte die verrauchte Stimme, wie
die Johannis des Täufers gefordert haben mußte –
»trotzdem: bis in seine letzte Stunde hat ihn der Wurm des
Zweifels zernagt, ob es nicht trotzdem das »Höhere,
Bessere« gewesen wäre, als ein schmieriger Mönch unter
den Knöpfen der Geißel ekstatisch zu grinsen. Sie brauchen
also« – die Zähne fletschte er zwischen den Strähnen des
Barts – »nicht zu fürchten, daß der Kelch, den Sie nach
diesem Kampf etwa annehmen, ein Becher . . .«

» . . . der Lust ist?« Jagend, im Ansturm unbändig er-
lösenden Lichts stieß es Goethe hervor.

»Des nadellosen Behagens. Künstler sein, heißt: Priester
sein! Aber einen Priester, der – seit Golgatha! – nicht den
ewigen Skorpion dieses Streites in sich trägt, speit die Welt,
und nicht etwa nur Gott, heutzutage wie Dreck aus!«

»Das ist es,« – er keuchte – »was ich Ihnen sagen wollte.
Und was ich Ihnen zeigen wollte . . . .« Ein sanftes Sichhin-
abbeugen zum Steine, und wie zu einem ahnungslosen
Kinde ein inniger Vater redete er nun. »Sehen Sie diesen
Stein da? Mensch!« Rasend in der Scham seines
zweifelnden Stolzes: »Hören Sie überhaupt, was ich sage?«

Als ob der grausame Gipfel nun schon überwunden wäre, leichthin lächelte Goethe. »Ich übersetze . . . ins Meinige.«

Finster wie Zypresse ward der Alte. »Das Haus steht seit 1487. Francesco da Urbino . . .«

»Ah?«

»Jawohl! Sein Herr hat ihm das Geld dazu gegeben. Von Francesco aber stamme ich ab. Nie kam dies Haus in fremde Hand. Als ich ein Kind war von vier Jahren, führte mein Vater mich, an einem Feberabend, da heraus. Das war Vermächtnis! Von Vater je zu Kind. Ich zwar« – wie einen lehmigen Bissen würgte er's heraus – »ich hab' kein Kind! Und heute ist nicht Feber. Dennoch!« Mit einem Tritt zertrat er das letzte Zögern. »Ja! Dennoch! Am Abend des 9. Feber 1564, neun Tage vor seinem Tode, saß er, der Greis, auf diesem Steine. Daniele da Volterra und Tommaso de' Cavalieri hatten ihn heraufgeführt; auf seinem Maultier; über eigensinnigen Befehl. Angekommen, so ängstlich sie sich auch dagegen wehrten, schickte er sie fort. Auch Francescos Bruder, – Francesco war schon tot – der damals Hausherr war und schnell herübereilte, um seine Hand zu küssen, schickte er fort. »Geht nur, ich ruf' euch schon, wenn's Zeit ist.« Allein, er war bei Sonne angekommen, und wie's finster wurde, erwartete ihn die Drei noch immer fruchtlos hinter den Sträuchern. Er rief nicht.« Wie Röcheln raspelte der alte Atem nun. »Denn noch einmal, und höllisch wie noch nie, hat ihn vor diesem letzten Blick auf Rom der Krampf gepackt. Wie eine Garbe, die der Hagel umwirft, Wahnsinn und Ohnmacht im zerrenkten Antlitz, fand man ihn zur Nacht da liegen. Sein ganzes Werk: das Grabmal für Papst Julius, die Decke der Sixtina, das Gericht, die Pietà, den Christus in Minerva, die Gräber der Medici in Florenz, den Tambur der Kuppel dort, – wie ein gesammelt einziges erschien es nochelnmal vor seinem Auge. Und – entsetzte dieses Auge!«

»Er war ein Greis!« Wie leicht abwinkend gegen Spuk, der umgeworfen werden mußte, lachte Goethe. »Unmittelbar vor seinem Tode!«

»Und ist ein Greis, der auslöscht, leicht entsetzt?« Strich Donner aus dem Mund des Alten? »Ich hab' nicht *Ihm* gedient!« begehrte es auf mit Teufelsstimmen in der Brust drin, die nie licht gewesen war. »Nur mir! Dem Trieb des Künstlers, den ich nie verwand! Kein Werk entsprang der Inbrunst, Ihn zu preisen! Ein jedes nur der höllverdammten Gier, den Adler, der da drinnen tobte, zu befreien! *Ich* nur in allen, – und in keinem Er!« Und nichts mehr sah er von der Not, den Tränen, der Entbehrung, dem eingefressenen Gram ums Lieblingswerk, das ihm der Papst mit Schmeicheln angeschafft, sodann mit Schlägen abgeschafft. Nichts mehr von Kindesliebe, Bruderliebe, schwer erstrittener Keuschheit, Lammsgeduld, von Beten, Fasten, Hoffen, Schuften in einer Wüste von Borniertheit. Nur noch: die Eitelkeit, die Schmähsucht, Eifersucht, gallgelbe Selbstsucht, – und als das Zeichen selbstgemalter Strafe: den Zorn des Heilands im »Gericht«. Wie? Neunzig Jahre falsch gelebt? Dem Schein vertan? Dem Ruhm der eigenen Tat vergeudet? Todsünde ringsumher? Verzweiflung, – die Drei da hinten im Gebüsch sahn ihn sich krümmen, Hände ringen, schlottern, – Verzweiflung faßte ihn. *So*, so zurückgehen müssen? Mit nichts, mit weniger als nichts in Händen? »O! Miserere!« heulte er vernichtet in die Nacht auf, »Miserere! Miserere! . . .«

»Hören Sie auf!« Das war nicht zu ertragen! »Hören Sie auf!«

»Da sieht er plötzlich,« – und wie in plötzlicher Verzückung bekam die Stimme Klang und Süße – »vom Hause drüben, deutlich sich abhebend von diesem Himmel, kommt ein Weib; ein Kind an der Hand. Erst glaubt er's gar nicht, daß da jemand . . .«

Wild stampft er in den Boden. Vom Hause drüben, deutlich sich abhebend vom Transparent des Himmels, kam ein Weib, ein Kind an der Hand.

»Gerade so wie jetzt?« Flugs hingewendet, alle Glieder freiheitselig dem wirren Netz entrissen, lachte Goethe. »Nicht?«

»'s ist meine Nichte mit ihrem Buben.« Armselig tote Stimme. Und ein armselig scheuer Schritt, – und er stand Leib an Leib vor Goethen. »Ich komm zu Ende, eh sie da ist! Hören Sie!«

»Wie die Madonna mit dem Kinde sieht sie aus!« Begeistert schwang die Stimme Goethes. Der Bann sinkt ab! Das Dunkel bricht! Die Wahrheit naht! Ein Künstler sein, heißt Priester sein! Den bittern Kelch gereicht bekommen! Kein Kampf erspart! Ein unbedingtes Muß, in höchste Tat des Sittlichen geleitet! »Wie die Madonna? Nicht?«

»'s *war* die Madonna!« Und, nicht mehr irdisch, wahrhaft schwörend, fuhr er fort: »Und da, auf diesem Steine, dicht bei ihm, ließ sie sich nieder. Und wissen Sie, was sie ihm sagte?«

»Verzeihen Sie!« Licht, nichts als Leuchten trotz dem Drang der Dämmerung, hob sich der Schauer von dem Seher weg. »Ich bin für nichts, was wahr ist, taub. Für Mystik aber . . .«

»Er hat's geschrieben! Hinterlassen!«

»Für Mystik aber rettungslos verloren!«

»Dort, überm Tore, die Madonna!«

»Ver – loren!«

Mit einer Hand, die Körperliches nicht mehr schied von Geistern, fuhr der entfachte Mann in Goethes Kleid. »Es ist ein Werk von seiner Hand! Das Kind blickt ahnungsschwer dem Kreuz entgegen. Die Mutter aber, – o! Nicht, weil der

200

Engel kam, verrät der Busen unter tausend Schwertern, nein, weil ich lieben mußte, hab' ich dich geboren! Und nicht, weil du am Kreuz als Heiland stirbst, – nein, weil mein Kind stirbt, wird dies Herz einst brechen! Und dennoch, lachte sie, mein Michelangelo, – und dennoch hab' ich Gottes Welt erlöst! *Obwohl* ich liebte nur und Mutter war! Wer Werkzeug ist . .«

Das wieder war voll Sinn! »In Schöpfers Hand?«

»Der muß nur fühlen, daß er's ist, und folgen!«

»Und *daß* er's fühle?«

»Erbeten!«

»Nein! Erleben!«

»Oheim?« Da stand das Weib vor ihnen. Das Kind an der Hand. Und alles Wunderbare war dahin! Aus neugierig üppigem Munde lachte es Goethen an. Aus frechem und je silberner, je feindlicher der Alte sich zusammenzog, den Alten. »Ich hab Euch Milch gestohlen«, kicherte es, wie Vipernstich stach das den Alten; »und Hirse.«

»Und das halbe Zicklein,« grinste unverschämt der Knabe.

»Geh!« Mit einem Blitz von Blick verbrannte sie der Alte. »Gib auf den Buben acht!« Da fand die Hand, die zwischen Weh und Liebe sich dem Knaben in die Locken stahl, dort Goethes Hand. »Mach einen Mann daraus! Nicht einen römischen Gassenbuben!« stöhnte er. Und hart, die Finger traurig weggezogen: »Gute Nacht!«

»Sie lassen mich – allein?«

Kein Wort, kein Blick zurück. Hoch, lang und schmal, mit düster hilflosem Schritt schlich der Mann davon. Erst rasch. Dann, wie schon heimgekehrt in sein Alleinsein, gemessener, ja langsam. Je weiter fort er sich entfernte, umso langsamer und sicherer. Als er zuletzt – es schien, als ob er in den Lorbeer hineinschritte – dem Haus ganz nahe war, wuchs ihm der Schattenriß wie ein Phantom in den verlebten Himmel.

»Wie Michelangelo!« fuhr's kalt durch Goethen.

»Ihr geht auch nach der Stadt?«

Er hob den Blick; sah ängstlich: Zähne, die ihm lüstern blitzten.

Endlich, nach langem Zögern, wie betäubt, urbang – warum? – schritt er dem Weibe nach; die Hand noch immer in des Knaben Locken. »Da hab' ich nun nach Wochen wieder,« riß er sich angestrengt aus dem Chaos zurück, das unerklärlich streifend um ihn wallte, »ein Kind bei mir!« Aber, auf dieses kräftig ausgesprochene Wort hin quoll das Chaos nur umso dichter ringsum auf. »Und dennoch!« befahl er sich. »Zusammenhang, trotz allem Chaos, zwischen all und jedem! Der Platz, auf dem du stehst, ist schmal und grau. Und dennoch: durch das Korn der Erde schon, durch diesen Himmel, der darüber hängt, ist er der ganzen Welt, dem ganzen Sein verbunden. Wer nur recht fest auf dieser Erde steht, – er wächst von selbst, und unbewußt, »hinüber«. Es gibt kein Hier und Dort! Der Geist ist's, der dem Menschen Raum zumißt, die Zeit ihm leicht zur Ewigkeit ausweitet. Und ich, – ich bin, von Anfang an, Antäus! Oder? Bin ich's nicht?« Wirr fuhr er sich durchs Haar. Vielleicht, wer sich entschlossen von der Erde weg ins »Drübere« wirft, entdeckt von dort aus – auch die Erde? Und zwar: erst dort die wirkliche, die wahre? Doch woher stammt die unentdeckte Macht, die ihn –

Da blieb er stehen.

»Die mich, kaum daß ich nur durch einen Spalt in jenes »Drübere« blicke, schon wieder erdwärts reißt? Unwiderstehlich?«

»Ein edler Mann, der Oheim!« Voll Rührung sprach er's in die Nacht hinein. Eins war ja jetzt, trotz allem Chaos, klar:

Ein Künstler sein, heißt: Priester sein! Und Priester sein: den bitteren Kelch gereicht bekommen! »Wie hab' ich mich nach diesem Kelch gesehnt! Ein Kelch muß weihen können!«

»Ein armer Narr!« Leibnah, gefährlich, stand das Weib vor ihm. »Er hat Euch sicherlich vom Wunder vorerzählt?«

Was hämmert da, so heiß urplötzlich, raubtierträchtig drin in meinem Blut? »Kommt Euer Mann Euch nicht entgegen, dort?«

»Mein Mann ist tot!«

»Wo wohnt Ihr dann?« Du gut erzogenes Blut. wirst du parieren?

»Bei meinem Vater.«

Die liebestolle Hand noch tiefer drin im Haar des Knaben: »Der Oheim liebt Euch sehr?«

Verwegen helles Lachen. »Das glaub' ich nicht. Ich bin ihm viel zu lustig!«

»Seid Ihr so keck?«

»Seid Ihr es nicht?«

Da fiel sie. »Der verflixte Weg!« Nackt traf ihr Aug das seine. Gach schwoll der Leib in seinen Armen auf. Ein Riß – Besinnung! – »So!« Sie stand schon wieder.

»Er wollte Maler werden.«

»Wer? Euer Mann?«

»Der Oheim. Aber es langte nicht. Nun redet er sich's dreißig Jahr lang ein, daß es nicht langte, – das Zeug dazu – weil er nicht richtig wollte. Als ob . . .«

»Als ob?«

Ein Feigenbaum, mit prallen Früchten überhängt, die trotz der Nacht wie dickes Blut das dicke Laub durchtropften, stand über ihr. Gerade über ihrem Haupte.

»Als ob?«

»Als ob man – nur zum Beispiel sag' ich's – lieben könnte, wenn man nicht g'rad müßte.«

Sturm, Nadel, Feuer schoß in seine Adern. »Wie – wo – wohnt Euer Vater? In der Stadt? Im Borgo?«

»Nein! Im Theater des Marcellus hat er die Osteria › la campana‹.«

»Und – wie heißt dieser Knabe?«

»Gianbattista.«

»Und Ihr?«

»Faustina.«

»Faustina! Du!« Und mit verhexten Armen, die roh das Joch zerrissen, das zu lang schon preßte, die Welt vergaßen, alles, nicht ihr Blut, riß er das Weib an sich. Wild, ganz, ur-ganz an sich, den ganzen, hingeschwungenen Leib, Duft, Atem, Arme, Busen, Lächeln, Lachen. Und, wie ein Meer den Damm der Welt einreißt: Kuß, Trank und Trinken – un-, un-, unersättlich!

»Faustina! Hör'!«

Sie war schon fort. »Kommt mich besuchen!« scholl's wie sündiges Echo.

Die Brücke vor der Engelsburg erdröhnte unter seinem Schritt.

Das Pflaster, drin im Valle, schwang wie Stromflut unter seinem Schritt.

»Ich bin Antäus!«

Pechschwarzfinsteres Rom!

Flammglanz im Antlitz, kam er heim. »Und *bleib'* Antäus!«
Da sah er –: auf dem Tisch ein Brief. Von ihr? Hin an den
Tisch! Von ihr? Nein! Nur von Seideln. Doch! Ein Einsch-
lag steckt darin. Der – ist von ihr!

»Ich weiß dir nichts zu sagen. So wie du schwiegst, so schweige ich nun. Schreibe, wo du meine Briefe aufbewahrt
hast. Ich will sie haben!«

Gestürzt, in einem einzigen Augenblick ins Nichts gestürzt,
sank er aufs Bett. »Apoll!« schrie noch, vom Heft durchstoßen, stumm die Brust, »Du! Hera!« der erschlagene
Geist . . .

Doch nicht Apoll erschien jetzt; und nicht Hera. Der nackte
Adam nur, der vor dem Engel floh; vor Michelangelos
schwertwildem Engel.

Fünftes Buch

Flügel

»Und so war mein ganzes bisheriges Leben, von Anfang an!« schloß Moritz. Ergeben ließ er sich in die Kissen zurückfallen. »Ich komme nach Rom, finde Sie, wir reisen am fünften Tag fröhlich vom Meer nach Rom zurück, – und auf ebenem Pflaster breche ich mir den Arm und liege sechs Wochen im Bett!«

Finster starrte Goethe durchs Fenster; über die abendlichen Dächer hinaus nach den Pinien des Janiculus.

»Niemandem, solang' ich lebe«, bekannte Moritz trotz der purpurroten Scham in die Decke empor, »konnte ich so viel und so vertraut von mir erzählen, wie Ihnen. – Verzeihen Sie!« Wie ein geprügelter Hund schrak er zusammen. »Ich langweile Sie ja!«

»Im Gegenteil!«

»Im Gegenteil!« widersprach er. Die dreiundzwanzig Jahre dieses rastlos kreuz und quer gejagten Lebens, angefangen von der stickenden Enge des zwiespältigsten Kleinleutedaseins bis zur endlich erbettelten Professur am Grauen Kloster in Berlin, – wie zerfressene Koren aus glanzlosem Marmor trugen sie die Halle seiner irrenden Seele. »Sie dürfen nicht glauben, daß ich das Gesetz, unter dem das Genie steht, nicht errate. Es ist aus Weltgefühl gegen alles, was ist, duldsam; aber alles, was unter seinem Niveau bleibt, vermag es doch nicht zu berühren. Denn es muß . .«

»Um Gotteswillen, wir reden doch jetzt nicht vom Genie!« Hart sprang Goethe auf. »Soll ich Ihnen nicht das Fenster noch aufmachen?« Er tat es. Die Sonne war hinter den Pinien des Janiculus untergegangen. In vollem Fluß schoß der Strom der Luft herein in die Stube. Flimmer von Gold und

Violett wirbelte an die Wände. Der quecksilberne Lärm der via Babuino herauf redete.

»Das ist nun doch schön!« lächelte Moritz im Versteck des Vorhangs.

»Nicht wahr?« Atemzug über Atemzug. O, wenn doch wieder Mut käme! »An der Quelle des Lebens! Im Nabel der Welt! Dies Gefühl der Erfüllung, – trotz allem!«

»Und daß Sie da sind! Bei mir!« Goethe stand drüben im Fenster; so durfte das übervolle Herz sich herauswagen. »Nicht einen einzigen Tag, seitdem ich da liege, sind Sie weggeblieben. Beichtvater, Finanzminister, geheimer Sekretär, Pfleger und Arzt, – alles in einem mir geworden!«

»Sollen Sie nicht besser schweigen?« Goethe hatte das Fenster wieder geschlossen. »Ist kein Fieber da?«

Mit brennender Hand bat ihn Moritz heran. »Wie soll Ihnen der gestrandete Moritz das jemals vergelten?«

»Es ist doch das Selbstverständliche!«

»Und nichts seltener als das Selbstverständliche!«

»Das wenigste, was unsereiner – von Sünden zugedeckt bis an den Hals! – tun kann: die Gelegenheit zu einem Brosamen Uneigennutz nicht vorübergehen lassen! Und übrigens« – endlich, endlich kam wieder Haltung! – »wissen Sie ja gar nicht, wie Sie *mir* helfen!«

»Ich – Ihnen?«

»Ohne Ihre Offenbarungen über die Eigenheiten unserer Silben, zum Beispiel, wäre meine Iphigenie nicht so leicht fortgeschritten.«

Zu flackern hoben die fiebernden Augen an. In Unordnung kam das graugelbe Netz der Züge unterm Krankenstoppelbart. »Ich lebe mit der schauderhaften Überzeugung, ein Dilettant des Lebens *und* der Literatur zu sein.«

»Diese Überzeugung ehrt Sie. Bescheidenheit ist alles. Aber der Unbeteiligte darf sagen, daß sie falsch ist.«

»Ich glaube nicht an mich.«

»Das – begreife ich!«

»Das können Sie unmöglich begreifen! An Sie glaubt eine ganze Nation!«

Tyrannisch ward Goethes Antlitz. »Wir reden jetzt von Ihnen, und nicht von mir! Sie haben ganz einfach die Pflicht, an sich zu glauben! Den Luxus des Zweifels an sich erlaubt die Natur nur dem Impotenten! Ist denn das Leben eine Aufgabe oder ein Seelenzustand?« Gott sei Dank, daß er jetzt wenigstens Worte fand! Nur reden, nur weiterreden! Heraus aus der Verstocktheit! »Lächerlich, zu verlangen, daß andere an uns glauben, wenn wir selber es nicht tun! So, wie man selber an sich glaubt, glaubt *kein* anderer an einen! Es gibt nichts, was die Menschen mehr voneinander trennt, als der Glaube an sich selber, den jeder hat, – haben soll! Sie sind ein vollkommen reiner Wille! Ihnen geht es ums Wahre! Den »Versuch einer deutschen Prosodie« schreibt Ihnen keiner in Deutschland nach! Und die Studien zur Anthousa . . .«

»Aber! Herr Geheimerat!«

Zornig in den Boden hinein stampfte Goethe. »Warum wollen Sie sich nicht helfen lassen? Ist es so leicht, allein weiterzukommen, wenn die Wege auf einmal steinig werden? Man *muß* alles annehmen, was sich zur Hilfe anbietet! Der Stolz des Mannes, der abweist, weil er allein siegen will, ist wider die Natur! Wir sind einsame Schwimmer im Meere und man wird uns verdammen, wenn wir nur deshalb nicht ans Ufer kommen, weil wir den Balken – übermütig – verschmähten! *Ich* ergreife jeden, der mir zutreibt.«

»Das scheint Ihnen nur so.«

»Das scheint *Ihnen* nur so.«

»Sie brauchen gar niemanden.«

»Wenn man durch die ganze Welt spazieren will?«

»Ihnen ist die ganze Welt untertänig!«

Wie einer, der zu spät merkt, daß er schon den Mantel abgeworfen hat, und nun, kreidebleich, fürchtet, er könnte plötzlich nackt dastehen, floh Goethe in die Mitte der Stube. »Geben Sie mir die zwei Bögen da mit. Ich bringe sie morgen wieder.«

»Hat es nicht« – ohne Unterlaß hetzte den ruhelosen Moritz die Angst – »geklopft an der Tür?«

Ja. Sie stand schon da, die Dienerin. Ein altes Weib. Die brennende Lampe und einen Brief in der Hand. »Feli-cissima notte!« sang sie mit vielrunzeligem Lächeln und setzte Lampe und Brief auf den Tisch.

»Ist der Brief aus . . .?«

»Berlin.« Mit weitausgereckter Hand reichte Goethe den Brief hinüber.

Keuchen zwischen den Falten des Vorhangs. Finger, die in Todesangst suchten, zeigten von den Blättern, die wie Feuer prasselten, in die Luft hinaus; schnell wieder zurück in das Prasseln. Wie, ha! war die Katzenpfote des Schicksals hereingeschlichen in dies ohnedies schon schwangere Ge-flatter von Zwielicht?

Klatschend fiel jetzt ein Leib in gefühllose Kissen zurück.

Alles wußte Goethe!

»Lesen Sie!« rief Moritz endlich; wie ein Wegweiser, an dem höhnisch ein Fetzen wirbelt, wuchs der Hemdarm aus dem Vorhang hervor. »Lesen Sie das!«

Aber nicht mehr als drei Zeilen las Goethe; und ward Stein. Der kleine Tisch, der ihm den Ellbogen so felsenfest stützte, daß die Hand nicht beben sollte, wuchs zur Starre mit ihm. Weit offen schlief das Auge ein. Woher, zischte der getroffene Geist hinter der gespannt glatten Stirn auf, schickt mir der Zufall diese Pfeile des teuflischen Spiels? Woher mußte es geschehen, daß diesen Mann da drüben dasselbe Joch der Liebe zur Frau eines anderen würgt wie mich? Daß er diese Frau ebenso verlassen hat wie ich Charlotte? Und daß ihn auf einmal wieder die Furien ebenso erbarmungslos peitschen wie mich?

»Ich ertrage das nicht!« schrie Moritz auf, mit verzweifelten Zähnen biß er das Kissen.

Und daß, kreischte der getroffene Geist in der gekrampften Brust drinnen auf, dieser Mann da von dieser Frau Buchstaben für Buchstaben denselben Brief heute bekommt, wie ich vor Tagen von Lotte?

»Zurück! Nach Deutschland zurück!« raste Moritz, als ob ihm ein Eisen zwischen den Rippen säße; »sobald ich aus dem Bette bin!«

»Rom wird Sie heilen,« sagte hohl, ohne jede Stimme Goethe; er erhob sich.

»Ausgeschlossen!«

»Es *muß* Sie heilen!«

»Während sie sich da oben in Gram und Wut verzehrt?« Toll schoß der Gefolterte aus den Kissen. »So helfen Sie, helfen Sie doch!« Haß verzog die ohnmächtige Miene. Wie konnte ein Mensch vor solchem Jammer des anderen wie eine hölzerne Stechschrittpuppe, die Hände auf dem Rücken, auf die Kommode zuschreiten, um Hut und Mantel in die schon bereite Hand zu nehmen? »Sagen Sie doch etwas! Ein Wort nur! Irgendeins!«

Den Mantel auf dem Arm, den Hut in der Hand, kam Goethe an das Bett zurück. »Es ist eines unter den vielen dunklen Losen des Mannes«, antwortete er nach unerträglich langem Herabschauen auf den Mann, dessen Aufruhr sich schon wieder in die Ergebung des getretenen Hundes zurückgebeugt hatte, »mit dem Geiste die völlige Freiheit suchen zu müssen von allem, was ihn hindert am Erklimmen der Spitze, – und mit dem Gemüte immer wieder nach Liebe verlangen zu müssen, die ihn fesselt und engt. Auf der einen Seite: die höchste Leistung, – auf der anderen: das Glück, wie es das Weib auch erlebt! – Ich bin morgen wieder da. Vergessen Sie das Pulver nicht zu nehmen! Gute Nacht!«

Bleich, verstört, das Haar in kleistrigen Strähnen in der Stirn drin, kam er nach Hause. »Endlich!« flog ihm, er war im Vorsaal kaum eingetreten, Bury wie eine Flamme entgegen. »Ich warte seit Mittag! Kommen Sie! Schnell! Ich habe etwas gemacht für Sie! Aber behalten Sie den Mantel an! Es ist hundekalt drinnen!«

Doch der Versteinerte ließ ihn nicht frei. Mit sinnlosen Händen hielt er den Burschen an sich; grub die Hände immer zupackender in den Samtflaus, bog das atemlose Gesicht immer gieriger hinaus in das Dunkel über der jungen Schulter. »Fritz!« stieß er auf einmal ohne Bewußtsein heraus. »Du, mein lieber, junger Fritz!« wollte er rufen, schreien, ja, jetzt explodiert dieser zum Bersten angefüllte Vulkan, Wochen von Qual, vergällter Wonne, Nachtschwarz und Morgenfalsch schießen in die Luft auf, – da trat Tischbein aus der Stubentür. Wütend, wie ein gestörter Liebhaber stemmte Bury sich auf: »Na nu? Also? Was ist?«

»Lieber Tischbein!« flötete im selben Augenblick, vollkommen hergestellt, Goethe; er hängte soeben den Mantel an den Haken. »Was bringen Sie?«

»Wie wär's, Herr Geheimerat«, – Tischbeins Stimme kannte keine Verlegenheiten – »wenn wir uns jetzt, bei Nacht, die Medusa anschauen möchten?«

Blitzschnell griff die Hand Goethes nach der Tür. »Ausgezeichnet!«

Eine Stunde später, bei voller Nacht, – Bury oben, allein gelassen, schmierte sein herzliches Kunstwerk: Iphigenie schlägt des Thoas Werbung aus, zum Klecks zurück – traten die zwei Männer aus dem Palaste Rondanini in den Korso zurück. Schritten den Korso hinab. Pechschwarz gähnte dieser. Die Milliarde der nackten Sterne im samtblauen Himmel beglitzerte ihn von oben. Von unten die Lämpchen vor den Muttergottesbildern und die Lichter der Budenhälter. Zwischen diesen zwei Zonen: den Gesimsen der Paläste, die in nobler Ruhe schimmerten, und den Quaderzeilen der Erdgeschosse, die im Flackerstrahl zuckten, rann der Strom der Finsternis ungebrochen hinab nach dem Palazzo Venezia; ungebrochen schwarz und lautlos wie der Tod. Ging man eine Weile lang mit dem stürzenden Gefälle dieses Zuges, dann hoben sich mählich aus dem Nichts der lichtlosen Gleitung: Säulen eines Portikus, Giebel eines Fensters, Rund eines Tores, gesetzmäßiger Gliederbau einer ganzen Fronte, und protzig rasch wieder offenbarte die Lebendigkeit die Übermacht ihrer leidenschaftlichen Formen über das Loch des Todes. Grub sich nun aber das Auge, mitgerissen in ihren verwegenen Mut, in eine dieser wiedergeborenen Formen ein und schrie überschnell: Leben, du siegst! – dann verfloß die Form höhnisch von neuem der Nacht, und gesetzmäßiger Gliederbau ganzer Fronte, Giebel des Fensters, Rund des Tores, Säulen des Portikus, überwältigt sanken sie zurück in die Magie des zeitlosen, raumlosen Nichtseins.

Oder war das nur Schein? Bildete sich das Auge diesen Vorgang nur ein, weil auch die Medusa so werdend langsam hervorgewachsen war aus dem Pechschwarz? Die gedrehten Leiber der Schlangen zuerst. Dann der schweißgepreßte Bogen der Stirn. Dann, aufgebläht auf einmal, weil hinangedrängt von dem glitschigen Eis der Schlangenschnüre an die Wände der Nase, die Wangen. Endlich die entsetzte Leere der Augen. Allerdings: den gewöhnlichen Schauder des lebendigen Atems vor dem Tod nur – und also nur Leben! – sprach diese plötzliche Auferstehung aus. »Zwischen Geburt und Tod bin ich!« verkündete sie ohne übernatürliche Furcht, ganz ergeben in das natürlichste Gesetz. »Die Sekunde zwischen der letztverrauschten und der nächst rollenden!« Und verstummte schon wieder. Und nicht, daß die Schlangen *nun* etwa den Mund verknebelt hätten, der den Hauch dieser Worte noch trug, die Haare zu Berg stiegen und die Flüsse der Angst niederflossen in die Becher der Augen. Dies alles war schon geschehen und konnte nicht mehr geschehen. Nein! Einfach tot war das Antlitz jetzt; schenkte sich – weder dem Gestern noch dem Morgen gehörend – mit der teilnahmlosen Ruhe des Gewesenseins, ewig, der Finsternis wieder.

»Unerträglich! Unerträglich! Unerträglich!« Und rasch, noch bevor Tischbein nur zucken konnte, breitete Goethe – sie waren am Fuß der Kapitolstreppe angelangt, die wie ein Milchbach in den blauen Ufern der Steinnacht herablief – den Mantel auf der untersten Stufe aus und ließ sich in den Mantel nieder.. »Hunderttausendmal jeden Tag, vor jedem Kunstwerk,« stieß er unheimlich eilig heraus, »predige ich mir vor: sieh nur das Kunstwerk! Irre nicht ab von seiner Objektivität in das, was es in dir und rundherum in allem, was lebt, aufrührt! Aber umsonst! Selbst vor den Bildern des gewissesten Todes, der das Leben bis auf Stumpf und Stiel schon verzehrt hat, sehe ich nur: Leben! *Mein* Leben! – Ist das nicht jammervoll?«

»Im Gegenteil!« Tischbein hatte, für seinen Platz, über Goethes Mantel noch seinen eigenen gelegt. Nun saß er, unter dem ungeheuer gespannten Sternhimmel, auf der michelangelesken Treppe fast behaglich, gemütlich. Gerade nur solch ein subjektiver Standpunkt stelle, tröstete er ausgesucht, das organische Verhältnis zwischen Kunst und Leben her. Einen prüfenden Seitenblick warf er; es gab Sekunden, in denen er dreinsah wie ein gewiegter Accusatore. »Wenn ich an Ihre Iphigenie, zum Beispiel, denke . . . . .«

Unwirsch wetzte Goethes Körper den Marmor. »Man kann dagegen sagen, was man will: für jeden ist sein eigenes Leben das Leben der Welt; oder umgekehrt. Und ich bin erst noch ein besonders unsentimentaler Mensch. Mir gilt jede Gegenwart mehr als jedwede Vergangenheit. Da in Rom aber ist alles, was ich noch erleben könnte, – alles, was überhaupt erlebt werden kann – schon erlebt worden. Nach sechs Wochen Da-Sein komme ich mir noch immer wie im Hochofen der Geister der anderen vor. Schwer, – fast unmöglich, sich hier zu behaupten!«

»Warten Sie nur!« Ohne das geringste Mitleid lächelte Tischbein. »Eine ungeheure Ernte werden Sie haben.«

Sternlicht, im Zenith des Bogenhimmels, flammte weiß und bewegt wie Fanal des Winkens. Fieberhaft suchte das wirre Auge in ihm. »Nicht mehr herauskommen aus dem Labyrinth werde ich! Das wird das Ende sein!« Kratzend klang die vergewaltigte Stimme. »Wenn ich Sie, zum Beispiel, Ihren ›Paris‹ malen sehe und in jedem Pinselstrich den unerbittlichen Willen errate, in der Kunst auf eigenen Füßen zu stehen! *Ich* habe noch heute kein anderes Urteil als das des Instinkts!«

Aber Tischbein, wenn Tischbein sich etwas in den Kopf gesetzt hatte, dann zwang er es auch gegen Aalglattheit durch. »Und dabei arbeiten wir Maler mit Vorsätzen; mit Programmen. Mit dem Verstande! Sie kennen die Forderungen, die Mengs an den Maler stellte: studiere die Griechen und Raffael! Sie wissen, wie Reiffenstein Hagedornen nachpapageit: erst die Carracci, dann Raffael, dann vom Herakles Farnese hinan zum Apoll, – dann den Apoll so lange nachgezeichnet, bis ihn die Hand im Schlaf nachreißen kann! Ich habe Ihnen auch erzählt, wie mich die ›Horatier‹ Davids auf die geklügelte Idee brachten, wir Deutschen sollten, sobald wir nur die Antike und die Nach-Renaissance studiert hätten, unsere Vorwürfe in der deutschen Historie suchen. Und Sie sehen jetzt, wie ich, kaum ein Jahr nach diesem famosen Einfall, schon wieder an einer antiken Fabel mich abschinde.« In Feuer geredet hatte er sich; aber mit zweckvoller Absicht. »Sie hingegen pfeifen auf die Motti und Richtungen, springen einfach so, wie Gott Sie geschaffen hat, hinein in das Wasser des Lebens, und warten lächelnd ab, *welche* von den unzähligen Wellen . . .«

» . . . mich verschlingen wird! Richtig!«

» . . . Sie zuletzt zurücktragen wird.« Ja! Nur tapfer! Nur eifrig! Jetzt galt es! »Und diese Sicherheit des eigenen Selbst, – wie Sie die nämlich errungen haben, – das steht in der ›Iphigenie‹. Nicht unterbrechen jetzt, bitte!« Bei Zeus! Einer mußte den Mut haben, in dies wandelnde Pulverfaß den Funken zu werfen, der es aufriß. »›Die schöne Gewalt einer disziplinierten Griechin über die düstere Blutwelt eines Barbaren, und die Raserei eines Verdammten‹ werden die neunmal Schlauen sagen. Die Kleinstädter eine Frau erkennen, die ein unziemlich wildes Männerherz zur Konvention zurückbändigt.« Blitzschnell, damit rasch und viel Lärm entstünde in der notwendigen Pause, schlug er die Hand auf das Knie. »In Wirklichkeit aber ist nichts anderes dargestellt als: der Triumph der reinen Seele über die Finsternisse ihrer eigenen Vergangenheit und die Wirbel ihrer Gegenwart; freilich: einer Seele, die von einer ebenbürtigen geliebt wird.«

»Eben ein griechischer Vorwurf!« Wie Peitschenhieb sauste das Wort. »Kat' exochen griechischer Vorwurf!«

»Das Kleid« – ruhig Blut, Johann Heinrich Wilhelm Tischbein! hämmerte Tischbeins verwegenes Herz – »das Kleid ist griechisch. Aber der Inhalt deutsch. Denn Orestes sind Sie! Ich weiß von Ihrem Leben nur, daß Sie berühmt sind. Aber ein Maler, der Sie auch nur ein einzigesmal sah und darnach nicht weiß – wenn er das liest, – daß da ein verzweifelter Mensch sich in das griechische Meer werfen mußte, – *nicht:* werfen wollte! – um die Erlösung von allem Irrtum an der Brust der Wahrhaftigkeit zu finden, – dieser Maler ist ein Dummkopf! Sie dürften – verzeihen Sie! – von Griechenland im besten Fall nicht mehr gewußt haben als ein Gelehrter, der jeden Stein in Griechenland kennt. Und trotzdem: nur weil Sie im ungriechischesten Weimar Reue über so manche Schuld, Bitterkeit über so manches, was sich ganz anders fügte, als Sie ersehnten, gelitten, und daher auch alle Schrecken der Unklarheit über die Richtung des Stroms, dem Sie sich anvertrauen sollten, gekostet hatten, – nur deswegen geht Orestes, von den Furien gejagt, so urgriechisch über die Böden des urgriechischesten Griechenlands . . .«

»n . . . ach Tauris!«

»Und nur weil Sie zum erstenmal das Unerreichbare liebten«, fuhr Tischbein völlig unbewegt fort, »und sich heroisch jede List abkaufen ließen, mit der Sie es fügsam machen wollten, hat Orestes das Wunder erleben können, daß die Erinnyen wichen und . . .«

»Ist Ihnen nicht zu kalt?« stand Goethe kurzweg auf.

Ohneweiters folgte Tischbein. Eine Weile lang, fremd aufgereckt jeder gegen den anderen, standen sie sich Aug in Aug gegenüber. Bis Tischbein, ohne jede Wehleidigkeit, den Fuß hob und ausschritt.

»Haben Sie Nachricht von Hackerten?« fragte Goethe endlich.

»Nein.« Kühl warf Tischbein das Haupt empor; sie standen vor dem Palazzo Venezia. »Und nur, weil Sie dies Unerreichbare – das wollte ich noch sagen – zur Anerkennung der Wahrhaftigkeit auch in der Liebe zwang, und das ist: zur Anerkennung der höchsten Forderung in Ihnen wie in ihm, – und das wieder – entschuldigen Sie! – ist: zur Anerkennung der Tugend überhaupt, – nur deswegen ist Iphigenie der Geist geworden, der – für Sie! – das Land der Griechen *mit der Seele* sucht: die große Lenkerin eines großen Lebens! – Nehmen Sie mir's nicht übel! Ich mußte Ihnen das sagen.«

Feindlich, ohne ihn anzusehen, reckte Goethe die Hand aus. »Sie gehen heim? Ich bleibe noch.«

»Gute Nacht denn!«

»Gut' Nacht!«

Erst die Peitsche der tobsüchtigen Nächte nach jenem furchtbaren Briefe! Dann das Gespenst dieses Moritz, das mit blutgierigen Händen die Wunde aufriß! Und nun noch – wie dem Leib der Rache starrte er dem Mann nach, der ins Finster zurückschrumpfte – dieser pfeilsicherste aller Schützen! »Die große Lenkerin eines großen Lebens!!«

Fassungslos brach er in Tränen aus.

Blöden, geschüttelten Schritts, durch die enge via Marforio kam er in den campo Vaccino hinaus. Weh in allen Knochen wie nach einer mittelalterlichen Pilgerfahrt suchte er nach dem Fleck Staub, der ihn aufnehmen sollte. Sank er zuletzt, nach ewigem Irrgetaumel in ewigem Kreise, auf einen Trümmerhaufen nieder, am Fuß der verbauten Säulen des Concordiatempels. »Was, was, was ist zu tun?«

Gleichgültige Stille des Grabs rundum.

»Ich komme nicht los von ihr!« Trostlos lehnte er das Haupt an die unwissende Kälte des Steins. Ließ die Füße scharren im gleichgültigsten Schutt aller Schutte. Wetzte mit den gereizten Nägeln im aufkreischenden Tuch seines Mantels. »Sie weicht einfach nicht! Sie bleibt einfach da! Sie gehört bereits zu mir! Ich bin schon der ihrige!« Nur die lächerliche Nichtkenntnis seines eigensten Ichs bewies es, daß er bereits aufgeatmet, schon gejubelt hatte: der Magnet, er – versagt! Ha! Jetzt erst, da sie ihn mit deutschen Worten zurückwies, nicht nur, wie sonst, die Flamme seines Leibes zurückwies, sondern auch die unmordbare Glut seiner Seele, weil er sie leichtfertig, in der lüsternen Überzeugung, sie sei *endlich* ersetzbar, verlassen hatte, – jetzt erst zog dieses Weib an wie Magnet! »Ich reise!« Auf sprang er, hinaus in die Wüste und durch die Wüste. »Ja, ich reise! Die Hauptstücke sind gesehen, der erste Durst ist gelöscht . . . . . .«

»Ich bin und bleibe ein Philister!« Grinsen mußte er. Ein Lichte hatte ihn plötzlich getroffen und abgezogen. Ein Lichtlein, das aus der kleinen, würfelförmigen Hütte am Strunk der Phokassäule heraus in den Schutt schimmerte. Heimlich winkte es durch die Nacht. Die unnahbare Glanzpracht des grenzenlos gewölbten Himmels stieß sein rastloses Herz ohne Erbarmen zurück. Die fahle Weite des Felds, das wie unordentlicher Friedhof mit allen Formen toter Ruine hinabgähnte bis an den Titusbogen am Olivetanerkloster, wehrte mit dem Leichentritt ewig verstorbener Zeiten seine händeringende Bitte um Zuflucht ab. Der Palatin, gegenüber den unregelmäßigen Fronten der Kirchen Santi Martino e Luca, Sant' Adriano, San Lorenzo und Santi Cosma e Damiano schüttete ihm den Berg seiner Trümmer, wie um ihn zu erschlagen, auf den friedlosen Scheitel. »Da bist du nun, Mitgenosse der großen Ratschlüsse des Schicksals«, höhnte in seinem Rücken kannibalisch der Fels, der das Heiligtum Jovis getragen hatte und nun mit erbärmlichem Riff in den unveränderten Himmel emporbleckte, »und plärrst nach dem Schätzchen in Deutschland!« Dieses Lichtlein hingegen, dieser Funke –

streichelte! Liebkoste. Erzählte von einem stillen Haus in einem stillen Garten. Von Abenden, die in der guten Hut festgefügter vier Wände . . . .

Erschrocken fuhr er zusammen. Die Gestalt eines Menschen vor ihm! Der giftgrüne Schleierzipfel um den turbanartigen Haarschmuck verriet die Dirne. »Komm!« lockte heiser aus dem verborgenen Gesicht herab die weltbekannte Stimme. »Laß dich lieben!«

Keuchend schlich er zum Trümmerhaufen zurück. Heraus, heraus, heraus aus diesem Opium von Netzen! Mit gezielter Hand, nichts mehr als Wille, sich mit gesporntem Verstand von diesen Nebeln freizumachen, griff er den Stein an, worauf er saß: die geborstene Trommel einer Säule. Folgt das Gehirn noch? Es folgte! Leicht zog es den Faden von diesem gesuchten Augenblick zurück zu jenem unwillkürlichen, da eine sanfte Vestalin im weißen Peplos am Schaft dieser Säule gelehnt und ihr enges Römerherz, bar jeder Ahnung vom Nachzittern dieses Herzschlags in so ferne Zukunft, dem Triumph entgegengebebt hatte, der die via sacra aufwärts rauschte. Eisern, während seine Finger immer leiblicher griffen, hielt er das eisern erzeugte Gefühl der Wollust fest, das Gerinne der Zeit zu greifen; das Wunder der Tatsache, daß tote Dinge die lebendigste Folge denkgierigster Gehirne lächelnd überdauern. Fast lächelte er. Man bekommt sich immer wieder in die Hand! Plagt der Verstand, dann macht man sich rasch eine Woge Gefühl. Plagt das Gefühl, – rasch einen Schuß Denken! »Hab ich dich wieder,« – fromm und herrisch zugleich frohlockte das Auge – »hab ich dich wieder, stete Kraft, mit einem Blick, einem Griff die ganze Welt zu erspüren?« Eine Sekunde darauf jedoch, – und er hatte nichts! Die Spannung des Himmels nur noch spottender entrückt. Die Wüste noch öder. Die Trümmernis noch bleicher. Die eisige Gebärde allum: weg von uns! noch deutlicher. Der Strahl des Lichtleins aber, das aus der Steinmetzenhütte leuchtete, . . .

Als ob es aus der Ackerwand käme!

»O Lotte! Lotte! Lotte! Lotte!« Im Triumph stürzten die Tränen nieder auf die frierenden Hände. Angst wie ein Riese überfiel ihn. Hatte er nicht de- und wehmütig gebettelt um Verzeihung? In flehentlichen, knabenhaft inständigen Briefen? Aber er mochte die Hände ringen, soviel er wollte, – sie schrieb nicht mehr! Vergab nie mehr! Auch Karl August hat noch nie geschrieben! Auch Amalia, Louise, Knebel, – nie noch! Nein, kein Zweifel! Er war in Acht und Bann da oben! Mit Hagelwolken, zorniges Gewitter von gezielter Strafe, wanderte der Blitz von Deutschland herab jetzt auf sein ungetreues Haupt! Ohnmächtig ballte er die Fäuste. »Wie aus einer verwanzten Herberg bin ich ihnen ausgebrochen! Wie von klebrigen Verwandten abgepascht!« Was? Daß er niemals mehr der einzige Mann im ganzen Herzogtum Weimar sein würde, – »ich ertrag' es! Werd' es tragen! Muß es tragen!« Aber daß der einzige Mensch, der den Schlüssel in der Hand hielt zu Allem, was er war und noch nicht war, von Anfang bis zu Ende, ihm die Rückkehr jetzt abschnitt, nur weil er – dummer Übermut! – für ein paar Monate Ausblicks und Umblicks dem Herzen den Geist entwinden gewollt hatte, . . .

»Komm!« Wieder wehte der giftgrüne Schleierzipfel. »Komm, laß dich lieben!«

»Geh!« schrie er; bang stob das drängende Weib zurück. »Die große Lenkerin eines großen Lebens!« O! War er nicht schon wochenlang herumgepilgert da wie der gehetzte Fremdling, der endlich beten darf: »Hab ich dich endlich, einzige Heimat!« Hatte nicht jeder Stein ihn schon angelacht, als wären sie zusammen im Paradiese wunschloser Kindheit aufgewachsen und könnte nun, da der einst Ausgestoßene zurückgekehrt war, das goldene Tor sich niemals wieder hinter ihm schließen? Und jetzt? Wenn er allein da weiter bleiben mußte, mutterseelenallein, weil der Gedanke:

niemals mehr darfst du zu ihr zurück! das Paradies zur Hölle machte?

Wie eine drohende Waffe riß er das Haupt empor. »Zur Hölle?«

Lachen befahl er sich um den metallenen Mund. Laß dich nicht schimpfen, Auge, lachte er. Und wahrhaftig: nur weil dies rettunggierige Auge so befahl, im Nu, von ihren Sockeln losgebunden, stiegen alle Ruinen von Rom, alle Kuppeln, Kirchen, Türme, Säulen und Paläste von Rom herab ins Feld, das dies gereckte Auge beherrschte, und stellten sich, eins nach dem anderen: Sankt Peter, San Giovanni in Laterano, San Paolo, Santa Maria sopra Minerva, San Pietro in Montorio, San Pietro in Vincolis, Santa Maria Maggiore, San Elemente, San Lorenzo, der Quirinal, der Vatikan, das Pantheon, die Thermen Diokletians, das Septizonium, der Tempel der Minerva Medica, der Tempel des Janus, der des Romulus, halbnachtblau jedes und eingehüllt in Doppelwesenheit von Wirklichkeit und Wahn, zum lückenlosen Kranze um das Feld auf. Und standen kaum, als aus den Hallen, Loggien, Toren, Fenstern, Luken, Löchern ihrer Runde die weißen Marmorleiber der Götter und Heroen traten, mit freien Gliedern in den Sand herabsprangen und vor den Schwellen, Stufen, Schranken sich zum Saume ordneten. Alle waren sie da: die Hera Ludovisi, die Minerva Giustiniani, der Zeus von Otricoli, der Marsyas, die verwundete Amazone, der Antinous, der Torso Farnese, der Herakles Farnese, der Apoll vom Belvedere, der Apollo Musagethes, der Apollo Sauroktonos, Elektra und Orestes, in aufgeregtem Hin und Her, dahin und dorthin Flüstern, Rufen, Fragen, Nicken, als müßten sie die Wonne des Erwachens eilfertig auskosten, bevor das Geheiß des fremden Auges sie in die Starrheit wiederkehren hieße, bewegten sie sich gegeneinander, genossen Tritt, Schritt, Armheben, Winken, Tänzeln, – und wichen plötzlich, wie auf ein Zeichen, auf ihre Plätze zurück. Im Vatikan, der sich genau vor den Fels des Kolosseums gestellt hatte, war das Tor aus dem Damasushofe aufgegangen. Zwei Männer, während die Statuen demütigen Gehorsams ihr Los erfüllten, Balustrade zu sein, stiegen bedächtig in den Campo Vaccino nieder und fegten ihn gierig, mit ungeheuren Besen, zur blanken Tafel aus. Hatten diese wilde Arbeit gerade beendet, als aus der damastüberhangenen Pforte neben der Scala regia ein Heer von Pagen, Dienern, Läufern, Chorknaben in den Zirkus floß, sich vor den zwei Männern zum Halbkreis scharte und, Flamme auf den Lippen, sie zum Werk aufrief. Die zögerten noch. Mit ruhig ausgestrecktem Finger wies der Ältere von ihnen, ein finster hoher Graubart mit zerbrochenem Nasenbein, nach dem Chor von Malern hin, die, als wären sie von Urbeginn schon hier und nur noch nicht bemerkt gewesen, an der Arbeit saßen. Fleißig, wortlos, fern diesem Augenblick, malten sie Gemälde um Gemälde zum üppigen Teppich, der in ungebrochenem Prunk von den Füßen der Götter und Heroen hinab ins Feld, knapp bis an den Rand des sorgsam ausgesparten Mittelraums im Felde rann. Frà Angelico, Giotto, Sandro Botticelli, Filippino Lippi, Domenico Ghirlandajo, Cosimo Roselli waren das; und Luca Signorelli, Perugino, Pinturicchio und Melozzo da Forlì. Von Blitz zu Blitz des fremden Auges, das ohne jede Pause weiterschuf, belebter, in jedem ihrer wunderbaren Steine ruhiger und klarer schauten die Tempel, Kirchen und Ruinen zu; von Strahl zu Strahl beseelter und entfesselter die Statuen, deren volle Ewigkeit kein Antrieb mehr, zeithaft lebendig aufzuzucken, noch versuchte. Bis die Maler, mit einer einzig einigen Bewegung, Palette und Pinsel weggetan, vom fertigen Werke weggetreten, nach tiefer Beugung vor den zwei geduldig Wartenden auf schnellen Treppen durch rasch bereite Tore aus der Mauer zogen. Nun trat entschlossen Michelangelo in die Arena. Ein sanftes Lächeln, – lächelnd folgte Raffael. Dicht beieinander, in der Mitte des freien Felds, schienen sie, mit zweifelndem Blick nach Norden hin, zu fragen: und unser

Dritter? Da stieg, Leuchtampel niegesehenen Lichts, der volle Mond vom Turm des Kapitols auf in die Himmelshöhe. Schaukelnde Weile, tatenlos und bang wie Morgengrauen, schwang durch die Luft. Ein Schrei jedoch, – woher, und was begehrt er? – und Michelangelo und Raffael malten! In atemloser Gier! Aus Nichts wuchs unter ihren kaum bewegten Händen, die nicht zu ahnen schienen, was sie taten, Bild auf Bild. Gesprengt zerbrach der Raum, der sie empfing, die Maße. Mond und Sternen untreu, in luziferisch fahle Tiefe stieg der Himmel, lautlos verschmälert schwebten Gott und Götter nieder. Mit Knall und Beben barst die Erde; wie Blut, das gurgelnd aus entladenen Brunnen quillt, spie sie in unaufhaltsam schießender Geburt das Schicksal – jedes Schicksal – aller ihre Kinder aus. Blöd hingezwungen stand der Ring der Tempel, Kirchen und Ruinen. Wie Väter, die ihren heißgeliebten Geist im Antlitz ihrer Kinder wiederfinden, mit neidlos rundem Blick die Statuen. Bis – Saite, die der Gier des Streichlers nicht mehr widersteht, – Apoll den Bogen sinken ließ, sich mit verzücktem Leibe weit nach vorne riß und weit hinausrief: »Ecce Roma!« Im selben Augenblick: Galopp von Rössern, Trommel und Posaunen! Die Mauer rundum wird von Lärm berast. Ein Backstein, bröckelnd, bricht aus ihr. Das Loch wird Bresche. Ein Rappe, sporngehetzt, springt über. Legionen stürzen toll herein. Die Bresche wird zum Tor, das aufklafft. Gewälze, Wogenprall, und Schwall auf Schwall: das Volk! Noch immer Volk! Mit Kindern klettern Greise; Hirten mit Gesalbten. Noch immer Volk! Gequetscht von Volk und Volk und wieder Volk, halb lächelnd: Romulus und Remus mit der Wölfin; die Könige, die Senatoren, Konsuln; die Zäsaren, Päpste; in wildem Zickzack, sorglos Arm in Arm, empörter Pöbel, Sklaven und Barbaren; Blutzeugen, Hohenstaufer, Pilger, Ritter, Mönche. Und alle, rasend: »Ecce, ecce Roma!« Kein Stein mehr schweigt. Der Raum bricht auf. In Wucher steigt rings um den Zauberkreis Zypressenturmwand, Pinie schaukelt dunstblau, der Zedern Fächeln weckt die Rosen auf, von Simsen klettert Ginster, säulenauf der Mohnbrand, aus jäh gespaltner Höhe sinkt der Urlaut, – und Urlaut, Frühling, Zauber, Paradies, in eitlem Einklang jauchzen sie zum Aug, das sie gepeinigt anstarrt: »ecce, Roma!«

»Fort!« Klappernd sprang er auf. »Fort! Fort von da!«

»Komm!« gaukelte zum drittenmal der giftiggrüne Schleier. »Laß dich lieben!«

»Fort!« Ekel, unerträglich, jagte ihn hinweg. »Fort! Fort!« Auch diese Vision war ja nur Rache! Alles, was er seit Wochen erlebte, nichts als Rache! In teuflisch voller Fülle, Folge vergalt das Schicksal ihm mit Rache! Alles rächte sich jetzt! Alttestamentarisch! Und mit Recht! Wahnsinnig flog er durch das Dunkel. Über Stock und Stein. Stürzte. Erhob sich; fiel wieder. Stand wieder auf. »Wie man Verdammnis schon auf Erden leidet!« Deshalb, um dieses »Wie« zu erkennen, – im *Herzen* zu erkennen, war er hierher getrieben worden! Mit einem Dornstrauch im boshaft niedrigen Tor des Severusbogens rang er. Blutend kam er hervor. »Ja: im Herzen!« Jetzt nämlich schrie dies Herz darnach, daß es nicht einsam sei. Nachdem es hundert brennende Herzen kaltlächelnd verlassen hatte! Friederike! Lottchen! Maximiliane! Lilli! »Und hundert andere!« Wie sie sich alle verzweifelt gewehrt hatten gegen sein schimmerndes Räuberwesen! Und wie er, sobald sie ihm hingereicht hatten, was sie zu innerst und nur für einmal besaßen, rücksichtslos davongegangen war. Jedesmal! Neuen Rauben entgegen! Und wie lange, – zum Beispiel, – hatte er seine Mutter nicht mehr besucht? Und wie seinen morosen Vater genannt? Und wer war am Tage nach Corneliens Tode gemütlich zu Hofe gegangen? Und trotzdem . . .

Scheppernd, vor dem traurigen Finger der Phokassäule, machte er halt. Trotzdem war dies Alles *nichts* gegen die

schamlose Flucht vor der Einen, Einzigen, Niemehrzuver-
söhnenden . . . . . .

»Du!« schrie er gefoltert in die Nacht hinaus und umklammerte das Eis der gefrorenen Säule. »Du! Du! Du!«

Ein Schrei antwortete ihm.

Sofort erkannte er ihn wieder. Es war derselbe Schrei, der
so schrill aufbegehrt hatte, als – vorhin – Michelangelo und
Raffael ihr Werk begannen. Woher kam er?

Da, wieder, schrie der Schrei. Im Nu, ohne zu wissen, was
ihn so triebsicher von der Säule wegriß, nahm er die Arme
von der Säule herab; der Schrei kam aus jenem Fenster im
Steinmetzenhause, das als das einzige in dieser Totennacht
leuchtete. Und schrie jetzt wieder!

Und jetzt noch einmal! Bewußtlos, wie durch hallenden
Tag, setzte er über Gräben und Blöcke nach abwärts. Mord?
Notzucht? Rachetat? Schauervolles? Aber er war kaum
auf Rufnähe an das Häuschen herangekommen, als er mit
einem »Ah!«, das ihm fröstelnd den Rücken hinablief,
stehen blieb. Was da so schrie, – war ein Weib, das gebar!
Wie ein Baumwipfel, dem das Messer eines Samaritaners
die Schlinge der Waldrebe zerschnitten hat, schnellte der
geduckte Leib in die Höhe. Und grenzenlos ward im
Nachbeben des Schreis die Wüste, durch die der Schrei
wimmerte. Lautlos fielen die drohenden Ruinen des Hinter-
grunds um im Anprall des Schreis. Die unnahbare Gebärde
des Himmelsgewölbes nahm ihn wie eine Mutter das Kind
auf und reichte ihn verwandt weiter den Sternen. Spielend
durch die Täler zwischen den sieben Hügeln reiste er. Weit
und bereit, so oft er ankam vor einem Tore von Rom, tat
dieses Tor sich ihm auf und ließ ihn freundlich hinaus in die
Freie der Fluren. Von den Schwellen dieser Flur aber, ohne
in Norden, Süden, Osten oder Westen der Nähe oder Ferne
noch ein Gebirge zu finden, das seinen Weiterflug aufhielt,
rief er die Botschaft seines drangvollen Wehs hinaus fessel-

los in alle Weite der Welt; und die Toten in allen Gräbern, die Lebendigen in allen Betten des Schlafs und allen Strudeln des Wachens, die Samenkörner aller Erde, die kreisenden Säfte in allen Bäumen und Tieren und die eingeschlossenen Seelen aller Steine, – Alles, was geschaffen war, hörte ihn!

Am dankbarsten aber dieser lauschende Mensch! Vorsichtigen Tritts, daß er nur ja keinen der wachsenden Schreie überhöre, die mit schlagenden Wogen das erlöste Herz umbrandeten, schlich er dem Fenster nahe, aus dem der Schrei rief. Revolution schien der Schrei jetzt zu schreien. Alles, was das Weib, das da hinter dem Ölpapierfenster gebar, an Wonne genossen hatte, wurde von ihm selber verdammt! Alles, was sich mit schwellender Werdekraft seit neun Monaten in diesem Leib, der sich geworfen da wand, geregt hatte: Hoffnung und Inbrunst der Mutter, – freventlich verleugnet von ihm! Unfähig, nur ein einziges Wort gegen diese Ketzerei da zu stammeln, weil ja jedes nur gestehen konnte, daß er gezeugt hatte, aber nicht gebären mußte, stand der Mann vor dem ächzenden Bette; verurteilt zum ewigen Mannstod. Aber nicht genug damit! Auf habgierigen Leitern, irrsinnig eilig, kletterte der Schrei hinauf in die scheinbar schuldlosen Lüfte, schürfend durch Schächte hinab in die scheinbar unschuldigen Keller der Erde, rüttelte in Höhe und Tiefe mit barbarischer Wut an den Toren des Schmerzes, forderte alle Dolche des Hasses, alle Keulen des Schimpfes, alle Prügel der Schande, alle Wollust der Henker, – alle Folter aller Teufel herab und herauf. Am besessensten aber den Tod! Ja, als ob er sein Kind wäre, oder sein Vorbote, sein Ahne, sein geborener Bekenner und Jünger, fanatisch rief er den Tod! »Wehe!« schrie er mit geiler Verlachung dem Leben nach, das da werden wollte aus dem gegeißelten Leben, – und: »Ave!« dem Retter entgegen, der alle Lüge der Lust zerfraß und aller Gefoppten schweißtriefende Qual in die Rast voller Leidlosigkeit löste. »Wann kommst du, Geliebter, einzig Ehrlicher, einzige

Wahrheit?« hinein in alle Gräber des Wassers, der Luft und des Feuers und der Erde; »*wann*, einziger Gott?« Und der Boden erbebte, die Steine erseufzten, ein geisthaftes Echo zerbarst in den Felsen des Palatins; und drüben, auf der Velia, erstand . . .

»Ah!«

Todesstille!

»Es ist geboren!«

Ja: Es – krächzte.

Und der Schrei war gestorben.

Langsam, zitternden Gemütes, wie ein Hirte von Bethlehem, schlich Goethe um das Haus herum. Dreimal. Sechsmal. Zwanzigmal. Das Kindlein krächzte. Man hörte es vorm Fenster, beim Ziegenstall, auf dem Rasenfleck, an den Hintermauern, und auf der Schwelle. Es krächzte wie ein eben geborenes Tierlein. Es sah noch nichts, hörte noch nichts, stieß nur die dummen Händchen irr in den ersten Raum seiner Welt hinein und krächzte. Wimmerte. Blökte. Hustete ein bischen. Dann wiederum: »Krääääh!« Zum dreißigstenmal schlich Goethe um das Haus herum. Wer nur hinein dürfte! Zum vierzigstenmal huschte er am Fenster vorbei. Wer nur hinein dürfte! In unbezwinglicher Sehnsucht ans Fenster zurück! Durstig steckte er den Kopf durch das Gitter. Tastete nach einer Ritze im Ölpapier. Ja! Er *mußte* diese Mutter sehen! Diesen Vater! Dieses Kindlein! Wenn er ganz einfache ohne zu überlegen, schamlos beherzt, nur ein Mensch, der den Menschen umarmen will . . .

Wie ein ertappter Einbrecher prallte er zurück; das Tor war aufgerissen worden; ein Weib, im tanzenden Lichtschein, stand auf der Schwelle.

»Ist alles gut gegangen?« stieß er ohne Stimme hervor.,

»Jesus Maria!« Im steifen Schreck fiel dem Weibe der große runde Brotlaib aus den Händen.

Eilig hob er ihn auf. »Bub oder Mädel?«

»Bub.«

»Gesund?«

»Über neun Pfund.«

»Und – sind sie froh?«

Getreten – was wollte dieser Fremde in der Nacht da? – kroch das Weib in den Flur zurück. »Sior Pero!« rief es, von der Angst an den Pfosten gebannt, in das Haus hinein. Aber der Sior Pero stand schon da! Groß und breit. Plötzlich, mit donnerndem Baß, fragte er: »Was ist?«

»Ich möchte nur . . . . . .« Es mußte überwunden werden! Er sei zufällig, stammelte Goethe, puterrot vor Scham, zufällig heut Abend in den Campo herabgekommen und habe an die zwei Stunden lang dieses schreckliche Schreien gehört. »Ist es Euer Erstes?«

Einen blöden Laut tat der Mann.

»Und ist sie recht froh nun?«

Ha! Das freilich war ein anderer Schrei! Lachen und Weinen, Dummheit und Weisheit in Einem tanzten im verzückten Gesichte des Vaters: »Poveretta! Angiolina!«

»Und wie soll es heißen?«

»Giovanni!«

»Und was für Augen?«

»Kohlrabenschwarze!«

»Und Haare?«

»Massa! Sior! Che massa di cappelli!«

»Und – hat sie ihn schon bei sich?«

»Und wie!«

»Und: ähnelt er ihr?«

»Mir!« Wie der Triumph aller Männer über alle Chöre aller vergötterten Weiber klang's. »*Mir!* Wie nach mir geknetet! Die Nase zum Beispiel . . . . .« Er hatte bis heute noch niemals gewußt, was für eine Nase ihm unter den Augen säße. Jetzt wußte er es. »Das Bein, – dieses Bein da ist schon an der Wurzel scharf wie ein Messer! Ich bin nämlich Steinmetze, müssen Sie wissen. Und wenn Sie mit dem Finger da heraufgreifen, – greifen Sie nur zu! Was? Nicht den geringsten Buckel hat diese Nase! Die seinige aber . . . .« Als ob ihm ein ungeheurer Einfall gekommen wäre, setzte er ab. Schob sich die fremde Hand von der Nase. Zuckte einen Blick auf das Weib hin, das noch immer starr am Pfosten klebte. Atmete schwer: soll ich, oder soll ich nicht? Plötzlich – traf ihn das feuerheiß bettelnde Auge des Fremden. »Warum denn nicht?« lachte er, im Nu überredet; »natürlich, kommt einfach herein und schaut ihn Euch an!«

Ach, der Fremde tastete sich schon durch die Nacht der Bocca di Leone heimwärts, und stand doch immer noch neben dem berauschten Vater! Auf den Zehenspitzen, und schaute durch den geizigen Türspalt auf die fremde Mutter und ihr Kind hin! Weiß und still, gebettet von Engeln, lag die Mutter da. Als hätte ihr der Himmel selber das Kindlein herabgelangt, das Kindlein im erfüllten Arm. Die Pein dahin. Die Furcht vorbei. Das Denken tot. Lebendig nur noch: Liebe! Liebe! Liebe!

»O, du geheime Nacht!« Wie frei schlug nun das Herz! Das Blut! Zurückgerettet aus dem Engpaß des eigenen Jammers in das weite Tal des Daseins, das alles Lebende und Tote in gemeinsam sanftem Strom von Anfang an das Ende, vom Ende zu neuem Anfang hintrieb! Rom, als volle Harmonie, erschien dem Auge wieder; ruhig im Norden, mit festgebreiteter Erde, schlummerte Deutschland; vom Zorn geheilt schon, Zukunft träumend, Charlotte. Nur Mensch sein mußt du immer wieder! Wo immer du gehst, reckt sich der Finger Gottes dir entgegen. Vergiß dich selber, und du hast die Welt. Und wer die Welt hat, kann der noch verzweifeln? Tauch in den Quell hinab, aus dem wir Alle trinken! Steig in den Kern hinein, in dem wir alle wurzeln! Und du bist Alle, und in Allen du! »Natur! Nichts als Natur! In Allem nur, – was ist?« Betroffen blieb er stehn. In der via Condotti. Was schreit denn wieder so? Was klagt so sterbend? Aus dem Korso herein schossen Blitze von Licht. Erloschen wieder. Flammten wieder auf. Plötzlich: mark- und beinerschütterndes Gebrülle. Ganz in der Nähe. Wie eine Fliege, wehrlos, von einem Strudel gehetzter Menschen ward er an die Wand gepreßt. »Haltet ihn auf!« heulte es wie besessen. »Er kommt auf den spanischen Platz aus!« toste es wütend zurück. Pfiffe, Säbelgerassel, Kettengeklirre. An der Ecke der via Babuino schien die Jagd Kehrtum machen zu wollen. Mit verzweifeltem Kegel gaukelte eine Laterne über den gestauten Gestalten. Wirbel herein in den Gassenschlund; sausend hinaus aus der Gasse. Auf einmal, wie geplatzter Traum, stob der Kampf ins Unsichtbare zurück. Schnell entschlossen Goethe ihm nach.

Aber schon vorm dritten Haus an der Westseite des spanischen Platzes holte er ihn ein. Bis hieher hatten die Sbirren, um in der Eile nach dem Mörder nicht behindert zu sein, den Erstochenen keuchend geschleppt. Nun – der Erstochene röchelte Tod – ließen sie ihn nieder. »Bestia!« fluchten sie, im Ring um ihn, bis auf die Zähne bewaffnet; und spieen auf ihn nieder. Er war ein älterer Mann in mausgrauem Tabarro. Schreckvoll stand ihm der Mund offen. Ströme von Blut brach er aus. Über der zerschundenen Stirn, die aus rissigem Elfenbein gemeißelt schien, auf dem krampfhaft zuckenden Kinn unterm Knebelbart, in den Fingern, die in panischer Angst die Brust krallten, stand furchtbar die Nähe des Todes. »Der Tiger der Suburra!« erklärte der Anführer der Sbirren, den roten Roßschweif auf dem Theaterhelm, kannibalisch stolz der Menge, die immer dicker aus allen Winkeln herzuströmte, und biß hungrig in eine Wurststange. Als er den zweiten, knackenden Biß tat, – das Röcheln des Sterbenden schwelte wie beizender Rauch zu ihm aufwärts – rief eine rutendünne Stimme: »Er verlangt den Beichtvater!« Mordsgelächter prasselte in der Dunkelbläue auf. »Ist's lustig nun, abzukratzen?« stieß ein Weib, dem die drei letzten Zähne wackelten vor Wollust, den Röchelnden in die Seite. »Magari auch der heilige Vater kann dich nicht lossprechen!« stocherte ein Krüppel mit dem dreckigsten aller Stelzbeine der Welt um ihn herum. Wiehernd wälzte sich, auf das hin, der Kranz der Gassenbuben. Wie kitzelnde Fastnachtsschlangen zuckten die langen Nasen aus ihren geilen Gesichtern auf den Sterbenden herab. Ein Käsehoch von nicht zehn Jahren hob ihm, während die Sbirren wie fixe Taschendiebe seine Säcke leerten, die stocksteif einfrierenden Füße in die Höhe und machte sie in flinkem Sechsachteltakt das Pflaster klopfen. »Tonnino!« kicherte ein Fritterol, den Gassenherd auf seinem Buckel, und stachelte mit dem Rührlöffelstiel das tropfnaße Haar auf der Brust, die wie ein Blasbalg auf und nieder ging, »hat's dich jetzt, mein Liebling?« – »Il prete!« wimmerte mit letzter Kraft der Erstochene. – »Il prete!« Ekstase der Bewegung, nach allen Winden hin frohlockte die Gasse; »schnell, schnell den prete, er kriecht zu Kreuz!« – »Du!« hieb ihm der Fleischermeister von der via Convertite den Pantoffel in den Bauch, dumpf klatschte der Ton unterm Leder, »fünfzig und neun Jahre lang in allen Todsünden baden, was? – und dann, auf einmal, padre nostro winseln und ...«

»Zum Teufel!« Wie eine Riesenfaust aus Zwergenfingern schoß Goethe auf; trieb mit gezielten Püffen das Gesindel auseinander. »Ist denn kein einziger Christ im ganzen Rom?«

Klappernd zurückgeflohen, wie ein Gespenst starrten sie ihn an.

»Wo wohnt der nächste Priester?« griff er wild in den Arm des nächsten Weibes.

Da war er schon! Ein Mönch! Die humpelnde Wohltäterfratze einer Betschwester zerrte ihn herbei.

»Ich bitte«, stieg ihm Goethe kurzwegs in die Kutte, »dieser Mann da . . .«

Aber er konnte nicht ausreden. Von der spanischen Treppe herüber, mitten in seinen Satz herein, sprang die lachkrampfgeschüttelte Stimme des entwischten Mörders und rief, nach Art der Gassenbuben, wenn sie an einem Asylplatz »Polizei und Mörder« spielen: »È chiesa? O non è chiesa?«

»Silenzio!« schrie der Mönch und kniete nieder.

»È chiesa,« frozzelte die Stimme auf der Treppe drüben zum zweitenmal. »O non è chiesa?«

Wie besoffen johlte die Menge. Also Chechino war der Mörder! Ihr geliebter, süßer Liebling! Im Nu Sturzbach von Sympathie zu ihm hinüber. »Wart' nur, Chechino! Wir machen dich schon frei! Sicuro! Wart' nur!«

»Un pò di vino!« schäkerte vergnügt der Mörder.

»Ti porteremo!« jubelte die Gasse.

»E tre pagnocche?«

»Ti porteremo!«

»Un letto, forse?«

Taumel des Entzückens! »E la madonna Linda?«

»Dov' è,« – wie Tauberschmachten kam's zurück – »dov' è la piccinina?«

Die Bäuche hielten sie sich vor Entzücken. »Er beichtet!« donnerte der Mönch im Boden, der feuerrote Arm, vom fallenden Kuttenärmel entblößt, schwang grell die Geißel.

»È chiesa, o non è chiesa?« frozzelte der Mörder meckernd wieder.

»Er hat neun wohlgezählte Morde auf dem Magen!« flüsterte der Sbirrenführer zum Mönch hinab.

»Und beichtet drei!« Drei Finger in der Luft, der Fritterol.

»Er beichtet – vier!« Die alte Vettel.

»Neun ganze, wohlgezählte, sag' ich!«

»Pst! Jetzt sagt er: sechs!«

»Coraggio, Toni! Uno più o meno..........«

»Ah! Figura! Neun!!«

Da sprang der Mönch empor. Den Losspruch auf den Lippen. Und wies zur Erde.

»È morto!« lispelte verfärbt die Menge.

»È chiesa«, frozzelte die Treppe höllisch heiter, »o non è chiesa?«

»Drücken Sie ihm« – die Sbirren schoben ab, die Menge wich zurück, mit heißem Bauch, schweißtriefend wandte sich der Mönch an Goethe – »drücken Sie ihm die Augen zu?«

Mit Schwertblick: »Ja! Ich drücke ihm die Augen zu!«

»È chiesa,« – wie Perlenfall kam's von der Treppe nochmals – »o non è chiesa?«

Goethe hörte es nicht mehr. Mit strenggemessen raschem Schritt, die Stille einer Kirche in der Brust, ging er nach Hause. Angelangt, sogleich, den Hut noch auf dem Kopf, den Mantel um die Schultern, mit keinem vorschnellen Blick das ungeheure Leuchten streifend, das in ihm brannte, setzte er sich an den Tisch. Und schrieb. »Ich bitte dich fußfällig«, schrieb er, ohne nur ein Wort zu überlegen, »flehentlich: verzeihe mir großmütig, was ich gegen dich gefehlt, und richte mich wieder auf! Daß du krank warst durch meine Schuld, mein Scheiden und Schweigen, engt mir das Herz zusammen, daß ich dir's nicht sagen kann. Verzeihe mir! Ich kämpfte selbst mit Tod und Leben, keine Zunge spricht aus, was in mir vorging. Dieser Sturz hat mich zu mir selbst gebracht! Erleichtere mir nun meine Rückkehr zu dir, daß ich nicht in der Welt verbannt bleibe! Nichts in der Welt kann mir ersetzen, was ich an dir verlöre. Schon habe ich viel in meinem Inneren gewonnen, schon viele Ideen, die mich und Andere unglücklich machten, hingegeben und bin um vieles freier. Täglich werfe ich eine neue Schale ab, und hoffe als ein Mensch wiederzukehren. Hilf mir aber nun auch Du und komme mir mit Deiner Liebe entgegen. Ich habe nichts in der Welt zu suchen, als das Gefundene: das ist Alles, warum ich hier mich noch mehr hämmern und bearbeiten lasse!«

Und jetzt – ohne nachzulesen, unterschrieb er, siegelte er – jetzt: reulos vorwärts! Weiter! Ob sie nun antwortet oder nicht, und was, – »ich hab' getan, was mir das Innere befahl!« Die Schuld bekannt! Die Arme aufgemacht!

»Sie haben« wagte sich Tischbein nach vielen Tagen stummen Staunens keck hervor – sie traten aus dem Tor der Villa Medici in den Prunk des Mittags heraus – »Sie haben sich auch hier gewandelt?«

»Denken Sie!« antworte Goethe freudig, er hielt dem ungeheuren Licht gegenüber die Hand vor die Augen. »Ich habe heute Nacht auf den Vers: ›Und stufenweis herab ist es gelungen‹ die schauderhaften Folgen gemacht: ›Sie tritt hervor, und, leider schon geblendet, kehr' ich mich weg, vom Augenschmerz durchdrungen!‹ – Nein! Nein!« Wie ein Bub lachte er. »Sie kriegen Antwort! Gemessen nach meinen Zielen bin ich der Mensch der Ordnung, des bürgerlichen Maßstabs; der folgegeduldig aufbauenden Architektonik. Hingegen streitet mein Wesen gegen jede Grenze. Wohin ich nur komme, ich muß alle Mauern einreißen. Beileibe nicht aus Übermut oder Zeithaben. Ich kann nur nicht sehen, bevor nicht der Blick nach allen Seiten hin frei ist. Um nun aber, nach diesem Blick, tätig leben, ja nur, um bestehen zu können, muß ich mir aus der flachgemachten Welt die Berge dann erst wieder aufbauen; aus der Grenzenlosigkeit der Weite die gemessene Nähe erst wieder aufzaubern. Das braucht natürlich Zeit. Und hier in Rom zehnfache.«

»Ist aber, deutsch gesagt,« – nichts nahm Tischbein über sein Maß wichtig – »bereits geschehen? Und also Sizilien sicher?«

»Das« – wieder hob Goethe die Hand vor die Augen – »weiß ich noch nichts Wenn ich, zum Beispiel, an das Fach der Münzen und geschnittenen Steine denke, und . . . Moritz kommt da!« Hastig, um nur zu enden: »Sie müssen bedenken, ich fange doch überhaupt erst an zu sehen. – Bitte, lassen Sie mich jetzt mit Moritz allein! Ich muß mit ihm reden.«

»Ist Tischbein – meinethalben . . . .?«

»Nein!« Vorsichtig nahm Goethe Moritzen an die Seite. Der trug den Arm noch in der Schlinge, ging aber sorgfältig herausgeputzt heute. »Meinethalben ist er gegangen.« Genießend lächelte Goethe. Die Dinge, alle, alles, hatten jeden Schleier abgestreift. Der Hauch der tausend abgeschiedenen Zeiten, der ihre Körper so lange undurchdringlich umträumt hatte, war nicht mehr auf ihnen. Das Fremde auf ihrer Stirne, das vom anderen Himmel, von der anderen Rasse und von der anderen Kultur her mit unnahbarer Eigentümlichkeit auch der geduldigsten Begier, sie zu enträtseln, getrotzt hatte, erloschen in vertraute Verwandtschaft. Ungestraft, mit restlos empfangendem Blick vermochte nun das Auge einzutauchen in den Grund von allem, was da war. »Nun? Und wie steht es?«

Verschlossen im Augenblick ward Moritzens Miene. »Ich sah auf Ihrem Tische Livius und Plutarch liegen?«

Zwischen den Steineichen an der warmen Mauer zückte ein Zweig der japanischen Mispel seine Dornen. In beide Hände nahm Goethe diesen Zweig. »Es ist und bleibt die einzig richtige Methode,« antwortete er, das Auge durstig eingesenkt dem Dorn, »sich jedes eigenen Willens zu entäußern, wenn man das Bild der Welt aufnehmen will. Verläßt man sie, sogleich wird man gestraft!«

»Also: voraussetzungslos sein, ganz und gar?« Erschrocken streifte ihn Moritz.

»Natürlich weiß man, wohin man will! So, wie der Trieb da weiß, daß er einmal Früchte haben wird. Aber es nützt ihm nichts, Frucht haben zu *wollen*. Er stehe geduldig hier auf seinem Keime in der Welt und lasse sich von ihr zur Reife wärmen! Man kann nichts erzwingen. Was kommen muß, kommt; was aber immer nur *werden* will, kann nicht einmal mit Gewinn *sein!* Übrigens« – als ob er nur gespielt hätte, leicht, ließ er den Zweig los – »ist das leeres Gerede. Jedes Hirn hat seine eigene Weise! – Sagen Sie: hat man Ihnen schon geantwortet, aus Berlin?«

»Jedenfalls« – atemlos wich Moritz zum zweitenmal aus – »kommt mein Gehirn mit der Geschichte auf keinen grünen Zweig!«

»Moritz!« Hellauf lachte Goethe. »Es geschieht doch in der Geschichte gar nichts anderes, als was, unter Umständen, jedem von uns passieren kann? Ich schaue sie durchwegs von mir aus an.«

»Ja, Sie! Weil alles, was Sie tun, aus einer und derselben Kraft Bewegung zieht: aus Ihnen. Ich habe nur ein Bündel Tangentchen zur Verfügung, die von mir aus nach dem Globus laufen! Aber nicht einen Radius, der das Zentrum trifft.«

»Weil Sie nicht wissen, wer Sie sind!«

»Sie wollen uns nur immer trösten!«

»Und Ihr nur immer mir schmeicheln! Ein undisziplinierter Mensch sind Sie!«

»Ja! Wer mein Blut hat!«

»Und mir läuft wahrscheinlich Wasser in den Adern?« Zornig fuhr Goethe auf. »Besinnen Sie sich doch endlich auf das, was Sie haben! Und dann mit Händen, Füßen, Zähnen, Nägeln, Haaren festgehalten, was Sie haben! Man wird sonst nichts! Schauen Sie Tischbeinen an! Ich weiß nicht, ob er je ein großer Maler werden wird. Aber Alles, was die Leiter, auf der er klettert, ins Schwanken bringen könnte, hat er rücksichtslos weggewischt aus seinem Armkreis. Und *besitzt* sich deshalb – als ein Maler! Sie sind der geborene kritische Synthetiker, und wissen das noch immer nicht! Was war und ist, am Richtmaß seines logischen Sinns und seiner Zusammenhänge mit dem Ganzen des Lebens zu einem gegenwärtigen Stein im allgemeinen Lehrgebäude zusammenzuschmelzen, das ist Ihre Gabe!«

»Zur – Wiedergabe!«

»Jeder schafft, der den vorhandenen Geist vermehrt!«

»Der Masse nach?«

»Geist ist nie Masse! Masse, auf den Geist bezogen, sind Buchstaben! Kritische Synthese aber macht nicht Buchstaben!«

»Ach! Wenn *ich* Geschichte studiere, dann kaue ich überkommene Sätze, oder ziehe sie, im besten Falle, aus.

Sie hingegen, – aus Ihrer alles und jedes verschlingenden und dann filternden Kraft heraus, die Ihnen Sinn und Zusammenhänge der geschichtlichen Tatsachen lückenlos aufdeckt, schaffen Sie die Weltgeschichte, – *dichten* Sie die Weltgeschichte ganz einfach noch einmal!«

Wie das Weltwunder starrte Goethe ihn an. »So? Und wie machen denn Sie es?«

»Ich?«

Im selben Augenblick schlug die Uhr von Trinità dei Monti herüber zwölf.

Eine Minute später läuteten alle Glocken von Rom.

Scheu lehnten sich die zwei Männer an die Mauer zurück. Gramlos verebbte der rauschende Klang. Umso panischer troff auf die Steine der Stadt, auf die zingelnde Weite nieder das ungeheure Schweigen des Lichts. Tyrannischer Anker der Welt, hing die Sonne im Mittelpunkt des makellosen Himmels. Wollüstig flimmerten die Dächer, die Kuppeln, die Türme, die Obelisken unter dem lautlosen Regen der Strahlen. In schleirigem Hand-in-Hand wanderten die Täler des Landes gegen Norden und Osten mit der goldenen Erde, mit den knospenden Halmen der Hügel hinaus in die silbernen Säume der Ferne. Und als fühlte sie all dies in der Wonne ihrer neugeborenen Säfte, bebte die Krone des Mandelbaums in der Vigna zu den Füßen der zwei Stummen, ihre Äste, vom Winter noch nicht ganz genesen, klirrten, Blüten tauten nieder ins herzoffene Gras, . . .

Plötzlich schwebte auch sie, reglos und Glanz.

»Ich habe noch immer keine Antwort aus Berlin!« stieß Moritz wie im Fieber hervor.

»Vor allem krampfhaften Seinwollen und Wichtignehmen« schaute Goethe, als ob er nicht gehört hätte, hinaus in die magische Feier, »gilt: das vertrauende Wachsenlassen des Elementchens, das man ist. Hie Denkmal, – hie Leben!«

»Wenn nun – keine kommt!?« fuhr Moritz außer sich auf. »Oder eine, die noch immer nicht verzeiht, nicht versteht? Sondern weiternörgelt und vorwirft?«

»Dann?« fragte Goethe ohne Rührung.

Mit tobsüchtigen Fingern riß Moritz ein Ligusterzweiglein vom Strauch und warf es vor sich in den Weg hinein. »Dann reise ich! Was habe ich in Rom zu suchen, wenn mein Herz oben in Deutschland zerbricht? Ich habe nur *ein* Herz, und ohne Herz keine Welt!«

Ruhig beugte sich Goethe in die Erde nieder; hob das Zweiglein auf. »Kinder reißen Lebendiges ab und werfen es weg!«

»Sagen Sie mir lieber, was Sie in meinem Fall tun würden!« raste Moritz ohnmächtig.

Nach langem, geduldigem Warten: »Gott! Die Welt ist so wunderschön groß und weit!«

»Aber es ist nicht Jedem gegeben, vergessen zu können!« ^

Flamme, weiß in der Weißglut des Lichtes allum, schwebte die Krone des Mandelbaums. »Ich glaube nicht, daß ich – in Ihrem Fall –« sagte Goethe in den Glanz hinein, »die Liebe sogleich schon einsargen könnte, wenn – in Ihrem Fall,– keine Antwort käme, oder wieder eine böse. Ich glaube auch nicht, . . .« – er tat einen Schritt von Moritz weg, schickte das Auge mit gezieltem Befehl zur Verstellung hinauf nach der dreieckigen Zacke des Sorakte und schlug es im Felsen ein wie einen Griff auch für Giganten – »glaube auch nicht, daß ich aufhören würde, mich demütigst dankbar dessen zu erinnern, was diese Liebe mir Bleibendes gewirkt hat. Würde auch – ja, gewiß! – da in Rom weiter, wie bisher, für die Unvergeßliche lernen und sammeln und mich abmühen, und nichts tun, was mir auch in der fernsten Zukunft die Rückkehr verschließen könnte. Aber . . .«

»Aber?«

»Sie haben Ihre Schuld eingestanden?«

»Vollkommen!«

»Aufrichtig um Verzeihung gebeten?«

»Siebenmal! Siebenzig siebenmal!«

Als ob der Griff aus dem Felsen des Sorakte gebrochen wäre, floh das Auge zurück zum Verzerrten. »Dann liegt die Sache nicht mehr bei Ihnen! Sie haben getan, was Sie tun konnten . . . . . .«

»Nein! Zurückgehen zu ihr könnte ich noch!«

»Mann!« Empört auf Moritzen los; mit zornigen Händen schüttelte er ihn, bis der Dampf in der herausgeforderten Brust drin befreit war. »Sind Sie zu Ihrem Vergnügen nach Italien gegangen? Der Mann hat ein Herz. Weiß Gott, das billige ich ihm zu! Aber er hat auch eine Aufgabe! Und wenn man mir, nachdem ich die reinste Bereitwilligkeit, ja die kindlichste Sehnsucht, die stehendste Begier bewiesen habe, Herz und Aufgabe – und ich meine *nicht* Papier unter dieser Aufgabe! – in brüderlicher Einfalt zu leben, die Wahl aufzwänge: Herz *oder* Aufgabe, . . .?«

»Ja! Sie haben eben eine!«

Zuckender Schattentanz auf Goethes hilflos verzogenem Gesicht. Vollkommen zerstört der Palast der Ruhe, den Bury noch heute morgen das Haus der Olympier genannt hatte. ». . . dann werde ich – in *Ihrem* Fall – . . .« In den Boden stampfte er. Gelb wurde er. Tränen rissen sich von den kämpfenden Wimpern. Knirschend wehrten sich die Zähne. Eine Sekunde darauf aber – lächelte er. Wie? Hatte nicht da draußen, eines Nachts, ein Kindlein gekrächzt? Da drüben, eines Nachts, das letzte Wimmern des Tigers der Suburra gezittert? Und in beide Klänge, beide seltsam bejahend, sich der zertretene Ruf gemischt: »Komm! Laß dich lieben«? – »Mein lieber Freund,« lächelte er, gerettet zum zweitenmal, »auch. das ist nichts als leeres Gerede. Auch jedes Herz hat seine eigene Weise! Wahr bleibt nur Eines: Das Talent, ja vielleicht sogar das Genie, wenn es nichts anderes bleiben will, als Talent oder Genie, – kann vorübergehen an der harten Erziehung zum Charakter. Charakter aber wird, unwiderleglich, nur, wer sich unerbittlich zur Kraft auferzieht, entbehren zu können, worauf er ein Recht hat, – und verlieren zu können, was er schuldlos verliert!«

Und trotzdem: als er, nur wenige Tage später, eines Morgens über den Janiculus gegen Süden hinabwanderte, einen Brief aus Weimar in der Tasche, der wieder nicht verzieh, wieder und nur noch kleinlicher als bisher nörgelte und vorwarf, – »Ich hab' sie verloren! Für immer verloren!« fluchte er den Himmel an, der bar jeden Zweifels und jeder Qual über der Welt lag. »Die kommt mir nie wieder zurück! Niemals wieder!«

»Und kein Rom kann mir *die* je ersetzen!«

Schwarz, hochaufgerichtet trat er ins Tor der Farnesina. »Kein Rom! Keine Welt!«

Feindlich, unter dem feindlich erstaunten Auge, kniffen sich die Lippen zusammen: vor dem Haine des Gartens, der sich bis zum Tiber hinabdehnte, genau ihm gegenüber, standen in erwartendem Halbkreis die nichtsahnenden Freunde. Aus ihrer Mitte, sogleich, faunischen Lächelns, trat Schütz, hob seine Laute, blinzelte tückisch herüber, und sang:

```
»Integer vitae, scelerisque purus,
Non eget Mauris Iaculis neque arcu
Nee venenatis graviter sagittis,
```

Laut, nicht einen einzigen erforschbaren Zug im vermauerten Gesicht, trat Goethe in den Rasen hinaus. Ein Ruck, – die erschrockene Laute sank. Die Freunde verwirrten sich. Erstarrten vor dem eiskalten höfischen Lächeln. Fremd, an ihnen vorbei, schritt das himmelblaue Kleid mit dem Goldsaum hinein in den Saalbau der Villa.

»Wer hat das arrangiert?« fragte er endlich, nach ewiglangem Hinaufstarren in die Bläue des raffaelischen Olymps.

»Ich!« trat Bury aus den Verdonnerten hervor, schleuderte ihm das wütende Auge zu, und machte kehrt.

Aber das himmelblaue Kleid kümmerte sich keinen Pappenstiel um diesen Schmerz. »O! Herr Hofrat?« begrüßte es gemessen, mit wüstensandtrockener Huld Reiffenstein. »Herr Meyer auch da?« Einen Händedruck bekam der kleine fahle Schweizer. »Es freut mich besonders!« hörte Hirth wie vom Nordpol herab.

Dann, in unverhohlener Flucht, wich er von ihnen zurück, ließ sich in den roten Damastfauteuil in der fernsten Ecke nieder, – und von neuem: Auge hinauf in die Bläue des raffaelischen Olymps!

»Pfui Teufel!« kicherte Schütz in der Tiefe des Saals zu Tischbein und wies auf den Sarkophag hin, der voll von Blumen, Früchten, Bechern und römischen Leckerbissen an der Längswand zwischen den Fenstern stand. »Das nenn' ich mißlungen!«

»Mit dem linken Fuß aufgestanden!« Gleichmütig spannte Tischbein, für Bury, das Skizzenblatt auf das Reißbrett.

»Sollte man nicht,« hauchte Reiffenstein besorgt von der Spitze seiner eckigen Preußengestalt nieder, »Frau Angelica wissen lassen, daß sie besser täte, zu Hause zu bleiben?«

Pfiffig trat Moritz herbei. »Soviel ich ihn kenne,« schmunzelte er, »wurmt es ihn schon jetzt entsetzlich, daß er sich so herzogtümlich weimarisch benommen hat!«

»Ach was,« platzte Schütz los, »ich tu', als ob nichts gewesen wäre!« Und steckte eine riesige Schinkenschnitte in den gierigen Mund.

Linderung? Balsam? Goß es wirklich Beruhigung herab ins gekrampfte Auge, das Blau des raffaelischen Olymps, das Maratta ein bißchen zu sorglos üppig auf die verblichene Helligkeit gegossen? Venus hatte sich – einfachster Vorwurf! – geärgert über die Schönheit der Psyche. Solch prometheische Lieblichkeit schrie nach Strafe! »Amor!« rief sie entschlossen, »komm her!« Amor eilte herbei. »Mach sie verrückt vor Liebe,« befahl wie eine Xanthippe die Venus, »zu einem Scheusal! Kentauren! Zu Polyphem!« Amor, gehorsam, flog nieder. Aber: wäre jemals ein Mädchen umsonst ein entzückendes Mädchen gewesen? »Du!« stammelte Amor, entbrannt in der ersten Sekunde. »Du! Dich – hab ich ja lieb!« O, ihr musiksüßen Tage des Werdens! Nachtigalldurchsungene Nächte des Herzklopfens! Endlich – Stunde der Erfüllung! Aber, als Venus daraufkam!! »Das Frauenzimmer muß zu mir herauf! Der will ich schon helfen!« raste sie außer sich Zeus an. Zeus, – ein schwacher Herr Gott ist Zeus; einem Weibe, das schreit, widersteht er nicht. »Also mach mit ihr, was du willst!« knurrte er feige. Das läßt sich eine Venus nicht zweimal sagen! Aschenbrödels Dienstbotenqualen waren Sonntagsvergnügungen gegen das, was sie der Jungen jetzt antat! Aber als das armselig gefügige Ding zuletzt wirklich und wahrhaftig Proserpinas Büchse aus dem Hades heraufbringt, – in Ohnmacht fällt Venus! Bei Diana, sie hatte totsicher geglaubt, aus dem Hades käme das Mädel nicht wieder! »Siehst du?« grinste Zeus. Denn einem Weibe, das schön ist, widersteht er noch minder! »Komm, meine Tochter! Kommt meine Kinder!« flötet schadenfreudig der

Charakter, – und das Mädel sitzt verheiratet im Olymp! Mitten drinn!

»Bury!«

Klatsch! flog das Taburettchen, auf dem Bury gesessen, um; trotz der Empörung war er folgsam. »Sie wünschen?«

Mit einem listigen Seitenblick erkannte der Winkende, wie die Freunde, gespannt herüberäugend, das Lachen verbissen. »Wenn du etwas kopierst von den Bildern da oben,« sagte er, inbrünstig grinsend, »dann sieh zu, daß du den Ausdruck der Wut im Gesichte der Venus gut treffest! Verstanden?«

»Was hat er gesagt?« Ohne die steifen Beine zu rühren, umzischelten die Freunde Bury, der geheimnisvoll zurückstapfte.

»Er zieht schon wieder an!« antwortete vom Sarkophag her Schütz; er leerte den siebenten Becher.

Das nämlich – auf bäumte sich der Leib Goethes, verblüfft ächzte der Sessel – könnte, unter Umständen, auch dir passieren, Lotte! Überspanne den Bogen nicht! Die Welt ist von Anmut sehr voll, selbst in Weimar! Da sah er: der Ölbaum, der in der Mitte des Gartens draußen stand, schaute ihn an. Es war ein alter Baum, hochgewachsen, mit unermüdet nach allen Windrichtungen hin fließendem Mantel von Zweigen. Der Stamm von unzähligen, gelben, rötlichen, blaugrauen, auch tintefinsteren Rissen durchkerbt. Jeder Ast im Holze von Wachsen, Luft, Sonne und Schatten voll ausgebildet, so, daß zu lesen war, wie die erst himmelaufgeschossenen, dann ergeben zurückgewallten Falten dem Fleisch alle Kraft ausgerungen hatten. Die Blättchen in der Höhe zitterten noch jung und lebefreudig mit dem prallen Glanzgrün ihrer Oberflächen in der seidigen Luft gegen die ziegelroten Dächer jenseits des Tibers. Die weiter unten saßen hingegen, besonders jene, die sich dem schattigen

Rasen immer sehnender näherten, hingen in tauber Ruhe, dem Leben entfernt und geheimeren Freuden gehorchend, vor dem Rund der Lorbeeren, Thymiane, Liguster, Buchse und Zedern, das den Garten nach der Mauer hin begrenzte. Ihre ölige Sattgrüne war schon lange dahin, darum zeigten sie nur noch das Silber ihrer Unterflächen, und der Stamm, in dieser Erdnähe selber fast farblos und lichtlos, schien dieser vornehmen Bescheidenheit zuzuflüstern: Richtig! Die letzten Geheimnisse eines folgerichtigen Lebens gehen wohl ohne Prunk einher, ohne Schein, aber – selbst sie nicht ohne Anmut und Grazie! Denn gerade sie . . . .

Da stieß ein plötzlicher Windstoß – wie vor einem Zeichen erschrak Goethes Auge – das Fenster in den Saal herein auf und warf, wie eine Handvoll prophetischer Blitze, ein Bündel von Zweigen des Baums in den Fruchtkranz gerade unterhalb Psyches. Und im selben Augenblick erklärte einer der Männer in der Mitte des Saales: »Der Unterschied kommt einzig und allein daher, daß Michelangelo der waschechte römische Katholik gewesen ist, Raffael aber der waschechte Heide!«

Als ob ihn Ameisen angefallen hätten, im Nu, fuhr Goethe auf. Mit zäher Anstrengung, sich nicht zu verraten, zwang er das Auge von neuem empor in die Decke, während die Ohren, unwiderstehlich geweckt, gierig hintenhin lauschten.

»Gewiß nicht!« widersprach ruhig Meyer. »Jede große Kunstepoche ist vom religiösen Trieb gemacht worden. Die Kunst stieg mit dem Eifer und der Allgemeinheit dieses Triebs, und sank, sobald er blaß wurde und nur noch in Gruppen verblieb.«

»Aber . . . .« Bedenklich reckte Reiffenstein das bartlose Kleingesicht. Mit rotgefrorenen Fingern drückte er das Seidenkäppchen auf die schlechte Perücke. »Die Religion der Alten aber war etwas Menschliches. Ein Ausfluß des Nationalgefühls. Ihre Gegenstände blieben daher immer fruchtbar, weil sie das Menschliche heraushoben!«

»Einverstanden!« Geduldig lächelte Meyer. »Die Kunst der christlichen Religion leidet daran, daß die Gegenstände, die sich ihr boten, mehr dem moralischen Menschen als dem sinnlichen angehörten. Ihre Ideale sind praktischer Natur, bedürfen des Handelns; können sich also nicht schon im schönen Sein erfüllen!«

»Und spotten in ihrer begrifflichen Vagheit« – soldatisch setzte Reiffenstein das dürre Bein in den signorilen Terrazzo – »der äußeren, bildlichen Darstellung. Sind unbestimmt, auf keine Einheit der sinnlichen Form zu bringen. Was macht man zum Beispiel mit einer heiligen Dreifaltigkeit?«

Gütig nickte Meyer: all diese Weisheit hatte Roms erster Cicerone von ihm! »All dies ist ja, ganz richtig, der einzige Grund dafür, warum die neue Kunst sich nicht, wie die der Alten, in der Plastik, sondern in der Malerei ausleben mußte!«

»Vide den Bildhauer Michelangelo!« schmetterte mit Posaunenton der martialische Hirth.

»Die Christen boykottierten mit Absicht die Plastik!« Noch spitzer ward Reiffensteins spitze Nase. »Sie war ihnen anstößig, eben weil die alten Götter sie geliebt hatten.«

»Vide Michelangelo, den Maler!« posaunte Hirth noch frecher.

Heiter trippelte Meyer. »Sachte! Der Herr Hofrat hat einstweilen Recht! Weil aber nun die neue Kunst nicht mehr Plastik sein konnte, sondern nur Malerei noch, konnte sie auch das Ideal der plastischen Kunst, . . .«

»Aller Kunst!«

» . . . die schöne Form nicht erreichen! Die Malerei fordert nicht und erlaubt nicht die Bestimmtheit der Form, wie sie die Plastik gestattet und gebietet. Der Maler ist schon infolge des optischen Scheins, dem zuliebe er malt, nicht der Schaffer der plastischen Realität. Eben darum also auch nicht imstande, jenes Reich der Idee zu erreichen, worin die Kunst die Natur überführt, und das der Bildhauer, als der Darsteller der reinsten und schönsten Form, mühelos erwandert. Und deshalb . . . .«

Elastisch schnellte Reiffenstein in die Höhe. »Ziehen wir Raffael . . . . .«

»Den Bildhauer!« tobte Hirth.

» . . . Michelangelo vor! Der logische Sprung, über den Sie zu lachen beliebten, ist sofort erklärt! Raffael hat, wenn auch als Maler nicht imstande, den griechischen Plastiker zu erreichen, . . .«

»Was eben Michelangelo zusammengebracht hat!«

»Hier« – apostelhaft hob Meyer gegen Reiffensteins stachlicht gezückten Mund den Finger – »hier liegt der Hund begraben! Michelangelo hat tatsächlich – was ich übrigens auch von Raffael nicht leugne! – jenes Reich der Idee, das dem Bildhauer vorbehalten ist, in der Malerei *auch* erreicht!«

»Aber nur, weil er Bildhauer war!« triumphierte Reiffenstein.

»Und weil er, wie die Alten, die Gegenstände der Religion nur soweit in seine Kunst aufnahm, als sie das Menschliche zeigten,« vollendete Meyer.

»Und das ist nach ihm keinem wieder gelungen, und neben ihm selbst Raffael nicht so wie ihm!«

Bellend hustete Reiffenstein. »Und das kann ich nicht zugeben!«

»Sie freilich!« Nicht mehr zu halten war Hirth. »Denn Sie sind durch Eide gebunden! Wenn es nach Ihnen ginge, gäbe es nach Raffael nur noch die Carracci und Mengs!«

»Michelangelo ist ungezogen!«

»Und die Kunst wahrscheinlich eine Gouvernante!«

»Er ist maßlos, zügellos, undiszipliniert!«

»Und das erträgt ein Preuße nicht!«

Bissig riß Reiffenstein das Kinn in die Luft. »Es gibt Gesetze in der Kunst, die keiner ungestraft übertritt! Wenn nicht einmal mehr die Kanones der Antike in der Kunst gelten sollen, dann kommen wir zum Banditismus der Temperamente, und damit zur Anarchie der Dilettanten! Es hat kein Geringerer als Winckelmann selber geschrieben: Der Ausdruck war bei den Griechen der Schönheit gleichsam zugewogen; die Schönheit aber die Zunge an der Wage des Ausdrucks, und die vornehmste Absicht! Gegen diese Absicht nun, scheint mir, läßt sich auch heutzutage . . .«

»Nichts anderes einwenden,« unterbrach prompt Hirth, »als daß Mengs, der erweislich keine andere hatte, zum Einschlafen langweilige Bilder gemalt hat. Ist etwa Michelangelo langweilig?«

»Ist er schön, frag ich dagegen?«

»Ich pfeife auf Schönheit! Charakteristik will ich haben!«

»Und die haben die Griechen nicht? Und Raffael auch nicht?«

»Aber es war Michelangelo, gerade wenn er von den Griechen lernte, nicht verboten, im Charakteristischen weiter zu gehen, als sie gegangen waren! Kein Gesetz der Welt konnte ihm das untersagen!«

»Winckelmann sagt . . . .«

»So hören Sie doch mit dem ewigen Winckelmann auf!«

Beschwichtigend gegen die zwei Streitenden hob Meyer die Hände. »Die Standpunkte, die sich da befehden, lassen sich vereinigen! Winckelmann sagt nirgends, daß die Schönheit in der Kunst . . .«

Ungesäumt brach er ab: Goethe kam über den Terrazzo zielgerecht auf ihn zu. Sofort ward Hirths Miene wie die des Wildes, das den Jäger spürt; dieser wohlgesetzte Minister paßte akkurat zu dieser Bruderschaft blutloser Dogmatiker! Während Reiffenstein den gelehrigen Schüler im himmelblauen Gewande ahnte. »Ist es nicht, Exzellenz,« bog er sich ehrerbietig Goethen entgegen, »wenn man diesen jauchzenden Olymp sieht nach dem ›Jüngsten Gerichte‹, als käme man verschmachtet auf die saftige Weide, wo Nektar und Ambrosia bereitstehen?«

»Pone sub curru nimium propinqui klimperte da Schützens wiedererwachte Laute hanswurstig herauf,

»Solis in terra domibus negata,
Dulce ridentem Lalagen . . .
Lalagen . . .
Lalagen . . .«

»Er ist vollkommen betrunken!« lachte Tischbein; er hatte es für den gegebenen Augenblick gehalten, mit Moritzen heranzutreten; vieldeutig blinzelte er zurück. »Bury kopiert, wie er versichert, die Galle der Venus, und Schütz opfert Baccho! Wie er irdisch macht, der heilige Raffael!«

Aber Goethe stand schon bei Meyern. »Sie sind von mir unterbrochen worden,« sagte er wie ein verlegener Junge. »Möchten Sie mich nicht profitieren lassen?«

»Wir streiten,« lachte Hirth gewandt, »wer der weniger miserable Künstler gewesen: Michelangelo oder Raffael? Nachdem ja die Griechen schon einmal in den Orkus gefahren sind!«

»Herr Hirth ist eben Epikuräer!«

Fast um warf Hirths jupiterales Lachen Reiffensteins erschrockene Gestalt. »Und Sie sind Papier!«

»Ich habe niemals geleugnet, daß der eine wie der andere . . .«

»Im Gegenteil!« Nicht im mindesten genierte sich Hirth. »Sie leben davon, den einen auf Kosten des andern in den Mist zu werfen!«

»Herr Geheimerat!!« Weiß im Gesicht floh Reiffenstein zu Goethen. »Gönnen Sie uns den Vorzug, *Ihre* Meinung zu äußern!«

»Ich habe keine,« lachte Goethe unschuldig. Und, trotzige Flamme auf einmal im Blick, liebkoste er die Grazie der Fabel in den Paradiesen von Farbe, während der Brief unterm himmelblauen Tuch sich verzweifelt zu wehren begann. »Ich finde nur, es ist schön hier! Heiter! Wohlig! – Lebendig!«

»Sehen Sie!« frohlockte Reiffenstein.

»Ich habe alles gehört« wandte sich Goethe unaufhaltsam zu Meyern zurück. »Ihre letzten Worte waren: Winckelmann sagt nirgends, daß die Schönheit in der Kunst . . . . . .«

» . . . ausdrucklos sein müsse,« gehorchte Meyer ohne Pause. »Er nannte nur eben die Stille denjenigen Zustand, der für die Schönheit der eigentlichste sei. Diese, von allen einzelnen Bildungen des Vorwurfs abgerufene, höchste Gleichgültigkeit sei im Handeln und Wirken nicht anzutreffen. Unsere Empfindungen – in denen sich ja Wirken und Handeln zeigen – stören darum, meinte er, diese Stille. Nun muß man gewiß zugeben, daß Winckelmann, lebte er heute noch, in manchem seine Ansichten weiter ausgebildet hätte!«

»Sehr richtig!« lobte Goethe eindringlich.

»Gerade die erweiterte Kunstgeschichte lehrt unwiderleglich, daß die Griechen zwar allerdings die Schönheit der Form als oberstes Gesetz ihrer Kunst befolgten, dabei aber keineswegs das Bedeutende, Charakteristische vergaßen. Im Gegenteil: sie schritten nicht etwa von der Schönheit zum Charakteristischen vor . . .«

»Wie es Mengs machen wollte,« fiel erbarmungslos Hirth ein, »aber nicht konnte!«

»Sondern vom Charakteristischen zum Schönen!«

»Wie es Raffael getan hat, und Michelangelo nicht vermochte!«

»So laßt ihn doch ausreden!« Mit Gewalt trennte Tischbein die unerbittlichen Feinde.

»Die Griechen ahmten erst nur nach,« begann Meyer freundlich von neuem. »Dann lernten sie die Anatomie kennen. Dann fand sich mählich eine ganze Wissenschaft um ihr Handwerk zusammen. Dann ward der Stoff immer leichter und restloser besiegt. Endlich bildete sich als Vorwurf der Charakter. Aus diesem der edle. Aus dem edeln der edelste. Was war nun natürlicher, als daß der edelste Charakter nur in der schönsten Form seinen Ausdruck finden konnte?«

»Und diesen Weg« schwor Reiffenstein in den vergötterten Olymp empor »ist Raffael gegangen!«

»Und Michelangelo« donnerte Hirth in den Terrazzo hinab »ging ihn weiter. Vom Ausdruck des Edlen zum Ausdruck des Grandiosen!«

»Auf Kosten der Schönheit!«

»Das nenne ich eben: weiter!«

»Daß es ›weiter‹ ist,« lächelte Meyer seraphisch, »ist keine Frage! Frage ist nur: ob es dieselbe oder eine höhere Art der Kunst war, oder nicht?«

»Und das bejahe ich eben!«

»Den Griechen und Raffael war die schöne Form das notwendige Mittel zum Ausdruck schöner Gedanken. Raffael blieb also, erstens, der Natur stets nahe; zweitens, mit der Wahrheit im Bunde; und, drittens, – aus eben diesen Gründen – immer auch schön! Michelangelo hingegen . . . .«

»Ignoriert die Natur!« Rasend fletschte Hirth die Zähne.

»Nein! Aber geht über sie hinaus!«

»Lügt wie ein Harlekin!«

»Nein! Aber an Stelle des Wahrhaftigen, Treffenden zeigt er das Auffallende, Seltsame!«

»Und ist eine häßliche Kröte!«

»Nein! Aber . . .« Suchend wanderte Meyers Auge vom einen zum andern. »Sie haben es vorhin wahrscheinlich nicht bemerkt: als der Windstoß das Fenster aufriß, flog ein Bündel Zweige vom Ölbaum da draußen herein und peitschte einen Augenblick lang den Leib der Psyche. Es mag nun vielleicht meine übergroße Empfindsamkeit daran schuld sein, . . . bitte, Herr Geheimerat!«

Wie eines ungeheuren Sieges sicher leuchtete Goethe. »Ich habe nicht ein Silbchen gesagt, Herr Meyer!«

»Mit einem Wort: der Ölbaum da draußen, der Himmel da draußen, Rom da draußen, wir da herinnen . . . .«

»Ich möchte wahrhaftig wissen,« drehte Hirth hohntriefend um auf dem Absatz und floh schützwärts von dannen, »wo anders sich ein besoffener Frankfurter milieugerechter ausnähme als hier!«

»Alles Lebendige, Natürliche, Wahrhaftige, Schöne,« verkündete voll Feuer nun Meyer, »– es paßt zu diesen Bildern da oben! Und nur deshalb, und nicht, weil er gegenüber den heidnischen Griechen, die bildhauerten, der römisch-katholische Maler war, scheint es uns, daß wir Michelangelo anders bewerten dürfen als den göttlichen Raffael! Weil er die heitere Eleganz nicht hat, die nur von der *charakteristischen Schönheit*, – nur von der Harmonie im charakteristischen *und* schönen Kunstwerk erzeugt wird!«

»Ich dächte aber,« wagte da Moritz – jetzt konnte auch er nicht mehr still sein! – zu lispeln, »daß jede Zeit ihr eigenes Urteil über Kunst hat? Daß also wir Heutigen . . .« Aber wie eine Parze schnitt ihm Reiffenstein das Wort entzwei. Mit Sturmlust: Raffael oder Michelangelo? wogte sein Busen, in der Seligkeit über den erfochtenen Sieg, noch immer. »Aber jetzt, Exzellenz,« rang er komisch die Hände, »*müssen* Sie Farbe bekennen! *Müssen* Sie uns sagen . . . .«

»Ich sagte schon: ich habe keine Meinung.«

»Pflichten Sie Meyern *nicht* bei?«

Als ob ihm der Zeugesaft der gesamten Natur in den Adern flösse, mit dionysischem Lachen lachte Goethe: »*Ihr* seid die Gelehrten!«

»Und Sie sind der Künstler!«

»Fragen Sie Tischbeinen,« – übermütig tippte er auf Tischbeins üppige Krause – »was für ein jämmerlich Blatt ich gestern abend zusammengeschmiert habe!«

»Dann reden Sie als Dichter!«

»Als Mensch!« beschwor atemlos Moritz.

»Als Mensch« – mit glorreich grüßendem Blick durch die Fenster hinaus in die seiende Welt: »Raffael! Und als Dichter . . . .« – da riß eine Fanfarenstimme ihn auf. »Sie ist's!« jubelte Bury und warf sein Brett in den Terrazzo. Musik schien, was da plötzlich türhin schaute, zappelte, in strömende Bewegung kam, zu packen. »Angelica!« lief Reiffenstein. Wie ein Pfeil jagte Bury. »Und als Dichter,« vollendete Goethe ohne Eile im Mitschreiten, »sage ich Dieses: haben die anderen nicht soviel Titanenkampf um das Göttliche in ihrer Brust getragen, daß er sie daran gehindert hätte, immer mehr an das Kunstwerk zu denken, als an sie selber, – Michelangelo hat sich selber schaffen müssen; unerbittlich immer wieder: das Kunstwerk des ringenden Menschen. Und das scheint mir, – o, gnädigste Frau!« Strahlend und aufgetan den Menschen wie noch niemals, seitdem er in Rom war, neigte er sich über Angelicas glückliche Hand. »Sie kommen im richtigen Augenblick! Die Männer sind, bis auf den herdelosen Hirthen, durch die Gnade des Olymps in ihren Herzen einträchtig geworden und wie die Götter bereit, Psychen zu empfangen! Geruhen Sie niederzusteigen zu den Bänken, die der weindurchzitterte Schütz . . . . . Schütz!« rief er laut, zog Angelicas Arm in den seinen und schritt, während die Freunde verblüfft Spalier machten, mit ihr in den Saal herein; »hebe deine entschlafene Leier und stimme das Feierlied an!«

»Integer vitae, scelerisque purus« gehorchte schwankend, als ginge sie über taumelnden Steg, Schützens betrunkene Leier.

»Nicht das! Gemäßeres!«

Schwindelig erhob sich Schütz. Und da sah er die Beiden: des Mannes Antlitz, von der Sonne des geretteten Geistes erloht, auf dem sanften Azur des Kleides, und das vom Innersten her lächelnde der Frau über dem schwarzen Mantel aus Pelz und aus Samt. Und, berauschter noch, den irren Blick aufgeschickt, olympwärts, in die Tafel der Götter, sang er mit Rührung:

»Laudabunt alii claram
Rhodon aut Mytilenen . . .«

»Das ist das Richtige! Bravo!« Und umflattert von allen
Dämonen des Wagemuts führte Goethe – kopfschüttelnd
zogen die Freunde nach – die Frau zu den Bechern hinab.
Als er den Arm aus dem ihrigen gezogen hatte, verneigte er
sich, ging, – keiner wußte, was nun geschehen sollte – kam
mit dem Prunksessel zurück, setzte die Zögernde mit sanftem Gebieten in den Purpur unter dem goldenen Zierat;
ging wieder, kam mit dem Schemel zurück, bettete die ver-
schämten Füßchen in den damastenen Polster; ging zum
drittenmal, brachte ein Tischchen, stellte es ihr zur Seite
auf; und ging nun zum viertenmal, um ihr die Schüsseln zu
reichen. Die silberne mit den Orangen; die aus Onyx
geschnittene mit den Datteln; die kristallene Schale mit den
Feigen. Als er aber, auf goldenem Teller, den von Benven-
utos Hand stammenden Becher kredenzte, den er soeben
aus dem gekühlten Kruge gefüllt hatte, stieg Schützens
Stimme wie frischer Opferrauch in den Olymp hinauf.

»Mecum saepe viri, nunc vino pellite
curas,
Cras ingens iterabimus aecquor!«

sang er bardisch, – entschlossen trat Goethe von der Thronenden zurück, lud mit flinker Handbewegung die Männer
ein, sich im Halbkreis zu setzen, und rückte, während sie
gehorchten, für sich selber den Sessel herbei. Dann, nach
einem letzten, schelmisch lang wägenden Blick über die
ratlos Lächelnden hin, zog er ein kleines Heft aus dem
Busen und, indem er sich sehr langsam niederließ, sagte er
sehr langsam: »Iphigenie auf Tauris! Urteilen Sie, meine
Freunde, ob sich die Griechin, wie ich sie sah, in diesem
Saal zeigen darf! – Komm, Fritz, herauf zu mir!« rief er
Bury hinab, »setz dich auf die Lehne und sieh mir ins
Buch!«

Und siehe: weiß, aus der Totenstille, trat Iphigenie hervor! Über die Stufen des Tempels, leidend, stieg sie herab in den Hain. Mit unverhüllter Trauer gestand sie Arkas die ewige Wunde des Heimwehs. Klar wie Pallas wehrte sie sich gegen die entsetzt vernommene Werbung für den König. Kaum aber tauchte dieser vor ihr auf, und das Rätsel der Rührung überfiel die ratlose Seele von neuem. Unsicher ward die Miene. Gegen Befehle, die unerbittlich in Blut und Herz aufbrachen, rang die Stimme. Sturm schüttelte die lichte Gestalt. Ist nirgends Rettung aus dem Netz der wirr einander leugnenden Gefühle? Erst unter dem Messer des Henkers aber, der mit wohlgezieltem Streich die jahrelang gepflegte Heimatsehnsucht opfern will dem Dank für den Barbaren, gesteht der grause Mund: »Vernimm! Ich bin aus Tantalus Geschlecht!«

»Bis hieher,« neigte sich anzüglich Tischbein zu Moritzen herab, »ist's immer noch Olymp!«

Aber schon, tollkühnen Sprungs, sprang die Stimme des Lesers hinab aus dem sanften Wellenspiel der glatten See in die Strudel des Meeres.

»Du hast Wolken, gnädige Retterin,
Einzuhüllen unschuldig Verfolgte!«

Voll, aus dem Heft auf, sah er über die Lauschenden hin. Gesenkten Hauptes, über den unberührten Schüsseln, saß die Frau, die den Sturz ihres Frauentums mit der malenden Hand zu überfühlen gelernt hatte. Mit gespannt, hoch und verschlossen in die Decke hinauf gerichteten Köpfen die Männer. Was rauscht jetzt? Was kocht jetzt? Blut! Das uralte Menschenopfer am Skythenstrande, aus männlicher Begier, die sanfte Priesterin zu besitzen, ihr preisgegeben, – kaum daß sie den Besitz versagt hat, wird es wieder eingesetzt! Und wem droht es als Ersten? Den zwei Griechen, natürlich, die die Welle soeben ans Ufer gespült hat! »O süße Stimme! Vielwillkommner Ton,« jauchzt der verzückte Mund, »Der Muttersprach in einem fremden Lande!« Und noch einmal, in rosenrotem Lächeln, schaukeln die schönen Leiber Raffaels durch seine blaue Götterluft; *nur* Anmut! Doch schon klärt Pylades die Ergriffene unumwunden auf: »Da trennte bald der Streit um Reich und Erbe die Geschwister! Ich neigte mich zum ältsten; er erschlug den Bruder!« – und, sieh: die Götterluft ergraut, die Leiber schrumpfen ein, ihr Lächeln stirbt!

»Es wird charakteristisch!« zwickte Hirth den Hofrat Reiffenstein.

Ja! Weiter: Blut und Blut! Aus dem drohenden Rauch des wiederaufgelegten Menschenopfers, dem Rauch des Bruderbluts, das Pylades fast stolz bekannt hat, steigt, hart heraufgerufen dem geweckten Geist, anstatt der Heimat jede Bluttat des unseligen Hauses zu Mykenai. Und wie die Dämpfe dieser ungezählten Morde schon den Himmel auslöschen, Flur der Erde zum Tartaros, Schuld zur Wiegengabe, Verzweiflung zum Brot verfluchter Menschheit machen, – erst noch der Dunst des sühneheulenden Bluts von Klytaimnestre! Was nützt es dem verhüllten Auge nun, den Bruder zu erkennen? Was dem bedrohten Herzen, wimmernd Liebe zu empfinden vor diesem blutigen Kranz von blutigen Wahrheiten? Er hat die Mutter erschlagen! Und ich soll ihn opfern! Und schreit er nicht, zerbissen von den Furien, daß ich's tun soll?

»Ist nicht Elektra hier, damit auch sie
Mit uns zugrundegehe, nicht ihr Leben
Zu schwererem Geschick und Leiden friste?
Gut, Priesterin! ich folge zum Altar:
Der Brudermord ist hergebrachte Sitte
Des alten Stammes . . . .«

Wie aber, wenn sie Thoas folgte? Orestes damit vom Opfer löste? Darauf verzichtete, selbst heimzukehren, – als seine Mörderin! – nur damit er selber . . .?

Dann blieben – wie vor der Gorgo wird ihr Leib zu Stein –
doch immer noch die Schlangen der Erinnyen!

»Das griechische Maß, die Beschränkung des Kunstmittels
gegenüber dem Gegenstande,« flüsterte Moritz feuerwangig
hinauf zu Tischbein, »wunderbar gewahrt!«

»Und welche – heitere Eleganz!!« Mit Hohnblick Hirth zu
Meyern.

»Die Mutter fiel!« Wie Eisenschwertaufsetzen auf blut-
gedüngte Fliesen klang es.

>>Tritt auf, unwilliger Geist!
Im Kreis geschlossen tretet an, ihr Furien,
Und wohnet dem willkommnen Schauspiel bei,
Dem letzten, gräßlichsten, das ihr bereitet!«

Und der Olymp versank! Die Helle im Saal dahin! Weg das
Lebendige aus allen Hirnen der gefügten Welt, die vor den
Fenstern sich mit grauen Nebeln umzog! Der Ölbaum schritt, die schweren Wurzeln durch die Bleiche schleppend, in
wüstenferne Öde. Die Lorbeerbüsche hauchten Finsternis
von Gräbern. Mit bangen Armen strebte Psyche, von
welken Kränzen wie von Dornenfingern von den Göttern
weggerissen, den Göttern nach, die rücksichtslos, mitsamt
dem falschen Amor, auf schwarzer Wolke aus den Bildern
flohen. Ausgeträumt der viel zu schöne Traum auf den armseligen Wangen. Noch einmal, heldenhaft, tat er sich
Zwang an, wiederzuerstehen, den Pfeil, der in der Brust
schon wühlte, zu verachten. Umsonst! Als dieser Wille
kraftlos dumm erlag, erlag auch er; endgültig. Und nun erblich der letzte Schein in nichts! Aufgelöst floh Raffaels
holdes Antlitz aus dem Raume. Ein Funke noch, vom Fenster her, daraus es irr entglitt, – und Orest, wie eine Seele
Michelangelos vergiftet, stand allein! Das Licht im
Luftstrom, die schlaue Zuversicht des Freundes, die
aufgeblühte Liebesglut der Schwester, wie Waffen warf er
sie, die seinen Händen nicht mehr taugten, graus hinweg.

Und nun ein Blick, versinkend im Morast der Martern, und wie Fontäne schoß der Irrsinn auf:

»Ja, schwinge deinen Stahl, verschone nicht,
Zerreiße diesen Busen und eröffne
Den Strömen, die hier sieden, einen Weg!«

»Tischbein!« Ohne ihn zu sehen, schob Goethe Bury von der Lehne weg, sprang auf und gab das Heft, das bebte, durch die finstere Luft Tischbein hinüber. »Lesen Sie weiter!« Tat stolpernd einen Schritt der Frau entgegen, die verzaubert saß, und ließ sich grau zu ihren Füßen nieder.

Zerrissen, bang, als läge Orest auf diesen toten Fliesen, verstrich die Pause.

»Noch einen!« flehte endlich, zaghaft, Tischbein, »noch einen reiche mir aus Lethes Fluten . . . . . .«

»Gerettet!« jauchzte Moritz, riß die Arme trunken aufwärts. »Er ist gerettet!«

Atemholen, weit und laut und tief, genoß sich scheu im Kreis. Orest gerettet! Die Erinnyen ziehen ab! Froh lärmten die Sessel, die Mienen jagten frisch den Bann weg, mild hob Angelica das tränenübergossene Antlitz aus der Hand, das Licht schwang wieder, blau der Strom des Lebens in die Fenster, in süßer Neugeburt erstand die Farbe, stieg nackter Leiber Schönheit weiß zurück.

»Laß mich zum erstenmal mit freiem Herzen in deinen Armen reine Freude haben!« las Tischbein bebend, – im selben Augenblick rief Bury brennend: »Das Antlitz Raffaels! Da! Da! Da ist es!«

»Er hat den Olymp ausgetrieben und richtet ihn nun wieder auf!« stieß Moritz atemlos den Schweizer an.

»Als ob er Raffael selber wäre!« hauchte Reiffenstein.

»Ich warte das Ende ab!« schlug Hirth beherzt den Schenkel.

»Mein Freund!« Mit einem Lächeln, das nichts von dieser Erde hatte, beugte sich Angelica dem Kauernden hinab und langte heiß nach seiner Hand. Er merkte es nicht. Sah keinen mehr. Hoch über ihnen allen las das strengbefohlne Auge in der Decke. Eine Amsel sang im Garten draußen frühlingstoll den Himmel voll. Der Widerglanz der Sonne strich mit Wogenlust von Wand zu Wand. Der Ölbaum spielte singend mit dem Feber, mit tausend Schellen klingelte das Leben. Er sah und hörte nichts. Vor seinem unerbittlich scharfgezielten Auge stieg Psyche wieder in den Strahl der Bläue. Zerriß die Finsternis von Leid, das seine blutigen Verse ihr beschieden, und nicht mit bangem Leib wie jene, die Verdammnis fürchten müssen, wenn nicht der Schein siegt, den sie täuschend lügen, trat sie den neuerweckten Göttern jetzt entgegen. Das Auge, das in einer einzigen Stunde den Zwiespalt alles Erdeseins erfahren, starkmütig in die Stirn des Zeus gebohrt, den Busen lohend von dem Trotz des Muts, vor Zeus als Seele – nicht als Psyche! – zu bestehen, rief sie befreit: »Nein! Nehmt mich nicht ein zweitesmal, nur weil ich schön bin und mich Amor liebt! Bin ich nicht wert, als was ich bin, den Sitz mit Euch zu teilen, dann stoßt mich kühn zurück! Bin ich es aber . . . . .«

Da hob sich Tischbeins Stimme hochauf zum Entschluß. Der Kampf, den noch kein Herz in Hellas ausgefochten: sterben lieber, als durch List gewinnen! – in diesem Herzen wird er frei gewagt! Die Lüge sinkt, *das Wahre siegt!* Wie jetzt die Götter wählen, – ist der Götter Sache!

>>Auf und ab
Steigt in der Brust ein kühnes Unternehmen,
Ich werde großem Vorwurf nicht entgehn,
Noch schwerem Übel, wenn es mir mißlingt;
Allein Euch leg' ichs auf die Knie! Wenn

Ihr wahrhaft seid, wie Ihr gepriesen werdet,
So zeigt's durch Euren Beistand und verherrlicht
Durch mich die Wahrheit. Ja, vernimm, o König . .«

Pfingstfest der Wahrheit? Fuhr die sichtbar zündende Zunge des Geistes nieder? Warum, getroffen im innersten Begehr der Seelen, erschauerten die Lauscher? Bläst Atem vom Geheimnis aller Welt durch die gemessenen Wände? Aus ihrer tiefsten Tiefe schluchzend losgerissen, erstand im Auge der verzückten Frau die Träne, rann süß dem Kauernden hinab, der starr zu ihren Füßen saß und sie nicht rinnen, nicht zerschmelzen sah. Denn: Psyche ward empfangen von den Göttern! Ist es Musik, die aus den Dingen in die Bilder, von den Bildern in die Dinge fließt? Faßt Menschliches und Totes der Orgasmus *eines* Siegs: der nackten Wahrheit? In hoher Glorie seine Wunder vorbereitend, lacht der Olymp der Lächelnden entgegen. Was schön ist auf der Erde, steigt aus Psyches Busen göttlich aufwärts. Was schön um Zeus, von Zeus' bezwungener Stirne irdisch abwärts. Und auf der Grenze zwischen Hier und Oben erschimmert Raffaels sanft verklärtes Antlitz. »Komm!« winkt es innig, »komm, du bist mein Sohn!«

Jäh auf sprang Goethe. Der Herzschlag stockte ihm. Mit versengtem Blick, halb tiefste Qual, halb höchste Lust, schwer auf den Purpurarm des Frauenthrons gestemmt, sah er empor. Wer winkt: »Du bist mein Sohn«?

»Soll ich Dir noch die Ähnlichkeit des Vaters,« las Tischbein fortgerissen, »soll ich das innere Jauchzen meines Herzens Dir auch als Zeugen der Versicherung nennen?«

Da hielt Angelica ihr Jauchzen nicht mehr. »Wer war die Gottgesegnete,« rührte sie den Entrückten an und gab ihm schamlos das Geständnis ihres Blicks, »die *das* in Ihnen wachrief?«

Er ließ die Lehne los. Ging wie ein Baum, der Zwang und Bann trotzschüttelnd abriß, in die Höhe. Denn Eines war jetzt klar: die Psyche, die der Vater aller Götter inbrünstig küßte und als Tochter aufnahm, – trotz aller Nacht und Dämonie in seiner Brust war: *seine* Psyche! »Darauf kann ich nur sagen,« stieß er wild hervor und bohrte den Strahl des endlich freigerungenen Auges in den Blick der Frau, »ich hab nur eine Existenz! Und diese hab ich diesmal ganz gespielt! Und spiele sie noch! Komme ich davon von dieser Krise, – dann: ersetz ich tausendfach, was zu ersetzen ist! Komm ich um, – dann komm ich um! Ich war ohnedies zu nichts mehr nütze! Da!« Und mit einer Hand, die von allen Schrecken des grausigen Endkampfs noch zitterte, fuhr er ins himmelblaue Kleid, riß den knisternden Brief hervor und zwang ihn der Frau in ihre ratlos stummen Hände. »Nehmen Sie das! Und wenn Sie nach Hause fahren, mittags, über den Tiber, – *hinab* damit! Auf Nimmerwiedersehn!«

»Lebt wohl!« rief Thoas, Sieger und Besiegter.

Er aber, leicht im ungeheuren Schweigen, das wie die Tochter dieses königlichen Abschieds dem Nachklang nachwuchs, rief gerettet: »Tischbein!«

Doch – Reiffenstein! »Exzellenz!« Auf Zitterfüßen, Arme schwenkend, lichterloh entbrannt, schoß er daher. »Ganz genau, wie Meyer es gesagt hat: der Weg vom Charakteristischen zum Schönen!«

»Und ich sag' umgekehrt,« stampfte Hirth fanatisch in den Boden: »vom Schönen zum Charakteristischen!«

»Nein!« rief besessen Moritz: »Vom *Olympos* in den *Himmel!*«

»Und wenn das wahr ist,« – Sonneblitz im Antlitz des Erlösten! – »dann: kurzentschlossen heut noch an den zweiten: vom Himmel durch die Welt zur Hölle! Komm,

Tischbein!« Jung, die Arme weithin ausgebreitet, flog er an Tischbeins frohe Brust: »Mach dich bereit! Jetzt geht es nach Neapel!«

Sechstes Buch

Anruf

Demeter, die grüngolden üppige, herrschte hier nicht. Helios, der weiße, mit dem Augstrahl der Freude, gebot hier nicht. Dionysios, – nur bis an die Stufen des Berges reichte die Macht seiner Rebe. Hephaistos allein war hier Herr! Gaia mußte ihn dulden, Poseidon ringsum im Meere ihm helfen, alle Dämonen gewärtig sein seiner Willkür. Tierhaft verbildet saß er unten in der schachtigen Tiefe am Rande der Flamme, hetzte sie, schürte sie, redete ihr seinen Spruch, seinen Fluch ein, – und rieb sich die feurigen Hände.

Eingedenk Dieses, wie im Engpaß des Todes vor dem Eingang in den Hades, saßen die vier Menschen in der schwarzen Senkung zwischen der Mauer des Sommo und dem zitternden Leib des Vulkans. Himmlisch, wie der Fuß von der bebenden Scholle den unmittelbaren Pulsschlag aus dem Herzen der Erde empfing und erschüttert weiterleitete ins Gehirn! Unterweltlich, wie plötzlich der letzte Schimmer des Morgenazurs in der Höhe erlosch, Schwadenflüge der Finsternis niederstürzten und Nacht machten. und nun der Donner aufbrüllte, furchtbarer als der des vergessenen Zeus.

»Ich muß unbedingt hinauf!«

»Aber dann schnell!« rief bereit der jüngere Führer. »In zehn Minuten speit er von neuem. Avanti!«

»Ich begreife Sie nicht!« platzte Tischbein gereizt heraus; Goethe hatte den Riemen erfaßt.

»Und ich Sie nicht! In Verbindung treten können mit dem Anfang des Werdens!«

»Mit der Hölle!«

»Ohne Hölle kein Himmel!«

»Zu spät!« Mit einem Fluch ließ der Führer den Riemen los.

»Nichts als Tod!« knirschte Tischbein. »Zerstörung! Unsinn! Widersinn! Chaos!«

»Im Gegenteil! Schön ursächlich bedingte Wirkung!«

»Sie sind doch kein Naturforscher!«

»Und Sie kein Allegoriker!«

»Aber ein Künstler!«

Brumm! Wie ausgeschleudert sprang Tischbein vom Fels auf und unter den schützenden Überhang. »Jetzt!« schrie der Führer, und schwang den Riemen. »Presto! Vorwärts!«

»So geben Sie doch wenigstens acht, um Himmelswillen!«

Aber die Begierde trieb den Rasenden rasend. Im ungeheuren Maul verschlang ihn die Wolke von Dampf. Der Atem stockte. Der Fuß versank in dem Meere von Asche. Das Trommelfell peitschte der Lärm. »Corraggio! Niente paura!« stachelte keuchend der Führer. Stampfen wurde das ruckweise Beben. Plötzlich lautlose Stille. Licht eines unmeßbar fernen Himmels sprengte den Raum. »Eccocci!« Einen knallenden Riß tat der Riemen; sie standen auf dem Grate des Kraters.

»Man sieht ja nichts!« Wie ein enttäuschtes Kind jammerte Goethe, irrsinnig weit vornübergebeugt durch die tosende Stickluft. »Siehst du etwas, Giovanni?« Da sah er! Ein Windstoß, von oben kerzengerade in den Schlund hinabgeworfen, machte die Dampfwirbel flattern. Wie der Rachen des erstgeborenen Ungeheuers der Schöpfung schaute die Untiefe empor in sein Auge. Hunderttausend Risse, pur-

purschwarz klaffend wie von suchendem Blute, spieen aus den zerrissenen Wänden die Wut ihres Atems. Glimmende Tollfunken, nicht schon Feuer, nicht schon fertig erlöst zur Weißglut der Flamme, glotzten aus dem Brodeln. Ächzend, ausstoßend mit ringendem Wildlaut die Werdegier, daß ohne Unterlaß sich hob und sich senkte, was rundum schon Welt war, flehte die geknebelte Bestie um Freiheit.

»Iphigenie,« blitzte es grimmig durch die wunderfrönende Seele, »hat zu Weimar nicht zu gefallen geruht. Wie wär's, wenn ich mich *dieser* Mutter zurückgäbe?«

»Zu Boden!« schrie der Führer. Der Berg spie schon.

Als würde er durch die heulenden Lüfte hinab nach Resina geworfen, packte den Überrumpelten die Tatze des Augenblicks. In traumhaftem Intervall sah er: wie schwimmende Silberteller in unwahrscheinlich süßem Blauteich, Ischia und Procida weit draußen im Meere. In der nächsten Sekunde: Pestnebel. Mit tobenden Wangen stieß er die Asche aus dem brennenden Schlunde. Hoch oben, im Himmel, der braungelb mit schrecklicher Drohung herabstierte, in zehnfacher Adlerhöhe, zerplatzte die Bombe des Ausschusses.

»Die Hände auf den Schädel!«

Knatternd wie Eisenhagel aus dichter Geschoßfront, sauste die Wolke der Aschen herab.

»Via! Subito! Fuga!«

Daß die Fetzen von den rauchenden Sohlen flogen, rannten sie.

»Gott sei Dank!« Mit der Flasche voll Vesuvwein kam Tischbein aus dem Felsschirm hervorgestürzt. »Trinken Sie rasch! Wie Sie aussehen! Sie könnten sich ruhig ins Museum von Portici legen!«

Aber der Selige lächelte nur. Tat ein Schlückchen. Reichte die Flasche dem Führer. Packte den Führer, kaum daß er die Flasche geleert hatte, gierig beim Ärmel; und wieder, ohne Besinnen, zurück; Richtung Kegel! Niedlich, zu niedlich, sich der geologischen und mineralogischen Experimentchen im zahmen Thüringerland und auf den »Felsen« von Karlsbad zu erinnern! Reizvoll, den Blick, den keine Mauer einer bestimmten Heimat mehr engte, hineinzubohren in die schwefelstickende Grauschwärze, in den Treffschußpunkt dieser Scheibe von Willkür der Natur, und darin das Bild von Rom erstehen zu lassen, – Bildnis der logischen Kunst – und sich schonungslos an jenem Schlafittchen zu packen, das noch vor wenigen Wochen, in der Farnesina, so eitel triumphiert hatte! Hier – diabolisch vollsichtig lachte er – war das Wunder noch: Geschehen! Dort nur noch: Wirkung schon lange vorher entstandenen Gedankens! Für die bildende Kunst, natürlich, steht die Unordnung für ewig tief unter der Ordnung. Für die dichtende auch? Er blieb stehen, mitten im Taumel. Jedenfalls blieb auch das Kunstwerk des Dichters, selbst wenn es die Maßlosigkeit unbarmherzig als den Urgrund der späteren Maße enthüllt und diese Maßlosigkeit noch so zeitlassend überführt in das Maß, doch noch meilenweit hinter der blutigen Wahrheit zurück, die nur das wissenschaftliche Erforschen ermittelt. Schreit aber das Hirn eines Ehrlichen, vor einem solchen Vulkan, nicht nach Wahrheit, bevor es nach Kunst ruft? »Ich habe,« lächelte er in unsäglicher Verachtung, ein Riesenstück pechschwarzer, glasglatter Lava in den Händen, »die schönsten Plane in diesem Poetenbusen geboren, seitdem ich hier wandere. Dazu die Kyklopen von altersher. Und es heult nur einer dieser kunstlosen Donner auf, . . .«

Kannibalisch wild spie der Berg.

» . . .und sie sind alle zerstampft! Giovanni!« Lustig wandte er sich an den Jungen, der blöde die Zähne fletschte. »Ich sage dir: du bist zu beneiden! – Was denn, Tischbeinchen?«

Wie eine ängstliche Gouvernante nämlich rief dieser aus der Tiefe hinter den wallenden Schwaden herauf. »Beide seid ihr zu beneiden. Ihr machet keine Gedichte; wenn aber doch, dann reißet euch kein Vesuv und kein Wald von Zwergpalmen vom Dichten los. Haue mir ein Stück von diesem Brocken da ab!«

Als er's in der Hand wog, es war hart wie Urgestein: »Hm!« Zufrieden. Dieses freute ihn: was immer er in die Hand nahm, vors Auge, noch immer ward es gewissenhaft von allen Seiten betrachtet. Die Bruchstelle war wie von schwerschwarzem Granit. Oder Basalt? Die übrige Oberfläche wies die Zeichen ältester Lava aus dem tiefsten Grunde des Berges: eingetrockneten Aschenstaub, Zerrungen, Überwachsungen. An diesem Stücke die älteren und neueren Laven zu vergleichen, – dankbar hob und senkte er den graugrünen Sammelsack, worin gute zwanzig Pfund schon geborgen lagen – höchst wertvoll! Vor ihnen allen aber die Theorien vom Neptunismus und Vulkanismus wieder einmal zu kritisieren, mehr als gesund! Welcher Leichtsinn, sich aufs Wasser eingeschworen zu haben, ehevor man das Feuer eines Vulkans auch nur gerochen! »Lieber, alter Thales!« Schmunzelnd, bedächtig näherte er sich einer halbmannhohen, von dünner Zackenwand überdeckten Grotte im Kegel. »Ich fürchte, des Anaxagoras Wage steigt hier ein bißchen! Ich könnte ihn, zum Beispiel, sagen lassen:

»Hast *du*, o Thales, je in einer Nacht
Solch einen Berg aus Schlamm hervorgebracht?«

Biegsam beugte er sich zum Höhlenmund nieder. *Wenn* er nach Sizilien ginge, fiele am Abend, von der südwestlichen Küste aus, sein Schatten hinüber nach Afrika. »Wie ein Autodidakt,« knurrte er, Gesicht hochgereckt, bissig, »der das einzige, mit einem ausgestopften Affen und einem angeblichen Vormenschen-Skelett betane Museum seiner fest umzirkelten Vaterstadt zur Base seiner Bildung macht, habe ich bisher die Natur studiert!« Weit, schamlos vor Giovannis Gesicht, das immer überzeugter den Gedanken: Tedesco! ausdrückte, spannte er die Arme. Welt! Wieder, und wieder ganz genau so, wie für Leben und Kunst, hieß es auch für die Natur: Welt! Weiter! Vielerlei! Alles! »Da schau her, Bürschlein!« Mit frohem Hammer schlug er an eine der Zitzen, die vom Dach des Gewölbes eiszapfenlang niederhingen. »Tropfstein? Tuff? Bimsstein? Rede, Giovannino!«

Aber der Junge hatte Aug und Ohr ganz wo anders! »Hören Sie nichts?« lispelte er, den rechten Zeigefinger vor den Lippen.

»Nein.«

»Von da drüben her? Rechts?«

»Nichts!«

»Warten Sie!« Aber da war's schon gewiß. Einen Riß, daß er aufschnellte, bekam der geschmeidige Leib. »Da drüben,« keuchte er, atemlos, »am Rande, –: die Lava!«

Wie besessen rannte Goethe. Glühender Boden. Scharf bergauf. Durch Dampf, Asche, Donner und Blitz. Kein Rastpunkt, solang der Junge da vorne wie ein pfeifender Schatten voranlief. Glaubte er: nun sind wir da, oder: nun hat es sich herausgestellt, daß er sich täuschte, dann flog dieser Schatten von neuem weiter; aus dem rauchverschlungenen Hintergrund, nach schauerlich gemessenen Zwischenstillen, tönte Tischbeins ermattende Stimme, der Horizont rechts vom Kegel begann in häßlich greller Weiße zu brennen, die tintige Mauer des Sommo versank in Gasdünsten, die Füße brannten, im Gesicht sprang die Haut, die Haare tropften. »Wirklich und wahrhaftig, da ist sie!« gellte plötzlich der Schatten vorn auf; stöhnend zwang der Verfolger den zitternden Beinen den letzten Lauf ab; – da stand er!

Links, etwas unterhalb der zwei schlotternden Gestalten, zischte unausgesetzt milchweißer Brodem aus dem Körper des Kegels. Der Steilhang im Umkreis von leicht fünfzehn Metern war dadurch unsichtbar. Wo aber diese gleißende Wolke, in die plötzlich blaßblau schillerndes Sonnenlicht einfloß, nach unten endete, sah man deutlich: ein Fluß läuft hier. Unmittelbar aus ihr hervor quoll er, rollte grauschwarz, dick, glucksend und rauchend über die sanfte Halde nach abwärts.

»Was sagen Sie?« frohlockte der Junge, eitel wie Kolumbus.

»Komm!« antwortete Goethe, heiser vor Leidenschaft, und jagte weiter. »Wir müssen zur Quelle vordringen!«

Aber schon nach wenigen Sprüngen auf einer Platte angekommen, die unter ihrem Tritt wie Brett im Wasser schaukelte, erblickten sie den Fluß bequem zu ihren Füßen. Als zäher Brei lief er dahin. Gute drei Meter breit. Giftiger Qualm über der dunkel unförmigen Schlange. An den Rändern erstarrte die Flut zum Damme, der sich, je länger sie floß, immer fester im Boden aufbildete und höher ward. Wo die Flut auf Hindernisse stieß und gestaut wurde, ehe sie über vorspringende Schrofen gleiten oder links oder rechts ausweichen mußte, formten sich für Sekunden Tümpel. Brach dieser Stau, dann schoben sich die Schlacken wie über übertölpeltes Wehr eisschollenartig ineinander, zum Haufen, zum Berge, bis die neu glühend heranfließende Woge sie mit kurzem Anprall zerriß und auf die Seiten warf.

»Läuft sie nicht wie ein Mühlbach?« lachte mit tollen Augen im pechschwarzen Gesicht der Bube.

»Wir müssen an den Schlund vor! Um Alles!«

»Ausgeschlossen! Zu heiß!«

»Wenn wir geraden Wegs weiter hinabklettern?«

»Unmöglich! Es hängt klebrige Lava über dem Loche!«

»Also von der Seite?«

Aber von der Seite kam man nicht heran an das Maul. Jedesmal trieben sie sengende Glut, die wie ein Rudel Raubtiere auf die anpirschenden Leiber losfuhr, und das Weichen des Bodens, der überall Blasen warf, zurück.

»Also doch besser von oben her?«

»Das geht gewiß nicht!«

»Muß gehen!« Er hatte keinen trockenen Faden mehr am Leibe. Die Haare hingen ihm wie triefende Algensträhne aus der Stirn. Die Tuchgamaschen um die Beine waren völlig verkohlt. In beiden Stiefeln lugten die nackten Zehen aus den zerfressenen Spitzen. Mit unzähligen Brandlöchern flatterte der Rock. »Zieh mich ein Stückchen noch, wenn du kannst!« bettelte er plötzlich schwindelnd. »Hörst du?«

Aber auch Giovanni war am Rand seiner Kraft.

Endlich, nach einer qualvollen halben Stunde standen sie von neuem auf der rauchenden Platte. Die Sonne war verschwunden. Röter noch stierte die Geilheit der Glut aus dem wälzenden Mühlbach herauf und lockte wie die Muschel der Venus!

»Es muß gehen, Giovanni! Halt mich am Seile!«

»Nossignore!« Der Junge beschwor. »Impossibile! Mi creda!«

Einen Augenblick lang stand Goethe weit vornübergebeugt, zweifelnd. Mit einem Mal, als ob das Beben des Bergs den innersten Kern seines Gebäudes erfaßt hätte, schüttelte er sich, riß Rock und Weste vom Leibe, warf sie Giovanni zu, stieg von der Platte nieder in die Asche. Es fruchtete nichts, daß der Bursche immer wilder herabschrie: »Nicht mehr weiter! Kehren Sie um!« Unaufhaltsam, Schritt vor Schritt,

stieg er tiefer nach abwärts. Tritt für Tritt vorsichtig dem er-
lechzten Maul näher. Schon vernahm er das Gemurmel des
Ausflusses. Wehrende Wand schon, stand ihm die Dampf-
wolke vor den Augen. Raubend schon riß ihm der Sied-
hauch den Schweiß aus den Poren. Vielleicht noch zehn
tappende Schrittchen in dieser Richtung gewagt, und er
stand auf dem Überhang, konnte den Rand überspähen, das
Geheimnis ertappen, – da blieb ihm das Herz stehen: er
stand auf dem Überhang! Es wankte unter seinen Füßen!
Da, genau unter diesen taumelnden Füßen, quoll die Lava
aus der Erde!

Ohne noch einen Gedanken denken zu können, machte er
sich leicht. Beugte er das Knie. Streckte er die Arme in
geknicktem Winkel von sich. Die Hände dem Boden entgegen. Ließ sich langsam nieder. Hockte bereits, tastete
soeben mit vorgerecktem Kopfe nach links vor, als er empfand: ich gleite. Mit einem Ruck zurückgeflohen, Arme
und Beine in den Lüften, suchte er nach einem Stand hinten
in der Halde. Fand keinen. Sah den Boden vor seinen Füßen
nach der Tiefe hin weichen. Griff mit entsetzten Fingern ins
Leere, – ein Schrei, in seinen stürzenden Leib hineingetan
wie mit bohrendem Ankerhaken, und er lag neben dem
schäumenden Giovanni rückwärts in der Asche.

»Daß du dich nicht unterstehst, auch nur eine Silbe zu
plauschen!« herrschte er, zitternd noch immer an allen
Gliedern, den Jungen an, als sie zum zweitenmal, wie die
Kohlenbrenner, in den gefahrlosen Engpaß des Todes
zurückkamen. »Verstanden?«

»Ich kümmere mich nicht mehr um Sie!« empfing ihn
Tischbein wütend. Wer hatte den Bedächtigen jemals so
außer Rand und Band gesehen? »Da hütet man Sie wie das
Kleinod der Welt, und Sie kneifen einem aus wie ein listi-
ger Schulbub! Als ob der Vesuv der Ettensberg wäre!«

»Wenn nur der Ettensberg der Vesuv wäre!«

»Und wenn Sie nicht mehr zurückgekommen wären?«

»Giovanni!« Flasche und Käse und Brot in einem reichte Goethe munter dem Ausgepumpten hinüber. »Iß und trink! Bis du platzest. – Ich kann mehr wagen als ein Anderer!«

»Einbildung!«

»Man lebt davon.«

»Sie kommen mir oft wie aus Stein vor.«

»Das haben schon Viele gesagt.«

Aber in der tobenden Brust Tischbeins rang ein ganz anderer Dampf, als welcher da Goethen so distanzlos anfauchte! »Sie sind gar nicht Goethe! Sie sind der Dämon, der Goethen am Seil hat!«

»Hören Sie, Tischbeinchen!« Im weitaufgerissenen Munde verschwand der saftige Ossobuca »Sind Sie immer so geistvoll, wenn Sie böse sind?«

»Böse?« Und noch gacher stieg der falsche Dampf aufwärts. »Wenn man zwei Stunden lang Todesangst um Sie aussteht und Sie einen dann noch verhöhnen, soll man nicht böse sein?« Beim Hunde! Es war schon eine verteufelte Aufgabe, diesem Mann etwas sagen zu wollen, was er ungerne hören wird! »Gestehen Sie doch selber!«

Aber nichts gestand Goethe. Kopfschüttelnd, ungetrübt glücklich, aß er unentwegt weiter.

»Ist nun *er* böse?« zitterte Tischbein.

Fiel ihm nicht ein! Es war auf dem Abstieg, sie waren etwa eine halbe Stunde lang stumm nebeneinander den Berg nach Resina hinabgeklettert, als Goethe so plötzlich, als ob er erwachte, stehen blieb und erklärte: »Mein Erstes wird nun sein, bei den Lavahändlern die möglichst lückenlose Ergänzung der Sammlung in diesem Sack da zu besorgen;

nicht nur der Laven von oben, sondern auch der Basen des Bergs und des Umgesteins.«

Und da explodierte Tischbein. »Freilich! Natürlich!« *Jetzt* schoß der richtige Dampf aus. »Das ist das Erste und Notwendigste!«

»Ich überlege mir überhaupt,« setzte Goethe völlig ahnungslos fort, in den ungeheuren Westglanz des Golfs von Neapel hinein sprach er, »ob ich nicht den Rest meines Lebens auf Beobachtung verwenden soll? Ich dürfte manches auffinden, meine ich, was die menschlichen Kenntnisse vermehrte!«

»Goethe als Naturgeschichtsprofessor!«

»Rom, zum Beispiel!« O, er hatte den hohnbrüllenden Hieb gar nicht gespürt! Durstig in neuem Hunger nach dieser Stunde besessenster Arbeit, streichelte das stolzsatte Auge Capri, Sant' Elmo und das flaumzarte Reblaub zu seinen Füßen. »Rom und die Kunst in Rom verstehe ich erst jetzt, wo mir die Natur aufgeht, aus der diese Kunst floß.«

»Selbstverständlich!« Schäumende Wut. »Man muß Blut vom Vesuv geleckt haben, um die Transfiguration zu kapieren!«

»Nein! Aber jedenfalls schadet es auch dem Künstler nicht, wenn er . . .«

»Was?« Außer sich fiel ihm Tischbein ins Wort; er kannte sich selber nicht mehr. »Zum Teufel mit aller Vielseitigkeit! Der Künstler muß seine Kunst treiben, und punktum und basta!«

»Gewiß!« Als ob er sich im nächsten Augenblick unmittelbar von dem Hang des Vesuvs in das strahlende Goldblaumeer hinabstürzen müßte, leuchtete Goethe. »Aber dieser Enge muß, meines Erachtens, die Weite vorangehen. Ich wenigstens kann nichts wirklich erkennen, wenn ich nicht auch erfahre, was vorher war und was mitgegenwärtig ist.«

»Herr Geheimerat!« Schweiß auf dem ganzen Leibe, fuhr Tischbein empor. Also hatte er es mit eigenem Mund ausgesprochen, das Gift der Gefahr, das Jeden bedrohte, der mit diesem Mann umging! »Sie kennen mich zu genügsam, um glauben zu können,« sagte er ohne Atem und Stimme, »Tischbein maße sich an, Exzellenz von Goethe Ratschläge zu erteilen! Aber ich befinde mich auf dem Grat einer Epoche meiner Entwicklung . . . .«

»Ich auch!«

»Ich darf nicht mehr länger nach rechts und nach links schauen! *Muß* jetzt endlich der Künstler werden, dem das Leben die Kunst ausmacht – und: bezahlt!«

»Ich glaube nur,« – sehr, sehr vorsichtig – »daß man in solchen Dingen nichts erzwingen soll?«

»Und ich glaube nicht, daß man ohne strengste Disziplin, starres, einseitiges Sammeln aller Kräfte auf den Brennpunkt der ausgeprägtesten Fähigkeit ein selbständiger Künstler werden kann!«

Unter einer ungeheuren Pinie blieb Goethe stehen. Der frische Südwest strich in den Zweigen, die vom Werk der Sonne rochen. Fröhlich blau tanzten die Schatten über den abschüssigen Rasen. »Man muß so lange durch die Jahreszeiten wandern,« sagte er endlich, »bis man reif ist zur eigenen. Der rührigste Ehrgeiz ersetzt dieses Noviziat nicht. Im Treibhaus des Willens wachsen die Früchte viel problematischer als im Muß der Natur. Ich will mir doch ein Bild von der Welt in die Seele hinein malen?«

»Weil Sie sich diesen Luxus leisten können!« Obwohl er sich mit aller Kraft dagegen wehrte: der bittere Haß des Verdienenmüssers gegen den gebetteten Zeithaber schoß mit jedem Worte. »Ich aber kann ihn mir nicht leisten!

Ihnen ist die Kunst der Niederschlag Ihres Lebens. Mir die meinige mein einziger Beruf!«

Schelmisch lächelte Goethe. Wahrlich, dieser Mann hatte nicht umsonst neben ihm gelebt!

»Zweifellos,« fuhr Tischbein wie der Pfeil im Fluge fort, »sind Sie als Künstler geboren! Aber glückliche äußere Umstände leiteten Sie von selber in die glückliche Fortsetzung dieser Geburt. Ganz natürlich daher, daß immer mehr Leben – und Welt – und immer tieferes Schauen Sie nicht nur nicht bangmacht und stört, sondern immer gewisser in Ihre Art Kunst hineintreibt, die, um es noch einmal zu sagen, eben nichts anderes ist, als der Spiegel Ihres Lebens! Ich hingegen, ich habe mich zur Kunst erzogen. Führte Sie das Leben zur Kunst, – mich muß die Kunst zum Leben führen. Ist sie Ihnen, genau so wie Ihre Naturbetrachtung, nur Mittel, um zum Kosmos in einen logischen Bezug zu geraten, so bedeutet sie mir das einzige Kapital, um eine unabhängige Stellung im Leben zu erringen. Und da ich bereits in meinem fünfunddreißigsten Jahr stehe . . . . . .«

»Das begreife ich alles recht gut.« Lebhaft griff Goethe nach dem aufgeregten Arm. »Sie wollen finanziell frei werden, einen anständigen Wirkungskreis haben, Ihre Produktion nicht immer nach dem Bedürfnis nach ein paar Zechinen einrichten müssen.«

»Gott im Himmel! Wenn ich Ihnen mein bisheriges Leben vormalen würde!« Hitziges Feuer auf den Wangen, Flackern im Auge, das blind war für die fabeltolle Pracht der Sonne, die immer wilder das Wunder des Golfs vergoldete, sprach der so unbegreiflich plötzlich Verwandelte. »Bis zu meinem dreizehnten Jahr trieb ich mich unter den Eichen von Hayna mit Gänsehirten, Habichten und Hasen umher; ununterbrochen die Kreide in den behexten Fingern. Und war doch später niemals mehr annähernd so künstlerisch frei wie damals! Wer es erlebt hat: eigene Ideen von Kunst im Schädel zu haben, hohe, ernste, und, nur damit man zu fressen habe, zehn, fünfzehn, zwanzig Jahre lang Porträts von Idioten, Idyllchen, Anekdotchen, Landschaften mit herzigen Staffagen pinseln, alles Das aber, womit man sich völlig identifiziert, stehen lassen zu müssen, weil von Anfang an feststeht: das wird niemals gekauft werden!?« Tobsüchtig: »Ich kann nicht mehr! Ich bin ein besonnener Mensch, der immer wußte, was er will, und habe seit Kindesbeinen gearbeitet, ohne mir die kleinste Extratour ins Faulenzen oder ins Falsche zu gestatten! Und habe es zu nichts Weiterem gebracht als zum konditionalen Versprechen des Herzogs von Gotha auf jährliche vierhundert Taler! Da ist es denn, scheint mir, nur allzu begreiflich . . . .«

»Ohneweiteres! Natürlich! Aber ich sehe nur nicht ein, warum Sie gerade jetzt so ungeduldig werden, wo Sie auf dem besten Weg sind, Ihre Zukunft zu gestalten?«

»Ja, *wenn* ich das wüßte!«

»Das lassen Sie doch lieber« – gekränkter Blick strafte den Mißtrauer – »meine Sorge sein! Ich habe Sie seit einem halben Jahr vor Augen; da kann man, denke ich, ein Urteil fällen? Es ist in Weimar, was die Erziehung zur bildenden Kunst nach gediegenen Grundsätzen anlangt, sehr im Argen. Amalia ist durch Herdern, Karl August und mich bereits unterrichtet von den Plänen, die ich in dieser Beziehung hege. Und sobald ich zurück sein werde . . .«

»Herr Geheimerat!«

Aber Goethe ahnte eben noch immer nichts. Mit überlegener Handbewegung schnitt er die Einrede ab. »Das wird einfach gemacht! Ich sehe aber, zweitens, auch nicht ein, was dies alles mit meiner Liebhaberei für den Vesuv zu tun haben soll? Und warum Sie daraus gerade mir einen Strick drehen wollen?«

Das Schlottern kam Tischbein in die Glieder. Der Stock in seiner Hand begann erbärmlich zu zittern. »Es muß wohl jeder – nach seinem eigenem Gesetze leben?«

»Das wird selten jemand voller anerkennen als ich!« Unsicher, durch ein einziges Wort, war Goethe geworden. »Aber auch dies will, scheint mir, in diesem Zusammenhange nichts heißen?«

Wie das Kind den Vater anstarrt, der es beim Lügen erwischt hat, starrte Tischbein ihn an; bleich wie ein Leintuch.

»Also, erklären Sie mir's doch!«

Erklären! Was denn erklären? Rausch, tückisch plötzlich, fiel den ratlosen Mann an. Von beiden Beinen verlassen, stützte er sich, taumelnd, auf den Stock. »Ich habe nicht soviel Zeit wie Sie!« stieß er endlich, wie in der Schraube der Folter, hervor. »Wenn ich jetzt mit Ihnen nach Sizilien ginge . . .«

»Ich weiß noch nicht, ob ich nach Sizilien gehen werde.«

Aber jetzt war es wenigstens heraußen! Gott sei Dank, endlich wirklich heraußen! »Sie müssen nach Sizilien!« Jawohl! Nur jetzt nicht mehr loslassen, roh, rücksichtslos sein! Einen Ruck gab sich Tischbein. »Sie brauchen Sizilien! Und Sie brauchen auch jemand, der Sie begleitet! Für mich aber dürften sich gerade in den nächsten Tagen die Verhältnisse in Neapel so zuspitzen, daß ich fürchten müßte, durch eine Abwesenheit mir beträchtlich zu schaden. Ich sprach vorgestern mit dem Cavaliere Venuti. Er meinte, die Königin sei bereits schicklich vorbereitet, und wenn Acton gewonnen werden könnte . . .«

Als ob ihn der Schlag getroffen hätte, blieb Goethe stehen. »Sie wollen – sich trennen von mir?«

Das Auge, wie unter niederprasselndem Blitz, senkte Tischbein; er fühlte zu blutig, was in dem Mann neben ihm jetzt zerrissen ward. »Es ist mir in meinem ganzen Leben nichts Besseres geschehen,« stammelte er hilflos stotternd, »als daß ich Sie solange begleiten durfte. Und ich fühle unverhüllt, welch tiefe, persönliche Enttäuschung mein Entschluß Ihnen bereiten muß. Trotzdem – mußte ich ihn fassen! Erringe ich nämlich den Posten eines Direktors der königlichen Akademie, . . .«

»Ah!« Fassungslos starrte Goethe ihn an. »Es ist also richtig, was Hackert vermutet: Sie wollen – Bonito heben?!«

»Er ist alt und muß einmal sterben; oder in Pension gehen.« Eiskalt im Strich der Sekunde geworden und stahlhart, sprach es Tischbein dahin. »Auf alle Fälle aber ist das Eisen *jetzt* zu schmieden! Ich muß mit allen Mitteln trachten, die Verbindungen, die ich in den letzten Wochen anknüpfte, zu verdichten, den Fuß, den ich in Caserta gefaßt habe, so zu verankern, daß er fest stehe. Mit einem Wort: will ich meine Chancen nicht gefährden, so darf ich jetzt Eines *nicht* tun: fortgehen von da! Und weiß ich auch noch so gut, daß Ihnen diese, sagen wir, Materialisierung meiner Kunstbestrebungen Widerwillen, wenn nicht gar Verachtung einflößt, – ich fühle doch . . . .«

»Im Gegenteil!« beeilte sich Goethe zu beteuern; es kochte in seinem Innern wie in der Tiefe des Meeres, worin der Sturm sich bereitet, um bis auf Stumpf und Stiel auszufegen. »Jeder, wie er muß; oder, wenigstens, wie er kann! Ich wünsche Ihnen von ganzem Herzen, daß Sie in der Fremde finden, was Sie im Vaterland nicht lockt! Die Frage ist nur die . . .«

»Vaterland?« Beißend – der Riß war getan, keine Schonung mehr nötig – lachte Tischbein auf. »Die Kunst hat in Deutschland kein Vaterland! Man lebt dort von Almosen, bis man als Pfuscher krepiert. Hat aber Einer das Glück, Geld zu besitzen, dann treibt ihn das Philisterium der teutonischen Banausen erst recht zum Tor hinaus! Sie selber, Exzellenz . . . .«

Aber Goethe streckte ihm einfach die Hand hin. »Jedenfalls tut es mir leid! Ich bin Ihnen Dank schuldig und hätte ihn gerne abgestattet. Freilich, – das Leben ist so. Niemand soll es korrigieren!« Und ohne die Miene zu verändern, zog er die Hand aus der Hand; nun lachte er. Ein Schleier, bestellt, flog durch sein Auge; nun lachte das Auge. Plötzlich, friedlich, das ganze Gesicht. »Wissen Sie übrigens schon den – verzeihen Sie, wenn ich ›Nachfolger‹ sage?«

»Kniep, Herr Geheimderat! Kniep!« Felsen fielen ab von der Brust Tischbeins. Stimme, Gestalt, Blick, Farbe – unerträglich verräterisch – fanden sich wieder. »Ich kenne ihn so weit, um zu versprechen, daß er taugen wird. Er hat einen reinen, guten Strich, ist Landschafter katexochen, wird Ihnen Neapel sowohl wie Sizilien treu und anständig abzeichnen,« – wie ein Wasserfall floß jetzt das Wort – »verfügt dazu über eine durchwegs offene Bescheidenheit, Munterkeit, geraden Sinn, harmlose Lebensauffassung, und wäre überglücklich . . .«

Wie aus dem Konzept geschleudert, setzte er ab. Mit einem Gesicht, das er noch niemals gesehen hatte, starrte Goethe über den letzten Sockel des Bergs, über Resina, die Grüne, das Ufer, das Meer hinaus in die fernste Ferne. »Was . . . suchen Sie, Herr Geheimderat?«

Aber noch mit ganz demselben Gesichte, drei Stunden später, strebte Goethe durch den Strudel der via Toledo bergaufwärts; die verfluchte Träne, die noch immer nicht weichen wollte, in der zuckenden Wimper: »Auch Dieser! Auch Dieser! Was steht denn fest dann, wenn auch Dieser . . . .??« Wenn er sich vorstellte, wie dieser Mann ihm in Rom, noch am Abend der seligen Ankunft, um den Hals geflogen war! Ihn seither ohne Unterlaß selbstlos, nichts als Helfer, Schrittmacher, Getreuester der Treuen durch Nacht und Tag geleitet hatte! Immer! Und jetzt? Hart blieb er stehen. Lehnte sich hart an die Wand eines Hauses in der brausenden Schlucht der tosenden Straße. Alabastern wuchs das aufrecht gezwungene Haupt über dem tollwütigen Strom der Menge aus der Glut, die der Sonnenuntergang in die Tünche des Kalks warf. Unbeweglich, einzig das kämpfende Auge in ständig auf und nieder wandernder Regung, verharrte der Leib. Über den Dächern rollte die weichsamtblaue Luft mit den Purpurfahnen des Abendscheins aus märchenfernem Irgendwoher in unbestimmbares Irgendwohin. Aus den schwarzen Vierecken der Fenster und aus den Käfigen der Gitterbalkone flossen die unerforschlichen Laute unbekannt urfremder Menschen, denen ihn nichts verband als der ähnliche Körper, heraus in die theaterwild gestaltige Bewegung. Wo Licht noch war, lebte es in Orgien; in der Tiefe der Straße, wo sie anstieg, sah er ein orangerotes Haus zwischen zwei schmalen, grell aprikosenroten. Im Hintergrund, umgaukelt von trübem Opaldunst, eine kanariengelbe Querwand, die von grünspangrünen Säulen gegliedert war. Alles Schattige seinem Auge gegenüber aber starrte von massiger blauschwarzer Dunkelheit. Grell wie Blendflammen schossen an diesen Finsternissen vorüber die galoppierenden Schimmel, die goldenen Geschirre, die buntlackierten Leiber der Karossen, die gleißenden Seidenhüte der Frauen mit den himmellichten Federbüschen und die Bernsteingesichter der Cavaliere unter höchsten Toupées. Ohne Raumübergang, Zeitübergang, traumhaft plötzlich, überfiel ein Schwall gleißenden Glanzes einen Wagen, darin hinter brennrotem Kutscher und vergißmeinnichtblauem Lakai eine Matrone mit drei blutjungen Mädchen saß. Der Lärm, der getreu wie sein Kind mit dem Lärm der Menge lief, staute sich jäh; sprang nun aus der krampfhaften Sammlung wie in hunderttausend einzelne Blumen zerwirbelter Strauß in die magische Mischung von Äther und Erdlichkeit aufwärts, – und als ob ein Menschenbild glorreichster Schönheit aus dem Hohen ins

Tiefe niederstiege und zwischen beiden zögernd verschwebte, stieß das Bild des springenden Frühlings herein in die Straße; des von der Straße nicht gesehenen Frühlings, wie er um die Stadt herum die kampanische Erde trächtigte, und die strahlende Schimmerleuchte des Meeres und der veilchenblaue Traum von Capri gegenüber dem goldenen Abend von Sorrento. Ekstatisch bauschte sich das Rosenrot des jüngsten Mädchens im Wagen gegen die herrliche Wolke der Säumnis, ein Mannsgesicht, ohnmächtig nachstarrend, wuchs aus der Bronze eines Tors, – betörend, wie von schwellenden Winden hergetrieben, umstrich alle Sinne jäh der Duft des Genusses. »Auch Dieser! Auch Dieser!« lispelte in schmerzhafter Klage der Mund. Aber das Auge – die bittere Träne getilgt von der zwingenden Macht dieses Duftes – ward hinweggezogen unerbittlich vom Worte. Ließen sich nicht die knospenden Pawlonien riechen und die gewiegten Zedern vom Strande der Chiaia her? Die steinernen Leiber von Statuen fühlen aus noch unbetreten kühlen Museen? Die Gemächer des Prunks sehen in nie zu betretenden Palästen? Die Seelen der Früchte ahnen, die in unzähligen Läden aus knisternden Weidenkörben äugelten? Die Wonnen der Liebesstunden erraten, die jede Schwere der Pflichtgedanken mit der Verlorenheit ihrer Umarmung zerlächelten? Der Atem berauschender Weine wittern, auf fürstlichen Tafeln, von denen Brosamen fielen allen Bettlern und Krüppeln – und allen immer wieder in Stücke Zerfetzten?

Gestreichelt vom Hauch dieser Düfte, Lockungen, Winke, begann das Blut heiß zu steigen; die bedrängte Brust sich zu dehnen. »Was heißt Enttäuschung, Bitterkeit, Wehmut? Das Leben ist: Fluß! In diesem Fluß treibt der Mensch! Heute so, morgen so! Aber immer im Flusse. Laß ihn doch, ruhig der Woge vertrauend, wieder einmal ruderlos treiben! Sitzt nur in ihm drin die Seele, die sicher weiß: Alles Äußere ist Wechsel, alles Innere Wandel, über Gleiten und Strömen aber schwebe einig und ewig ich: die unzerstörbare Seele!«

Daß er es im gleichen Augenblick merkte, verklang das Jauchzen des Lichts, überfiel, wie Bandit aus dem Busche, der Dämmer die Straße. Aber es wuchs nur die Kraft, das Bewußtsein auszudehnen auf die ganze Welt, innen, im innersten Kern aber frei zu bleiben über der ganzen. Wie das Grübelgesicht einer Büßerin vor Aphrodite verblich vor dem Schein dieser Kraft das Bildnis von Rom. Das Feuer des Vesuvs wie Herdfunke vor dem Vollmond. Was war Zucht, Kunst und Sammlung gegen einen Mittag, verträumt ohne Erinnerung an Gestern und ohne Vorziel des Morgen auf der Welle des Golfs vor den bräutlichen Armen dieser Stadt? Was alle Wunder der Natur gegen die lallende Urlust der Sekunde, die den alleinherrschenden Leib hineinwarf in den Schoß eines Weibes der Jugend, unter dem Flüstern der Nacht? Trotzig stampfte der Fuß in den Boden. »Wer will mich abhalten, auch einmal nur zu genießen?« Wenn er nur wollte, einen Finger nur ausstreckte, fielen sie ihm nicht urgewiß zu, alle Wonnen der Erde? Und an welchen noch könnte er verderben? Verdarb etwa sein Auge an der wahllosen Vielzahl der Bilder? Trotzig sah er rundum. Zu Boden. Ein Bettler, siebenzigjährig, den rostroten Thersitesleib in stinkende Lumpen gehüllt, umwand mit dem Lied aus unwahren Fisteltönen seine Kniee, hob das Auge unter schlohweißen Buschenbrauen listig empor. Mit demselben Blick sah er: ein Weib, kaum den Kinderschuhen entwachsen, das den bloßen Busen an seine Hüfte preßte und, glitzrig emporbuhlend, die Röcke bis übers Knie raffte, um die lüsterne Nacktheit ihrer Beine zu zeigen. »Via!« schrie, kaum daß sein Auge gereizt gefolgt war, das wulstige Maul eines Polizisten. Der Bettler, unter dem Streich, den der papageibunte Mann tat, kroch in die Straße hinaus; in die ellehohe Schichte von Staub, Pferdemist, Tomaten, Bohnenhülsen, Orangenschalen, Feigenbälgen, Salatstangen, Artischockenblättern, Papier. Das Weib hingegen, während der Papageifederbusch wackelnd dem Kriechenden folgte, blieb. Ein eseltreibender Mönch und zugleich ein Ziegenhirte, die Schar der zottigen Böcke mit »Mee« und Pfunden von Stallkruste hinter sich, drängten es zu ihrer Freude dicht an den unbewegt Schauenden heran. Die zinnoberroten prallvollen Euter der grauen Ziegen sah er; das mehlbestaubte kurzgeschorene Haar des zimmetbraunen Kapuziners, der auf schwarzen Zehen stapfte; die giftgrüne und milchweiße Flut der Blumenkohlköpfe auf dem Eselsrücken; die geil im Wanddämmer entblößten Schenkel des Weibes, – alles in einem. Zurück wich er, unwillkürlich. Da griff das Weib seine Hand; wie Schlangenschuppenkühle fuhr ihm der Kitzel durch die Haut. Erschrocken rang er die Hand frei; wo, wann endet die Freiheit der unzerstörbaren Seele vor den Stricken der Welt? Und noch einen Schritt tat er zurück. Aber als ob es den Stachel, der schon festsaß in seinem Blut drin, triumphierend belächelte, ringelte sich das Weib hinters Tor, – ein Riß in die Fetzen, und aus dem Finster des Flurs hob sich, über dem brünstigen Schimmer des Fleisches, das knappe Dreieck der Scham.

Nicht anders als Joseph vor Potiphar floh er. Aber nur zögernd. Nur um ein Haus weiter. »Trotzdem! Ich will leben! Muß leben!« zuckte es mit verwegenem Blitz durch das Hirn. Wozu immer nur: Abwägen, Messen, Grübeln, mit Mühsal ohnegleichen Ziel suchen, Ziel erkennen, Ziel wollen? »Wenn ein Tag sinnlos den andern zerschlägt? Und mir gelüstet nach Leben?« Da traf den verwirrten Blick ein ächzender Karren, auf dem, um die Knie einer hockenden Greisin, ein Berg von Blumen schaukelte. Aus Wiesen lanzenscharfer Halme, kleiner zarter, wollüstig hoch aufgeschossener, brach der schäumende Gischt von weißen und gelben Margueriten; Wald von blutroten Kamelien, Taumel höhehungriger Aaronsstengel, deren wilde Feuerstäbe aus der Kühle wolkeweißer Kelche stiegen. »Fiori!« kreischte die zersprungene Stimme der Greisin wie scheppernder Ton von Wand zu Wand. Ein grauer Schal, aus Löchern, Schmutz und Blutflecken gewebt, fiel in zwei flatternden Dreiecken über die völlig fleischlosen Schultern. Wie Gerippe stachen die nackten Arme aus seinem hauchenden Unrat. Auf dem Schoß lagen zwei nackte, an den ganzen Leibern mit Krätze bekrustete Kinder, die in unausgesetzten Stößen Weh brüllten, während ihnen das Weib – »Fiori!« rief es unentwegt weiter – mit einer blechernen Zinkengabel die Läuse aus den verklebten Haarsträhnen riß. »Compratemi un maggiolino!« girrte, plötzlich wieder vorgetaucht aus dem Haustor, das Weibchen, »Ciel' incantato!« stieg das brünstige Tremolo eines Tenors spiraltoll in die Hexenluft, – »Ah!« sang im selben Augenblicke eine Stimme jauchzend: »Goethe?«

Mit aller Gewalt riß sich Goethe aus dem Spuk. Es war Filangieri, der ihn aus seiner späten Karosse heraus entdeckt hatte.

»Machen Sie mich glücklich und begleiten Sie mich!« bettelte die frohe Stimme aus dem schönen Gesicht gegen den Lärm.

Ohne ein Wort zu erwidern, stieg Goethe ein.

Eigentümlich! So oft er nur den bescheidensten Sprung in das tat, was nicht er war, trieb ihn eine plötzliche Erscheinung – erscheinendes Neues oder aufstürzende Erinnerung an Altes – schnell nieder zu dem zurück, was er war. Oder wich es nicht etwa schon wieder der besonnensten Architektonik, das Chaos dieser ziellosen Straße? Chaos der Triebe zu bändigen mit dem Zügel des Gesetzes, war Filangieris, des Gesetzgebers Beruf. Aber auch die Welt der Körper, kaum daß sie die Chiaia erreicht hatten, fügte sich taktvoll schon wieder dem eingeborenen Sinn für Gesetz. Wie gehörig gegliederter Hintergrund stand das Nachlicht der untergegangenen Sonne hinter dem Vorgebirg des Posilipo. Ihm gegenüber wanderte die Stadt lienig am Golfe hin, dehnte sich die Küste licht und rein hinab bis Minerva;

stand über Küste und Stadt völlig gemäß der veilchen-
farbene Vesuv mit der Fahne von gelbem Rauch. Zwischen
diesen zwei klargebauten Armen aber wogte das Meer unter
dem sanftgewordenen Himmel in einer so bestimmtblauen
Helle, daß alles, was noch Rest war von Trieb, Traum und
Zweifel, leicht in das feste Maß des ewig Gesetzmäßigen
zurückfloß.

»Sie haben,« wagte Filangieri endlich zu fragen, – der Wagen fuhr langsam vor der Brandung dahin – »wieder einmal
unser Volk beobachtet?«

»Ja.« Zurück kehrte Goethes Auge. »In meiner Weise.«

»Ich habe,« lächelte Filangieri, »– dieses Kompliment muß
ich Ihnen machen. – noch keinen Fremden getroffen, der
die Napolitaner so richtig beurteilte wie Sie! Und das freut
mich! Für ein Volk Gesetze ausdenken, das ein halb Hunderttausend Lazzaroni sein nennt und unter Bourbon in
Campanien lebt, ist natürlich etwas ganz anderes, als nordischen Stämmen gewähren, was sie, von ihnen selber aus,
als Beschneidung ihrer Ichsucht verlangen. Nach dem bisherigen Urteil der Deutschen aber war der Napolitaner überhaupt kein Individuum, und ich ein Ideologe.«

»Ohne Ideologie,« antwortete Goethe sanft, er fühlte dankbar, wie er genas, »gibt es auch keine Gesetzgebung; soviel
ich wenigstens davon verstehe . . . .«

»Und Sie verstehen viel mehr davon als ich!« fiel Filangieri
schnell ein. »Denn Sie kennen die Wirkungen der Gesetze.
Gesetze machen ohne Rücksicht auf die Zukunft . . . . .«

»Das wollte ich eben sagen.« Dieses Meer! Dieses Maß!
Diese Helle! »Wer sich keine Ahnung davon zu bilden vermag, wie die Zukunft eines Volkes in ihren Grundabsichten
aussehen wird, der kann wohl Polizeivorschriften, aber unmöglich Regeln aufstellen, die Rahmen aller künftigen
bleiben sollen.«

Heiß flammte das südliche Auge auf. »Das ist das unendlich Fruchtbare im Verkehre mit Ihnen,« bekannte die mitgerissene Stimme, »daß Sie nicht nur der Dichter, sondern der Geist überhaupt sind! Das Hauptfach Ihres Geistes erschlägt niemals und nirgends Ihre Nebenfähigkeiten, obwohl es doch allein diese Nebenfähigkeiten befruchtet. Wenn man bedenkt . . . .«

»Und dennoch vertragen die Menschen gerade den vertrauten Umgang mit mir nicht. Wieder Einer, – Tischbein hat mich heute verlassen!«

»Warum?«

»Es gibt keine andere Lehre aus der Gemeinschaft mit Menschen,« wich Goethe scheu aus, – bist du wieder da, bittere Träne in der zuckenden Wimper? – »als die: man darf sie, um ihnen gerecht zu werden, nicht mit der Goldwage messen, sondern mit dem groben, ja gröbsten Krämergewicht. Dann versteht man sie alle und weiß sie sogar zu billigen.«

»Und die zweite ist die,« schwor Filangieri kategorisch, »: unabhängig werden muß man von ihnen. Durch Schaden wird man klug; aber nur durch schonungslose Erkenntnis nicht auch bitter. Erst wenn man von Keinem mehr etwas will, kann man schaffen für Alle! Es klingt zwar paradox . . . .«

»Sie haben vollkommen recht!« Froh drückte Goethe die feurige Hand. »Und es ist beglückend, das Fazit eines stürmisch bewegten Tages, das man sich halb furchtsam, halb freudig selber verbirgt, am Abend von verwandtem Munde ausgesprochen zu hören. Sie können sich ja ungefähr vorstellen, daß ein Mensch meiner Art nicht ohne triftigen Grund von der Statt seines geschlossenen Wirkens in die Welt hinaus geht. Aber von allen Gründen, die mich vertrieben haben, war der zwingendste doch sicherlich der, ...«

»Von den zu Bekannten zu den Unbekannten zu fliehen!«
Als ob er sich zum erstenmal in seinem Leben bis aufs
Lebendig-Nackte entblößte, ging Filangieris Gesicht auf.
»Es ist derselbe, der mich die Lebensordnung der fernsten
Völker studieren heißt, wenn mir mein neapelbefangener
Geist ... Aber führe ich Sie nicht von Ihrem Abendziel
ab?«

»Im Gegenteil! Ich bin bei Hamilton geladen.«

»Also bringe ich Sie bis zum Tor.« Dieses Meer! Dieses
Maß! Diese Helle! »So oft ich diesen Weg da fahre, wollte
ich sagen, zwischen den Terrassen der Stadt, die ich liebe,
und dem Meer, das sie aller Welt verbindet, wandert mein
neapelbefangener Geist zu den Menschen dieser anderen
Welt. Was taten sie, frage ich, damit sie wurden, wie sie jetzt sind? Und wie sind sie jetzt, um in hundert Jahren anders
sein zu müssen? Entwickelt sich die Menschheit nach oben,
und, wenn ja, kann man ihr den Weg dahin weisen oder
wenigstens erleichtern? Und wenn ich nun daran denke, daß
ich von meinem Volke mehr Rückgrat, von meinem König
mehr Sinn für sein Amt, von diesem Hof aber, daß er sterbe
durch Pest oder Schwefel! – kurz: von all jenen, für die ich
doch arbeite, Mitarbeit nach ihrem höchstmöglichen
Können verlange, – dann werde ich mutlos für ihre
Erziehung und trostlos für mein eigenes Streben. Blicke ich
aber gleich darauf hinaus auf dies Meer, das mir die
ursprüngliche Wesenheit aller Menschen heranzuspülen
scheint, dann stehe ich schon wieder auf festen Füßen, mit
Freude allein; bedarf keiner Hilfe und keines Winkes mehr
von Dank und Unsterblichkeit; und tue nur Eines noch:
reinige mein Auge von dem Schleier der allzugegenständ-
lichen Gegenwart und trachte darnach, unvoreingenommen
von der Erfahrung der schon eingetretenen Möglichkeiten
jene weiteren zu erraten, die der Menschheit für ihren Aufstieg noch vorbehalten sein können. – Sie glauben nicht an
eine Vervollkommnung der Menschheit im Ganzen?«

»Solange ich selber vollkommen zu werden bestrebt bin, glaube ich daran!«

Fanatisch nahe, in sehnsüchtigstem Stolz rückte der Einsame an den Einsamen heran. »Soviel steht meines Erachtens zweifellos fest: die heutige Form der gesellschaftlichen Schichtung und der Verteilung der Macht kann keine endgültige sein. Nehmen wir an, es gelänge uns, den allgemeinen Schulzwang einzuführen und die Schule so zu gestalten, daß sie die Menschen zur Selbstverantwortung zu erziehen vermöchte. Dann . . . .«

» . . . . folgte alles Weitere aus diesem Ersten von selber!« Energisch setzte sich Goethe auf aus den Kissen. »Denn die Mehrzahl der Menschen ist noch nicht zum Bewußtsein ihrer selbst gelangt. Man wollte es bisher nicht, daß sie dazu gelange, und, wie mir scheint, aus Gründen, die sich sehen lassen können. Vom Augenblick an jedoch, da man sich dazu entschließt, sie dieser geistigen Sklaverei zu entbinden, rollt der Stein ganz von selber fort. Ich, für meine Person, kann mir sehr gut vorstellen, daß dann – zum Beispiel – die monarchische Macht eingeschränkt wird, oder . . .«

»Durch – Volksvertretungen?«

»Gesetzgebende Gruppen von gewählten Vertretern des Volkes; jawohl! Aber auch, daß, noch später, die Monarchie überhaupt gestürzt wird.«

»Und das Volk König?«

»Das in der Schöpfung, im Prinzipe, unleugbar beschlossene gleiche Menschenrecht Jedes neu verkündiget wird!«

»Daß also Jeder nicht mehr Untertan, sondern Bürger sei und genau den gleichen Anspruch wie jeder Andere darauf genieße, seine Seele zu bekennen und sein äußeres Lebensglück zu gestalten?«

»Und daß man ihm die Möglichkeit schaffe zur Durch-
führung dieses Anspruchs; alle Hindernisse im Be-
stehenden, Geltenden forträume, die ihm verwehren, im
großen Ganzen gleich aufzusteigen wie jeder andere. Die
Leibeigenschaft, zum Beispiel, die Fronpflicht, das Jag-
drecht, die Grundherrschaft, den Adel . . .«

»Das Erbrecht?«

»Warum nicht auch das Erbrecht?«

»Und: das Privateigentum?« Atemlos gespannt starrte das
blitzende Auge das viel kühlere an, das in hartnäckiger
Schausucht aus der milde erblinkenden Bläue des Meeres
die pfundschweren Worte zu saugen schien. »Sagen Sie!«

»Ich brauche nur an die Geschichte vom Ananias zu denken,« antwortete Goethe sehr ruhig, »um das für möglich zu
halten.«

»Also – Sie auch?«

»Warum soll die Menschheit nicht einmal daraufkommen,
daß es einzig von ihrem Willen abhängt, wie sie ihr Leben
einrichtet? Und daß es keineswegs ausgemacht ist, daß für
immer und ewig der Eine Herr und der Andere Knecht sein
müsse und über diesen Knechten der Staat stehe und so tue,
als sei er vom Knecht und nicht vom Herrn gerufen? Und
wenn sie daraufkommt . . . .«

»Revolution?«

»In der Natur heißt es viel unschuldiger! Natürlich tritt
dann zunächst, wahrscheinlich, nur ein Rollenwechsel ein.
Aber daß die natürliche Folge von zehn, zwanzig oder
dreißig solchen Eruptionen im Lauf der Zeiten nicht endlich
auch über diesen Rollenwechsel hinauskommen und zuletzt
wirklich einen Staat schaffen werde, der ganz anders aus-
sieht als jeder heutige und trotzdem dem Willen der Schöp-

fung *und* dem Bedürfnis der Menschheit entspricht, – wer weiß das?«

»Wenn uns unsere Souveräne hörten!« jauchzte Filangieri; wie Flamme, in der Seligkeit, den Bruder gefunden zu haben, strahlte er. »Sie und ich: nach Tradition, Aussehen und Ruf festeste Stützen des Thrones! Und denken so!«

»Karl August würde das ganz brav anhören.«

»Aber mein Ferdinand! Und erst Maria Carolina! Ein einzigesmal habe ich ihr zu verstehen gegeben, daß ein Volk genau so gut ein Organismus sei, – und sich also *entwickeln* müsse – wie alles andere lebend Geschaffene. Und sie hat sich bekreuzigt vor mir! Daß nämlich gerade wir Vorurteilsfreien die Gegenwart nur deshalb so gewissenhaft verteidigen, um den künftigen Ereignissen nicht auch das letzte Fundament gesellschaftlicher Wiederherstellung zu entziehen, . . .«

»Das ist vollkommen richtig!« Fest, ohne sich noch zu besinnen, schlang Goethe den Arm um die drängende Schulter. »Menschen wie wir hassen die Unordnung!«

»Die Anarchie und den Terror, den jede Revolution schaffen muß! Aber deshalb leugnen, daß Umwälzungen so naturbedingt geschehen müssen wie Gewitter und, wenn sie nur nicht in der Anarchie versumpfen, Stadien der Metamorphose zu einem höheren Leben sein können, – gotteslästerliche Dummheit! Wenn ich mich nämlich nicht täusche . . .«

Da hielt der Wagen genau überm Tor des Casino Hamilton.

»Und wenn ich mich nicht täusche,« lächelte Goethe, kaum daß er ausgestiegen war, und lehnte sich vertraulich bequem an den Schlag, »dann ist es so: im Menschen leben zwei Triebe: der nach der Erhaltung seiner Gattung, und der nach der Ausbildung seines Individuums. Der letztere, scheint mir, wird in der nächsten Zukunft allmählich den ersteren verdrängen. Anstatt der einförmigen Masse des Volks werden unsere Erben die Menge der von einander verschiedensten Individuen erleben. Diese Entwicklung löst dann die Staaten von selber auf. Sobald sie aber . . . . . .«

» . . . so weit ausgebildet sein wird,« sprang Filangieri bereit ein, »daß sich die Individuen geradezu davor fürchten müssen, – denn sie macht sie ja einsam und weglos . . .«

»Es ist zum Staunen!« Seine ganze brennende Leidenschaft für Geist schoß Goethes Blick in den brüderlichen, der aus unverhüllter Wonne heraus ihn berief. »Wir verstehen uns, ohne einander zu kennen. Gleichgesinnte, – Gleicherfahrene! Dann, nämlich, meine ich, wird der Trieb nach Erhaltung der Gattung wieder durchschlagen, neuen Zusammenschluß aller Gesonderten zur Gattung begehren, – und dann erst kann die neue Form der Gesellschaft gefunden werden. Leider sind wir dann lang schon im Grabe!«

»Aber wenigstens vorgeahnt haben wir es!« Leidenschaftlich neigte sich der schlanke Schädel herab zum demütig gesenkten. »Herr von Goethe, es darf nicht das letztemal gewesen sein, daß ich Sie sehe! Sie wissen es genau so gut wie ich, wie allein Unsereiner ist und verlassen, und . . .«

»Das ist unser Leiden, aber auch unser Glück!« Bist du wieder da, bittere Träne in der zuckenden Wimper? Aber – schimmerst nun Lachen? »Ich gehe nächster Tage nach Sizilien.« Ja, jetzt war es entschieden! »Aber sobald ich zurück bin, melde ich mich an. Und dann . . .«

Leicht, aufrecht, trat er vom Wagen fort in die Straße. »Dann reden wir weiter!«

»Ohne Ende! Es gibt gar kein Ende!«

»Unterdessen: buona fortuna!«

»Nur: arrivederci!«

Zögernd, als der Wagen verrollt war, schritt Goethe ins Haus hinein. Ohne Wort, lächelnd, begrüßte er den Hausherrn und Hackert, küßte er Miß Harte die Hand. »Kniep? So? Das ist Herr Kniep?« Aber er sah den Mann, der wie eine Sklavin auf dem Markt zitterte, gar nicht an; schnurstraks auf Tischbein zu lief er. »Sie müssen ihn unbedingt malen, Tischbein! Unbedingt!«

»Wen?«

»Ihn! Das ist ein Mann!« Preßte dem Erschrockenen beide Hände, daß er in die Lippen biß, sah noch die Scham aufbäumen im gestraften Auge, – und redete kein Wort mehr. Auch nachher bei Tische nicht. Jede Farbe, jede Form, jede Kostbarkeit, Seltenheit, Extravaganz dieser vollgepfropften Räume sah er. Jedes Wort, jede Regung zum Worte, jedes Verstummen, jedes Warten auf sein Wort hörte er. Die Extravaganzen, Kostbarkeiten, Seltenheiten umstanden, umlagen ihn wie die Mumien von Jahrhunderten. Mit marmornem Blick aber zog er aus ihnen das gleiche Leben hervor, das er mit unheimlicher Bestimmtheit in ihm selber drin fühlte. Die Mienen der Menschen rundum galten ihm wie dem Orakel, das in der nächsten Minute sprechen müßte; mit wohlverschleierter Rede offenbarten sie die ungeduldige Neugier, die sie ruhig leuchten und gleichzeitig zappeln hieß. Mit unbewegtem Blick aber las er in ihnen den Tod ihrer Gegenwart, in den sie eingeschlossen waren wie in ein blindes Grab. Hamilton flehte um den Künstler, der die Kupfer, die d'Harcanville nach seinen etrurischen Vasen gestochen, zu einer Illustration der Götter- und Heroentypen des Homer verarbeitete. Hackert redete genau so peinlich sauber und glatt, wie er zeichnete, zu Miß Harte von der Inbrunst, die in der reinen Linie schwinge. Tischbein fraß mit langgestielt-gierigen Augen den Engländer fast auf; gab es, am Ende, hier einen nährenden Auftrag? Kniep, graugekleidet, zu Keinem passend, starb in Geniertheit dahin, zwischen überinteressiert lächelndem

Aufpassen und gequältem Falschessen. Miß Harte aber, ob sie auch noch so rastlos hastig dahin redete und dorthin, redete doch nur – er sah es genau! – mit dem Blick steigender Wut über sein eisiges Schweigen. Königlich kam ihm das Lächeln auf die Stirn. Prachtvoll, ohne Grenzen, stieß sein Blick die Menschen durch, die Mumien durch, die Wände durch. Prachtvoll, ohne Grenzen, verließ die Glut seines Herzens, der Funke seines neu angezündeten Geistes den Augenblick und begann draußen in der Welt, die vor den durchstoßenen Räumen sich ihm entgegenwarf, wie in seiner Allgegenwart zu wandern. Quäle dich nicht, bange Seele, flüsterte der Wanderer sich zu, mit der Schlacht, die du zu jeder Stunde fechten mußt gegen die schillernde, laute, ewig neu-tätige Welt! Beruhe in dir, Geheimnis der Person, das keine Sünde und keine Tugendtat je wird verändern können! Und spiele lieber überlegen, – weil du unveränderlich bist! – mit dieser schillernden, lauten, ewig geistbekämpfenden Welt!

»Sie sind nicht gewöhnt, mit Frauen zu speisen?«

Leicht schüttelte er die Süße der Einsamkeit ab. Spiele, du Unveränderlicher, spiele! Wie Schauer einer kostbaren Fontäne fühlte er die Kaskade der gereizten Töne seinen Leib hinabperlen. Was kann dir noch geschehen, Unsichtbarer? Da du Vesuv, Toledo, Chaos, Wiederaufbau, Blick in die Zukunft und Casino Hamilton in einem Abend erlebst, vom sicheren Mittelpunkt deiner unzerstörbaren Seele aus? »Ich bin heute abend,« sagte er gezielt hinein in den Mund, der kirschrot böse geschürzt war über den angelsächsischen Zähnen, »in Frankfurt.«

»Eine kleine schmutzige deutsche Stadt, I think?«

»Ich bin dort geboren.«

»O?«

Mit einem Seufzer, wie abgerufen, senkte er den Blick in die Bonbons im Goldkorb. Gleich darauf ließ er sich dreimal hintereinander Champagner einschenken. Trank jedes Glas in einem Zug leer. Flüsterte in jeden Trunk hinein, völlig entrückt, schmerzlich: »Vater!«

Und ein viertesmal, lange nach aufgehobener Tafel im Altan vor der Nacht des Golfes, – der Hausherr hatte sich mit den drei Männern bei seinen Vasen eingesperrt – flüsterte er in die Sterne empor: »Vater!« Im nächsten Augenblick, als ob aus der Kulisse, die er soeben heraufbeschworen, der Geist träte, schrak er zusammen.

»Nein!« lächelte er im wieder nächsten diabolisch, »ich habe es erwartet.«

Glaubend, daß sie nicht geahnt, nicht gehört würde, schritt Miß Harte – sie trug ein griechisches, weißes Gewand – an die Balustrade heran. Beugte sich, angelangt, durch einen gleichgültigen Zwischenraum vom Manne getrennt, über die Brüstung.

Lange, gesucht schweigsam nebeneinander, verharrten sie so.

Als plötzlich, plötzlich wie eine Lampe, die unerwartet ein unerwartet Eingetretener entzündet, die Sichel des Mondes in den Himmel einstieg, fragte das Mädchen: »Ist es den Deutschen Bedürfnis, in Italien sentimental zu sein?«

»Es ist das schöne Vorrecht des Menschen,« erwiderte Goethe wie von der Sichel des Mondes herab, »dort, wo es schön, und dort, wo es höllisch ist, sich auf das zu besinnen, woraus er kommt.«

»Sie denken an einen alten Turm, um den Raben fliegen? An eine Stube, worin Äpfel hinterm Ofen schmoren? An Ihre Amme, die dick ist wie die Bäuerin auf einem Niederländer? Und an die Mutter?«

»An meinen Vater.«

»It's the same!«

Das Licht der steigenden Sichel rann im Meer von der Linie der dunkelpurpurnen Mitte an wie eine goldene Leiter hinab bis in die Brandung zu Goethes Füßen. »Er war,« sagte er sehr langsam, »als ich heranwuchs, düster; lebensfeindlich. Er dürfte gelitten haben, als er wahrnahm, daß der einzige Sohn seine Natur nicht besaß. In einem Korridor unseres Hauses hing, zwischen anderen, ein Stich von Neapel. Die Stadt, vom Meer aus gesehen. Ein freies, heiter hohes, schmales Haus stand mitten im Bild, hart am Ufer. Alle Fenster offen, das Dach flach, voll Sonne; rundum niedrigere trauliche Häuschen und Hütten; an der Mole davor die bewegteste Gruppe von Fischern, Weibern und Kindern. »In diesem Hause habe ich gewohnt, als ich in Neapel war,« sagte er zu mir an einem Winternachmittag, ich glaube, im Jahre 62, vor diesem Bilde. Ich hatte mittags eine ausgiebige Strafe bekommen, weil ich den befohlenen Aufsatz schleuderhaft gemacht hatte. Er war sehr böse gewesen; es hatte ihn zweifellos Angst vor meiner Zukunft befallen. Denn er war in allem die Konsequenz selber. Und nun nahm er mich, der gierig schaute, plötzlich mit beiden Händen, deren flehende Zärtlichkeit ich umso genauer spürte, je genauer er sie zu verbergen trachtete, vor seinen Leib hin und sagte mitten in meine Augen hinein: »Wenn du einmal hinabkommst, so suche das Haus auf und denke daran, daß ich, seitdem es mich aufgenommen hat, niemals mehr ganz unglücklich gewesen bin!«

»Wegen eines Hauses?«

»Ich konnte es bis heute nicht finden.«

Schellengeläute von Lachen. Mit einer jähen Bewegung – Sprung oder Gleiten im Tanzschritt? – kam das Mädchen ihm leibnahe. »Fürwahr: eine ebenbürtige Aufgabe für den – angeblich – berühmtesten Mann von Deutschland, im

Paradies von Neapel ein zufälliges Haus aufzusuchen! Haben Sie die Hoffnung aufgegeben?«

»Ich habe es anderswo wiedergefunden.«

»Wo?«

Köstlich frei, Herr, hob er die Arme von der Brüstung. Sog mit langsamem Atem die verklärte Luft ein. »Ja, Vater! In Rom fühlte ich dich nicht! Aber jetzt fühle ich dich!« Und als spräche es Gelöbnis aus, Gebet um Verzeihung zu spät eingesehener Schuld und um Erlebung zu spät geborener Liebe, fuhr das Auge über die fast lautlose Flut unter der hoflosen Blendsichel des Mondes empor in die blutigen Schimmer überm Vulkan, die immer wieder aufsprießend die Flut röteten, die seraphische Inbrunst der Stille umdonnerten, dann in den wolkigen Dämpfen verblühten. Und blickte dennoch kindhaft lächelnd, wie vom Hirschgraben herab, von der Krone des Bockenheimer Tores, von Großmutters Stube, von der Wiese vorm Sachsenhausener Gasthofe, von Vaters Bibliothek herab in die blutigen Schimmer. »Der Vater hatte ein Paar Schuhe aus Rehleder besessen«, sagte er leise, »aus dem feinsten, vom besten Schuhmacher in Paris gefertigt; mit echtsilbernen, gehämmerten Schnallen. Diese Schuhe hatte ihm die Mutter ins Grab angezogen. Diese Schuhe stemmten sich nun immer gegen die Sargwand, so, daß die Spitzen der Sohlen über die Kante dieser Wand hinausragten, als ob sie, wenn es der eingesperrte Leib nicht mehr auszuhalten vermöchte in diesem Käfig, den Deckel absprengen könnten, – wenn sie genug Kraft dazu hätten. Da aber über dem Deckel vier Fuß hoch die Erde lag . . .«

»Nun?«

Spielend drehte sich Goethe nach dem Mädchen. »Ja, Vater! Aber die Söhne gehen weiter!« Trotzig, selbstsichere Flamme, stieg die dämonische Lust, zu spielen mit dieser schillernden, lauten, ewig geistbespuckenden Welt, ins

298

Gesicht zurück, das grauenlos aus Vaters Grabe zurücktauchte. Die Sichel des Mondes schien nun so licht, daß die Umrisse des Vulkans vor den sanft erhellten Horizonten der Ferne hervortraten, die Tiefe des Meeres mit dem ungewellten Spiegel seines ruhigen Liegens sich hinter der Bläue von Capri und der bogig gespannten Himmel abhob, und die Stadt, Castellamare und Sorrento geformt aus der Unform der blauträchtigen Erde aufwuchsen. Wo aber, wo stand in dieser Schönheit Schranke auf, Zaun oder Zügel? »Die Söhne tragen die Last des Ahnenbluts, – ja, Vater! Dennoch: wirken wollen sie, müssen sie, können sie durch sich selber! Denn es ist mehr in ihnen, als mit den Vätern ins Grab stieg!« Schaudernd vor der Kälte dieser klaren Besinnung, weil noch immer im Zwange des Bilds von den Schuhen, die sich gegen die Sargwand stemmten, stieß sich der entzündete Geist hinein in die Wirbelbahn seiner Lust: nun zu spielen! »Weiterhin denke ich . . .«

»Endlich! Also?

»Weiterhin denke ich,« wiederholte er, so über die Brüstung zurückgebeugt, daß sein Auge gerade gegenüber dem Auge des Mädchens funkelte, »an die Unbegrenztheit der Möglichkeiten, die der Schönheit dieser Natur da gegeben ist.«

»Und dann?«

»An die Palmen Arabiens. An das Gold Indiens. An die Rätsel der Urwälder. An die sagenhaft unerschöfliche Wonne, mit der ein Mensch vollen Reichtums, fester Gesundheit und ausgebildeten Geistes die Wunder und Wahrheiten dieser Welt genießen könnte.«

»Und dann?«

»An Hamiltons Schätze und – Schatz.«

»Und dann?«

»An die heimliche Lust der Verbrecher, die sogenannten Nichtverbrecher meuchlings ermordet und ausgeraubt zu haben.«

»Brr!« Der weiße Peplos, unter dessen Gleiten die Pracht des Busens ihre marmornen Spitzen an den Marmor schob, klirrte. »Und dann?«

»An die Eitelkeit der Wollust und die Wollust der Eitelkeit, mit der ein Mansardenkind aus dem Sumpf seines stammlosen Elternhauses aufsteigt zur Maitresse eines Königs, sein Volk agiert, sein Reich blamiert, – und, nachdem dies vollbracht, zurückkriecht in den Sumpf seines ersten Bändigers in der Mansarde.«

Wie in einem Schüttelfrost schüttelte sich das Mädchen. »Awfully! You are not a poet! Und dann...?«

Genießend, noch mit den Zähnen genießend, die aus den genußwild geöffneten Lippen hervorschimmerten, lächelte er hinaus in die Flut, in das Licht, in die Schimmer, ins geteilt-ungeteilt Blaue. »Und an Miß Emma Hartes unbegrenzte Fähigkeit, mit der Gottesgabe ihres Bewußtseins in der Gottesgabe ihres Leibes jede schon verrauschte Geburt der Schönheit in Kunst und Natur wiederherzustellen!«

Getroffen, mit raschen Feuern antwortete ihr Auge. »Und dann?«

»An alle Frauen der Welt, die Aphrodite ähnlich sind, Artemis, der gliederspielenden, der rosenfingrigen Eos und...«

»Und?«

Fort von der Brüstung! Nein! Gleich wieder zurück an die Brüstung, raubtierhaft breit hingelegt über sie und dunkel. Und wie Odysseus, als er Polyphem den glühenden Spieß in die ahnungslose Pupille stieß, stach er den Blick seines verwegenen Willens in die schon entwurzelte, gierig lauernde

Glut ihres Auges. »Ja, Vater! Die Erde rundum und das Wasser da unten und der Himmel da oben, – feste Grenzen sind sie dem Tritt meines Fußes, der von dem deinigen abstammt. Wer auf der Erde geht, geht auf der Erde! Aber: aus unserer eigenen Innenmacht, die reine Mauer kennt, rufen wir unser Schicksal herab und herauf, das Schicksal unserer eigenen Wirkung! Hier, Vater, – blicke unparteiisch herab! – neben mir steht ein Mensch ohne Schatten. Heute aber, Vater, hasse ich sie, die zu herrschen und ruhig zu sein gewohnt sind im Wahn ihres Zeniths! Laß mich drum, laß mich die irdischen Streifen an die Ferse dieses Fußes hetzen; laß mich!«

»Und?« stampfte der Fuß mit der Ferse in den marmornen Boden.

Unsichtbar hob er das Gesicht in das Flüstern des gleichmäßig allduldenden Meers hinaus. »Und all dieses gäbe ich preis, mit sanft höhnischer Hand, wenn ich die Wahrheit – deines Leibes einmal, ein einzigesmal nackt schauen dürfte!«

»Denn von allem, was schön ist,« fuhr er ohne jede Last des Atems fort hinter der Schlucht dieser schaukelnden Pause, »und was ich von Schönem mir denken kann, bist das Schönste: Du!«

Verschlingend jeden weniger Sicheren, mit breitem Spalt, klaffte die zweite Schlucht auf.

»Dichter« stieß das Mädchen heiser hervor, »lügen, nicht wahr?«

»Du bist das Schönste, nicht wahr?«

»Sie lügen? Nicht wahr?«

»Sie machen das Wirkliche zum Unwirklichen und offenbaren das Unwirkliche. Nicht wahr?«

»Sammeln Stoff, wo sie sind?«

»Haben den Mut, weil den Trieb, ihn zu greifen.«

»Für sie selbst? Für ihr eigenes Werk?«

»Nähmest du Phidias das übel?«

»Are you Phidias?«

Mansardenkind! schwelgte er, Meer trinkend mit dem herrischen Auge, im Vorrausch des Fests dieses trunkenheitlosen Spiels. Du errätst, daß ich weiß, wie dich Graham, der Schwindler, als Hygieia den Idioten vorführte, Lord Greville aus diesem Kot aufhob, zur Dame machen ließ und, als er verkrachte, seinem Onkel Hamilton verkaufte. Und daß ich es hasse, das Urweib: die Eva im Weibe! »Die Luft hier in Neapel,« sagte er, als sei ein Philister mit einem Schlag kalt genesen von seinem plötzlichen Wahnsinn, »ist den Nerven sehr heilsam. Niemals, solange ich lebe, habe ich mich so ausgeglichen wohl gefühlt wie hier.«

Aber wie die Katze, die Blut geleckt hat und nun Milch trinken soll, bäumte das Mädchen sich auf. »Es ist lustig zu dichten? Nicht?«

»Amüsant ist es oft!«

»Sie sind nach Italien gekommen, um darüber ein Buch zu machen?«

»Natürlich.«

»Was für ein Buch?«

Wie der Knabe, den das Rätsel des Flüssigen zum erstenmal anrührt, schoß er auf aus dem Boden. »Sehen Sie die Barke?« Ein Boot, in dem zwei Männer standen, ward vom Felsen des Ufers soeben hinausgeschoben ins Wasser. Krach vom Vesuv in derselben Sekunde, die Sichel des Mondes erlosch, die nackten Nacken der Männer erstrahlten im Brandrot, das Boot kreischte, es prallte die Brandung. »Fahren sie ins Hohe? Zum Fischen?«

»Alles fischt!« kicherte, sich windend, das Mädchen. »Aber Sie *sind* ja schon berühmt? Es wird berühmt, wen Sie zeichnen?«

»Mitfahren möcht' ich!« Mit einem breiten Klatsch schnellte das Boot in die meerhin zurückrollende Woge hinein. »Mitfahren!«

»Wer ist Lotte im ›Werther‹?«

»Mitfahren!«

»Platzte sie nicht schon längst im Triumph, eine ganze Welt zu beschäftigen?«

»Miß Emma!« Wie ein lechzendes Boot schoß die lechzende Stimme in die Urlust der Woge hinaus, die die Barke verschlang. »Ich will hinaus in dies Meer! Hinein in dies Meer! Ganz hinein in dies Meer! Nicht mehr Erde! Nur Wasser!«

»Und vor einer Minute haben Sie gesagt . . .«

Wie der Jäger roch er, triefend von Verachtung, den Duft ihres aufstrahlenden Lächelns. »Was habe ich gesagt vor einer Minute?«

Sie warf den Arm, seinen Arm, von ihr weg. Dieser Mann ist Gewalt! Ist die Kraft! Ist: der Mann! »Daß Sie alle diese Schätze, mit sanft höhnischer Hand, preisgeben wollten, um . . .«

»Ja, Vater!« Wie der Blitz, der die Pore des Einschlags in zögerndem Züngeln noch sucht, fuhr das Auge das Versteck des fremden Auges ab, die nun nachtfinstergewöhnte Lichte der Flut, die Flanken der mattschimmernden Stadt, Castellamare, Sorrento und Capri, und die drohenden Schimmer des Blutes. »Ja, Vater,« – das Herz schlug ihm wie gefährlicher Hammer im Bewußtsein der Sohnschaft – »ich seh dich! Ich hör dich! Versteh dich! Aber laß mich, o laß mich dieser pfaueitlen Ferse nur den Strich von dem

Streifen der Tierheit anhetzen!« – »Ich hasse« stieß er schnaubend hervor, »das Erobern. Beeinflussen. Betteln. Verführen. Freiwillig gegeben muß werden, geschenkt. was ich sehne!«

»Auf dem Präsentierteller?«

»Ich pflege auch nicht« – diese Stimme zerstampfte mit Spielkraft die Erden und riß neue, mit Spielwut, aus den Trümmern hervor, – »zu genießen in der *Vorstellung*, – wenn mir nicht geschenkt wird. Einfach hinweg dann mit der Sehnsucht! Leicht festzustellen: könnte nicht Jeder daherkommen, säuseln und knien: Miß Emma! Dein Leib ist der Inbegriff von Natur und Kunst, weil der Inbegriff des Schönen! Ich bin taub, ich bin blind, gelähmt in Hirn, Seele und Nerven, seit ich weiß, daß er ist! Dürste, hungere nach ihm als dem Urquell des Ganzen. Aller Bilder Urbild. Ebenbild Gottes! Und so weiter und weiter! Würde wie Ikarus von der Erde mich heben, übersausen die Täler des Halben, Unvollkommenen, Häßlichen, Gemeinen, wenn du mein Flehen erhörtest; und so weiter und weiter. *Jeder* könnte so kommen!«

»Aber Sie sind doch nicht . . .?«

»*Jeder!*« Ah, er fraß nicht die Angel! »Und da soll Einer verlangen, daß das Weib, das da weiß: ich bin einzig, aus purer Einsicht in die unträumbare Wirkung, die das Gewähren im Bettler auslöste, aus der bloßen Erkenntnis, daß ihrer göttlichen Schönheit die göttliche Pflicht entspricht, den Würdigen, der ohne sie das letzte Licht nicht finden kann, zu erlösen, – daß sie nur deshalb, in selbstlosem Dienen, das Ungeheuerliche erfüllte! Denn wenn sie es nur aus Eitelkeit erfüllte, . . .«

»Aus Eitelkeit?« Mitten aus dem Wahnsinn all der teuflisch verstrickenden Worte, aus dem eitelsten Zentrum ihrer eitelsten Kreise, brach die Stimme des Opfers. »Aus Eitelkeit? Niemals!«

»Ja! So reden Sie!« – »Doch, Vater! Ich seh dich! Ich fühl dich! Empfange deinen entsetzten Blick! Aber laß mich, o, laß mich dieser lästernden Bewußtlosigkeit die Rache meines Spiels anhetzen! Laß mich!« »Weil die Kunst, die Sie tagtäglich wiederschaffen mit diesem Leibe, diesen Leib schon zum Diener des Höchsten gemacht hat. Weil Sie Künstlerin sind, Priesterin! Weihend den erhobenen Geist, das Geblüt vom Geblüte der Kunst, jedes Glied schon geadelt vom heiligenden Ziel, diesem Ziele! Und dennoch!« Zur Empörung, wie die gleichmäßig allgeduldige Flut des Meeres emporzischen muß in die Raserei des Sturms, der die Laster der Glätte, der Stille, des faulenden Friedens zerpeitsche, wuchs die peitschende Stimme. »Als ich Sie sah, die Pracht dieses Leibs im Flor der Schleier halb verhüllt, halb entblößt, halb im Spiel, halb Geschenk, der sündhaftesten Halbheit gehorchend, –o Miß Emma!« Daß sie in Beben zusammenschrack, drehte er um. »Ich sehe es nie wieder mir an! Niemals wieder! Entweder – oder!«

»Aber bin ich denn« – wie die sonngeile Eidechse rang sich der Weibleib ihm nach –»*wirklich* so schön?«

»Schweige!«

»Worin unterscheide ich mich von anderen Frauen?«

»Ich laß mich nicht quälen!«

»Kann nicht auch die nächstbeste andere, die fehlerlos gewachsen ist, dieselbe Wirkung auslösen?«

Scheinbar zur Sehne gespannt, die im nächsten Augenblick reißen muß, krümmte er sich. Ließ das Geländer los. Tat einen taumelnden Schritt nach rückwärts, den zweiten, den dritten.

»Warum – fliehen Sie?«

Geisterhaft schnell kam er zurück; so aber, als ob er schnell wieder gehen wollte. »Ich trage die Idee zu einem Werke in mir,« sagte er atemlos, »darin ich alles . . .«

»Was: alles?« Hilflos hatte er ausgesetzt. »Was: alles?«

Ohnmächtig, im Zweifel, rückte er das Haupt in die still schwebende Luft. »Ja, Vater! Die Sohlen deiner armen Schuhe aus Paris bäumen sich gegen die Wand des Sarges, in der zerfressenen Brust drin brennt noch die Hoffnung, daß dein Sohn dich fortsetze und erhalte; ein Quartband alle Jahre! Zwei noch lieber! O, ich seh dich, ich fühl dich! Ich hör dich, Vater! Aber laß mich noch einmal auf der Spitze dieses Heute meine Macht über die Zurückgebliebenen genießen, die ich habe, wenn ich will!« – »Alles«, fuhr er wie ganz allein plötzlich schwebend im furchtbar Zwiefachen von Chaos und Gesetz weiter, »was mir die Welt an Kampf und Lohn offenbaren mußte. Da grinst die Hölle, lächelt schuldlos der Himmel, krümmt sich buckel-haft die zwischen beide gesperrte Erde. Die aufgezwungene Halbheit zwischen gletscherhohem Streben und schachttief-ster Ohnmacht, das Reißen an der Kette, Meutern gegen Mauern, die Niederlage jedes Lebens, das sich zur Spitze hin schindet, dann die skeptisch eisige Ergebung, – kurz und gut: alles, was gelitten wird, wenn gelebt wird, indem man Gott sein möchte und als Vieh verrecken muß, müßte kochen darin. Und weil man nun Gott nicht nur nicht sein, sondern nicht einmal sehen kann, müßte man wenigstens sehen – ein Weib! Das Weib aller Weiber! Und da wandre ich« – mit dem Irrsinn des bohrerscharfen Willens drehte er das Wort in den tollatmenden Frauenleib hinein – »seit Jahrzehnten durch die Gassen der Weiber, und finde es nicht! Finde Puppen, Larven, Masken, in jeder einges-chrieben, überm blöde gedrechselten Leibe, den pfaudum-men Glauben, sie sei schön, – aber finde *es* nicht! Aber finde nun *dich*, – ja! du bist es! und lasse meinen Schrei ohne Schleier vor dir niederstürzen, und du sagst mir . . .«

»Sagst mir: bin ich eine von der Straße?«

»Strafst mit dem Blicke: Was gilt dir, Dichter, die Scham einer Frau?«

»Hohnlächelst: was der Scham einer Frau der Dichter?«

»Und folterst mich zuletzt mit der teuflischesten Qual aller Qualen: dem Zweifel, ob ich nicht etwa mich täusche, vielleicht auch du nur, in Wahrheit, eine pfaudumme Larve bist über blöde gedrechseltem Leibe und . . .«

Wie eine Feder, die losspringt, schnellte das Mädchen empor. »Wenn drei Minuten um sind,« – nicht ein Blick auf ihn hin, wilder Schritt von ihm weg – »aber nicht eher und nicht später kommen Sie mir nach! Diese Türe – take care! Hier die erste, links, – führt zu mir!«

Und war weg!

»Herr Kniep,« rührte Goethe eine Stunde später, am Ende des ratlos schlotternden Heimgangs, vor der locanda Moriconi, den ratlosen Maler an, »ich fahre morgen früh, pünktlich acht Uhr, nach Paestum. Wollen Sie mitkommen?«

»Herr Kniep,« redete er nach achtundvierzigstündigem Schweigen den noch Ratloseren zum zweitenmal an, – sie kauerten im Boden des Poseidontempels von Paestum – »haben nicht auch Sie die Vorstellung hieher mitgebracht . . .?«

»Welche Vorstellung meinen Exzellenz?« wagte Kniep schließlich zu stottern. »Wenn ich bitten darf: welche?«

»Vielleicht versuchen Sie«, lenkte Goethe ab, – ihm graute – »von diesem Geröllhaufen da drüben die drei Tempel abzunehmen?«

Aber auch das einsame Hineinstarren in diese Tempel machte den zernichteten Geist nicht wieder schlagen in

Glauben. So also ward jede kreuztragend erbeutete Spanne Wegs von der folgenden verschlungen? Der Übermut endlich erstrittenen Selbstvertrauens gezüchtigt? Jedes springende Licht wieder abgelöst von der Nacht? Nein, vom Chaos! Vom wohltätigen Feuer des Vesuvs zur Enttäuschung des Gemütes an Tischbein! Von der Ergebung darein auf das luziferisch überlegene Piedestal im Toledo! Vom Toledo in die sittliche Folge der Menschheitentwicklung im Gespräch mit Filangieri! Von dieser makellos edlen Stirn in die Verquickung des Vaters – des leibeigenen Vaters! – mit dem Verbrechen an Miß Harte! »Gehe ich zugrunde in Neapel?« schrie er verzweifelt heraus. »Verliere ich mich in Neapel?« Zum Buckel krümmte die Scham den Rücken. Zum Kriecher den ziellosen Schritt. Wenn *ein* Tag diese demütigende Zickzacklinie aufwies, was war dann die Summe von allen? Und das: *nachdem* die Torturen von Rom aufgelöst worden waren in die brüderliche Versöhnung der zwei herausfordendsten Geister, und das Herz – überwunden vom Geiste?

»Wenn ich mich zertreten und aus dem Brei neu schaffen könnte!« Oder: sind diese Peinen die naturnotwendigen Geißeln des Menschen, der wundoffen an Seele und Leib die Vollendung seiner Gestalt sucht?

Oder doch nur Disziplinlosigkeiten unter betrügendem Mantel? »Griechenland! Maß! Zucht! Arbeit!« bettelte er stöhnend, indem er die Basilika umjagte, hinein in die Trümmer.

Aber: Hier war nicht Griechenland! Zum zweitenmal umlief er die Basilika. Dann das Ceresheiligtum. Dann den Tempel des Poseidon. Grau kam er aus dem Tempel zurück. Zur verjagten Gebärde der Gebirge, den immer ungepflegter sich vordehnenden Feldern, ins Meilen-Endlose hinsiechenden Sümpfen, wahllos zwischen Wildpflanze und Kummersaat stockenden Pfützen, Erdhaufen, aufspringenden Buckeln, mattklaffenden Tälern, die keine Fortsetzung fanden, stimmte das Antlitz dieses mittelpunktlos hindämmernden Himmels genau. Nicht Urerde war hier, nicht die Weite des Lichts, in die er pilgern gewollt; nicht das Mal sieghafter Sammlung aller Krausheit der Erde und aller Spiele des Himmels im einenden Sinn eines Kunstwerks. Wie gedankenlose Zufälligkeiten nur ragten die drei Tempel empor in den gleichgültigen Unsinn von Scholle und Wolke. Umsonst diese flehende Flucht!

Trotzdem von neuem zurück stieg er die Stufen des Poseidontempels. Stellte sich zwischen den zwei mittleren Außensäulen der Vorhalle auf. Ungeheuerlich, urfremd wie Hottentottenzeichen, traten das kyklopische Dreieck des leeren Giebels im zerstückten Kranzgesimse, die Triglyphen und Metopen, das Fünftor der Halle zwischen den sechs Säulen ins hoffnungslose Auge. Die Cella war nur noch in den Ecken der Vorderwand erhalten. Hindernislos drang der Blick durch ihre Löcher hinaus in die Opisthodomos. Dicht aneinandergedrängte Reihen ungeschlachter Kegel aus Konglomerat, schienen die Säulen des Umlaufs und innerhalb ihres Zauns die übereinandergeschichteten Säulen, die das Mittelschiff rahmten, den wirr suchenden Blick zur Wiederherstellung der Ordnung anzurufen. Oder, spöttelten sie tückisch, zähle uns wenigstens! Miß den Zwischenraum zwischen uns, den Umfang der untersten Trommeln, die Spannweite der Hohlkehlen, das Verhältnis, in dem sich die Schäfte nach oben verjüngen! Und stelle es wieder her, das Idealbild deiner Seele vom griechischen Tempel; Bild aus dem Atlas, Bilderbuch, Traum!

Aber kraftlos, das jämmerlichste »Nein« in der Pupille, floh der Blick nur in die flatternde Unrast der Lüfte hinaus, die als unbegrenzte Allheit von Fahlnis und Anarchie die traurige Öde umgrinste. »Nein! Das ist nicht Griechenland! Oder wenn es Griechenland ist . . .«

»Es will nicht gelingen!«

Schwer drehte er um. Kniep stand hinter ihm; wies zwei Blätter. »Es wird immer nur ein Schock Säulen, und das Ganze heißt Nichts! Lüge ich, dann sind es nicht die Tempel von Paestum; und lüge ich nicht, dann erschrickt man davor!«

Blitz im Auge? Licht? Hoffnung? »Ich finde die Zeichnung recht annehmbar,« lobte Goethe nach langem, genauem Betrachten. »Wahr, gewissenhaft. Besonders in den Säulenmaßen!«

»Besser: Unmaßen.« Erlöst lachte Kniep auf; wie hatte er sich vor dieser ersten Probe gefürchtet! Gleich bekam das verzagte Gesicht Farbe und Regung. »Wie das häßlich nach obenhin abschwillt! Und dieser formlose Echinus! In der Fronte gesehen, will es noch angehen. Aber im Profil – schauderhaft!«

Ja! Schauderhaft! Dennoch: trieb das geweckte Blut nun nicht schon Gegengift gegen das seuchende Gift? »Sie dürfen aber nicht vergessen: sechstes Jahrhundert vor Christo!«

»Gewiß!« Echt deutscher Glanz im geretteten Blick. Dieser Mann ist ja zugänglich, sogar freundlich! »Aber – wenn der Parthenon auch so ist?«

»Parthenon ist Perikleisches Zeitalter. Fünftes Jahrhundert.«

»Oder, überhaupt«, – rot wie ein Mädchen ward Kniep – »wenn die anderen alle so sind? In Olympia? In Delphi? Segesta? Selinunt? Girgenti? Unter einem griechischen Tempel stellt man sich doch nicht ein solches Monstrum vor?«

»Öser in Leipzig,« sagte Goethe, – wie ein Pfeil drang das Auge in die Fetzen der Wolken empor, jetzt kreist Leben im Hirn wieder, wird der Himmel nicht heller? – »Öser in Leipzig pflegte zu predigen: jedes Kunstwerk muß aus jener Zeit heraus beurteilt werden, in der es entstanden ist. Nicht, was wir Heutigen verlangen, ist für dies Urteil maßgebend, sondern . . .«

»Aber das Schöne,« unterbrach gierig der Junge, »ist doch immer von einem und demselben Gesetze? Und schön sind diese Säulen gewiß nicht!«

»Auch wenn sie es heute nicht mehr sein sollten, jedenfalls waren sie es damals. Sonst wären sie nicht gemacht worden.« Bei Zeus, dieser Bursche war ja lebhafter, als er aussah! »Und das muß uns Späteren genügen. Jede Zeit hat ihre Kunst und jede Kunst ihre eigenen Ideale.«

»Aber das, was wir Späteren doch eben die ›griechische Schönheit‹ nennen? Die absolute Gültigkeit jenes griechischen Ebenmaßes, auf das wir doch alle – Hand aufs Herz! – eingeschworen wurden?«

Nein! Es ward nicht heller! Nicht entgiftet das Gift! »Jene griechische Schönheit . . .«

Aber er fand die fortsetzenden Worte nicht mehr.

»Ich will es nun doch wagen«, erklärte Knieps veränderte Stimme, »und nehme ihn schlankweg von vorne?«

Aber Goethe hörte es nicht mehr. Sah gar nicht, daß er wieder allein war. Wolken in wirbligen Tänzen flatterten vor dem umflorten Auge. Müdigkeit, lähmend wie Schlaf, floß durch die Glieder. »Wonach sonst hätte ich mich so heißhungrig gesehnt hierher, wenn nicht nach diesem griechischen Ebenmaß als dem Stab wieder in den Strudeln dieser dämonischen Reise?« Rann denn nicht alles schon wieder seit Neapel? Stand noch irgendetwas felsenfest aufrecht? Wohin gehe ich? Was treibt mich? Warum versank jeder Meilenstein wieder im Morast, kaum gefunden und kühn überschritten? »Und ist nur irgendetwas entschieden schon?«

Nein! Nichts war entschieden! Noch immer nichts!

Ohnmächtig bückte er sich ins Gras nieder, das in vergilbten Büscheln hoch aus den Fugen des Bodens wuchs. Erhaschte auf der Stelle, wo das Steinbild Poseidons gestanden haben mochte, einen Skorpion. Traf zwischen der zwölften und dreizehnten Säule des Westperistyls eine schwarzgelbe Schlange um einen Distelschaft geringelt. Schlug aus dem Friesbrocken, der wie Goldklumpen im schmalen Violettschatten schimmerte, ein Stück heraus. Zog Brot aus der Tasche, verzehrte es mit dem hartnäckigen Willen, bedächtig zu sein. Schritt langsam im ungleichen Boden dem Tempel entlang. Bemerkte ein Loch voll bleichen Blaus im Himmel, fern nordwärts. Darunter einen Baum. Neben dem Baum eine Hütte. Ging auf diese Hütte zu. Sah, als er vor ihr stand: sie war versperrt; leer. Ein Schwein grunzte aus unentdeckbarem Kofen. Geruch von Angebranntem lag in der umschwebenden Luft. Als er sich, noch rettungsloser, umwandte, standen die drei Tempel, genau unter dem Mittag, brennend in plötzlichem Lichte. So lange verharrte er steingebannt vor diesem Lichte, bis die durchgekämpfte Sonne sich westlich verschob, hinter dem Schattenriß der Tempel hinabsank. Nun war in der Welt, die er übersah, nur noch die zaunlose Weite und dies einzige, kapitale Aufragen der Schatten der Tempel. Die Stummheit ringsum wie unausgesetzt wiederholtes Todesurteil. Die Glanzarmut des Lichtes um die Silhouette plattestes Nichtleben. Die Silhouette selber: Symbol der van-itas aller Zeiten, mit der sein zerquälter Geist voll diese vanitas gemein hatte. Nutzlos – jeder Splitter sprach es aus – alles Streben nach Einheit! Die Welt ist die Summe der Teile; das Leben die Summe der Becher, voll von den Würfeln der Tage!

Wie ausgeplündert kehrte er um. Vielleicht, wenn man die Stadt wiederherstellen könnte, die stilgerecht einmal die Tempel umgeben hatte, würde die Ruine symmetrisches griechisches Leben? Und schön? Und das Unmaß, wenn der

Festzug der Gemeinde – voran nackte Knaben, dann die Priester in den weißen Gewändern, dann die Jungfrauen mit den Körben voll Blumen, endlich, von Reitern geflankt, die braunen Männer mit den Stieren – heraufzöge über den Schutt, wieder Kanon? Die ehernen Pforten der Cella springen auf, die Stufen, Säulen, Giebel leuchten wie aus ionischem Goldstoff, blutumdunstet und verhymnt steigt der Opferrauch aus dem schmalstangigen Dreifuß, und Poseidons Dreizack blitzt über seinem meerblauen Auge aus Lapis hinab auf die Angst und die Hoffnung der Beter?

Aber der blattlose Strunk des Feigenbaums, an dem sich der Zerspaltene festhielt vor dem grauenhaft offenen Rachen der Opisthodomos, war so unbesieglich wahr trieblos und verdorrt, daß auch die trotzigste Jugendphantasie wie eine Provinzdummheit vor seiner Unerbittlichkeit erblich. Nein! Mit erdichteten Bildern ließ sich hier nicht helfen! Entweder das eigne Leben, das man mitbrachte, – oder nichts vermochte das Begriffsfremde dieser Kolosse zu beleben. »Was aber, was bringe ich mit? Emma heißt mein letzter Zug Leben!« rief er schallend hinein in die ruchlose Unnahbarkeit. Aber hier ward auch der Hohn verschluckt. »Im Ernst also: stelle sie, stell dieses Weib auf kubischem Riesensockel in die zerbrochene Cella, und die Cella hat Sinn, der Umgang Anpassung, das Ganze Stil!« Wie sie – als er eingetreten war nach den drei bedungenen Minuten – schamhaft, mit gehöriger Schamhaftigkeit das Auge gesenkt hatte! Allerdings: eine Sekunde später schon hob sich ihr Antlitz völlig bar jeder Röte. Jedes Zögerns, jedes Zweifels in die Höhe. Sah ihn fest an, und – lächelte. Allerdings: *durfte* getrost lächeln. Wo hat eine griechische Göttin je Schultern besessen wie diese, die in singenden Bögen vom stammrunden Halse zu den Kuppeln der Achseln hinüber und zu den reinausgeprägten Knospen der Brüste hinabschwangen? Artemis konnte die biegsame Lust ihres Leibes nicht auf edleren Beinen, überlegener geschweiften Schenkeln aufgebaut haben, als diese, im freien Drang eines groß sich auslebenden Blutes Erwachsene. Hera nicht mystischer den Beruf des Weibes angekündigt haben, als diese Nordische mit der elastischen Wölbung des Bauches unter der knappen Höhle des Nabels. Und als sie sich umgedreht hatte, übergewissenhaft in ihrer Freigebigkeit, – »Aphrodite aller Aphroditenbezirke, warst du göttlicher Kallipygos als sie? Hinauf also auf den Sockel und herein in die Cella!« Zwischen Wahn und kühlstem Erfassen lachte er auf. »Und sie wird Griechenland neu gebären! Neu gebären aus dem gierigen Blick, den diese verlotterte Landschaft auf sie hinwerfen wird und diese barbarische Mißgestalt. Und mit dem Finger auf mich niederweisen, diabolisch, und richten: und dieser Weinreisende da hat mich entdeckt! Erst gefunden! Erfunden! Er . . .«

»Ergaunert!«

Und dieses Griechenland da – wie von Hunden gehetzt rannte er – dieses Griechenland hatte den Schmutz wegwaschen sollen, sogleich, von diesem ergaunerten letzten Spiel Lebens! Und hatte es nicht getan! »Nein,« donnerte es in die Sünde wider den heiligen Geist hinein, »ich bin nicht Schönheit, nicht Ebenmaß, geschaffen, um in Hochmut Gefallene wieder aufzuheben und verlumpten Gemütern wieder die zerknitterte Krause zu steifen! Übergang bin ich vom Riesentier Mammut zum lallenden Wilden. Und: bin es aus mir, und für mich!« Und als ob sich ihm Schlangen nachringelten, offene Mäuler ihm nachschrieen, die Erde ihn ausspie und der Himmel ihn zurückstieße auf die wehrende Erde, jagte er von Säule zu Säule. Hinaus in den Rand der Stufen. Hinein in den Steinbruch der Cella. Durch das Licht. Durch den Schatten. Bis er, ohne zu wissen, wo er war, wieder in das Hinterhaus einfiel; an den Tod des zerborstenen Pfeilers. »Wenn mich die Weimarer nun sähen?« Mit den sinnlosen Händen rieb er die sinnlose Stirn, die entlichteten Augen. »Oder die plattfüßigen, poposicheren Bewunderer! Reise nach Italien! Wiedergeburt!

Einheit! Harmonie!« In den Säulenwald hinein, durch den er von neuem gewälzt ward, daß es widerhallte, schrie er. »Und ich muß kämpfen mit diesem Lande wie mit der höllischen Bestie der Apokalypse! Heut gewonnen, morgen zerronnen! Gestern ergaunert, heute verspielt! Rom: eine Frage! Neapel: die grinsende Antwort! Und: wie weit noch? Wohin noch? Was wartet am Ende? Wer schwingt schon die Rute? Fletscht bereit schon die Zähne?«

Da fuhr er zusammen: Genau vor seinen gefesselten Füßen im Boden, in der Nische, die von zwei vorspringenden Pfeilertrümmern der Cellaruine gebildet war, saß ein altes Weib und las Erbsen.

»Was tun Sie da?« herrschte er, sinnlos erschrocken, das Weib an.

Langsam hob das Weib den Blick zu ihm auf. Kein Erstaunen darin. Die Züge ihres vollkommen gelben Antlitzes sprachen kein bestimmtes Jahrzehnt aus. Die Augen waren noch groß, fest, blau. Über den steilen Bögen des Schädels lag das volle Haar, in der Mitte gescheitelt, weiß. Ein linnenes Hemde, sehr sauber, hüllte die Gestalt ein. Hals, Schulter, Rinne zu den Brüsten hinab nackt. Die rechte Hand hielt Erbsen über einem geräumigen Korb, der auf dem Schoß ruhte. Die linke las diese Erbsen aus, warf die gelesenen in einen ebenso großen Korb, der auf der Erde stand.

»Was tust du da?« fragte er noch einmal, noch erschreckter, weil das Weib wollüstig glotzte.

Zu schmunzeln begann das Weib. »Und Sie? Was tun Sie da?«

Es war eine blitzschnelle Sekunde, in der er in den Tempel zurück, durch den Tempel hinaus in die Wüste blickte und mit diesem Blick sich selber vorsagte: ich bin Johann Wolfgang Goethe, geboren am 28. August 1749 zu Frankfurt, und seit dem 8. September 1786 auf der Reise in Italien. »Warum aber,« stieß er hilflos hervor, »verrichten Sie dies häusliche Geschäft nicht lieber zu Hause?«

»Ich bin nirgends zu Hause.«

»Irgendwo wirst du wohl ein Bett haben?«

»Ich bin überall zu Hause.«

»Auf dem Meere, zum Beispiel?«

»S'intende!« Herzoffen lachte sie. »Ich bin die Tochter Poseidons, der Luft, der Erde und des Feuers. Von allem, was Vater und Mutter ist, Tochter.«

In den Boden stampfte er. Fünf Stunden lang hatte er den Unsinn dieses Tempels durchsessen und durchwandert und den Winkel dieser Spitzbübin nicht entdeckt. Und nun er ihn entdeckt hatte, schlug ihm der Unsinn dieser Spitzbübin diesen Unsinn noch krummer und kleiner. »Wie lange sitzest du da?«

»Von Anfang an.« Die Erbsen flogen. »Und ohne Ende. Immer.«

Als ob er sie schlagen wollte, zäh und drohend setzte er sich ihr gegenüber in den Boden. »Aber du bist doch aus Paestum?«

»Paestum?« Daß das Hemde hoch wackelte, kicherte sie. »Ich bin von der Bestialität des Lebens her. Genügt es?«

Also eine Wahnsinnige!

»Kinder?« fragte er nach langer vergeblicher Pause. »Hast du Kinder?«

Verschmitzt grinste sie. »Warum fragst du nicht zuerst nach meinem Manne?«

»Wo ist er?«

»Er?« Die Erbsen flogen. »Der erste war Odysseus. Diese Kanaille! Der zweite: Julius Cäsar. Mischung zwischen Affe und Gott! Der dritte: Paulus, der Apostel. Der vierte – *Paolo non faceva bambini* – der vierte: die Cumaea. Der fünfte ...« Sie warf ihm, schillernd in allen Farben der Welt, eine Handvoll Erbsen ins Gesicht. »Nach dem sechsten, siebenten, achten, neunten kam der Kaiser! Federico! *Che uomo! Maschio! Bello! Miracolo di creatura!* Und so weiter und weiter! Aus jedem Jahrhundert der Jahrtausende je einer. Einer nach dem anderen. Immer Männer. Und alle« – Wonne rollte die beweglichen Züge – »tot; alle tot!«

Nach einer starren, zweifelvollen Weile, den Blick tief im Tempel drin, der nun halb schwerviolett, halb golden aus dem fahlgrünen Boden in den stahlblau gewordenen Himmel aufsproßte, fragte er: »Wie alt bist du?«

»Ich bin, und ich werde sein, und ich bin!«

»Und trotzdem keine Kinder?«

Die Zunge zeigte sie ihm. »Das Meer hat hunderttausend Wasser, die Erde hunderttausend Steine, die Luft hunderttausend Wolken, das Feuer hunderttausend Flammen. Sollen die alle leben? Genug, daß die Luft lebt, das Feuer, das Wasser, die Erde, – *Ich!* Die Mutter von allem! O, ich könnte Euch Geschichten erzählen! Geschichten!!«

Ekel, Ekel, Ekel im Hirn! Mit wilder Hand wehrte er ab.

»Bürger!« fletschte sie die Zähne. »Man sieht es ihm an: er hat von jeher feist gefressen, satt gesoffen, in guten Betten geschlafen. Wenn er sich in den Finger schneidet, der Herr Arzt muß kommen. Keinen Fettflecken ins Kleid. Kein Bauchweh in der Nacht. Deine eigene Verdauung weißt du von der Welt, – und sonst nichts!«

Hatte ihn der Skorpion, den er sicher in einem Schächtelchen in der Tasche trug, gebissen? »Du kannst

schimpfen!« stotterte er kalkweiß. »Also weiter! Nur weiter!«

»Dieses beschränkte Gesicht!« Daß es prasselte, warf sie
die Erbsen in den Boden hinab. »Diese steife Gestalt! *Bewegung*, mein Freund! *Not!* Marter! Folter! Biege dich!«

»Weiter!«

»Von deiner Nase nicht zu reden!«

»Was ist mit meiner Nase?«

Zur Grimasse spreizte sie den Schädel auf dem dünnen
Halse. »Trägt sie hoch, als ob sie berufen wäre, die Welt zu
beschnuppern. Beschnuppert sie hochmütig mit ihrem Gestank. Zwerg! Dummer! Steck sie in den Dreck der Welt; du
bist für ihn da, nicht umgekehrt!«

Ohne sich noch zu besinnen, mit einem Ruck, streckte er ihr
die Hand hin. »Kannst du lesen darin?«

Verächtlich warf sie die Hand ihm zurück. »Als ob ich das
nötig hätte, offenes Buch du! Verzogener! Impotenter!
Nichtstuer! Egoiste!« Aus vollem Hals: »Höfling!«

»O?«

»Ja!« Noch verdammender schrie sie. »Glashaushyazinthe!
Glaubt, weißgottwas für die Welt zu tun; und tut nur, was
ihn kitzelt!« Aber, gleich darauf, lächelnd, ja geradezu
kameradschaftlich: »Ich habe einen Ähnlichen gekannt. Geromino, den Kämmerling des hochseligen Papstes Alexander des Sechsten. Friede seinem Skelette!« Andächtig
schlug sie das Kreuz. »Zeus belecke es! Mittelgroß war er.
Mager. Stimme wie die deinige. Als er noch keine
Gedanken hatte, befriedigte er in jeder Nacht alle Dirnen
des Quirinals. Alle. Und es waren viele! Aber als ich ihn
kennen lernte, spintisierte er bereits. Seit elf Jahren lebte er
mit der Frau des Herzogs von Livia wie ein Bruder. Nur aus
Feigheit vor der Ohrfeige, – die er niemals bekommen

318

hätte! Auf einer Jagd kam er hierher. Ich saß hinter der Hütte drüben, in den Artischocken, und hatte den Gürtel aus Goldgitter an, den mir der Kaiser angelegt hatte. Sarazenengewand drüber. Schön war ich! Und gehabt hätt' ich ihn gern! Aber die Stirn über den Augen – die von Brunst troffen – hatte schon die verfluchten Gedanken! Wort war er. Nichts mehr als Wort! Er male, lockte er. Teuflisch! Ich sei die Schönheit der Schönheiten, Helena! Wenn er mich einmal nur nackt sehen könnte . . .«

Diese also, diese fletscht bereit schon die Zähne?! Weiß, wie die Zähne, die sie fletschte, gefror er.

» . . . Meister der Meister, Gott, allmächtig würde er,« – die Erbsen flogen – »wenn er mich nackt sehen könnte, einmal! Ich aber hatte den Gürtel an und war heiß unter dem Gürtel. Als er nun endlich so weit war, daß nur mehr das Gitter ihn trennte, – wie ein neugeborenes Kindlein im Nachthemd begann er zu zittern! Wie ein Besoffener zu lallen! Brach den Gürtel entzwei, und – schaute nur an! Ins Gesicht hinein . . .«

»Apage! Hexe! Verfluchte!«

» . . . gespuckt hab ich ihm! Mitten hinein! Wie jetzt Dir!«

Mit sausendem Ärmel den Speichel vom Gesichte wischte er; wie alles Gift der Welt, alle Schande der Welt, alles Nein, Todesurteil, Abschaumige der Welt vom Gesichte. Ja, was schrie das Blut jetzt? Begehrte, zerbrochen und jammernd in seinen Trümmern, das Hirn jetzt? Verlangte, nach Atem ringend im Sumpf der Vernichtetheit, die gezüchtigte Seele? Der bespieene Leib?

»Flieh nicht!« Flink, mit der jüngsten Gebärde erwischte sie ihn am fliehenden Zipfel. Rang mit ihm. Fing ihn zurück. Bleich taumelte er, schlotternd in vollkommenem Nichts, nicht mehr Schatten der noch gestrigen Gewißheit. »In Corsica«, zischte das Weib, die Erbsen schon wieder auf dem

Schoße, »in Corsica drüben sehe ich eine Rute aufwachsen zum Kaiser der Ruten. Und in dir« – die Erbsen flogen – »auch einen Kaiser aufwachsen. Denn sonst wärest du niemals daher gekommen, ausgerechnet zu mir, der Begierde der Kaiser! Der Corsische wird ein Erdfresser, Thronfresser, Menschenfresser, Blutfresser sein, wie noch kein Assyrer, Babyloner, Phöniker, Meder, Perser, Grieche, Römer, Gote, Vandale, Barbare, Germane, Seldschuk und kein Hunne gewesen! Du hingegen: der Kaiser der singenden Herzen, aufgeweckten Gehirne, sehnsüchtigen Adern und dürstenden Seelen; vom Osten zum Westen, vom Norden zum Süden. In einem Reich ohne Grenzen, der Taten ohne Rast, Herr der Dörfer, Städte, Meere und Länder: er; – du in einem Nest, wo die Füchse sich gute Nacht sagen und im Schlammteich des erzwungenen Nichtmordens, Nichtunterjochens, Nichtwürgens die sogenannte Seele sich aufmästet zum Wasserkopf. Umso größer der Dunst deines Ruhms. Aber . . .« Und mit zu Fäusten geballten Händen, einer Stimme, die Gräber aufriß und Lebendige totwarf, drang sie ein auf ihn. »Du wirst der Erste sein, der, wenn dieser Eine euch wird zertreten haben wie eine rote Brut Wanzen, vor ihm kriechen wird, katzbuckeln, scharwenzeln! – Dann erinnere dich meiner! Und der Pyramide des Cestius!«

»Pyramide des Cestius?« stammelte er röchelnd.

»Bist du jemals geprügelt worden, daß dir die Fetzen von der Haut fielen?«

»Nein.«

»Geschändet worden jemals, daß das Blut sich dir umdrehte und der Atem zur Lästerung losbrüllte auf die verfluchte Götterhand, die dich zum Menschen gemacht hat?«

»Nein.«

»Je betrogen worden, wenn dein blödes Gemütchen gerade zu glauben begonnen hatte?«

»N – ein.«

»Und gesteinigt worden auch nie?«

»Nein.«

»Und gekreuzigt erst recht nicht?«

»Nein.«

»Also« – spitz wie eine Dolchklinge bohrte sich ihr Blick ihm entgegen – »niemals noch hingegeben hast du dich?«

»N – nein.«

»Und noch nie auf dein eigenes – Wohlsein vergessen?«

»N – nein.«

»Niemals, merk auf!« schrie sie brennend wie Dornbusch, »etwas lieber gehabt als *dich selbst?*«

»N – n – nein.«

»Keine Sorge? *Nur* Begierde?«

»J – a!«

»Die Welt ist ja schön! Was? In Ordnung?«

Er antwortete nicht mehr.

»Es geht alles wie am Schnürchen? Vom ersten Tag an bis heute? Und wird von heut an in noch sinnreicherer Folge gehen, als bis heute?«

Er nickte nicht einmal mehr.

»Wie ein wohlgeordnetes Haus steht dir die große Kugel? Was? Das du dir selber aufgebaut hast? Alles steht dort, wo du es hinstelltest. Und steht es noch nicht dort, oder stellte es sich fort, dann stellst du es eben hin oder wieder zurück. Keine andere Sorge als: daß alles dort bleibe: Luft, Wasser,

Feuer, Erde, und Du, – wo du es haben willst? *Dummkopf!*«
Wie einen Felsblock schleuderte sie ihm den Fluch an die
Stirn, und als ob ein Felsblock ihn getroffen hätte, wankte
sein Schädel zurück an den Stein. Allen Schleim der getan-
en Tat in den Winkeln des Mundes, stand das Weib auf.
Schüttelte die Erbsen vom Hemde, nahm den ersten Korb
auf, dann den zweiten, baute sie kunstgerecht zwischen
Brust und linkem Arm übereinander und trat in die Stufe
hinab. »Ich hatte mir auch einmal mein Haus gebaut,«
keuchte sie höllisch; »vor dreitausend Jahren. Als ich noch
dumm war wie eine Ziege. Nachher – sind die Verbrechen
der Welt an mir getan worden. Alle! Ohne Ausnahme! Aber
nicht deshalb stürzte der Bau zusammen! Das geschah erst,
als ich anfing, auszuschlagen. *Mich* zu stemmen gegen die
Einbrecher,   Brandleger,   Mauerstürmer,   Maulwürfe,
Dacheinreißer und Mörder. Bestie ward gegen Bestien.
Leugnerin gegen die Leugner!« Daß der Riß zischte, riß sie
das Hemde auf der Brust auf, die nackte Brust sprang aus
dem Klaffen. »So wie sie mir alles zerstampft hatten, zerstampfte ich ihnen nun alles. Alle Gemeinheiten des
Lebens, zuerst von ihnen an mir getan, nun noch einmal
von mir getan ihnen. Für meinen eigenen Haß? Zur Vergel-
tung? Aus Rache? Hahahaha!« Wehend im Wind stand sie,
halb Sonne, halb Schatten, zwischen den Säulen. »Für
meine Schweine! Kaiser und Könige? Für die Schweine!
Der Mann, dem man gehört, die Kinder, die man gebiert!
Für die Schweine! Daß man sich nachts schlafen legen und
tagsüber roboten, essen, trinken, lieben, für morgen sorgen
muß? Für die Schweine! Gerade und Krumm, Hell und
Dunkel, Gestern und Morgen, Gut und Böse, Leben und
Tod, – für die Schweine! Alles für die Schweine! Nur für
die Schweine! – Säugling der Ordnung, wach auf,« schrie
sie ihn an, daß ihm die Glieder klirrten, »und brenne dein
Spielzeug zusammen und geh in die Verzweiflung hinaus
und entdecke den Rachen des Unsinns, – und lies Erbsen
für deine Schweine, wie ich!«

Und stieg hinab.

Schritt, nicht mehr sich umwendend, vor seinem erloschenen Auge in die Wüste.

Trat in der Ferne, vor seinem totgepreßten Auge in die Hütte.

Und nichts mehr war rundum!

Nichts. In den Gliedern, die einem Leichnam gehörten, nichts. In der Seele, aus deren Bett gurgelnd der Fluß der Vergangenheit strömte, nichts. Im Gehirn, dem meuchlings die gemästeten Bilder des Bisher entflohen, nichts.

Überall nichts.

Die Hände zu heben, einmal, versuchte er; daß sie sich falteten, oder die Gebärde des Nichts höhlten mit ihrer gekrümmten Runde; oder frech abwehrend sich reckten gegen das Nichts.

Aber sie gehorchten nicht.

»Nichts!« stammelte er, in seinem vollen Nichts hingeboten dem fremden Auge, als eine fremde Stimme in seinem Rücken plötzlich fragte: »Schläfchen gemacht?« Aber Kniep, dieser Wecker, erriet ja nichts! Fünf Blätter hatte er zu weisen. Dampfte von Freude am Werke. »Das ist doch immer so!« strahlte er; wie vor einem Blinden tropfte dem Mann, der blind die Blätter prüfte, der Schweiß von der Stirne. »Wenn ich das grauslichste Schwein dreimal recht mit Fleiß zeichne, auf einmal wird es doch ein Porträt. Und das Schwein ein sympathisches Tier. Ich finde jetzt den Tempel viel maßvoller, schöner!«

Wie aus ziehendem Grabe stand Goethe auf. Nahm den Ahnungslosen unter dem Arm. Mühte sich Tritt für Tritt, wie ein Kranker, in die Bahn zwischen den Säulen zurück. Verwünschte zerfressen die Rede, die vom Jungen – nur weil er seine Arbeit getan – blühend niederfloß. Und griff

323

sie trotzdem wie Strohhalm. Ihre gewöhnlichen Worte kampfloser Ruhe, nicht einmal an die Sockel der Gebirge hinan rührten sie, die vor seinem Entsetzen sich aufbauten. Keine Bewegung erfühlten sie von den zuckenden Parabeln, mit denen die Welt vor ihm rachsüchtig kreiste. Und griff sie trotzdem, lechzender nach Auferstehung von Sekunde zu Sekunde, wie das Tau der Errettung. Höre nicht auf, höre nicht auf zu reden! rang stumm, weil er nicht reden konnte, der zuckende Mund, der vom Grab kam; beschwor, weil es im Grab blieb, wenn es nicht hörte, das Ohr; bettelte die Hand, die den leitenden Arm preßte wie Kinderhand den Vaterarm preßt auf dem schwindligen Notsteg; rede nur, rede immer weiter und weiter! Schreite! Stundenlang, tagelang, ohne Unterlaß, bis du mich herausgezogen haben wirst aus dem Nichts! Durch das Dickicht der Säulen schreite! Über die Schlünde des Leeren! Aus dem Gähnen der Lücken in die Übervölle der Formen! Vom Gestade des Nichts vor der nördlichen Stufe an die – vielleicht doch einmal noch winkende Gestalt der *Tat* vor der südlichen! Rede nur, rede unaufhörlich, und schreite! Sekunde! Minute! Stunde! Wirkende Webe der Zeit über dem Loch der Vernichtung! Zieht schon ein Atemzug? Spannt die Säule des Rückgrats schon wieder den Rücken? Rinnt Blut in der Hand? Will mir, unter dem Auge, das die Lider aufschlägt, ein Wort wieder werden? Im Gehirn wieder Denken? Ein Gefühl in der Brust?

»Dies nämlich wollte ich sagen . . .« Aber zaudernd senkte Kniep das Auge; redete er nicht den Unsinn der Jüngsten? »Wenn man sich . . .«

»Weiter! Nur weiter!« stieß der Mann an seiner Seite bettelnd heraus; es klang wie Schuß in der Wildnis. »Nur weiter und weiter!«

»Wenn man sich mit irgendetwas nur recht unerbittlich beschäftigt, verliert auch das Fremdeste bald seine Fremdheit. Wenn etwas also, dann ist's nur die eigen zu machen. –

324

Ich habe das allerdings erst heute eigene Tat, die einem helfen kann, die Welt sich zu erfahren.« Töricht lächelte Kniep; kindlich. »Sie dürfen nicht böse sein, daß ich so rede. Tischbein warnte mich ausdrücklich davor, Sie zu beschwätzen. Aber . . .«

»Aber?« Lauter, hochaufspringender Atem. Stehen blieb der Fuß. Hart packte die Hand den Arm, der nicht wagte. »Weiter! Nur weiter!«

»Aber ich gehe in Neapel nur mit Menschen um, die noch dümmer als ich sind. Da bleibt man denn das Nichts, das man ist! Nun, zum erstenmal, finde ich mich einem Geiste gegenüber, der auch den besten überlegen ist, – und die Schiefertafel wird beschrieben! Sie ist natürlich eine ganz unbedeutende Schiefertafel . . .«

Jetzt bin ich durch! wußte Goethe. »Es ist nichts wichtiger,« – mit keuchender Wollust stieg das Wort aus dem überwältigten Grab herauf – »als zu wissen: wie unbedeutend wir Alle sind. Und daß wir trotzdem schreiben müssen; auf der Schiefertafel. Schreiben Sie seelenruhig weiter!«

»*Sie* schreiben ja!«

»Dann lassen Sie mich also weiterschreiben!« Lebenlechzend vom innerstverborgenen Nerv bis in den nußbraunen Stern und lebemächtig in jedem Punkt seiner gierigen Wohnung, jagte das Auge in die Formen des Tempels, die plötzlich griffbereit wie Stäbe dastanden und deutlich winkten: jawohl, *unser*, auf dem taumelnden Rückweg vom Nichts in das Leben, bediene dich, Tor, du! »Nicht hinterlassen muß man,« sprach er atemlos in sie hinein, »um gerechtfertigt sterben zu können. Sondern: wirken – im Leben!«

»Diese zurückgebliebenen Tempel aber . . .«

»... wirken weiter,« fiel er schlagend ein, – jetzt sank Vorhang auf Vorhang! – »weil sie damals gewirkt haben! Und wenn mir das auch erst jetzt aufdämmert, – wer geht da?«

»Ein Hirte.«

»... erst jetzt aufdämmert...«

Aber als sie vom Tempel in die Wüste niedergestiegen waren, sahen sie erst: in weiter Entfernung trieb der Hirte seine Schafe vorüber. Die Meile der Ewigkeit schaukelte zwischen ihnen und ihm. Erschreckend, als sie diese Meile fühlten, verließ sie die Hoffnung. Sollten sie dem Manne folgen? Oder in den Tempel zurückstreben? Denn dieser ungewiß zwischen Nähe und Ferne schwebenden Erscheinung gegenüber schien dieser Tempel festzustehen wie Leuchtturm im Meer des Unmeßbaren, Unbestimmbaren. »Ich wollte«, stammelte Goethe, von neuem ins Schwanke verzogen, wie Todesangst überfiel ihn die Furcht vor der Rückkehr nach Neapel, »ich hatte gedacht, – ich meinte...«

»Ich geh den Mann holen!« entschied Kniep und lief schon.

»Nein! Bleiben Sie bei mir da! Es ist mir lieber!« Im gleichen Augenblick aber ward schon erkenntlich: der Hirt wendete. Wie auf ein bedacht verfolgtes Ziel zu kam er ihnen näher. Genau immer näher. Nach einer kurzen Viertelstunde war er da.

»Kannst du mir nicht sagen,« redete ihn Goethe, eilig herabgestiegen, sofort an, »wer in jenem Schweinestall drüben wohnt?«

Der Hirte war breit und stämmig. Langen Bart hatte er, buschig umbraute Augen. Den Stab hielt er mit beiden Händen vor seiner Mitte. »In jenem Stall? Die alte Verrückte.«

»Warum ist sie verrückt?«

Bewundernd sah der Hirte ihn an. »Haben Sie sie gesehen?«

»Freilich.«

»Ihr Mann,« sagte der Hirte gleichmütig, während Knieps Auge ratlos die Miene des Anderen abforschte, »hat es mit ihrer Schwester gehabt. Sie hat ihn da drinnen im Tempel mit der Schwester erwischt und beide mit dem Rebmesser abgeschlachtet. Zwei Tage darauf ist ihr das älteste Kind an einem Natternbiß gestorben. Das zweite hat einen Monat darnach der Wolf zerrissen. Und das dritte, – deswegen ist sie eben pazza geworden.«

»Wieso?«

»Sie soll es auf ihrem eigenen Herde gesotten und gebraten – und dann auch gegessen haben.«

»Es gibt keine größere Gnade des Schicksals,« hob Goethe auf der Heimfahrt ganz plötzlich zu reden an, – er hatte seit den Worten des Hirten wie ein Stein geschwiegen – »als die: das Leben – Natur oder Kunst – aus einem persönlichen Erlebnis erfahren zu dürfen, das darauf hinleitet.« Das Kaleschchen rollte am Strande Neapel entgegen. Hatte das lohgelb, giftgrün und schreirot geschminkte Neapel, das die Sonne peitschte, vor sich, roch den sorglosen Lärm schon der Hocker, Läufer, Fensterschauer und Fresser. Und dennoch sah er noch immer nur: die ausgebrannte, tümpel-fahle, brockenbleiche Wüste, und in ihrer Mitte den Tempel, an dessen Säulen die Erbsen der Wahnsinnigen prasselten. »Stellen Sie sich vor: ein unerwartet hereingebrochener Schmerz, eine noch in der Sekunde vorher nicht ahnbar gewesene Niederlage Ihres innersten Selbst zertrümmert mit einem einzigen Schlage die Welt, wie Sie sie sahen, und Sie blicken plötzlich in ein vollkommenes Nichts! Nichts mehr ist da. Kein Gesetz, an dem Sie sich anhalten; kein

Raum, in den hinein Sie sich stellen, keine Zeit, an der Sie sich besinnen könnten. Nichts. Es gibt keinen Sinn mehr, denn das Nichts ist der vollendete Unsinn, ein Nichts aber, das auf etwas Gewesenes folgt, der satanischeste von allen, denn er zeigt schonungslos, wie so schmählich auf Sand gebaut dieses Gewesene gewesen. Und nun fällt, ebenso plötzlich, Ihr verzweifelter Blick von diesem Nichts auf die ganz und gar ausgewogene Maßhaftigkeit, ganz und gar abgezielte Ordnung, mit Händen zu greifende Sinnfülle dieser Tempel zu Paestum . . .«

»Ja – haben Sie denn die alte Verrückte tatsächlich gesehen?«

Das Erstaunen drohte Goethen aus dem Wagen zu schleudern; so gut las dieser Bursche? Zum Teufel! »Man braucht dann,« setzte er mit geheimem Lächeln fort und breitete dabei heilig den Blick auf die Korvette, die mit prallen Segeln und Kurs nach dem Süden mitten drin stand in der Woge des Meeres, »nicht noch die Athene Lemnia des Phidias zu sehen, um vor ihnen anbetend niederzufallen, – die doch nur die Vorstufe zu solcher Vollendung gewesen sind! – und um sich daran aufzurichten, daß die Welt doch noch immer *ein* Wunder kennt, . . .«

»Griechenland? Hellas?«

» . . . mit dem zu jeder Zeit wieder der Unsinn des Chaos in den Sinn der Entwicklung kann gebannt werden: die schaffende Arbeit des Genius! Sagen Sie mir, kennen Sie die Geschichte vom Torquato Tasso?«

»N – nein.«

»Die der Nausikaa? Des Odysseus und der Nausikaa?«

In die Erde versunken wäre Kniep am liebsten. »Auch nicht.«

»Aber eines können Sie mir doch gewiß sagen?« Und ein Blitz, hinreißend unwiderleglich wie der messerscharfe Spruch eines Gottesurteils, schoß aus dem ganz und gar entblößten Auge in das furchtsam verzagte. »Was wären Sie lieber: ein Künstler, der sich in eine Prinzessin verliebt, – oder ein schiffbrüchiger König, in den sich eine Prinzessin verliebt? Hm?«

Wie von Tönen verschleppt, die er nicht verstand, überwinkt von nur fühlbaren Zeichen von Rätseln, Fügungen, Wandlungen, die an ihn nicht rührten, starrte Kniep ihn an.

»Sie halten mich für verrückt, wie ich sehe?« lachte Goethe aus der Demut der Brust in den Vollglanz der Sonne. »Und doch war ich's in keinem Augenblick meines Lebens weniger als in diesem. Ich habe nur nicht gewußt, . . .«

»Mein Gott!« Mit hilflosen Armen fuhr Kniep auf. »Ich habe ja auch nicht gewußt!«

» . . . daß mir erst eine pazza zu Paestum das Nichts zeigen müßte und meine ganze Erbärmlichkeit, damit ich endlich heimfinde in mein eigenes Reich. Schauen Sie doch, wie es sich sehnt! Sich entgegenbiegt! Von der Erde fortwindet, das Schiff!« Und die ganze rasende Sehnsucht des Schiffes: hinaus, in die Weite! und das ganze trunkene Armeausbreiten des Meers, diese ganze Strahlwut der Sonne, die über ihn ausgoß die ganze Wonne ihres Mittelpunktseins in den Räumen der Welt, funkelten aus dem neugeborenen Auge. »Wenn einmal jeder Boden zurückbleibt, die letzte Haft dem Fuß schwindet und der Leib verlassen schwebt zwischen dem Schaukeln des Himmels und dem Schaukeln der Wasser . . .«

»Ist dann dort dieses Reich?«

Zärtlich nahm der Erschütterte die bang fragende Hand in die seine. »Keine Angst, mein Kind! Ich weiß schon. Verstehe. Er braucht nichts zu fürchten. Ohne Abschied fahren wir nicht! In acht Tagen erst geht die nächste Korvette. Und wir bleiben nicht allzulang. Und damit er's nach der Heimkehr recht wohnlich finde, zu Hause, beim Schätzchen, . . .«

»O, Herr Geheimerat!« Aus einem Vesuv voll Scham sprang's heraus. »Nicht deshalb!«

»Sei er nur still! Ich habe mir's eben jetzt ausgedacht: noch bevor ich ausfahre, um Nausikaa zu suchen, kaufe ich dem Schätzchen und Kniepen zwei Betten. Eiserne! Feste! – Kein Wort mehr!«

Siebentes Buch

Zeichen

Aber, wo blieb Nausikaa? Das Meer war durchschifft worden, Tasso, auf dem Meere, erlebt wie das klarste Bewußtsein der neugeborenen Brust, – und hier wuchs die Urpflanze! Der schmale Homer kehrte verstimmt vor diesem ersten ganzen Bewußtsein: Welt, aus der glücklichen Hand in die Tasche zurück. Denn: hier war sie wahrhaftig, die ganze, zum erstenmal völlige Welt! Himmelhoch ragten die Bäume aus den Dehnungen der Rasen und den Wölbungen der Boskette des Gartens. Alle Familien, Arten, Gattungen und Geschlechter der Bäume, Sträucher und Blumen des Paradieses, vom niedrigen rosenroten Steinbrech an, der auf Adams Ruhefelsen gewachsen war, bis zur Mammutkiefer, darunter die Löwen geschlafen hatten, standen vereint, wie sich Männer, Weiber und Kinder aus allen Völkern der Erde zum Abbild vom Volke der Menschheit zusammenstellen könnten, zwischen den Mauern des Gartens. Beglühte Häuser von Palermo, beschattete Häuser von Palermo, ein ziegelrotes arabisches Tor, sarazenische Fensterbögen und schleirige Zinnen schauten darüber herein, und die glockenblumenblaue Kahlheit des Monte Pellegrino unter der Windung seines nobeln Konturs. Draußen aber, – man sah es nicht, aber hörte und roch es – das Meer! »Meer!« O, so lächelt das Kind, das endlich die Mutter gefunden hat, die erste und letzte! »Meer!« Es war wahr: Keine Zunge, die Staub geschmeckt hat, kann dies Wort anders aussprechen als mit dem Gestammel der Sehnsucht. Und keine, die das bittere Salz aus der streichenden Bläue gesogen hat, anders als mit dem Pathos der Liebe: »Meer!« Nenne die Erde das Sichere; das, was du weißt! Und das Meer das Ungewisse; das, was du nicht weißt! Und steige entschlossenen Fußes über das schwankende Brett in das schwankende Boot, – und wer kennt dich noch? Bist du noch du? So wie der Tag vor der Nacht, oder umgekehrt, oder wie das Gute vor dem Bösen, oder umgekehrt, – »so wie das Gelbe vor dem Blauen, oder umgekehrt,« lächelte der leuchtende Mann, – zieht sich die Erde dann zurück vor der rinnenden Woge, die keinen Ort der Fessel weiß und keinen der Bestimmtheit und selbst in den Buchten höhnisch spielt mit ihrem Flüssigen gegen das Starre, und entsinkt, – und zum erstenmal erkennst du: die Erde, das Grüne, das Feste, und den gemeinsamen Himmel! Und gibst dich zum erstenmal auf und dahin, an das Ganze: die Welt! Deutschland? Rom? Neapel? Paestum? »Und ich selber und all meine Nöte?« Er lächelte, der leuchtende Mann. Kindlich: den Weg zu sich selber auf der begrenzten Fläche der Erde zu suchen; im Bezirk nur des Einen, ohne das ergänzende Zweite auch nur gewittert zu haben! Jetzt erst stehst du, mein Freund, vor den Pfaden der Welt! Jetzt erst: wähle! Jetzt: *gehe!*

Als er, bei sinkendem Mittag, ging, den Garten verließ, trug er in der Hand: einen Thujenzweig, ein Zweiglein der Silberpappel, eine Feder der Kokospalme, ein Ästchen des Affenbrotbaumes, eine Magnolienblume und: die Feuerlilie. Im Geist: alle Keime, Wurzeln, Stämme, Schäfte, Blätter, Blüten, Kelche, Knoten, Staubgefäße, Beutel, Griffel, Samen und Früchte aller Pflanzen dieses Gartens. Er schritt die lichtbrüllende Stadt durch, den Sinn untrüglich gen Norden gerichtet, wo, widerlichtlos, in sattem Blauleben das Meer gegen den glasklaren Horizont hinrollte, erreichte das Tal, das Südosten zu zwischen dem Meer und den umrauchten Vorgebirgen sich ausgoß; kam an das Flüßchen Oreto, das in mählichem Hinfluß zwischen Ölbaum und Weide der Mündung zureiste; überschritt es; kehrte am jenseitigen Ufer wieder um, watete in das Wasser hinein; zog eine Handvoll Steine und Schlamm aus dem Grunde, betrachtete in voller Ruhe jedes Korn; ließ alle wieder fallen; schritt flußaufwärts weiter; kam in ein Gebüsch von Erlen, hinter dem eine Wiese schlief, trat daraus hervor, – und warf nun in plötzlichem Einfall die Kleider ab und sprang in das Wasser. »Himmlisch!« Es war nicht so kalt, wie die Ilm im Dezember. Dennoch atmete er lautprustend, mit wollüstigen Bewegungen der Arme und Beine. Die Sonne stand als der unwiderlegliche Wegweiser über dem jauchzenden Leibe. Die Bläue des feierig ausgespannten Himmels träufelte Vertrauen ohnegleichen herab auf die Brust. Die Vorgebirge zur Linken und Rechten, die sich ins Nasse hinaussehnten, und die prachtvoll gerade Linie des Spiegels umkreisten den wonnig verharrenden Geist wie die Grenzen einer Heimat, die er im Mutterleib schon besessen, und ließen – »göttlich ist das!« – ließen ahnen, daß er nun überall, wo nur die Elemente der Welt sich noch regten, gleich zu Hause sein könnte wie hier. Rückkehr nach Weimar? Warum nicht? »Natürlich!« lächelte der leuchtende Mann. »Die Welt in ihrer unendlichen Mannigfaltigkeit ist ein Schauspiel nur für den unendlichen Geist. Ohne sich abzusondern in ihr, ein Fleckchen zu wählen, von dem aus dies Schauspiel geschaut werden kann, wüßte der gewöhnliche gar nicht zu leben!« Zum siebentenmal auf das Ufer zurückgeklettert, sprang er zum achtenmal zurück in die Woge. »Ein Nest muß man haben!« Schwimmend in unbändiger Lust rief er's aus. Strudel von Wasser ließ er sich über den Kopf stürzen. Mit Bogenarmen umhalste er die Masse der Wellen. Und Springbrunn schickte er aus den zusammengepreßten Hohlhänden. »Soviel scheint nun gewiß: man muß nur einmal wieder nichts anderes als eine Geburt der Schöpfung geworden sein, um ein Mensch, eine Person werden zu können.« In wilden Zügen nun trank er das Wasser, sogar. Und ebenso gewiß war: es ist die Pflicht jedes Lebendigen, sich auf dies Wiederwerden mit aller Sucht des Instinkts vorzubereiten; in jedem Tag sich gerüstet zu machen für den folgenden. Hat man dies Gebot aber treulich befolgt, dann fiel einem – einmal – der Tag der Vollendung, der Tag, der einem das Nest gab in der

Welt, das Zentrum im Kreise, wie reife Frucht in den Schoß! Puterrot, im Hundetempo, schwamm er weiter. Die Urpflanze, erlauert seit Jahren in Maßliebchen, Nelken, Rosen, Hirtentaschen und Tannen, war ihm in Palermo wie jener Gesuchte begegnet, der nicht begreift, daß man ihn just bei den Hyperboräern gesucht hat, und nicht von Anfang an in Palermo. Ebenso unabwendbar also wird eines Tages auch die Einsicht in die Entwicklung der Erdrinde gereift sein! Ebenso todsicher das Geheimnis der Wirbel, jeder nur scheinbar Formen überspringenden Evolution, einmal aufgelöst lächeln. Ja, wenn man gewußt hätte, daß man nicht so sehr nach Italien, als vielmehr übers Meer in die Welt hinausfahren müsse, um geboren zu werden! »Der Kosmos entschleiert sich!« triumphierte er trunken hinaus in das Weben von Bläue und Grüne, das troff von allen Düften der Nähe und Ferne. »Denn ich habe mein Nest gefunden!« Langsam-bedächtiges Wassertreten. Charlotte? Als Antriebwelle, unerbittlich hineingehetzt in sein Lebensrad, völlig gerechtfertigt, und darum ewiger Liebe des dankbaren Geistes würdig! Aber als angebetetes, das vom Sieg abhielt? Niemals wieder! Der Herzog? »Und wenn er verlangt, daß ich wie der Pelikan meinen letzten Blutstropfen auspresse für ihn und sein Haus, es kommt nicht der Tag, an dem er auf diesen Tropfen nicht rechnen darf! Aber der Minister der Geschäfte, die auch ein ehrgeiziger Pedante zustande erledigte? Nie wieder! Denn jetzt hab ich . . .«

Pfeilschnell, in einem einzigen Augenblick, tauchte er unter.

Im nächsten, ebenso pfeilschnell, wieder empor: Nausikaa war da!

Wie, fragte er sich noch, mit brav erzwungener Klarheit, während Auge, Antlitz, Seele und Leib schon ein einziges überirdisches Lachen lachten, hab ich mich noch einmal narren lassen? Fand ich das Nest, weil ich übers Meer in die

Welt hinausfuhr, – oder fand ich die Welt überm Meer, weil ich mein Nest fand? Dieses dachte er noch, und dabei, demütiger Rührung, noch einmal des Tempels zu Paestum. Dann nichts mehr. Denn, wie immer dem war: der dämonische Zwang des Wunders dieser Erscheinung bewies unwiderleglich: nicht nur gefunden ist das Nest, nein, es wirkt schon! Ich weiß jetzt: der Künstler bin ich, und nichts sonst! Es war nicht gewiß, ob ihn das Mädchen, das eben in die Schatten der Erlbüsche zurückschritt, gesehen hatte. Jedenfalls war er in der nächsten Sekunde aus dem Wasser. Aber er hatte, in zitternder Eile, kaum versucht, sich das Hemd über den nassen Leib zu ziehen, als das Mädchen wieder aus den Erlen hervorkam, drei andere Frauen, wohl Mägde, ihr folgten, alle vier nun ahnungslos, Schritt vor Schritt – er saß geduckt, splitternackt, vor dem Unausbleiblichen des nächsten Augenblicks – näherkamen, plötzlich wie vor einem Gespenst zusammenschraken und entsetzt davonliefen.

Es fiel ihm, so magisch plötzlich dies alles auch geschehen, gar nicht ein, an irgendetwas davon zu zweifeln. Indem er sich rasch ankleidete, war er sich vollkommen bewußt, mit abgezieltester Phantasie zu ersetzen, was der Vorgang und seine Figuren gegenüber dem ungeheuren Vorbild etwa fehlen ließen; und litt dabei trotzdem nicht den bescheidensten Mangel. Als er aber, vorgetreten endlich, hinter den letzten Erlen auf einem Rain, der vom Ölbaumhang herabführte, einen zweirädrigen Karren, vor dem Karren ein Maultier, auf dem Karren einen mit Tüchern verdeckten Korb erblickte, ward die Verzauberung vollständig. »Mädchen!« rief er, ohne sich nur noch eine Spanne Besinnung zu gönnen, hinein in die Schleier der Hänge über der buckligen Flur, »Fräulein! Signorina!« Und, tatsächlich, sogleich hoben sich vier kichernde Gesichter aus dem Schleier. »Ich bin vollständig angezogen!« beteuerte er eindringlich, denn schon verschwanden sie wieder. »Habe im Flüßchen gebadet; aber bade nicht mehr. Keine Angst!«

Bis an die Hälse kamen die Gesichter hervor. Das schönste aber, sobald es ihn gesehen hatte . . .

»Ich sehe genau so aus,« rief er im Nu, in der panischen Angst, es würde noch einmal verschwinden, »wie jeder andere Mann in Palermo!« Aber da war Nausikaa schon aus den Zweigen getreten; bolzengerade wuchs er empor.

Nach einer Weile – er wußte nicht, wie? – geschah es, daß das Mädchen noch tiefer herab in die Wiese schritt, die Begleiterinnen zögernd ihr folgten. Die erste war klein und dick; richtige Bäuerin. Die zweite hager und lang; richtige alte Jungfer. Die dritte ein Mütterchen mit Grauhaar. »Kommt nur!« klatschte das Mädchen, als die drei scheu abwarteten, in die Hände und tat so, als habe es den steinernen Mann nicht gesehen, »es ist nichts!«

Aber nun geschah das Zweite: als die Frauen, den Karren mit dem Maultier endlich herabgeholt, schon in geordnetem Zuge zum Wäschewaschen an das Ufer heranstrebten, streikte plötzlich das Maultier. »Che canaglia, 'sto Geromino!« fluchte kräftig das Mütterchen mit dem Grauhaar und hieb mit ungeschlachtem Grabscheit auf den mageren Rücken. Das Tier rührte sich nicht. Nun waren zwar in dem Korbe weder Talente des schöngearbeiteten Goldes, noch Steine zum Bau eines Tempels für Hermes, noch Rücken vom weißzahnichten Schweine; sondern Berge von schmutziger Wäsche. Dennoch reichte die vereinte Leidenschaft der vier Frauen nicht hin, um den Karren gegen die Bosheit des Tieres vom Flecke zu rücken. Sechsmal mit »Hüh« und »Hoh« versuchten sie vergeblich, es zum Gehorsam zu locken. Als sie's zum siebentenmal, schon sehr mutlos, angingen, trat der Fremdling entschlossen hervor. »Erlauben Sie!« sagte er einfach. »Hie und da ist es notwendig, daß ein Mann komme.« Nahm den Zügel des Tieres, sagte wie ein Väterchen zu einem Kindchen: »Geromino, Liebling meiner heiligen Freundin zu Paestum, zieh an!« und das Tier zog.

Staunen in den Mienen der Frauen. Verlegenes Lächeln. Aber warum blieb das Mädchen nun stehen und ließ die Mägde allein schreiten hinter dem rollenden Karren?

»Ein ganz feiner Mann!« sagte so laut, daß der Fremdling es hörte, die dicke Bäuerin zur hageren Jungfer in Eile.

»Sie hat ihm aber,« antwortete, auch eilend und ebenso laut, die Jungfer der Dicken, »beim ersten Blick schon Augen gemacht wie . . .«

Windhauch, plötzlicher, daß die Wiese aufseufzte und der Oreto aufblitzte, vom Meer herein!

»Ihr kommt von der Stadt heraus?«

Nur um eines Windhauchs Streicheln bewegte sich die Gestalt des Mädchens. Die Kutte aus weißem Leinen, rot gegürtet und rot an den Säumen gebortet, nur von eines Windhauchs mildem Geflüster erfaßt flüsterte sie. Aber das Haupt? Nein, ich hebe mich nicht! schienen die ungeküßten Lippen, fest zusammengepreßt, zu schwören. Da – erhob es sich. Purpurrot in derselben Sekunde: Auge hatte Auge getroffen. »Nein! Ich komme vom Berge her; vom Landhaus des Oheims.«

»Aber in der Stadt sind Sie zu Hause?«

»Nein. Ich bin hier zu Gaste. Zu Hause in Girgenti. Oder besser . . .«

»Oder besser?« Blitzschnell einen Schritt trat er näher.

»In Taormina.« Aus dem flammenden Purpur hervor wie die Unschuld ersten Geständnisses lockte das Lachen der Zähne. »Oder noch besser . . . .«

»Oder noch besser?« Rasch den zweiten Schritt näher!

»In Taormina und Girgenti.« Wie eine Faust aber packte den Nacken die Scham jetzt. In unbeholfener Jähheit herniedergebeugt, rupfte die Jungfrau Halm um Halm aus dem Boden. »Und Sie?«

Aber er, – in diesem Klang hörte er anderen Klang. Unheimlich beglückend wallte es um ihn herum gleitend von Düften, Worten und Zeichen ohne Ende und Einheit. Wie eine unerschöpfliche Blume, von Minute zu Minute tauender Glänzen und Wunder, öffnete über ihm sich der Himmel. Ins Ungemessene an Goldhelle und klarster Zeichnung schwoll um seine Füße die Breitung des Landes. Als ob es eilfertig, weil so Himmel und Erde sich im Enthüllen übereilten, aus den Ozeanen der Vergangenheit und von ihren versunkenen Küsten die alten Wellen wieder hervorholte und mit ihrem Wallen auch die verstummten Atem der gestorbenen Leben, immer blauer und reicher und näher rollte das Meer. »Nein,« sagte er plötzlich, ließ sich ins Gras nieder und gab mit dem nachziehenden Blick keine Ruhe, bis auch sie sich gezogen niedergelassen hatte; »erzählen Sie mir! Was Sie wollen! Was Ihnen einfällt!« Wie? Und sie sprach schon? Nein! Hilflos lächelte er. Aber dieses Flirren der Lüfte war nicht Traum! Blendend floß die Sonne aus dem Quell ihres feuerroten Reichtums. Die Blumen wiegten sich geschaukelt im Liebkosen der Lüfte. Sanfteren Donner von Herzschlag zu Herzschlag tönte das Meer. Und die Mägde da unten, daß es unüberhörbar heraufschallte, peitschten den Oreto mit der Wäsche! Und Nausikaa vor seinem ratlosen Auge . . .

Nausikaa sprach nun! Vielleicht sprach sie schon lange und er hatte es nur nicht gehört? Schmal war die erste Antwort gewesen. »Darf ich weiter fragen?« hatte er auf einmal, wie erwacht, gefragt. »Gerne!« das schöne Köpfchen genickt; hatte es noch niemals geredet? Und nun, während die Antworten wuchsen, ruhte die rechte Hand in den Blumen der Erde. Der linke Arm schrieb in der Luft. Das Köpfchen, nur um das Streicheln eines Windhauchs dem Blicke des Fragers vorübergewendet, hatte den Purpur der Scheu vergessen, die Gestalt die Schranke der Fremdheit. Nicht, die du träumst, bin ich, schien die Jungfrau, die ihr weltblindes Leben immer freudiger vor ihm enthüllte, den atemlos lauschenden Blick zu warnen, sondern ein gewöhnliches Mädchen vom Lande. Ja! erwiderte der Blick, ohne sich zu heben, zu senken vor ihr, aber: Nausikaa, die in Qualen Gesuchte! »Weiter! Nur weiter!« – »Vom Oheim?« lachte sie aus dem kindlichsten Herzen. – »Vom Oheim!« – »Von zu Hause?« – »Von zu Hause!« – Der Oheim – hoch in das Blaue hob sich das Köpfchen, schüttelte sich trotzig – der Oheim sei Witwer, habe zwei Töchter und einen Sohn. Der Sohn stelle ihr nach. Sie dulde aber nicht, daß ihr nachgestellt werde! »Aber auch sonst, überhaupt, – ich bin nicht leicht zu behandeln!« Zwar könne sie schöner im Rahmen sticken als die Basen und besser rechnen als der Vetter, der zu herrenhaft faul sei für des Oheims große Wirtschaft. Aber sie fühle sich dennoch klein und dumm; provinzhaft allen Vieren gegenüber. In Girgenti hinwiederum: da wohne sie in einem schönen Hause, Palazzo Friglia heiße es, in der Höhe auf dem Felsen über dem Meer. »Wie gesagt, ein Palast! Aber immer dasselbe, tagaus, tagein: aufstehen, das Haus besorgen, mit Vater und Mutter essen, mit Vater und Mutter zur Kirche, in den Garten hinab, – schlafen gehen! Undankbar, nicht wahr, bin ich? Denn sie lieben mich sehr, Vater und Mutter! Aber . . .«

»Kommen Schiffe vorbei?«

Als müßte sie sich schämen darüber, daß so selten ein Schiff Girgenti anlaufe, ward sie rot. »Alle Jahre eines!« Dieses war das Lächeln der Seele, die sich heimatüberdrüssig vorstellte, überall außerhalb des Rests, worin sie zu Hause, pulse das Leben in Agonen und Hymnen. Ungefähr jeden vierten Monat gehe sie von Girgenti mit dem Vater nach Taormina. Er habe dort eine Niederlassung seines Handels für die östliche Insel. Kaum angelangt in Taormina nun, sehne sie sich zurück nach dem Fenster überm Meer.

Kaum aber wieder zu Hause und die Liebe der Mutter wieder gesehen, die Liebe des Vaters, dieses ewig ausschließliche Denken der beiden an die Zukunft der Tochter ...

Einen Schaft riß sie aus dem Boden, zerriß ihn in kleine, knisternde Fasern. »Überall also, eigentlich, bin ich fremd! Und am Ende werde ich doch den Magistratskommissär oder den Buchhalter heiraten!« Rasch sprang sie empor. »Zita,« rief sie, wie um das zu schnell Verratene absichtlich laut zu vernichten, in die Mägde hinab, »wie lange wollt ihr noch schwätzen? Des Oheims Hemden werden grau bleiben und die Miedercchen der Basen schwarz. In Miracolo nämlich,« lachte sie lustig schon wieder dem Fremdling gegenüber im Grase, »– Miracolo heißt das Gut des Oheims – in Miracolo wäscht man sich nicht gerne.« Aber schnell darauf, weil nun stürmisch die Widerrede der Mägde heraufklang, die Lichter der Wäsche gegen Sonnenschein und Wellenglanz protzig heraufblinkten, fragte sie unwiderstehlich: »Und wo sind Sie zu Hause?«

»Weit fort.«

»Und wozu kamen Sie hierher?«

»Ich bin gar nicht gekommen, ich bin getrieben worden.«

»Durch einen Sturm? Durch die Korsaren? Oder durch den König?«

Der Länge nach legte er sich ins Gras zurück. O, unsäglich süß, jetzt, nachdem die Heimat gefunden, alle Schmerzen und Kämpfe der Suche nach ihr in klarer Reihenfolge noch einmal zu leiden! In Brisen warf der finsterblaue Nord die Gerüche des Meeres herüber. Zitternde Säulen schwerträchtigen Dampfes stieß die Erde aus dem Leib der Empfängnis. Die absichtlose Kunst des Schöpfers, aus nur vier Kräften, weil sie in seinem Busen daheim waren, Harmonie zu schaffen, schmeichelte ohne jede Überhebung sieghaft

340

um die Gestalt dieser Kräfte. Wahrlich: es brauchte keines Zwangs auf den heimgefundenen Geist, um zu wissen, daß die Jahrtausende, die zwischen ihm und der ersten Gestalt dieser Insel verstrichen waren, die wesentlichen Schicksale des Menschenherzens nicht um ein Seufzerchen verändert hatten! Genau wie ein Anderer – »Odysseus!« flüsterte er inbrünstig bruderhaft hinein in den unveränderten Leib der Insel – genau wie dieser Andere war er bei den Lästrygonen und Lotophagen gelandet. Des Aiolos Winde hatte auch er mitbekommen. Bei der süßen Kirke verweilte auch er, und sieben – nein, elf! – Jahre bei der furchtbaren Göttin Kalypso! Nahe wie diese Orchis seinen lebendigen Fingern, tausendmal schon, war ihm die Heimat gewesen. Tausendmal wieder dann, je einen gemeinen Augenblick später nur, ferne wie der Hades seinem gierigen Leben. Zwischen diesen neckenden Blitzsekunden aber: die Ketten der Finsternisse und die Perlen der Hellen. Zuletzt der Stieg in die Unterwelt, – »ja, Vater! Cornelia! Alle, die ihr von Anfang an teil hattet an diesem Leibe und Leben!« – und die taumelnde Todesfahrt durch Charybdis und Skylla! Und jetzt? Auf Scheria gelandet! Wahrhaftig gelandet? Für immer? Keine Woge, keine Rache, kein Götterhaß mehr, die wieder wegspülen vom Neste? »Ich suche meine Heimat,« sagte er leise, die Stimme zitterte ihm, »mein eigenes Land, meinen Teil an der Erde. Und konnte ihn bisher noch nicht – ganz finden.«

Hatte sie je jemanden so reden gehört? Als ob Rausch in ihr Herz fiele, begann es zu schlagen. »Wie . . . meinen Sie das?«

»Verschlagen von einer Küste zur anderen seit Jahren!« setzte er ruhig fort, mit allen Segeln seines Schiffs mitten drinnen im Märchen; »von einem Sieg zur andern Niederlage, von einer lockenden Fremde zur anderen wegstoßenden Nähe. Und nirgends ist Heimat!«

»Was ist Heimat?«

»Wo man bleiben muß.«

»Wenn man nicht darf?«

»Man darf, weil man muß, und umgekehrt!«

»Und hier . . .« – die rasende Begier, die Sprache dieser ersten Seele zu erraten, die ihr begegnete, beugte ihr Antlitz ihm brennend entgegen – »hier hoffen Sie, die Heimat zu finden?«

»So ist es nicht!« Er lachte. Ja, Mädchen, sprach der Geist in der hurtigen Antwort, nun zeige, ob du lilienarmig nur bist, oder tiefherzig auch! »Was den Boden betrifft, darauf meine Heimat sein könnte, ist mir die ganze Welt Heimat. Aber . . . .«

»Ein Herz, meinen Sie?«

Hatte er jemals – göttlich erstrahlte sein Blick– im Aug eines Weibes so unschuldig verraten die Sehnsucht nach Liebe aufflammen gesehen? »Auch mit der Heimat in einem anderen Herzen wäre es nun nicht mehr genug! Denn ich bin achtunddreißig. Aber« – zärtlich besorgt lenkte er ab, Enttäuschung wie Schatten war über die Stirne der Jungfrau gefallen – »nehmen wir *Sie!* Was für eine Heimat sehnt *Ihre* Brust?«

Zögernd, gesenkten Auges, während der Busen tobte: »Ich – habe meine Heimat.«

»Die Ihnen nicht genügt!«

»Zwei Herzen, in denen sie ist!«

»Die Ihnen nicht genügen!«

»Vielleicht kommt einmal ein drittes?«

»Auf einem Schiffe?«

Ah, blitzte es gottanbetend durch ihre Züge, die von Sekunde zu Sekunde schöner wurden, weil sie zum erstenmal das Leben erfuhren, also sind wir Menschen doch nicht einzig dazu geschaffen, um ewig nur Fremde voreinander zu spielen! »Es muß nicht gerade ein Schiff sein, auf dem es daherkommt! Wenn es nur kommt!«

»Und wenn es nicht kommt?«

»Dann – muß ich den Magistratskommissär oder den Buchhalter heiraten!« Im selben Augenblick, genau so jäh wie das erstemal, sprang sie empor; über den Rasen herab kam ein schaukelndes Kleid getänzelt. »Es kommt meine Base! Leben Sie wohl. Ich muß gehen!«

»Ich muß Sie wiedersehen!«

»Nein!« Obwohl über dem schaukelnden Kleide das gefürchtete Antlitz schon auftauchte, tat sie einen Schritt wie befohlen zurück. »Ich gehe schon in den nächsten Tagen nach Girgenti zurück!«

»Ich komme auch nach Girgenti!«

»Ich wünsche Ihnen, daß Sie finden, was Sie suchen!« stieß sie zitternd hervor. »Menschen scheinen es Ihnen nicht geben zu können.«

Er wußte nicht, warum er aus dem Gras nicht emporkam. »Nicht zu geben,« antwortete er, ohne sich zu wehren gegen die Wolke von süßer Betäubung, »aber wohl zu bestätigen, ob ich's fand oder nicht. Ich werde Sie besuchen in Girgenti!«

Feuerrot wies das ratlose Haupt ab. »Gioconda!« rief es überlaut dem Puppengesicht entgegen, das wie blind auf dem theaterhaft bunten Kleid über die Wiese herabschwebte. »Da bin ich!« Und blieb trotzdem noch wie angewurzelt stehen. »Sie werden nicht kommen!«

»Palazzo Friglia. Ich werde kommen!«

»Sie werden nicht kommen!«

»Ich werde kommen! Aber wie Sie heißen, müssen Sie mir noch sagen!«

Wie von Wirbelwind erfaßt, Fremdeste wieder mit einem Schlag, drehte sie um. Waffen blitzten aus dem glühenden Antlitz, aus der kühlen Gestalt; dieser Mann soll nicht glauben, daß ich das Netz, das er warf, nicht, so bald es mir beliebt, wieder abwerfen kann! »Wenn Sie es noch nicht wissen sollten« – und schon glitt sie hinweg mit diesem klirrenden Lachen –: »Sizilien ist das Land der Phäaken. Und sein König Alkinoos. Und seine Tochter Nausikaa! Und diese Tochter bin ich!«

»Du!« Emporgeschossen in einem einzigen Augenblick wie der leibgewordene Atem des Wunders, stand er zwischen den Säulen der Lüfte. »Tochter des Alkinoos! Du!«

War's – ein Traum gewesen? Die Stimme, – wie ein Gespenst, das versinkt, starb sie dahin. Dumm fielen die Arme zu den Seiten herab. Ziellos suchte das Auge rundum. Waren das, waren das zwei Gestalten von Menschen, die zerfließend im Nebel der Büsche verschwanden?

Ohne Wort, ohne Sinn, ohne Wissen umgedreht, sah er: an der Welle des Flusses wuschen drei Weiber die Wäsche. Die eine war dick; richtige Bäuerin. Die zweite lang und hager; richtige alte Jungfer. Die dritte ein Mütterchen mit Grauhaar. »Mütterchen!« rief er auf einmal, die Arme in der Luft, und tat einen wilden Schritt vor.

Aber das Mütterchen rührte sich nicht, auch als er ein zweitesmal rief. Es hockte, weit und tief in die Welle vornübergebeugt, und schlug mit der Wäsche die Welle!

»Wenn ich jetzt einen kostbaren Ring hätte,« sagte er eine Woche später zu Kniep, als ob keine Stunde inzwischen vergangen wäre, – sie saßen auf den Maultieren, es ging nach Segesta – »ich würde ihn opfern wie Polykrates!«

»Um ihn schon in Alcamo im Bauch eines Vogels zu finden,« lächelte Kniep, »den wir Rindfleischesser in zufälliger Laune auf dem Markt kaufen?«

»Oder wissen Sie etwa,« lachte Goethe noch froher, »warum Homer die Schiffe der Griechen stets schwarz nennt?«

Kniep wußte es natürlich nicht. Aber was verschlug es? Es war nichts mehr auf dem Grunde der Seele, was das eine dem anderen vorzog. Alle Dinge, Geschehen und Sinne der Welt saßen gleichberechtigt einander und neidlos aufeinander in der Brust, die, alles überahnend, nur eines immer sicherer noch fühlte: Das Nest ist gefunden! »Nicht Homer nur! Ich selber! Und drum bedarf es nichts anderes noch, als daß ich eben lebe!« Ganz von selber ward das Leben dann Dichtung! Oder mußte ihm etwa erst diese Landschaft, dies distelreiche Auf und Nieder der elenden Pfade, dies nackte Urbeisammensein von Blut, Blume, Brache, rotem Kleefeld, samtener Weide, aufgetürmtem Fels, zerklüftetem Tal, Höhe, Engpaß und immer wieder aufgehendem Blick auf das Meer die Überlegenheit des Geistes geben, Sizilien als Phäa zu schauen? Umgekehrt, im Gegenteil, war es! Weil er die Wirrsal, den Irrsinn einer inbrünstigen, tückisch immer wieder verzögerten Heimreise erlebt hatte, – weil er Odysseus *war*, war diese Insel auch Phäa! Ohne die leiseste Furcht, dieses Nest noch verlieren zu können, erklärte er Kniepen unter dem Bergnest Alcamo, an der Blust einer riesenhaften Weißdornhecke, die Offenbarung der Urpflanze. Der junge Mann blinzelte ungläubig. Aber was verschlug das? Am Fuße des Hügels, worauf die Trümmer des Aphroditeheiligtums in panischer Einsamkeit schliefen, schlug er Hornstein aus dem Felsleib. Der junge Mann lächelte kopfschüttelnd. Aber was verschlug das? Der Weg weiter, nach Castelvetrano, ging zwischen hohem, kahlem Kalkgebirg über Kieshügel. Diese Kieshügel nahmen ihn für zwei Stunden vollkommen gefangen. »Aber, wissen Sie,« sagte er mitten aus der Betrachtung heraus,

»was mir in Rom einmal – es war bei Cavaceppi, dem Gipsgießer – durch den Sinn fuhr? Der Kanon, den Polyklet aufgestellt haben soll über die Verhältnisse der einzelnen Teile des menschlichen Körpers zueinander, hilft dem Künstler doch nur zur Erzielung des Ebenmaßes. Es müßte ihm aber noch mehr geholfen werden können; muß ihm auch – das ist meine feste Überzeugung – schon in seiner Zeit mehr geholfen worden sein!« Der junge Mann hatte an die Möglichkeit dieser Idee noch niemals gedacht. Aber was verschlug das? Auf einer Wiese, die sich weit über Hügel hinausdehnte und in allen Gluten des Nachmittags funkelte von allen Gluten der Blumen, bemerkte der von Tritt zu Tritt immer freier und heimlicher zu Hause Werdende, – er hatte tief im Hintergrund eine zerstreute Herde kleiner rotbrauner Rinder entdeckt – es sei rührend im höchsten Maße, sich vor diesen zierlichen Tieren die Hekatomben vorzustellen, die ein abergläubisches Heldenschiff aus Argos oder Megara zusammenstellte, um den beleidigten Gott zu versöhnen und dabei kannibalisch in der Einbildung zu schwelgen, Riesenstiere zu fressen. »Überhaupt,« liebkoste der gespannte Blick das sanfte Tal unter dem Schäfchenhimmel, die vergessene Einsamkeit der stummschaffenden Erde, in der alles ihm neu war, obwohl nicht eine einzige Form, keine Linie, kein Korn von Substanz dieser Erde andere Beschaffenheit trug und andere Sprache redete als die Erde jedes anderen Landes, »es ist überwältigend, zu sehen, wie im Homer die durchgebildetste Psychologie neben der primitivsten Simplizität wächst! Ich habe immer den Eindruck von außerordentlich feinen Wilden, mit denen man, träfe man heute mit ihnen zusammen, reden könnte wie mit Unsereinem, – allerdings: innerhalb ihrer Terminologie müßte man bleiben! Sobald man dieses Lexikon nämlich verließe, würde man unzweideutig ohneweiters erschlagen!« Der junge Mann lächelte belustigt. Aber was verschlug das? Am lustigsten aber lachte Kniep, als sie nach einer Nacht in barbarischer Herberge,

346

nach unzähligen Irreführungen durch den Maultiertreiber, siebenmaligem Brechen und Wiederzusammenflicken der Steigbügel, aufgerieben, brothungrig und wasserdurstig vor Sciacca an einem Gebüsch vorbeitrabten und der Unangefochtene mit aller Jauchzerkraft seiner Stimme rief: »Endlich Pantoffelholz!« Ein wilder Armvoll Ästchen ward gebrochen und die Urpflanze von neuem gepredigt. Der junge Mann, – glitzerte sein Blick nun nicht unleugbar höhnisch? Aber was verschlug das?»Ich sehe genau voraus,« sagte der Rätselhafte, »wie die Herren Gelehrten, wenn ich ihnen sagen werde: Alles, an jeder Pflanze, von oben bis unten, ist Blatt, das Blatt ist das Urorgan, der Urausdruck der Pflanze, der in jeder Metamorphose noch offenbar bleibt, – wie sie grinsen werden, wenn ich ihnen das sage; grinsen auf alle Fälle, weil ich die Erscheinungen, von denen sie behaupten, daß man sie entweder mit der reinen Vernunft oder gar nicht betrachten und beurteilen dürfe, als Künstler betrachte und beurteile. Ihnen genügt es, ohne den geringsten menschlichen Bezug zu den Schöpfungen und Geschöpfen jedes einzelne für sich zu bestimmen; während es mir Bedürfnis ist, aus der empfundenen Brüderlichkeit zwischen ihnen und mir unseren gemeinsamen Stammbaum zu erforschen. Ha! Wenn ich denke, daß ich vor einem Jahr noch« – einen verwegenen Satz tat das Maultier –

Girgenti vor ihnen!

»Wenn ich daran denke,« wiederholte er ganz leise am Morgen darauf, auf dem Burgfelsen über der lenzprunkenden Stadt, »daß ich heut vor einem Jahr noch in Weimar mir den Schädel über Papier zerbrach!« Taubegossen im Licht, das überschwemmte, und mit dem Atem der Zypressen, der Pinien und des Lorbeers über Lilienbeete, die neben Roseninseln eben standen im milden Abhang der Halde, rannen die Gärten von den Mauern hinab über die Felsenecken in die Runsen, über die verschütteten Zeiten hinab in die Rebe vor der Düne. Diese aber, die

Düne, rasengestickt, lief um die hochaufgewachsenen Säulen des Concordiatempels herum und auf Kinderfüßen, zwischen ihren Schatten, hinaus in das Meer. Und wie dieses Meer, so glatt und so weit, lag in der Brust die frohlockende Seele. Und wie diese Sonne, so schuldlos und frei, über der Seele das Bewußtsein ihrer vollkommenen Rettung. »Sehen Sie,« sagte der freundliche Geistliche, der der Führer hier oben war, und wies mit der Hand im Soutaneärmel hinüber in den Osten der Halbkreisstadt, »den Palast da draußen auf der äußersten Spitze des Felsens? Dieses Haus . . .«

Aber mit blitzschnell erhobener Hand unterbrach Goethe. Strahlendes Lächeln auf den bereiten Zügen: wer braucht mir jetzt noch die Wege zu weisen? Da mir die Wunder, die ich so gewiß, als ich da stehe, mit ureigener Hand erschaffen werde noch heute, zufliegen aus der Unbegrenzheit des Schönen wie die Töne einer göttlich geschlagenen Orgel? »Wer kann wissen,« sagte er – ins Ungeheuer-Gewisse stieg das Lächeln auf den pulsenden Zügen – »was Griechenland war? Kinder der Natur waren seine Menschen; heiß wie ihre Begierden; unberechenbar und gewalttätig wie ihre Kämpfe; glücklich wie ihre Hochzeiten. Wo sie dieser Mutter über den Kopf wachsen mußten, um von ihr nicht verschlungen zu werden im Einerlei ewiger Weitergeburt, wurden sie Heroen. Wo sie ihre Geheimnisse nicht lösten, Götter. Aber auch als Götter und Heroen blieben sie immer dasselbe, was die Menschen auch waren: Kinder dieser starken Natur! Ganz Griechenland nichts, als: Mutter und Kind unter der Wolke des Vaters, der die Zeit war, – Kronion.« Und hinreißend hell das Auge hineingetaucht in die erschrockene Miene des Führers: »Oder? Wie denken Sie?«

Hilflos, mit der ganzen Ohnmacht seines winzigen Nestleins gegen den sonnhohen Adlerbau dieses Nestes, zuckte der Geistliche zusammen. Endlich, sie gingen, herabgestiegen, über den Platz vor dem Dome, raffte sich das verlegene Gestaltchen noch einmal zum Mut auf: »Möchten Sie nicht unsere Kirche, – wenigstens den Sarkophag in der Kirche besehen? Hippolyt zeigt er und Phaedra?«

»Nein! Aber wie komme ich am schnellsten« – beide Hände des Mannes, dem die Nebel der Furcht herabrollten über die Augen, erfaßte er zum Abschied – »in die westliche Stadt?«

Eine Minute später war er verschwunden. Und blieb es. Wo ging er? Was tat er? Besann er? Niemand wußte es. Er selber nicht. Als der Nachmittag Abend wurde, erhob er sich aus dem Gebüsch, das die Ruine des Junotempels umwuchs, und begann in die Stadt zurückzusteigen. Warum aber – immer wieder, wie ein Nachtwandler, der vergeblich zu erwachen sucht, blieb er stehen – schlug das Herz jetzt so rasend? Welcher Geist in ihm drin warnte atemlos: Du täuschest dich! Du bist in Girgenti! Der Maler und der Geistliche erwarten dich im Quartier des Nudelmachers! Und welcher andere in derselben Brust drinnen flüsterte unbändig verführend: laß dich nicht irre machen! Du bist erwartet! Es erwartet dich! Frage nicht, was »es« ist, du mußt es durchleben! Zu magischem Chor zusammen erklangen die Glocken des Doms, als er in der Gasse eintrat, die den Palast trug. Zögernd, in Absätzen, schritt er an den Palast heran. Plötzlich, mit knappem Schlag, ließ er den Pocher ans Tor fallen. Im nächsten Augenblick – oder war eine Ewigkeit seitdem vergangen? – wandelte er an der Seite des Hausherrn durch den Garten. Und nun ging der Puls ganz gemächlich. Ganz klar wußte er: Der Mann, der mich da, wenn auch freundlich, so doch zurückhaltend aufgenommen hat, ist ein reicher Landbesitzer und Händler meines Jahrhunderts. Die Matrone, die, auf Geheiß dieses Mannes, nicht in freudiger, sondern gebotener Gastfreundschaft im Hause oben die Tafel jetzt richtet, seine Gattin. Das Mädchen, das sich noch nicht hervorgewagt hat, seine Tochter.

Mit einem Wort: ich bin in Sizilien! Aber – der Garten? Über der Blüte des Granatapfels glänzte das Blatt des Lorbeers. Über dem Feigenbaum mit hellgrün praller Frucht schwebte das ungeheure Alter des Ölbaums. Über dem Felsgang, unter Kaktus und Myrthe, wand sich die Wicke der Melone. Ein Wäldchen von Apfelbäumen ward aus unberührtem Rasen frei in die samtblaue Luft hinausgehoben. Hart zu seinen Füßen, auf niedriger, roterdiger Terrasse, wedelten die Palmen um das Spalier der glasgrünen Birnen. Ein Brunnen quoll im abschüssigen Moosgrund und rann, ohne Schaum, rasch hinab über unzählige ineinander verschlungene, verschiedengrüne Blätter in die Tiefe des Dickichts. Um seine ungegrenzte Feuchtigkeit, in ungehemmter Wildnis wuchsen: die Schwertlilie, die Aloe, die Riesenglockenblume, alle Gattungen der Rose, der Jasmin, die Narzisse, der Akelei und der Dornbusch. »Bin ich – bin ich wirklich in Sizilien?« Traumhaft geleitet schritt der Fuß. Betäubt, ohne Widerstand gehorchte das Auge der paradiesischen Lockung. Glücklich im Stolz reichte der Hausherr eine Handvoll Kirschen. Kurz darauf brach er, aus dem dunkelsten Versteck, die erste Feige. An einer Rebe, die ein Gitter allfarbiger Schleierblüten umgaukelte, hingen die reifen Trauben. Dicht daneben, an einem braungoldenen Stock, die vertrockneten des letzten Herbstes. In einem Felde von blauen Anemonen und halb schon verblühtem Thymian lagen scharlachrot, dick und schwer die Erdbeeren. Von den üppigen Zweigen eines weitausgebreiteten Baumes, der wollüstig in die Abendsicht des Meeres hinausragte, schaukelten die rostbraunen Schoten des Johannisbrotes. Unter zarten Kronen, aus deren Tüll die blaugrüne Mandel herabschaute, stand eine Steinbank. Auf ihr ein Teller aus Maulbeerblättern. Im Teller lagen gelbe japanische Mispeln. Und jetzt – noch weiter? Wohin? Lächelt der Mann, der das kindische Erstaunen begleitet? Um den grenzenlosen Blick auf die verglimmenden Trümmer der Tempel tief unten stand plötzlich der Strauß hochgelber Ruten des Ginsters. Weiße Lilien, zu Tausenden, ein Wald, leiteten aus diesem Golde links, der ungeheure Purpur von Pfingstrosen rechts zurück aufwärts nach der Bogenhalle an der Palastwand, die licht von der Höhe herableuchtete. In der Mitte zwischen diesen Gassen aber, immer wieder verschlungen vom unaufhörlichen Spiel des Grünen, jetzt eilend, jetzt zaudernd, kam eine helle Gestalt die Halde herabgeschwebt; mit einem Ruck blieb der Verzauberte stehen.

»Meine Tochter!« stellte der Hausherr, mit steifer Verbeugung, vor: er hatte den Blitz, der zwischen den zwei Antlitzen aufgesprungen war, wohl bemerkt. »Es geht, kann man behaupten,« sagte er darum sogleich, »weder die Blüte noch die Frucht jemals aus in diesem Garten!« Im selben Augenblick schoß Blut in sein Gesicht. Er war ein besonnener Mann. Jetzt aber, ohne es zu wissen, stampfte er in den Boden. Wie, schien das Beben zu fluchen, – einen Diener sah er herabjagen, hörte er suchend herabrufen – es wird mir etwas aufgedrängt? Angehetzt? Und im Nu glomm der Funke des Mißtrauens auf in seinem Auge. »Frage die Mutter,« befahl er der Tochter, die wie aus uralter Zeit in vollendeter Jugend vor seiner männlichen Höhe stand, »ob das Abendmahl bereit steht.«

Aber die Tochter lächelte nur. Um Verzeihung bittend, daß sie nicht gehorchen könne, lächelte sie. Und gehorchte nicht.

»Du sollst,« wiederholte der Mann – wie um seinen Körper zu fühlen, tat er die Arme vom Leibe weg in die Luft hinaus – »zur Mutter emporgehen, um sie zu fragen –«

Da, wie aus dem Gebüsch geschleudert, stand der Diener vor ihm. Ein würdiger, gallonierter, bartloser Alter. »Signor Cavaliere,« begann er, das Haupt tief gesenkt, »è arrivata notizia da Don Carlo....«

»Einen Augenblick!« unterbrach, wie gerichtet, der Mann. Und trat aus dem Rasen. Ohne eine Sekunde zu zögern, flogen das Mädchen und der Fremde die Halde hinab auf die Fläche der Kiesel. Draußen vor der ungefährlichen Brandung, knapp umrissen mit Schnabel, Rumpf, Ruder und Mast, tanzte überm Anker ein Schiff. Verheißend rollte das Meer um das Holz. Verheißend vom Garten herab und von den Gärten der Nachbarn herüber, gemischt aus allen Hauchen der Heimatbotschaft, der Strom ihrer Düfte um den weithinschauenden Mann. Selig, mit großlächelndem Blick aber schickte der die Wogen und die Düfte hinaus an die Küste, die fern, aber gewiß, seiner wartete. »Bin ich nun wirklich . . . .?«

»Sind Sie wirklich gekommen!« jauchzte das Mädchen und nahm seine träumende Hand.

»Odysseus kam zu Nausikaa!« lächelte er leise und küßte die jauchzende Hand.

»Der Penelope und Telemach zu Hause hat?« lachte sie übermütig, aber ohne die Angst zu verbergen, die das fragte.

» . . . . ein ganzes Vaterland zu Hause hat, das auf ihn wartet!« erwiderte er, hoch neben ihrer Schönheit vor der Schönheit des Meeres.

»Und dem Nausikaa die Heimkehr bereiten soll?« lachte sie noch einmal; noch einmal furchtsam.

»Nicht bereiten! Besiegeln!« Und ein Blick, und obwohl er Odysseus war, der bei Nausikaa nicht bleiben durfte, – ach! nur weil er den Stern in ihrem Auge zugleich und gleich unwiderstehlich aufbrechen sah wie die Venus im Himmel, riß er sie an seine Brust. »Du! Wer bist du?«

»Du! Wer bist du?«

»Maria!« rief des Vaters Stimme schneidend vom Hause herab.

»Wird Odysseus,« fragte zärtlich der Entrückte, während das Mädchen sich erlöst von ihm löste, »Odysseus, der ein Vaterland zu Hause hat, das auf ihn wartet, nicht verflucht werden von Nausikaa, weil er sie küßte als das erste Zeichen der Liebe nach den Höllen der Heimfahrt?«

»Ich denke nicht nach,« flüsterte hingerissen die Selige. »Soll auch Odysseus nicht denken!«

»Und du weißt noch immer nicht,« fragte oben im Saale, als sie unten im Kiese die Schritte vernahm, die Hausfrau den Gatten, »wie er heißt, was er ist und woher er kommt?«

»Er ist ein Deutscher,« antwortete der Gemahl ungerne, »und scheinbar ein sonderlicher. Mehr zu fragen . . .« – da stand der Fremde in der Tür. Das ungeheure Gemach, das durch die ganze Breite des Palastes lief, war von sechs Säulen aus euböischem Marmor getragen, die zu je dreien zwischen den Fenstern jeder Langseite aufwuchsen. Nur die Kerzen der Kandelaber auf der gedeckten Tafel erleuchteten den Raum. In weitem Spiegel aber glänzte der Terrazzo des Bodens. Tief in die Finsternisse der Wände hineingestellt, verschwanden Truhen, Kredenzen und Bänke; während Sessel, Thronen vergleichbar mit metallenen Lehnenbeschlägen, in funkelnden Reihen zu den Seiten der Marmortür standen.

Klein und unscheinbar erschien der Fremde, wie er, unter der erhabenen Höhe, neben der Jungfrau heranschritt. Einherschritt, den Blick wie gezogen durch die offenen Fenster auf die rauschende Ferne des Meeres gerichtet. »Hm«, machte in der Nische der Hausherr – er hatte die Hand im Barte – endlich, weil dies abwesende Schreiten nicht endete. Da kehrte der Blick des Fremden entschlossen zurück. »Ich habe,« sagte er langsam, würdevoll, nachdem er die zögernd gereichte Hand der Matrone ehrfürchtig geküßt hatte, »eigennützig, wie ich auf dieser Reise bin, die Gunst herausgefordert, in dieses erste Haus von Girgenti den Fuß setzen zu dürfen. Ich habe eine Mutter zu Hause, die jeden Gast, den ihr Sohn auf der Gasse aufliest, heiter empfängt. Nehmen Sie, bitte, den Gast, der dieser Sohn selber ist, gnädig auf – im Gedenken an seine Mutter!«

»Hm«, machte der Hausherr in der Nische, »das war gut gesprochen!«

»Ein Sohn muß niemals fürchten, abgewiesen zu werden,« antwortete mit raschem Lächeln die Hausfrau, »wenn er zu einer Mutter kommt im Gedenken an seine Mutter! Sieh nach, Maria,« – ihre Stirn war nun hell, im Gemüt keine Angst mehr – »ob Don Carlo etwa schon gekommen ist?«

»Es ist das Lieblichste,« lächelte der Fremde und sah dabei unverhüllt zärtlich der Jungfrau nach, »auf einer Reise durch fremde Länder, die weit wegführt von allem Ererbten, Erworbenen und Angewöhnten und anzeigt, wie ohne Grenzen groß die Welt ist und wie sie Platz hat für jede Wahrheit und jeden Irrtum, immer wieder das feste Haus zu finden, das sichere Nest, von dem aus allein sie besessen und genossen werden kann!« Freudevoll lief der Blick über die freudig Getroffenen hin durch den Raum. »In einem Lande, das so weit entfernt ist von meinem Gestade, – allen Gestaden meiner bisherigen Fahrt – ein Haus der maßvollsten Schönheit zu finden, umgeben von Gärten und Sichten, die sich nicht wiederholen auf Erden, und darinnen ein würdiges Paar, eine seltene Tochter . . .«

»Maria ist ein gutes Kind!« sagte der Hausherr, aufrecht im Dunkel nun und mit großem Ton.

»Sie kam Ihnen entgegen,« lächelte errötend die Mutter, »wie einem Bekannten?«

»Sie kennt mich.«

Als ob der Blitz eingeschlagen hätte, fuhren die Alten empor. »Wieso? Seit wann? Wo – geschah es?«

»Hinter Palermo. Vor etwa zwei Wochen.« Ja! Nur nieder, nur nieder ohne Versäumnis mit der heimlichen Mauer, die das Mädchen zwischen ihm und den Eltern aufgebaut hatte! »Unterhalb von Miracolo. Am Flüßchen Oreto.«

»Sie hat uns,« flüsterten, nach ewiger Pause, mit einer einzigen todbangen Stimme die Alten, »kein Wort davon gesagt!«

»Und es war abgemacht,« fragte nach dem zweiten, noch bangeren Schweigen mühsam gebändigt der Hausherr, »daß Sie hier . . .«

»Ich schwor, daß ich, nach Girgenti gekommen, am Hause ihres Vaters anpochen würde.«

»Sie ist noch ein Kind!« seufzte die Mutter; mit beherrschtem Schritt ging der Vater zwischen den Säulen auf und nieder. »Rasch und unerfahren.«

»Und uns ferne!« setzte heiser der Schreitende hinzu.

»Es ist das schwerste Los der Eltern,« begann ohne Scheu der Fremde und sah bittend zu beiden empor, »erst zu ahnen, und dann zu wissen: daß die Kinder ihre Geheimnisse haben. Aber das Recht der Kinder, diese Geheimnisse zu bewahren! Zürnen Sie doch dem Mädchen nicht, das mir gerade in der Sekunde, da ich zum erstenmal die Küste der Heimat aufdämmern sah aus den Nebeln der Irrfahrt, wie das Symbol dieser Küste erschienen ist! Sie hat mir wohlgetan! Unsäglich Gutes getan! Ist das Unrecht?«

»Kinder hegen in ihren Geheimnissen gefährliche Träume!« fuhr der Hausherr rauh auf; es war nicht mehr zu verhindern, daß er das tiefste Geheimnis dieses Hauses vor dem Fremden enthüllte. »Und junge Männer, auch wenn sie mit der Frucht dieser Träume nichts zu schaffen haben wollen,– sie widerstehen doch nur selten der Verlockung, der Sinn dieser Träume zu sein!«

»Und wenn ich auch widerstünde!« Hell stand der Fremde auf; wahrhaft strahlte sein Blick. »Wird ihr Traum, ihr Geheimnis darum schwinden? O, ich begreife! Verstehe Sie gut! Nur zu gut! Aber –« Tapfer trat er vor, furchtsam abwehrend wichen die Bangen zurück. »Einmal lebt jede Kreatur ihren Traum! Ihr Geheimnis! Ob die Nächsten es wollen und wissen, oder nicht! Ohne je Flamme gewesen zu sein, die ausbricht und, ausgebrochen, brennt, bis sie ausgebrannt niedersinkt in den Rest dieses Brands, in den Rauch der Erfahrung, geht kein Leben zu Grabe! Wissen die Eltern das nicht?« Hart trat er den Zitternden unter die Augen. »Und wenn Sie es wissen: warum nicht den selbstsüchtig kleinlichen Willen entschlossen töten, der – gesehen vom Ende aus – doch nur vergeblich aufzuckt gegen die heiligste Begierde des Kindes, sich selbst zu erleben? Und ihm, weise, erlauben, lieber seinen ersten Traum zu vollenden, als den letzten? Denn, so gewiß, wie daß ich da stehe, ist das Eine: stirbt es am ersten, – dann, ebenso unabwendbar, nur mit der Folter der unzählig getöteten früheren, wäre es gestorben am letzten!«

»Ja, so redet, wer nicht mitstirbt!« kam es erstickt aus der immer dämonischer umsponnenen Brust des Vaters. »Wer davongeht! Verschwindet!«

»Und wenn ich verschwände?« Mit unerbittlicher Gewalt legte der Fremde beide Hände auf die Schultern des Vaters. »Was ist Glanz gegen Licht? Was, einmal erfahren zu haben: *einem* Zweiten verhalf ich zum Leben, gegen die Brosamenweisheit: neunzig Jahre werde ich rüstig vollenden, weil ich mich niemals bedingungslos hingab?« Und zum zweitenmal, weit, streckte er die Hände aus und noch voller von jauchzendem Mitgefühl für alle Kräfte des Wirkens klang seine Stimme. »Wenn sie entdeckt, – was sie nie sonst entdeckte! – daß dem Menschen kein Meer und keine fremde Zunge den Menschen versperrt, dem er – wie früher nur die Götter – zu helfen vermag? Die Wonne des Bewußtseins erfährt: daß da einer Jahrzehnt um Jahrzehnt ruhlos auslauerte nach dem Nest, das ihn zwingen soll, endlich zu werden, was er sein kann, und daß sie, sie allein ihm die himmlische Stunde des Findens verkörpert?«

»Also – *hat* er schon gefunden?«

»Aber, *daß* er gefunden hat, will er bewiesen sehen!«

»Ich – versteh nicht!«

Lächelnd mit dem reinsten Gesichte wandte der Fremde sich vom Mann weg zur reglosen Frau. »Lesen *Sie* nicht in den Gesichtern der Menschen? Und im Buche des Lebens? Können auch Sie nicht glauben, vertrauen, hoffen, – und verzichten, zu wissen, was nicht zu wissen ist?«

Ohnmächtig, als ob ihnen das Buch des Lebens vor den Augen strotzte, darin sie niemals gelesen, schwiegen die Frau und der Mann.

Und dennoch: was sie beschwiegen, war noch nicht das ganze Unheimliche, was, seitdem dieser Fremde da zwischen Tag und Nacht plötzlich zu reden begonnen, von den Wänden herab ihnen zufunkelte, aus den Schimmern des Terrazzo empor zumahnte und vom rauschenden Meer herauf zuflüsterte! Als ob ein Sturm sie aufrisse, tat sich die Tür auf. Und groß, wie sie bisher nicht gewachsen gewesen, in den Augen den vollen Wink des Schicksals, das ihr in einer einzigen Stunde die Herrschaft über dieses Haus verliehen hatte, kam die Tochter zurück. »Don Carlo kommt erst in einer Stunde, ließ er melden!« sagte sie, als ob die zwei Männer, die ihr demütig folgten, nicht auf der Welt wären. »Wir können zu Tisch gehen.« Auf fuhren die Eltern: was hieß das? Trotzdem: wirklich, zum erstenmal in diesem Hause, schritt man auf Geheiß der Tochter zu Tische. »Nein!« befahl sie unwiderstehlich – der Ältere von

den zwei Mitgekommenen wollte an ihrer Seite Platz nehmen – »dieser Platz gehört unserem Gaste!« – »Ich warte,«
fiel dieser schnell ein, ihn rührte das Entsetzen der Eltern,
»auf den Befehl der Hausfrau.« Aber die Hausfrau vermochte nur mit halbgeöffnetem Munde ein halbverständ-
liches Wort zu stammeln; hier war nichts mehr zu
verbessern! Denn die Tochter, – diese Tochter sah, hörte
und wußte von Vater und Mutter nichts mehr! Vom Hause
nichts mehr, von seinen Freunden nichts mehr, von der
strengen Gefügtheit der Sitte nichts mehr, die sie von Kindheit an wie ein Panzer geschnürt hatte. Es war ganz umsonst, daß Vater und Mutter immer errötender Blick auf
Blick der Mahnung, der Bitte, des Tadels auf sie warfen;
mit geflissentlich überfreundlichem Gespräche die zwei
starren Freier zu täuschen trachteten. Sie sah, hörte und
wußte nur noch den Fremden! »Maria,« brach endlich der
Hausherr los, die Angst würgte ihm die Kehle, »Herr
Prandini hat dich etwas gefragt!« Und in diesem Augenblick war das Unheimliche ganz da! Der Fremde, ehrerbietig, neigte sich der Matrone zu, lächelte unlesbar und
sagte: »Herr Prandini und Herr Castro verdienen wahrlich
die Freundschaft dieses Hauses! Ich suchte im Süden
vergeblich solche Biederkeit männlicher Miene!« Aber die
Verblüffung hierüber ward Schrecken, als er gleichmäßig
fortfuhr: »Wie herrlich die Vielseitigkeit dieser Erde! Sie
treibt Menschen hervor, die alle moralische Mühe darein-
setzen, die Begierde ihrer Person im Zaume zu halten, und
solche, denen es wie nirgendwo anders so zum Recht wird,
ihre volle Natur wie ihre größte Tugend frei auszuwirken!«

Aber bevor noch die rund aufgerissenen Augen der Freier
die ratlosen der Eltern um Hilfe anglotzten, hob schon die
Tochter ihren Blick, der erstrahlte wie Morgen im ersten
Pfeil Sonne, ergriff den Kelch mit dem Weine, näherte ihn,
als ob keine andere Nähe mehr zwänge, dem Kelche des
Fremden und rief: »Auf glückliche Heimkehr!« – »Auf die
Geister dieses Hauses!« fügte der Fremde das Wort um;

stand auf, stieß den Kelch an den Kelch der Matrone, des Hausherrn, – nun an den der Tochter, und trank ihn in einem Zug leer jetzt. Und nichts mehr in diesem Hause war fest nun! Alles Ererbte, Erworbene, Angewöhnte, wie unter der Axt eines unaufhaltsamen Arms stürzte es ein! »Er ist – ein Mann!« stieß der Vater wie betäubt zur Mutter hervor. »Er ist der erste Mann, den ich sehe!« nickte, gegen allen heftigen Willen, der bleischwere Kopf der Mutter. »Nein!« wollte der Vater noch einmal, krampfhaft, widersprechen; im selben Augenblick flüsterte seine gebissene Lippe bebend: »Er ist der Mann, den ich meiner Tochter geben möchte!« Und nun wußten sie's beide: er verzaubert auch uns!

»Reiche, Maria, dem Herrn Commissario von den Datteln!« befahl der Vater verzweifelt; er wollte nicht nachgeben. Sogleich, mit spielender Hand, schob die Tochter einen Berg Datteln auf den Teller des grinsenden Kahlkopfs. Nun, damit auch er grinsen könne, einen Berg gedörrter Trauben auf den des Buchhalters mit dem roten Ziegenbarte. »Ist's genug?« Und gelähmt saßen die Eltern! Denn wie die Köpfe von Affen, von krampfhaft Allüre haltenden, mit aller Mühe ihre Begierde nach dem Mädchenfleisch und den Zechinen des Vaters bändigenden Tieren, stachen auf einmal die Schädel der Freier neben dem Antlitze des Fremden in die webende Kerzenleuchte auf. Wovon redete der Fremde? Von den Weizenbehältern, die er erst heute entdeckt habe. Von der Art, wie hier Puffbohnen gesetzt werden. Vom Feldbau um Sciacca. »Was heißt das?« riß der Magistratskommissär den wulstlippigen Mund mit den gelben Zähnen auf. »Ich habe den dreifachen Raubmörder Tolomei gefangen, heute!« – »Und ich,« hob der Buchhalter sofort die rothaarige Feuchthand an den Bart, grell flackerte das Auge, das schielte, »im Conto über den Seidenexport unseres Phalaris in Taormina, Signor Cavaliere, einen Fehler von, sag und schreibe: siebenundzwanzig Paoli entdeckt, heute!« Da hieb der Commissar die Faust in den Tisch. »Sie wissen wohl nicht,« griff er den Fremden an, dessen Miene immer heiterer ward, »daß in dieser Stadt Empedokles geherrscht hat?« – »Der in den Ätna gesprungen ist!« setzte protzig der Buchhalter dazu. – »Ich weiß nur,« lächelte der Fremde, inbrünstig beugte er sich dem dämmerblauen Strom zu, der vom rauschenden Meere heraufwallte, »daß ich Gott und Götter preise, diesen Abend erlebt zu haben!«

»Das glaub ich!« Einen Rippenstoß unterm Damasttuch hatte der Commissar dem Buchhalter gegeben; gerüstet holte dieser aus: »Wenn man von Deutschland herabkommt!« – »Denn in Deutschland,« fiel der Commissar gewandt ein, »gibt es nur Schnee, Holzhäuser, Unwissenheit . . .« – »Und was es in Sizilien nicht gibt,« unterbrach ihn, daß die Wände widerhallten, der Terrazzo Musik gab und die Throne aufsangen, die Jungfrau: »Menschen!« Und riß mit blitzender Hand die roteste Rose aus der Vase in der Mitte der Tafel und steckte sie sich an den Busen.

Schauer durch die Leiber der Eltern! Aber – warum schwoll dem Vater die Zornader nicht? Und lächelte stolz fast die Mutter? »Sie bleiben wohl noch einige Zeit hier im Lande?« neigte sich plötzlich der Hausherr – er zitterte – zum Fremden. –»Es wird notwendig, Signor Cavaliere,« warf sich der Buchhalter sofort dazwischen, »daß wir in den nächsten Tagen nach Taormina hinüberschauen. Die heutigen Briefe beweisen, was ich lange schon ankündigte: die Niederlage drüben ist faul!« – »Oder sind Sie zu eiliger Rückkehr gezwungen?« beugte sich der Hausherr – »ist er taub geworden?« fluchte der Buchhalter – zum zweitenmal hinüber zum Fremden. – »Nicht gezwungen,« gab dieser lächelnd zur Antwort. »Aber zugelassen! Glauben Sie mir: käme es auf meinen Wunsch allein an, ...« – da, wie das Feuer ohne Scham, ohne Reu aus der Glut bricht, lohte das Auge der Jungfrau vermessen empor. »In Phäa,« rief sie, riß die zweite Rose aus der Vase und steckte sie sich an den Busen, »waltet das Schicksal, wie die Götter es senden!«

»Taormina aber,« begann wie träumend, mitten drin noch im ratlosen Schweigen, der Hausherr, »sollten Sie doch sehen?«

»Ich habe,« fuhr er, weil das Schweigen hartnäckig weiterschaukelte, noch verlegener fort, »in Taormina ein kleines Casino. Gehe ich nun, um Herrn Castro zu folgen, Anfang Mai etwa hinüber . . . . . .«

In einem Blitz von Blick, Flamme, trafen sich Fremdling und Jungfrau.

»Nicht Anfang Mai!« schoß der Buchhalter wütend auf; er hatte den Blitz erhascht. »Morgen oder übermorgen muß es sein, soll es Sinn haben!«

»Wenn ich also etwa zu Anfang Mai hinübergehe,« beharrte wie Stein der Hausherr, »werden Sie dann noch auf der Insel weilen, Herr . . . . Herr . . .?«

»Wir wissen nämlich noch immer nicht,« hob die Hausfrau lächelnd ihr Haupt, »wie wir Sie nennen dürfen?«

Der Fremde, als ob ihn ein Schlag getroffen hätte, senkte den Blick. Aber ehe er ihn wieder aufrichten konnte, rauschte es von der Tür her, und mit einem Sprung war die Jungfrau vom Sessel. »Don Carlo!« jauchzte sie und es jauchzte das Meer mit, der Raum mit, das Licht und die rosenduftzitternde Luft mit. »Don Carlo! Benedetto, che viene!«

Hoch, im langen, schwarzseidenen Priestermantel, der wie von Winden geweht den feurigen Schritt umflog, trat der Gekommene an ihre Seite unter die Aufgestandenen. Ehrfürchtig, aber mit der Vertrautheit, die Blutsverwandtschaft einmischt, begrüßten ihn die Eltern. Mit Bücklingen, die kriechende Abhängigkeit biegt, die Freier. Aber das Auge Don Carlos, umso funkelnder über der Adlernase, je silberner das Haar unter dem Käppchen quoll, übersah die einen wie die anderen. Als ob unsichere Erinnerung mehr, als geheimes Gefallen das scharfgeschnittene Gesicht anlockte, fragte es über die bekannten Mienen hin unerbittlich die unbekannte, die ihm reglos entgegenblickte, und lächelte immer gieriger, je länger es fragte.

»Ein Herr aus Deutschland,« stellte endlich der Vater vor, »der auf seiner Reise durch Sizilien unserem Hause die Ehre gab.«

»Eigentümlich!« Und noch nackter prüfte das herausgeforderte Auge. »Es ist mir, als sähe ich dies Gesicht nicht zum erstenmal. Kommen Sie aus Preußen, Sachsen, Bayern oder Schwaben?«

»Er wird nicht gefragt, befehle ich!« stampfte der Jungfrau Stöckelchen in den Terrazzo; des Fremdlings zweites Zusammenzucken war ihr nicht entgangen. »Der hochwürdige Oheim wird uns jetzt erzählen,« – und ohne sich im geringsten um sein Lächeln zu kümmern, faßte sie ihn am Mantelsaum und zog ihn ihr nach – »von Syrakus, von der Welt und seinen Erlebnissen, und seinen Sorbet dabei schlürfen!«

»Mein Schwager ist nämlich viele Jahre dem Nuntius in Dresden zugeteilt gewesen,« flüsterte der Hausherr, während die Tafel sich zu den Thronsesseln an der Querwand verzog, dem Fremdling hinüber.

»Haben Sie mir nicht ein Amulettchen der heiligen Lucia mitgebracht?« fragte die Hausfrau, schwesterlich stolz beide Hände auf dem Ärmel der Soutane.

»Heiß mag es gewesen sein drüben?« fiel heiser der Diskant des Buchhalters ein.

»Und dann stinkt es in Syrakus!« gab der Commissar ebenso heiser dazu; auch er hatte Furcht vor dem Jesuiten.

»Waren Sie schon in Syrakus?« fragte Don Carlo den Fremden, ohne die Fragen beantwortet zu haben.

»Nein, ich komme von Palermo.«

»Und?« Er vermochte die Begierde, diesem deutschen Gesicht auf sein Geheimnis zu kommen, nicht mehr zu verstecken; »wie weiter?«

»Wie die Götter es schicken!« erklärte ohne Pause die Jungfrau.

»Oho?«

»Was?« Zur gleichen Zeit beide schnellten sie von ihren Sitzen auf, der Buchhalter und der Commissar. »Den ganzen Abend, heute, redet die Signorina von den Göttern!«

»Es ist aber nicht jeder Abend wie dieser?« beugte sich beschwichtigend die Mutter noch näher zum Priester vor. »Nicht wahr, Tommasso?«

»Fürwahr!« Unsicher lachte der Vater, zwiespältig schillerte sein Blick. »Ein außerordentlicher, – quasi seltsamer Abend!«

»Also – quasi: Odysseus auf Scheria?« lachte noch kürzer Don Carlo. Aber kaum ausgesprochen das Wort, stutzte er: waren nicht das Mädchen, der Vater und der Fremde bei diesem Wort aufgefahren, als hätte ein Nadelstich ihren verborgensten Nerv berührt? »Es gibt nichts Schöneres im Leben,« sagte er mit welterfahren zurückflutender Stimme, »als: Überraschungen. Obwohl sie ebenso natürlich sind wie das Allernatürlichste. Ich möchte Ihnen raten,« blitzte er den Fremden mit grimmigem Blick an, »die Städte in diesem Lande zu lassen. Sie sind Ruinen, aus denen niemals mehr neues Leben springen wird. Traurige Zeichen davon, daß das Gewordene nicht überall Fortsetzung findet. Der Geist, der vor alters hier lebendig war, ist lange schon in eine andere Welt geflohen!«

»Ich will« fiel der Fremde gewandt ein – dieses Gespräch behagte ihm nicht – »von hier aus mitten durch die Insel nach Catania.«

»Gut! Sehr gut! Und von Catania bald wieder nordöstlich hinaus! Denn: Natur, – ja, die ist hier! Aber Geist ist im Norden! Ja, bei Gott Vater!« Und mit leidenschaftlicher Gebärde rückte er den Thronsessel mit den metallbeschlagenen Armstangen, riß das Käppchen vom Haupte und reckte das nun doppelt leidenschaftliche Haupt. »Dieses Syrakus zum Beispiel! Dieser Erzbischof in seinem steinverschlagenen Hause! Die Glut dieser Landschaft – oder Seeschaft – und die Agonie der Gehirne und Seelen in den dahindämmernden Menschen! Ich begreife es,« – wie ein Sänger war er nun anzusehen, der, die Leier vor der Brust, dieser Brust Überdrang wie seinen wildesten Glauben heraussang – »wie man im Norden oben bis zur Verzweiflung sich sehnen muß nach der Sonne, nach einem Orangenbaum, einer Handvoll Glanzhimmel. Aber noch besser verstehe ich, wie die nordische Seele unter diesem Übermaß von Natur zurücklechzen muß nach der Heimat! Nach dem Hauch jenes Geistes, der im Norden die Welt, wie sie ist und nicht ist, den begierigen Köpfen – ich kann es nicht anders sagen! – vor die Füße wirft. Was ist sie mir denn, diese Welt, wenn ich sie nicht sehen, nicht hören, nicht fühlen, nicht wissen, – nicht beherrschen kann? Griechischer Geist, hier? Schaut Euch die Tempel an, wie sie von Greisen oder Kindern begafft werden, die das A nicht vom O unterscheiden können! Die Wucher der Ernte, die in der Verlotterung des Südens, – ja!« Jäh beugte er sich dem Vater, der Mutter, den gestachelt kauernden Philistern entgegen. »Der Süden trübt die Sinne! Gefressen, unter der Wut dieses Klimas, wird die Ernte; aber verdaut nicht! Und heißt: Rasse haben, etwa soviel als: begehren bis zum Haß, hassen bis zum Mord, in dieser Sekunde noch lächeln wie der agnus dei, und in der nächsten – das Messer? Oder heißt es vielmehr: die Wunder der Welt, wie sie von Anfang an wurde, in fruchtbaren Bildern im Gemüte drin sammeln, im Geiste erobern und an ihre Plätze stellen, damit sich so in der verständigen Kreatur der Sockel aufbaue, auf dem sich die neuen der Zukunft erheben? Augenblicke sieht man hier, – Zeiten dort! Orte hier, – Erdteile dort! Ich war verpflichtet, sehr oft ein kleines Herzogtum im mittleren Deutschland zu bereisen; es war da ein Mann, mit dem ich wichtig zu tun hatte. Ein Herzogtümchen . . .«

Ohne ihn nur für ein Wimperzucken aus der Gewalt seines fanatischen Auges zu lassen, zwang er den Fremden, ob er sich auch schon drehte und wand, unbarmherzig in die Zange seiner teuflischen Rede. »Herzogtümchen voll von armseligen Städtchen, Märkten, Dörfern; besser gesagt: Hütten, Bauernhöfen und lächerlich kleinen, unschönen Schatullen, die sie Schlösser nennen. Der Himmel drüber – brr! Die Rosen blühen im Juli, und werden so hoch!« Fast um stieß er den arabischen Kaffeetisch. »Gerste, Roggen, Rübe, Hafer auf den elenden Feldern. Nichts, was entzückte; die Sinne, die Phantasie riefe! Alltag, wie ihn die sizilianische Hölle sich nicht trostloser vorstellt. Das Wort hart, ohne Klang. Die Manieren schroff; ohne Grazie. Lieder? Ich habe keines gehört. Die Mienen verschlossen, die Bewegungen eckig . . . O!« Mit einem erschrockenen Ruck beugte er sich weit vor zum Fremdling, der plötzlich sein Gesicht in den Händen verborgen hatte. »Ich tue Ihnen weh? Ich verletze Sie?«

»Nein, nein!« stöhnte, ohne das Gesicht zu befreien, der Fremde.

»Die Kirchen wie Vereinshäuser. Die Zimmer kalt. Die Frauen ohne Reiz. Mit einem Wort . . .«

Er setzte aus: das Mädchen, mit einem einzigen Schritt, war hinter den Sessel des Fremden getreten und hatte seine Hand auf die zitternde Schulter gelegt.

»Mit einem Wort,« fuhr er, nur doppelt wollüstig im Bann fort, der sich über die Augen der vier Blinden geworfen hatte, :»ein Land, das der Herrgott im Zorn geschaffen hat. Aber« – und wie Liebkosung legte sich der Blick auf die Hand auf der bebenden Schulter – »der Geist eines einzigen Mannes hat genügt, um die barbarische Finsternis dieser Wildnis schöner zu erhellen als tausend sizilianische Sonnen! Ich habe den Mann nie gesehen; nur ein paar Schattenrisse von ihm wurden mir gezeigt. Er heißt Goethe.« Mit herausfordernder Stimme, wie an eine Eisentür pochend, rief er den Fremden an: »Sie müßten ihn wohl kennen?«

Aber, obwohl ihm der Ruf durch die Hülle der Hände in das glühende Antlitz hinein fuhr und hinab in die kochende Grube des Herzens, schüttelte der Fremde nur noch verhüllter das Haupt.

»Ein Bürgersohn ist er. Da glänzt kein Palast. Erscheint keine Fee. Rollt nicht das Blut erlauchter Ahnen. Denn da oben« – begeistert riß der Priester den Mantel von den Knieen und ließ ihn flattern – »steht der Geist auch hinter der Nadel des Schneiders! Hat, was auf zwei Beinen läuft, nur einen einzigen Drang: nach Mühsal im Geiste; Kampf mit dem Geiste! Wird er in Glas aufbewahrt etwa? In Seide getragen und mit Palmwedeln gefächelt?« Als ginge ihm der Atem aus in der ahnungslosen Enge dieses dumpfen Kreises, erhob er sich rauschend, ließ sich rauschend gleich wieder nieder. »Wie ein – Magistratskommissär in einer größeren Stadt etwa wird er behandelt! Obwohl er schon lange berühmt ist, wie kaum je einer vor ihm gewesen. Durch eine Indiskrete, der ich bis an mein Lebensende die Hände küssen will, ist mir ein Werk von ihm unter die Augen geraten . . . .«

Lauernd wie ein Jäger, für eine Sekunde, unterbrach er zum zweitenmal; in die Erde hinein versunken, am liebsten, wäre der Fremde!

»Was sein Volk war, vom Anfang an war, und was es werden kann bis in die letzte Stunde der Ewigkeit, werden sie sagen, daß darinnen steht, in dem Werke. Aber es steht nicht mehr und nicht minder darinnen, als: alles, was ein Mensch – jeder Mensch! – sein und werden kann! Von Adam bis zum Jüngsten Gerichte! Er aber hält es noch verborgen! Dichtet seit Jahren überhaupt fast nichts mehr! Sein Ruhm ist im Verblassen! Man spricht kaum mehr von ihm. Denn er hat Größeres zu tun. Sein fürstlicher Herr nämlich braucht ihn. Zu allem, wozu ein Hof und ein Herzogtum ein Genie mißbrauchen können, brauchen sie ihn! Es geht kein Gras in dem Lande auf, dem er nicht bei der Geburt helfen und das er nicht wieder höchstselber niedermähen muß! Busenfreund und Minister heißt er; das Mädchen für alles ist er! Und« – wie eine Rute fuhr der Blick nieder auf das immer verborgener verhüllte Haupt, das in den stählernen Fingern immer steinerner starr werden wollte – »er läßt es sich gefallen! Schurigelt und beglückt das Ländchen, als ob das ganz gemäß wäre, schon seit Jahren in Akten! Wacht mit Argusaugen darüber, daß die Jagdhunde seines Herrn zu fressen, die Hofdamen ihre Fußbäder und die Preußen genug Soldaten kriegen. Läßt sich von einer Stallmeisterin tyrannisieren . . .«

»Sehen Sie denn nicht,« rief ihm, gefoltert von allen Foltern, die der Fremde erlitt, das Mädchen ins unbarmherzig grabende Auge, »daß Sie schweigen sollen?«

Aber das Auge lächelte nur, ohne Gnade niederbrennend mit diesem Lächeln das Mädchen, den Vater, die Mutter und die zwei Krämer, die alle mit keinem Hauche von Ahnung witterten, welcher Flügel von Geheimnis über ihren Häuptern schwebte. »Und läßt sich den Ekel dieses Lakaienlebens bis in den Hals hinaufwachsen, – und schweigt! Und das ist groß von ihm. Aber noch größer: daß die, die an ihn glauben, das dulden! Er sehnt sich hinaus aus dem Joch; sie lassen ihn ruhig sich sehnen. Seine Seele, die der Schönheit, sein Geist, der der Welt gehört, schreien wie gefangene Löwen nach Erleben und Weite; seelenruhig lassen sie ihn toben. Und: erwarten ihn dennoch, wie ihr eigenes Heil! Alle! Und das ist Deutschland: wissen, daß der Geist nicht zugrunde geht, auch wenn er gegen Gitter brüllt; ja, daß er ins Riesenstarke hinaufwächst gerade, wenn er hungert und dürstet! Und diese grausamste Not selbst dem Genie nicht ersparen, aber geduldig vertrauen: einmal *wird* es den Käfig sprengen und frei sein, und evangelisch darauf warten, weil man es mehr braucht als das tägliche Brot, – das ist Deutschland! Ist Geistland! Man sagte mir: er *sei* jetzt geflohen. Wandere jetzt in Italien. Suche sich jetzt. Bedenket, was das heißt: ein ganzes Vaterland, während er bei uns da sich suchen geht, wartet zu Hause auf ihn!« Und wie den Ertappten der Häscher jetzt, blitzschnell, rüttelte er den Fremdling aus der schaudernden Verhüllung. »Lügen Sie nicht! Und verleugnen Sie ihn nicht! Sie müssen ja doch wenigstens gehört haben von ihm!«

»Oder« – rauh ließ er ihn aus, Totenstille war, Funken lohte sein Auge – »oder sind Sie er selber?«

»Ja! Ich bin Goethe.«

»Vater!« rief im selben Augenblick brennend die Jungfrau. »Es brennt!« Und hob die Hand von der felsernen Schulter des Fremdlings, riß eine der zwei blutroten Rosen vom Busen und steckte sie ihm an die Brust.

»Um Gotteswillen! Was – ist?« Aufgefahren waren sie, der Hausherr, die Hausfrau, die Freier. Nun, mit Gliedern und Stimmen, die wie in den Netzen der Wunder umherirrten, ratlos jagten und fragten nach dem Sinn dieser Stunde, dem Rot dieser Rose, der starren Stummheit des Fremden, umringten sie das Paar und den Priester, drehten scheu wieder um, drängten von neuem vor, liefen an die Fenster, an die Türen, an die Wände, – kehrten plötzlich wie ein einziges bangdunkles Staunen zurück.

»Als ob das nicht ein Jeder könnte,« stieß, während sich ganz Sizilien um ihn herum drehte, der Buchhalter hervor, »behaupten: er sei . . . er!«

Wie eine Fledermaus, mit einem Zipfel des Mantels, scheuchte ihn Don Carlo vom Sessel. »Tommaso,« weckte er fordernd den Hausherrn, das Schwarz der Soutane aus Taffet und der Alabaster seines Antlitzes überstrahlten sieghaft die getrennten Sinnbilder im Bilde. »Deinem Hause ist Heil widerfahren! Verstehst du?« Da trat der Diener Gioachino von der blinkenden Schwelle herüber und meldete: »Signor Cavaliere, es brennt bei den Sagittari!« Hob den Fuß, um wieder zu gehen, – und es erklangen die Glocken vom Dome. Wie von Messern durchschnitten im Nu, sauste die samtblaue Luft vor den Fenstern. Strom des Überirdischen rieselte durch die Mauern des Gemaches. Schnell wie der Blitz folgte ihm der Schein, womit das Widerlicht des Feuers in den sehnsüchtigen Marmor der Wände hinein schnellte. Rufe. Stille. Wilde Rückkehr verzehnfachter Rufe. Schreie nun. Die Gasse voll plötzlich von Angstlaufen. Geheul und Wirbel des Staubs schien in den Saal herein zu stürzen. »Deinem Hause ist Heil widerfahren, Tommaso!« rief noch fordernder der Priester, während das Entsetzen Feuer, Glocken, Schrei, Rosen und Rauschen zu einem Strauße aus Wunder und Wahrheit zusammenwob; »denn er ist es!«

Hilflos, weil er die Tochter wie eine Göttin aufwachsen sah im Unergründlichen neben dem reglosen Fremdling, beugte sich des Vaters Haupt nieder zur Mutter. Wie ehren? Wie lobpreisen nun, feiern und danksagen? schienen sich beide in süßer Ohnmacht zu fragen. Während die Köpfe der Freier wie die Grimassen ruhmlos Gestorbener in die furchtbare Mischung von Wahrheit und Wunder empor-grinsten, Don Carlo aber, herablächelnd aus der Tiefe seiner Ahnung, den Genius und die Jungfrau in ihrer verschwie-genen Zwiesprache segnete. Denn alle, ach, alle Leiden, von denen niemand wußte, daß er sie gelitten und leiden geheißen hatte, in Scharen schwebten sie, Engel und Teufel, vor dem unfragbaren Auge des Fremdlings hernieder; alle Fehler, Irrtümer und Sünden wider den Geist seiner Sendung, alle Verbrechen an den Seelen, die nicht wußten, daß sie nur vorüberziehende Diener dieser Sendung sein durften, und alle alleinausgefochtenen Kämpfe, Krämpfe und Niederlagen. Aber alle sie, all ihr Hemmendes, Tötendes, Schwarzes, Bemakelndes nahm, ohne einen Finger zu rühren, nun die Jungfrau von ihm, die immer glorreicher lächelte, je empfangender ihre Arme sich beugten; auf einmal so himmlisch lächelte, daß er die Augen aufschlug, aufsprang und erblickte: nieder von ihren demütigen Schultern floß als jauchzender Morgen die abgenommene Nacht. »Du!« flüsterte er in zitternder Bangnis, »muß ich auch das noch tragen: daß du mich erlösest, aber sterben wirst mit dem einzigen Glück: mich erlöst zu haben?« Da stand der Vater vor ihm. »Exzellenz,« begann er, schaukelnd zwischen Wunder und Wahrheit, während die Glocken vergessen das vergessene Feuer umrauschten, »wir sind einfache Menschen, die der schwingende Flügel des Genius noch niemals gestreift hat. Was wir zu sagen vermöchten in dieser rätselhaften Stunde, drückte nicht aus, was wir zwiefach empfinden. Aber mehr, als wenn wir nur sagten: halten Sie unser Haus für das Ihrige, mag es sein, wenn wir sagen . . .«

Die feuerscheinübergossene Stufe trat die Jungfrau herab; ergriff die Hand des Vaters und legte sie voll in die Hand des Fremden.

» . . . wenn wir sagen: Nehmen Sie aus unserem Dasein heraus und mit Ihnen davon, was Sie zur Erhöhung des Ihrigen . . . . .«

»Zur *Befreiung* des Ihrigen gebrauchen müssen!« vollendete strenge Don Carlo.

»Ich bin,« flüsterte der Fremdling, ihm bebte schaudernd die Hand und die Stimme, »nur Odysseus! Der Pilger, der die Besiegelung seiner Heimkehr in diesem Hause gefunden hat!«

»Und den ein ganzes Vaterland zu Hause erwartet!« vollendete strenge Don Carlo.

»Und draußen,« stürzte der Buchhalter gallgelb empor, »verbrennen die Armen!«

»Während man hier,« fluchte der Magistratscommissar, es rasten die Glocken, prasselten die Flammen und brüllte das Volk, »den zweiten Cagliostro beräuchert!«

»Gehet retten, ihr!« höhnte strafend die Jungfrau und reckte den Arm gegen beide.

»Ja! Tuet Heldentaten, ihr!« rief ihnen beißend Don Carlo nach, »und kommt sie dann zeigen! Presto! Coraggio!«

»Ich weiß wohl,« lächelte geisterhaft bleich der Fremde; er stand, Vater und Mutter an den Händen, zwischen Priester und Jungfrau, die Freier, zaudernd zwischen befohlenem Mut und rückhaltender Wut, zappelten gespannt auf der Schwelle; »ich weiß, daß nun wird *gefordert* von Odysseus! ›Fremder Vater,‹ so heißt es,« blitzte er ohne Zorn den Freiern hinüber,

»›. . . auch du mußt dich in den Kämpfen versuchen,
Hast du deren gelernt; und sicher verstehst du den Wettkampf.
Denn kein größerer Ruhm verschönt ja das Leben der Menschen,
Als, den ihnen die Stärke der Händ' und Schenkel erstreb-et.‹«

»Aber . . .« Wie? Kam eine Wolke herab jetzt und umhüllte ihn? »Er ist ein Mann!« bekannte der Vater und griff entsetzt, als ob sie schon entschwebte, nach der fliehenden Hand. »Er ist der erste Mann, den ich sehe!« die Mutter und zwang flehentlich, als ob es schon enteilte, das scheidende Auge.

»Dieses also weiß ich wohl. Aber . . .«

Mit einem Schrei flohen die Freier. Er stand in der Schwelle. Glänzend zuckte die Träne in der Wimper. Glänzend rollte die zweite hernieder von dem furchtlosen Auge der Jungfrau. »Aber auch wenn ich tausendmal siegte in diesem Wettkampf, – mein Los bliebe doch immer: Geißel zu sein an den Menschen, die mich erlösen, wie Ihr! Wunden zu schlagen, auch wo ich anbete, staune und kniee, – wie hier!«

»Ist er fort?« sprang der Vater jäh auf und an die erdunkelte Schwelle.

»Ist er fort?« die Mutter ihm nach durch den Taumel der Glocken und Flammen.

»Still!« befahl Don Carlo. Den Finger an den Lippen – wo weilte die Jungfrau? – stand er vor der Schwelle und bannte.

Spiegelglatt breites, abschwebendes Fließen der Treppe. Schritt, warum jagst du so? Herz, warum eilst du so? Plötzlich – wild stockte der Fuß – fuhr die Hand in die Brust. »Nausikaa! Ich hab – meine Rose verloren!«

»Sie ist verbrannt zu Girgenti!« lächelte Nausikaa; strahlend flog sie die Treppe hernieder, riß die zweite vom Busen. »Nimm diese!«

»Die – letzte!«

Süß, ohne Scham, nur Gewißheit der Liebe, schmiegte sie sich seinem Arm. »Du wirst wiederkommen!«

»Ich bin Odysseus, Nausikaa!« riß sich verzweifelt die Träne aus der zuckenden Wimper.

»Und wenn du es tausendmal wärest, du wirst wiederkommen!«

»Ich werde nicht wiederkommen!«

Daß er den Schlag ihres Glaubens erfühle, legte sie kindlich ihr Herz an das seine. »Du weißt es nur nicht! Ich aber weiß es!«

»Ich bin nur ein Pilger, Nausikaa! *Odysseus!*«

»Aber ich deine Heimat!«

»Wenn mich ein Blitz jetzt träfe,« sagte Goethe am Morgen darauf vom Maultier zu Kniepen hinüber, – sie ritten den Weg nach Caltanisetta – »und für immer zerschmetterte: es wäre kein Wort zu sagen gegen die Güte dieses Strahls, der erst fällte, nachdem ich geboren war!«

Kniep aber, – er hatte zwar ein paar prächtige Zeichnungen geleistet in den drei Tagen; aber auch manche verbotene Stunde gelebt in den drei Nächten. Das Gewissen tat weh, wenn er an Lydia dachte, die in Neapel sich unterdes sehnend im Eisenbett neben dem leeren geduldet hatte. »Es ist eine verdammte Sache;« stieß er endlich grimmig heraus, »der Mann in uns wird immer wieder zum Lumpen!« Der Mann neben ihm, Einsamer im Umundum der Weizensaatfelder, die türkisblau, seefahl und meergrün wie hochhügeliges Wellenmeer von Talsaum zu Talsaum wogten, lächelte unberührt. »Zum Lumpen?« – »Also: untreu!« – »Was ist untreu?« – »Wenn man kein Weib ungereizt anschauen kann, das einen richtigen Busen hat!« Ha! Der Mann neben ihm, freilich, der hatte von solchem Stachel des Menschseins keine Ahnung! Der dachte: Kunst, Lernen, Zunehmen im Geiste. Während ihm, dem verschlampten Pinsler, jede Schürze die zeichnenden Finger verrenkte! »Es gibt zweierlei Menschen für jedes Geschlecht,« sagte Goethe gleichmütig, »solche, – aha! jetzt hört die Zwergpalme auf, kommt das Bergland der Kornkammer! – solche, die man sich selber erschafft, und solche, denen man immer wieder begegnet. Den ersten wird man nur untreu, wenn man sich selber untreu wird; den zweiten gehe man aus dem Wege, um sich die Kraft, Menschen zu schaffen, nicht zu zerstören!« – »König der Begriffsmacht,« schäumte innen der Kleinere, »und Frosch in den Hitzen des Blutes! – Diese dicke, dralle Maria in den Nudeln . . .«

»Ma – ria?«

»Marietta!« Das Maultier, unterm Stachel, bockte wiehernd gegen die türkisblaue, seefahle und meergrüne Weizenflut. »Luder sind die Weiber! Wo sie eine Hose sehen . . .«

»Frucht!« riß Goethe herrisch den Satz ab. »Seh Er doch: Frucht, nichts als Frucht!« Die Sonne riß lohende Kreise von Gold aus dem hügelauf und talab rinnenden Meergrün und Seefahl und Lichtblau, wenn die langsam segelnden, dickweißen Wolken unter ihr wichen. Wogig umrauschte den Pfad dann der Duft dieser Hochzeit. Und der Himmel, wie er sich gleich sehkräftig ausspannte über schon Geborenem und Totem, wie über erst Werdendem und Sterbendem, flüsterte nur noch Eines hernieder aus seiner prangenden Höhe: ich muß erzeugen! Und die Erde, obwohl sie die Unzahl der einander mordenden Tiere trug, die unzähligen Steine, die einander Hindernis bauten in jedes Entwicklung, die unzähligen Pflanzen, deren einer rücksichtsloses Wachsen knickte die gleich wilde Werdegier der anderen, flüsterte aus ihrer kreisenden Tiefe empor: ich muß gebären! Von den zackigen Gebirgen nieder, die, immer wieder Tor schaffend und gleich darauf wieder Tor schließend, die reifende Flur immer zwingender hineinschoben in das Mitteherz des Landes, glomm der ältere Kalk mit dem hellen, fast blitzenden Gipse. Von ihren Säumen herüber, die sich weichend der Lockerheit des gesegneten Fruchtbodens hingaben, der gelbliche neue. Aus den Furchen der ährenüberfluteten Äcker empor und aus den Breiten der ungepflügten Felder das satte Violett der

Fruchtbarkeit, die in der Vermählung dieser zwei Elemente sich feierte und, Überfluß, Überfluß, Überfluß, alle Blumenwiesen, Hecken, Gräben, Kämme, Geschiebe und Buckel ringsum überwellte. Und all dieses, alles, was da geheimbewegt zog, bebte, wallte und dampfte, flüsterte pochend im ungeheuren Schweigen nur: werde! Mit diesem allem aber aus der Ferne herüber Nausikaa: »Nun habe ich dir gezeigt, daß du dein Nest schon gefunden hast! Zeige nun *du*, daß es schon zeugt und gebiert!« Und sogleich, während sein Haupt kindhaft hinaufwuchs in die glänzenden Häuche des Werdens, der Reife, der Ernte, – wie aus dem Schaume des Meers Anadyoneme, stieg aus dem Allgesumme des Flüsterns die süße Allmacht des Künstlers! »Gott, oder Götter,« antwortete er, – flüsternd, weil ja den Mann ihm zur Seite der Stachel des Fleisches noch biß, – »verzeiht, was ich bisher, in dumpfer Dummheit, in frevelhafter Trägheit, in feigem Zögern vor dem Mut, den Euer Ruf fordert, gefehlt! Tilget, was wuchs in mir, ohne daß es unmöglich war, daß es nicht wuchs! Und bauet nun kräftig, mit meinen eigenen Händen, . . .« Den Halfter ließ er sinken. Wie? Baute dieser Tempel sich schon? Rissen die gerüsteten Hände schon aus Dichtung und Wahrheit die tragenden Blöcke? Rollten die Bilder schon, webend, vor dem begnadeten Auge, und sprang in der entbundenen Brust schon der Vers?»O du! Nausikaa!« flüsterte er begeisterten Augs vor sich hin; flüsternd nur, daß ihm der springende Quell nicht den Andern erschrecke. »Schenkende, Treibende! Besieglerin du meiner endlichen Heimfahrt! Hast mich zur Ernte gerufen! Nun, siehe: sie schießt in die Halme!«

»Da haben wir's!«

»Was?« fuhr er hoch aus dem zaubernden Schleier.

Die Hand streckte Kniep aus. »Es regnet!«

Und wahrlich: am Abend floß der Regen schon beharrlich. Am nächsten Morgen goß er in Schwaden. Der Weg ward

Morast. Die Maultiere keuchten. Die Reisenden troffen. Von den Bergrücken herab, um die immer dicker die Nebel wanderten, schaute über die hilflose Melancholie der Täler und Sättel nieder das gerippblasse Trümmerwerk des verlorenen Enna. Wie die Randglossen eines Pfuschers im Buche des Kosmos schwammen die bisherigen Bilder der Reise auf den Strömen des Nassen davon. Winkte nun überhaupt noch *ganz* Schönes? Hatte es Sinn gehabt, diese Reise zu tun? Den Geist des Odysseus aus dem Hades heraufzubeschwören, die Seele Nausikaas aus ihrem Schlummer zu reißen, und ein paar Meilen hinter den Gärten des Alkinoos das Hohngelächter eines sizilianischen Landregens in die Ohren zu kriegen?

»Ich kann ja nicht mehr einen einzigen Strich zeichnen,« fluchte Kniep, »wenn das so weitergeht!« Sie hatten absitzen gemußt; platschnaß, zusammen mit dem platschnassen Führer, legten sie den Tieren die abgeglittenen Sättel neu auf.

»Drum erfreue er sich eben,« neckte Goethe, im höchsten Sinn fröhlich, »des Regens!«

»Ich hasse den Kerl!«

»Ich liebe ihn!«

»Gehen wir doch in das Hüttchen hinüber!« bettelte endlich – es rann in gar zu höhnischen Bächen auf Tiere, Herren und Diener herab – der Führer; das Hüttchen stand hundert Schritte abseits vom Weg in der Weide.

Aber in der Hütte lag Stroh, das dampfte und stank.

»Haben wir denn nichts mehr zu essen?« fragte nach der trübsamsten Weile der Maler.

»Nein,« antwortete der bescheidene Führer, »Keinen Brosamen mehr!«

»Einen Schluck zu trinken?«

»Alles leer!«

»Ja um des Himmels willen! Sollen wir auf dem Faulstroh da in der Dunkelheit grau werden und verrecken?«

»Es ist völlig gerecht,« erwiderte Goethe, seelenvergnügt lag er im Stroh und lugte durch die Ritze im Hüttendach in die Sintflut hinaus, »daß wir einmal auch Ungunst leiden. Reise in die Wüste, Verwöhnter, wo dich nichts mehr schmückt, anreizt und anglänzt; und sieh zu, was du in der Armut noch besitzest!«

»Ich besitze nichts,« stampfte Kniep wütend die Streumast, – er war aus den Fugen seit Girgenti – »completamente e semplicemente niente!«

»Und das Zeichentalent?«

»Ach, was!«

»Und die geraden Glieder?«

»Hat auch der Checco!«

»Und Lydia?«

Wie gestochen fuhr Kniep auf. »Ich werde es ihr beichten! Schnell, am ersten Tag noch!«

»Was denn?«

»Diese verdammte Marietta!«

»Die in Catania Viola heißen wird, ...«

»Zum Teufel hinein,« – rasend prügelte Kniep die Hüttenwand – »ja, es ist möglich! Ist möglich!«

»Und in Taormina Teresina . . . . .«

Vor Wut zu weinen begann Kniep.

»Und in Messina Lucia!«

Ein Büschel klatschnassen Strohs, unter dem fluchenden Tritt, flog an die Tür und blieb kleben daran. »Ja! Jaa! Jaaa! Aber was tun dagegen? Was denn? Nur sagen!«

»Nichts!«

Wie ein getretener Hund verkroch sich Kniep in den Winkel. »Freilich! Ich bin die arme Bestie,« tobte die beleidigte Seele, »und er die verwöhnte Berühmtheit, der die Welt ihre Harmonien auf dem Präsentierteller hinreicht!« Und dahin alle dankbare Freude an diesem gewaltig ruhenden Geiste, der um so heiterer genügsam war, je unaufhaltsamer er im Inneren arbeitete! Fremd war er ihm jetzt. Kalt und abstoßend. Häßlich. Wie er in der endlich erreichten Herberge sich gleich schmatzend gütlich tat! Wie er gemessen, just wie ein Bleisoldat, am nächsten Morgen wieder talaus ritt! Und dieses zufriedene Auge, das überall etwas zu schauen fand! Dieses absolute Wort, das nie hervorkam, bevor nicht ein greifbares Ding einen wägbaren Gedanken hervorzog! Dieser aufregungslos sichere Schritt, der in Afrika genau auch so schreiten würde wie in Europa! Und – die Faust in den Sattel! – diese verletzende Gleichgültigkeit gegenüber dem Nächsten! Als ob so ein Mann nicht den förderlichsten Einfluß üben könnte auf den anderen! Aber: übt er ihn? Gott behüte! Ein Fernrohr des Herrgotts ist er, mit dem klar und gewinnreich in jede Falte des Seins geschaut werden konnte. Aber: nur von ihm selber! »Na?« fragte er haßvoll, – ja, er haßte ihn jetzt! – als sie, Catania überwunden, Taormina näher rückten – »hat sie in Catania etwa Viola geheißen?«

»Was ihr immerzu mit den Weibern habt?« lachte Goethe leichthin; er saß mit der jubelnden Morgensonne auf dem gern trabenden Esel; hoch, jung und geschmiedet. »Sagen Sie mir lieber: wie beschrieben Sie kurz die bisherige Reise?«

»Ich habe sie da in meinen Blättern!« klopfte Kniep, schadenfroh entschlossen, nicht ein einziges herzugeben, an die armselige Tasche, darin seine Zeichnungen saßen.

»Prächtig! Kein Mensch kann alles allein machen. Nichts gibt es, was nicht ergänzt werden müßte. Ich, zum Beispiel, mache diese Reise als ein Trauerspiel. Ja! Lachen Sie nicht so verächtlich! Erster und zweiter Akt: Palermo. Dritter und vierter: Girgenti. Auf den fünften warte ich noch. Er muß sich spätestens zwischen Taormina und Messina ereignen!«

»Also deshalb!« Als ob er von selber darauf gekommen wäre, protzig, lachte Kniep. »In Girgenti muß Ihnen etwas ganz Besonderes begegnet sein? Das dacht' ich mir lang schon!«

»Sie Schlaumeier!«

»Aber – was nur?«

»Keine Marietta!«

Daß der Esel in jämmerliches Heulen fiel, hieb ihm Kniep die Gerte in die Rippen. »Was Sie nur immerzu mit den Weibern haben! Ich habe das Luder schon lange vergessen!«

»Das ziert Sie am meisten!«

»Und ich kann nichts dafür!« schrie Kniep wie geschlagen und haute den Esel zum zweitenmal. »Was aber ist in Girgenti gewesen?«

Aber erst am nächsten Abend, als sie einträchtig nebeneinander in der Ruine des Theaters von Taormina saßen, spann der unheimliche Proteus den Faden weiter. Friedevoll lief das Meer hinaus von der gegliederten Küste in die Abendwollust des östlichen Himmels. Innig leitete die Landzunge Schisò den klippigen Aufbau, mit dem die Hügel und Berge des Westens zur Weiße des Ätna emporstiegen, über in das beneidete Element ohne Stillstand. Die Stadt, mit hellen

Mauern um die Orangengärten, stufte sich zärtlich hinab an die Ufer. Sehnsüchtig breiteten sich die Flanken des Theaters, goldenes und grünes Gebröckel, der unversehrt gebliebenen Welle entgegen. Und ebenso kindhaft flehten von ihren kahlen Höhen hernieder das Doppelkastell und die Riffe von Mola in das Weite und Fließende.

Dieses aber, das Weite und Fließende, lächelte mütterlich. Gleichwie in der Erntemitte des Landherzens immer wieder die Mulde der Fruchtbarkeit zwischen sumpfigem Tal und verbranntem Hügel wie der Mutterschoß schaffender Liebe geatmet hatte, wogte dies Weite und Flüssige von Calabrien bis Syrakus im Anhauch und Abhauch des göttlichen Instinkts der liebevollen Hervorbringung, und getroffen von der Botschaft und getrieben antworteten die Nachtigallen, die Rosen, die Stadt, die Felsen, die Weiße des Ätna und der Rauch über der Weiße zurück: Ja, die Liebe! »Hören Sie's? Sehen Sie's?« fragte verklärt der Mann, dem Ruf und Gegenruf im Innersten der vorbereiteten Seele widerhallten, den anderen, der aus dem Zwiespiel der Bilder und Töne sich keinen Reim zu machen verstand. »Fühlen Sie's: was das eine Element von dem anderen verlangt?«

Dumpf schüttelte Kniep den Kopf.

»Haben Sie's innen im Lande auch nicht gespürt?«

Ohnmächtig wandte Kniep den Blick weg.

»Gaia und Uranos,« lächelte Goethe mit vollem Ton hinein ins erratene Zwiespiel, »Himmel und Erde, wo immer sie sich treffen, – und sie treffen sich immer wieder! – unfehlbar erzeugen sie vereint; *müssen* erzeugen! Aus der Hochzeit des Irdischen, dessen, was ist. und des Himmlisch-Ersehnten, dessen, was sein kann, sprießt die jeweilige Seele der jeweiligen Welt.« Wie ein Vater dem Kinde legte er Kniepen die Hand auf die Schulter. »Fühlen Sie's noch nicht?«

Trostlos brauste Kniep auf. »Mir hat jenes Weib die ganze Reise verdorben!«

»Ach, warum plaget ihr euch so?«

»Und Sie nicht?« Wie das Gebell eines neidigen Hundes.

»Jeder hat Fehler die Menge. Ich: Übermenge! Wenn ich aber, um den Kern meines Menschen zu finden, darauf warten müßte, bis ich alle besiegte, fände ich ihn niemals!«

»Darum machen Sie – lieber gar nichts dagegen?«

»Ich fange nicht beim Schlechten an, das ich trage, sondern beim Guten, das auch in mir ist. Vertraue darauf, daß der Mensch, der sich hinaufschrauben will, nicht gehalten sei, zuallererst seine bösen Triebe zu bekämpfen, sondern seine guten Anlagen auszubilden.«

»Wenn er sie hat!«

Blau wie das Meer, das vollendet sich in ihm spiegelte, und so entschieden blitzte Goethes Auge. »Die Kunst des Lebens ist: die Aufgabe des Lebens zu erfüllen. Und die Aufgabe des Lebens: aus dem, was man hat, möglichst viel herauszuschinden. Bildete ich mir ein, ein Gott, oder – ja, auch nur ein Bildhauer werden zu müssen, dann wär' auch mein höchstes Bestreben nur Wahnsinn! Aber das werden zu wollen, was mir der Keim meines Wesens zu werden in die Hand gibt, ist vernünftig!«

»Weil es dafür steht! Bei Ihnen!«

Geduldig fuhr der tiefe Blick die zärtliche Küste ab. »Man soll nicht reden! Nicht einmal viel denken! Aber: Handeln! Ja, man tut sich das Beste, wenn man möglichst unausgesetzt, aus seiner ausgebildetsten Fähigkeit heraus, handelt; erzeugt; erschafft. Sich nur keine tatlosen Zwischenräume duldet, darin man von der Wiedererfahrung der Unvollkommenheiten, die einen quälen, ins beklagende Nichtstun zurückfällt. Reue ohne Handlung, Philosophie ohne Tat ist verlorene Zeit. Verlorene Zeit aber« – er unterbrach; der Blick, umgedreht, sah: in sanft plötzlichem Feuer erglomm auf dem Dome des Ätna das Abendrot. Breitete sich erobernd aus, rann glühenden Flusses unhinderbar nieder über die Stufen der Berge in die Zinnen der Kastelle von Mola, des Venere und Ziretto, verhundertfacht nieder in die Hügel, die Gärten, die Stadt, und rauschte nun wie die Wolke der rosenfarbenen Verkündigung hinaus ins erwartende Meer. »Verlorene Zeit aber,« fuhr er, das Auge in der Wolke drin, fort, »die unverzeihlichste Sünde an uns selber! Denn einem jeden von uns ist eine Sendung mitgegeben . . . .«

Hart lachte der Maler auf. »Ein Männlein wie ich, und Sendung!«

»Wär's ein Verdienst für Sie, Raffael werden zu wollen, wo Sie Kniep zu sein haben?«

»Und Kniep sein zu wollen, wär' eins?«

»Das einzige, das ich Ihnen zumessen würde, wenn ich Ihr Schöpfer wäre und Sie nach Ihrer Erdenfahrt zurückkehren müßten zu mir!«

»Und Ihnen liest es jeder Schneider vom Gesicht ab, daß Sie mehr werden wollen, als alle Ihresgleichen je gewesen sind!«

»Selbstverständlich!« Der Ölbaum zu Goethes Linken ward beifällig gefächelt vom azurenen Winde, der überm Meer draußen die rosenfarbene Wolke der Verkündigung liebkoste. »Sonst würde ich niemals ich selber! Wenn Sie aber Michelangelo erreichen wollten, dann dürften Sie nicht vergessen, daß der Wille, der uns aussandte, nicht nach dem wägt und mißt, was wir, die anderen, von ihm erschauen, erlauschen und begreifen sehend – sondern nach dem, was in unserer eigenen Brust seinem Willen am nächsten kommt! Ein einziger tapferer Griff in den Schacht der eingeschlossenen Erde hinab, oder hinauf in den höchsten der weitherzigen Himmel, mit der Absicht getan: nicht wehleidig sollst du sein mit dir selber, – und ein Mensch, der Tizian nicht das gröbste Rot nachschauen könnte, vermag mehr zu sein, als Tizian je war! Darin liegt ja das ganze Geheimnis des Lebens: es kennt keine endgültig erschöpften Aufgaben, jeder neue Augenblick überhöht lächelnd die stolz erreichte Höhe des letzten. Darum auch kann jeder von uns zu jeder Stunde mehr werden, als alle, die schone alles gewesen sind; freilich –: einzig heraus aus sich selber! Denn in jedem, der lebt, ward, mit eindeutigen Willen, just derjenige geboren, der nur er sein kann, und kein anderer! Nein, Kniepchen, nein!« Herzlich streichelte er die trübe, nicht zu tröstende Hand. »Es gibt vor dem Gericht des Schöpfers kein Sichgehenlassen in der Klage über die eigene Krüppelhaftigkeit; aber auch kein Ausleihen von Fremdem, kein Genügen am Vorbild. Nur ein einziges zählt: im eigenen Busen zusammenraffen, – geizig! – was gut ist oder werden kann, und es mit kühner Hand hinauswerfen, über die Wechsel der Welt, in die Reife-Macht des segnenden Himmels!«

»Wenn man aber nichts hat, was man hinauswerfen könnte? Was dann?«

Lächelnd erhob sich Goethe. »Ihr seid Kinder! Wie die Kinder!«

»Natürlich!« Jäh wie ein Wasserfall stürzte der plötzliche Mut über Kniep, und gierig schon lauschte die getroffene Seele. »Aber was heißt auch, zum Beispiel: Erde und Himmel gebieten, daß wir nicht wehleidig sein sollen an uns selber?«

Es war deutliche Liebe im Blick, mit dem der Geborene jetzt den noch Werdenden grüßte. »Man muß sich wichtig nehmen; ernst nehmen. Das versteht sich. Aber man darf die Welt nicht früher in sich allein drinnen finden, bevor man nicht sich in der Welt gefunden hat! Suchen Sie zuerst einmal die einfachste Form, auf die Ihre Person gebracht werden kann; und dann stürzen Sie sich gläubig hinaus in den Raum und die Zeit! Sie muß dann ganz von selber – nur gewaschen von den Wassern, gehämmert von den Feuern, gegerbt von den Lüften und verdichtet von den Erden – zurückkehren in die Herzgrube, zu der sie gehört wie der Baum zum Reich seiner Wurzel. *Kam* sie aber zurück, dann gibt es kein eigenes Weh mehr, das sich nicht lächerlich empfände gegenüber dem Gebot der Gemeinschaft, darin alles Erschaffene atmet und aufhört zu atmen!«

War die Nachtigall, die da schlug, eine urheimatlich echte? »Und so weit soll auch ein kleiner deutscher Maler kommen können, der in die Dreißiger wuchs, ehe ihm der Knopf aufging?«

»Ich bin nicht Sokrates!« lachte Goethe. »Und Sie nicht Platon! Aber ich werde Sie einen Dilettanten nennen, unerbittlich und noch bevor es heut Nacht wird, wenn Sie diesen Blick da nicht endlich in Linien fassen!«

»Unmöglich!«

»Schwer, gebe zu. Und der Abend schreitet vor. Aber« – fest stand er auf und schritt aus dem Fels – »um neun Uhr, pünktlich, erwarte ich das Blatt. Keine Widerrede! Er *muß* mir gehorchen!«

Woher soviel Zuversicht, Kraft und Gewißheit? Aus welcher Quelle der Strom soviel verwegenen Glaubens? Was war Dichtung, was Wahrheit? »Lausche! Lausche! Lausche!« flüsterte er beschwörend sich zu, als er, herabgestiegen durch den Wald der Kakteen, blutend von tausend Dornen im Fleische und noch mehr in der Seele, die sich überhoben zu haben fürchtete, um einem Zweifler die Gnade der Aufrichtung zu spenden, in das Gärtchen trat, das, hart am Meere, über niedriger Mauer die Orangen dem einträchtigen Glanze von Wasser und Himmel hinzeigte. Und als ob

384

unwiderbringlicher Verlust drohte, setzte er sich schnell auf den wagrechtesten Zweig des stärksten Baumes, lehnte den Rücken an den Stamm, zog das Portefeuille aus dem Rocke und begann zu kritzeln. Ohne Erstaunen, aber mit jedem Strich, den er tat, hilfreicher dienend sahen die Elemente ihm zu. Das Gras, in dem die Narzissen standen, verharrte ohne Bewegung. Die Bäume, halb noch von Früchten voll, halb auch von Blüten, hielten die schimmernden Blätter ängstlich stille. Auf den unregelmäßigen Kronensteinen der Mauern blieb ruhgebannt der letzte Strahl Sonne liegen. Die Stadt, die herüberschaute, löschte lächelnd ihr bestimmtes Antlitz. Die Linien der Gebirge warfen ohne Zaudern die Kennzeichen ab, die sie zu den Gebirgen von Taormina machten. Das Meer, immer allumfassender wogend, vergaß seine eindeutige Küste und rollte wie ohne Anfang und Ende. Er aber, der Mensch, in diesem wunderbaren Zerfließen der Dinge, die ihn ahnend umarmten, ins Urallgemeine, ward von Sekunde zu Sekunde gewisser. Wie gierig badend in seinem eigensten Elemente, nahm der Leib jeden schleierdünnsten Hauch auf, den die Dinge in dieser zauberhaften Verwandlung abwarfen, und fand, als ob er die Dinge beerbte, köstlicher als je bisher das Bewußtsein seiner selber. Mit der gleichen natürlichen Wollust aber lief die Seele stürmend wie in ihr bereitetes Reich hinein in den raumlosen und zeitlosen Bogen, den, je gehorsamer die gefesselte Gegenwart entfloh, die Möglichkeit allen Seins und Geschehens immer kühner aufspannte. Wie? Rief *er* Stimmen herauf aus dieser Metamorphose, oder riefen *ihn* Stimmen herauf aus dieser Metamorphose? Plötzlich – von woher? – erschollen Rufe, die kräftig befahlen und kräftig gehorchten. Unüberrascht schlug er den Blick auf. Draußen, im Gestade, rüsteten die Phäaken das Schiff. Hämmern. Sparrenfügen. Segelaufziehen. Wiegendes Holzbraun. Schimmerndes Mastlicht. Knatternde Leinwand. Bestätigend raschelte der Hain der Orangen: es ist wahr, es ist wahr! Ach! Hinwelkend wartet Penelope jetzt im

Frauengemach über dem Teppich, den die treuen Finger seit Jahren immer noch weben. Telemach stummbeherrscht in der Sehnsucht nach dem Rächer, vor dem Zechen der betrunkenen Freier. Und wissen beide nicht, daß, während ihre Tränen wimmern und ihre Herzen verzweifeln, dies Braunholz unter schimmerndem Mastlicht und knatternder Leinwand schon die Flut stampft, die es morgen durchschneiden wird. Verwahrlost starrt die Väterburg. In der Qual ihrer Treue verrecken die Hunde. Die Herden frißt die Völlerei der Fresser. Die Saaten liegen in Unkraut. Schmutz und Hoffnungslosigkeit zernagt die gebrochenen Diener. Dieses Hämmern aber, dieses Sparrenfügen und Segelaufziehen hören sie nicht! Ahnen den Blitz nicht vor, der morgen schon – tolle Zerschmettererlust! – niederfahren wird, um die Fäulnis in Brand zu stecken und die verlotterte Erde auszuglühen zur Reinheit ihrer heiligsten Neufrucht. »O, du Leben, du Leben!« jauchzte schwebend im Überlicht dieser seligen Voraussicht die gebärende Seele; »du Wirken vor meinem entschleierten Auge! Ernte der erlittenen Reife! Und daß diese Heimat schon da liegt, schon greifbar vor meinen Händen lockt, und daß dieses kräftige Ineinander von Stimmen schon die Planke zimmert, die mich hinübertragen wird von dem Schiff auf die Erde,« – stolz strahlte der Blick über dem eilig bekritzelten Blättchen – »weiß nur *ein* Mensch! Nur der Mensch, der mir's schuf! Die steht jetzt im Fenster, sieht das Schiff auf der ungeduldigen Woge, hört die Reiselust der Phäaken, und mischt sich im Becher der Brust schon die Todesqual ihrer Liebe! Und wenn nun Penelope« – mit schaudernder Hand griff er empor in den Zweig voller Frucht und voll Blüte – »wenn Penelope erkaltet, veraltet ist in der Fülle der trennenden Jahre, ohne Verständnis für den Sinn meiner Irrfahrt und den Sinn meiner Heimkehr? Und Telemach, wenn er mich nicht mehr erkennt, weil er einen anderen Vater fand in der Fülle der trennenden Jahre? Und die Heimat, die klüftige, felsige, schroffe und rauhe, mich mit starrem Gesicht wird empfangen, darin nicht mein Funke flammt, sondern die Dämmerung der lieblosen Pflicht? Und, hingegen, Nausikaa« – ohnmächtig aus dem Netz der mordenden Zweifel fiel ihm die Hand zurück – »Nausikaa liebt mich und lockt: du bist *mir* bestimmt! Mir allein! – Du!!« Verzweifelt bäumte der Leib sich empor, schrie die Qual in die vorspiegelnden Lüfte: »Nausikaa! Geliebte! Gesehnte!«

»Da bin ich.«

Kein Trug! Groß, schlank, hell vom Scheitel bis zu den Sohlen, stand sie vor ihm. Lächelnd im Feuer des Geständnisses ihrer allmächtigen Liebe. »Du hast mich gerufen?«

Taumelnd wich er zurück. Ithakas Felsen und Nebel riefen von weitem herüber: Folge ihr nicht! Penelopes Pein lohte ihm aus der tobenden Brust entgegen, die er vor abgelebten Zeiten die einzige genannt hatte, die ihn erriet, und beschwor: Folge ihr nicht! Inbrünstig klammerte sich Telemachs Arm um seinen Nacken und bettelnd flehte das blondlockige Häuptchen: Vater, folge ihr nicht!

»Wovor fürchtest du dich?« lächelte Nausikaa sanft, als er mit gehetztem, fast feigem Schritte noch tiefer in den Garten zurückfloh.

Rasch drehte er um. Das Bleich ungeheuren Erlebens auf der glattgespannten Stirn. Ungeheure Bangnis im Blick, der der Jungfrau griechischen Peplos, den griechischen Knoten des schwerschwarzen Haares, die königliche Rast ihres Antlitzes über dem gebändigten Rasen der Brust bebend empfing. Die volle Tiefe des Meeres lag blau in ihrem Auge. Die Weite der opalenen Himmel furchtlos um ihre Glieder. Vom Tragen von Blumen strahlten ihre Hände, und die glühenden Gärten ihres Vaters schaukelten um ihren Schritt. »Ja,« antwortete er ohne Ton, »ich gestehe es: ich fürchte mich!« Angst im Worte. Wehmut, unsäglicher Schmerz in der zagen Gestalt. So also erschaffen die Götter den Dichter? Was ist Wahrheit? Was Dichtung? Daß er das Nest gefunden, sich selber als den Dichter entdeckt, diese sieghafte Entdeckung sogleich ausgewirkt hatte, – das war ihm bis vor einer Minute Nausikaa gewesen! Daß Nausikaa an diesem Siege zugrundeging, – gab es ein Hinauf ohne Hinab? Jetzt aber – zu zittern er begann: ist dem Dichter bestimmt, niemals, niemals zu ruhen, selbst im sprudelnden Sang von dem eigenen Sieg nur die Qual zu gebären? – jetzt war das Trauerspiel der phäakischen Jungfrau zum traurigen Spiel seines Abschieds von Phäa geworden!

»Wie hast du mich gefunden?« stieß er endlich gepeinigt hervor.

»Das Herz hat mich geführt.«

»Es gibt eine Pflicht, die viel größer ist als jedes Anrecht des Herzens! Als jedes!«

»Für mich keine andere, als dich zu halten!«

Wonne und Entsetzen zugleich im Auge, starrte er sie an. Wie entfliehen? Wie sich losretten können von solcher Gewalt? »So redet – kein Mädchen!«

Ohne die geringste Scham ließ sie sich nieder ins Gras. Zog ihn, der trotz allem Kampf nicht zu widerstehen vermochte, ihr nach und lehnte sich, als zwinge sie dazu das einzige Gebot ihres Gottes, an ihn. »Das ist die Frage. Und ich verneine sie! Denn ich habe noch niemals so geredet und werde niemals wieder so reden. Auch verfolge ich nicht damit die Absicht, dich zu bestimmen.« Leib an Leib lehnte sie nun; hoch pochte in den reglosen Gliedern der Puls. »Alle geheimen Helfershelfer, aber auch alle geheimen Feinde der Liebe kenne ich, seitdem ich zum erstenmal dich sah. Was aber die Freiheit hindert, Joch anlegt, nicht den Mut hat, sich hinzuschenken *ohne* die Gewißheit, genommen zu werden, ist der Todfeind der Liebe! Weil ich das weiß nun, rede ich frei. Ob ich dir gesendet bin, oder nicht,

388

du allein mußt es wissen. Daß du *mir* gesendet bist,« – ein einziger Blick gab ihm den Himmel zurück, den er ihr aufgetan hatte – »das fühle ich, wie ich fühle, daß ich bin! Und dies Gefühl habe ich bekannt. Der Palazzo Friglia weiß es. Don Carlo weiß es. Ganz Girgenti weiß es. Und nun schütteln sie ratlos die Köpfe. Das ganze Gebäude ihres Begreifens ist eingestürzt. *Ich* habe es niedergerissen. Und ich baue es ihnen niemals mehr auf! Mein bisheriges Leben ist Schlaf gewesen. Jetzt bin ich erwacht. Du hast mich geweckt. Und nun gibt es für mich nur noch das eine oder andere: Wachbleiben – oder Sterben!«

»Man stirbt nicht,« fuhr er sie herrisch an, »weil das Herz seinen Willen nicht durchsetzt!«

»Ich drohe nicht. Es ist wunderschön, dein gewesen zu sein!«

»Ich habe dich nicht genommen!«

»Ich sagte das nur von mir her,« lächelte sie ihr furchtloses Lächeln. »Und ich ahne, daß Glück nichts ist, was dauern kann!«

Aufrichten wollte er sich; mit aller Gewalt von ihr reißen. Aber ihre Hand, die ihn hielt, war so kindlich unschuldig, und das Auge, das ihn bannte, so voll Glauben und Glanz, daß er sich nicht zu lösen vermochte. »Ich habe dich zweimal geküßt!« stöhnte er in der bittersten Not. »Dich nicht von mir gestoßen, nicht gewarnt vor dem Feuer dieses Kusses! Weil du das Sinnbild meiner Erlösung geworden warst, die Sonne im endlichen Zenith meines Lebens! Und ich war doch Odysseus, der nicht bleiben darf, weil ihn ein ganzes Vaterland erwartet zu Hause! Und entschuldigte mein böses Gewissen vor mir selber mit der trunkenen Freude über das Wunder der Sendung, mit dem großmütigen Wort deines Vaters, – und dir! Und nun ist sie doch da, die vollgemessene Strafe! Laß sie los, meine Hand!« Hart fuhr er auf. »Denn das wirst du nie fassen, nie zu begreifen imstande sein, wie ein Mann lieben – ach, anbeten muß, und *dennoch* heimkehren! Weil es ihn unwiderstehlich . . .«

Blitzschnell machte sie sich frei von ihm. Kein Teil ihres brennenden Menschen noch berührte den seinigen. Und nicht wie das Weib den Mann, nein, wie der erweckte Mensch den erweckten Menschen blickte sie ihn an. »Hast du mich einmal, ein einzigesmal, einen einzigen Augenblick lang – sage! – geliebt?«

Nacht wurde um ihn. Während das Herz raste im Wissen, ritt er im Geiste noch einmal, den Sieg in der Brust, im homerischen Auftakt von Palermo nach Girgenti. Von Girgenti, den Triumph des Geborenseins in jedem preisenden Blutstropfen, durch die Segen der Demeter nach Catania. Von Catania, im fiebrigen Drang der Menschenliebe, die Werk schafft, herüber nach Taormina. Und war jetzt, hier, in diesem Garten zu Taormina, nicht Goethe. sondern nur noch Goethes nie rastendes Herz!

»Ja oder Nein?«

»Ja!« antwortete er wie im Traume. »Alles andere wäre Lüge! Ich weiß nicht, warum der Mann meines Alters anders liebt als der Jüngling. Warum ich noch einmal lieben mußte wie der Jüngling, der glaubt, aber nicht weiß. Ich weiß nur: ich liebe dich, Nausikaa!«

Weiß und starr wie der Marmor ist, ward Nausikaa.

»Dennoch!« Und als ob ihn die Erde zornig ausspie, sprang er auf. »Dennoch! Ich muß gehen! Und du darfst mich nicht halten! Nausikaa: du *darfst* mich nicht binden! *Laß* mich fliehen! Ich *muß* gehen!«

Aber wie der Orkan, der aus der Mitte der unerträglich gespannten Himmel bricht, endlich und nun nicht mehr rückrufbar, brach die Gewißheit des Lebens nun aus dem Herzen Nausikaas. »Und wenn ich dir nur einen Traum eingegeben hätte,« flüsterte sie hingerissen an seiner bebenden Schulter, »nur die sehnsüchtige Wallung eines fliegenden Wunsches, – ich hätte dem Schicksal die Hände geküßt in unendlichem Dank und dich ziehen gelassen mit dem großen Bewußtsein, in diesem Wunsch, diesem Traum mich erfüllt zu haben auf ewig! So aber, weil es so ist,« – und von einem Lächeln ward sie überronnen, das ihr Leib und Seele zu fließendem Schimmer verklärte – »mußt du mir eine Minute noch schenken, eine einzige Minute!«

»Keine einzige Minute! Ich *muß* gehen!«

»Eine einzige Minute!« lachte sie unangefochten, »nur eine einzige, kurze!« Und sein Haupt – besiegt und vergessen lag es in ihrem Schoße. Er ganz, als ob sie mit Rosen ihn gekettet, mit dem Schein des Meeres ihm die Augen geblendet und mit dem Duft der aufwandernden Gärten und Hügel und Berge das letzte Zeichen des Widerstandes betäubt hätte, in ihren Armen. Und als er endlich, weil der Triumph ihres Herzens immer süßer an die Niederlage seines Herzens frohlockte und die Glut ihrer entfesselten Seele immer seliger seine verzauberte küßte, mit Lippen des Jünglings, der zum erstenmal ganz aufgenommen ist, nach den ihrigen schmachtete, gab sie ihm plötzlich, in einer einzigen Umarmung, die ganze Pracht ihres entbundenen Menschen. »Und jetzt gehe! Jetzt ziehe! Jetzt wandre nach Hause!«

»Ich liebe dich! Liebe dich!« flüsterte er ausgelöscht.

»Nein! Jetzt fliehe und pilgre!«

»Ich liebe dich! Liebe dich!«

»Telemach wartet mit verlangenden Ärmlein!«

»Ich liebe dich! Liebe dich!«

»Penelope wartet mit dem Meer ihrer Tränen!«

»Ich liebe dich! Liebe dich!«

»Ithaka wartet! Ein ganzes Vaterland wartet!«

»Nein! Ich liebe dich! Liebe dich.«

»Hassen würdest du nach drei kürzesten Tagen diese brennende Küste, diese bogigen Berge, dieses kosende Meer und die heimlichen Gärten!«

»Nein! Ich liebe dich! Liebe dich!«

»Heimweh würde dich verzehren wie Gift nach drei weiteren Tagen und das Paradies dir zur Hölle verfinstern!«

»Nein! Ich liebe dich! Liebe dich!«

»Und verfluchen würdest du mich in drei weiteren Tagen; Nausikaa verfluchen, die Odysseus hielt!«

»Nein! O nein! Halte mich!« Und mit der Todesangst der Inbrunst, wie sie nur in dem Herzen des Mannes auflodert, den zum erstenmal die Urmacht der Liebe umarmt, hob er das Haupt aus dem Schoße. »Sage mir eines nur, eines nur: liebst du mich?«

»Liebe dich! Liebe dich!«

»Noch einmal! Sag es noch einmal!«

»Liebe dich! Liebe dich!« In dem Feuer der Küsse: »Liebe dich! Liebe dich!« In der Wollust des Haltens: »Wenn du winkst, daß ich dir die Sonne herabhole aus dem Bogen des Himmels . . .«

»Liebe mich! Liebe mich!«

»Meine Mutter, meinen Vater, meine Heimat vergesse . . .«

»Liebe mich! Liebe mich!«

»Täglich neu dich mir wieder erkämpfe aus den Dornen des Schicksals, mit dir emporflattere waghalsig in die Höhen der Schrecken, mit dir hinabstürze ohne Zagen in die Schrecken der Tiefe, mit dir raste, reich oder arm, nördlich oder südlich auf der gemeinsamen Erde . . .« – mit der unwiderstehlichen Gewalt ihrer Liebe umschlang sie ihn, die alle Fesseln in Einem abwirft und der Meduse der Liebe lachend ins Auge blickt – »was du winkst, will ich tun!«

»In grauer Vorzeit . . . ich habe . . .«

»Liebe mich! Liebe mich!« erstickte sie das werdende Wort mit Küssen.

»Ich habe in grauer Vorzeit davon geträumt, daß es möglich sein müßte, auch zwischen Mann und Weib das zu schaffen, was die Erde an jedem neuen Morgen zu verheißen und mit jedem Abend erfüllt zu haben scheint: die Harmonie ihrer Herzen und Geister und Leiber. Und kam an dein Ufer, kaum daß ich zum letztenmal erfahren hatte, daß dieser Traum nur ein Traum ist. Und jetzt reißen mir deine zaubernden Hände diesen Himmel noch einmal auf, noch einmal sehe ich niedersteigen in die ungestillte Brust das umschimmerte Wahnbild dieser ganzen Vermählung, als ob meinem Norden sich zur Hochzeit herüberneigte dein vollendeter Süden, gießt sich die Fülle deines Herzens in den Kelch meines Herzens, *verlangend* noch einmal, voll Glauben und Unschuld, strecke ich die Arme aus und will ihn an mich reißen, an mich retten, bei mir betten, diesen Engel der Liebe . . .«

Und die Sinne entsanken ihm. In dem Wald der Orangen, darin das Frühlicht des Mondes die Lieder der Nachtigallen umarmte, die Schleier der Dämmerung jede Kreatur einschläferten, die von der nüchternen Erde aufseufzte in die süßere Wonne der Himmel, entsank ihm der letzte Gedanke an die Heimat der Pflicht. Als ob sein Vaterland lautlos im Meere für ewig ertränke, die Bilder der Menschen, die ihn bisher geleitet, als Schatten in den Buchten der Gebirge verblaßten, alles Vergangene tot wehte wie der Hauch dieses beendeten Tages, und nichts mehr zu ihm gehörte als der kommende Morgen, dieser aber sie wäre, Nausikaa, die ohne Rest von Geheimnis an seinem Herzen lag, hatte er das Auge geschlossen, die Stirne von den Furchen befreit und die Gestalt von allen Gewichten des Wagens. »Schwöre nicht!« flehte er küssend, »Versprich nichts!« küßte sie flehend, »Trinke die Sekunde, die meine letzte ist!« schlang er versinkend, »Und meine erste!« jauchzte sie hingegeben, »Und wisse es, daß sie von keiner Ewigkeit mehr kann ausgelöscht werden!«

»Niemals, nein! Niemals!«

»Odysseus und Nausikaa, einmal waren sie Eins! Einmal, Nausikaa, –«

Im gleichen Augenblick, wie der Mann, der aufwacht und den Traum abschüttelt, fuhr er empor. »Hörst du, Nausikaa? Hörst du?«

Und, wahrhaftig, links vorne vom Gestade ward das Schiff über die Walzen und Stricke ins Meer geschoben!

»Sie schieben schon das Schiff in das Meer hinaus, das mich hinübertragen soll!« stieß er schaudernd hervor. »Laß mich gehn!«

»Scheide!« lächelte sie nur. »Wandere!«

»Nein!« stammelte er weiß wie der Schnee. »Nicht mehr gehen und ziehen und wandern! Sondern: heim! In die Heimat! Nach Hause!«

Aber sie lächelte auch jetzt nur. »Heimkehr! Ja, freilich! Nach Hause!«

Stöhnend in Schmerz wand er sich: aus dem Wirrsal der schattenhaften Kakteen herab stieg ein Mann. Kannte er diesen Mann nicht? »Ich muß gehn, Nausikaa! Ich *muß* gehn!«

Ohne jede Furcht schmiegte sie sich kosend dem Boden hin. »Du wirst nicht gehn, Odysseus!«

Als ob er versuchen wollte, ob ihm der Leib noch gehorchte, lief er weg von ihr. Kehrte gleich wieder, noch rascher zurück. »Ich *muß* gehn, Nausikaa!«

Lächelnd, ohne die geringste Bangnis, küßte sie die Erde, die ihr die Hochzeit bereitet hatte. »Du kannst nicht mehr gehn, Odysseus!«

»Wenn der Tag wiederkommt,« – zitternd an allen Gliedern sah er nieder auf sie – »da mich graulich der Nebel des Nordens umfängt?«

»Dieser Tag kommt nicht!«

»Und ich einsam verlassen mich der Sonne erinnere im gepeinigten Schlummer?«

»Dieser Tag kommt nicht!«

»Könnt' ich zum Augenblicke sagen,« – gefoltert stampfte er in den Boden – »verweile doch! Du bist so schön! Verweile!« schrie er, daß die Erde erzitterte und das Meer entsetzt aufrauschte. »Verweile!«

Stille aber ward die Erde wieder; und stumm das Meer. Und der Augenblick – er sah es! – dahin schon!

Mit einem Ruck senkte sich seine Gestalt. Hart ward seine Miene. Zu vollem Tode erlosch das Auge. »Lebewohl, Nausikaa!« sagte er ohne Ton.

»Lebewohl, Nausikaa!« wiederholte er, ebenso fremd, weil sie sich nicht rührte.

»Lebewohl, Nausikaa!« Zum drittenmal.

Da, während ihr Leib sich, gerissen, dem Boden jetzt entwurzelte, ward ihr Auge vor seinem Aug Wahnsinn. »Es ist – nicht möglich!«

Ruhig nahm er ihre Hand; zog sie empor. »Lebe wohl, Nausikaa!«

»Es ist – nicht wahr!«

Sanft nahm er sie an seine Brust. »Du ließest mich mein Nest finden. Und mein Nest ist: meine Aufgabe! Sei sie klein oder groß, – wie die Götter es wollen – ich habe sie zu tun! Lebewohl, Nausikaa!«

»Ich will« – jetzt, mit Grauen, sah ihr Auge die Meduse der Liebe! – »ich will dem Schicksal den Saum seines Dornenkleids küssen, wenn es mir nur gewährt, dir die Schuhe zu lösen, wenn du heimkommst, abends, ermüdet . . .«

»Lebewohl, Nausikaa!«

»Nur erlaubt,« – wie aus ertrinkendem Mund brach das Wort, – »wie dein Schatten dir nachzugehen und die Luft, die du atmest . . .«

»Lebewohl, Nausikaa! Es muß sein!«

Als müßte ihr das Herz in der Brust drin zerbrechen wie ein gläsernes, wenn sie es nicht schnell und fest in die Hände nähme, preßte sie die Hand auf das Herz. Und die Lippen, in der letzten Hoffnung ihrer kindlichen Armut, öffneten sich, wollten ein Wort sagen . . .

»Sprich es aus, Nausikaa!«

»Odysseus!« – die Lüfte weinten im Messer dieses Schreies – »sieh: Nausikaa bettelt!«

Das Leben gefror ihm in den Adern. Ganz groß und steif wurde er. Aber den Arm riß er wie eine Waffe vor die Augen. »Lebewohl, Nausikaa!«

»Nein, verlaß mich nicht. Du!!« Hatten jemals Menschenhände sich so verzweifelt in den Himmel gehoben? Eine blutende Wunde sich so purpurrot aufgetan vor der Erde und um Gnade gerungen? Eine Stimme so am Rande des Irrsinns die leichtrollenden Wasser verdammt? »Nein! Verlaß mich nicht! Laß mich nicht! Odysseus!!«

Aber Odysseus, – Odysseus war da schon draußen im Pfad in den Steinen gelandet. »Es ist gelungen!« rief ihm Kniep schon von weitem entgegen und ließ das Blatt in der plötzlich raschen Luft flattern; »und sogar noch keines so gut wie dieses. Sehen Sie!« Sogleich, mit herrischen Fingern, holte Goethe das Blatt aus dem Winde; aber sah es nicht an. Erst in der Herberge, nach dem unerbittlich stummen Heimgang, unter der schwelenden Lampe, entrollte er es. Behutsam, wie es seine Art war. »Hm«, machte er dreimal, viermal. Das Blatt sei wahrhaftig reiner, treuer und geschlossener als jedes bisherige. »Es wird mich« – peinlich genau rollte er es wieder zusammen – »bis an mein Lebensende an eine bedeutende Stunde erinnern!«

»Finden Sie nicht auch, daß die Linie dieses Meeres die Linien dieser Berge geradezu bedingt, und umgekehrt?«

Aber nun hatte Goethe den Blick starr in die Lampe gehängt. »Natürlich,« sagte er endlich. Erhob sich. »Gute Nacht!« Nahm die Rolle, nickte, und ging aus der Tür.

»Schliefen Sie schlecht?« wagte Kniep am Morgen nach langem, verbissenem Zögern zu fragen; sie ritten aus der Stadt hinaus in der Richtung Messina.

»Ausgezeichnet.«

»Oder – war's etwa der fünfte Akt?«

»Der fünfte Akt?« Und schon bäumte sich das Maultier wie ein Araberhengst auf. Aus dem Tor, an dem die zwei Reiter soeben vorbeireiten wollten, stürzte ein Mann hervor, riß beide Arme wie Schwerter in die Luft und schrie mit einer Stimme, wie sie grauenhafter noch niemals vernommen worden war, in das Tor des gegenüberliegenden Hauses hinein: »Sie hat sich ins Meer gestürzt! Sie ist tot!« Im Nu das Volk in der Gasse, an den Fenstern, in den Torbögen. Des Mannes Gesicht aber, wie er die schaurige Wirkung seines Schreis in diesen zauberhaft wachsenden Mienen sah, ward weiß wie Kalk, seine Kleider fetzenhaft dunkel wie Gewitternacht. Unwillkürlich riß er den Degen aus der Scheide, drängte den rollenden Haufen zurück, stieß wieder gegen ihn vor, wiederholte seinen Ruf, als ob er sich seines Sinns erst jetzt recht bewußt würde, von Sekunde zu Sekunde deutlicher, zwingender. Eilte endlich, von der noch ratlosen Menge umbrandet, in den Flur des Hauses hinein, und kam nach einer halben Minute mit zwei Männern in die Gasse zurück. »Sie muß es vom Gärtchen aus getan haben!« heulte er, keinen menschlichen Zug mehr im Antlitz. »Nein!« beteuerte der ältere der zwei Männer, dessen Beine irr schlotterten, »sie ist nicht aus dem Hause gekommen!« – »Bleibe ruhig, Tommaso!« besänftigte diesen der dritte, ein hochgewachsener Mann im Priesterkleide, das schwarze Käppchen auf den eisgrauen Locken, »wir wollen erst hinabgehen und hören!« – »Es ist nichts mehr zu hören!« schrie der Verzweifelte, der die Botschaft gebracht hatte, – in derselben Sekunde krachte der eingeangelte zweite Flügel des Tors wie unter einem Beilhieb, zum zweitenmal bäumte sich das Maultier auf; dieser Mann, der sich das Hemd auf der Brust aufriß, war Prandini!

»Wer hat sich ins Meer gestürzt?« fragte atemlos Kniep, drängte gestachelt sein Tier an das besessene heran. »Sagen Sie! Reden Sie!«

Aber der Reiter über dem häßlich aufwiehernden Grauscheck schien tot; aus dem Strudel der molowärts drängenden Menge blickte ihm, leicht über alle jagenden Köpfe gewachsen, das Auge des Priesters ins Auge.

»Wer ist der Mann, der so unverwandt . . .?«

»Der fünfte Akt!« stammelte, ohne sich rühren zu können, der vom Auge Durchbohrte.

»Aber *wer* hat sich ins Meer gestürzt? Ich verstehe nicht! Erklären Sie!«

»Der fünfte Akt!« lallte der Verhexte und machte mit einem Spornstich Kehrtum.

»Wohin wollen Sie? Um Gotteswillen, was ist nur?«

»Der fünfte Akt!« hauchte der Marmorne und spornte zum zweitenmal. Der Weg mit der Menge, durch die Menge, dieser Weg war gesperrt. Aber es gab einen zweiten: zurück durch die Stadt, über die Hügel hinab, an die Mole. Den ritt er. Kniep fluchend ihm nach. Als sie nach gieriger Hetzjagd über Mauerbrocken, Gräben, Buckel, Felder und Gärten an die Mole hinabkamen, schaukelte ein schwarzes Schiff auf der wütenden Woge vor den Quadern. »Was sollen wir denn unten?« schrie Kniep dem schnell Abspringenden nach. »Bleiben Sie doch sitzen, wir sehen besser von oben!« Aber der andere war nicht mehr zu halten; schon unten im Pflaster. Wie von Feuer entbrannte sein Antlitz, hoch auf wuchs die Gestalt, als er durch die Stauflut der Menschen hinabstieg an die Lockung des Schiffes. Riesenhaft – toll wehte der Wind in seinem pechschwarzen Mantel – stand der Priester am Buge; in den Armen die tote Nausikaa. Wimmernd vor den Strähnen des Wassers, das wie tropfendes Blut niederquoll aus den gewebten Falten des Gewandes, der Vater und die Freier. »Da ist er!« Ein Riß durch die Dreie, und wie ein Tiger sprang der Verzweifeltste von ihnen auf aus dem Kauern und auf den Mann zu, der kühn übers schaukelnde Brett in das Schiff hereinschritt. »Da ist er! Der ist es!«

Mit festem Tritt stieg der Fremde ins purpurne Nest. »Ja! Da bin ich!«

In unheimliches Rollen geriet das irrsinnige Auge des Vaters. Die Finger spannte knackend Prandini zum Griff. Die Backenknochen zerrissen zuseiten der gefletschten Zähne Castros Gesicht in zwei Hälften von Todhaß.

Warum aber, plötzlich, während das Schiff zu tanzen aufhörte und wie Erde lag, reglos, einten sich diese Hälften wieder zur früheren Miene? Lösten die Finger der Hand sich, die erwürgen wollten? Und erlosch in zornlose Ergebung das Auge des Vaters?

Getaucht in das Eis einer Trauer, die hinnimmt den Würfel der Schuld und des Schicksals, nahm der Fremde den brennenden Blick von den Männern. »Da bin ich!« wiederholte er laut.

Keiner sprach. Keiner fragte. Jeder nur, stumm, bog den gebrochenen Nacken.

»Da bin ich!« sagte der Fremde zum drittenmal.

»Und da sie!« antwortete Don Carlo, dem der Wind toll wehte im pechschwarzen Mantel, und durchbohrte zum zweitenmal mit dem Auge den Abgrund des Auges. »Deine Befreierin!«

Als ob ihn die letzte Kraft verließe, begann der Fremde zu taumeln. Mit aller Gewalt griff er nach der Planke der Brüstung. Im nächsten Augenblick, wie ein Kind, kniete er schluchzend zu den Füßen der Toten.

»Nein!« Herrisch wehrte Don Carlo ab. Mit großmächtigen Armen schlug er den Mantel zwischen ihm und dem Fremden um den triefenden Leichnam. »Jetzt gehe! Dein Vaterland wartet!«

»Gehe jetzt!« rief er zum zweitenmal, drohend, als der Fremde weiß ward wie Leichnam. »Dein Vaterland wartet!«

»Was war?« fragte flüsternd Kniep auf dem Maultier, als er den Starren durch die steinerne Menge zurückkommen sah und sein Tier suchen. »Was war nur?«

»Sagen Sie doch, Herr Geheimerat!« fragte er zum zehntenmal wieder, als sie lange schon draußen auf den Felsen der Küste messinawärts trabten und das Meer seine Wut mit brüllender Woge über sie hinwarf. »Was war auf dem Schiffe?«

»Es ist immer dasselbe Geheimnis,« antwortete Goethe ohne Stimme, »obgleich es das höchste ist! Eine Seele wird geboren, und die andere muß sterben dafür! Ohne Opfer kein Siegen! Ohne Siegen kein Opfer!«

»Aber – wer ward denn geboren?« stotterte hilflos der Blinde.

»Wenn mich jetzt der Orkan an die Klippe da wirft und zu Brei zerschmettert dieses betende Hirn,« – weh lächelte der Sieger hinaus übers Meer, das Nausikaa getrunken hatte und ihn erdwärts geleitete – »ich würde Klippe und Orkan segnen mit dem göttlichen Bewußtsein: einmal mitten drinnen gewesen zu sein im Glück – *ohne* den bitteren Gedanken: es nicht verdient zu haben!«

Völlig wirr schüttelte Kniep seinen Kopf. »Aber – es ist Ihnen doch niemand gestorben?«

»Kinder, ihr!« lächelte der sprengende Reiter im Meergischt und langte bedürftig nach der nichtsahnenden Hand. »Was ist Wahrheit? Was Dichtung? Der Dichtung Schleier aus der Hand der Wahrheit aber: mein geborenes Leben! – Nein! Nicht rechts da, mein Lieber! Durch die Schlucht und die Felsen! Mitten durch geht der Weg!«

Achtes Buch

Schleier

Der herzoglich weimarische Konzertmeister Krantz, seit
einigen Tagen in Rom auf Urlaub, saß neben Goethen in
Tischbeins Studio. Er hatte vorgestern abend angeklopft; da
war Seine Exzellenz in San Paolo fuori gewesen. Er hatte
sodann, im Seidengewand, gestern mittags seine Aufwartung gemacht; da befand sich Seine Exzellenz in der Villa
Madama. Hierauf hatte der Herr Konzertmeister noch am
späten Abend submissest anfragen lassen, ob und wann er
vom Herrn Staatsminister von Goethe, – dem er übrigens
Briefe zu überbringen habe – angenommen werden würde.
Und nun saß er da. Auf einer Kiste. Gewiß: auch er, der
Herr Kapellmeister Krantz, fühlte sich in Rom anders, denn
in Weimar. Aber, um Gotteswillen, was war mit dem
Manne geschehen, der auf dem Drehsessel vor der Staffelei
hockte und wütend an einem Landschaftchen pinselte? Das
Gesicht braun wie das eines Bauernjungen aus der Cam-
pagna. Die Lippen geradezu schadenfroh lüstern geöffnet.
Das Auge Ausbund von Übermut. Die Gestalt in sorgloser
Lässigkeit gelöst. Die Kleider, gewiß peinlich wie immer
gebürstet, aber . . .

»Ich meine nämlich, sozusagen,« wagte Herr Krantz endlich auszufallen, – brach aber auch schon wieder ab. Durfte
er überhaupt anfangen, oder durfte er nicht anfangen? Als
jedoch, nach einer ewigen Pause, Herr von Goethe, den
Blick gierig auf der halbuntermalten Landschaft, mit gütigem Mund sagte: »Nun?«, wollte Herr Krantz sich – einmal
mußte es ja sein! – nicht mehr halten lassen. Im Ton des
gewissenhaften Berichterstatters begann er denn eine
Chronik aller Weimarer Ereignisse, politischer, höfischer,
gesellschaftlicher zu geben, die seit Seiner Exzellenz Abre-
ise nach Italien vorgefallen waren. Hatte aber kaum ordent-

lich Atem dazu genommen, als die grelle Fassade eines Palastes, die durch die festverschlossenen Fenster hereinstach, die wohlabgemessene Rede ganz einfach erstach. Ja, das ist ein römischer Palast, sagte sich Herr Krantz und hob die Linke vom Degengriff an die Schläfenlöckchen. Ich bin in Rom. Wohl! Versuchte daraufhin, mit einem Ruck, den er der Kiste gab, die mißlungene Rede in Klatsch umzubiegen. »Der zweite Stock Fürstenhaus verträgt sich mit dem ersten noch immer so so. Und Wieland . . . . .«

Da prasselte von der Straße empor ein so ohrenbetäubendes Geschrei aus so viel hunderttausend römischen Kehlen, daß auch diese zweite Rede ohne weiteres erstarb.

»Bleiben Sie nur!« lachte Goethe gemütlich, weil Herr Krantz entsetzt aufgefahren war. »Es sind ihrer höchstens acht bis zehn. Sie haben einen Ziegendieb erwischt oder einen `bajocco` im Pflaster gefunden.«

Wirr setzte sich Herr Krantz auf die Kiste zurück. Du bist in Rom! mahnte er sich zum zweitenmal. Ein fremdes Volk lebt sich zu deinen Füßen aus. Das Vergnügen, zu dem du herabkamst, scheint also eher zur Aufgabe zu werden? Und unbehaglich ward ihm. »Jawohl: Wieland, sagt man, trinke seit Neustem. Schnaps sogar! Und Herders Karoline, – nein! Zuerst das Skandälchen von den zwei Kammerfräuleins und . . .«

»Wem?«

Ah! Befriedigt hob sich Herrn Krantzens Gesicht. »Herders Karoline scheint ein Kind zu kriegen. Von der Gräfin Werthern-Bäuchlingen – Bäuchlingen! – erzählt man sich, ... Ja! Und Herr Hofrat Schiller! Herr Hofrat Schiller strebt auf Weimar zu! Mit Elan! Haben Exzellenz von seinem »Dom Carlos« schon gehört? Man sagt . . .«

»Was sagt man?«

Hilflos legte Herr Krantz sein Gesicht, das weder beschränkt noch leicht zu verblüffen war, nach rechts ins Jabot hinab. Und antwortete mit der dritten Rede. Seine Durchlaucht, der Herr Herzog, habe sich, nachdem Ihre Durchlaucht, die Frau Herzogin, ins Sommerbad gereist waren, zum Ausschußtage nach Eisenach begeben; sich dabei aber derart ennuyiert, wenn nicht gar empört, daß Er, wie es nachher ruchbar geworden, in einem Briefe an den Grafen Goertz . . .

»Lebt der auch noch immer?«

Jetzt wußte sich Herr Krantz nicht mehr zu helfen. »Exzellenz werden begreifen,« stammelte er, ausgeblasen von diesem unbegreiflichen Maler, der in sträflicher Heiterkeit weiterpinselte, »daß ein Mann, der sozusagen unmittelbar aus Deutschland nach Rom kommt, . . .«

»Allerdings!« Kühn strich Goethe das Joch einer Brücke, das verzeichnet war, mit einem trüben Sepiaton an. »Sogar sehr gut verstehe ich das!«

»Ich trage daher noch Weimarer Erde an den Sohlen und Weimarer Dunst im Auge. Also lieber gleich mit der Tür ins Haus, Exzellenz!« Und tollkühn begannen die Äuglein zu blitzen. »Ist es wahr, was sich Weimar erzählt? Daß Exzellenz nicht mehr zurückkehren wollen?«

Als ob er nicht gehört hätte, strich Goethe zwei Bäume mit einer düstergrünen Tinte an. Eindringlich. Ein Tropfen Farbe spritzte daneben, in den Himmel hinein. Sogleich nahm er das Löschblatt, trocknete die Überfläche ab, setzte den Finger darauf, wischte die schönste Weile lang mit dem Ballen den Fleck.

Endlich sagte er: »Sagen Sie mir, Krantz: wieviele Geliebte habe ich hier in Rom? In Weimar nämlich.«

Steif wurde Herr Krantz.

»Fortgegangen aus Weimar bin ich natürlich nur deshalb,« – nun kam das Wasser unter der Brücke dran – »weil ich silberne Löffel gestohlen habe? Nicht?«

»Ich *mußte* fortgehen, weil ich in meinem Größenwahn mich Ihrer Durchlaucht, der Herzogin, zu nähern versucht habe? Nicht?«

»Ich habe« – urvergnügt, weil Krantzens Gesicht alle Farben bekam, ward der Himmel mit einem glanzlosen Ultramarin gestrichen – »ich habe eine haarsträubende Unordnung in meinen Geschäften zurückgelassen, und es ist eine meiner zahlreichen Gaunereien, daß ich hier in Müßiggang und Wollust mein Gehalt weiterbeziehe, indes sich die Herren Kammerräte in Weimar für mich den Schweiß aus den Knochen schinden? Nicht?«

»Exzellenz!« Wie von einer Pfanne voll feuriger Kohlen sprang Krantz auf. »Es ist mir in meinem ganzen Leben noch nicht vorgekommen . . . .«

»Kräntzchen!« Geradezu gerührt klang's. »Und hier in Rom fröne ich Lappalien, bin frère et cochon mit schmierigen Bohemiens und verliere die Ideale, die mir Weimar eingetrichtert hat? Nicht? So genieren Sie sich doch nicht und schießen Sie doch endlich los, Mensch!«

Aber der aus allen Konzepten gerissene Mensch trat nur an die Staffelei heran und sagte mit der Miene eines Predigers, der das verlorene Schäfchen zurückzuholen begehrt: »Ganz Weimar, jeder Mensch in Weimar, vom Grafen Goertz unten angefangen bis herauf zu Ihrer Durchlaucht, der Frau Herzogin Mutter,« – mit tränenerstickter Stimme sagte er es –: »der Herr Herzog, die Frau Herzogin, Herr Herder, Frau Herder, Herr von Knebel, der Prinz von Gotha, die Herren Professoren in Jena, der Herr Geheimerat Voigt, Herr von Einsiedel, – *alle*, Exzellenz, ich kann nur sagen: alle, es ist eine einzige Stimme in ganz Weimar . . .«

»Was für eine Stimme?«

Nein, sagte sich der Herr Konzertmeister, als ihm dies fast rohe Lachen in die Rippen fuhr, ich verstehe nichts von Malerei, ich bin ein Musikante. Aber dieses Bildchen heißt nichts! Es könnte geradesogut die Brücke im Park über die Ilm darstellen, wenn diese Brücke nicht ein Holzsteg, sondern eine Steinbrücke wäre. Und wäre auch dann miserabel. »Der kleine Herr Baron, zum Beispiel . . .«

»Was für ein Baron?«

»Ich wollte nur andeuten . . .« Aber im Augenblick darauf wollte Herr Krantz nichts mehr andeuten. Ohnmächtig floh sein Auge in die Dinge des Raumes. Ja! Wenn man sich in diesem Chaos nur zurechtfinden, aus diesem Chaos dasjenige Ding nur herausfinden könnte, das die gegenwärtige Seele des Herrn von Goethe deutlich offenbarte! Ich bin in Rom! sagte sich Herr Krantz zum drittenmal vor. Bei Goethe in Rom! Kraut sich nicht seit einem Jahre ganz Weimar die Ohren über den Sinn dieser drei magischen Worte: Goethe in Rom? Also: pack zu! Greife ihn an! Enthülle ihn! »Ich meinte nur,« begann er daher nach ungeheurer innerer Anstrengung von neuem, – aber auch diesmal ward ihm der Mut fortzufahren einfach geköpft. Dieser Mann malt jetzt ja Landschaften. Hat mit Herrn Hackert, kaum zurück aus Sizilien, vierzehn Tage lang irgendwo da draußen gezeichnet. Zeichnet allabendlich bei Herrn Verschaffelt. Redet allmorgendlich mit Herrn Trippel vom Zeichnen. Läuft mit Frau Kaufmann zum hundertstenmal in die Galerien, um dem Poussin seine Tricks abzugucken. Streitet mit Herrn Reiffenstein über die Farben. Hat neulich eine schlaflose Nacht wegen eines Kolorits zugebracht. »Ich habe Herrn Schütz,« sagte er nun, zum letzten Versuch entschlossen, »wie er sich mir gestern vorzustellen die Güte hatte, gar nicht glauben wollen, als er mir erzählte, Exzellenz seien von der Dichtkunst ganz und gar abgekommen und zur bildenden hinübergewandert.«

»Bin ich zur bildenden hinübergewandert?«

Ratlos rüttelte sich Herr Krantz. »Ich begreife, natürlich! In einem Lande, wo, wie ich ahne,« – nun lächelte er fast trunken – »dem Komponisten jeder Stein eine Melodie tönen, etwas zum Komponieren einflüstern wird, mag der Dichter vor allem überall nur Bilder sehen, Phantasien von Linien, Formen, Farben, ... Visionen, Träume . . . . .« Nein! So ging es auch nicht! Als ob er sich zu Tode schämte, in eine Diktion verfallen zu sein, die zu seiner Simplizität nicht paßte, steckte er das Gesicht hinter den Fächer der linken Hand. Hob es, noch verlegener, gleich wieder daraus empor, reckte den rechten Arm nach dem schattenlos leuchtenden Gipskopf im Blauweiß der Wand hin und stotterte: »Wer ist das?«

»Zeus.«

»Und der da?«

»Hermes.«

»Und die da?«

Mit strömendem Glückston: »Hera. Weib. Meine Göttin!«

Verdonnert schüttelte Herr Krantz das Haupt. Er zählte im ganzen eilf Bildnisse. Sie sagten ihm nichts. Sie standen wie zufällig verstreute Gedanken einer Seele, zu der nicht fand, ringsumher auf Böcken, die Kreide, Kohle, graues Papier, Weißholzrahmen, Lehmballen und Farbennäpfe trugen. Auf Postamentchen, die von Volkmanns, Winckelmanns und Mengsens Werken gebildet waren. Auf Tischchen, die mit Lappen, Reißstiften, Tuschefläschchen, Skizzenbüchern, Ölkrüglein, Lämpchen und Tonscherben über und über bedeckt waren. An den Wänden, in einer Reihenfolge, deren Gesetz Herrn Krantzens Auge nicht erriet, hingen an die dreißig Blätter mit orangeroten oder seideblauen oder ultravioletten Himmeln, flächigen Gebirgskulissen, aufgeregt blitzenden oder tafelglatt grauen oder purpurrot unwahren Meeren. Zwischen den Fenstern stand, in die Höhe wachsend, eine Rolle von Stichen, deren letzte Schicht sich vom festen Leib so losgerissen hatte, daß das Auge spannenlangen Einblick in ein Wirrsal von rein gerissenen Linien genoß. Auf der Erde, unweit von den Füßen des Drehsessels, lag ein großer Plan von Rom. Über ihm, auf einem Taburett, stand angelehnt an einen Teller mit hellgrünen Feigen ein gelbes Gipsviereck, das die scheußlichste Gorgo zeigte. »Lionardo« las Herr Krantz mit Anstrengung auf dem Rücken eines Folianten, der im Fensterbrett lag. Und als er den ermatteten Blick von dieser Sammlung unenträtselbarer Fremdheiten hob, erblickte er – das Ölbild eines nackten, wahrhaftig sehr nackten Weibes!

»Sie wissen es wohl nicht, Herr Geheimerat,« stieß er nun hoffnungslos hervor, »und werden es aus allen Briefen, die von Weimar einlangen, nicht lesen können, wie man sich zu Hause den Kopf darüber zerfrägt: warum Sie gegangen sind, was Sie hier so lange treiben, und warum Sie nicht zurückkommen? Nicht nur encanailliert ist Weimar, seitdem Sie fort sind, sondern aus den Fugen geraten! Der Herzog: Fürstenbund, und nichts anderes mehr. Die Frau Herzogin hat ihn weniger, als je früher. Die Gesellschaft bei Hofe verblödet. Die Herzogin Mutter will nach Italien. Herder will nach Italien. Dalberg will nach Italien. Wer aber nicht reisen, Ihnen nachreisen kann, den treibt es in die Niederungen seines Temperaments zurück, weil dieses Temperament ohne Ihr Beispiel eben nicht hochbleiben kann. Ich habe erst neulich mit dem Herrn Baron Fritz von Stein gesprochen . . .«

»Fritz!« rief Goethe mit gewaltiger Stimme in die Tür hinter seinem Sessel hinein.

Herrn Krantz stockte der Atem. Was hieß das? »Seien Sie, *bitte*, Exzellenz, um Gotteswillen nicht böse darüber, daß ich es wage, hievon zu reden!« Die Arme, bettelnd, breitete Herr Krantz aus, armseliges Pathos hob seine Stimme. »Ich bringe Ihnen ja einen Strauß, einen Riesenstrauß von Grüßen! Eine Ladung von Fragen, Zweifeln, Besorgnissen, – Sehnsucht! Man hat gehofft, Sie würden, Sizilien durchreist, im Juni, spätestens im Juli . . .«

»Fritz!« rief Goethe zum zweitenmal, noch gewaltiger, in die Tür hinter seinem Sessel hinein.

Zum Flüsterton sank Krantzens Stimme. »Herr Fritz kam mir wie ein verlassenes Vögelchen vor. Selbst sein Anzug war nicht adrett. Er stammelte; brachte nichts Rechtes hervor. Als ich ihm sagte, ich reise hieher, flammte sein Auge in einer Wehmut, in einer Trauer, ...« – jetzt hab ich ihn! fuhr es wie der Blitz durch Herrn Krantzens Hirn, waghalsig glitt die Hand an die Kiste, um sie näher an den Drehsessel heranzurücken – »in einer Passion, sage ich Ihnen, auf, – mein Gott! dachte ich mir: der Vater beschäftigt im Amte, die Mutter in Kochberg, – sie ist leidend, man sah sie im Winter fast niemals bei Hofe, Herr Herder, mir jüngst begegnend, hatte die Güte, mir anzuvertrauen, daß ein neuralgisches Leiden . . .«

»Die Arme! Noch immer?« Fast herausfordernd, mit trotzig voll offenem Blick, maß Goethe vom Bild weg den Redner. »Wie ich das beklage! Es ist mir so wohlbekannt, daß Frau von Stein wenige gesunde Tage im Jahr genießt. Das macht dieses elende Klima von Weimar. Die Leute da oben wissen ja gar nicht, daß es auf der Welt auch einen Platz gibt, auf dem man nicht ewig Zahnweh und Reißen hat. Sahen Sie etwa« – mit einem Satz war er vom Sessel herunten, im Nu folgte Krantz – »sahen Sie etwa jüngst Frau von Stein?«

Als ob der Boden unter ihm ins Schaukeln geraten wäre, antwortete Krantz mit völlig zerbrochener Stimme: »Einen Tag, ehe ich reiste. Bei Frau Herder.«

»Und? Wie sah sie aus?«

»Sehr verändert. Gealtert . . .« Entsetzt fuhr der Konzertmeister auf. Weiß ward sein Gesicht. »Das heißt, ich wollte sagen, . . .«

»Fritz!« rief Goethe mit unerträglich lauter Stimme und drückte blitzschnell die Klinke der Tür hinter seinem Sessel auf. »Fritz!«

»Mißverstehen Sie nicht, Exzellenz!« Die Hände rang Herr Krantz. »Ich wollte sagen: leidende Menschen, insbesondere leidende Frauen . . .« Da ließ er die Arme sinken. Ein Wirbelwind hatte die Tür aufgestoßen und wie eine lichterloh brennende Fackel stürzte ein Bursche herein. »Was rufen Sie denn mich? Wir rufen seit einer halben Stunde ja Sie! Das Fuhrwerk ist unten und alle schon droben! Schnell! Avanti! Prestissimo! Wir versäumen ja die prächtigste Stimmung!«

»Das ist Fritz!« stellte Goethe, den Arm um Bury geworfen, vor. »Ein grandioser Künstler, und noch grandioserer« – jäh, inbrünstig küßte er Bury – »Liebling.«

»Ich habe,« würgte Krantz, mitleidlos in die Türe zurückgedrängt, hervor, »diesen Bund Briefe da Euer Exzellenz abzuliefern. Der oberste von allen dürfte, mein' ich, von Frau von Stein . . . . .«

»Lieber Krantz!« Fröhlich nahm ihm Goethe die Briefe aus der Hand; fröhlich warf er sie auf das nächstbeste Tischchen. »Sie machen uns heut abend ein bißchen Musik? Was? Und wir kredenzen Ihnen dafür soviel vino da Castello, daß Ihnen ganz Deutschland in dieser Nacht wie ein Berg von der Seele fällt? Recht so?«

»Ganz Deutschland, Ihr alle, und alles;« schrieb Krantz eine Stunde später mit jammernder Feder von seiner Herberge an der Ripetta aus nach Norden, »ist ihm von der Seele gefallen! Er weiß nichts mehr! Hat alles vergessen! Ist uns völlig verloren!«

»Dieser Krantz,« sagte Goethe hingegen, als das Gefährte weit überm ponte Molle draußen in den Sonnenbrand des wolkenlosen Mittags hineinfuhr, »ist eine biedere Seele. Ihr müsset gut zu ihm sein! Wisset doch, wie uns Deutsche die panische Furcht anweht, sobald wir das Rathaus der Heimatstadt nicht mehr erblicken. Wir sind so.«

»*Sie* nämlich!« jauchzte Bury, die Hand verliebt in der Goethes. »*Sie* sind so!«

»Der Frechdachs!«

»Seien *Sie* Alkibiades und lassen Sokratem drei Monate lang in Sizilien bleiben! Jetzt, da ich Sie wieder habe,« – kein Kind konnte eigensinniger aufbegehren als Bury – »nicht einen Schritt mehr lasse ich Sie fort von mir!«

»Er ist besoffen von unlauterer Liebe, Herr Geheimerat,« knurrte Schütz und klopfte den Ranzen, den er sorglich zwischen den Knieen hielt. »Sollen wir ihm nicht mit einem Rebhuhn das Maul stopfen? Er wird sonst zu üppig.«

»Sorakte!« erklärte in seiner einsilbigen Weise Meyer; wies mit der Hand, als ob sie den Kontur gleich in der Luft nachreißen wollte, nach dem links nahekommenden Berge.

»Ist er eigentlich blau oder rot?« Mit halb zugekniffenem Auge, ängstlich, schaute Goethe. Der Berg hob sich als schräg ragendes Dreieck vor dem gleißenden Westhorizont in den Feuerregen des Himmels. In fleischfarbener, schneeloser Nacktheit starrte die Kahlheit der Felsen.

»Ich würde etwas Karmin mit Neutraltinte mischen,« meinte Meyer nach langer Prüfung.

»Und die schattenlosen Flanken?« höhnte Schütz.

»Und der Gegensatz zur umstreichelnden Luft?« stimmte Goethe lebhaft zu.

»Und Nausikaa?« platzte unverschämt Bury drein. »Das Nest, das schon gefunden ist?«

Schütz sah nur, wie der Mann neben ihm verzerrt aufzuckte. »Ganz richtig!« beteuerte er grimmig. »Der Sommer? Die Hitze? Das Flimmern? Die Betäubung? Das macht Hackert mit Neutraltinte und Karmin, und bekommt Leichname heraus!«

»Vielleicht – anstatt Neutraltinte Preußisch-Blau?« riet aufs Bedächtigste Meyer.

»Es ist zum Irrsinnigwerden!« Zappelig riß sich Goethe von Bury los. »Da glaubt man: jetzt hab ich's. Und hat es erst recht nicht! Wir machten das nur die Alten? Meyer!«

Aber Meyer, mit seiner ruhigsten Stimme, antwortete: »Da ist der Weg, den ich zu führen vorhabe. Ferma, Gigi!« Und da, als sie nun ausstiegen und in den Weg hineintraten, erblickte Goethe Moritzens Auge. Schnell nahm er ihn an die Seite. Aber aufgeregt begann nun Bury zu singen, zu tänzeln, zu fragen; tausend Fragen; immerfort an Goethes Ärmel. Hinten, ebensolang, als Bury dies Manöver, das Moritzen von Goethen wegbeißen sollte, fortsetzte, stritten Meyer und Schütz. Schütz, dem der Ranzen den Schweiß auspreßte, wollte, daß man sich niederlasse und endlich frühstücke. Meyer beharrte eisern: »Sobald das Motiv gefunden ist!« – »Welches Motiv, zum Teufel?« – »Das Motiv des Lebens anstatt des Lebens selber!« grinste Bury zurück. – »Ich pfeife auf Motive! Überall ist ein Motiv!« – »Aber man wählt das bedeutendste!« – »Vernunftkunst!« – Gleich darauf aber, unvermittelt, sprachen sie wieder wie Brüder. Wie Gleichgültige. Sanft, ohne Erregung. Ebenso plötzlich jedoch von neuem klang Stich gegen Hieb, Wut gegen Trotz. Geduldig lächelnd hörte Goethe. Gespannt aber behielt er Moritzens Miene dabei im Auge. Moritz hatte bis nun geschwiegen. Aber mit einem Schlag schwiegen auch die andern. Eine Kirchenglocke hatte aus der Ferne geläutet. Mit unheimlicher Plötzlichkeit, wie in Staub zerpulvert vom Hammer des siegenden Mittags, schwieg sie. Und nun schien es, als ob der grasige Weg mitten zwischen zwei sengenden Fernen liefe, traumundeutlich und schwankend. Zügellos begann sich die Tiefe des fast weißen Himmels über der zauberhaft verwandelten Landschaft aufzuspannen. Im Dampf der Glutwelle, die sich jäh emporwälzte, versanken die Sabinerberge, alle Existenzen zusammenschmelzend wogte die Flamme des Südens auf, wie ein erschreckend stiller Urwald von flimmernden Brandsäulen raste der Westen. Unwirklich aber wälzte sich der Tiber durch den Rausch dieser Orgie. Hügel, deren Bögen sich immer wieder auflösten, tauchten zu seiner Rechten auf; bald dämonisch nahe, bald phantastisch ferne die Riffe des Sorakte zu seiner Linken. Während die Weideteppiche, Altwässer, Eukalyptusgruppen, Hütten, Herden, Sandbänke der Erdflur in magischer Bewegung unter den Füßen der Verblüfften hinwegrollten und rollend mit der völligen Unbestimmbarkeit ihrer Farben und Formen ihre Augen behexten. »Moritz,« rief Goethe, wie aus dem Bewußtsein, Fieber über den Leib rieseln zu fühlen, »nun erzählen Sie uns von Demeter! Hier ist Raum für Demeter!«

»Nein!« stampfte Bury in den Boden – es war allen Wohltat, zu erkennen, daß ein Menschenfuß noch in den Boden stampfen konnte – »nicht von Demeter! Von Eros!«

»Triptolemos,« wollte Moritz gerade beginnen, – da erschien ein eigenartiges Glänzen auf seinem Gesichte. »Pan!« rief er durch die schnell gehöhlten Hände in den Hang der Steineichen hinauf, die mit wahnhaftem Atem zwischen schillernder Weide und flackerndem Himmel schaukelten. »Pan! Pan! Wo bist du?«

»Wo bist du?« kam schnippisch ein Echo zurück.

»Komm herab, Pan!« rief Moritz noch verwegener. »Zeige dich uns Verwirrten! Wir erwarten dich! Komm herab, Pan!«

»Komm herab, Pan!« spottete das Echo. Und als ob ein Blitz niedergefahren wäre, stoben die fünf Männer auseinander. Ein wildes Gebrülle, das die wellende Luft wie mit Peitschenschlägen zum Wüstenwind anwehte, stieß aus dem Schilfrohr vor ihnen. »Komm herab, Pan!« wiederholte wie aus auf ewig versunkenem Altertum das Echo, in tausend Rohren gebrochen kreischte das Schilf, mit tollem Beben ertönte die Erde; und, Glotzauge über den brennroten Dampfnüstern, sprang der Büffel aus der Fessel des Schlamms. »Weicht nach links aus!« rief Goethe, »Nimm deinen Knüppel, Bursche!« schrie Schütz Bury an, »und hau zu!«, der eine sprang rechts aus, der andere lief den Weg weiter, der dritte umklammerte in bewußtloser Drehung den nächstbesten Baum, – da: Trompetenstoß, und mit wütend geducktem Schädel, die Gabelhörner wie Säbel der Luft entgegengeschleudert, stürzte das Tier durch die letzten Schäfte, erreichte die Flur, schüttelte den Schlamm vom Riesenleib und brach in gestreckter Hatz nun talaus.

»Es war natürlich Pan!« lachte Schütz – befreit atmeten sie auf – und ließ sich, daß die Erde dröhnte, ins Gras niederfallen. »Aber auch wenn man mir jetzt die zehn Rappen des Prinzen Colonna vorspannt, ich bleibe da sitzen und frühstücke.«

Als ob sie aus einem Traum erwachten, wortlos, sahen sich die Vier an.

»Herr Geheimerat,« lockte Schütz tückisch aus der Tiefe, er löste bereits kunstfertig die Schnüre des Ränzleins, »vorerst ein leckeres Sardinchen aus Ostia? Oder von der Zunge des Rindviehs von Paestum?« Und mit wollüstig gekniffenem Auge blinzelte er: »Den Büffel können Sie ja doch nimmer zeichnen!«

Eigentümlich bleichen Gesichts und eckig trat Goethe von Bury weg und legte dem Gierigen die Hand auf die Schulter. »Steh auf! Oder frühstücke allein! Es ist noch nicht Zeit!«

»Wann – wird es denn Zeit sein?«

»Es ist noch nicht Zeit, sage ich!« wiederholte Goethe schnaubend. »Verstehst du?«

Mit einem Fluch schnellte Schütz empor; stürzte Meyern in den Weg, der beifallinnig Goethen eben folgen wollte. »Weil er wieder einen neuen Teufel im Leibe hat!« stieß er giftig hervor und drängte spielend den zarteren Schweizer zurück. »Was kehrt er denn um in Sizilien, wenn er noch immer nicht erfahren hat, wer er ist; was er will? Grundrisse reißen, Gemmen abpausen, Sphinxe nachzeichnen, Farben mischen, Rötel, Kohle, Bleistift probieren, Tusche, Sepia, Aquarell, Pastell, Tempera, Öl und Enkaustik, – er ist ja verrückt! Keinen Schritt mehr tun kann er, ohne ein »Bild« zu sehen und sich einzubilden, er müßte es zeichnen, malen, in Kupfer stechen!« Wild funkelten die weingetäuschten Äuglein aus dem schweißnassen Gesichte. »Früher hat er die Sachen angeschaut und ist zufrieden gewesen damit, daß er sie anschauen kann und ein Dichter ist, – und obendrein noch der Goethe! Und jetzt? Wie wir neulich vor der Transfiguration standen,« – die Arme ließ Schütz sinken, karikatursüchtig veränderte sich die derbe Gestalt – »was hat er getan? Bury, hat er affektiert gerufen, schnell! Halte das Blau von dem Tuch da fest, dieses Blau muß gemerkt werden! – Und wer ist die Schuld daran? *Sie!*« Und weil Meyer darauf nur noch verwirrender schwieg und Goethe vorn nur noch ungeduldiger dahinschritt, ward seine Stimme grob, seine Gestalt voll Drohung, empört kamen die roten aufgeblasenen Backen ins Zittern. »Jawohl! Sie! Schuster, bleib bei deinen Leisten, sollten Sie ihm jeden Tag tausendmal zurufen und, wenn's notwendig ist, handgreiflich werden und ihn von seinem Reißbrett zum »Egmont« zurückjagen und ihm die Augen« – den linken Zeigefinger prall auf der Stirn: »diese verblendeten Augen aufreißen und klar machen, daß es sinnlos, ja ein Verbrechen ist, Maler werden zu wollen, wenn man ein Dichter ist! Oder – haben Sie schon eine einzige richtige Zeichnung von ihm gesehn? Eine einzige vernünftige Farbe? Ich nicht. Er trifft's nicht. Er hat's nicht. Er schmiert nur!«

»Einen Menschen wie ihn« – ganz leicht machte Meyer seine Hände frei – »muß man wohl nach seiner Fasson selig werden lassen?«

»Ja, wenn es Fasson ist! Aber das ist gemeiner Dilettantismus!«

»Meyer!« rief da Goethe von vorne zurück.

Aber glücklicherweise hörte Meyer nicht. »Geben Sie zu, Exzellenz,« fragte also Moritz beherzt weiter, :»man sehnt sich am meisten immer darnach, was man, seiner Natur nach, nicht haben kann? Oder?«

Aber Goethe nickte nur. Hand in Hand mit Bury, der wie ein übervoll Liebender übervoll schwieg, ging er wortlos mit gesenktem Gesicht unentwegt weiter.

Fragend starrte Moritz in die Glut hinaus, die sich nur langsam, mit allen Qualen der Wiedereinfügung, aus dem Rausch in die Gesetze der unmerklich absteigenden Sonne zurückband. Warum, warum überkam ihn die Ahnung vom Tode gerade heute? Mußten seine Augen gerade heute so urklar erkennen, daß diese anderen, die da mit ihm wanderten, gesund waren, ohne Gedanken an Kranksein und Sterben, und er ein Gezeichneter? Und daß ein Heimweh in seiner gewaltsamen Seele drin klagte, das, klagend, nicht wußte, woher es kam, und jammernd nicht ahnte, wohin es zog? »Der Unkeusche,« sagte er plötzlich scheu, »sehnt sich nach Reinheit. Der Zusammengesetzte nach einem Bauerngemüte. Der Untätige nach Tätigsein. Der Rastlose nach Ruhe. Der Kranke nach Gesundheit. Je länger ich an meiner Götterlehre arbeite, um so klarer erfasse ich's: aus dieser Sehnsucht nach Gesundheit heraus warf ich mich in dies Feld. Nur deshalb.«

Aber wieder nur nickte Goethe.

»Wenn aber« – die ganze unselige Zwiespältigkeit seiner zerrissenen Seele erschien auf Moritzens leidendem Gesichte – »wenn aber die Antike gar nicht so war, wie wir uns weißmachen? Die Alten, zum Beispiel, selber sie gar nicht als gesund, einfach und natürlich empfanden? Vielleicht bilden wir uns nur ein, daß schön wäre, was wir von unserer Natur aus nicht haben können? Sagen Sie! Bitte, was meinen Sie?«

Aber Goethe sah nun scharf geradeaus und antwortete nicht. Vor ihm, als Abschluß des Tibertals, das sich in sonngebleichter, nur allmählich wiedererwachender Grüne weit empor dehnte, und eingefaßt von seinen keilförmig nach Süden ziehenden Flanken, stand die Reihe der nördlichen Bergzacken blau unterm tiefblau rückstrahlenden Himmel. Unter der erdnahesten Bläue dieses Himmels aber, auf einer Hügelwelle zwischen den zwei höchsten Hebungen, die Zinnenkrone einer mildroten Kastellstadt.

»Wenn aber wahr wäre, was ich vorhin sagte,« – noch einmal, gepeinigt, wagte sich Moritz hervor – »daß uns, nämlich, der Gegensatz anzieht, – warum lieben dann Sie die Alten so sehr, Exzellenz? Sie *sind* ja gesund?«

Aber Goethe, gerade weil er restlos erriet, was in dieser ewig gespaltenen Brust drinnen vorging, mit einer unmißverständlichen Handbewegung lehnte er ab. Ausgetobt, in reichen Wellen, die von der Höhe des Himmels niederfluteten, von der geküßten Erde wieder aufstiegen, gelandet in der Mitte der unermeßlichen Kuppel nach allen Seiten hin wieder auseinanderflossen, bebte die Luft. Wie hinter Schleiern aus flüssigem Glase traten die Formen der Erde in die immer gefestigtere Fülle des Lichtes zurück. Die Nähe schien ins Unendliche hinausgerückte Ferne, die Ferne symbolische Wahrheit. Über alle Farben, die gierig wieder auferstanden zum Leben, goß sich von der schon gemilderten Herrschaft der Sonne herab der diamanthelle Strahl, der die Bläue entweltlichte, die Baumgruppen in sie hinein auflöste, die Fluren in unzählige Teile aller ihrer Farbenelemente zersetzte und zum vollkommensten Mosaik all dieser Elemente wieder zusammenband. Die rote Kastellstadt im Norden verlor unter dieser Zauberei des Lichts ihre Menschen, die trübe Woge des Tibers zwischen Schilf und sehnsüchtig ins Weite greifenden Hügeln die Last ihrer Historie. Eine papageigrüne Wiese, die sich zwischen den Steineichen des Wäldchens mit Schwung in den Azur des Ostens hinüberbog, schimmerte in zerfließender Lust, das Glimmen ihr gegenüber in den Niederungen des Westens, darüber die Lohe des Lichts wie rinnendes Silber träufelte, seufzte in träumender Sichaufgabe. Während das Auge des Menschen erschrak vor der Majestät dieser Wandlung, sich verschloß vor dem Geheimnis der Schönheit, das immer unlösbarer, unfaßbarer, uneinfangbarer sich verhüllte.

»Meyer!« rief Goethe wie um Rettung noch einmal.

»Was wäre es mit der Mühle da drüben, Herr Geheimerat?« antwortete rasch die ergebene Stimme.

Ohne zu überlegen griff der Untröstliche zu. Die Mühle, nichts mehr als eine Hüttenwand mit zwei darangelehnten marmornen Mahlsteinen, über denen eine Hecke schreigelben Ginsters hing, stand hundert Schritte vor dem Tiberufer. Hier war seit Jahren nicht mehr gemahlen worden. Wie mit Pfeilen schoß die Sonne in die vielscheckige Goldleuchte der Wand ohne Nebenwände und Dach. Der Geruch von heißgestrahltem Stein, die Wolke von Ginsterduft und der Atem eines Sinns, der sich nur ahnen, nicht erfühlen ließ, umnebelte wie mit Tarrennetzen die Antlitze der Mahlräder, der Blüten und der Blätter. Der Schatten, der nur in schmalen Strichen unter den

Formen saß, war ohne Wesen und Klarheit, konnte nur noch vorgeben, daß hier Dinge standen, die dem Tag, dem Leben, der Welt angehörten. Denn die Allmacht des Lichts, die aus den Dingen rann und um die Dinge herum wie fließende Zeit und wie strömender Raum rollte, entkleidete sie aller Körperhaftigkeit und Gewißheit. »Es geht nicht, Meyer!« seufzte Goethe nach einer Stunde süchtigster Arbeit. »Es wird nichts!« Geduldig beugte sich Meyer über den heißgebrannten Rücken. »Doch!« sagte er bestimmt, »die Zeichnung ist rein, die Abmessungen stimmen. Nur hier vielleicht, wo der Stein mit den helleren Hintergründen zusammentritt, . . .« – und schon zog er die mißratene Linie ins Gemäße. »Ja! Jetzt!« Böse begehrte Goethe auf. »Wenn *Sie* das Maßgebende machen und nicht ich! Gib her, Fritz, und zeige!« Und im Augenblick ward sein Gesicht verzerrt; unglücklich. Frech, gleichgültig, einer viel herztieferen Sorge als seinem Blatt hingegeben, lächelte Burys glühendes Gesicht neben der verzweifelten Miene. In unbekümmertem Zug, mit zehn, zwölf Pinselstrichen hatte er die Mühle aufs Papier gesetzt; damit aber nicht die Mühle malen gewollt, sondern die rote Kastellstadt, wie sie unter dem tiefblauen Himmelsbogen mit sanft brennender Zinne über der kaum angedeuteten Masse der lichtbesessenen Mühlräder glomm. »Das heißt, um das Thema herumgehen!« tadelte Meyer sogleich. »Denn das Thema war: den Charakter dieser Landschaft in dieser Mühle hier aufzeigen, peinlich an diese Mühle sich haltend . . .«

»Mühle!« klang's da verächtlich von der Seite herüber. Schütz saß pinselnd auf einem Raine, mitten im Scharlach des Mohns. »Mühlen malt man in Deutschland. Kommen Sie hieher, Herr Geheimerat, und machen Sie sich an diese Bäume!«

»Nicht um die Welt, Herr Geheimerat!« befahl Meyer bestimmt; rasch hatte die schweizerische Ruhe sein Gesicht verlassen. »Es heißt: ringen mit dem Engel des Herrn. So schnell ergibt er sich nicht.« Und im Nu schob er ein neues Blatt auf das Brettchen. »Ging's zum erstenmal nicht, geht's zum zweitenmal. Mutig!«

Aber es ging auch zum zweitenmal nicht! Die Hände an den Schläfen, außer sich, sprang Goethe auf. »Sie segnet mich eben nicht! Sie mag nicht!« Und mit einem Satze war er hinter Schütz. »Dieser Meyer,« murmelte Schütz im Malen zufrieden vor sich hin, »nimmt die Angelegenheit zu ernst. Da stehen diese Bäume: graublaugrüne, von der Sonne goldversilberte – was lachen Sie? finden Sie einen besseren Ausdruck? – goldversilberte Rüstern mit zerklobenen Stämmen, in deren Höhlen Räuber Platz haben und Eulengeschlechter. Dahinter und davor dehnt sich die Weide, buckelauf, muldenab, auch goldversilbert, um die Bäume herum aber mystisch-schattig, – so etwa? Durch die Zweige hingegen und über den Kronen und rings um ihre Bögen flittert und flattert diese verdammte« – kokett bog er den Unterarm senkrecht gegen den Oberarm und schmierte ein unbestimmtes Glanzblau über das schon Gemalte – ».. . vermaledeite, unmalbare, römische Luft. Was?« Und mit Genießerblick zog er den Neidischen näher. »Einfach probiert ist's. Nicht lang nachdenken, ob rund oder halbrund oder spitzig oder eckig, sondern hinein in die Farbe und drauf losgepinselt! Wird's was, so wird's was; und wird's nichts, ist's auch kein Malheur. Nur Bewußtsein, und – Freiheit!«

»Freiheit,« sagte Meyer trocken, »ist Schwindel beim Malen!«

»An der Linie kleben,« erwiderte Schütz schlagfertig, »Pedanterie!«

»Pedanterie aber« predigte Bury voll Salbung – er nahm eben den Sorakte von hinten – »ist Gewissenhaftigkeit. Seien Sie nur recht gewissenhaft, Herr Geheimerat!«

»Moritzchen,« flüsterte Schütz, dieweil Goethe bereits in neuer Mühsal stumm-starrköpfig vor dem zuschauenden Meyer schwitzte, »Professorchen, sind Sie nicht durstig?« Ein schlaues Siegerlächeln stand um seinen Mund. Gewandt war er vom Mohnscharlach des Rains in die tiefere Lust violettblauen Klees niedergerollt., mitsamt seinem Ranzen. »Moritzchen?' lockte er noch einmal. Und wahrhaftig: auf allen Vieren, endlich, kroch Moritz ihm nahe. Er hatte den Rock abgetan; wie ein Affe sah er nun aus. Großknochig, schmalstirnig, mit Augen, die wie immer nicht wußten: sollten sie lüstern sein oder asketisch? »Jawohl,« – der Ranzen war offen – »jawohl,« rief Schütz gänzlich sorglos den Arbeitern hinüber, »es ist so und nicht anders! Die Natur ist die Natur, und bändigt man sie durch die Kunst, . . .«

Da hörte das Schweigen ringsum, wie aus der fest angesetzten Flasche der Castellowein Schützens Gurgel hinabbrann.

» . . . und hat Glück dabei,« setzte er wonneschmunzelnd fort, »dann ist sie eben – wieder Natur.«

»Schütz!« Wie von der Tarantel gestochen, fuhr Goethe von seinem Blatt zurück. Das Blatt blähte sich, er glühte von plötzlicher Flamme entzündet. »Schütz! Woher, wie, was war das?«

»Der rechte Baum steht schief, Exzellenz!« erklärte Meyer, das Blatt zurückbiegend.

»Schütz!« wiederholte Goethe unablenkbar, Blitz in den hungrigen Augen. »Noch einmal! Sag er das nocheinmal!«

Aber Schütz wußte es nicht mehr. Beim besten Willen nicht mehr. Kraftlos langte er ein Brot mit Veronesersalami hervor, setzte nochmals den Fiasco an, und leerte ihn. Dann aß er bedächtig das Brot, sah stille zu, wie Goethe in bittersten Zweifeln sich über das Blatt zurückbeugte, hörte Meyern noch sagen: »in der Schattengegend kräftigeren Strich! Von links oben nach rechts unten! Und die Kronenbögen runder!«, setzte den zweiten Fiasco an, und ließ sich nun, als wäre alle Pflicht getan, der Tag erfüllt und nur noch fromm ergeben auf den morgigen zu warten, der Länge nach in den Klee fallen.

Als er erwachte, sah er die vier anderen beim Mahle sitzen. Schweigsam. Mit den großen Augen dieses bedrückten Schweigens blickten sie ihn an. Verwundert, mit Mühe Besinnung suchend, stützte er den weinschweren Kopf in die Hände. »Wo – sind wir?«

Aber keiner antwortete. Im Himmel über ihnen stand noch immer keine Wolke. Aber über die ganze Weite und Tiefe des Himmels, der das ungeheuer stumm gemachte Land in Wollust ohne Ende umarmt hielt, zog der Flügel des zittrigen Flimmerns, die Hummeln summten unsichtbar mit dem Flirren dieses Flügels, ein selig fürchtendes Rascheln trieb Halm an Halm, im Schilfe stöhnte klirrend das Rohr, die Goldsilberblätter der Rüstern zuckten verhalten, die Masse des Sorakte ragte in fahlem Blau gegen die Dämonie des weißen Südglastes, und die Kastellstadt im Norden lohte in der tiefblauen Zone ihres scheinbar verschonteren Himmels wie Sage.

»Hast du etwas gesagt, Fritzel?«

»Nein. Moritz hat etwas sagen gewollt.«

Moritz aber, mit bewußtloser Hand griff er ins Gras, das brannte und unter dem Griff zerfiel, und hob den Blick unter den mächtigen Brauenbüscheln empor. Ja! Was lockte so, drängte so, rief so unwiderstehlich aus der Ferne? Der Ferne? In prallem Atemzug bäumte die Brust sich. Den ganzen Leib schüttelte Schauder. Endlich, wie im Blitz einer Offenbarung, legte er sich platt in die Erde nieder, wühlte den Kopf in die Dürre der Hitze, riß mit tollen Fingern Büschel auf Büschel Gras aus: Wald war's, der lockte! Der rief! *Wald*, ach, der Heimat! Vor genau einem Jahr war das gewesen! Eine kleine Stunde über dem Städtchen. Die Dächer und Türme des Städtchens, die Marken und Zäune des grünen Lands darum glänzten in unschuldigem Morgen. Er aber und sie, Himmel und Hölle der Liebe vereint in den glücksbangen Busen, stiegen aus dem Glanz in das Dunkel des Waldes. Ungeheuer fest und wahr das Aufrechte der Tannen. Die Dickichte unerschöpflich voll von den Wundern der Verstrickung, Verbergung, die der einschießende Sonnenstrahl wechselnd für Sekunden aufzündete, so, daß die Netze der Spinnen erblinkten, die goldenen Reisigstäbe, das Sternmoos und das Dreiblatt. Was aber duftete so paradiesisch wie Garten? Und wie barg dies umspannbare Kreischen von Boden, das die Zweige ohne Wort rahmten, dem ein Stück Himmel wie Auge herabsah, die ganze Welt ihrer Seelen, – aller, aller Gemüter? »Diesen Weg waldauf« – ein kaum erkennbarer Weg führte steil durch die Finsternis lichtempor – »will ich gehen,« hatte er plötzlich gesagt. »Er lockt mich. Du willst nicht?« – »Glaubst du,« hatte das Weib geantwortet, – o dies strahlende Lächeln im Stolze der Einheit! – »daß ein Weg, der dich lockt, nicht schon deshalb mich lockt, weil er dich lockt?« Und da sah er die Wolke des Abschieds sich niedersenken aus dem Auge des Himmels. Letzter Weg, dieser, durchs Geheimnis der Liebe des Waldes an der Brust der Geliebten! Und dreifach erhaben in der Wonne ihres Unberührtseins von den Krämpfen der menschlichen Seele, träufelten die aufrechten Bäume nun die Reinheit ihrer verschwiegen-erfahrenen Sinne. Öffnete sich die Seele des Taus auf den Leibern der Gräser mit allen Demuten der Nacht und allen Hoffnungen des Erwachens. Brachen gerne unterm zögernden Schritte die Reiser und entschwebte verstehend die Stille hoch waldauf in die geborgene Mulde der Wildblätter, die neben dem Gemurmel unsichtbarer Quelle brennend der Strahl überfloß. Und da, jäh nach dem ersten Tappen in Duft und in Dunkel, schlang er das Weib an sich. Ganz. Mit dem vollen Wissen der Vermählung. »Bin ich nicht gerade so groß,« flüsterte das Weib in der unlöslichen Kette seiner Arme und ihrer Arme, »daß ich wie eine Ranke . . .?« – »Sieh,« hatte er, furchtbar klopfenden Herzens erwidert, ihr Gesicht mit den schwarzen Haaren tiefst zwischen Wange und Schulter, »heute muß ich von dir gehen. Denke morgen, denke an jedem Morgen daran, was ich heute dir sage. Ich habe mich zerlitten am Heimweh nach dir; einmal, dachte ich, müßtest du nimmer dich lösen können von meiner Brust, alles hinwerfen und jubelnd entschlossen zu Schande, Armut und Tod dich an mich hängen, – mit diesem Lächeln im Stolze der Einheit! – um mit mir zu wandern, nicht mehr trennbar, durch die Wunder der Waldnacht in eine Mulde von Licht in der Höhe. Denn siehst du: *zwei* Wesen sind in der Brust des Mannes, und nur eine solche Tat des Weibs, das er liebt, vermag sie zu einen . . . . . .«

»So oft diese verflixte Stunde des Nachmittags kommt in diesem römischen Lande,« sagte da Schütz heiser, denn ihm würgte die Kehle der gleiche Zwang, »überfällt mich das Heimweh!« Scharf blickte er Bury an, der geschlossener Augen zärtlich an Goethen lehnte; Meyern, der unbewegt Goethens letztes Blatt prüfte und zufrieden nickend für halbwegs geraten befand; fordernd wie Gegner den Gegner nun Goethen, der versiegelt aus der Umarmung des Jünglings in die unenträtselbaren Zauber der Stunde hinaufstarrte. »Jetzt in einem schwanken Boote den Main hinabfahren,« fuhr er noch heiserer fort, armselig stritt sein Gesicht gegen Tränen, »bei fächelndem Gegenwind an alten Barken mit Kohlrabi und Petersilie vorbei, die Türme im Auge, und die Glocken im Ohr, und die Hand tief drunten in der strömenden Flut! Und an den Rhein dabei denken, der uns besser kennt als wir wissen, – auf einmal aber ans Ufer! Wo es hauslos und waldnah ist. Das Boot heraufgezogen, angebunden, und jetzt – Tannen! Moritzchen!« Kindhaft erschrocken schüttelte er den Mann, der da platt auf der Erde lag. »Ja, was ist denn? Du weinst ja?«

»Hm,« machte Goethe vernehmlich; trotzig ward sein Gesicht, absichtlich hingebender legte er sich in die Umarmung des Jünglings.

»Tannen! Was, Moritz?« Schamlos sehnsüchtig und aufreizend klang nun die heisere Stimme. »Moos, das nach Quelle riecht! Quelle, die nach tiefer, schwarzer Erde riecht! Farnkraut, das vom blauen Himmel blinkt, – und nun: Tannen, die rauschen im Winde!« Wild fuhr er auf, mit Dolchblick durchbohrte er Goethes dunkelbleiche Miene. »Eigentlich – sind wir Verräter am Vaterlande! Jawohl!«

Meyer, als ob plötzlich die blaue Tafel des Züricher Sees vor seinen Augen erschiene, blinzelte und ließ Goethens Blatt sinken. Moritzens Leib im Boden, gepreßt von der Angst vor jeder weiteren Erinnerung, rührte sich nicht mehr, obwohl jeder Blutstropfen »Du!« schrie, »du, verratene Heimat!« Bury hingegen, in den Armen, die immer werbender, stachelnder umschlangen, – wie ein helles Schiff, das in froher Fahrt auf hoher See all seine Träume von Leben erfüllt sieht, weil die ewig bringende Woge um seinen Leib rauscht und die Winde aller Welt um seine Masten spielen, glänzte in der Vollust der erfüllten Sehnsucht. »Mein Vaterland,« stieß er überlaut wie ein ungebetener Bekenner heraus, »ist dort, wo ich mein Herz unterbringe. Denn die Seele braucht Speise. Ja Speise! Viel Speise! Immer neue Bilder, neue Plätze, neue Lüfte! Reich will sie sein, *ganz* tief atmen können und jeden Abend wissen dürfen: morgen ist noch ein Wunder zu holen. Höhepunkte! Abgrundtiefen! Das Leben ist nicht die tägliche Ration. Ich hungere mit Wollust im bangsten Heimweh, um mich morgen wieder in die Gipfel der Freude hineinzuspielen. Ihr seid Philister!«

Wortlos – ihm klopfte das Herz bis zum Halse empor – langte Goethe den Puls des heißen Jünglings heran. Ja, der erriet und verstand ihn! Und mit einer Qual, die das Auge biß, sah er die drei dilettantischen Blätter: die Mühle, noch einmal die Mühle, und die Gruppe der Rüstern in Meyers sanft lächelnden Händen. Ja, auch dieser ein Engel! Auch dieser erriet und verstand ihn! Und dennoch! »Du,« rief es drohend in seiner Brust drin, alle geheimsten Mahnungen sang das gepeitschte Gewissen empor ins Gehirn, »du! Wie nützest du deine Menschen aus?« Und bange verzog sich die Miene. *Diesen* Kampf: zwischen dem täglich hungernderen Ich, das sich bis in die Spitzen der Erlebnisse und Erkenntnisse hinanfressen mußte, und der Sehnsucht des Herzens nach gütigem Liebeswerk an den Menschen, die neben dieser Gier lebten, – diesen Kampf focht er nicht aus zu Rom! Heftig löste er sich von dem Jüngling. Hilflos umarmte der Blick die Gefährten. »Was werdet ihr denken von mir! Widersprecht nicht!« Aufgefahren verwundert waren sie alle. »Ich durchschaue euch alle!« Und alle, auch den Jüngling, der ja liebte und nichts Reicheres sehnte als diese Liebe, traf der entschleierte, fordernde Blick. »Ihr müßtet ja auf den Kopf gefallen sein, ärgertet ihr euch nicht über meinen störrischen Wahnsinn, euch den Pinsel abgucken zu wollen! euch zu kneten und zu treten und zu zwingen, Tag für Tag, damit meine blöde Hand euere Fertigkeit kriege. Ihr habt doch alles Recht darauf gehabt, zu erwarten, ich würde *euch* geben, wenn ich schon einmal mit euch gehe. Indessen bin ich wie der Vampyr über eueren Willen und schinde aus euch unbarmherzig heraus, was ich für eine vorübergehende Entwicklungsmanie brauche. Reden Sie nicht, Meyer! Ich verbiete gerade Ihnen . . . .«

»Sie halten uns,« sagte aber schon Meyer, von Moritzens flammendem Auge gespornt, »für viel dummer, als wir sind. Und über Sie selber, wie Sie Menschen gegenüber wirken, haben Sie überhaupt kein Urteil. Diese letzte Skizze von den Bäumen« – mit messenden Fingern brachte er das Blatt zum zwanzigsten Mal in die richtige Entfernung vom Auge – »ist gut. Natürlich zeigt sie nicht Routine. Aber sie ist gefühlt. Und darum auch gekonnt! Der Charakter der Bäume . . . . .«

»Der Charakter der Bäume!« Zornig unterbrach Goethe. »Woraus erkennen Sie, daß das Bäume in Italien sind, zwei Stunden vor Rom, am Tiber, in der Zenithstunde eines Julitags? Nirgends!«

»Man beginnt eben mit der simpeln Nachahmung.«

»Übrigens« – nicht um die Welt hätte Moritz jetzt schweigen können –: »das Typische einer Landschaft bringt der Dichter viel besser heraus als der Maler.«

Ratlos stutzte Goethe. Zu unentwirrbarem Knäuel verstrickten sich die aus allen Untiefen seiner Existenz aufschießenden, zielbang einander kreuzenden Gedanken. Wenn es das Letzte, was er erreichen konnte, war: nachgebildet zu haben? Freilich, war denn nicht auch das Typische nachbildbar, sobald es das Auge – der schauende Geist – in der einzelnen Erscheinung entdeckt hatte? Und mühte er sich nicht mit aller Inbrunst darum, durch das Zeichnen und Malen das den einzelnen Erscheinungen Gemeinsame – ihre Grundform, ihren Gesamtausdruck – zu enträtseln? Aber wieder: wozu quälte er damit sich und die anderen, wenn im voraus feststand, daß es Jahrzehnte der Übung bedurfte, um von der treffsichersten Nachahmung zur Darstellung des Typus zu gelangen? »Nein! Nein! Ihr plaget euch umsonst mit mir. Völlig umsonst!« stieß er, bleich bis in die Lippen, hervor. »Und ich mich erst recht!« Und mit hartem Griff zog er Meyern die drei Blätter aus den Händen, knüllte sie in der Faust zusammen und warf den Ballen in weitem Bogen von sich weg ins Gras. »Reden wir von etwas anderem! Rasch!«

»Sie sind *zu* rasch, Herr Geheimerat!« Behende flog Meyer dem Ballen nach und brachte ihn zurück.

»Aus den Augen damit!«

»Sie müssen zeichnen und malen,« erklärte Meyer seelenruhig, indem er den Ballen entknetete, »weil Ihr Auge ein wilder Schauer ist. Ein ganz gieriges Schau-Tier. Ein Raubtier des Sehens. Aber weil Sie ein Hirn überm Auge sitzen haben, das viel weiter denkt, als das Auge mit dem Schauen gleich nachkommt, können Sie gerade in den Anfangsgründen nicht so sichere Fortschritte machen wie etwa der Maler, . . .«

» . . . der dumm ist!« Vor Vergnügen im Grase wälzte sich Schütz. »Ja, es ist, wie ich sage: der Dichter spuckt Ihnen in die Palette! Es bedeutet nun eben keine Kleinigkeit, wenn ein ausgemachter Weiser in der Mitte seines Lebens Töpfe machen geht. Er weiß schon, bevor er beginnt, was ein Topf »an sich« ist, wie er zu Homeri Zeiten ausgeschaut hat, und in welch geringfügigem Verhältnis der Topf überhaupt, insonderheit aber der Topf, den er gerade machen will, zur Welt überhaupt steht. Schauen Sie mich dagegen an! Ich bin dumm. Unverdorben von Weisheit, Wissen, Denken und Fragen. Aber, mach ich ein Bild . . .«

»Und, süßer Georg, wann machst du ein Bild?« lachte Bury hellauf.

»Süßer Georg? – O Georg!« Und überwältigt noch einmal, und der vollen Länge nach, ließ sich Schütz in die blauviolette Blust des Klees zurückfallen. Und weit streckte er die Arme aus, so, als wollte er mit diesen sehnsuchtswilden Armen auffangen, an sich reißen und dann heiß an sich halten, was so berückend wunderschön in der Brust drinnen flehte. »Wenn ich mir denke, daß mir das Lieschen im Schwan vor Sachsenhausen »Georg! Süßer Georg! O, Georg!« nachgeflennt hat, als ich ihr roh und verstockt mit einer blaßblauen Busenschleife und sieben Talern Zechschuld davonlief! Und daß meine Mutter, . . . Herr Geheimerat!« Wie angeschossen sprang er auf. Und zum zweitenmal und noch unheimlicher durchbohrte sein Blick Goethens dunkelbleiches Antlitz. »Und wenn ich mir denke, daß jetzt, in dieser Minute, die Frau Rat Goethe in ihrem Hause am Hirschgraben die gebahnte Treppe in den Keller hinab- steigt, – ein Sonnenbächlein rinnt durch die fest- geschlossenen Läden der Flurfenster in das Dielenholz nieder – und daß sie, nach einer Viertelstunde, mit einem Teller voll Erdbeeren zurücksteigt, nun schnauft sie ein bißchen, die Erdbeeren hat gestern abend die Textorische Babette hinten an der Mauer im Großvatergarten gebrockt, und die Frau Rat denkt: wenn der Hans jetzt bei seinem »Faust« oder »Tasso« diese teuflisch reifen Dinger schluck- en . . .«

»Schütz!« konnte Meyer gerade noch erschrocken rufen. Aber da hatte sich Goethe schon erhoben und ohne Wort, mit einem unzweideutigen Befehl, Bury mitgezogen.

»Um Gotteswillen!« Entsetzt glotzte Schütz den Zweien nach, die wie auf einer Flucht hurtig zu schreiten begannen. »Hat er mir's übel genommen?«

»Sie dürfen, bei allem Freimut, den er uns einräumt,« ant- wortete Meyer verdrossen, »doch niemals vergessen, daß er schließlich eben doch der Goethe ist!«

»Hab ich auch noch niemals getan! Aber dieses ewige Kun- stgespräch, das Stroh drischt, leeres, taubes, unfruchtbares Stroh . . .«

»So halten Sie doch wenigstens jetzt das Maul! Er hört's ja!«

Er hörte nichts. Ging stumm neben Bury auf dem Wall des Tiberufers. Gierig, bei zusammengebissenen Zähnen, Rom näher. Ungeduldig ward der Sorakte umschritten. Endlich, aus der verebbenden Woge der Hügel, tauchte die Kuppel von Sankt Peter auf. Verschwand wieder. Rücksichtslos schob sich der Monte Mario vor den fernen Borgo und Trastevere. Aus der Mündung des Juliatals, vom Tiber be- grenzt, der dort wellenruhig schimmerte, wuchs der Pincio hervor. Hinter seinen Gärten und Villen der Quirinalis. Ihm zur Seite der Viminalis. Diesem vorgerückt der Esquilinus. Dicht vor einem gleißenden Marmorband, das aus der Tiefe des Südostens, aus unklarem Gemisch von Flurblässe und verschimmernden Bauten heraufblickte und die Attika der Laterankirche sein mußte, stiegen die wilden Pinien der Farnesischen Gärten über die roten Trümmer des Tiberiuspalastes. Aber auch der Caelius dahinter und, rechts von ihm, der Aventin hoben sich aus der Glut, die mit hohen Kuppeln, Campanili, Glashauben und Obelisken den Brand der Stadt immer fanatischer schürte. Unvermittelt aufklaffend verschlang ein Hohlweg dies alles auf einmal. Kroch in dickem Staub zwischen klirrendem Grase und graugekalkten Blumenbüscheln eine scharfe Bodenwelle empor. Als ihr Kamm erreicht war, spannten sich über den Feuern der Stadt die Bögen der Sabiner- und Albanerberge, bog sich, wie Alpe so grünhell, hinab in die verrauchte Bläue der Velletrischen Täler die Kuppe des Cavo. »O! Nur Wunder! Nur Wunder!« stöhnte zerrissen die schweratmende Brust. Und alle Geschenke, die diese Stadt ihr seit einem Jahre dahingestreut, geheimnisvoll zahllos, ohne je zu ermüden und ärmer zu werden, traten wie zürnende Engel vor das verzweifelte Auge. »Oder siehst du nicht,« fragte peinvoll der Mund, »in diesen Himmeln fliegen wie Flügel völliger Freiheit die Universalität Lionardos? Aus der Flut dieses Firmamentes herabschauen das tragisch erhobene Gemüt Michelangelos? Alles, alles herabschauen und emporziehen, was hoch ist und groß ist? Aber auch menschlich, urmenschlich herabgrüßen wie in eine Wiege, die ewig wird erdgeheftet stehen bleiben unter der unsinnlichen Form dieser Himmel, die Stimmen von Dante, Petrarca, Ariosto und Tasso? Während aus der Erde empor lacht in diese seraphischen Himmel alle schmelzende Wollust des Leibes, alle Allmacht der körperlichen Gegenwart, der genossenen Stunde, so, daß sich zwischen oben und unten, in süßer Himmelsnähe ebenso wie in zärtlicher

Nähe zur Erde vereinen diese beiden kreisenden Kräfte zum runden Strom menschlicher Sinnkraft? Sich wie nirgend anders so völlig vereinen, täglich enthüllender vereinen werden, – und sich schon vereinten, als, vor Jahren, die Mutter in den Keller hinabstieg, über die dumpf nachmittägige Treppe, in deren gebohnte Diele niederfloß ein Sonnenbächlein aus dem westlichen Flurfenster, um ihrem Hans, der da rasend oben im Giebelzimmer schrieb, die Erdbeeren zu holen, die Textors Babette am Abend vorher an der Südmauer des Großvatergartens gebrockt hat? Und ich, während all dies da stündlich sich aufspult und abspult, verzettele wie ein tändelndes Kind diese Tage niemals wiederkehrender Offenbarung . . . »Was ist denn? Was hast du?«

»Ich habe,« lächelte Bury, »trotz meinen jungen Jahren schon manchen Blick in Menschenherzen tun dürfen. Und es auch immer für das Schönste gehalten, in dieses Allerinnerste eines anderen Lebens zu schauen. Jetzt, obwohl ich mir nicht klar genug darüber bin, ob es wahr ist, schaue ich in den *Geist* eines Menschen. Und kommt es mir auch nicht so beseligend vor, wie das wehe Spiel der Sehnsucht nach Liebe zu lesen, – denn das ist wohl das Herz! – noch geheimnisvoller erscheint mir doch diese zweite Schau: wie der *Geist* eines Menschen leidet!«

Und das Vaterland wartet! zuckte es mit unzähligen verwundenden Blitzen in der atemlos hörenden Brust. Der Herzog erwartet mich. Charlotte erhofft mich. Fritz braucht mich. Meine alte Mutter ergibt sich ins Alleinsein. Nausikaa entsank mir. Tasso, Faust pochen wie Hamlets ehrlicher Maulwurf. Ich aber, wohin, ja wohin treibt es mich, zieht es mich magisch? Wo komm ich zuletzt an? Wo endlich? »Glaubst du,« fragte er heiser im teuflischen Durcheinander, das den gepreßten Geist wie ein Kosmos noch zu überwindender Elemente zur überirdischesten Geduld verdammte, »glaubst du, es ist erlaubt, jenes Bild von vorhin –

die Kuppel von Sankt Peter – aus der Erinnerung nachzuzeichnen?«

»Warum nicht?« Aber in der empört prasselnden Antwort kochte kein milderer Drang, als im Busen des Fragers. »Aber warum nachzeichnen? Überhaupt noch lang zeichnen? Sehen Sie denn noch immer nicht ein, daß die Plage umsonst ist?«

»Ich hätt's nicht sagen sollen! Wie?« In brennroter Reue, zerknirscht, stammelte es der Jüngling. »So seien Sie mir doch, um Gottes willen, nicht böse! Ich sehe ja ein, daß ich von all dem zu wenig durchschaue, und wollte, weiß der Himmel, nicht frech sein. Aber – ich mußte!«

»Und ich muß auch!« Und wild riß Goethe die Hand vom Gesicht zurück, die er, wie um sich zu verhüllen, vor das schaudernde Auge gehoben. »Ich muß gehn, wie ich gehe! Und tun, was ich tue! Du bist um vierzehn Jahre jünger, als ich. Was weißt du? Einmal kommt für den Mann, der sich der Mitte seiner Jahre nähert, der Augenblick, in dem er nur Eines noch sieht: sein Werk! Und er muß sich entscheiden! – Da ist der Wagen!« Und ohne noch ein Wort, einen Blick nach dem Jungen zu tun, über den brechenden Rasen auf Meyer, Schütz und Moritz los, die vor dem Fuhrwerk schon warteten. »Ich steige vor der Stadt aus,« sagte er, das Auge undurchdringlich über ihren verblüfften Gesichtern im Himmelgrün drin; »will noch etwas versuchen.«

»Maske!« zischte Schütz, kaum daß der Wagen unter dem Bogen der porta del popolo wieder angezogen ward. »Nichts als Maske! Ohne äußere oder innere Verkleidung kann er einmal nicht sein. Ich habe ihn gestern abend aus der osteria campana im Marcellustheater herauskommen gesehen. Da drin hat er gewiß nicht gezeichnet! Wen versucht er anjetzo?«

Vorerst: die geliebte Pforte. Von einem Schotterhügel auf dem rechten Ufer der Via Flaminia aus. »Salus intrantibus« las er mit todesverachtenden Augen, während Strich auf Strich danebenging. »Lasciate ogni speranza voi ch' entrate!« fluchte er, taumelnd zwischen einem Milchkarren, den ein Wolfshund zog, und einer Gemüsefuhr, als er eine Stunde später in den Platz hinausschritt; und warf das vierte mißratene Blatt in den Kot. Vor Santa Maria Miracoli machte er unschlüssig halt. An die Ripetta? Nein! Zornig drehte er um. Auf dem spanischen Platz wieder halt. Zu Angelica? Unsicher blickte er die zuckerweiße Stiege empor. Wie Fackeln des Alpenglühens stiegen die Türme der Trinità in die samtblau gedunkelten Lüfte. Zu Angelica also? Aber – zögernd nahm er zwei Stufen –: wann wurde endlich die Fontana Trevi gezeichnet? Und die Gemmen Piombinos studiert? Und die Zeichnungen vom Parthenonfries beim Ritter Wortley? Oder sollte zuerst mit Verschaffelt in Betreff der Perspektive geredet werden? Und die Circe im Palazzo Farnese? Ist sie schon durchgearbeitet? Die neugefundenen Stiche Piranesis, Lionardos Geliebte im Palazzo Barberini, ein farbendrohender Sodoma, . . . als ob ihn schwindelte, hob er die Hand an die Stirn. Stieg die zwei Stufen zurück. Und die angefangene Mondlandschaft? Und der begonnene Kopf des Minos? Und die Kolosse von Monte Cavallo? »Nein! Nicht zu Angelica! Angelica *kann* zeichnen!« Und wie ein Wild, das der niederträchtigste Jäger hetzt, floh er zurück in den Platz.

Als er das nächstemal die Stufen dieser Treppe emporstieg, lag schon der September über der Stadt. Dennoch: war etwa Licht geworden mittlerweile drinnen im Chaos? »Sie empfängt mich nicht!« sagte er sich grimmig vor, als er, auf der Höhe der Trinità angekommen, die Fenster von Angelicas Atelier verschlossen sah. »Auch sie verschnupft darüber, daß ein Dichter die Unverfrorenheit hat, zeichnen zu wollen!«

»Komm ich ungelegen?«

Mit heiß aufpochendem Herzen war Angelica erschrocken, als die Dienerin plötzlich die Tür aufgerissen hatte: »Der Herr Geheimerat!« Wie ein Mädchen nun lief sie ihm vom Podium herab entgegen; arglos verriet ihm das Auge die Freude der Seele. »Sie ließen mich wirklich nicht mehr hoffen, daß Sie mich suchen.«

Schweigend, rasch trat er bis zu den Fenstern vor. Raffte die fraiseroten Vorhänge in die Ketten, schlug die Läden hinaus, beugte sich lufthungrig über die lichtlosen Dächer. »Gott sei Dank, es kommt ein Gewitter! Ich halte es kaum mehr aus. Diesmal war der Scirocco mörderisch!« Da, umgedreht, erblickte er das Bild auf der Staffelei: Die Mutter der Gracchen zeigt ihrer Freundin die Söhne. Und in derselben Sekunde fiel der Wahnsinn auf ihn zurück. Ohneweiters begann er, in langsamen Sätzen, nach je reichlichem, bei runzeliger Stirn geleistetem Nachdenken, das Bild zu zergliedern; Vorwurf, Gruppierung, Gegensätze, Verhältnisse, Beziehung der einzelnen Charaktere zueinander, Zeichnung, Farbe, Führung des Pinsels. Genau so tiefernst und unparteiisch, wie es ihn Meyer vor den Bildern der Galerien gelehrt hatte. »Das Auge des älteren Sohnes – dieser soll wohl der ältere sein? – ist zu matt. Nicht? Auch dünkt mich, daß die Söhne die Absicht der Mutter wissen müssen. Sie sind nicht im Unklaren über ihre Tugend, und die Liebe der Mutter muß gerade dies Bewußtsein vom eigenen Wert gegenüber der behängten Eitelkeit dieser Lebedame herausfordern! Ob also nicht etwas mehr Salz in die Gesichter der Söhne getan werden sollte?«

»Legen Sie doch keinen Maßstab an meine bescheidenen Versuche!«

Unwillig fuhr er auf. Aber ihr englisches Lächeln entwaffnete. »Erzählen *Sie*, bitte!« lächelte sie innig, nahm ihn an der Hand und führte ihn die Stufen herab in den Raum. Auf dem Diwan, der zwischen der Kommode und der Truhe stand, ließ sie sich nieder. Er, weit von ihr weg, auf einem lehnenlosen, grausamteten Sessel. »Es scheint mir nämlich,« wollte er gerade fortsetzen, – da, plötzlich wie Erdbeben, stieß Wind herein durch die Fenster über die Bilder, Skizzen und Modelle von Stoff, und in wildem Sturz rauschte der Regen nieder. Finster wurde es. Über dem fahlen Kamm des Janiculus, weit zurückgeschoben in die fliegende Bank schwefelgelber Wolken des Westens, standen rabenschwarz drei Zeilen von Pinien. Unwirklich aus den querbeschienenen Dächern des Borgo stieg die Kuppel von Sankt Peter, auch bleich, in die fallenden Schauerstreifen. Während die Halde des Monte Mario, da nun die Blitze zuckten und der Donner in toller Befreiungsfreude rollte, mit giftgrünen Rasen niederfloß in die grellen Steinformen des Campus Martius.

»Erzählen Sie doch! *Bitte!*«

»Erzählen?« Dennoch, das Auge ebenso wirr draußen im steigenden Tosen, im lüsternen Sichwiegen der Platanen, im Strome von Naß und Duft, der von der Vigna des Franziskanerklosters herüberschwang, wie herinnen im dunkelbunten Durcheinander der Dinge, erzählte er. Kniep habe exzellente Konture geschickt. Mit Meyern köstliche Stunden im Palazzo Farnese erlebt. Moritz – dies sei seine tiefste Befriedigung! – schreite unaufhaltsam fort. Seine rein schriftstellerische Tätigkeit wandle sich zuverlässig in exaktes, systematisches Bearbeiten von Kulturgedanken. Die »Altertümer Roms« würden ein Werk werden, das Tausenden von Deutschen Offenbarung brächte. Das Wesentliche an diesem Fortschritt aber sei: Rom habe ihn bewirkt! »Das Sehen. Das Schöne. Das Bedeutende. Ewige. Zu einem geringen Teile auch ich. Ich kann mit Moritz, möchte ich sagen, allgemein besprechen, was ich mit Meyern streng nur über die bildende Kunst verhandele. Er hat Teil an allem und ist eine Seele von einem Menschen. Ich darf, glaube ich, fast voraussagen: er wird nimmermehr fallen.« Möchte man, zum Beispiel, für möglich halten, daß ein Mann, der als ein Laie nach Rom kam, eine höchst bedeutende Abhandlung »über die Nachahmung des Schönen« liefert, nachdem er vor Monaten noch seinen »Versuch einer deutschen Prosodie« . . .«

»Aber von *Ihnen!* Erzählen Sie doch lieber von *Ihnen!*«

Lange, reglos, sah er sie an. Dann fuhr er unbewegt fort. Bury sei ihm ordentlich ans Herz gewachsen. Aber ob seine rohe Manier sich zu Stil entwickeln lassen werde? Er rasiere sich nun endlich, äße anständiger und habe jüngst, in der Kopie einer Sibylle, zum erstenmal zartere Töne gefunden. »Hoffen wir!« Schütz wieder sei ganz anders! Faul. Aber ihm sitze doch die Landschaft. Wenn er nur arbeitete! Aber da nütze kein Beten und Fluchen. Hingegen müsse man den jungen Dies ohne Einwand loben. »Nachdem ich vor Wochen aus der Erinnerung die Peterskuppel, wie sie dem von Norden herabsteigenden Wanderer ins Auge steigt, zu tuschen gewagt hatte, versuchte ich nun eine Landschaft zu imaginieren . . .«

Falten erschienen auf seiner Stirn. »Das ist nun freilich das Quälende: Nur Naturnachahmung, oder auch freies Schaffen? Aus der Idee heraus?« Dies habe die Landschaft dann ganz prächtig koloriert. Aber . . .

Er stand auf. Ein Zweifel gehe ihm nicht aus dem Sinn, so hartnäckig er sich auch gegen ihn stemme, und so sehr ihm die wachsende Klarheit in Gesprächen und Untersuchungen mit Meyern unrecht gebe. »Der Zweifel: ist unser Material, unsere historische Kenntnis von der Entwicklung der Kunst nicht zu – pauvre, als daß wir uns heute schon mit theoretischen Sammelerklärungen hervorwagen dürften? Sooft mir einer sagt – und jeden Tag sagt es mir einer –: dieses neuaufgefundene Bild, dieser ausgegrabene Torso ist, in seiner Art, gewiß das Höchste, was die Welt kennt, werde ich verstimmt. Ich brauche nur an den Kardinal Albani zu denken, um auf den Einfall zu kommen: liegt denn nicht

Tausendfaches noch unter der Erde? Und der Betrug, den Mengs mit seinem antiken Gemälde an Winckelmann ausgeübt hat? Bitte! Wenn Winckelmann hereinfallen konnte! – Aber noch etwas anderes!« Er vermöge sich zwar der Lehre von der »edeln Einfalt und stillen Größe,« vermöge sich dem Abstand zwischen Raffaels antikem Maße, bei fast raffiniert bildendem Verstande, gegenüber Michelangelo nicht zu verschließen. Er könne auch Meyern, der jedem Kunstwerk mit – »ja, ich möchte sagen: Tabulatur-Gesetzen« – kritisch nahe, nichts an begründetem Einwand entgegensetzen. Aber . . .« Rasch kam er auf die stille Frau zu und ließ sich neben ihr auf dem Diwan nieder. »Ob wir nicht alle zu unfrei, zu nordisch, zu philiströs, zu – genielos den Werken der Alten und der Renaissance gegenüberstehen? Ja, wenn ich mich *schöpferisch* in der bildenden Kunst betätigen könnte!« Ungestüm fuhren die Hände an die Schläfen, es flammten die Augen auf, während die Donner nun brüllten, die Wasser sausten. »Dann würde ich bald ohne Vorurteil sein! Aber so? Ich komme nicht an! Ich gelange nicht hin! Und, sehen Sie, – das begreife ich nicht! Verstehe ich nicht! Ich habe doch eine geradezu brennende Liebe zur bildenden Kunst. Ich ahne, wenigstens, ihre Gesetze. Ich besitze ein treu ausgebildetes Auge. Lerne, versuche mich, ergebe mich *ganz*, ja tyrannisch der gewissenhaftesten Übung. Und dennoch: es geht nicht! Geht einfach nicht!«

Lange, stumm nagende Pause.

Endlich, tapfer fragte die Frau: »Und was ist mit ›Egmont‹?«

»Lange schon fertig!« Als ob er nach Atem ränge, sprang er auf. »Ging den ersten des Monats nach Zürich zu Kaysern ab.«

»Und jener Stoff, den Sie in Sizilien . . .«

»Und Sie?« Und mit gerungenen Händen kam er von zwei halbfertigen Bildern, die gegenüber der Mutter der Gracchen an der Wand standen, zu Angelica zurück. »Wann werden Sie einsehen, daß Sie Ihr ungeheures Talent prostituieren, wenn Sie ewig fortfahren, je zehn Bilder auf einmal zu malen? Nein,« widersprach er hart, als sie mit einem traurigen Achselzucken antwortete, »Sie *dürfen* sich nicht dazu hergeben! Lassen Sie Zucchi toben und rasen! Er hat nicht recht! Er ist der beste Mensch von der Welt, aber kein Künstler! Er soll Gott auf den Knieen dafür tagtäglich danken, daß er Sie zur Frau hat, aber nicht ausnützen darf er Sie! Schütteln Sie den Kopf nicht!« Streng preßte er ihre Hände. »Ich will mich gewiß nicht in Dinge mischen, die mich nichts angehen. Aber das kann ich nicht länger still ansehen. Sie arbeiten sich stumpf. Stöhnen unter der Fron dieser gierig einkassierten Aufträge aus aller Herren Ländern. Wieviele Selbstporträts, zum Beispiel, haben Sie schon bemalt? Siebzehn? Achtzehn? Neunzehn? – Entsetzlich! Und wieviele Bilder aus Ihnen selber, aus Ihrem Innersten, aus dem Zwang Ihrer Seele, – Ihrer Künstlerseele heraus?« Drohend stand er vor ihr. »Antworten Sie!«

»Ich kann ja nichts!«

»Sie wissen genau, wie ungeheuer viel Sie könnten!«

»Gewiß: ein Talent. Aber ein mittelmäßiges. Frauenarbeit! Gerade genug, um verdienen zu können. Nicht aber, um . . .«

»Um?«

»Ich meine,« – groß schlug sie die traurigen Augen zu ihm auf – »wenn ich nicht malte, es würde nie und nirgends vermißt werden.«

»Kennen Sie heute eine Malerin gleichen Rufs neben Ihnen?«

Kein Wort.

»Wissen Sie, wieviel Sie zu können vermöchten, wenn Sie nur malten, was Sie malen müssen?«

Kein Wort. Aber ihr war, als flammten die Blitze, predigten die Donner in seinen Worten, rauschte das Element des Flüssigen, Dessen, was ewig wallen kann, nicht erstarren, sich nicht ergeben muß, sondern lösen, erlösen, tauen, strömen und netzen darf, in der Jugend seiner entfesselten Bewegungen. Und das Herz, das niemals Jugend und Liebe ausgetrunken, keines Tages Sonne jauchzend geschlürft und keiner Nacht Wonne schaudernd gekostet hatte, schlug ihr wie vor der Lust eines himmlischen Traums.

»Wenn ich so denke!« Die Stirn hart an das Fenster gepreßt, an das er, als riefe das Gewitter in seiner Brust nach nichts anderem als nach Gewitter, geeilt war, und den Regen auffangend mit durstigen Händen, sprach er in wachsendem Aufruhr. »Daß ihr habt, was ich nicht habe! Spielend vermöget, was ich nicht erlangen kann, auch wenn mir die Pracht aller römischen Dinge das Blut versengt und die sehnende Seele erstickt! Und daß ich, . . . ach Gott!« Laut trat er vom Podium herab. »Um die andern mag nicht so schade sein, wenn es mir nicht gelingt, sie zu wecken. Ihnen mit Kuß oder Rute beizubringen, daß die Kunst – wenn man sich schon einmal als Künstler fühlt! – nicht eine Beschäftigung, keine Liebhaberei und kein Handwerk ist, sondern: Dienst im Gebot eines unerbittlichen Herrn. Der kennt keine Rücksichten! Keine Geliebte, keine Braut, keine Gattin, keine Kinder, – keinen Herzog, keinen Staat und kein Volk! Nur die Arbeit! Tag und Nacht Arbeit! Im furchtbarsten Norden, oder hier! In Zweifel und Glauben! Im gemeinsten Schmerz – Herzweh oder Zahnweh, – und im staunendstem Glück!« Wie erschöpft ließ er sich wieder nieder neben der Frau. »Wie gesagt: die anderen, – in Gottesnamen! Aber *Sie!* Denn Sie sind ein ganzer Mensch! Eine vollkommene Seele! Nur sagt es Ihnen niemand, – außer mir!«

»Ja,« setzte er bebend, mit tyrannischem Blick, hinzu, »schaudervoll, sträflich und Frevel! Verbrechen, daß Sie den Mut nicht aufbringen, das völlig auszuwirken, was in Ihnen ist!«

»Und Sie?«

Trotzig: »Was meinen Sie?«

»Jener Stoff, der Sie in Sizilien so beschäftigt hat als die Bestätigung dafür, daß Sie – wie Sie sich ausdrückten – das Nest endlich gefunden haben? Was ist mit ihm?«

Gefährlich stand er auf. »Nichts.«

»Und mit ›Tasso‹?«

Mit den zappelnden Füßen den Boden zu wetzen begann er. »Auch nichts.«

»Und mit dem ›Faust‹?«

»Sie sind also auch der Ansicht, daß ich in Rom faulenze?« Atemlos, leibnah vor die Erschrockene hin trat er. »Leugnen Sie's nicht! Sie befinden sich ja auch mit dieser Meinung in der besten Gesellschaft! In Weimar pfeift es jeder Spatze vom Dach! Und es ist ja auch wahr! In einem Jahr vollkommener Freiheit habe ich nicht mehr zustande gebracht als: die Neuredigierung der Iphigenie und des Egmont!«

»Und dabei, müssen Sie wissen,« – wie ein Felsen von unabschüttelbarer Furcht legte es sich über der Frau pochende Brust – »kräht langsam kein Hahn mehr nach dem Dichter Goethe! Der Ruhm ist im Verglimmen! Eine Auffrischung des Funkens täte höllisch not! Schiller, – spielend wird er mir über den Kopf wachsen! Und dennoch! Und dennoch!« In beide Hände vergrub er das Gesicht. Senkte es tief. Vom schweren Atem hob sich gewaltsam die erschütterte Gestalt. Kein Donner mehr störte die Stille der schwarzen Betrachtung. Kein Blitz strahlte mehr Licht in das Finster des Bu-

441

sens. Gleichmäßig, in selig niederfallendem Strom, der von den erblichenen Dächern lächelnd aufgetrunken ward, vom ausgebrannten Stein und den gelöst, wie zur endlichen Rast, hingedehnten Formen des Landes, rauschte der Regen. »Und wenn es nur einer, irgendeiner, eine einzige Seele begriffe: daß die Hälfte des Lebens Warten ist, Aufhorchen, Hinlauschen, Saugen, Schlürfen, Trinken, – was!« Mit einem Ruck erhob er sich. »Im Gegenteil! Die andere Hälfte des Lebens ist Einsamkeit! Und das ist gut so!«

Wenn ich jetzt, fuhr es wie süße Versuchung durch die Seele der Frau, das Wort aussprechen könnte, das mir wie inbrünstiger Zwang auf dem Herzen da liegt! Die Ketten abwerfen könnte, die mir das Leben angeschmiedet hat, nur für einen Augenblick, um einmal, nur für einen Augenblick, aufzufliegen in die schwebende Wolke des Glücks! Der Verehrung! Des Glaubens an Einen, – in den Himmel des seligen Verstehens eines Zweiten! Und voll von der Glut ihrer schön gebändigten Natur, folgte ihr Auge jedem Spiel seiner Miene, jeder Regung, Bewegung, die sein ringendes Innere durchstritt. O, vom ersten Blick an, vom ersten Wort an, das er zu ihr gesprochen, – das ist der Unerbittliche! hatte sie gewußt. Er scheint einfach, wenn ihm das Schicksal seiner Ideen Ruhe beschert. Er ist vielfach, mit unzähligen Gewalten geladen, wo die Kräfte des Lebens in wildem Kreuz an ihm zerren. Er kennt die Schwäche halber Hingabe nicht, wenn seine Seele gezogen sich aufschwingt; aber auch nicht die Rücksicht falsch schmeichelnder Tröstung, wenn ihn sein Ziel vom Glück abruft zum Abschied. Man müßte frei sein von jeglichem Eigennutz, jeder Gier nach eigenem Gewinn von ihm her, um ihm die Lieder der kindlichsten Liebe zu entlocken *und* die furchtbar erschaffenden Blitze seines Genies; und um ihn zu wärmen und die Not seines Einsamseins wundertätig zu bannen. Ich aber . . .

Ein müdes Lächeln um die ungeküßten Lippen tötete die süße Versuchung. »Ich bin eine alte Frau!«

»Und erst noch darüber reden!« stieß er, zwischen den Bildern auf und nieder wandelnd, die Hände auf dem Rücken, heiser hervor. »Einer Mutter in Trastevere, – vielleicht zehn Müttern in Trastevere drüben sterben heute Kinder! Und ich, – weil ich nicht zeichnen kann!« Und wieder schlug er die Hände vors Gesicht.

»Wer Sie nicht ernst nimmt wie den Schöpfer selber, – nein, nein!« verbesserte sie sofort, erschrocken, »wie das gewissenhafteste Geschöpf des Schöpfers auf jeder Staffel Ihres Weges, – der kann den Genius nicht vom Menschen unterscheiden! Was tut uns Armen denn bitterer not, als: endlich einmal wieder zu sehen, daß einer aufwärts will? Hart? Unerbittlich?«

»Und deshalb mahnen Sie *mich*?«

Hoch, obwohl ein Seufzer aus ihrer tiefsten Brust brach, stieg das Antlitz der Frau zu ihm empor. »Ja. Deshalb wagte ich's.«

»Und wenn ich *Sie* mahne?«

Ein wunderschönes Lächeln. »Gott! Was bin denn ich?«

»O, Angelica!« Als schauderte ihn vor der Gewalt des Zaubers, der von dieser königlichen Reinheit, dieser unbemakelt durch den Schmutz des Lebens getragenen Unschuld zu ihm herüberlockte, an die eiserne Schale seiner erst gepanzerten Mannesseele rührte, starrte er in sich hinein. »Was wissen Sie von Ihnen, und was von mir?«

»Von mir nicht viel. Von Ihnen, – was Sie mir vertrauen!«

»Es ist nicht schön, Angelica, nicht schön,« – mit heißem Schritte kam er wieder näher, der Regen rauschte, rauschte, rauschte Linderung, Aufschmelzen, Lösung und Befreiung – »und auch nicht gut, wenn man das Herz, endlich, soweit gebracht hat, daß es sich folgsam als das Zweite fühlt!«

»Nach dem Ersten –: der Sorge für die eigene Seele?!«

Als blitzten hunderttausend Blitze in einem einzigen, ganzen auf, empfand er: Licht! Empfand er: Glauben! Empfand er: Zwei! Und ohne noch zu denken, zum drittenmal, ließ er sich nieder neben ihr.

Aus tiefen, bis ins Letzte offenen Augen sah er sie an. »Überlegen Sie gut, was Sie sagen! Da ist ein Mensch, der unverdient geliebt wird. Ganz unverdient! Und viel! Grundlos. Doch wirklich! Und: der nicht mehr *sich* gibt! Weil er jetzt werden will! Er werden will! Verschenken kann er sich, *will* er sich nur noch an sich selber! Dem eigenen Weg! Dem kaum erratnen Ziel! – Wie nun, wenn dieser Weg ein Irrweg ist? Das Ziel nicht zu erreichen?«

Sie nahm, als dürfte sie's nun ohne Zweifel tun, weil dort, wohin dieser Mann sie führte, ihr angestammtes *und* erworbenes Land sein mußte, seine Hand in ihre Hand. »Es gibt auch zwischen Menschen,« flüsterte sie bebend, »Etwas, was mehr als Liebe ist, die – immer – haben will! Das ist: das Höchste an Leid und Streit, Verzicht und Willen nach oben voneinander zu verlangen, es einander glauben, und zu ihm einander helfen!«

»Ja!« In bitterem Zwiespalt rief er's aus. »Wenn dieses Höchste eben wirklich die Sorge für die eigene Seele ist!«

»Wofür denn sonst?«

O dürft' ich, dürft' ich, fuhr's wie süße Versuchung durch den aufgewühlten Mann, den wirren Kopf in diesen Schoß da legen, von diesen keusch gebliebnen Händen mich streicheln lassen, mit sehnsuchtsvollen Lippen den Herzschlag küssen, der so erlösend hinter dieser Brust schlägt! »Wofür denn sonst?« Die rechte Hand, auf ausgerecktem Arm, griff langend in die Dämmerung, die rauschend, rauschend, rauschend, mit Duft und Feuchte, Erleuchtung, Schlummersang, Entbindung durch die Fenster wogte. »Was der Verstand ergreift, die Phantasie erahnt, was Geist, Gedanke ist, unsichtbar, Idee, – das bändige ich als Dichter leicht in Formen! Da entwischt mir nichts, was dieses Herz zu fühlen, dieses Hirn zu erraten, dieses Blut zu wittern fähig ist! Soweit der Kreisgang dieser Welt gezogen ist, gehört mir diese Welt! Und mehr: Gesetze finden, nachfinden, nachempfinden, nach denen diese Welt – Stoff und Idee – gebaut ist, in hellen Stunden gelingt mir auch das! Und *noch* mehr! Ich hab's zwar nie versucht, mich darin zu üben, – aber: was Ton ist, komme er nun kaum hörbar aus den Elementen selbst, oder deutlich aus lebendigem Munde, oder erstarkt, verwoben mit anderen, gebogen nach Willkür des Künstlers, aus dem Instrument, – auch ihn erfaß ich; was er will, bedeuten muß, wie er entschleiert, wo er nicht einmal nachzuprüfen ist. Aber: Linie, Licht, Schatten, Farbe, Form, Gestalt, – den himmlisch schönen *Körper* dieser Welt, das Schöpfungs *bild*, Angelica, – wie faß ich das? Wie zähm ich diese Fülle? Wie beruhige ich mein heißes Auge, das dieses Bild, – ja: knieend, möcht ich sagen, sieht? Dem keine Lust, nicht *ein* Gesicht von dieser Überpracht entgeht? Da steh ich, geh ich, wandre ich in nichts als Schönheit! Schönheit Tag und Nacht um meine Augen! Und nicht: die fliehende. Nein: ewige, immer wieder sich gebärende, runder, reifer sich vollendende! Und gehe, stehe, wandre kraftlos! Ohnmächtig! Den ganzen Menschen voll Gebet zu ihr, – und keine Waffe, sie mir einzufangen! Was wollen, können wir Geschöpfe andres denn als: nachschaffen? Als, Ebenbilder des Schöpfers, wieder Ebenbild erzeugen? Und ich – kann's nicht! Besessener, glühender als viele von euch, – wie ein Schulknabe reiße ich falsche Linien! Mische falsche Farben! Karikatur ist, was ich mache! Und bin ich zwanzig Jahre alt? Ein andrer hätt' sich lange schon gesagt: Umsonst! Da liegt der Fels von einem Tasso! Der Berg von einem Faust! Keck daran! Und ich? Ich ringe, raufe, bettle, schinde mich und euch, schände die heilige Natur, die meinen Händen widerstrebt, und will es zwingen! Und das soll Sorge für die eigene Seele sein? – Angelica!!« Und wild – wo hemmte noch ein

Zügel den zerrissenen Geist? – sank er zu ihren Füßen nieder. Die Arme, die nach ihrer Tröstung lechzten, um sie, die lächelnd weinte, fest geschlungen, das Haupt wie einer Mutter in ihren Schoß gelegt. O, streichelt, streichelt, streichelt nun, ihr gnadenvollen Hände! Schlag nun, du Engelspuls an dieser bangen Brust! Wo soll ein Mensch denn Zuflucht finden? *Darf* er nicht Zuflucht finden? Still, selig, während sie in hellen Tränen schmolz, ließ die Verklärte ihre Finger durch die Locken schmeicheln. »O, goldner Tag! Er ganz bei mir!« – »Wie mir der Jammer gut entflieht!« schien ihr der Mund in ihrem Schoß zu lächeln. – »Heb dich nur auf,« gab sie verschwiegen Antwort, »du *mußt* es fühlen, einmal, wie dies Herz da glüht!« Und sanft, ein Jüngling fast, nur Ehrfurcht, Glanz und Glaube, hob er das Haupt, den Mund: »Angelica,« – ach, wie er leuchten konnte! – »Dein Herz hab ich geküßt!«

»Ja, *dieses* wohl!« Als risse ihn der Zorn des Geistes, das Joch der Einsamkeit, das Eis des unerbittlich angelegten Panzers zurück, sprang er empor. »*Das* sorgt für seine Seele! Aber ich? Bin ich denn Seele? Ist mein Ziel denn Seele? O, reden Sie nicht!« Ein Krampf zerriß ihm Haltung, Vorsatz und Gefühl. Im Sturm ergriff er ihre Hände wieder, hielt sie wie gegen Raserei an seine Brust. »Ich bin nicht gut! Mich drückt nicht *eine* Schuld nur! Wohl oft, im Rausch von Glück, auf Himmelswoge, wunschlos, Lippe und Hände voll von Wundern wie der Erwählte, dem, was er liebt, in seinen Schoß fällt, steh ich da, in diesem Lande, das mich neu geboren. Oft aber, – den nächsten besten Eseltreiber, Karrenzieher beneide ich! Er sieht nicht, hört nicht, fühlt nicht! Ihm singen nicht die Engel, ruft kein Teufel! Er *weiß* nicht, und darum, er kann nicht schuldig sein an seinem Weg! Sie kennen mich nicht! Man überschätzt mich, und ich dulde es! Man sagt mir, daß ich gebe, – *nehmend* laß ich's sagen! Man mutet mir den Flug in den Olymp hin zu! Ich krieche wie die Gemeinsten, – aber laß es sagen! Ja, wenn ich wäre so, wie Sie: arglos, harmlos, gefeit von *innen* gegen Betrug und Duldung jedes falschen Ruhms! Dann, ja dann wär' es Seele, dieses Kunst-Versuchen! So aber, – so, wo einer, der des nächsten Besten schon nicht würdig ist, sich selbst erst suchen geht . . .?!«

»O Kind!« Kaum, daß sie selber wußte, daß sie sprach! O, durch die Wüste pilgern, Jahr um Jahr, luftlos und grünlos, ohne Quelle und Erbarmen! Und, plötzlich, in seinen eigenen nie geweckten Armen den heißen Flaum des Adlerflügels halten! Als wäre sie ein Mädchen wieder, vor dessen Aug sich morgendlich die Welt ausbreitet, und niemals noch ein Schatten über ihren Glanz gefallen, und Mensch und Tier, Baum, Stein und Halm in voller Unschuld unterm blanken Himmel, erhob sie sich. »Sie Kind *und* Feuergeist! Sie heiße, schöne Seele!«

»Ja!« Tollkühn, weit umströmt vom Dämmer, der noch immer rauschend, rauschend, rauschend floß und wehte, glomm ihr das Auge auf. »Ich sag es noch einmal: Sie große, schöne, heiße Seele!«

»Wer weiß es denn,« – weil er, wie Fels geworden, traurig schwieg – »wieviel und *was* Sie täglich, stündlich leiden?«

»Ich? Leiden?« Wehes, hartes Lachen. »Hier, in Rom?«

»Ihr Weg ist dunkel! Am dunkelsten, wo ihn die meiste Sonne trifft!«

»Und wenn Sie irren?« Gemartert sprach ers aus. »Wenn alles Trug und Lug und Täuschung ist? Und ich auch Sie umgarne? Woher denn sollten Sie es wissen?«

»Ich *fühle* es! Und wenn Sie mir gestehen: ich hab gemordet . . .«

»Ich *hab* gemordet!«

»Zweimal, dreimal, viermal! . . .«

»Fünfmal, sechsmal, siebenmal!«

»Doch niemals noch: die Reue! Und die Sehnsucht! Die eigene Seele nie!«

»Sie sind nicht von den Menschen! Nicht von hier!« Was half da reden, stürmen, beichten und beweisen? Wehmütig legte er den Arm um sie, schlang sie zu sich heran. Lehnte das bleiche Antlitz süß an seine Brust. Und hielt es so. Die Dächer unten finster. Der Duft erlöster Erde aufwärts wogend; voll und dankbar. Der Dunst verflogen. Vogelstimmen, jauchzend, treu im Abend. Das ruhereiche Flüstern tiefer Büsche. Auf der Terrasse der Vigna Glitzer matten Goldes. Die Stadt wie schlafend in ersehntem Rasten. Der Himmel bleich, verhangen, aber lächelnd. Weit draußen, hinter ungewissen Formen, ein Streifen Licht, – ein Winken.

»Du weinst?« So innig wie ein Kindlein fragte er. »Angelica, du weinst?«

Scheu löste sie sich los. Es gibt auch zwischen Menschen Höheres als Liebe, die – immer – haben will! »Das sind nicht Tränen!« Lächelnd, blaß, unendlich glücklich: »Das sind nicht Tränen!«

»Dann« – ja, das war sein Blick! Das war er selbst! – »dann muß ich mich auch nicht der meinen schämen?«

Wie? Aufgeschreckt aus schönstem Traum, hielt sie im Schreiten inne. Ist er fort?

Die Glocke von Trinità dei monti begann zu läuten.

Wie? Ist er wirklich fort?

Die Glocke von San Carlo al Corso begann zu läuten.

Ja, er ist fort! Umflossen von den Strahlen ihrer ganzgeschmückten Seele, ließ sie sich fern, im tiefsten Dunkel nieder. O! Durch die Wüste pilgern, Jahr um Jahr, luftlos und grünlos, ohne Quelle und Erbarmen! Und plötzlich, da, in diesen eigenen, nie geweckten Armen, an diesem Herzen da den Sinn des Menschseins halten!

Die Glocke von San Silvestro begann zu läuten.

»Nein, nein! Er ist nicht fort! Nie wieder geht er fort! Von mir geht er nie wieder fort!«

»Nein,« antwortete er geheim herauf, mit blankem Schritt durchs nasse Nachtreich schreitend, »ich geh nicht fort, Angelica!« Ha! Hatte nicht vor wenig Stunden noch von allen Wänden dieser vielgeliebten Häuser das bittre Antlitz viel zu frühen Abschieds geweint? Die Stadt traurig gelächelt, als gehörte sie schon nimmer ihm? In diesem Busen drin ein Schmerz gehaust, den nichts betäuben, nichts mehr lösen konnte? Und nun? Nun läuten alle Glocken von ganz Rom: »Du bleibst!« Und: »Es wird werden!«

»*Was* werden?« Schon wieder ängstlich, nichts als grauer Zweifel, fragte er's vor sich hin, in der Sixtina, nächsten Mittag. Ja: Draußen flammte Licht, nur Leuchten. Hier drinnen aber: Düster! Dunkel! Dämmer. Dennoch: winkt hier nicht etwas? Aber: was? Warum kam aus jedem Feld der Decke immer drängender, je öfter er hier weilte, dies rätselhafte Mahnen? »Was will man mir verkünden?« Nichts! Kein Laut! Der Custode schlief vor der dreifachen Tür. Der Stuhl des Papstes, wenn man ihn rücken wollte, – wer will nicht einen Papststuhl rücken? – knarrte nicht einmal. Auch er war Schweigen hier. Hier lief die Zeit nicht. Von den Wänden starrten gleichgültige Machenschaften von Vorläufern. Da war der Pinsel gut, jedoch kein Geist. Auf den Fliesen schlummerten die Tritte nobler Prozessionen, unzähliger Ahnungsloser, die blind geblieben waren auch nach hunderttausend Blicken in die Decke. Ums Jüngste Gericht quoll Weihrauchdampf. Vom Zacharias nieder sang der Nachhall gewohnten Chorgesangs. Ach, Wolken überall! Von überall her. Gewiß: er kannte jeden Zollbreit da. Wenn er die Augen schloß, schuf nicht der Schöpfer trotzdem seine Welt da oben? Und dennoch! Dennoch!

Er erhob sich aus dem Papststuhl. Das Erz vom Marc Aurel auf dem Capitol hatte er gewagt zu streicheln. In diesem Papststuhl einmal Mittagschlaf gehalten. Dort drüben, in der Ecke, ein Pfund Trauben schmatzend aufgegessen. Aber: so unter dieser Decke stehen und, aufschauend, laut zu sagen: »Ich bin,«– das wagte er nicht! Hier nämlich winkte etwas! Hier verbarg sich etwas! Nicht der Geist des Werkes! Wenn er sich vorstellte: mir gegenüber, unter der Sintflut, steht Michelangelo, sein Rücken ist krumm, sein Gesicht, den Bart, den Kittel über der Brust verunzieren tausend bunte Farbentropfen, er stöhnt verzerrt, der Papst versteht ihn nicht, die Nächte sind schlaflos von der Lieblosigkeit, der Habgier, der gemeinen Erpressungssucht in seinem Hause zu Florenz, und er wird alt, – o: auf die Kniee fallen, auf den Knieen zu dieser armen Seele hinüberrutschen, die schlaffe Hand, die kraftlos niederhängt, ergreifen, küssen, inbrünstig sich an dieses bürdevolle Herz anpressen und aus dem heißen Herzblut rufen: »Du! Du bist!«, – das würde er! Denn auch der Geist von diesem Werke redet klar! Verstand sich leicht! Ein Mensch, dem gar kein Leid der Seele erspart geblieben und der sich Gott als Jesulein vorstellen mußte, so grausam viel an Weh und Hang und Drang nach Liebe, Erbarmen, Segnung lohte in seiner wunden Brust, – dieser Mensch schuf sich den Gott als Schöpfer, vor dessen Unmaß die Maße selbst der größten Geister versagen; als Schöpfer, der in der Wildheit seiner Elemente schwelgt, im Prunk der menschgeschaffenen Schönheit . . .

» . . . . menschgeschaffenen Schönheit?«

. . . im Prunk der menschgeschaffenen Schönheit menschlich lächelt, und dann mit Schlangen straft, hart, unerbittlich; und – mit seinem Christus die Böcke in die Hölle stößt. Und schuf damit: die höchste Kunst!

Was aber, wenn Form und Geist des Werks so deutlich sprachen, winkte dann? Was mahnt? Was flüstert?

Und quält so? Heraus damit! Gewalttätig hob er die Augen. Ja, heraus damit! Einmal *muß* es gesagt werden! Gewiß: daß seine *Seele* sorgte, indem sie rastlos gierig, von nichts erschütterbar, den Eingang in den Tempel dieser Kunst suchte, – Angelica hat es gefühlt. Also ist es wahr! Aber: ob dies Sorgen auch Frucht brachte? Erzeugte? Erzog? Wieder senkte er den Blick. Doch! »Es muß schonungslos herausgesagt werden: wir pfuschen alle!« Nicht nur er! Ein Instinkt, nicht Wissen und Erkennen, sagte es ihm: In Mengs, welch starre Gebundenheit ans Vorbild! Wenn Winckelmann den Apoll beschrieb, – wo waren die Kunstwerke, an welchen verglichen dieser Dithyrambus zur Schwärmerei auswuchs? Angelica? »Verzeih es, schöne Seele!« Angelica, als Künstlerin, ist: hoffnungsloses Beginnen, in Spuren zu wandeln. Selbst Tischbein, – was vermag er eigentlich? Und Bury, Schütz, die andern? Als ob ihn eine Fliege stäche, zuckte er auf. Sie konnten nicht einmal richtig schreiben! Ihr Geist denkt nicht organisch. Sie mühen sich nach den einfachsten Binsenwahrheiten mit der Anstrengung von Titanen. Und haben sie ein Körnchen gefunden, dann liegt daneben, komisch genug, die Riesenharke, mit der sie es gegraben. Und dieses fortwährende, krampfhafte Sichbeschäftigen mit Kunst und Kunstwerk, hier überschätzend, dort überhaupt nicht sehend, bald wahllos gieriges Sammeln, bald hochmütig kritisches Sondern, – war es nicht Manie? Spiel mit schönen Leichen? Da neues Leben doch allein im Künstlergenius erstehen kann? Er aber erst! Er, Goethe! Dem eine Kunst gegeben war! Der, wie im Traum, aus jedem Stein, aus jedem Herzschlag Leben zaubern konnte! Ihm schwindelte. Was preßt so nieder da? Nagt so, so unbarmherzig? Tiefaufatmend, widerstrebend, mit dunkler rechter Hand am Chorgestühl sich haltend, ließ er sich niedergleiten in den Boden. »In Paestum,« – in heftigen Stößen kam es aus der Brust –

»welch' klare Sicherheit! In Sizilien, was für ein genaues Wissen von der Berufung! Und hier?« Verzweifelt riß er sich zurück. »Du, Michelangelo!« In angestrengter Sammlung hetzte sich das Auge in den Jeremias, der Michelangelo selber schien. »Du! Sprich du! Weise! Winke! Deutlich!«

Umsonst, es blieb grabstille.

Blutlos, Minuten später, als er wie ausgetrieben aus der Kapelle die Treppe zu Sankt Peter aufwärts stieg, war sein Gesicht. Es ward nicht nur nicht Licht, es wurde immer dunkler! Das Netz umstrickte ihn, er hatte nicht die Kraft, die Fäden zu zerreißen. Dazu: die Kirche völlig leer. Ungewisses Halblicht füllte ihre Höhen. Aus dem Kuppelraum floß letzter Schein. Die Höhlen der Kapellen klafften wie riesenhafte Mäuler ins Mittelschiff heraus. Schwarz stand im linken Kreuzschiff vor ungeheurem Pfeiler die Kanzel des Großpönitentiars. Die Lichter, die auf den Geländern der Kryptastiegen brannten, zuckten flitterig über den verlassenen Marmor. In häßlicher Einsamkeit hob der Hauptaltar seine gewundenen Säulen über Gold, das ohne Ruhe blinkte. Vor dem erzenen Petrus kniete ein alter Mann. Aus dem Tor der Sagrestia trat ein Priester im Chorhemde, begleitet von zwei scharlachroten Ministranten. Verschwand wie Traum im weiten Zug des Dunkels. Sogleich begann ein Glöckchen schwach zu klingeln. Kam Volk herein? Murmelndes Gebet erscholl. Aber verklang gleich wieder; so, als ob die Gasse Volks mitsamt dem Priester eilends durch die Mauer der Kirche hinaus in den Camposanto der Tedeschi gezogen wäre und dort Gottesdienst hielte. Die Capella der Pietà? Mein Gott, in kalter, unerreichbarer Ferne! Die Cathedra in tiefster Fremde! Vielleicht, in einem der Beichtstühle, starb ungehört in diesem Augenblick ein Aussatz? Vielleicht, im Finster der Capella der Colonna, hielt sich ein Liebespaar umschlungen? Vielleicht, unterm matten Schein der Kommunion des heiligen Hieronymus, gebar eine Mutter?

Plötzlich, mit ungeduldigem Schritte, ging er, an der Capella Gregoriana vorbei, in den Raum unter der Kuppel. Erkannte noch das Geländer des Saumes, die Pfeiler des Tamburs, und tauchte nun den Blick in die Laterne. Das Licht troff bleich. Da droben – war der Himmel. Und das, worauf er stand, war das die Erde? Der Bau der Kuppel, die von sanft gestorbenen Farben erblichener Mosaike kaum noch glänzte, in freier Kühnheit sich aufschwang über überwundenem Raum in eine Zone, wo kein Raum mehr galt, – ist sie ein Gleichnis? Vermittlung zwischen Hier und Dort? Ein Griff des Menschengeists in Schöpfernähe? »Doch – jedenfalls: Natur! Nicht Kunst! *Natur!*«

Dies Wort, dies jähe Wort, – wo klang es jetzt? Er wandte sich um. Unermeßlichkeit bezwungenen Raumes überall. Er drehte nach Osten hin. Urform und Unform von Stein, Metall und Luft, mit Leichtigkeit gebändigt. Von neuem umgewendet! Der Mensch verschwindet hier. Hier erscheint sein Kommen, Gehen, Beten, Staunen wie Willkür; und dennoch völlig ebenbürtig dem Walten dieser Maße. Nach Norden drehte er nun. Wohl: ringsum Dunkel. Auch dieses aber beherrscht von einem Auge, das den Gegensatz von Licht und Finsternis erfahren hatte und sich die Welt aus diesen *beiden* Mächten baute. Im Fluß der Dämmerung, der über diesen Harmonien niederrann und aufstieg, in diesen Helligkeiten, die wie aus genau gemessenen Brunnen aufquollen und wie aus gewissenhaft gebildeten Himmelslücken niederschwebten, fand Auge, Herz und Geist des Menschen dieselbe Möglichkeit des Ruhens, des Sichvereinens mit dem Kosmos, wie – im tiefsten Hochwald; wie an der Meeresküste; am Busen der Geliebten! Stell einen blühenden Pfirsichbaum herein unter die Bogenwölbung dieser Apsis, und du erkennst sogleich . . .

»Sogleich? Sogleich?«

Ein Beben lief durch seinen Leib. *Dies* also war das Licht? *Hier* also ging es auf? *Hier* ward es helle? Als ob er sich, die Welt, den Schöpfer neu erkennte, mit einem Jubelschrei fiel er zu Boden nieder. ». . . und du erkennst sogleich: der Ursprung dieser Wölbung ist der des Pfirsichbaumes auch: Geschaffenwordensein. Ihr Sinn gleich wie der seine: Lebentragen zum Beweise von des Schöpfers Reichtum. Mit einem Wort: Natur in beiden, in Natur und Kunst!«

»O, Michelangelo!« Himmlisch befreit lachte er. Ein Schauer Wonne, das herrlich strömende Gefühl, nun Bruder, in einer einzigen Sekunde Mitgenosse aller größten Künstler, Mitgeschöpf mit allen ihren Werken, die so folternd gequält hatten, geworden zu sein, überrieselte ihn wie Frühlingsregen. Das also hatte von der Decke der Sixtina herab gewinkt seit Tag und Tag? Das geflüstert und gemahnt? »Und da geht einer« – jung wie Herakles, als er ausschritt ins Königreich von seinen Taten, erhob er sich, schritt wahllos weiter – »da geht einer, der alle Geschöpfe, vom Wurm auf bis zur Sonne, brünstig liebt, dem, wo er wandelt, wo er rastet, die Offenbarung vom *einen* Grund und Wesen alles Lebens wird, – da geht so einer monatlang umher, blind, taub, und findet's nicht! Das Einfache, ach, so göttlich Einfache: daß auch der Künstler ein Geschöpf ist, Stück Natur; und drum auch, was er bildet, nur: Natur!« Ja, freilich, *jetzt* hat die Sixtina kein Geheimnis mehr, als auch der Halm, der aus der Scholle wächst! Apoll? Ein Schmetterling. Die Stanzen Raffaels? Narzissenwiesen. Der Torso? Ein Vulkan. Das ganze Land der Kunst? Ein Land wie anderes Land. Vier Elemente in gemäßer Mischung; Zeugungskraft und Fruchtbarkeit in dieser Mischung schon von Anfang eingeschlossen; dann: Blühen, Reife, Frucht . . .

»Verwelken, Winter auch?«

»Auch: Jahreszeiten?«

»Wäre *das*« – überwältigt stutzte er – »der Ausgangspunkt zu einer Kunstgeschichte? – O, Michelangelo!« Das Auge Michelangelos im Aug des Jeremias war es nicht mehr, das seinem flammenden Blick von oben nun begegnete. Lichtlos starrte die Decke der Sakramentskapelle auf ihn nieder. Und trotzdem: Äther, heller, hellster Äther. Denn der Gottvater Michelangelos, mit Seherlächeln reckte er nun, ja mit der Miene fast verschmitzt lichtgebenden Vaters seine luftumwogte Hand nach seinem ersten, erdgeschaffenen Menschen aus. Da lag der Staub der Erde schollgerecht unter dem eben erstandenen Leibe. Die Wolke schwebte um das staunend hilflose Haupt. Die Sonne lag in breitem Strahl über dem leise, vom ersten Atem gehobenen Busen. Des Wassers Kreislauf lief die neuen Glieder durch. Das Tier wartete ringsumher der Freundschaft und der Zähmung. Gottvater aber sah dies alles lächelnd, und sah noch mehr! Die Lust, ein Gott zu werden, so wie er, sah er hinter der noch unvertrauten Stirn im Kerker des noch ungeübten Hirns erstehen. Sah: wie auf einmal diese Lust, gleichgültig scheinbar gegen die Schicksalsmächte, die aus ihrem Werden wachsen mußten, die Stirne sprengt, das Herz ergreift, das Blut erreicht, die Glieder aufreißt, schwellt und anpulst; und wie sich Scholle, Wolke, Sonne, Wasser – *alles* Leben! – in jäher Furcht aufbäumen, wütend, gegen diese Lust, die Stirn verdammen, aus der sie sprang, und qualvoll schreien, zu Ihm empor: »Sind wir nicht Gleiche, alle? Oder: gabst du den Menschen uns, daß er vergewaltige, was du selber schufst?« Gottvater aber lächelte nur. Und plötzlich stand ein Marmorbild, fast noch in der Hand des Menschen, der es gebildet hatte, vor dem Chor der Welten. Ein Lied flog plötzlich auf und rauschte, Glück – oder Sorge lösend. Die Melodie der Farbe, geholt aus einem Regenbogen, lohte plötzlich vor trunkenem Auge erdauf in den Himmel. Das Wort des Mundes, plötzlich, war es Laut des Herzens und sprach nun mit den Lippen Geweihter leicht alles aus was eine Seele zu bewegen weiß. Und zweifelnd, bange, hoben sich die Arme der erstaunten Menschen, die nun zum erstenmal zu sehen, zu hören und zu fühlen wußten, empor zu Ihm und fragten: »Sag was ist dies Neue?«

Er aber, Gottvater, lächelte vom süßen Drang des Schöpfungstages weg und über Sintflut, Prophetie, Erlöserkreuzigung und Gericht hin den ersten, hilflos stummen Künstler an, die Welt, die Menschen an, und sprach: »Das ist genau so, wie – die Wolke schwebt; so, wie die Sonne scheint, die Erde treibt, die Welle rinnt, –: mein Atem!«

»O, Michelangelo! Du Licht! Du, endlich Licht! Du größtes . . .«

Wie abgerufen, mitten drin im Lob des höchsten Dankes, hielt er ein. Zog er das Auge zurück. Ließ es sogleich im Raum, den nur die Leuchte des ewigen Lichts erhellte, eilig suchen. Was – weinte da?

Vorsichtig, auf den Zehenspitzen, schritt er zum Altar vor. Ein Greis? Ein Krüppel? Eine Sünderin?

Bolzengerade blieb er stehen. Ein Kind.

Ein Mädchen. Zwölf, dreizehn Jahre mochte es zählen. Das Flackerlicht der Lampe floß malend über das schwarze Häuptlein, das weinend tief im Stein der Kommunionbank lag; über das enge, ausgewaschen blaue Kleidchen, unter dem der schmale Rücken zuckte; und über die nackten Füßchen, die sich im Takt des Weinens weh bewegten.

Die längste Weile unbeweglich stand er. Sah, hörte er. Ihm war der ganze Mensch zu voll vom wunderbaren Licht, als daß ihm aus dem armseligen Bild, aus Ton und Rhythmus dieses Schluchzens, das ohne Unterlaß das fremde Menschlein rüttelte, nicht die Harmonie der Sphären, der Chor der Cherubim und das Geheul der Teufel erklungen wäre. Lächelnd willigte er ein, daß an ein Wunderbares sich das zweite schloß. Mit unbewußtem Neigen, Heben des um-

rauschten Haupts begrüßte er die Wiederkehr der altge-
wohnten Freude darüber, daß neben der Wonne, dicht
neben der Gestalt des Glücks, der schwarze Genius des
Leides schwebte, und aus der tiefsten Brust kam ihm Gottvaters Deutung: mein Atem! Als er sich nach langem
Schauen, mit scheu rührender Hand entschloß, das Kind zu
fragen, was ihm auf dem Herzlein liege, das Häuptlein ungläubig ihm zugewendet sah im dichten Kranz der
Schmerzen, focht ihn auch der Prunk des Altars nicht mehr
an, von dessen Gold und Edelstein herab der Glanz des
Sakraments das Kind bestrahlte. Das tränenüberströmte
Gesichtlein war lieblich. Wirr fuhr das nasse Haar um das
Oval herein in die unschuldige Stirn. Zarte Händchen hatte
das Geschöpflein. Knospenbrüstchen spannten das ausge-
waschene Mieder. »Du,« bettelte er nach gern geduldigem
Weiterwarten endlich, »vertrau mir's! Sag mir's! Schutt den
Kummer aus! Vielleicht kann ich doch helfen?«

Als das Mädchen nur traurig nickte, schlang er den Arm um
den geplagten Rücken; kniete neben dem Kinde nieder und
lehnte sich das Köpfchen an die Brust. Auch nahm er beide
Händchen in die Hand. Es gäbe doch für keinen, der auf Erden wohne, sagte er liebreich, fremde Menschen. »Wir sind
doch alle vom gleichen Vater?« O, es lebten freilich Böse,
Harte, die nicht fühlen, was dem anderen wohltut. »An
diese wollen wir nicht denken!« Ob es an Christum glaube?

Fassungsloses Weinen.

»An die Mutter Gottes?«

Noch tiefer sank das arme Häuptlein.

»Nun denn!« Noch fester bettete er das fremde Brüstlein.
Dann sei nicht zu verzweifeln. Wenn es in die Kapelle hin-
abgehe, die die erste rechts vom Tore ist, dann sehe es die
Mutter Gottes, die ihren toten Sohn im Schoße ruhen hat.
Ihr einziges Kind. Das hat keine Fliege getötet. Die
Menschen schlugen es trotzdem ans Kreuz. Nun hat sie

nichts mehr. Dies Kind war doch ihr Alles. Kann das verwunden werden? Wohl: Gott selber hat durch seinen Engel ihr einst verkündigt, sie solle die Mutter des Erlösers werden. »Denk nur: gibt es was Heiligeres, als ein Kind bekommen, das alle Menschen, – auch die bösesten! – wenn sie nur wollen, erlöst? Und das heißt: voll Hoffnung macht, daß aller Jammer, den man hiernieden leidet, aufhört, wenn man nur recht vom Herzen Recht tut? Und da hat nun derselbe Gott, der ihr das sagen ließ, es zugelassen, daß ihr dies Kind am Kreuze starb? Ist das ein Gott? Ist das die Güte Gottes? Gottes Liebe? »Denk nur, wie trostlos, ohne Stab und Hilfe, die arme Mutter war! Ich glaube: solch einen Schmerz hat niemand noch erlitten, und wird wohl niemand je mehr leiden. Und dennoch!« Stark hob er das Kind sich von der Brust weg, sah es mit großen, fleckenlosen Augen an. »Du, sage! Was geschah nachher? Trotzdem?«

Das Kind, jetzt schon im Bann von seinen Worten, schwieg, als suchte es; die Tränen rollten linder über die Wangen.

»Sag, was geschah nachher? Ist er nicht auferstanden? Wurde er nicht der Fürst des Himmels?«

Des Kindleins Augen forschten; fanden nicht.

»Und sie, die Muttergottes, ist sie nicht bei ihm?«

Das Kindlein senkte den gezwungenen Blick.

»Und geht sein Name und ihr Name nicht heut noch durch die ganze Welt? Und wohin pilgern wir, wenn uns das Herz zerbricht? Wo suchen wir denn Zuflucht? Doch bei ihnen? Nicht?«

Nun, ohne daß sie es wußten, traulich, schlangen sich die Ärmlein um seinen Hals; es schlossen sich die Lider.

»Wenn man, zum Beispiel, schwer krank wird, oder man bekommt unverdient Schläge und härmt sich darüber, oder etwa, man ist arm, aber nun fand dein Vater ein Goldstück, du aber verlorst es . . . .«

»Nein, nein!« Ein einziger Schrei. »Gestorben ist sie, gestern!«

»Wer?«

»Die Mutter.«

»Woran?«

»Am Fieber.« Und während sich der junge Leib nun, dem wie süßes Feuer die Wohltat des Sichanvertrauenkönnens durch die Glieder rann, in Schmerz und Ohnmacht wand, kam es wie Strom aus der verquälten Brust. Sie seien neun Kinder. An der Lungara draußen, in Miete beim Verwalter des Grafen Corsini. In der mittleren Stube starb die Mutter. Der Arzt hatte, als das Pulver nicht half, die Wahrsagerin holen geheißen. Die gab Nießwurztee. Auch dieser half nicht. Sie starb gestern abend um neun Uhr. Siebenunddreißig Jahre alt. »Vor vierzehn Tagen ging ich noch mit ihr . . .«

»Wie heißest du denn?«

»Regina.« Vor vierzehn Tagen ging sie noch mit ihr zur Wirtschafterin beim Kardinalnepoten. Die gab ihr die Wäsche – die blaue – zum Ausbessern mit. Seit zweiundeinhalb Jahren. »Und als sie da den Korb über den Gianicolo herabtrug, bei San Piero in Montorio, – Regina, sagte sie auf einmal, mir wird plötzlich so sonderbar, du mußt mir auf ein Weilchen den Korb da . . .«

»Und der Vater?« fragte er blitzschnell und hob das Köpflein, das wie abgeschnitten niedersank, mit rascher Hand zurück empor. »Der Vater?«

Sei Zimmermann.

»Und?«

Als sauste ein Geier schreiend von der Decke herab, um es gefräßig anzufallen, fuhr das Mädchen auf. »Und?« frug er sogleich von neuem. »Sag's! Was ist mit ihm?«

Wild erhob sich das geschlagene Häuptlein. Weit auf strahlten die Pupillen. Zorn, Haß, Empörung siedend in den Wangen. Das! Ja, wenn das nicht wäre! Sie stehe nimmer auf, die Mutter, das wisse sie wohl. »Und wenn ich vor dem Sakramente bete, bis ich umfalle, nicht! Aber der Vater wird die Beppina heiraten. Gewiß! Er hat nur darauf gewartet. Als die Mutter gestorben war, hat er sie unter Tränen geküßt und gejammert und geschrien. Und eine Stunde drauf, ich bin gerade hinabgegangen, um beim Wirte Essig zum Waschen der Leiche zu holen, – da hat er, – nein, das sag ich nicht!«

»Sage es doch, Regina!«

Beide Händchen wie bebende Flügel über dem Gesichtlein: »Nein! Das sag ich nicht!«

»Sage es doch, Regina!«

»Er hat sie jeden Tag geschlagen.«

»Dich nicht?«

»Ich bin ja nur sein Kind. – Nein, nein, ich sag es nicht!« Und trotzdem: nur noch enger, wärmer, fester schmiegte sich das Kind an ihn. Sein Leiblein war durch grausam viele Stunden von allen Furien der Verzweiflung gehetzt worden. Nun wollte es rasten. Augen schließen. Schlafen. Die Mutter mit dem Sohn im Schoße stand tröstend vor den müden Schmerzen auf. Schnell aber wieder rang das Bild der Mutter, wie sie auf dem papierblumengeschmückten Totenbett lag, lange gelbe Kerzen zu Häupten und Füßen, neue Tränen ab. Und: wer war dieser fremde gütige Herr? Bewußtlos irre ging der Blick schon wieder auf. »Jetzt lachst du ja schon gar ein bißchen?« lachte da der fremde

Herr und schlang und streichelte noch näher. »Siehst du, vielleicht kann ich doch helfen?«

»Nein!« Und atemlos, ganz plötzlich hob sich das Kindlein zu ihm auf; grub ihm die Händchen in den Hals. »Aber jetzt sag ich's. Ja, jetzt sag ich's! Eine halbe Stunde später hat der Vater . . .«

»Nein, Regina!« Schnell schloß er ihr das Mündchen. »Ich weiß es schon. Gewiß, ich weiß es schon!« Und wie mit einem Schlag, und weggescheucht, schwieg nun das Blut, das bis dahin in immer tollerer Wallung aufbegehrt. In beide Hände nahm er das Gesicht des Kindes. Wollte es nicht küssen. Tat es dennoch. Mit scheuen Lippen Träne auf Träne aus den Augen, von den Wangen küßte er ihm. Ja, sang es süß in seiner Seele, jetzt bist du leicht zu rühren, Johann Wolfgang Goethe! Ein Pochen nur, mit Kinderhand getan ans übervolle Herz, und jede Schleuse sinkt und der gestaute Schwall braust jauchzend in die Gnade ein: des Liebens. Was heißt denn – hell flog das Aug ins Dunkel der Kapellenkuppel auf, dem's nun, nach der empfangenen Botschaft, gegönnt sein mußte, das Geheimnis auch *dieser* Urpflanze zu enthüllen, – was heißt denn: Dichter sein? Ein Künstler sein? Ein rastlos Gott und die Welt suchender Geist sein? Ein einzig Menschenherz, das einsam ist, erlösen, – ist das nicht mehr? *Alles?* Aber . . . Ja, was war denn *das?* Daß, während ihm das Herz da schmolz, das Eis aufging im Leide mit der fremden Not, die er nicht bannen konnte, ein Fühlen in ihm aufwuchs, umfragte, tastete, suchte, wie auf vorsichtigen Sohlen die Kirche, Rom, die Welt ausschlich, wieder zurückkehrte, nun plötzlich, sonnehell lächelnd, Gewißheit ward, und jetzt unmißverständlich deutlich sagte: Ton ist in deinen Händen! Schon geformter Ton! Des Schöpfers Wachs, aus dem er Menschen macht! Des Schöpfers Menschenform, rund, gewogt, gewellt, gemuldet, gebuchtet, nach Gesetzen? außerhalb von Gesetzen gebildet? dem Finger, wenn er ehrerbietig ist, erfühlbar, der ahnenden Seele erlauschbar –: des Schöpfers schönstes Geschöpf, der Leib eines Menschen! Sein Ebenbild!

»Siehst du, Regina,« hob er tiefatmend, wie im Wunderbaren badend, von neuem an, »es ist nicht leicht, zu einem Kind zu reden. Aber wenn ich dich so an meinem Herzen da halte, als kennten wir uns schon sehr viele Jahre, dann mußt du nur denken, daß auch ich einmal ein Kind war. So wie du. So unschuldig, weiß und rein wie du.«

»Und jetzt bist du es nicht mehr?«

»Jetzt bin ich's wieder.« Ja! Es brauste, rauschte, zog und strömte laut und weit in seinem Blute: Des Schöpfers Ebenbild in meinen Armen! Da, an meiner Brust, sein höchstes Werk! Mit großem, in jede Ferne leicht gerichtetem Blick ersah er staunend, wie Raffael unterging, sein geliebter Guercino, seine Carracci, sein Guido, sein Claude und sein Poussin verblichen, das Paradies der Landschaft von Neapel, von Sizilien, von Rom verschimmerte, und einzig übermächtig, höchste Leistung der Natur – und darum auch der Kunst! – der Leib des fremden Kindes aufstieg über den geringeren Prächten und mit Gottvaters, mit Michelangelos heiliger Stimme triumphierte: »mein schönster, – und mein liebster Atem!« Und doch nicht helfen können? Linderung nicht vermögen? »Glaubst du, Regina, wenn man dem Vater ein paar hundert Zechinen gäbe, damit er . . . . .«

»Damit er . . .?«

Wie ein zurechtgewiesenes Kind lächelte er. Ja, welche Dummheit, hier mit Gold zu klimpern! »Oder, – ja! Doch! Höre! Wenn man sie – die Zechinen mein' ich – der Beppina gäbe?«

»Der Beppina?« Ein eigentümlich schrilles Lachen aus dem Mund des Mädchens. »Die verdient sich Geld genug. Mehr als genug!«

462

»Oder wenn ich vielleicht den Caporione aufsuchte und dafür sorgte, daß du von zu Hause fortkommst zu guten Menschen? Oder in ein Kloster?«

»Das ist unmöglich!« Heiße, schnelle Antwort. »Für die drei größeren Geschwister sorgt die Giulietta, für die fünf kleineren aber ich. Die brauchen mich. Und bräuchten mich erst recht, wenn der Vater wirklich . . .«

Ton in meinen Händen! fühlte er in süßem Zwiespalt, süßen Herzschlags, zum zweitenmal. Geht mir die Menschheit plötzlich auf, wie sie in Millionen Gestalten wandelt? Die Menschenwürde, wie sie auf den Stirnen selbst der Krüppel steht? Und der Gipfel der Kunst: aus dem rund nachgebildeten Leibe des Menschen die Seele des Menschen blicken zu lassen, – Gottvaters schönsten, liebsten Atem? Und unbändig, mit Augen, die das Feuer in seinem Geiste immer feuriger erfassen, mit Armen, die immer weiter findend fortschreiten wollten in der Geburt dieses märchenhaften Lichtes, sehnte er sich nach dem schönen, fremden Leibe, der ihm wie das Symbol des noch Verborgenen, Unerkannten in diese Geburt hineingezaubert worden war. Schnell aber, brennend rot, als ob er sich der Sehnsucht vor der fremden Seele schämte, scheuchte er die Glut weg aus den Augen, aus den Armen. »Komm, Regina!« sagte er zärtlich, nahm des Kindes Hand, zog es von der Bank auf und führte es aus der Kirche.

Doch schon, als sie die Treppe von Sankt Peter in den Platz niederstiegen, Pilger, die da und dort standen, unverhohlen neugierig den vornehm schlanken Mann angafften, der mit dem barfüßigen Mägdlein ging, ergriff das Kindlein die Angst. »Wohin wollen Sie mit mir?« fragte es zitternd. Er nickte nur und zog es weiter. Dunkel ragten die Paläste des Borgo über die Schlünde der Gassen in den seidenen Himmel auf. Bei Sant' Onofrio bog sich ein Lorbeerbaum vor goldroter Mauer in der Brise eines lauen Windes. In einem hohen kahlen Fenster leuchtete der Kopf eines betenden

Mönches. »Gott spendet den Trost, um den man bittet, nicht immer gerade zur Stunde, da man ihn sich erwartet, Regina!« sagte der Fremde da zum Kinde; in seiner Seele sangen alle Quellen seiner Ahnen, klangen alle Hymnen aller Welten, spannte sich die Weite der ganzen Schöpfung über dem Bild eines einzigen Menschenkindes, über eines einzigen Menschenkindes Seele. »Aber, wo man ihn verdient hat, spendet er ihn einmal doch gewiß!« Zum zweitenmal jedoch blieb jetzt das Kindlein stehen. »Wohin führen Sie mich?« Bang verzog sich das Mündchen. Die Hänge des Janikulus sahen durch den Flor der eindämmernden Büsche und Rasenwellen und Pinien wie durch langsam südenhin ziehende Schleier die gleissende Woge des Tiber; darüber hinaus auf die Stadt hinab, die in der Liebkosung des scheidenden Lichts lächelte wie ein Geist, der sich in allen Wunden und Sünden des Lebens die Reinheit seines ewigen Ziels bewahrt hat; und darüber hinaus hoch empor in den smaragdenen Himmel. »Wohin, sagen Sie,« schluchzte das Kindlein gepeinigt, »wollen Sie mit mir gehen?«

»Gehst du nicht nach Hause?«

»Sie wollen doch nicht . . .«

»Du mußt Vertrauen zu mir haben, Regina!«

Aber nur noch entsetzter zog sie das Händchen aus seiner Hand. »Nein! Jetzt geh ich allein! Und Sie kehren um!« Und weil er nur geheimnisvoll lächelnd deutete, beschworen ihn die flackernden Augen: »Aufstehen machen können Sie mir die Mutter ja doch nicht!«

»Aber sehen will ich sie, Regina!«

»Unter keiner Bedingung!« Atemlos preßte sie die Hände gegen die Brust. »Niemals! Fremde dürfen sie nicht sehen!«

»Ich bin kein Fremder!«

»Die Giulietta wird Sie gar nicht hereinlassen!«

»Sie wird mich gewiß hereinlassen.«

»Nein!« Und verzweifelt zog sie nun, riß sie an seinen Händen. »Sie können ihnen doch nicht lang und breit erzählen, wie Sie mich in der Kirche gefunden haben? Das kommt ja gar nicht vor!«

»Es kommt aber eben vor! Hab doch nicht Angst, mein Kind!« Und rasch, weil er die Liebe, die wie ein Meer in ihm drin wallte, nicht mehr zähmen, die Sonne der Erkenntnis nicht mehr löschen konnte, die Auge, Herz und Geist in sagenhaft neue Tage ihm hinwandte, hob er das Kindlein vom Boden auf, auf seinen Arm und trug es. Ton in meinen Armen! brauste der Triumph in seiner Seele, als sich das Leiblein wortlos dankbar schmiegte. Des Schöpfers Wachs, aus dem er Menschen macht. Des Schöpfers Menschenform, rund, gewellt, gemuldet, gebuchtet, nach Gesetzen? außerhalb von Gesetzen gebildet? dem Finger erfühlbar, wenn er ehrfürchtig ist . . . .

»Er ist ehrfürchtig!« frohlockte er. »Regina,« fragte er leuchtend, als sie hinter San Pietro in Montorio ankamen und er allein den Weg nicht finden konnte, um in die Wirrnis von Trastevere hinabzusteigen, »wo? Wo soll ich gehen?« Sie streckte wie im halben Schlaf das Händchen aus, hinab nach den schmalen Hütten, die im Grau des hügelverdeckten Sonnunterganges hoch beisammenhockten; fuhr sie ab, suchte; fand endlich. »Da, wo auf dem Söller die vielen Kittelchen hängen, da wohnen wir. Das rote gehört Giovannbattista, die blauen der Annina und dem Giorgio, den vom Checco hab ich gestern noch gewaschen.« – »Nicht weinen, nicht mehr weinen!« flehte er, selber weinend, weil das Köpflein wild in seine Brust zurücksank. »Vertrau doch! Hoffe! Glaub, Regina!«

Aber als er nun wahrhaftig mit ihr vorm Tore stand, sie in den Boden niederließ, stieg ihm mit einemmal der Zweifel auf: darf ich? Denn so, als ob es ihn nocheinmal mit all seinem Weh beschwören wollte, nicht darauf zu dringen, trat das Mädchen in die Schwelle und wehrte ihm den Weg. Die volle Flut zerstochener Liebe, die schwere Flamme ihres Kinderunglücks stieg in die Wangen auf, und bettelnd gegen ihn – der doch ein gütiger Herr war? – hoben sich die Ärmlein. Er aber, bleich in seinem Zweifel, lächelte und schritt vor, weiter. Im selben Augenblick kam polternd die zerrissene Stiege nieder, die in enggewundenem Schlund aus dem Gestank des Flurs hinaufführte in die Armut der fünf Stockwerke, ein Priester; im Nu, mit einem Satze war das Kind bei ihm. Im nächsten, so schien es Goethen, stand er selber oben, im vierten Stockwerk, in der mittleren Stube. Mit plötzlich wahllos hervorgestoßenen Fragen war Regina an den Priester herangetreten, der das Chorhemd überm dicken Leibe und ein schwarzes Samtbarett überm unrasierten, fleischigen Gesichte trug. Der Priester aber, mit einem eiligen Streicheln über ihren Scheitel hin hatte er sie, gemütlos weitergehend, einfach beiseitegeschoben. Das nahm ihr Wort, Sinn und Gebärde in Einem. Lautlos, wie im Traum, schlich sie die Treppe empor, dem fremden Manne, ohne sich noch umzublicken, voran. Und jetzt – stand er da. Vielmehr: er saß. Auf einem Strohgeflechtstuhl in der fernsten Ecke der Stube. Knapp gegenüber der aufgebahrten Mutter. Und schaute. Die Stube war voll von den neun Kindern, von Nachbarn, die wechselnd kamen, gingen, von laut hervorgebrachten Klagen, unverhohlenen, ja üppigen Tränen, Seufzern, Gebeten, Kerzendunst und Kerzenlicht. Eine grüne Tür, zu einem Spalte offen, führte in das Nebengemach. In diesem mußte das Fenster offen sein. Denn immer wieder, wenn der Dampf der Wehklage, der Geruch der Tuberosen und Myrthen wie dicke Wolke in die weiße, gesprungene Decke aufstieg, kam aus dem Spalt herein ein Windhauch, trieb den Todesatem zum Fenster hinaus, das zu Häupten der Leiche klirrte. Und dann sah er: den Tiber wallen und den Aventin im Abendlicht verdäm-

mern. Als plötzlich ein großes, starkes Weib vom Typus der
montanara eintrat, Regina, die, über die Mutter gebeugt,
der Mutter starre Hände hielt, diese Hände losließ, sie und
die anderen Kinder eigenartig weiß das Weib anstarrten,
das Weib mit den zwei Kleinsten, die sich sträubten, aber
zu widerstehen nicht wagten, durch die Tür verschwand,
gleich darauf von neuem kam, wußte er ohne Überraschung: das ist Beppina. Als nach langer, neuer Weile, in der
es ihm gelungen war, die Farben der Augen und der Haare
der Kinder voneinander zu unterscheiden, das Staunen der
Nachbarn über sein Dasein mit unbewegtem Blick zu töten,
die unsichere Gespanntheit der Beppina durch einen milden
Zug um den Mund zu zerstreuen, – als nach dieser peinlichen Weile ein Mann hereinkam, blitzschnell darnach, wie
auf Geheiß, die klagenden Nachbarn, einer nach dem ander-
en, verschwanden, wußte er ohne Bewegung: das ist der
Vater. Er war groß, hager, hatte die Gesichtsfarbe des
Säufers, den halb herzlichen, halb brutalen Blick des
Säufers und einen rauhen, grauen Bart ums volle Kinn und
um die backigen Wangen. »Regina!« rief er da freilich, hal-
blaut, unwillkürlich, als er wahrnahm, wie das Kind, das
wieder die Hände der Mutter hielt, wie ein Vöglein unterm
Niedersturz des Geiers zusammenschrak. Aber Regina
hörte ihn nicht. Da senkte er den Blick. Aber nicht in sich
hinein. Er hörte, wie immer erregter, je länger die verlegene
Gemeinschaft zwischen ihm und dieser fremden Familie
wahrte, das Weib und der Mann miteinander tuschelten;
und senkte den Blick noch tiefer. In das Gesicht der Toten.
Doch war dabei kein Schmerz in ihm. Er beklagte weder
diesen Tod, noch das Wehsal der Kinder, die immer wieder,
bald hellauf weinend, bald winselnd von einem Dielenbrett
aufs andere trippelten; nicht einmal den Gram Reginas, der-
en Gesichtlein von Minute zu Minute verklärter wurde, so,
als sollte ihm gewißlich die Gnade des Mitsterbens werden,
sobald es sich endlich ganz im Antlitz der Toten verloren
hätte. Auch nicht die plumpe Art des Weibes beklagte er,

das der Toten unablässig Reverenz erwies, um sich gebührend bei ihr zu bedanken, daß sie so fügsam rechtzeitig
gestorben war. Auch nicht die ungeschlachte
Zwiespältigkeit des Mannes, den – das sah er genau! – ein
Band zur Toten zog und eines zum vollen, hohen Weibe,
dessen Leib den elenden der Leiche schonungslos verlachte.
Im Gegenteil: eine Wonne, wie er sie niemals noch
gekostet, ein himmelwärts gerichtetes Frommgefühl, nun
endlich und auf einmal der ganzen Welt anzugehören und
den Kern des Werdens, Seins und Sterbens in seiner stumm
geschlossenen Hand zu halten und, weil er ihn so hielt, so
allmächtig vor Gott und gegenüber Gottes Werken, Gesetzen und Winken zu stehn, als ein Mensch nur stehen kann,
durchströmte seine Brust als tiefster Friede. Sie atmete
nicht hastig und nicht müde. Sie atmete in der unsäglich
süßen Sehnsucht des Herrschenden, zu schenken; im Dank
des Königs an die minder starken, minder gläubigen
Knechte dafür, daß er nun ihnen dienen dürfe nach einem
heiligen Willen. Den Gerechten, die vor ihn hinträten, nun,
würde er Anerkennung zollen ohne eitel Verdienst. Den
Lauen, die auf ihrem Wege lässig schlendern, die Sporen
des Aufrisses in die verblüfften Weichen schlagen; ohne
Zorn. Den Sündern, wissenden und unwissenden, das Antlitz ihrer Sünden vorhalten zuerst, und dann das Antlitz
seines jetzigen Friedens; ohne Urteil. »Ob ich auch noch so
neugeboren nun,« durchfuhr es ihn wie Strahl, »erleuchtet,
Bestätigung findend mit jedem Blick, in jedem dieser Antlitze das Ebenbild des Schöpfers entdecke, in jedem dieser
Leiber seine höchste Schöpfertat, und in jedem Menschenwerk, das diesem Künstler nachschafft, die Schaffkraft der
Natur, – Natur in allem! – ich fasse dennoch diese Stunde
nicht als den Zeitschlag, der mir das Auge aufriß in die Heiligkeit der stillen, ganzen Einsicht, – nein! sondern als den
Glockenton, der mich zur Liebe, endlich, neu erzog!« –
»Regina!« rief er mit köstlich aufgeschlagenem Auge,
»komm Regina! Komm zu mir!«

Der Mann, an seiner Seite das Weib, zuckten wie gebissen zusammen.

»Regina,« wiederholte er ganz ungestört, »komm her zu mir!«

Regina, unter den drohenden Blicken des Mannes und des Weibes, ließ die gelben Hände der Mutter sinken, wandte das Auge vom Totenkopf, der die schmalen Lippen fest zusammengepreßt hielt und zwischen ihnen den Tod des letzten Seufzers, zum Fremden hin, und wußte nicht, sollte sie ihm folgen oder nicht.

»Regina,« rief er darum, recht absichtlich laut, zum drittenmal, »komm her, Regina!«

Und wirklich: wie auf Füßchen, die nicht anders konnten, lief das Kind zu ihm hinüber.

»Bete den Rosenkranz vor, Giulietta!« hob sich aus diesem seltsamen Geschehen die Stimme des Vaters zur ältesten Tochter hinüber, die, wie abgezehrt vom Wachdienst bei der Leiche, auf einem Schemel hockte. »Beginne!«

Aber das Weib hatte anderes vor. »Herr!« trat sie mit entschiedenem Schritt den Fremden an. »Möchten Sie nicht endlich sagen, wer Sie sind?«

Er lächelte nur. Das Weib vor ihm tief Aug im Auge, lächelte er. Nahm das Kind auf seinen Schoß, bettete das Leiblein an seine wagemutige Brust, richtete den Blick klar in das Weib, in den Mann und in den Kranz der Kinder; und lächelte wieder. Und sagte: »Als meine Mutter, so, wie dieses arme Weib hier, auf dem Schragen lag, war es – fast so wie da. Es war in Deutschland, nicht in Rom. Dennoch: genau, ja fast haargenau so, wie da bei euch. Ich war ein Kind, wie etwa hier Regina. Ein unschuldiges Kind, wie hier Regina. Eine allein aber hatte das gewußt: die Mutter, die nun auf dem Schragen lag. Genau so wie dieses tote Weib da vor Regina. Mein Herz, vor diesem Schragen, vernichtet. Wie dieses Herzlein da, das ich so halte. Viele Jahre seitdem dahin. Aber« – und Feuerflamme jäh in seinen Augen – »was tut ein Kind, wenn ihm die Mutter stirbt? Die Einzige, die in ihm den Engel weiß?«

»Nun,« fuhr er, nach einer Pause, in der die Stube angstvoll Mund aufriß, mit klarer Stimme fort, »und dennoch war das nicht das Ärgste! Das Ärgste war mein Vater. Ein guter, braver, rechtschaffener Mann. So – wie Ihr da.« Und freundlich wies er auf den Vater hin. »Ich glaube, daß er meine Mutter sehr geliebt hat; sehr stark gelitten hat darunter, daß ihm das Blut ganz anders in den Adern sang als ihr! Wer kann aus seiner Haut? Er mochte, zum Beispiel, den Wein gerne leiden. O,« – weil da das Auge des Vaters aufblitzend sich rechtfertigen wollte – »ich sage nichts! Wir alle sind arme Sünder. Richten darf man nicht! Aber auch das war nicht das Ärgste. Die Mutter war am Fieber gestorben, hatte der Arzt gesagt. Ich aber sagte: an etwas anderem. Im Hause wohnte auch eine blonde, schöne, auch gütige, – ja vielleicht sogar gute Frau.« Schamlos, ungetroffen vom Blick des Weibes, das scharlachrot geworden, stier zu glotzen anhob, lächelte er. »Ja! So, wie Sie da. Und an dieser Frau starb meine Mutter. Natürlich kann ich das nicht streng beweisen; ich empfand es nur, hatte es, sozusagen, nicht fürchten, Regina!« Strahlend nahm er das Kindlein tiefer an sich, fühlte die kleine Brust in rasender Angst beben, fuhr mit süßen Fingern durch die todbangen Locken. ». . . sozusagen am Ausdruck, den die Tote so – um den Mund herum hatte, an den Händen, die so gebrochen auf der platten Brust lagen, erriet ich es. Und meine drum . . . .«

»Herr!« stieß das Weib hervor; nun gab's kein Zögern mehr. Und polternd schritt es, dieweil der Mann wie gegen Nebel kämpfend sich auf dem schwanken Sessel niederließ, dem Fremden an den Leib. »Gebt mir das Kind herab und schaut, daß Ihr hinauskommt! Wird's?«

»Wirklich?« In unbegreiflich schöner Ruhe, unverwundbar, lächelte der Fremde zum Mann hinüber. »Wirklich? Soll ich gehn?«

»Parli pure!« hauchte, wie auf der Folterbank, der Mann.

»Ich haßte diese Frau.« Mit einer Handbewegung, die so zornlos war, daß ihr nicht widerstanden werden konnte, schob sich der Fremde stark das Weib vom Leibe; weit weg. »Wir Kinder alle haßten sie. Das war natürlich ungerecht; sie liebte eben den Vater. Und es war auch nutzlos. Denn kein ganzes Jahr, nachdem die Mutter gestorben war, heiratete der Vater sie. Aber: eine halbe Stunde, nachdem die Mutter gestorben war, – es war eine Taberne in unserem Hause, im Erdgeschoß, und ich gehe gerade hinab zum Wirt, um Essig zum Waschen der Leiche zu holen, – da sehe ich . . . . . .«

»Nicht! Nicht! Nicht!« schrie verzweifelt das Kind an seiner Brust auf, der Sessel, auf dem der Vater saß, knarrte, das Weib, mit sinnlos wilden Händen, riß den Asternkranz vom Fußende des Totenbetts und warf ihn mitten auf die Brust der Leiche.

» . . . . . und da sehe ich,« fuhr er unerweichlich fort, »den Vater an der Schulter jener Frau lehnen; er war betrunken. Die Frau, wie sie ihn anlächelte! Wie ich verstand, daß er nicht widerstand! Nimmer widerstehen konnte! »Na?« lachte sie; sie war wahrhaftig schön in dieser Sünde und es sollte heißen: also wann? Er aber, der Vater, mit verglasten Augen schaute er sie an. Ich wette . . . . .«

»Was wetten Sie?« schrie ihm das Weib, am Ende seiner Kraft, sich zu beherrschen, ins Gesicht, »was wetten Sie?«

Ein dämmeriges, stummes Staunen, von seinem völlig unbewegten Blick her, schwebte durch die Totenstube.

»Ich wette,« sagte er fest, »wenn ihn jemand auf Herz und Nieren gefragt hätte: Wählst Du die Tote da samt ihren Kindern, oder dieses Weib? – er hätte ohne zu überlegen geantwortet: die Tote mit den Kindern da! Denn er sündigte nicht gerne. Aber es fragte ihn niemand, – und so sagte er, zwiespältig schmunzelnd, auf dem Rande zwischen Flucht und Untat: »Geh hinauf und schau, ob sie nicht etwa aufgewacht ist unterdessen! Und das . . . .« – und er erhob sich. Ohne noch zu wissen, daß er das Kindlein noch an seiner Brust hielt, stand er auf, der Stuhl fiel um, das Kind, irrsinnig, wimmerte. Gleich, wie erwacht, fand er es wieder, nahm die Händchen unerbittlich fest in seine Faust, sah mit Triumphblick ohnegleichen, wie die Tote ihm erlöst zu nicken, zu lächeln, ja zu lachen anhub, der Mann weiß im Gesicht ward, das Weib sich wie ein schwerer Fruchtast aus dem Fenster beugte, die Kinder in die Wände wuchsen; und entschloß sich, rasch, mit starrem Lächeln noch zur letzten Lüge. »Und das hat mich verdorben; für mein ganzes Leben hingeschlachtet zum Krüppel an Herz und Seele! Nicht nur – kommen Sie vom Fenster zurück!« herrschte er das Weib an, »drehen Sie sich um und schauen Sie mich an!«

Und wahrhaftig: wie eine Statue, die plötzlich gegen allen Willen ihres Leibes Leben bekommt, gehorchte das Weib, während der Mann, im Entsetzen aufgereckt auf seinen reuebangen Knochen, ganz allein im Kreis der Totenluft sich auf den Boden drehte. »Nicht nur, daß ich die Heimat, den Vater und die Geschwister verlor in jener Sekunde! Ich verlor die ganze Welt! Gott und den Teufel! Alle Menschen! Alle Länder! Und mich selber! Und – fand nichts mehr je wieder!« Und niedergebeugt in einem Rausch von Liebe auf das erstarrte Kind an seiner Hand: »Regina! Liebling!« flüsterte er mit schwanken Lippen, die Arme noch einmal wie um den bittersüßen Sinn der Welt um diesen Ton des Schöpfers heiß geschlungen, »mehr – konnt ich heut nicht tun für dich. Wirk du nun weiter! Bleibe rein, und – liebe!« – »Es gibt für Menschen,« flehte er, mühsam losgerissen vom Kinderleib und streckte beide Hände dem Mann, dem Weib zu, die entgeistert stierten, »für Menschen, die sündigten, nur eine Rettung: die Sünde gutzumachen! Wer mag denn richten? Wer befehlen? Das Leben läuft nach seinem Willen. Aber . . .« – er riß die Tür auf, stand wie zwischen Ja und Nein, wie zwischen Welt und Himmel in der Schwelle, – »aber: morden darf man nicht! Den Leib – vielleicht? Die Unschuld – nie! O, tut es nicht!«

Und war hinweg.

Als er, bei tiefer Nacht, eintrat in die vertraute Stube, wo die Freunde über Zeichnung, Stichen, Büchern, Farbentöpfchen saßen wie jeden Abend, strahlte er. Mit einem Schein jedoch, der ihre Fragen streng zurückwies, die Augen ihnen weit aufriß, die Pulse zittern machte im Erraten: Das ist Goethe!

»Was ist?« stieß Bury endlich zag hervor, nahm ihm den Mantel ab, den Hut. »Was ist? Was ist geschehen?«

»Licht ist geworden!« antwortete er leise, immer heller strahlend, und stützte sich mit Eisenhänden in das Holz des Tisches. »Ganzes, volles Licht.«

»Tasso?« fuhr Moritz jauchzend auf.

»F–aust?« Schütz verwegen.

»Ach, was!« Mit Bubenhand ergriff er Reißbrett, Blatt, Tuschschale, Pinsel, Stein und warf sie eines nach dem anderen weit von sich. »Der Mensch! Der Menschenleib! Das Ebenbild! Das höchste Werk! – Ich werde modellieren.«

Wie Donnerschlag! Die Lampe grinste wie ein Irrlicht auf. Die Zeichnungen, die schöngemalten Landschaften: Berge, Meere, Buchten, Bäume, Herden, Kirchen, flache Körper erloschen, wurden blind. Und rund, ein Leiblein, gewogt, gewellt, gemuldet, gebuchtet, nach Gesetzen? außerhalb von Gesetzen gebildet? stieg aus dem trunknen Auge nieder in den Tisch, entfaltete in lichter Nacktheit seine Glieder, verwarf den Raum, schloß zu hilfloser Starrheit die verblüfften Münder, zu armer Ohnmacht die gebannten Blicke, und lächelte . . . . . und weinte.

»Regina!« lachte, weinte selig er, sank wie gefällt von Glück und Leid in den verborgenen Sessel nieder. »O, Regina!«

»Wir wollen,« brachte Meyer nach totenstiller Pause klar heraus und schnellte an den Tisch zurück, »wir wollen für Ton sorgen morgen früh. Sogleich! Nicht wahr?«

Neuntes Buch

Gewißheit

Ein klein wenig verstimmt fühlte sich Bury seit Wochen. Es war schon unnötig gewesen, daß Tischbein plötzlich von Neapel zurückkam und den Geliebten von ihm weg in den zweiten Stock hinauftrieb. Obwohl sich deutlich erkennen ließ, daß Tischbein kein Rivale mehr war! Dafür aber dieser Kayser! Warum Goethe den hatte herkommen lassen? Wie aufreizend vertraut er mit Goethen tat! Wenn die Zwei Frankfurterisch redeten! Schütz war doch auch Frankfurter? Dieser aber –? »Hab ich es Ihnen nicht schon dreimal gesagt, Sie sollen die Nase nicht zu hoch tragen?« rief er auf einmal Kaysern grob an, weil dieser auf dem steinigen Weg, den sie nebeneinander den Monte Cavo aufwärts stiegen, mit einem »Hoppla« gestolpert und mit einem zweiten der Länge nach hingefallen war. »Diese römischen Steige sind nicht so gemütlich wie die Kaimauern in Zürich! Stauben Sie sich ordentlich ab, er mag Dreck nicht leiden!«

Einen eigentümlich umflorten Blick hatte Kayser. Als ob er nie ganz aus sich heraustreten könnte, war sein Mund, auch wenn er noch so hemmungslos pfiff, festgeschlossen, seine Stirn wie verhangen, sein Gang geradeaus gefesselt. »Mich kennt er schon lange,« sagte er ungerührt. »Im übrigen sind wir auf dem Lande.«

»Mistvieh!« fluchte Bury im geheimen. Und ein empörter Blick zurück: Rocca di Papa im orangegelben Licht auf der felsigen Halde; Castelgandolfo tief unten, gegen die Sonne, überm stumpfblauen Albanersee. Ein zweiter, noch wilderer empor: Wald, braune Eichen, Kastanien mit giftgrünen, mit mattgoldnen, mit sterbenden Blättern; Ginsterbüsche, die raschelten; darüber der wolkenlose Dezemberhimmel.

Aber: wo Er? »Sie pfeifen natürlich wieder Egmont!« stieß er verächtlich hervor.

»Diesmal ist es Claudine von Villa Bella.«

»Und das nächstemal Erwin und Elmire!«

»Es wird eher die neue opera buffa sein, schätze ich.«

»Spielerei! Ortvergeudung! Couplets und artige Liedchen für heruntergekommene Primadonnen kann man auch in Dripsdrill machen! Dazu braucht man wahrhaftig nicht nach Rom zu pilgern!«

»Ich bin aber nun einmal Musikante?«

»Aber muß drum auch er flugs einer werden?«

»Wenn er mich ruft?«

»Ich will Ihnen etwas sagen.« Einen Ligusterzweig, der ihm ins Gesicht hereingeflogen war, riß sich Bury von den Lippen weg; wie die Perlen eines aufgegangenen Rosenkranzes rollten die schwarzen Beeren den steilen Weg herab. »Wir haben schon die allergrößte Mühe gehabt, ihn dem Labyrinth zu entreißen, in das ihn die verfluchte Malerei und Bildhauerei hineingetrieben haben. Ging's nämlich mit dem Zeichnen gar nicht mehr, dann modellierte er. Ging's mit dem Modellieren noch weniger, dann fing er wieder zu zeichnen an. Erst in den letzten Wochen, bevor Sie ankamen, hatten wir das Gefühl: endlich ist er heraußen!«

»Woraus heraußen?«

»Aber zum Teufel!« schrie Bury. »Er ist doch kein Anstreicher und kein Steinmetz, sondern ein Dichter!«

»Und pinselt und bosselt trotzdem noch alleweil weiter? Scheint mir.«

»Falkenauge, Sie! Scheint Ihnen? Ja! *Leider* haben wir uns getäuscht. Aber sehen Sie nicht ein, daß, wenn nun Sie ihm

476

erst noch in die Musik hineinhetzen, er überhaupt nicht mehr zum Verstand kommen kann?«

»Merkwürdig!« Allfarben angemalt vom grüngelbrotbraunen Walde, in dem, weit voran wahrscheinlich, Goethe wandeln mußte, lachte Kayser den Zornigen an. »Und da sagte er mir vor ein paar Tagen noch: der Idee nach versteht mich in Rom da am besten . . .«

»Wer?«

»Moritz. Meinem Kunstwillen nach: Meyer. Mein Daimonion aber – ohne Zweifel – nur Bury!«

»Wann sagte er das?«

»Vor ein paar Tagen. Und nun sehe ich . . . .«

»Gar nichts sehen Sie!« Im vollen Strahl rasch getrösteter Liebe lief Burys Auge von Kaysern über Wald, Himmel, fernes Meerglänzen und das orangegelbe Rocca di Papa zu Kaysern zurück. Dieser Mensch war also doch nicht ein Dieb? »Ich liebe ihn nämlich. Liebe ihn einfach, müssen Sie wissen! Lasse mich rädern und kreuzigen für ihn! Kann ihm natürlich nicht das Wasser reichen; bin ein Wicht gegen ihn! Aber soviel begreife doch auch ich, . . .«

»Da, schauen Sie! Die Peterskuppel!«

Aber Bury ließ nur die Locken wehen. ». . . daß auch ein Dichtergenie wie er nicht soviel Zeit hat, um ganze Jahre zu vergeuden. Wissen Sie, was er gedichtet hat, seitdem er da ist? Soviel wie nichts. Und jetzt, anstatt, daß er endlich, . . . Sie!« Mit der Faust schlug er Kaysern auf die Schulter. »Glauben Sie nicht, daß wir mitverantwortlich sind für den Weg, den er hier geht!«

»Ich bin nun einmal ein Musikante,« zuckte Kayser zum zweitenmal ungerührt die Achseln. »Und, offen gestanden, und nehmen Sie mir's nicht übel: selbst der ganze Goethe gilt mir nicht halb soviel wie meine Musik!«

»Aber daß er – Er! – jetzt darüber spintisiert, wie er seine Singspiele dem Cimarosa oder Paisiello ankommodiere, und schon in der Frühe Achteltöne gebiert und von Choral, a capella, Orchestralmusik, Rezitativ und Messe faselt und alte Noten schmökert und sich krampfhaft dazu zwingt, Musik als offenbarend und was weiß Gott noch zu finden . . .?«

»Wer sagt Ihnen das?«

Wie ein Pudel, der aus dem Wasser sprang, schüttelte sich Bury. »Ich kann Ihnen nur sagen: vom Zeichnen und Malen versteht er einen Pfifferling! Von der Musik aber noch weniger! Und wenn nun Sie . . . .«

»Pst! Da oben steht er! Er hört uns!«

Wahrhaftig: da oben stand er; auf festen Füßen im Gras der Kuppe, fröhlich umwogt das Haupt von den Strömen des Golds und der Bläue, und blickte fröhlich herab.

»Beherzigen Sie's!« konnte Bury noch flüstern.

»Ich glaube, nicht!« Kayser noch antworten.

Dann, wie in einem Wettstreit, begannen sie zu klettern.

Aber als sie, bei dem Mann auf der Kuppe angekommen, zu seinen Seiten ausruhten wie seine Apostel, die große Linde ihre Blätter auf sie herabrieselte und aus dem Hintergrunde die Trümmer des Jupitertempels hervorglänzten, zwischen dicken Büscheln noch ganz grüner Schäfte und dem stumpfen Dunkel von Klosterzypressen, und gegen einen Himmel hin, der mit süßen Strichen erblassenden Seideblaus nach Neapel hinabwies, vergaßen sie plötzlich ihre einseitigen Ziele. »Daß sich nun die Musik auch noch anschließt und ein dreifach Leben beginnt, – ist's nicht wunderschön?« hörten sie wie im Traume den Dritten sagen und lächelten beide gleich selig. Denn dem Musikanten schien es nun, als flösse der Strom von Musik, den er als seine Seele in sich

478

trug, hunderttausendfach neu gequellt, frischgewellt, meergeöffnet über die gesenkten Riffe, die starrmäuligen Krater, die sanften Hügel des orangegelben Felsennestes und die Weiße von Frascati in die braune Steppe der Campagna hinab und hinauf an den Schattenriß von Rom, um überall Farbe, Form, Linie, Schönheit, die sich schauen läßt, greifen läßt, zu erzeugen; dem Maler hingegen . . . .

»Was schaust du so, Fritzel?«

Der Maler lehnte sich zärtlich an Goethen. Schaute brüderlich auf Kaysern. Seine Seele war Feuer; vor allem aber feuriges Herz. »Ich suche,« erwiderte er mit undeutlichem Wink, »jenes Haus in Castelgandolfo, worin Sie im Oktober gewohnt haben.« Und wußte, gerade weil der Geliebte daraufhin stumm blieb, auf einmal: Musik tönt, wo gelebt wird. Und hörte, wie der glitzernde Bogen des Meeres weit drüben, die traurige Öde des Landes, wie es sich von Albano und Marino und Frascati, von diesem verklärten Schimmer der Hütten und Villen hinab in den Sumpf, in die Fieberbuckel hinausdehnte bis an den Saum der goldenen Woge, und wie der nordlichterstrahlende Erker des Gebirgs gegen die Monti Sabini und die heilige Helle hinter dem Schattenriß von Rom, – ja, wie alles: Nähe und Ferne, die in irdischer Schönheit sich schauen und greifen ließen, ein einziges Lied sang, – welches?

»Ja: welches?« flüsterte Goethe lächelnd und schaute noch suchender, noch tiefer als beide. Denn was er seit fünfviertel Jahren in dieser noch immer nicht ganz lichten Brust drin erlebt und gelebt hatte: Alles, mit deutlichen Buchstaben, stand geschrieben auf dem Leib dieses Landes. Funkelnd zog die Sonne, die wie eine atmende Kugel langsam niederschwebte auf die Tafel des Meeres, das sterbende Laub, das bleibende Grün, die Felsen und Hänge der Hügel, die Sättel, die Mulden der Fläche und die schweigsame Kuppe, auf welcher er stand, und die Schlösser und Häuser und Kirchen der Lebendigen in ihren lockenden

Fluß. Und von Berg zu Berg und von Klippe zu Klippe und Wipfel zu Wipfel und, in der freigebig hinausgebreiteten Küste vom Bug bei Terracina bis zum Hafen der Civitavecchia, lösten sich die Höhen, die Kämme, die Joche, die Flanken aus dem Halt der gebundenen Scholle; von Rom herab, von den glastigen Kuppeln und Firsten und, in der Campagna, von den Riffen der Aquädukte herab die Spitzen, die Kreuze, die Zinnen aus dem bannenden Stein; und verleugneten allesamt Vater und Mutter, Heimat und vorausdeutbares Schicksal, liefen dem lockenden Lichte nach und flehten im Drang nach Erleuchtung, Bereicherung, Befreiung, – nach Wahrheit: »Erkläre! Erhelle! Für immer! Und alles!« Und wollten nicht den kommenden Morgen noch abwarten, nicht noch die kurze Nacht, die sie trennte von der Wiederkehr der begeistert Geliebten, durchwachen in Sehnsucht und Müdsein vor der schon geschenkten, schon scheinenden Leuchte, – nein! »Reiße uns nicht wieder los von dir, Sonne!« begehrten sie ungestüm mit all ihren Stimmen der schmeichelnden, der trostlosen und der triumphierenden Liebe, »sondern nimm uns, o Sonne, mit dir!« Diese aber, die Sonne, bedurfte keiner Wolken, hersegelnden aus den Düften über dem ungeduldig wartenden Meere, und keiner Schleier, aufsteigenden aus den nebligen Trichtern der Sümpfe, und keines vorzeitigen Niedersteigens aus dem gemächlich durchwanderten Himmel, um plötzlich, auf einen Schlag, Schatten zu machen; Dämmerung; Dunkelheit; Nacht. Die ungestüm Rufenden blitzten noch, blinkten noch, nichts hatte ihre schöne Gebärde hinstrebenden Brennens gebrochen. Zu ihren Füßen aber, zu ihren Seiten aber, vor ihren verlangenden Händen, hinter ihren weit vorgebeugten Schultern aber stand nun, saß, lagerte, kauerte, herrschte der Schatten; die Dämmerung; das Dunkle; die Nacht. Und als ob sie niemals noch Licht gesehen hätten und niemals schon halbes Licht gewesen wären, starrten sie mit der Blindheit der Blendung in die aufgerissenen Rachen der Finsternis: in die blauen Zypressenwälder, die die frascatische Weiße begruben; in die Schluchten, worin das Schwarze brodelte zwischen den goldgirrenden Prächten der Felsen; in das drohend nächtige Auge des Sees von Albano, in dessen farbloser Mitte der farblose Spiegel des farblosen Klosters von Pakazzuola grinste; in die verballte Masse der Kastelle, Kuppeln und Dächer von Gandolfo unter dem immer noch vollen Orangelicht der Rocca di Papa. Bis plötzlich, herabgeglitten plötzlich von den Halden und Hängen in die traurige Flucht der Campagna wie ein Geist von der Stirn, die sich nicht mehr zu wehren wagt gegen den Widergeist Luzifers, der Schatten, die Dämmerung, das Dunkle, die Nacht aus dem grenzenlosen Raum zwischen dem Streifen des Meeres und dem letzten Strahl Lichts in den Ästen der Linde zurückhöhnte in die entseelte Sehnsucht nach Erleuchtung, Bereicherung, Befreiung, nach Wahrheit, – und die Sonne versank.

»Licht und Finsternis, Finster und Licht!« atmete die Brust des reglos Schauenden in ihre Tiefe hinab; und in ergebenem Begreifen neigte sich das umschattete Haupt. »Und je voller das Licht kam, desto voller auch immer das Dunkel; und im Dunkel noch steh ich auch heute! Wird es *ganzes* Licht werden, bevor ich da scheide? – Es ist ein Stück Wahnsinn in jedem Abschied!« stieß er wie im Krampf hervor; und sah erst nachher, daß da Zwei standen, die hörten. Und sagte drum gleich darauf, ehe sie noch laut oder stumm fragen konnten, mit vollendeter Ruhe: »Immerhin: kommt man mit so vielen Fasanen im Schifflein nach Hause, und wäre dies Zuhause auch nur eine Hütte aus Lehm mit einem Lager aus Streu und einem zerbrochenen Tische aus Marmor . . . . .«

»Aus Marmor?« lachte Kayser hell auf. »Tisch aus Marmor in Weimar?«

»Gotteswillen!« stieß ihn Bury empört in die Seite: er hatte den entsetzten Blick aufgefangen, den blitzschnellen Schritt ersehen, mit dem der Getroffene in den Vorhang des Waldes hinabfloh. »Unglücksmensch! Rabe! Was taten Sie?«

»Er sagte mir gestern abend doch selber,« stammelte Kayser – brennrot schaute er den Zweigen nach, die über dem Geflüchteten zusammenschlugen –: »trotzdem ich keine größere Seligkeit kannte, hat er gesagt, als hier zu sein, und keine größere kennte, als hier zu verbleiben, – die Frucht meines Lebens muß doch im Norden aufgehen; bei den Meinigen!«

»Bei den »Meinigen«?«

»Er liebt sie ja doch alle!«

»Wirklich und wahrhaftig: bei den ›Meinigen‹ hat er gesagt?«

»So wie ich ihn errate,« – noch immer verzagt flüsternd redete Kayser – »denke ich nämlich: käme er nach diesem ersten Mal noch einmal herab nach Italien, – glauben Sie mir: keine einzige Saite seines Wesens finge neu an zu schwingen. Er hat Italien aufgefressen, mit Haut und Haaren verzehrt dieses erste Mal, und muß nun nach Haus, um es erst zu verdauen. Das nämlich kann er nur oben, denn er *ist* ein Deutscher! Er *hat* ein Vaterland!«

»Und ich hingegen sage Ihnen:« – und alles, was in Burys gärender Seele nach endlicher Klarheit über den noch niemals enträtselten Geliebten rang, glomm auf in dem feurigen Auge – »der Mann, den sie einen Hedonisten nennen, einen Epikuräer, Genußspecht, – er kann das Verzichten! Wie keiner! Aber der schwerste von allen Verzichten, die er jemals geleistet hat und je noch wird leisten müssen, ist der, an dem er jetzt hämmert: zurück zu den Seinen!«

»Ich glaub es nicht.«

»Warten Sie! Und Sie werden es sehen! Denn soviel schwöre ich Ihnen . . .«

»Fritz!« rief es laut vom Wald unten herauf.

Und sofort wieder, ohne ein Wort zu verlieren, rannten sie folgsam der Stimme nach. Landeten heiß und stumm, mitten im Berg, vor dem Schweigsamen, dessen Miene keine Trübung mehr zeigte; dessen Blick wie gezogen in immer wiederholten Reisen über den See hinüber nach jenem Hause in Castelgandolfo, und von diesem Hause wieder zurück über den See wanderte, auf die Hände, die über dem Stockgriff gekreuzt lagen. »Ein Boot?« fragte er leise, ganz leise.

»Fischerboot,« antwortete Kayser. In der Mitte des Sees trieb ein Boot, just im Spiegel des farblosen Klosters von Palazzuola Gandolfo zu.

»Schwer beladen?«

»Er rudert's kaum vorwärts.« Der einsame Schiffer, schwarz aufgereckt in der taktstrengen Regung, ruderte im Schweiße.

»Fische drin?«

»Peperin,« erklärte Bury. »Sie bauen ein Haus.«

»Steine statt – Fasanen?«

Eine Viertelstunde später aber, unter der Laube des raschelnden Dezemberblatts der Eichen, im ebenen Weg nach Albano, ergriff er entschlossen Kaysers Hand und behauptete: »Richtig gesehen, ist Weimar wahrhaftig ein schönes Zuhause. Norden, aber echter. Ich denke an ein tüchtig brennendes Öfchen, Sturm, Schneeflocken . . . .«

»Und Kot und Provinzklatsch! Ja,« begehrte Bury trotzig gegen den vernichtenden Blick auf, »ich bin nicht feige und sage es nochmals: wie Jupiter nach Schilda, passen Sie nach Weimar.!«

»Der Herzog,« fuhr aber Goethe nach mitleidigem Pauschen fort, absichtlich gemächlich, »ein fürstgeborener Mensch; oder umgekehrt. Was etwas sagen will in Deutschland! Die Herzogin: ein Rätsel. Nicht aufregend, aber gewiß nicht lösbar. Amalia: eine Frau nach dem Herzen großer Dilettanten in der Kunst. Herder: unersetzlich! Wer soll die Ideen zimmern, wenn die anderen alle malen, komponieren und dichten? Wieland ein gütiger Priester im Tempel der vorigen Literatur. Die anderen, Frau von Stein zum Beispiel . . .«

»Das Boot ist verschwunden.«

»Angelangt?« Fast listig blinzelte Goethe dem Maler zu. »Frau von Stein, zum Beispiel, eine Dame von außergewöhnlicher Kultur. Frau von Herder . . . .« Mit einem Ruck, so, als habe er einen unverzeihlichen Fehler begangen, richtete er sich steil auf. »Das Erste, wenn ich von Weimar rede, muß dieses sein: ohne den Herzog hätte ich Italien nicht gesehen. Das sagt alles! Aber, Kayserchen!« Und rasch griff er Kaysers Arm zurück; es war nun ganz hell auf seiner Stirn, seine Stimme klang heiter. »Kayserchen, höre! Etwas muß Er mir noch machen! Ich habe vor Monaten ein Liedchen geschrieben . . . .«

»Was für ein Liedchen?«

» . . . ein Liedchen geschrieben,« – höchst bedeutsam lachte er vor sich hin, »ich sag nur: ein Liedchen!«

»Cupido, loser, eigensinniger Knabe?«

»Nein.«

»Also welches?«

»Ich sag nur: ein Liedchen!«

»Also was für ein Lied?« begehrte Bury außer Rand und Band am nächsten Morgen, nachdem er am Abend zehnmal umsonst gefragt hatte. Er schritt jetzt neben Goethen –

Kayser war nach Rom zurückgegangen – durch die Weingärten überm See von Nemi nach Nemi hinauf. »Werd' ich's endlich erfahren?«

Aber Goethe war noch immer ohne Wort. Es war ihm abgerissen worden gestern abend, als plötzlich wieder das Meer auftauchte hinter der grauen Dämmerung der Campagna, ein Meer ohne Funke von Licht, eine grausam schimmerarme Fläche, worin die Sonne kampflos ertrunken war. Und die Nacht, war die Nacht etwa lichter als diese tote Gräue gewesen? »Nein!« flehte er verzweifelt rundum und beschwor mit bettelnden Augen die Urpflanze in diesen eingerollten, gelben, grünen, roten und rostbraunen Weinblättern, in diesen unzähligen weißen, rosenroten und violetten Astern, die mit schmiegsam zum blausten See hinab lachenden Beeten im Morgen der Sonne sich regten, »nein! einmal mußt du mir noch *ganz* aufgehn, Sonne, bevor ich da scheide, und dieses tiefste aller Geheimnisse lösen!« Der See aber, unter der heißen Bitte dieser Augen, bekam alle Farben des Regenbogens. An seinen Ufern schwollen die Wellen smaragdgrün, mit einem Hauch vorwinterlicher Kühle im Ton, an die felsigen Wände. Zur Rechten des Pfads verlachten ein scheckiger, noch großblättriger Kastanienwald, unterhalb eines Gartenhauses noch viel siegreicher drei hohe Sträucher weißer Rosen, die noch kein Reif getroffen hatte, die Nähe bitteren Herbstes. Zwischen den Terrassenmauern, die vom Palaste Ruspoli herab nach dem See sanken, schaukelten im Fächeln der Tramontana die festgestammten Steineichen, ein Hain von fast schwarzem Lorbeer und, hochschwebend mit Federn über der Steife dieser Kronen, die helle Grüne einer Palme. Efeu kletterte dem Steigenden um die Füße. Bambusblattrieseln traf seine Schultern. Das Auge aber, das gierig umhersuchend jedes Element um Hilfe anrief in diesem letzten Kampf um das Licht, sah alles zugleich: die kindliche Unbesorgtheit des Dezemberfrühlings; die geschwungene Kuppe des Cavo; das Gewoge der Parke und Wälder, wie es die gebreiteten Hänge auf Genzano herabwallte; vor dem scharfen Schattenriß von Genzano den Palazzo Cesarini; hinter seinem dunkelblauen Firste die goldene Ferne der Hügel und Täler im Schleier der bunten Verklärung; über diesem Schleier den Himmel ohne Wolke und Regung; und hoch oben im Osten dieses Himmels die Sonne, zu der es, wie ein Pilger zum Wunderbild, emporbetete.

»Welches Lied?« drängte Burys hartnäckige Stimme zum zwanzigstenmal.

Ja, welches Lied? Aber der Betende antwortete auch jetzt nicht. Der Herkuleskopf, den er vor Monaten modelliert, das Kinderköpfchen, das er gezeichnet, die rechte Hand des Antinous, die er genau – mit unsäglicher Mühe – festgelegt, die vier Leichen, die er, als sie schon stanken, mit bohrendem Aug um die Namen des Geheimnisses gefragt hatte, – was hatten sie bewiesen? Die Büste, die Trippel von ihm gearbeitet, der Apollokopf, über den sie feuerrot stundenlang gestritten, die unzähligen verborgenen Besuche im Vatikan, im Capitolinischen Museum, in der Villa Albani, in der Villa Ludovisi, in der Villa Borghese, im Palaste Giustiniani, im Palaste Farnese, bei Cavaceppi und Menágeot, – was hatten sie dargetan?

Todmüde auf einmal und ohne Hoffnung, ließ er sich im letzten Weinberg unter den Mauern von Nemi nieder. Er griff den liebevoll herabhängenden Zweig eines Ölbaums und nahm eines der silbernen Blätter zwischen die Lippen. Als er vor den Leichen gesessen hatte, – was? Er hatte erst wieder vor Leichen sitzen müssen, um zu entdecken, daß der menschliche Körper aus einem kindlich einfachen Gesetz heraus war gebaut worden? Wer diesen Körper nun aber nachbildete, Natur nachbildete aus einer naturgeschaffenen Fähigkeit heraus, – mußte der nicht den Instinkt für jenes Gesetz in sich tragen, so, daß er nicht anders nachbilden *konnte*, als wie der Schöpfer vorgebildet hatte? Die Proportionen, wie sie Polyklet aufgestellt und Vitruv, verbessernd, überliefert hatte, – spöttisch lachte er: die lehrte jede Statue! Ihnen nachzufühlen, Kinderspiel! Wie aber stand es, wenn man die Proportionen schon in den Fingern oder, wenigstens, im Gehirn drin sitzen hatte, mit den Typen? Der Schöpfer hatte Rassentypen geschaffen. Die Kultur in der Rasse aber schafft von selbst wieder Typen innerhalb der Rassen. Der Künstler, der dies alles weiß, von selber wieder, innerhalb dieser Untertypen, seine Typen. Und gibt ihm nun die festgeprägte Mythologie einen Zeus zu bilden auf oder eine Athena, – was tut er dann?

»Er gießt oder meißelt die Idee dieses mythologischen Typus in jene Formen von Schönheit, die *er*, in Korinth, oder Argos, oder in Theben, aus den Formen des dortigen Rassetypus als die typischsten für sich ausgewählt und zu seinem Kanon gemacht hat.«

»Was? Was? Was??« fiel ihn Bury heiß an, »was reden Sie da?«

Und was folgte aus dem allem? – Getröstet lächelte er. »Du verstündest es doch nicht, mein Junge! Es ist noch kraus in mir; sehr verworren. Ich redete wohl nur, um zu versuchen, ob man es überhaupt ins Wort fassen könnte. Es ist meine Art so; vielleicht völlig absurd.«

»Aber was ist es?«

»Ein Geheimnis.«

»Am Ende das ›Prinzip‹, von dem Sie so oft reden?«

Verblüfft: »Ich sagte doch nie etwas vom Prinzipe?«

»Nur das Wort.« Und schnell, wie ein Kind an der Mutter, oder wie ein Liebender an der Geliebten sich niederläßt, ließ sich der Junge nieder zu den Füßen des Sinnenden; so, daß er seinen Kopf in dessen Schoß ruhen hatte und in den Himmel aufschauen konnte. »Also?«

Ob man nämlich, fragte angestrengt das rastlose Gehirn rundumher und zuletzt wieder empor zur Sonne, wenn einem alle diese Folgerungen feststanden, daraus schließen durfte: wenn Lysippos oder Praxiteles einen Hermes zu bilden, – also einen Menschen nachzuschaffen hatten, der den Gott Hermes offenbaren sollte, – und sie kannten: erstens die Proportionen des menschlichen Körpers; zweitens den hellenischen Nationaltypus; drittens den Typus ihres Gaus zur Zeit ihrer Kultur; viertens den mythologischen Typus des Hermes; und hatten, fünftens, sich bereits ihren Formentypus, ihren Kanon gewählt, – mußten sie dann nicht nur ganz einfach das Stichwort »Hermes« sich zurufen und Marmor und Meißel nehmen, um gar nichts anderes schaffen zu *können* als: den Hermes ihrer Zeit? Den des Praxiteles oder des Lysippos?

»Wenn ich dich nun fragte, Fritz,« – mit allen Gliedern in Bewegung richtete er sich auf, ließ den Ölbaumzweig los – »ob du es für möglich hieltest, daß ein Myron, ein Skopas, wenn man ihnen auftrug: Hera-Statue, nur ganz einfach hineingingen in ihre Werkstatt, die Täfelchen hervorholten, die all ihre Beobachtungen und Erfahrungen in Kunst und Handwerk folgegerecht aufgezeichnet enthielten, und nun gemütlich Marmor und Meißel nahmen, gar nicht mehr nachdenken mußten: wie? und was? sondern ohne weiteres . . . .«

»Offengestanden,« – frech drehte Bury den Kopf so, daß sein Auge voll das fragende traf – »ich pfeife im Augenblick auf Skopas und Myron. Auf alle Künstler und die Kunst überhaupt. Denn hier ist das *Leben!*«

»Auch die Kunst ist Natur!«

»Aber höher als jede Natur gilt mir: das menschliche Herz in der Natur!«

»Es ist auch nur Natur!«

»Es faßt Kunst und Natur. Aber darüber hinan auch noch Himmel und Hölle. Oder: Ist etwa Gott auch Natur?«

»Ich möchte,« fuhr er tollkühn fort, weil er fühlte: das hat getroffen, »ich möchte so gerne wissen ob Sie . . . .«

»Ob ich?«

»Soll ich?«

»Warum nicht?«

»Ob Sie die Maddalena, mit der Sie in Gandolfo soviel beisammen waren, geliebt haben, oder nicht?«

»Ich meine nämlich« – ja, jetzt nur mutig drauf los! –: »die Liebe, die Frauen, – nicht die Weiber – das ist doch, für uns, ein Hauptsinn des Lebens Was erlebt man denn ohne das Herz? Wenn nicht das Herz einem Zweiten heiß zuschlägt, nicht das Herz unerbittlich befiehlt, sich ganz und gar hinzuschenken – was wird man denn wissen oder entdecken könne von der Welt? Da man doch nicht einmal ahnen kann, wenn man nicht liebt?«

Goethes Antlitz, im Nu verändert, blickte scharf geradeaus über den First des Palastes Cesarini in die Wipfel der Bäume, die Albano zu standen. Es ist ein Etwas in diesem Morgen, dachte er, scheinbar urfeindlich Bury abgewendet, – ein Etwas, das ahnen läßt. Die Welt liegt lächelnd in der Schale des Morgens. Die Sonne, die herüberkommt über uns, ist verheißender als jene, die gestern abend im Meere ertrank. Die Erde hat alle ihre Geheimnisse freigebig aus ihrem Schoße getrieben und stellt sie offen zur Schau. Die Luft wellt sichtbar, das Wasser rollt hörbar, das Feuer regt fühlbar die Kräfte an. Fürwahr: wenn man nur recht frei über alle diese Zeichen hinausschaut, wird einem wunderbar klar: Alles Große ist einfach! Was soll also so Unergründliches darin verborgen sein?

»Sie aber,« schmetterte Bury unverschämt heraus, »sperren sich nachgerade einfach vom Leben ab! Von *diesem* Leben! Und sind achtunddreißig!«

»Hörst du nichts, Fritzel?«

Böse fuhr Bury auf. »Nichts!«

»Doch! Ja! Eine Melodie!?«

»Woher?«

Jäh, mit fröhlichstem Auge blickte Goethe hinaus über den See. Soviel wäre ja selbstverständlich: in jeder Stadt, in jedem Dorf, jedem Haus liegt die Melodie gefangen, die aus den täglichen Schicksalen seiner Menschen fließt. Warum also sollte Nemi nicht singen? Der Himmel, dieses Zelt voll Spannung, singt gewiß! Die Erde, besonders eine Erde wie diese, die jede Raserei der Reife erlebt hat, soll sie nicht schwingen in nachlebenden Klängen aller Liebesleidenschaft, die sie durchzitterte, bis endlich die Frucht in ihrem Schoße lag? Der See aber, unter der Berührung des Feuers aus dem Himmel und dem Aufpochen des Feuers unter seinem Boden, wie soll der nicht seine Wasser in tönender Bewegung schieben zwischen diesen zwei Antrieben, die ihm sein eigenes Wesen erst recht zum Bewußtsein bringen? Alles wahrhaft Lebendige jedoch endlich, der Mensch, Tier und Pflanze, – gibt es nur einen Seufzer der Seelenbrust, der nicht wenigstens in ihr drin Melodie gebiert? Einen Laut der Bestie, der nicht nach Gesetzen der Musik wird? Und das Rascheln, Aufwachsen, Sichentfalten der Pflanze, jedes Sinken eines Blatts, jede Verstreuung des Samens . . .

»Ah?« Laut und herzlich lachte er auf. Das also war das Wunder? »Eine Flöte!« Eine Flöte ertönte über den Dächern des Städtchens. Im vielfarbigen Grün des Berges stieg ein Hirtenbub, blitzenden Hemds, mit seinen weißen und gelben Schafen fröhlich flöteblasend ins Weideland hinüber. »Eine einfache Flöte!«

»Ja, aber warum antworten Sie nicht?«

Aber nur noch ungerührter, fast wollüstig legte sich Goethe in die Erde zurück. Die Sache war ja noch selbstverständlicher, als diese Flöte glauben ließ! Wenn die Natur ihre eigene Melodie hat, – auch ohne daß Menschen in ihr leben, – was Wunder dann, daß eine Landschaft wie diese neben ihrer eigenen Melodie auch noch die ganze Historie der Menschen nachsingt, die auf ihr gelitten und gejubelt haben? »Du!« Als ob ihn die Erde auswürfe, fuhr Goethe empor. Wie? Wenn daraus hervorginge, daß jedes Geschöpf seinen eigenen Laut hat, daneben aber auch noch, – wenn es ein lebendiges ist! – den seines inneren Erlebens; muß dann nicht notwendig auch eine Statue nicht nur ihre eigenen Proportionen austönen, – dieses Kräfteparallelogramm von physischen Beziehungen – sondern auch das Leben, die Person ihres Schöpfers und die Kultur ihrer Zeit? »Fritz!« Fabelhafte Funken sprühte das Auge. »Im Palazzo Ruspoli soll ein Faun zu sehen sein, der die Flöte bläst. Wie wär's, wenn wir schnell . . . .«

»Nicht um ein Schloß! Erst müssen Sie antworten!«

Den gütigen Zweig des Ölbaumes langte der Besessene wieder an sich; nahm wieder das silberne Blatt zwischen die Lippen. Wenn das nämlich wahr ist, dann ist das Gesetz eines vollen Kreislaufs entdeckt! Die Musik ist das Wort der Natur. Die Proportionen des Menschenleibs sprechen es also gewiß ebenso vernehmbar aus wie jedes andere Stück Schöpfung. Je gründlicher es aber erlauscht wird, – vom musikalischen Ohr! – umso unwiderstehlicher muß es zur Kunst hintreiben: der Bildhauer meißelt es, der Maler malt es, und ich, – »Fritz!« rief er in ungeheurer Befreiung, »ich hab es!« – ich dichte es, indem ich das alles errate! Denn Dichten heißt Erraten! »Fritz! Du!!« Mit wilden Händen preßte er das Haupt in seinem Schoß, daß der böse verzogene Grollmund laut aufschrie. »Bursche, wenn mir jetzt die Statuen nicht eindeutig das Prinzip offenbaren, aus dem sie entstanden sind und nun jeden Tag neu erstehen können, dann will ich nicht Hans heißen! Denn jetzt halte ich den Schlüssel Nummer Zwei in der Hand da! Steh auf, Junge! Presto! Blitz! Wird's bald?«

Aber Bury – ja, was war nur geschehen? – Bury weinte auf einmal! »Ja was ist dir? Was hast du? Fritz!« Aber mit zornigen Armen umklammerte der Jünger die Knie des Mannes, den die ahnungeinhauchende Natur nicht mehr hielt, weil es ihn zum Steine zog, unerbittlich zum leblosen Stein in einem steinernen Palast. Und zornig war sein Weinen, zornig wälzte sich der Kopf im gefesselten Schoß, und von zornigen Lippen endlich schrie es herab: »Weil Sie kein Herz mehr haben! Gar kein Mensch mehr sind!«

»Es nicht einmal mehr merken,« schrie es rücksichtslos weiter, »vor lauter Statuen und Zeichnungen und Musik in Ihrem unmenschlichen Schädel drin nicht einmal mehr spüren, daß da vor Ihnen ein Mensch zugrundegeht!«

»Du?«

»Ja! Zugrundegehen könnt ich, bevor Sie nur einen Dunst davon kriegten! Ein gemeiner Faun im Palazzo Ruspoli kann Ihr Herz eher rühren als ein lebendiger Mensch!«

»Und warum gehst du zugrunde?«

Mit einem Satz schnellte der Zornige auf, kniete sich peinlich leibnahe vor die verblüfften Augen hin und grub ihnen den Strahl seines fordernden Blicks ein. »Antworten Sie zuerst auf das, was ich gefragt habe!«

Wie nach der einzigen Hilfe, die helfen konnte, sah sich Goethe nach dem Ölbaumzweig um; aber seine Arme und Hände waren eisern gebunden.

»Ich habe die Maddalena nicht geliebt,« sagte er endlich, steif nach der Seite abgewandten Gesichtes. »Denn ich habe ihr ganz bewußt, vom ersten Augenblick an, mein eigenes Leben, – wenn es nicht zu unbescheiden ist: meine Aufgabe vorgezogen.«

»Übrigens,« setzte er, nach langem, trockenem Schweigen hinzu, »was hat das mit deinem Zugrundegehen zu tun?«

Ohne ein Wort zu erwidern, löste sich Bury von ihm. Ließ sich von neuem zu seinen Füßen nieder, legte wieder den Kopf in seinen Schoß und blickte starr in den Himmel hinauf.

»Du? Antwortest du nicht?«

Nicht ein Wort.

Und – eigentümlich! – der Hirte mit der Flöte war jetzt verschwunden. Die Flöte verklungen. Die Beete der Astern brachten keine rechte Farbe mehr auf. Die Formen der Erde schienen in einem sicheren Gefühl von sinkender Schönheit zu schwinden. Der Himmel verneinte nicht mehr die Frage: ist wahrhaftig Dezember? Der See verschlief in der Ergebung darein, seine Melodie verloren zu haben, so unerwartet verloren zu haben, wie die Schiffe Neros ihre Steuermänner in seinen Wellen. Auch die Schicksale der Häuser und Hütten da hinten mußten ganz plötzlich gestorben sein, so tief schwiegen die Hütten und Häuser. Und wenn man sich aufsetzte und mit streng aufmerksamem Auge rundum sah, mit gespitzten Ohren rundum hörte, dann erlauschte, ersah man nur soviel: in einem Weingarten unterhalb von Nemi sitzest du, in der Landschaft Albano, einige Meilen südöstlich von Rom, am eilften Dezember 1787, und bereitest dich vor, dieses Land – zu verlassen!

»Heute vor zwei Jahren . . .«

Erschrocken fuhr Goethe zusammen. »Was sagst du?«

»Heute vor zwei Jahren,« wiederholte Bury, die Augen noch immer streng und starr droben im Himmel und das Herz voll von den Melodien seines reifenden Lebens, »ist mir folgendes geschehen: ich hatte in einer Villa in Tivoli übernachtet. Im selben Hause, aber durch den großen Saal, der vom Erdboden in das Dach hinauf durchging und leicht sechzig Fuß im Gevierte maß, von mir getrennt, schlief die Frau, die ich liebte. Sie war um etwa zwei Jahre älter als ich, an einen Mann verheiratet, den ich – natürlich! – nicht leiden mochte, und besaß drei schöne Kinder: ein Mädchen und zwei Knaben. Seit Monaten folgte ich ihr, wie man einem Stern nachgeht; er ist unerreichbar! Sie tat so, als sei ihr meine Liebe lieb, und wenn sie sah, wie ich mich nach ihrer Liebe sehnte, wußte sie mich so gut damit zu trösten, daß es mir doch nicht gleichgültig sein könnte, wenn sie schuldig würde; ließ mich also merken, daß sie mich, vielleicht, wohl lieben könnte, und wissen, daß sie mich nicht lieben dürfte. Was ihr das Leben bis dahin gebracht oder genommen hatte, sagte sie nicht. Ich erinnere mich nur daran, daß ich ihr einmal, an einem Sommerabend, unten im Garten vor dem Casino der Villa Doria, in meiner ungezügelten Art und mit meinen wilden Worten – ich fühlte an diesem Abend: sie muß mein werden, oder ich verdurste! – meine Liebe, meine ganze Liebe ausschüttete. Da sagte sie, – ich sehe noch das fast kindliche Lächeln um ihren wunderschönen Mund – sagte sie: wie sie etwa sein mag, die Liebe? – Ich erzähle schlecht? Was?

»Weiter! Weiter!«

»Natürlich erzähle ich schlecht. Immerhin! – Ich lag also die ganze Nacht schlaflos da in dem schönen Gemache. Sie hatte mir, natürlich, nicht das geringste Recht zu hoffen gegeben, sie werde in dieser Nacht zu mir kommen. Trotzdem, und gerade, weil ich ganz genau wußte: ginge ich zu ihr hinüber, sie würde mich ganz gewiß zurückschicken, war ich, ich weiß nicht warum, fest davon überzeugt: in der nächsten Minute wird die Tür aufgehn und sie hereinkommen! Liebe ohne Erfüllung, Sie wissen ja, – auch wenn man sie in Deutschland vielleicht einmal geliebt hat, in Rom liebt man sie nicht! Aber diese Frau mit ihrer vollkommenen Unverdorbenheit hatte mir so sehr die Augen über mich geöffnet, daß, sobald sie vor mir stand oder mit mir ging und ich mir eingestehen mußte: eigentlich begehrst du sie doch, willst vor allem ihren schönen, unwissenden Leib! – ich mich vor ihr in den Boden hinein schämte. Und oft gelang es mir für Tage und Wochen, ja Monate, – nein! Sie dürfen mir's glauben!«

»Ich glaube es!« Denn – eigentümlich! – der Hirte mit seinen weißen und gelben Schafen kam jetzt flöteblasend aus dem Wäldchen oben im Berggang hervor. Sein Hemde blitzte wieder in der Sonne, das Lied seiner Flöte schwebte wie ein singendes Wölklein über dem See, über den Astern, über dem Weinberg, und die Hütten und Häuser dahinter hatten wieder ihr Schicksal.

»Gelang es mir,« fuhr der Jüngling, der die Flöte gar nicht hörte, wie im Traum fort, »zu wissen, ganz genau zu wissen: nein, Fritz, diesmal liebst du eine Seele! Und das machte mich ungeheuer glücklich! Ich wurde stolz auf mein Herz, ich fühlte auf einmal, daß wir Männer gewöhnlich unverantwortlich wild und wüst leben und die Fähigkeit zu den höchsten Freuden des Lebens zugleich mit unseren reichsten Kräften zertreten. Ich sehnte mich also auch in dieser Nacht nicht etwa danach, einen Leib zu besitzen, eine Lust zu genießen, sondern . . . .«

»Ich verstehe!«

»Ich fürchte, daß Sie es nicht mehr verstehen! Ich sehnte mich nur nach *ihr!* Sie aber – kam nicht! Ich schlief gegen Morgen ein, und als ich erwachte, ein Lakai an die Tür pochte und ein silbernes Tablett mit dem üppigsten Frühstück hereinbrachte, schrie ich den Mann wie einen Dieb an. Es war ein solch flammender Zorn, eine solch beißende Bitterkeit, ein so tobsüchtiges Unglück in mir, ich wußte nicht mehr ein und aus. Ich hatte ihr einmal, streng absichtlich, angedeutet, daß ich mich, schon um nur endlich einmal ganz in den Tempel einziehen zu dürfen, den ich ihr aufgerichtet hatte, und keinen Gott neben ihr mehr zu kennen, so armselig darnach sehnte, daß sie mir einmal, ach, endlich einmal nur den bescheidensten Beweis davon gebe, daß sie mich liebte; denn, liebte sie mich, dann wußte ich doch auch: darf sie mir auch nicht angehören, nach ihrem Gefühl könnte sie mir angehören; und das hätte mir genügt. Und nun kam sie nicht! Also war auch sie wie die anderen! Denn sie weiß, wie sie mit einem einzigen Augenblick, durch das bloße Bekenntnis ihrer Entschlossenheit, der Konvention ein Opfer zu bringen, mich für immer erlösen könnte, – und tut es nicht! Weil sie nicht den Mut dazu aufbringt, nicht den Schwung dazu aufbringt, um meine brennende Sehnsucht, – die sie ja zu ihr hinüberbetteln hören mußte! – zu erfüllen; und ihr nicht das Gewissen, – denn ich sehnte mich nach nichts, was ihr Gewissen belasten konnte – sondern die Sitte mehr galt als mein verlorenes Herz! Und da, mit einem Griff – ich erinnere mich so haargenau, als ob es heut wäre – den pfauenblauen Brokat meiner Bettdecke ritsch ratsch von oben bis unten entzweigerissen und die Decke abgeworfen, um aus dem Bett zu springen, – und in diesem Augenblick stand sie da!«

»Helena!« In einem Blitz von Licht erinnerte sich Goethe jener rasenden Begier auf der Terrasse des Hamiltonschen Casinos in Neapel, Helenen zu sehen. Und im Blitz eines Bildes, das gegenständlich war von den Zehen Helenas bis zum Scheitel Helenas, sah er Helenen, wie sie dem Jüngling erschienen sein mußte. »Und?« rief er atemlos. »Und?«

Aber nun stieg der Hirte mit seinen weißen und gelben Schafen über die blaue Halde zum nördlichen Ufer des Sees ab. Und sobald die Schafe auf der Klippe standen und eines neben dem andern mit sinnlosen Augen hinabstierten in die Flut, ließ er sich auf dem Felsen nieder und blies feuriger, voller, kräftiger, und plötzlich flog sein Lied – welches Lied? – über Sonne und Schatten, als wäre es alles, allmächtig.

»In einem Mantel aus himmelblauer Seide stand sie da,« hob der Verklärte wieder an. »Hell war ihr Gesicht wie der Morgen, als es mich anlächelte. Schwarz wie meine Nacht darüber das Haar. Als sie das fassungslose Erstaunen sah, in dem ich zitterte wie vor einem Wunder, schlich sie ganz leise und rasch näher und lächelte: »Nicht Francesca kommt; nur ein Jüngling! Der Jüngling!« Und warf im nächsten Augenblick den Mantel ab, stand, als Page gekleidet, vor mir . . . .«

»Ich kann sie nicht beschreiben!«

Menschen, Tiere, Bäume, Steine, Himmelsflitter, wisset ihr nicht, sang das Lied des Hirten auf dem Felsen, daß aus dem liebenden Herzen allein die allmächtigen Rauchopfer aufsteigen in die Höhe der Äther? Aus dem liebenden Herzen allein auch die zauberkräftigen Flammen hinabschlagen in die Schlünde der Erde? Das liebende Herz allein das Unmögliche möglich macht, den Staub den Sternen vermählt und alle Geheimnisse gläubig löst, die wie schlafende Lider auf den Augen der Welt liegen? Wißt ihr es nicht? »Und?« heischte Goethe brennenden Antlitzes.

»Und?«

»Wie soll ich es noch wissen! Auf einmal saß sie, saß der Jüngling auf meinem Bette, schlang die Arme – die Arme Francescas! – um meinen Hals, legte das Gesichtlein an meine Brust und sagte: weil ich dich gehört habe!«

»Und dieser Seele begegne ich vor drei, oder zwei, oder vier Wochen,« – Sturm, Hölle, Verzweiflung jetzt in der Stimme, die mit einem Schlag jede Herrschaft verloren hatte – »und kann ihr kein Wort mehr sagen! Mein Auge ist tot vor ihr, meine Glieder schlottern blöde vor ihr, mein Herz ist vernichtet, – ich komm gerade von der Dianetta! Und nun sagen Sie mir . . .«

Entsetzt fuhr Goethe zusammen. Flamme von oben bis unten, mit einem Blick ungeheuerster Anklage, stand der Jüngling vor ihm. Das war nicht Bury. Das war kein Menschenbild, das nach dem Meißel, dem Pinsel rief. Kein Stück Natur, dessen Melodie mit einendem Ton hinwies auf die Flüsse der Melodien des Wassers, der Erde, der Luft und des Feuers. Sondern Blick eines Dämons, der in den Blick eines zweiten Dämons tauchte und die Verwandtschaft mit Leben und Tod jeder anderen Schöpfung hochmütig leugnete. »Klipp und klar sagen Sie mir jetzt, offen und ehrlich: wie es möglich ist, daß ein Mensch wie Sie – Sie! – sich mit jener Faustina ergötzt!«

»Nein! Nein! Nein! Nein! Sie kommen mir nicht aus!« fiel nach diesem sausenden ersten Hieb gleich der zweite herab. »Ich will es haargenau und aus Ihrem eigenen Mund erfahren: wird der Geist eines Menschen – seine Person, die Persönlichkeit – wirklich erst dann geboren, wenn er sein Herz zertritt? Und ist es darum richtig, wenn der Mann, der etwas werden will, – da er doch eben auch dabei ein Mann bleibt! – zwar nicht seine Begierde tötet, wohl aber seine Liebe zur Liebe?«

»Ich habe dir niemals gesagt, du sollst nicht lieben!« kam es wie Angstschrei aus Goethens Munde.

»Ich lebe nach Ihrem Beispiel!«

»Ich habe mich niemals zu deinem Meister aufgeworfen!«

»Sie haben Moritzen . . .«

»Ich habe Moritzen sinnlose Sentimentalität verboten!«

»Und ihm damit seine Liebe erstickt! Sie aber« – und wie ein Baum, den ein zweiter Frühling jäh nach dem ersten, ohne daß Sommer, Herbst, Winter dazwischen gingen, in die Höhe treibt, wuchs der Entfachte in die Luft vor ihm auf – »Sie aber haben hier in Rom, nur damit Ihnen die Schleier von den Gemälden und Statuen fallen, von Natur und von Kunst und vom Schweigen und Tönen, und Sie *allein* eingehen können in die Erkenntnis der Dinge und ins Reich Ihrer Person, jedes Band zerschnitten, das zwischen Ihnen und allen lief, die von Ihnen Liebe begehrten! Leugnen Sie nicht und schauen Sie mich nicht so an! Ich brauche nur einen einzigen Namen zu nennen, – ja, ich nenn ihn, ich nenn ihn: Charlotte . . .«

»Du!«

»Jawohl, ich! Und ich sage Ihnen weiters . . .«

Aber, wie von einer Eisenfaust vor die Stirn geschlagen, verstummte nun Bury; wechselte die Farbe.

Starr, im unheimlichen Schweigen, das die Flöte des Hirten auf dem Felsen nicht mehr zu übertönen vermochte, erhob sich Goethe. Und ohne noch Stunden, die Scheidung zwischen Tag und Nacht zu kennen, rollte das Schweigen weiter, drehte sich, wahnsinnig, die Erde, wuchsen die Bäume in die Himmel, senkten sich die Himmel über die zitternde Erde und kündigte sich mit Posaunen, die aus jedem Gras, jedem Tropfen, jedem Hauch und jedem Strahl klangen, ein furchtbarer Zusammenbruch an. »Du brauchst nicht zu glauben,« stieß der Mund plötzlich mit tobsüchtiger Stimme hervor, »dir nicht einzubilden . . . .«

»Ich bilde mir gar nichts ein!«

» . . . dir nicht einzubilden,« wiederholte der furchtbare Mund, »daß du, weil ich dich liebe . . .«

»*Ich* liebe *Sie!!*«

»Meinst du, du zwingst mich, dir's zweimal zu sagen?« Wie Donner, der über stürzenden Bergen niederbricht, dröhnte die Stimme und zerschlug. »Jeder lebt, wie er muß! Wie es sein Gewissen ihm vorschreibt! Keines ist gleich dem anderen! Es gibt keine Gesetze für alle!« Und drei zerstampfende Schritte vom Jungen weg tat er. Nun doch drei. »Laß dein Skizzenbuch nicht liegen!« rief er eisig, als ob ein ausgebildeter Gletscher mit schrillem Krach in die schlankste Pyramide von Eis sich zusammenpreßte, »ich geh in den Palast hinauf.«

»Weil ich ihn liebe!« lächelte im einsamsten Schmerze der Jüngling, »nur weil ich ihn liebe!«

Während der Dunkle schon vor den Satyr trat, der die Flöte blies. »Fort!« befahl er mit der hochmütigsten Gebärde der Hand. »Keiner von diesen Gedanken an mich heran! Dieser Kampf ist und bleibt ausgekämpft!« Und mit dem hochmütigsten Auge beschwor er den Stein: rede! Aber der Stein redete nicht! Er mochte ihn umgehen, so oft er wollte, Zahlen herleiern, Proportionen nachmessen, Melodie aus seinem aschenen Herzen aufrufen, soviel er wollte, – der Stein war und blieb tot! Es führte keine Brücke vom zuckenden Menschenleib zu diesem Bilde. Aber auch keine vom Menschengeist, der es gebildet hatte, zu seinem Geschöpfe. Das »Prinzip« paßte wohl, aber zwischen dem Künstler – der vielleicht an einem Streit in seinem blutigsten Gemüte gestorben war – und diesem ewig unveränderbar Flöte blasenden Steinsatyr gähnte eine Kluft, die niemand und nichts überspannte. »Fort!« scheuchte er noch einmal, vernichtet, die anwirbelnde Flut der Besinnungen von der Stirn. Aber ward nur noch grauer. Die Ungeduld der Enttäuschung mit jedem weiteren Blick auf den Stein nur noch bitterer, die plötzlich wiedergekehrte Verhülltheit des Geheimnisses, wie sie auch alle anderen schon enthüllt gewesenen Geheimnisse verhüllte, nur noch endgültiger. Und wie eine dicke, vom Scirocco herabgepreßte Wolke, die von Sekunde zu Sekunde zwingender niedersank, um zuletzt für immer und ewig zu zerdrücken, legte sich der Dämmer der Verworrenheit um die verstörten Sinne. Wie, fuhr es grell wie Rettung durch die verlassene, wimmernde Seele, wenn ich entschlossen zu Bury zurückkehrte und die grausame Szene mit überlegener Lüge oder mit Reue oder lachender Gleichgültigkeit auslöschte? Aber mitten auf dem Wege fiel ihm der Name »Charlotte« ein – hatte er sie nicht »Lotte« genannt? – und er drehte wild um, – und noch einmal hinauf zu dem Steine.

Aber der Stein blieb auch jetzt tot. Aber nicht nur der Stein tot. Alles war tot jetzt! Rom sogar, als er nach Rom zurückkehrte, Rom tot! Ausgelöscht, wie ein Traum höhnisch entschwindet, das Morgenrot, dessen Schimmer schon so sicher geleuchtet. Funken nur noch lebendig, aber nicht mehr die Kette von Lichtern, die vom ersten Strahl folgerichtig in die volle Sonnenhelle hinanführte. Trostlos im fruchtlos ausgefahrenen Geleis des tyrannischen Gedankens sich schleppend, kam er am Vorabend des Tages der heiligen drei Könige in der via Santa Croce an einem schmalen Hause vorbei. Eine rote Laterne baumelte im Winde davor. Mandolinenspiel drang aus dem Flur. Ein Weib streckte das geschminkte Gesicht zum Tore hervor. Und jetzt, – er wollte gerade an diesen Augen vorübergehn – schrie dieses Antlitz grell auf: ein Mann stürzte an ihm vorbei in die Straße heraus. Mit einem einzigen Blick auf den Mann, der, dem Tor kaum entronnen, zu eilen begann, erkannte ihn Goethe; hielt inne. In der nächsten Sekunde, wie einem Dieb, der das Weite sucht, rief er besessen nach: »Moritz!«

»Moritz!« noch wilder, weil der Mann, obwohl ihm der Pfeil mitten im Rücken saß, nur noch dringender weiterlief. »Moritz!« Und als der Mann auch daraufhin nicht Halt machte, in einer verbissenen Wut, die ihm die Glieder antrieb. begann auch er zu laufen, hinter dem Mann drein zu jagen, immer heißer und toller. »Moritz! Moritz!«

Aber erst vor dem Palazzo Venezia, vor dem Brunnen, der seinen schaumigen Gischt in die Nacht aufspie, holte er ihn ein. »Wie das nächstbeste Menschenvieh in das nächstbeste Bordell!« schrie er ihn ohne weiteres an. Riß ihm, der völlig weißen Gesichts ohne Atem vor ihm zitterte, die Hand aus dem geschwungenen Mantel und stieß ihn, weiterjagend, vor sich her in der Gasse. »Als ob so ein verfluchtes Stachelfleisch nicht die Dusche des Geistes zur Verfügung hätte!«

Niegesehen schwarz starrten die Dachsparren des Corso auf den Gestoßenen herab.

»So ein schmieriges Weibsbild den Durst löschen könnte! Ihnen! Einem Mann von Idee! Von Talent! Von Verpflichtung!«

Seine grausamsten Nadeln trieb das Pflaster des Randsteins dem Ertappten in die hinkenden Füße.

»Da klettern wir beide – ja, gerade wir zwei! – Jahr und Tag miteinander von einer Höhe in die nächste, – oder habe ich Euch etwa gesagt, Ihr sollt huren?«

»Oder Euch gelangweilt?«

»Oder waret Ihr wirklich so strohdumm, zu glauben, weil der Heide in mir streitet mit dem Nichtheiden, ich ließe ihn am Ende ersaufen in den Jauchen der Brunst?«

»Antworten Sie!« zerrte er den Vernichteten an sich heran, daß sie taumelten, beide. »Oder soll ich mit dem Bewußtsein nach Deutschland zurückkehren, daß ihr, meine Gefährten, mich fortsetzet in Cochonnerien?«

»Verzeihung!« hauchte Moritz, an allen Gliedern schlotternd, »Verzeihung!«

»Während ich mich da abrackere, abschinde . . . .«

»Verzeihung!«

»... mir das Herz, – das auch ich habe! – panzere gegen alle Versuchungen, nur damit ich aufrecht bleibe in diesem Wettstreit ums Lichte ...«

»Verzeihung!«

»... mir die Tage wie Skorpionen im Blute drin sitzen, und die Nächte ....«

»Verzeihung!!«

»... diese Nächte .....« In ungeheurem Entsetzen tat er einen Schritt zurück. Und als hätte ihn der Blitz gestreift, schüttelte er Moritzens Hand ab. Kam der ganze Leib in unsichere Starre. Fiel die Hitze wie eine Todkrankheit von ihm ab und floß die Kälte der Besinnung zurück in die Adern. »Um Gotteswillen, Moritz, was tat ich!« In schwindliger Angst bohrte er das erwachte Auge in Moritzens totes. »Sie müssen mir auf der Stelle sagen, Moritz, ich kann keinen Augenblick länger darauf warten ......«

»Sie müssen *mir* verzeihen, Moritz! Verstehen Sie?«

»Reden Sie, Moritz!« Wie zwei Ringer ineinander verballt, standen sie im Tore. »Ich beschwöre Sie: reden Sie! Sagen Sie es!«

»Nein! Sie mir!« stöhnte Moritz erwürgt.

»Ja, ich Ihnen! Aber zuerst Sie mir!« Der Schweiß stand ihm auf der Stirn, die Arme fuchtelten sinnlos, die Brust ging keuchend. »Ich bin kein Pharisäer mit Bewußtsein! Aber: mir graut davor ....! Moritz, ich flehe Sie an: sagen Sie es!«

»Gut!« flüsterte er leichenblaß; endlich. Streichelte dankbar die Arme, die ihn im pechschwarzen Dunkel umschlangen. »Gut! So ist's gut! Das war furchtbar!«

Eine halbe Stunde später trat er bei Bury ein; Bury saß bei der rauchenden Lampe vor der Galathee des Carracci. »Fritzel,« begann er sofort, »wir haben uns noch nie richtig

ausgesöhnt seit damals! Komm her, ich sage dir etwas.«
Und sah gar nicht, wie diesen Augen, kaum, daß das gesagt
war, der Glanz ihrer Liebe zurückkehrte und um den so
lang stumm gewesenen Mund der Zug seines Glaubens
wieder aufstand. »Ich habe auch dir unrecht getan,« fuhr er
gehetzt fort, »dich zurückgestoßen, mich verschlossen in
Hochmut, als du mir in ganz richtigem Empfinden
vorhieltest . . .«

»Reden Sie doch nicht mehr davon!«

»Doch, ich rede davon!« Und weil da der Lockenkopf vom
Bild weg schon seine Brust suchte, kam ihm der Seufzer
aus dem tiefsten Gemüte. Ich bin kein Christ, siehst du!
Mein Ich lebt vom Ganzen, von allem. Ich kann keine Zeit
ausschließen, keine Meinung, keinen Gegensatz, keine
Ungereimtheit entbehren. Die ganze Welt, vom Anfang bis
zum Ende, muß ich mir zwingen. Aber – im Evangelium
Johannis steht der Satz vom Mühlstein, der einem um den
Hals gehängt werden soll, ... du!« Und mit armseliger Inbrunst seines innersten Jammers umschlang er den
Jüngling. »Laß die Dianetta laufen, mein Kind, und geh
deinen Jüngling wieder suchen! Was *ich* getan habe und
tue, es mußte, muß sein! Aber du! – Nein, ich kann jetzt
nicht bleiben. Morgen seh ich dich wieder. Verzeih mir!«

Und lief schnurstracks zu Moritz hinüber.

»Nein, machen Sie nicht Licht. Sie müssen mir nur eine
Antwort geben!« Und saß schon auf der Kante des Bettes.
»Müssen mit entschlossenem Schritt frei aus dieser letzten
schwindeligen Stunde hinüberschreiten in eine Welt, die
jenseits liegt!«

»Ich bin ein Hund! Ein verfluchter, verdammter Hund!«
schrie Moritz weh auf.

»Nein, nur ein Mensch, der nicht weiß, daß man den Trieb
nach unten – nicht etwa, weil er nun eben auch menschlich

ist, kampflos herrschen lassen, – aber daß man ihn, wenn er sich einmal gegen alles Wider des Geistes austobt, nicht zu tragisch nehmen darf. Das Böse nicht dulden, natürlich! Aber, soweit es in einem trotz allem noch da sein und leben muß, durch Nichtbeachtung ertöten! Aus der unteren Region schnell wieder hinauf in die höhere! – Folgen Sie mir nun?«

Wild griffen die unglücklichen Hände nach der aufziehenden Hand.

»Sie kennen von Gandolfo her die Idee meiner Urpflanze?«

»Sie wissen, daß ich dem Gesetz der einheitlichen Organisation des Tierkörpers nachspüre?«

»Daß ich das noch immer nicht fertige Werden der Erde aus einem ebenso einheitlichen Prinzip zu erklären versuche?«

»Schön!« Tiefer, tiefsuchender Atemzug. »Bleiben wir, der Anschaulichkeit halber, bei der Urpflanze! Wenn es feststeht, – und darin pflichteten Sie mir bereits bei – daß auch das Kunstwerk nur ein Stück Natur ist, geschaffen vom Stück Natur, das der Künstler darstellt, – halten Sie es dann nicht für möglich, daß es einem gelingen müßte, das Gesetz zu entdecken, nach dem die Kunstwerke geschaffen wurden, und jeden Tag neu geschaffen werden können?«

»Sie meinen . . . .?«

»Ich meine,« unterbrach Goethe hitzig, »daß den Menschen, soweit sie Künstler sein können, mit dieser Fähigkeit nicht mehr, aber auch nicht weniger eingeboren sein kann, als eben das Vermögen, gerade das zu machen, was nach der Idee der Schöpfung – natürlich verschieden in den verschiedenen Zeiten, Kulturen und Formen-Kreisen – zu einem Kunstwerk aus Menschenhand gehört.«

»So daß der Künstler . . .«

»Lassen Sie mich ausreden! Sie dürfen bei dieser Konstruktion keinen Augenblick lang vergessen, daß Ihre erste und letzte Prämisse die ist: das Kunstwerk ist Natur! Wenn Sie das nur für eine Sekunde außer acht lassen . . .«

»Ich verstehe!« Und nichts mehr wußte Moritz von der Folter des Abends. Leidenschaftlich, mit glühenden Wangen, Augen, die gierig verlangten, richtete er sich auf. »Sie meinen, daß man, ebenso wie man das Modell der Pflanzenwelt finden kann, auch das Urbild jeder einzelnen Kunstwelt finden könnte, und darnach dann mit Leichtigkeit das – Rezept, möchte ich sagen, die naturbeschränkte, nicht vermehrbare Anzahl von Rezepten, nach denen die Künstler arbeiten?«

»Re–zept?«

»Und es wäre dann also, gewissermaßen, keine besondere Kunst mehr, nichts Irrationales und Unerlernbares mehr, eine schöne Statue, ein bedeutendes Gemälde, einen Tempel und dergleichen zu machen, denn . . .«

»Ja! Ganz richtig! Gewiß! Völlig richtig! Aber: Re–zepte?«

»Sie können meinetwegen auch: Vorlagen, ideelle Typen-Vorlagen setzen?«

»Aber *warum* Sie gerade ›Rezept‹ sagen, ›Rezept‹? . . .«

Aber, zum Donnerwetter! auch wenn er es in Moritz selbst töten, als Ganzes vernichten oder in seine Buchstaben zerlegen und jeden Buchstaben ermorden wollte, es ließ sich nicht mehr ungehört machen, dieses Wort! In dieser Nacht nicht, und auch nach dieser Nacht nimmer! Unvertreibbar und rücksichtslos zwingend stand es von nun an über dem Eingang seiner Morgen, über dem Ausgang seiner Abende. Und höhnte. Denn: klang es nicht nach Handwerk? »Rezept?« Hatte es nicht einen ledernen Beigeschmack? Mehr noch, einen philiströsen? Eine Taktlosigkeit, oder eine Geschmacklosigkeit barg es. Im Grunde sogar bedeutete es einen Faustschlag. Allerdings: gerade in diesem Faustschlag den Mut, eben im Namen der Wahrheit einen Faustschlag zu tun. Oder: schaffen nicht alle Entdeckungen Trivialitäten, da sie doch Wunder in Binsenwahrheit verwandeln?

»Kayser,« bat er fieberhaft aufgeregt eines Abends – er hatte den ganzen Tag über einen Fuß modelliert – »setzen Sie sich her und spielen Sie diesen Fuß!« Und legte das Tonmodell auf das Notenbrett. Der Fuß war nach dem besten Abguß des rechten Fußes des sitzenden Mars gebildet, dazu der menschliche Fuß an einer Anatomie und an guten und schlechten Gipsen verglichen, und überdies der Typus eines Fußes des Kriegsgottes dem mythologischen Ares-Typus und dem vermuteten Formen-Typus des vermuteten Künstlers gewissenhaft gegenübergestellt worden. Und schien also gelungen. Tischbein allerdings, der in Kaysers Rücken saß, schmunzelte bedenklich. Moritz schüttelte den Kopf. Bury, unter der rauchenden Lampe noch immer am Liebesgeschenk arbeitend, brütete wehmütig in die Galathee hinein.

»Also?«

»Was soll ich nur über den glitschigen Tonfuß phantasieren?« lachte Kayser ratlos.

»Das, was er Ihnen eingibt!« Vollkommen klar war es Goethen: das Rezept – haften wir nicht mehr am Worte! – das Rezept hatte geholfen. Er kannte das Ur-Rezept; darüber hinaus aber auch schon eine ganze Anzahl der abgeleiteten Rezepte. »Nur, was er Ihnen eingibt! Nichts anderes!«

Kaysers Augen erkannten deutlich: den unleugbar verpfuschten Rist, die unfreien Zehen, das Gezwungene der ganzen Form. Plötzlich, hämisch, verließen seine Augen den Fuß und er griff in die Tasten. Es rauschte auf. »Ares!« fuhr es in seligem Verstehen durch Goethen. Und schon

507

suchte der Fuß wegaufwärts; wegabwärts; stand jetzt stille; trippelte, schwankte . . .

»Bettler, der von San Lorenzo nach San Sebastiano hinkt!« flüsterte hinten Tischbein.

»Aber einer, dem siebenundsiebzig Dornen . . . . .«

»Könnt ihr nicht still sein, zum Teufel?«

Es wurde ganz still. Der Fuß schwankte noch ein Weilchen. Dann schritt er wieder aus. »Ares!« triumphierte Goethe noch sicherer. Denn nun lief der Fuß! Kinderfuß? Knabenfuß? Weiberfuß? Eilte, zögerte jetzt! Hob sich hoch, zertrat etwas . . .

Und war auf einmal nicht mehr da; entflohen.

»Ich bringe nichts heraus,« zog Kayser lachend die Finger von den Tasten. »Es ist umsonst!«

Dunkel, von einem Heer von Schatten überfallen, drückte sich Goethe in die Ecke. Niemand sagte etwas. Schütz trat ein, roten Kopfs, nicht völlig aufrecht. Aber er erriet. Behutsam ließ er sich neben Bury nieder. »Total verrückt!« machte er mit einem Zeichen. »Maulhalten!« winkte ihm Tischbein; er konnte in Todesangst das Lachen kaum noch verbeißen.

»Wenn ich ihm etwas anderes gäbe?« überlegte hingegen zwischen tiefster Verlegenheit und unwiderstehlichem Kitzel der Dunkle in der Ecke; und schlug verborgen, auf dem Spinett, sein Heft auf. Es war das Heft, das seine, geheim, auf der Jagd nach dem »Prinzipe« gelieferten Zeichnungen und gezogenen Schlüsse, peinlich logisch geordnet beide, enthielt. »Zum Beispiel die kapitolinische Venus?« Das Antlitz dieser Venus hatte er leicht zwanzigmale aufgerissen. Ihm gegenüber die Antlitze der Hera Ludovisi, der Hera Sospita, der schönbekleideten Hera, der Cleopatra, der Psyche, der verwundeten Amazone, der Athena mit dem

Löwenfell, der kolossalen Athena in der Villa Ludovisi, der Athena Giustiniani und der Daphne. »Oder, Kayser,« – nein, das war ein zu weites Thema! – »haben Sie den Hercules Farnese im Auge?«

»Im großen ganzen.«

»Versuchen Sie einmal, den zu spielen! – Nein! Warten Sie!« Unschlüssig reichte er zwei Zeichnungen hinüber: eine vom Brustkorb des Heracles Farnese und eine vom Brustkorb des Heraclestorsos. »Spielen Sie vielleicht, was Ihnen die Unterschiede zwischen beiden sagen! Oder . . .«

Unsicher ward er; sie verharrten ja alle wie Blinde, wie Taube, ganz und gar Hartköpfige! »Oder vielleicht noch besser das da!« Er hatte den Kopf des Apollon vom Belvedere groß, scharflinig auf ein geraumes Blatt gebracht. Rechts davon aber den Kopf des Apollon aus dem Palazzo Giustiniani, den des Apollon Musagethes und des Apollon sauroktonos gezeichnet. Dieses Blatt reichte er Kaysern. »Ja, besser diese Köpfe. Wollen sehen!«

»Es muß nämlich,« wandte er sich feuerrot vor Eifer an Moritzen, »auch so gehen: die verschiedenen Proportionen, Typen und Kanones, als Naturphänomene, haben genau so je ihre verschiedenen Melodien wie die anderen Naturphänomene auch. Dringt also Kayser richtig ein in die Unterschiede, so müßte man sie aus der Musik heraushören können. Und das Rezept wäre durch Gegenprobe bestätigt!«

»O lala?« machte Schütz mit einem Schnalzer.

Aber schon flammte der Rasende auf. Ha! War es nicht Delphisch, was da nun erklang? Oder Karisch? Lykisch? Motiv der Heimat Apolls? »Weiter! Weiter! Nur weiter! Ich höre den Bogen klirren, den Python schnauben. Ausgezeichnet! Sehr gut! Und das ist –: Parnaß. Die Musen kommen! Passen Sie nun wohl auf, Kayser! Wenn der

Apollon Giustiniani etwa der Phidiaszeit angehören sollte, dann müßten Sie . . .«

»Ich muß gar nichts!« lachte Kayser gemütlich und setzte ab.

»Nicht mutlos werden!« Atemlos trat Goethe an ihn heran. »Noch einmal anfangen! Das erste Motiv noch einmal!«

»Das ist ein Ideechen Griechenland überhaupt,« lachte Kayser heiter und spielte es noch einmal. »Attica, zum Beispiel, stelle ich mir ungefähr so vor.«

»Das zweite also?«

»Ist Parthenon, sagen wir. Die Athena Promachos drüben; dahinter das Erechtheion.«

»Also das dritte! Das dritte!«

»Troja. Homer. Das skandrische Tor.«

»Aber es war doch Apoll da! Er ist doch schon dagewesen!«

»Weil Sie ihn hören wollten!«

»Moritz!« Außer Rand und Band lief er auf Moritzen los. »Ist er da- oder nicht dagewesen, Moritz?«

Göttin der Wahrheit, flehte Moritz in den Boden nieder, während es so still ward, daß man eine Nadel fallen hören konnte, versuche mich nicht so satanisch! Dieser Mann ist entsetzlich! Tischbein kratzte einen Achilleskopf in die Tischplatte. Dieser Mann ist ein Narr! Bury pinselte wütend am Polyphem. Dieser Mann ist ein Räuber! Schütz zog aus der Westentasche, mit Mühe, ein Orangechen, goldrot, mit feinster Schale – es war aus dem Garten Aldobrandini – und biß hinein. Diesem Mann muß der Text gelesen werden!

»Moritz, so reden Sie doch!« rüttelte die unglückliche Stimme unerbittlich am Opfer. »War er da oder nicht da?«

In diesem Augenblick sagte Schütz: »Und da sprießt schon der Mandelbaum! Sprießt der Pfirsichbaum! Gehen die Maßliebchen auf vor der Porta Pia! Raschelt der Lenzwind im Pinciowäldchen! Gondelt der Himmel mit Lenzwölkchen, plappert das Volk auf Weg und Steg mit dem Lenze! Buhlt die Stadt mit der neuen Sonne im Lenze! Und ist dieser Lenz der letzte . . .«

»Moritz!« stampfte Goethe wachsbleich in den Boden.

»Ich – hab ihn nicht gehört,« stotterte Moritz noch blasser.

» . . . und sagt,« sprach Schütz ohne jede Furcht weiter: »Herr Geheimderat von Goethe, sagt er . . .«

»Mensch!« stieß ihn Tischbein von der einen, Kayser von der anderen Seite in die Rippen.

»Herr Geheimderat von Goethe, sagt er, mein Lieber! Benutzen Sie diese Tage noch *recht* gut, um mir ohne Hast Adieu zu sagen! Denn wenn Sie einmal wieder da oben in Kimmrien sein werden, mein' ich, wird Sie's ganz verdammt gereuen, diese letzten paar Stunden, statt mit mir, mit fixen Ideen und Spielereien vertrödelt . . . .«

Bum! flog der Stuhl, auf dem Goethe gesessen, um. Ans Spinett, daß die Saiten aufschrien. Und ein Schritt, der den Boden schaukeln machte, und mit einem Krach schlug die Tür hinter ihm zu.

»Da haben wir's!« rang Moritz die Hände.

»Nacht! Nacht! Nacht!« stöhnte der Gebrochene oben in seiner Kammer. In dieser Kammer da, draußen vor den Fenstern, oben in den gespenstigen Löchern des Wolkenhimmels, drinnen in der zerrissenen Brust: Nacht! Spielereien? Fixe Ideen? »Nacht!« Wenn die Sonne wieder aufstehen wird morgen, der Mandelbaum sprießen, der Pfirsichbaum sprießen wird, morgen, – es bleibt Nacht! Immer Nacht! »Fort! Mir entfliehen! Nur fort!« tobte er, raste

511

er. »Fort!« Aber das Gehirn folgte nicht mehr. Wollte nicht mehr. Wie eine Schraube, die von wahnsinniger Hand gerade dort in das dickste Brett hineingetrieben wird, wo der Stein das Astes sitzt, schraubte sich der Geist nur noch tiefer hinein in den Stein des Geheimnisses. »Ich träume; weiß nicht mehr, was ich tue!« Dennoch: er bohrte weiter. »Ich verliere alles, was ich schon gewannen habe!« Dennoch: er bohrte weiter. »Reiffenstein glotzt mich wie einen Kranken an, Angelica zweifelt an meinem Sinn. Und selbst Meyer – Meyer! – schüttelt den Kopf.« Dennoch: er bohrte weiter. »Ist der Brief an den Herzog schon geschrieben?« Nein, der war noch immer nicht geschrieben! Wie um sich anzunageln, eines Morgens, endlich, setzte er sich hin an den Tisch. »Lassen Sie mich,« schrieb er keuchend, »fürder nur noch das tun, was niemand anderer als ich kann; und tragen Sie das andere anderen auf!« Bohrte aber dennoch gleich wieder weiter. Und er bohrte trotzdem nur Nacht! Nacht, die jedes frühere Licht auffraß und, je gefräßiger sie es auffraß, mit umso dickeren Mauern um ihn wuchs, in die sein tollwütiger Schädel sich verloren hineinfraß.

Bis ihm eines Abends, knapp vor dem Einzug des März, etwas gelang. Er hatte sich ans Fenster gehockt, befohlen: nun besinne dich einzig und allein auf das, was du schon gewiß weißt, und zeichne, ohne Vorlage, die Stirne, den Scheitel und die Augenbögen des Zeus! Und nun stand er mit dem Blatte vor dem vatikanischen Zeus. In fassungslosem Staunen wanderte der Blick immer wieder von der marmornen Stirn, dem marmornen Scheitel, den marmornen Augenbögen zurück zu der Stirne, zum Scheitel, zu den Augenbögen auf dem Blatt, das in seiner irren Hand zitterte. Aber als er mittags, im Vorbeigehen gewissermaßen, im Museo Strozzi eine elische Goldmünze fand, die einen ganz anderen als den vatikanischen Zeus zeigte, und trotzdem eine Stirn, einen Scheitel und Augenbögen unfehlbar desselben Gesamt-Typus, wie ihn das Blatt wies, ward das Erstaunen zum Schreck. Das Rezept paßte! Das Prinzip schloß! »Meyer!« rief er, atemlos heimgekehrt, »bestellen Sie für heute Nacht die Fackeln und verständigen Sie Hirthen! Ins Belvedere!«

Tatsächlich: als es von Sankt Peter herüber halbeilf schlug, strebten die drei Fackeln durch die gruftstummen Säle hinaus nach dem Statuenhofe. Gegen acht hatte es, vom Meer herauf, zu regnen begonnen. Nun lag über der Stadt die nasse blanke Luft des Scirocco. In den Hof herab schaute ein schwarzer sternloser Himmel. Vom Tiber herauf schollen Rufe aus einem gelandeten, wieder abfahrenden Schiffe. Auf dem Janiculus ging wildes Blühen los. Die Gärten des Papstes trieben, gepeitscht von den Stößen des Sturms, Wolken von schwerem Duft empor über die Dächer des Vatikans. Vom Monte Mario hernieder glaubte ein feines Ohr die Pinien rauschen zu hören. Ein feines Auge sah, trotz den Mauern, die Wiesen der Villa Doria in hohes Gras schießen, um die Villa des Papstes Julius die Veilchen aufbrechen, in den Wäldern der Villa Borghese die violetten Anemonen geboren werden und um die Villa Albani die Mandelbaumkronen wehen. Eine feine Seele aber, die den stummen Leib des Nil mit ungewußten Gedanken abwanderte, die Schlange des Laokoon streichelte, die Brust des Antinous nach ihrem Geheimnis befragte, die ungeheure Starrheit dieser marmornen Leichen, als wären sie lebendes Fleisch, verleugnete, spürte aus dieser Starre, diesem Schweigen, diesen zitternden Tönen und Düften und Regungen der entbindenden Nacht: die Stunde des Lenzes.

»Nachtigall? Es kann doch noch keine Nachtigall . . . .?«

»Amsel,« murmelte Meyer.

»Zum Apoll!« befahl Hirth und schritt voran.

Aber kaum, daß der Flackerschein seiner Fackel Apolls rechten Arm traf, die Nacht zauberhaft gesprengt schien, ein Stern, groß und weiß, in der Mitte des Himmels auftauchte, riß Goethe entschlossen an Meyers Hand. »Laßt mich lieber allein!« Und im selben Augenblick sang der Vogel in Trillern, die wie auf kristallnen Spiralen ohne Hindernis aufstiegen in die Höhe des Himmels: die Stunde des Lenzes.

Rasenden Herzens an den Pfeiler gelehnt, das Gesicht furchtsam abgewendet vom Gotte, blickte Goethe den Fackeln nach, die zwischen den Büschen des Lorbeers verschwanden. Aber als sie nach wenigen Minuten zuletzt folgsam im Bogengang erloschen und die Nacht nur noch von der schwankenden Leuchte in seiner Hand ward durchzittert, überfiel ihn das Grauen wie ein Schauer den Geist: Wie wird der Gott entscheiden? Wie??

Als er zum zweitenmal, klappernd, fragte: »Wie wird der Gott entscheiden? Wie?« packte eine Handvoll Sturm seine Fackel, riß sie in einer Garbe hinter sein Haupt zurück, und er erblickte das Antlitz des großen weißen Sterns, wie es geheimnisvoll niederschaute auf ihn. Und sofort, totenbang, senkte er das Auge. »Platon,« flüsterte er, »Platon, bist du es?«

Aber nur der Vogel antwortete. Seine kleinen Augen – weiß Gott von wo aus? – in das Feuer des Sterns getaucht, sang er zum zweitenmal, mit Trillern, die ohne Hindernis auf goldener Leiter aufstiegen in die Höhe der Himmel: die Stunde des Lenzes.

Wurde am Ende in dieser Nacht die Welt geboren?

Einen Schritt vor tat er, schlotternd. Wußte: hinter mir, im Schein meiner Fackel, leuchtet der Gott! Und da oben, im Norden, hinter der Mauer, die die Roßtreppe des wilden Roverepapstes hinabspiralt in den sprießenden Boden, wartet mein Vaterland! Wenn nun die Welt in dieser Nacht geboren wird und ich halte morgen, wenn die Sonne aufgeht, diese Welt in den Händen und kann ihnen, heimgekehrt, diese meine Welt weisen?

»Sonne!« flüsterte er in brausendem Angstpuls. »Sonne!«

Gleich darauf bückte er sich. Hörte, während er sich über den Rasen beugte, der zwischen den marmornen Schranken wuchs, den Vogel die volle Lust der Welt singen über der Wonne ihrer endlich vollen Geburt. Sah, während er den weit vorgereckten Arm nach der kleinen Blume ausstreckte, die ihn niedergezogen hatte, den Stern mit Platons lichtem Auge herabblinken.

Und brach die Blume.

Zurückgekehrt in die steife Stellung der noch zögernden Furcht, die Blume in der einen, die Fackel in der anderen Hand, stand er wie betäubt. Warum sang der Vogel auf einmal nicht mehr? War der Stern plötzlich verschwunden? Bedeutete das etwa, daß die Stunde des Lenzes, die volle Geburt der Welt doch noch nicht angebrochen war? Daß der Gott, wenn er ihm endlich mit verwegener Fackel in sein Antlitz hineinleuchtete, zornig die Locken schütteln wird? Zornig verneinend?

»Platon!«

»Platon!« Bettelnd das Auge in den schwarzen Himmel hineingehetzt: »Rede!«

»Vogel! Vögelchen! Stimme! Stimmlein, – rede!«

Aber nur der Wind redete. In klirrendem Aufstoß fuhr er übers Dach des Palastes in den Hof herein und riß an der zaudernden Fackel.

»Nein! Noch nicht!« Steinern machte er den Rücken gegen den steinernen Pfeiler. Steinern die Beine, die, wehrhaft aufeinmal und trotzig in den steinernen Boden gestemmt, nicht mehr zitterten. Die Welt *wurde* heute geboren! Als ob sie von seinem Fleisch und seinem Blut wäre, barg er die Blume am Herzen. Als wollte er sich sinnfälligst dessen versichern, daß er auch Fleisch und Blut war wie jeder singende Vogel, suchte er mit der Hand, die die Blume hielt, seine Rippen. Und als müßte er in der letzten Stunde noch einmal die Reihe der Gesetze nachprüfen, die ihm das Werden der Erde ebenso einfach aus einem einfachen Zentralprinzip erklärten wie das Werden der Blume und des lebendigen Körpers, tastete er mit spürender Sohle die Körnigkeit des Sandes zwischen Rasen und Schranke. Aber als riefe tollkühn eine siegreiche Stimme aus diesem dreieinigen Begreifen in die vierte Welt hinüber, die heute geboren werden mußte, um die volle Geburt der Welt zu vollenden, fuhr sein Auge nun die fackelstreifüberhuschten Marmorbilder ab und lächelte überlegen verächtlich: ja, auch ihr seid entzaubert! Auch ihr seid nur: ich! Nur dasselbe wie ich! Und wenn nun erst noch der Gott da in meinem Rücken, sobald ich ihm endlich mit vermessener Fackel in sein Antlitz hineinleuchte, verkünden wird: »Ja!« . . .?

Da, mit einem Ruck, drehte er um, und der Gott, mit glänzendem Schritt, trat aus der Nacht in das Licht. Und im selben Augenblick entglitt ihm die Fackel. Als ob sie der Gott ihm mit rächendem Hieb aus den Fingern schleuderte, fiel sie aus seiner Hand und hinab in den Boden.

Als er sie, nach ewigem Starrsein, zurückhob, wieder aufrichtete, gegen seinen drohenden Willen in genauer Höhe vor dem Gotte neu aufbrennen ließ, setzte der Schlag seines Herzens aus. Gefror das Blut in den Adern zu Eis. Hockten marmorn die Glieder im Gerüste des Leibes. Und starrte das Auge unter gestorbenen Lidern auf den ragenden Gott.

»Mitternacht!« fuhr im Bogengang drüben Meyer empor, als es Zwölf schlug von Sankt Peter herüber. Die Fackeln waren so gut wie abgebrannt. Hirth hatte ein Schläfchen gemacht. »Sollen wir nicht? Meinen Sie nicht?« Und trat entschlossen hinaus in den Rasen.

Hatte aber keine drei Schritte getan, als er sagen hörte: »Es ist aber doch eine Nachtigall! Und keine Amsel!«

Wie ein Gespenst glotzte er den Mann an, der mit toter Fackel vor ihm stand. In ununterbrochenen Trillern, die auf himmlischen Treppen jauchzend aufstiegen in die lichtesten Höhen der Welt, sang der verborgene Vogel: die Stunde des Lenzes. Wolkenlos dunkelblau, ohne Flor und Trübnis, träufelte der Himmel auf die Gesimse des Hofes nieder mit dem gesammelten Volk seiner Sterne: die Stunde des Lenzes. Und überirdisch hell zwischen den Statuen, die Schritt für Schritt fackelverlassen zurücktraten in die Nacht ihrer Nischen, triumphierte das Auge des Mannes, der mit der bekehrten Fackel vor ihm stand: die Stunde des Lenzes.

»Nun?« fragte Hirth jäh, geräuschvoll, und tippte dem lächelnden Mann auf die Schulter.

Aber der Mann lächelte wohl aus einem wachsbleichen Gesichte heraus, aber redete nicht.

Redete lange noch nicht.

Erst nach einer Woche vielleicht, zum Jüngling, der ihn oben in der Kammer beim neuerlichen Nachbilden jenes Fußes überraschte, sagte er friedlich: »Siehst du, das freut mich: immer wieder ein Gesetzmäßiges in den Epochen des Lebens zu entdecken. Beim Gotte habe ich angefangen und beim Gotte aufgehört.«

»Versteh ich nicht,« stieß Bury zornig heraus; zuviel Raten und Deuten über die Nacht mit den Fackeln war die Woche über unter den Freunden gewesen. »Noch viel weniger aber, um Gotteswillen, daß Sie noch immer, noch *immer* da kneten!«

»Jetzt verschlägt es ja nichts mehr, ob ich ein bißchen mehr oder weniger pfusche?« war die heiterste Antwort. »Mein Auge hat Licht jetzt!«

»Aber welches Licht? Welches?«

Aber nur eine Stunde später, und dasselbe Auge hatte: das Dunkel! Vor der Kirche Santa Maria in Cosmedin. Wußte weder, wie es hieher gekommen war, noch was nun mit ihm geschehen würde. Lächelte jedoch in voller Ruhe, unüberrascht und gefaßt in das Beet krapproter Tulpen hinein, das vor der Kirche mitten im gelben Tiberschwemmsand stand. Teuflisch grinste der Blick der höchsten, die in der Mitte wuchs, ihn an. Öffnete plötzlich, weil sein Auge ganz fest blieb, die Blätter, ließ die Blätter langsam, feuerrot über den giftgrünen Kelchrand hinabsinken.

»Ah!« lachte er fröhlich auf: »Du wieder da?«

»Ich wieder da!« antwortete vertraut die dünne Stimme. Und ein langer Mann – schwarz von oben bis unten – stieg aus dem Feuer der Blume. »Weißt du vielleicht noch, wo wir aufgehört haben?«

»Ungefähr!« antwortete das Auge, das sich, wie in langentbehrte Heimat, in das gebärende Dunkel gier einfraß. »Aber nur keine Zeit mehr verloren! Fahr fort, wie du kannst!«

»Gut!« Und ehe der Schwarze nur geräuspert hatte, schwollen auf der Platte des Sarkophags, der sich weiß in die Tulpen gestellt hatte, die Früchte von Afrika. In den seidigen Wucher des zittrigen Palmgrüns und des nadligen Libanonzedergrüns gebettet, mit den Häuchen und Schmelzen ferner Reife umwunden, schwollen sie, und während rasch durch die großflügeligen Lüfte herschießende Vögel heiße Lieder sangen aus verhextem Gefieder und der Gischt dionysischer Sonne durch das Glockenloch des Campanile herabbrach, stürzte, wie ein Rudel von Wölfen, ein Schwarm zottiger Fresser an den Marmor des Tisches. »Edite, bibite, collegiales!« schrie der Chor, schmatzend, sogleich fraßen die Mäuler Kapaunen aus den Ananas, Spanferkel aus den Bananen, »edite, bibite, collegiales!« gluckste das ungeheure Rülpsen, hoch aus dem Tiberschwemmsand, Fontäne aller Weine der Erde, spie sich der Rausch den lustdampfenden Nüstern entgegen, der Sarkophag, mit einem Krach, barst entzwei, Donner brach aus dem Himmel . . . . .

»Das ist alt! Ist verbraucht! Gib Neueres, Besseres!«

»Besseres?«

Teppiche wurden gebreitet. Der gelbe Tiberschwemmsand erstickt unter roten, grünen, goldenen, pfaublauen Polstern. »Rabenvieh!« schalt der Schwarze gestört, stieß die Knochenhand in den Bauch des riesigen Katers, der ihm brünstig in den Weg gelaufen war. Röcheln; purzelnd plumpste der Kater hinab in den Tiber. »Suche dir aus!« schmunzelte eitel der Schwarze, wies mit protzigen Fingern auf die Flut nackter Weiber, die, mit blöden Larven in den üppigen Kissen geringelt, das leicht schauende Auge anblinzelten: olivenfarbhäutige mit breiten Lenden, ebenholzschwarze Haardreiecke auf den Hügeln der Scham, rosenrote, vollbusige aus den Niederlanden, lilienweiße mit sanft zu den runden Knieen abschwellenden Schenkeln, nußbraune, denen die Röte der Lippen, das Weiße der Augäpfel, die Helle der Brustknospen wie Male aus der öligen Straffheit herausbrannten. Und aus ihnen allen, geil, sehnten sich die Münder nach dem zündenden Kusse, die Arme nach der Entladung des Umarmtwerdens, verhießen, sich bäumend, sich senkend, in ewiger Regung, die Schoße den Kitzel. »Also, welche?«

»Das ist noch älter, noch platter! Neues, du Anfänger!«

»Ihr seid zu alt!« höhnte schamlos der Schwarze; im Tiber unten, schwimmend, miaute der riesige Kater. »Mürbes Fleisch! Ausgepicht! Was ergötzt da?«

»Fremde Länder!«

Die Kirche der Maria versank. Rom verschwand. Und der Ganges ergoß sich.

»Fliegen! In die Lüfte! Welt!« kommandierte das Auge im gebärenden Dunkel.

Die Erde entzog sich den Füßen. Umflattert von Kranichen, hoch über den abendlich goldlichten Mauern Mykenäs und dem blauen Ägäischen, rauschte der kräftige Flügel.

»In die Erde hinab nun! Ins Zentrum!«

Die Scholle schlug dunkel erstickend über dem Auge zusammen. »In den Hades!« konnte er noch rufen.

Persephone, in milchweiße Schleier gehüllt, kam ihm trübe entgegen. Sie trug eine verblaßte Mohnblume in der wachsbleichen Hand. Der Gemahl, ferner Stirn, folgte schleppend. Aber hinten, ganz hinten kauerte des Odysseus Seele im Düster der Sümpfe, hielt eine Leier, zupfte trostlos an ihr. Trostlos klagte der Sang: »Und Eleision?«

»Hinauf! Schnell! Empor! Zu Ihm!« entrang sich's der schaudernden Brust.

»Zu wem?« hüstelte verlegen der Schwarze.

»Himmel! Gott! All! Erster Wille!«

Aber da stand er schon wieder im Tiberschwemmsande. Der riesige Kater war miauend auf das jenseitige Ufer gekommen, rannte, sich schüttelnd, tiberaufwärts. »Du bist eben zu alt!« fluchte noch kräftiger der Schwarze. »Ein Impotenter und ich, das gibt kein Gespann! Kehr um lieber! Oder reizt dich am Ende« – und wie ein Adlerschnabel wuchs die Nase zwischen den Stichaugen hervor – »am Ende die Tugend?« Und aus der lautlos geöffneten Pforte der Maria in Cosmedin stieg ein ländliches Mädchen in der Tracht des heitersten Elsaß. »Nein!« fuhr das Auge schnell auf, in ohnmächtiger Wehr gegen die Erscheinung spannten sich Arme. »Ja!« hauchte er in der nächsten Sekunde und stürzte dem Mädchen entgegen.

Aber als er – da war es schon Nacht – den Küster von San Pietro in Montorio mit zwei Zechinen bestach, daß er ihn mit einer dicken Kerze in die Kirche hinein lasse, kniete auch das Mädchen in der Kirche. »Hans! Hans! Hans!« wimmerte es armselig, ein Bündel Lumpen, woraus ein Stimmchen weh winselte, in den verzweifelten Händen, »Hans!«

»Da bin ich!« erwiderte er und wollte die starke Hand auf sie legen. So war es recht! Dies, diese Qual, diese Wonne der Qual, ein Herz bis in den Abgrund der Finsternis gestoßen zu haben, darnach verlangte ihn. »Sieh nur, Riekchen,« sagte er unbewegt, – aber nun war das Mädchen nicht mehr da. Ohne ihr nachzuschauen, in ebenmäßiger Ruhe, versenkte sich das Auge in die Transfiguration. »Du bist vorüber, Michelangelo!« sagte er absichtlich laut und liebkoste fast schadenfroh Raffaels Harmonien. »Und du, Sanzio, wieder am richtigen Platze. Ja!« In sicherer Fülle erglänzte der Blick; tief drinnen im Grün des Weibes, das in der Mitte des Bilds kniete, saß er. »Denn jetzt bin ich genesen! Von dir, Michelangelo, an Apollo gewiesen, von Apoll, den ich fürchtete, zu Apoll, den ich liebe, – an euch beiden genesen!« Und inniglich breitete er die Arme zum Weibe empor. »Was könnet ihr *mir* nun noch anhaben, ihr Bilder und Steine, da euer Geheimnis euch unversehrt blieb? Selige Künstler, gleich Schöpfer wie Er, gleich unergründlich, unerfaßlich, in . . . .«

» . . kommensurabel wie Er?«

»Du bist noch da?«

»Zu Befehl!«

»Den Geist meines Vaters!« donnerte er, ohne einen Augenblick zu zögern, den Schwarzen an. »Rasch!«

Und erstarrte.

»Den Tod des Sokrates!«

Und lächelte.

»Christum am Kreuze!«

»Verzeiht . . .!«

Er wankte nach vorne, an die Bank hin, die unter dem goldenen Rahmen des Bildes dunkelte. »Ich meine ja nur: Entwicklungen!« hauchte er, demütig um Verzeihung bittend. »Marksteine. Ich bin ja historisch; von Anfang an mitgewesen. Gib mir, zeige mir,« rief er, veränderter Stimme, »die Urpflanze! Nein! Den Knochen! Jenen Knochen,« fuhr er ungestüm fort, weil er das schleimige, sich unheimlich regende, drehende Blatt in der Hand hielt, »jenes Urbein, oder Urblut, aus dem wir gemacht sind! – Nein! Die Formel, die Kraft, das Gebräu,« fuhr er atemlos fort, weil in seiner Hand, neben dem Blatte, ein Rohr schwoll, lebendig? wievielemale geknotet? welchen stinkenden Inhalts? »jenen Brei, der die Elemente schafft, wandelt, ver . . eint . !« Er stutzte. Seine Hände troffen von nassen Nebeln, seine Füße stapften in teigigen Bächen, seine Stirn focht gegen Fasern und Laven. »Nein! Das Rezept! – Nein,« lachte er gleich darauf übermütig, »den Stein der Weisen!«

Sofort trat der Schwarze mit ihm aus der Tür. Aber wie er sich nun in den Eselmist in der Straße niederbeugte, sah Goethe über seinem gekrümmten Rücken, im Strahl des Mondes, ein Paar den Weg heraufsteigen. Hurtig schüttelte er den Zauber ab; dieses Paar kam ihm unerwünscht! Faustina aber, blitzschnell ließ sie den Knaben in den Boden nieder und sprang auf ihn zu. »Ich bin dir durch die ganze Stadt nachgelaufen,« keuchte sie, »was fliehst du mich auf einmal? Wenn du mir langsam folgst, können wir die Nacht, – das Wieschen ist warm heut!«

Er nickte nicht einmal. Trat entschlossen an den Alten heran. »Guten Abend!« Reichlich verlegen klang die Stimme; er war dem Manne seit jenem Abend im Herbst beharrlich ausgewichen. »Ihr geht schon nach Hause?«

Der Alte, schwarz und hoch wie damals, lächelte gleichgültig. Das Kind stand in den Falten seines Mantels, wie Jesus an Christophorus. »Und Ihr, noch immer da?«

»Wie Ihr seht.«

»Und gut genutzt die Zeit?«

»Wie? Seid Ihr stumm geworden?« lachte der Alte spöttisch auf, weil der Gefragte wie erschlagen schwieg. »Du gehst voran!« Mit einem Seitenblick war er des Weibes gewahr geworden, das unverhohlen lüstern näher trippelte. »Sogleich! Pack dich! Den Buben nimm mit dir!«

»Und das Ergebnis?« Teuflisch schmunzelte er. Ha, wie das Weib folgte! »Das Fazit! He?«

Kein Wort vermochte Goethe herauszubringen.

»Also: dem Teufel übergeben?« Wie metallenes Urteil klang es. Und war doch nur Wollust. »Ja, Michelangelo suchen, und eine römische Dirne finden! An keiner Lust vorübergehn!« Mit spitzem Strahl zerriß der Ostermond die dunkelbartige Miene. »Nur nichts auslassen! Wahllos nehmen, was nur gerade daliegt! Und sich vorlügen: durch dick und dünn *hinauf!*«

»Es führt hinauf!«

»Was führt hinauf?« Mit grober Hand riß er die fremde Schulter an die seine. »Was abwärts geht, geht nie hinauf!«

»Ein guter Mensch in seinem dunklen Drange . . .«

»Ein guter Mensch?« Wie eine Pappel im Sturmwind wuchs der Alte empor. Und wie einen Zwerg, von ganz hoch oben nieder, maß er geißelnd den Andern. »Ein guter

Mensch wählt nicht das Böse! Gott *oder* Teufel muß man wählen!«

»Nein! Gott *und* den Teufel!«

»Christ *oder* Heide sein!«

»Nein! Christ *und* Heide!«

»Dann: brennt! Verbrennt! Und zähneklappert! Ewig!« Und nur noch größer wurde er; noch überlegener; aber wich schon. »Wer auszog, um den Himmel zu erringen . . . . . .«

»Ich tue, was ich kann!«

»Im Viehischen!« Daß es noch einmal rauschte, drehte er um; schlug in der Heidenluft das Kreuz. »Herr, richte du ihn!«

»Ich habe,« sagte Goethe nach dieser Nacht in der Morgenfrühe des borghesischen Gartens zum buckligen Checchino, »gestern einen Mann getroffen, der mich für Zeit und Ewigkeit verdammt hat. Was sagst du?«

Der Checchino war Gärtner im Kloster auf der Trinità und Gärtner bei Angelica; er kannte ihn gut. Im borghesischen Garten hatten die Franziskaner drei Freibeete: eines mit Artischocken, eines mit Spargel und eines mit Erdbeeren. In diesen Beeten arbeitete Checchino. Er war ein Zwerg, hatte einen Dromedarhöcker, spitzigen Kopf und grauen Ziegenbart. Niemals ging er ohne braunen Frack mit Knöpfen, die das Wappen der Lambertini trugen, und niemals, ohne die schmierigen Strümpfe unterhalb der Hosenschnallen mit dreifarbigen Bändern zugebunden zu haben, die den Boden schleiften.

»Checchino, also? Hm? Was sagst du?«

Umständlich humpelte der Zwerg aus seinem Beet heran. Im Grase, seitlich vom Platze, worauf Goethe saß, lag ein Heft. »Schreiben Sie?«

»Nichts,« lächelte Goethe.

»Zeichnen?«

»Auch nicht.«

Mit gespreizten Beinen stellte sich Checchino vor ihm auf. Gierig zielte das kleine Verbrecherauge in das heitere, große. »Sagt,« krächzte er endlich, lauernd, »was macht Ihr mit Eurem Leben?«

»Du! Ist's eine Nachtigall, die da singt?«

»Amsel!« antwortete der Krüppel, ohne sich zu rühren. »Los also: was macht Ihr mit Euerem Leben?«

Ist die gesamte Menschheit in diesem häßlichen Zwergleib eingewachsen? Schaut mir aus ihm die ganze Welt ins Auge? Der Himmel aller Erden aus dem Himmel über diesen Pinien auf mich nieder? Und aus den Halmen, steigt mir aus den Halmen auf das Lied von aller Erde in die Brust? Der nie erfragte Sinn von allem, was da schafft in dunklem Drang? Und pocht? Und pocht?

Woran?

»Glaubt Ihr an Gott? Sagt! Schnell!«

Ja! Alles pocht! Ja, alles pocht! Woran jedoch?

»An den Teufel?«

Mir braust ein Meer im Grund des Herzens drin. Und wer's vermag, mit seinem Pochen den Damm zu sprengen, der dies Meer noch hält, – dem springen Fluten . . .

»An nichts?«

. . . Flut, Fluten, Bäche, Ströme, rot vom Blut der Menschheit, Glut der Himmel, Mark der Erde, Mut der Geister! »Sag: pochst *du*, Checchino?«

»Sagt *Ihr!*« Vertraulich beugte sich der Zwerg zu ihm herab. Sein Atem stank. Die Kleider stanken. Auch das

Gemüt roch zweifelhaft. »Was ist denn nach dem Tode? –
Beichtet Ihr?«

Diese Amsel sang. Pocht diese Amsel? Wird die Welt geboren?

Wie ein Kind, auf dessen Leib der Kopf des Riesen sitzt,
dem alles Schwarze und Weiße bis ins Letzte schon bekannt ist, lehnte sich Checchino an die fremden Kniee. Frech-
heit im gespitzten Auge; schnell drauf, im angstvoll
aufgerissenen Auge, Bangnis. »Ich – fürchte mich!« Dumm
tat der breite Mund sich auf, verleugnete mit ungeschickten
Zähnen das gewitzte Auge. »Hie und da entsetzlich! Wenn
ich dem Pater Benedictus beichte, – das ist nichts! Einem
Lumpen, der jede Sünde wider den heiligen Geist getan hat,
müßte man beichten! Luzifer selber, – wenn dieses Luder
von einem Teufel einen noch einmal ausließe! Hört!« Den
Spitzkopf schief erhoben, blinzelte er mit unverschämten
Lidern. »Ihr, mein' ich, kennt Euch aus? Magie, Kabbala,
Satan, Blutpapier?«

Gewiß! Die Welt ist schön gebaut! pries Goethes großes
Auge, aufhorchend andachtvoll dem ungestümen Laut, der
aus den Pinien, Eichenkronen, den Himmelsflügeln, Strahl
im Waldgewirk, der fernen Villa, Blumen, Duft und Frühe
ganz in sein Herz herein, aus seinem lichtgewordenen Sinn
in alle Welt hinaussang. »Groß gebaut! Apoll: ein schönes
Werk. Die Transfiguration: ein großes Werk. Die Messe
Palestrinas: ein hohes Werk. Der Zwerg jedoch vor mir: ein
Wunder! Wer aber, dem im Kern von seinem Wesen das
Wesen aller dieser Werke pocht, *muß* nicht Herr, Meister
werden wollen über alle sie? Ein Nehmer, Zwinger,
Schlinger *und* Verzehrer aller . . .«

Faust?

»Siehst du, Checchino,« sagte er, – jetzt war der Damm gesprengt, es flutete das Meer! – »es gibt zwei Arten großer
Existenzen. Die eine will, was ist, in ihr versammeln, um es

verneinend zu vernichten. Die andere: es in ihr zusammen-
packen, um höchst gemäßen Sinn daraus zu formen. Aufs
eine oder andere kommt es an, – dem Teufel gegenüber!«

Checchino aber war hartnäckig. »Läßt *Euch*, wird Euch der
Teufel je noch lassen? Dieses sagt! Denn eines hab ich
lange schon heraußen.« Noch näher, stinkender, aus-
nahmslos irdisch trotz dem Brand in seinem Auge, winkte
er Goethen. »Verwandte riechen sich. Ihr habt es mit dem
Teufel!«

»Hm,« lachte Goethe.

»Wird er Euch jemals wieder lassen?«

Mutwillig schüttelte Goethe das Haupt. »Er soll es gar
nicht, eh ich ihn nicht lasse!«

»Jesus, Maria!« Wie Schlamm im Donner zitterte der
schlechte Leib. »Und wenn Ihr – abberufen werdet, eh Ihr
ihn gelassen?«

Der Lächelnde ergriff den Halm, der ihm am nächsten
wuchs. Unschuldige Welt! Ein süßes Licht brach aus dem
Halm: ich bin! Ein heller Schimmer goß sich aus der
Scholle aufwärts: ich werde! Ein Chor von liebevollen Vögeln taute nieder aus dem Himmel, troff durch die Pinien-
büschel, rechtfertigte den sanften Prunk der fernen Villa,
die grüne Wiesenbreite, die roten Stämme, das zwiegespalt-
ne Menschenherz im wüsten Leib – und seines, und verkündete: und werde sein! »Du fassest es falsch auf,
Checchino,« sagte er gütig und drückte mild die mißge-
formte Hand. »Von deinen Sünden lösen kann dich auch
kein Gott! Das kannst nur du allein! Treib dir den Teufel
selber aus, wenn dir schon graut vor ihm! Mir graut noch
nicht.«

»Warum noch nicht?«

»Treib *dir* ihn aus!«

»Womit?« In atemloser Gier kam es heraus. »Womit?«

Den Arm streckte Goethe aus ins Grüne, das von dem Himmel nieder auf die Erde der Vogelchor durchwallte. »Weil ich bei dir, bekannter Dieb, Wachshölzchen kaufe seit einem Jahr, willst du mich kennen? Kenne ich dich?« Im Übermaß von Wonne über Flut und Fluten, die jauchzend die gesprengten Dämme schwemmten, strahlte er. »Hätt'st du gesehn, wie ich mich da in Rom von ihm verführen ließ! Von Dach zu Turm. Von Turm zu Obelisk. Von einem Schattenreich tollkühn ins andere. Mir klang sein Lockruf: `eritis sicut Deus!`«

»Hihihihi.« Unbändig rieb der Zwerg die nassen Hände.

»Ich widerstand ihm nicht. Ein freier Geist und guter Wille, in seinem dunkeln Drang, ist sich des letzten Ausgangs wohl bewußt. Lach' nicht, Karikatur! Nur: wer sich strebend immerdar bemüht, den können sie erlösen!«

»Und, um erlöst zu werden, sich just zuerst dem Teufel übergeben? Mit Blutpapier? Beschwornem Pakt?«

»Das Streben meiner ganzen Kraft
Ist grade das, was ich verspreche!«

Wollust, gemischt aus Todesfurcht und Lebenssucht, schoß in den Zwergenleib. »Dennoch!« pfiff der verdorbene Mund. »Ihr werdet verspielen, wie ich!«

»Und riß er mich von jeder vorgetäuschten Höhe zurück in meine wahrste Tiefe wieder, jedesmal, und fand ich mich, auch jedesmal, anstatt als Gott, als Wurm, – sooft ich nur mich wieder frei erhob, demütig, dumpf und dumm, um neu zu *schaffen*, – hat *er* verspielt!«

»Was schaffen? Schaffen? Ich kann doch nichts schaffen!«

»Das Grottchen dort im Artischockenbeet?«

Das Auge des Krüppels, wie es in das Beet hinüberschielte, ward katzengrün. Im schattigsten Eck des Artischocken- beets hob sich von Tuffstein ein gehöhlter Berg aus der lockeren Erde. Die dicken Blätter der Staude strichen bis vor den finster überhangenen Eingang. Am Feld des Eingangs saß auf verquältem Block Hieronymus. Ein Stein- pult, quaderlich gebaut, trug den Folianten, worin er emsig schrieb; der gelbe Löwe, fein aus Wachs gebildet, leckte ihm die heiteren Zehen.

»Kinderulk!« Die Zwergenstimme spuckte Geifer.

»Wenn es das Beste ist, was du erschaffen konntest?«

Wie eine Flamme, der das Öl ausgeht, schrumpfte der buck- lige Leib zusammen. Einen irren Blick schossen die Augen in die Höhle, auf den Hieronymus und auf den Löwen; in das strotzend grüne Beet. Mit gebrochener Hand versuchte er einen Griff. Fand keine Hand, die faßte; nur Fließen der Lüfte. Nun, in raschem Sturz, sank er zu Goethes Füßen nieder. Sein Gesicht wies immer noch die gallige Kälte. Aber die Brust ging keuchend wie ein Blasbalg. Die Finger, schlaff scheinbar niederhängend, klaubten Erde unterm Gras hervor. Die dreifarbenen Strumpfbänder schlotterten mit dem entsetzten Schlottern der gekrümmten Beine. Der Höcker stieg und fiel wie Lastschiff in der See. Der ganze Mensch, weil die Lider, zwanghaft zugepreßt, die Augen schlossen und Röcheln, steigend laut und lauter, aus der Brust kam, fühlte schaudernd: verächtlich schwebt der Himmel über mir. In unbarmherzigem Weiter-Höherfluge des Lenzes Wunderfülle von mir weg. Zurück weicht an- gewidert, exklusiv, das sanft prunkvolle Frontviereck der Villa. Die grüne Erde, die verzweifelt meine Sohlen klop- fen, rollt tückisch unter meinen Knieen fort. Die Welt, die ganze Welt, – ja, *alle* Welt verleugnet mich, das Scheusal!

»Weil Ostern kommt,« brach die gekrampfte Brust endlich ihr Grauen aus, »ist mir so bang! Weil Christus wieder aufsteht . . .«

»Die Stunde des Lenzes!«

»Nein, Christus!«

»Die Stunde des Lenzes!«

»Mensch!« schrie der Gefolterte mit wahnsinnigem Blick. »Du schaust auf mich herab wie Satan selber! Hörst du denn nicht, wie meine Sünden in den Himmel schreien?«

Kein Zweifel! Licht und sicher blickte Goethe rundumher. Die ganze Welt verleugnete das Nein, das Nichts in dieser Seele. Kein Schöpferodem nahte sich versöhnend, seine eigene Schöpferschuld bekennend, dieser armen Seele. Nur das Blut, das neben ihrem Leibe rollte, wallte auf. Wirklich? Umschließt das Herz der Kreatur den ganzen Schöpferwitz vom Alpha bis zum Omega? Ist Gott wahrhaftig nur, solange dieses Herz ihn fühlt? Ist drin in diesem angstverzehrten Menschlein: die Morgenröte Asiens, des Nordpols kalter Schatten, der Liebe schönste Blume und ihr Dornenkranz? Geburt, Vermählung, Kindschaft, Tod, Staubwerden, Auferstehen, Apoll, verklärter Heiland, Ur-Blatt, Wirbelknochen, Wasserschaffung und Vulkan, – der ganze Kosmos? Und alle Form nur Täuschung? Und die Seele alles?

Und hieß es Faust sein, wenn man *diese* Allmacht spürt? Ein Menschenherz, in Qualen, schindet sich, würgt gierig lebenlang geschluckten Staub aus seiner übersatten, endlich blitzerhellten Kammer, lechzt nach dem Gottwort: »Ich vergebe Dir!« – und neben ihm ein anderes, Johann Wolfgang Goethens, lacht heiter auf, fühlt jeden Mut in sich, ins Reich der Mütter neu hinabzusteigen, und – schafft am »Fauste« endlich, endlich, wieder?

Und – ist dasselbe doch wie dieses hier?

»Laß dich nicht stören, Checchino!« sagte er mit frommer Jugendstimme. »Es ist, was ist, ein Wunder. Aus einer zaubervollen Nacht kam ich in diesen wunderreichen Morgen. Aus meinem Zufall in den deinigen. Wir nutzen ihn! Laß dich nicht stören, wenn ich jetzt an einen riesigen Kater friedvoll denke, an eine Hexe, die siebenzehn Warzen auf der Nase hat, und an den Becher voll von Frühlingstrank.«

»Mir diesen Becher! *Mir*, gebt mir zu saufen! Macht mich noch einmal leben!«

»Was war, das war! Nur mutig immer weiter, heißt es drüben!«

»Und wenn der Weg verrammelt ist?«

»Dann, wenn's dir wohltut, beichte!«

»Euch?«

»Die schwerste Sünde!«

»Schlagt Euch den Alphons von Liguori auf; da drin ist keine, die ich nicht getan!«

»Die schwerste sag!«

Der Zwerg spuckte aus. Die Finger rissen den Ziegenbart. Die Wangen zuckten mit dem Bart. Das Auge, wie an einer Schnur, die unerbittlich zog, lief in den Kelch der blauen Anemone hinüber, die mitten unterm Amselsang sich grünumschaukelt nicht bewegte, aber deutlich winkte. »Es zog mich gestern abend zu einer guten Tat,« krächzte er endlich. »Bring's über dich, sagte ich mir ernsthaft vor, und geh zum Franceschinochen hinüber! Und leg ihm ein Stück Bärenzucker in die Finger! Der Franceschino ist meiner Maddalena Enkel. Vier Jahre. Vom Vater her mit der Neaplerkrankheit behaftet – oder von der Mutter her. Wahrscheinlich wohl von beiden. Die Augen Blut und Eiter. Die Lunge Kehrichtklumpen. Nicht ein Glied mehr ganz. – Ich ging. Z i o ! blökte er mir schon, als ich noch im Türspalt war, entgegen. *Vieni zio, porta dolce!* Er roch den Zucker schon von weitem, das verdammte Luder! Ich mach die Tür zu, krieche näher . . .«

»Und?«

» . . . schlug ihm die ausgereckte Pratze nieder, daß er – krepierte. Keine Stunde später.«

»Gottesmord!«

»Ich weiß es!« Wie ein erschossener Vogel blieb der Schrei im Pinienzweige hängen. »Weiß es! – *Ergo.* Also?«

»Und dennoch ist es nicht die schwerste Sünde! Was hast du mit dem Stein der Weisen angefangen?«

Der Krüppel sprang empor. Ein Ladstock wuchs in seinem Leib. Dünn, gaunerlienig, preßten sich die Lippen aufeinander. »Ich hab ihn nie bekommen.«

»Du hast ihn mir am Lichtmeßtag gezeigt!«

»Was – tätet Ihr damit?«

»Sag, wo hast du ihn?« Am Kragen, wütend, packte ihn Goethe. »Wo ist er?«

Der Leib des Zwergs bekam die Gräue des Chamäleons. Umringelte für einen Augenblick die ganze Welt mit der erlogenen Höhnung seiner unbeteiligten Farben. »Im dreckigen Bauch der Barberina halt' ich ihn versteckt. – Jetzt wißt Ihr's!«

Nach einer Weile erhob sich Goethe. Er sah die Sonne, hörte ihren Donnergang, die Lüfte steigen, sinken, sah Engel in morgensilberne Posaunen blasen, Teufel Fetzen reißen aus dem blauumdrehten Globus, und ringsumher, mit weisen Sternen, lächeln einen großen Meister. »Der Stein muß aus dem Bauch, muß weg!«

532

»Das glaub ich!« Unverschämtes Meckern. »Aber wohin dann? Vielleicht Hieronymuschen in die Nase?«

»Lump!« Wie ein Bündel Reisig riß Goethe den Zwerg an seinen Leib hin, preßte ihn, daß das zitronengelbe Fratzengesicht blaurot wurde. »Hast du nicht *eine* Kraft, *ein* Werk, das allerschäbigste, aus dir zu schaffen?«

»Einen Madonnenaltar bauen möcht ich,« keuchte der geschundene Atem. »Es kommt der Mai.«

»So bau ihn!«

»Aus Zuckerbrot?«

Mit plötzlich fremden Fingern ließ ihn Goethe los. Nahm das Heft vom Gras auf, den Bleistift und fuhr fort, zu schreiben.

»Und: wohin? Vielleicht hinauf in diese Pinie?« Wie ein zertretener Käfer klebte der Zwerg am Stamm der Pinie. »Zwischen die zwei Wangen aus lebendigem Holz da?«

Goethe hob das Auge. Aber sah nur: mit weisen Sternen lächeln einen großen Meister. Und unter diesem Lächeln: den riesigen Kater, die Hexe mit den siebenzehn Warzen auf der Nase, und den Becher.

»Von mir aus,« schrie Checchino gallfahl auf, »stell ich der Madonna die nackte Aphrodite gegenüber! Mir handelt es sich nur um einen Schlag in diese Teufelsvisage? – Was tun?«

»Was du mußt.«

»Ich muß gar nichts!«

»Dann, was du kannst.«

Nach langem Zögern, entschlossenen Schritts, kehrte Checchino zu den Beeten zurück. Wie um sich der Maße ihrer Grenzen zu versichern, umschlich er sie mit kleinen Trippeltritten. Nahm dann drei dicke Bündel Spargel, den

Korb mit den gebrochenen Artischocken und die Spatel aus dem Boden auf und trat getrieben vor die Tuffsteinhöhle hin. »Soll ich?«

Goethe hörte nur: die Sonne rollen; Engel in morgensilberne Posaunen blasen; Teufel Fetzen reißen aus dem blauumdrehten Globus; und den Meister lächeln.

»Soll ich?« rief der Zwerg zum zweitenmale; drohend.

Ein Katzenreigen tanzte vor Goethes Augen. Die Hexe tat unflätigen Spaß. Zwei Welten paarten sich in ihrem Motto. Der stinkende Beizrauch der einen löckte gegen die kristallne Luft der anderen. Während sich im Antlitz eines Weibes, das dem neugeborenen Auge rein entstieg, der Blick des Ewig Weiblichen gebar.

»Soll ich, du Luzifer?«

Keine Antwort.

In den Boden, ohne Echo, stampfte der Krüppel. In den Himmel aufwärts ohne Widerstrahl riß sich sein Wille. Plötzlich – der Körper drehte sich, ein Krampf erfaßte ihn – fand sich sein Arm, die Hand magisch gezogen. In sicherem Griff erfaßte sie den Hieronymus, hielt ihn wägend, dem stachelscharfen Auge folgend, wider das Licht; nun den Löwen, hielt auch diesen probend, dem erbarmungslosen Blick gehorchend, in das Helle; warf nun, streng senkrecht, beide in die Erde. »Fertig!« Und zertrat sie.

Nach einer Weile, schleichend, kroch der Zwerg zurück zum Bruder. »Haben wir da vorhin,« keuchte er, widerlich vertraut über den so fernen Rücken gebeugt, »im Ernst geredet oder im Spaß?«

Nicht auf sah Goethe von dem Blatte. »In vollem Ernst. Wirf ihn in die Cloaca maxima!«

»Wen?«

»Den ungebrauchten Stein.«

»Den ungebrauchten Stein!« Und wie ein Dieb, dem der scharfsinnigste Einbruch gelang, kicherte der Zwerg. Mit Spottblick, tänzelnd, scheppernd, hüstelnd, Spargel, Artischocken, Spatel wie ein Bajazzo an den Bauch gepreßt, schob sich der Leib am Bruder vorbei, ins Grüne. Denn nun – nahm ihn das Grüne auf. Die Halme lachten mit den dreifarbenen Bändern, die drollig niederhingen, lustig. Der Himmel blinzelte: »spiel nicht aus Scham mit Akrobatenstücklein!« Die Erde glättete sich freundlich seinem Schritte. Der sanfte Prunk der Villa grüßte lieb herüber, vor den verglänzten Zweigen strahlte Rom, die Welt voll Morgen, und verfemte nicht! »Geht ihn nicht suchen!« rief der Verwandelte zurück, als er schon heil entronnen war. »Ich hab ihn eben totgetreten. Er stak im After des Hieronymus. Ihr stahlt ihn sonst! Einmal müßt ja auch Ihr der Jungfrau ein Altärchen bauen! *Einmal!* Ich bau es heut. Arrivederci!«

Nicht auf sah Goethe von dem Blatt. Die Wände stürzten, jede Torheit fiel. Zu vollem Eins vermählten sich zwei Welten. »Sei still, du!« rief er lächelnd auf in den erschlossenen Himmel, dem Vogel zu, der ohne Hindernis auf goldener Leiter in die Höhe stieg und triumphierend sang: die Stunde der Geburt. »Sei still! Die Stunde war schon! Jetzt – sing mir mein Leben!«

Und faltete das Heft zusammen, schob den Stift ein und erhob sich.

Trug die Erde? Ja! Festes, starkes Gehen!

Wehte der Himmel?

Ja! Süßer, blutlebendiger Atem!

Rollte das Ganze?

Ja! Rom hinter den verglänzten Zweigen, Welt voll Wunder, aber ohne Rätsel, rollte!

»Endlich, endlich – bin ich!«

Ruhvoll – lacht nicht rundum mit weisen Sternen der vertraute Meister? – hielt er vor der Villa Medici ein; in seinem Rücken rief ihn jemand. »Ein Eilbrief!« rief es. Moritz war's. »Vor einer Stunde abgegeben,« meldete der Erhitzte. »Ich ahnte, wo Sie wären. Ist's nicht die Schrift von Herdern?«

Goethe nickte. Steckte den Brief gemütlich ein. Nahm gern des Anderen Arm. Ach, Menschen gingen. Die Stadt liebt sich im Sonnenschein. Der Mandelbaum, das Pfirsichbäumchen sprießen. Gras wächst so jung. Der Vogel singt noch heller. Geräusch des Lebens aus den tieferen Häusern. Der Himmel weit. Das Land angstlos hinausgedehnt in seine Grenzen. Draußen: Kuppel von Sankt Peter. »Ach, lassen Sie doch!« bat er demütigst erschrocken: das Heft war ihm entglitten, Moritz hob es auf.

»Ge–zeichnet?«

»Nein. Ein Stück vom »Faust«.«

»Vom – alten?«

»Nein. Jetzt gemacht. – Pst!« Streng riß er an Moritzens Arm. »Nicht reden!« Und noch aufrechter, stärker und gewollter schritt er. Der unerbittlich trotzige Rhythmus, der ihm Geist, Herz und Leib durch alle Engen und Weiten getrieben hatte, monatelang, schwang lind in diesem Schritte. »Ich habe,« begann er endlich mitten in der Straße, »den Umweg jetzt vollendet. Für jeden andern war es sicher leichter, ans Ziel zu kommen. Ich aber mußte ihn eben gehen. Bei Apoll habe ich angefangen, und bei Apoll kam ich wieder an. Der Schluß ist: Erstens, das Rezept paßt. Ja, es paßt! Jedoch nur für das Handwerkliche; für die Prämissen. Hinter dem Kunstwerk aber steckt – genau so inkommensurabel, wie der Schöpfergenius hinter dem Gebäude der Welt – der Genius des Künstlers. Nur, wer ihn hat, kann das

Rezept benutzen! Zweitens aber,« – er zog den Brief aus der Tasche –: »auch wenn eine Statue, ein Gemälde Erzeugnis der Naturkraft ist, nichts anderes als Natur, wie alles andere auch, – diese *Kraft* muß eben dann im Menschen stecken, der die Bilder oder Statuen schafft! Und in mir steckt sie nicht. Ich bin ein Dichter.«

»Nicht reden!« befahl er schamrot, weil Moritzens Gesicht von ungeheurer Sonne überstrahlt ward, und riß den Brief auf. »Ja, von Herdern.«

»Moritz!« schrie er leichenblaß auf; als ob im Brief drin stünde, die Mutter sei gestorben, bebte er. »Lesen Sie! *Da! Das!*«

»Immerhin,« las Moritz, jagenden Herzschlags über das Blatt gebeugt, » gewährt er dir auch alles, was du begehrtest, die volle Freiheit in der Wahl der Geschäfte, denen du dich widmen willst: er wünscht doch, dich jetzt bald zu sehen. *Bald!*«

»Ich war zwar vorbereitet« hauchte, ins Herz getroffen, Goethe. »Aber . . .«

Schaudernd lehnte er sich an den Pfeiler des Tors.

»Wir wollen oben,« brachte Moritz endlich heiser heraus, »beraten, ob nicht doch ein Aufschub . . . .?«

Vom Pfeiler fort, zurück in die Straße, trat Goethe. »Nehmen Sie mir das Heft hinauf. Ich kann jetzt nicht empor. Ich muß noch . . .«

»Was?«

Nur eine Handbewegung, und er lief schon. Ja, jetzt! Wo? Wo war *jetzt* der Meister, der mit weisen Sternen rundum lachte?

Auf der Treppe, die zum Kapitol hinaufführt, machte er zum erstenmale Halt. »Das Auge wenigstens muß ungetrübt bleiben!« Allein das Auge, ob es noch so tapfer schaute, sah

nur den Meister rundum lachen mit allen seinen weisen
Sternen, heiter lachen. Nachmittags, er hatte nirgends zu
Mittag gegessen, lief er den Hang des Monte Mario hinauf.
Im Ohr die ungeheure Melodie, die in den heißen Weg vom
Vatikan zurück über den Petersplatz geklungen hatte;
»populе mi, quid feci tibi?« rief sie mit ungeheurer Klage aus der Kirche ins süße Blaß des Karfreit-
aghimmels hinaus. Und draußen, wo sie starb, da lebte
schon die Fahnengier der Vorbereitung auf den Ostertag,
die Pforten, Fenster, Tore warteten auf Kränze, die Metzger
schliffen ihre Messer, die Bäcker kehrten ihre Öfen aus, die
Mädchen bügelten die Festgewänder, in zappliger Eile
schusterten die Schuster, schneiderten die Schneider,
schmiedeten die Schmiede, ein Duft floß in der Luft, der
Mandelbaum, der Pfirsichbaum, die Myrthe und der Lorbeer wiegten sich vom fernsten Weh herüber zu der nächsten Wonne. »Meister,« schluchzte er, unterm Pfirsichbaum
der höchsten Vigna knieend, in die werdende Glorie hinauf,
»was hab ich dir getan, daß du mich *jetzt* abrufst? Nach
diesem Morgen?« Der Meister aber, wehlos, lächelte mit allen seinen weisen Sternen: »Jetzt bist du doch geboren?
Geduldete ich nicht lange?« Da sprang er auf und lief von
neuem. An der Ripetta stand er lange. Mit Brust und
flachen Händen an ein Haus gepreßt. Plötzlich kletterte er
den Damm zum Fluß hinab, hockte nieder, zog Schuhe und
Strümpfe aus und steckte die Füße in die schmutzige Woge.
»Nun noch die Hände!« rief die Stimme, die ohne Unterlaß
auf Rettung sann in der betäubten Brust, »versuch's! Die
Hände!« Aber während er die Hände in die Welle tauchte,
sang von dem Engel des Hadrian-Grabmals herüber der
große Meister: »Kind, was soll das noch? Ergib dich drein!
Du bist ja schon geboren!« Da fuhr er mit den Händen aus
dem Wasser. Schnell in die Schuhe! Und nach Hause!
Wenn da kein Gott hilft, hilft vielleicht ein Mensch! Und
wahrlich: er fühlte sich für einen Augenblick gerettet, als er
die Freunde genau versammelt fand wie jene Jünger um den

Herrn, der scheiden mußte. Mit Wollust las er Trauer in den Mienen. Er lächelte sogar, als einer nach dem andern vor ihm stehen blieb, die Hand ihm drückte, daß sie wehtat, und es dabei zu keinem Blicke brachte. »Hören Sie!« stieß Bury wild hervor, mit aller Mühe schleuderte er die Tränen ab, die in ungeheurem Zorn seit Mittag immer wieder aus den Augen sprangen. »Wir sind heut abend alle bei Angelica. Halbzehn. Ich hab's bestellt. Es muß mit allem Raffinement ein Trick, und wär' es der infamste, gefunden werden, der Sie uns da behält! Sie sind, magari, krank, todkrank, ja sterbend. Oder . . .« Da tat die Stimme nicht mehr mit. Vernichtet, die Arme fassungslos gebreitet, fiel er an Goethes Brust. »Sie dürfen nicht weg! Um keinen Preis! Das gibt's nicht!«

»Gibt's nicht!« schrie er in den Boden stampfend: Goethe hatte sich von ihm gelöst, ihn weggeschoben.

»Schwören Sie, – ich kenne Sie! – daß Sie heut abend kommen! Bei Ihrem »Faust!«««

Der steinerne Mann jedoch, er hörte überm Scheitel dieses Jünglings, über den Häuptern aller treuen Seelen nur den Meister lächeln, mit seinen weisen Sternen lächeln: »Wenn *ich* dich rufe, wer kann dich noch halten?« Und floh von neuem.

Als die Sonne sank, lag er im Gras des verfemten Friedhofs der Ketzer vor der Pyramide des Cestius. Wohin ihn überall der Weg geführt und wie er ihn zuletzt hieher geführt, verstand er nicht mehr. Hier nämlich, rundum, lächelte kein Meister mit den weisen Sternen! Von San Paolo fuori herauf schnarrte die Karfreitagsratsche. Mit schwachem Flüstern beugten sich die Pinien, wenige, lieblos liebloser Einsamkeit gelassene Pinien dem Aventin entgegen. Bleich, sein zu lebendig übertagtes Blau in die sanftopalne Ruhe der Ferne rettend, stand der Himmel über dem rostbraunen Grabmal. Blumenlos, in sandig nackten Wellen, schwiegen die Gräberhügel. Plumpe Steinstelen, gebrochene Kreuze, ein Genius aus trüber Werkstatt, unordentlich im Gras. Der süße Schlag der Stadt so ferne. Die traurig öde Wüste der Campagna so nahe. Im Rücken, glanzlos fahl mit Schilf und Rohr, vom Tiberrauschen her noch müder eingeschläfert, der Monte Testaccio. Ein froher Karren auf der Straße draußen? Gelächter läutete in lustigen Stößen. Mann und Weib und Kinder?

Schon vorbei!

Wie mit dem sinkenden Licht sank ihm das Haupt tief in die Brust herab. Verlor er die Besinnung? Betraf das alles ihn? Stand dieser Abend entwicklungsinnig in der Reihe seiner Abende? Tat er nicht einen Riß in das Bisherige, so grausam unvermittelt, nie mehr heilbar, daß die gesetzgerecht gezimmerte Vergangenheit in Trümmer barst und das Gesetz nun Chaos schien? Die Zeit in Rom, – wie: war er viele Tage nun in Rom gewesen und, weil jetzt dieser Abend sie zerschnitt, war er *nicht* hier gewesen? Wer knüpft nun dies Vergangene an die Zukunft? Und füllt das unbegreiflich leere Loch? »Nein!« griff er mit verlorenen Händen in das Gras, preßte das Herz, den ganzen Leib an diese heißgeliebte Erde und küßte schluchzend Erde, Gras und wieder, immer wieder Gras und Erde. »Reißt mich nicht los von ihr! Jetzt, weil das Licht kam, weil du's gabst, Geliebte, Rom, – reißt mich nicht los!« Jetzt, da die Ähre stand, die mühsam täglich neu gepflügte Furche Saat verhieß, jetzt hieß es gehen? »Ja, noch, noch bist du da!« Ja, noch war Rom, die römische Erde da! »Geliebte! Auch morgen noch! Ich gehe durchs offene Tor zurück, du wartest lächelnd, breitest mir die Arme, ja! Noch bist du da! Aber . . . .«

Müde sank er zurück. »Aber nur noch zum Abschiednehmen!« »Lotte!« Wer, was rief jetzt *die?* Mit irren Fingern fuhr er sich durchs Haar. Damals, wie er von Lotte hatte scheiden müssen: nur drei Tage hatten ihnen gehört, in

Kochberg. Viele Jahre her. Drei Tage nur. Und dennoch: Paradies! Was ist für Menschen der Himmel? »Mir war er das Gefühl, bei mir zu sein. Sie war, damals, ich selbst!« Reißt mich nicht los von ihr! hatte er mit aller Inbrunst dieses Himmels gebettelt, im dunklen Flur des Abschiedstors an ihrer Brust. Den Leib, der dies sein höchstes Ich barg, an sich geklammert mit wahnsinnigen Armen, geküßt die Augen, tausendmal geküßt, in denen sein Gesetz stand. Und trotzdem fortgemußt!

Und dennoch: trotz dem wilden Abschied, – war dann, nach vielen Jahren, nicht erst Rom gekommen? Die Erweckung?

Er schloß die Augen. Nur das Ohr noch lebte. Aber keine Stimme redete. Die Schnarre von San Paolo fuori tot. Die Ostienserstraße tot. Die Pinien tot. Der Boden tot. Kein Regen. Die Luft erdämmert in ein totes Schweigen. »Ich kann es so gut sehen,« flüsterte er mit kindlich süßem Lächeln, »wie in der Campagna jetzt die Sonne stirbt. Die Stadt erlischt ins Blaue. Sankt Peter wölbt sich seraphisch sanftgrün über den gezähmten Dächern. Wie Fliederwälder wachsen die Sabinerberge. Tivoli streng weiß. Der Monte Velino am nächsten der Nacht. Palästrina mild in Fahlnis zwischen Grün und Blau gebettet. Die Campagna aber hat noch Licht. Die Breiten glänzen. Hütten bauen sich rostbraun und spitz empor. Gelbe Wände schimmern, Bögen von Aquädukten glänzen, die Via Appia zieht mit Gräbern, Gräbern, Gräbern durch das hohe Gras, ein Mann, der noch den Funken Sonne auf der Stirn trägt, . . .«

Noch tiefer sank er zurück. Und wie verklärt vom Wahn des Abschieds, von der dämonischen Zugkraft schon vollzogener Trennung, lag die Geliebte jetzt in seinen Armen. »Du kennst doch meine Seele?« flüsterte sie mit liebevollster Stimme, doch nicht weinend, damit er nicht noch bitterer leide. »Bist mir vertraut, ach, urvertraut geworden! Was weißt du nicht von mir? Hat dieses Blut nur einen Schlag getan, den du nicht hörtest? Dies Auge einen

Blick, den du nicht sahst? Dies Herz nur einmal Sehnsucht aufgezittert, Liebe, Flügelschlag nach oben, und du bliebst lahm?« Und mit der Wonne ihrer Glieder, während ihm die Wonne ihrer Seele, ihrer Glieder im Wahn des Abschieds, in der dämonischen Zugkraft schon vollzogener Trennung wie nie erschöpfbar urgeheime Pracht aufging, gab sie sich seinen tiefsten Armen hin. »Kann das vergehen? Erbleichen?« hauchte sie vergehend. »Kann Geist denn sterben? Wenn du im Norden dann das volle Licht, das ich dir schenkte, ausstrahlst, dich neu erzeugt bekennst, weil alle Zeiten dir zusammenklingen, die Räume nichts mehr scheidet, Zeit und Raum, die Welt und Überwelt, Lebendiges und Totes Wachs in deinen neugeborenen Händen sind, – nennt dann nicht jeder Pulsschlag, den du tust, nur mich? Sieh: ich bin ewig! Du, du wurdest es durch mich! Durch dich jedoch werd' ichs ein zweites Mal!«

»Worte! Worte!« klagte er in Tränen. »Wenn zwei sich lieben, wollen sie zueinander! Das ist Naturgesetz! Und reißt man sie entzwei, – natürlich bleibt der Geist von diesem Bündnis leben! Das Bündnis selber aber stirbt, wenn es nicht lebt! Was also hilft die seligste Erinnerung gegen Tod? Phantastisch vorgetäuschte Nähe gegen Ferne? Jetzt hör ich deine Stimme noch! Fühl noch den Herzschlag da aus deiner Brust! Kann dich noch fragen, weiß, du kannst noch antworten! Seh noch dein Antlitz, deine Seele drinnen, in deiner Seele jeden kleinsten Schmerz! Im nächsten Augenblick jedoch – ja, nur ein Augenblick ist der wahnsinnige Abschied! – seh, hör ich, fühl ich nichts mehr! nichts! Da, deine Hand, die einzig treue Hand . . .«

Erschrocken fuhr er auf. Die Stille war erdrückend. Der Abend schien den letzten Fetzen Lebens hinter die Mauern der Stadt getrieben zu haben. Selbst der verborgene Vogel sang jetzt nicht mehr. Die Pinien hoben sich als schwarze Dächer über dem verwobenen Dunkel, das Hügel, Tal und Steine zäh umstrickte. In lichtloser Blässe prahlte der Pyramide stummes Alter. Vom Aventin herüber schwebten, griffen Nebel. Und die Geliebte da in seinen armen Armen, die seine Folter wie sich selber wußte, – »erbarmungslos hinaus in ihr urewiges Geheimnis lächelt sie und läßt mich scheiden! – Nein!« schrie er rasend, in Stößen, die die Brust zerrissen, bebte das gehetzte Wort. »Reiß mich *nicht* fort von dir! Laß mich bei dir!« Verzweiflung aller Glieder. Rausch und Taumel. Wo noch Maß und Haltung? »Heut morgens erst das Licht geschöpft, und jetzt, am Abend drauf schon, soll ich gehn? Bei dir da ward ich *ich!* Da blüht' ich auf! Da kenne ich mich! Da kennt mich Gott! Da glänzt mir jeder Strahl! Erfüllt sich mir das Leben! Soll ich nicht leben? *Einen* Tag nur leben? Du!« Und wie das Kind, das höhnisch rohe Hände von der Mutter reißen, in ihren Schoß sich rettend: »Sei barmherzig, Du! Gib mich nicht her! Ich kann es nicht ertragen! *Kann* nicht!«

»Und – deine Pflicht? Das Vaterland?«

Wer hatte dieses Wort gesagt?

In raschem Kampf entspannten sich die Hände. Löste der Leib sich von dem heißgeliebten Leibe. Hob sich das tränenübergossene Haupt. Umfuhr der Blick das Grabmal, die Pinien, die Mauern, die Rachen der Caracallathermen, die über den Mauern glotzten; den Aventin. »Vaterland?« Er sah kein Vaterland. Straff wurde plötzlich seine Gestalt. Steifes kam in die Haltung. Die Tränen schüttelte die Miene ab. Und wurde kalt. »Hm?« machte er ein paarmal. Erhob sich. Stand fest. »Hm?« Und die Erde im Umkreis verlor das Römische. Der Himmel über ihm, so diamanthell er die steigenden Nebel überwuchs, das Italische. Was rundum mit unverkennbaren Malen von Rom redete, nur Rom sein konnte, – in Irrlinien, Zerrfarben, Unformen fiel es auseinander, die nie zum Bilde Roms geholfen hatten. Während er als einzige Wesenheit, die nun noch lebte, sich rasch ins ungeheuer Leergewordene stellte und umso zauberhafter zunahm drin an Maß und Kraft, je hoffnungsloser Erde, Himmel, Stadt im Nichts erloschen.

»Was ist?« rief er gemach herab. »Auch Tränen?«

Mit ungeheurem Grauen erhob sich zu ihm die Geliebte auf. Wie? Hatte er ihr schon gehorcht? Das Übermaß der Liebessehnsucht schon zertreten? Für Pflicht und Vaterland? »Du, sei barmherzig! Du!« Mit angstvoll großen Augen sah sie ihn an, darin die ungemessene Huld erglänzte, die sie noch schenken könnte. »Du!« Und mit der scheusten Hand, die hilflos gegen ihre Furcht rang, bat sie um die seine. »Du!«

Allein das Auge, das sie sah, blieb kühl. Die Hand, die sie berührte, starr. Mit Riesenkraft verschloß der Mann das Herz, daraus das Blut in schwarzen Tropfen quoll, vor der Geliebten.

»Du!«

Er wuchs noch höher.

»Du!« stammelte sie in Todesangst, mit aller Süßigkeit, die ihren Stolz zerschmolz, an ihn gehängt, »was ist das? Sag! Was blickst du so? Was sinnst du?«

Er tat nichts anderes dagegen, als daß er den Arm ausstreckte gegen die Senkung des Aventins. Und sogleich, wie von ihm selbst zurückgestoßen in ihr ewiges Geheimnis, wich die Geliebte schon zurück. Leicht atmete er auf. Griff nach der dunkelroten Skabiose im Gras, die die Verzweiflung seiner Küsse getrunken hatte. Aber nun war sie: Skabiose, wie in Deutschland, wie überall. Scabiosa officinalis. Dies also, lachte er, ist das Leben des Dichters? Die Rosengärten in seinem Herzen niederbrennen, die jungen Wipfel der Stunde des Lenzes kappen und aus dem Mord an ihnen die sanfte Flamme der Ewigkeit aufrufen? »So zeig dich, Ewigkeit! – O! Nicht die meine mein' ich!« setzte er, rot von Scham, hinzu. »Nur die verdammte Pflicht, das Leben zu ersticken, das man am liebsten lebte, damit es aufzufliegen mächtig werde – zu Dir! Ja, zeig dich, Ewigkeit!«

Und sie war da.

Wallend, ohne festes Gleichmaß, Sturmschnelle und bleischwer schleppender Gang zugleich, rauschte die Herde der Jahrhunderte einher. Von der Veglia am Fuß des Kapitols kamen sie und strebten nach der tragenden Woge des Meeres und den osthin, westhin, nordhin offenen Tälern. Und trugen in den ungewissen Mänteln, obwohl sie nur von Hellas kamen und Rom überschritten, doch alles Glück und Unglück aller Welt.

Zu ihren Seiten, bald ungeduldig spornend, bald nachhinkend mühsam, die Funken des Geistes. Flogen sie voran, dann lachten die Gesichter der Jahrhunderte mit übermütigem Spott. Blieben sie zurück, dann bangten die gefurchten Mienen, zu heiß erwartend wie die Sehnsucht jener, die den Messias hoffen; oder bestärkt in ihrer Hoffnungslosigkeit wie Seelen vor dem Tor des Hades. Wohl hob sich aus dem Qualm von Schein und Finster eine Fackel hoch und bleibend in die Luft auf und ward getragen von gut griechischer Hand; marmorner Hand, die . . .

»Apollon!« rief er hingerissen. Wie in der Morgensonne ging sein Auge auf. »Ja!« rief die Fackel lodernd über Zeit und Geistern ihm entgegen, »ich bin's! Dir leuchte ich! Du schaust mich! Ja!« Doch eh der Ruf in seiner Brust das Echo fand, erblickte er . . .

Erblich er. Ein Kreuz! Auf den Schultern eines unkenntlichen Mannes schwebte es, der, weil er es trug, von Wunden und von Seufzern troff. Erlichtete, wo seine Balken in den Himmel stießen, Nah und Ferne. Warf dieses Licht verschwenderisch, in Kegeln unerschöpflich reicher Leuchtkraft rund ins Land. Leicht zu erkennen, daß die Fackel mit ihm stritt. Verzweifelt. Wer wird da siegen? In raschem Wechsel, jetzt emporgetragen vom Riesenschein in die unsichern Horizonte, jetzt rauh zurückgepreßt vom Fackelkampflicht in die Muttererde, verfolgten Hügel, Täler, Berge dieses Spiel. Bis plötzlich, – leichtfüßig, um den Blick ganz frei zu haben, rannte er durch das Piniendickicht – ganz plötzlich ein andrer Glanz aufglomm. Pfeilgerade blieb er stehn. »Das ist *er!*« Wie Frösteln lief es ihm den Rücken nieder. »Ist Raffael!« Ein Jüngling, wahrlich, dem von der Sonne des Olymps der einzige Gott an seine Brust gelegt war, trug siegreich ein goldlockiges Kind an seinem Herzen. »Du, Sanzio!« rief er strahlend, Arme ausgebreitet, dem Jüngling zu. »Geliebter Meister, sieh mich! Nimm mich!«

»Fallt mir nur nicht in dieses Grab herein!« riß eine grobe Stimme ihn zurück. »Das ist für einen andern ausgegraben, mein ich.«

Er stutzte. Merkwürdig! Zu seinen Füßen ward ein Grab gegraben. Der Totengräber stand hemdärmelig in der Grube und warf, daß es schrill klirrte, Erde mit der Schaufel aus. Was war das? Mit dummer Hand führ er sich über die Stirn. Was aber war – erst dort? Jenseits des Grabes, über den Brocken der Erde, kam ein Greis gepilgert, umstreift von mildem Flimmer, langsam watend im grauen Nebel der Jahrhunderte, die zögernd trabten. Homer? Warum erst jetzt? Was heißt die falsche Reihenfolge? Jedoch nur wenige Schritte tat der Alte, und aus der träumerischen Ungewißheit, alles stürzend, entrollt aus Purpurdunkel und bescheidenem Gelb, tat sich ein Mantel auf; ein Antlitz, arg verstaltet, mit zerrissenem Knebelbart kam daraus hervor, und eine knöcherig harte Hand, – mit einem einzigen Griff ergreift sie, raubt sie Fackel, Leier, Kreuz und Kind, und trägt sie alle, überstark, allein.

»Ja! So hab ich's erlebt! In dieser Folge! So versteh ich's!«

»Ich würde, wenn ich's noch so gut verstünde,« polterte des Totengräbers Stimme, »den eklen Grabrand endlich doch verlassen? Die Leiche kommt. Hört Ihr noch immer nichts?«

Er hörte wohl. Allein, wer jagte da so knieejung, schenkelewig, Brust wild aufgebäumt, dem herrisch ziehenden Michelangelo nach? Welch großer Schein begläntz das windgepeitschte Weißhaar? Und welches Lachen höhnt dem Furienernst im strengen Aug? Ist's wiederum Apoll? »Ja! 's ist Apoll!« Und ein verwegener Sprung, – und lockenschüttelnd, seine Fackel wieder in der Faust, stürzt sich Apoll dem Zugschritt wieder vor. Das Kreuz versinkt. Wie treuer Diener, der treu Platz gehalten, weicht Michelangelo zurück ins Dunkle. Die Leier schweigt. Sanft neigt das Kindlein sich von Sanzios Brust dem neuen Arm hinüber. Die Fackel aber, die der Arm jetzt trägt, – kein Dampf und Dunst mehr stört die hohe Flamme!

»So war's!«

»So ist es!« donnerte die Stimme aus dem Grabe. Und mit Getös, ein ungeschlachter Kerl, sprang schon der Totengräber in den Boden. »Macht Euch davon! Zum letztenmal! Der Ketzer riecht schon aus der Nähe. Ich höre Pferde trampeln.«

Und, wahrhaftig! Ein Wagen nahte. Fackeln kommen tiberher? Wer ist gestorben? Wen begräbt man heute? »Hört!« Aufgeregt fiel er den Totengräber an. »Was geht da vor?« Und ward von zwei beherzten Armen weggeschoben. Die Pforte in der Mauer ging jetzt auf. Ein schwarzer Mann trat ein. Ihm folgten fünf mit Fackeln. Nun, schwer mit »Hüh« und »Hoh« hereingezwängt durchs Tor: der Sarg.

»Da sind wir!« klang es hell. Verblüfft fuhr er zusammen. Woher kam *diese* Stimme? Wer, wer stand da strahlend? »Ihr?« riß er toll die Arme in die Luft. »Ihr seid es? Ihr?« Ja! Alle standen da: Apollo, Raffael, Homer, Michelangelo, das Kind, und die Jahrhunderte. Und reichten ihm die Hände. »Die Stunde des Lenzes!« rief der Vogel auf goldener Leiter ohne Hemmnis in die höchste Höhe. Gleich drauf ein Ruf – wer hatte ihn ausgestoßen? – und auseinander stob der Kranz. Was war? Ein Mann lief von der Halde des Aventins herab dem Kreise zu. Blitzschnell abwehrend schloß sich der. Eng flochten sich die Hände. Der Mann jedoch – er schien auf schwarzer Wolke knapp überm Boden herzufliegen – blies aus dem zeitlos schönen Mannsgesicht, nur einmal, nur ein Häuchlein Hauch aus, und war schon da. »Vergebt!« bat Goethe. Licht, das ungeheuren Sieg aussprach und ungeheure Angst zugleich, umstrahlte ihn. »Verzeiht, daß er sich eindrängt! Doch kommt er wohl so urgemußt wie Ihr! Er ist mein . . . . .«

»Ah, meine Herren! Und meine Zeiten!« lachte fröhlich Faust; tat einen Griff, ließ seinen Mantel flattern. Und sie verschwanden. Alle. Wie aufgefressen von der Glut in diesem Mantel.

»So!« lachte Faust mit Feuer groß umher. »Jetzt ist's getan! Jetzt laß uns gehn!«

Schaudernd blickte Goethe um. Und sah erstaunt: die Welt war jetzt geleert. Die Himmel riefen fordernd ihm herab: »jetzt gib uns du!« Die Erde flehte laut zu ihm empor: »jetzt treibe *du!*« Die Gärten ringsum mußten ohne Blüten, die Säle ohne Statuen, die Hallen ohne Bilder sein, und alle Menschen ihre Seelen nicht mehr finden; und oben, in den Sternen, sich der Meister fragen: »muß Ich nun warten, bis er – er, mein Knecht! – mir wieder winkt?«

»Du!«

Eisig blickte er um. Erkannte: frierend, ungeheures Weh, Rom, die Geliebte tief an seiner Schulter. »Du!« flehte sie, das Antlitz schmerzzerrissen zu ihm aufgehoben. »Du! Geh nicht fort! Ich kann es nicht ertragen! *Kann* nicht!«

»Auf einmal?« lachte er, barbarisch ferne.

Weinend kniete sie zu seinen Füßen nieder. Zehn Schritte
ostwärts tanzten irr die Fackeln. Umhasteten die Männer,
sinnlos hin und wider zuckend, das schwarze Grab. Trugen,
in aussichtslosem Streit sich streitend, der Totengräber und
ein zweiter den Sarg dahin, dorthin. Was fehlte? »Ich sagte
mutig: verlaß mich!« schluchzte händeringend die Geliebte,
»solang ich sah, du hast die Kraft nicht, ohne mich zu gehn.
Jetzt, da ich seh, du hast sie . . . . .« Ohnmächtig floh sie
auf. Umschlang ihn. Legte sich bettelnd ganz an seinen
Leib. Den Herzschlag fühlte er, den heißgeliebten, wieder.
Der Seele Zauber, aller Glieder Wonne, der Tage ungemessene Liebe rief ihn an: »Du! Sei barmherzig! Du!«

Und rief umsonst. Er schmolz nicht mehr! Er war schon
weg!

»Du!« rang sie blutend, mit der letzten Kraft zu hoffen und
grub ihr ewiges Aug ein in sein Auge. »Bist doch – mein
Kind!?«

Und er erlag. »Laßt mich hier sterben!« rief er rasend, als
rollte plötzlich Gift in seinen Adern, den Männern und den
Totengräbern zu. »Laßt mir den Platz in dieser Erde! Bettet
den, wohin ihr wollt! Ich laß Zechinen rollen! Legt mich da
hinein!« Und als er, fliegend umgedreht, erkannte, daß die
Geliebte selig ohnegleichen an seiner Schulter lächelnd mit
ihm flehte, mit ihrem Gott von Blick die Männer rührte,
sprang er entschlossen auf den Totengräber los. »Gebt
nach! Seid recht ein Mensch! Legt mich hinein!«

»Hm,« machte der Totengräber. Das Weiße seiner Augen
blitzte listig den zweiten an, die ungewissen Fackeln und
die Männer. »Es wär ein Fall. Denn der da drin liegt, nämlich, . . .« – gemütlos wies er auf den Sarg hinab – »es weiß
gar niemand nämlich, wie er heißt.«

»Wir wissen's wahrlich nicht!« bekräftigte, als Goethe starr die Männer ansah, einer von den Männern. Ein zweiter, schnell darnach: »Wir wissen's nicht.«

Mit festem Schritt trat Goethe an den Sarg heran. Beugte sich mit einem Aug, das Deckel sprengen, Leintücher zerfetzen, das tote Herz aufwecken mußte, tief darüber. »Wie,« fragte er leise, »heißest du da drin?«

»Goethe,« kam es leiser noch zur Antwort. Mit einem blöden Fuß wich er nach hinten. »W . . ie?«

»Goethe,« kam es wieder aus dem Sarg.

»Dein Kind.«

»Dein Sohn.«

»Nach vielen Jahren.«

Warum – ergriffen nun die Totengräber gern den Sarg? Umtraten die Männer rasch entschieden die Grube? Ließen die Hemdärmeligen die schwarze Truhe in die Tiefe sausen? Und donnerte schon Erde auf den Sarg? Schwang Hand um Hand sich eilig, um eilig Scholl auf Scholle ihm hinabzuwerfen? Und löste sich aufeinmal der Geliebten süßer Arm von seinem Hals und trat auch sie heran an den verhaßten Rand und goß den Staub hinab so lang, so schrecklich herzlos lang, bis sich der kunstgerechte Hügel wölbte?

Weiß, als sie endlich, mit ihrem Siegeslächeln, vom Werk zurücktrat, starrte er sie an. Die ganze Welt des Leidens und des Wissens stand mit entsetzten Zeichen weh auf seiner Stirn. »Warum . . . . tust *du . . . mir . . . dies?*«

Sie weinte schon. Das Lächeln ihrer armen Herrschaft, kaum daß sie diesen Blick erfühlt, war schon gewandelt in den Sieg des Schmerzes. »Du bist schon ewig!« hauchte sie; die Kniee wankten ihr, der letzte Strahl verlaßner Liebe küßte ihn noch. »Du brauchst kein Kind. Ich nahm es mir.

550

Ich kann nicht so allein sein! Denn du – jetzt weiß ich's – gehst! Du gehst von allem!«

Langsam, mit einer Hand, die marmorn war, verhüllte er sich das Haupt. »Lebwohl!« Und keinen einzigen Blick, indem er aufrecht in das Dunkel trat, tat er zurück. Kein Wort mehr an das Grab, an die Geliebte, die stumm im Sieg des Leids in ihre Erde niedersank. Nichts mehr!

»Jetzt – ist's getan!«

Steif und gemessen schritt er durch die Nacht. Durchs tote Rom.

»He! Ihr spaziert schon eine Stunde lang da auf und nieder! Was gilt's?« trat ihm im Finster der Ripetta eine Sbirre in den Leib.

Da schüttelte er sich und nahm den richtigen Weg. Ging schnell. Im Corso angekommen, dort, wo die Via Convertite mündet, schüttelte er sich ein zweitesmal. »Ach so!« Und noch getriebener ging er jetzt. Die spanische Treppe sprang er wie eine fremde, ohne je einzuhalten, aufwärts. Den Weg hinüber zu Angelica rannte er. Im eiligen Gange durch den Garten fühlte er: das Herz saust so entsetzlich bang. Es fürchtet sich. Ein Zweig der Zeder schlug ihm ins Gesicht. Da ward das Herz noch banger. Das Tor war offen. »Sie erwarten mich!« Im Flur – es fröstelte ihn, als er das sah – stand auf dem Wandtisch ein Kandelaber mit fünf brennenden Kerzen. Getroffen schickte er das Aug hinweg. Krampfhaft hielten beide Arme den Mantel auf der Brust zusammen. Nur rasch die Stiege aufwärts! Aber – auch die Tür zur Wohnung war geöffnet. Lichtschein wie Sehnsucht flog ihm draus entgegen. Wer spielte am Harmonium? Süß überschwebte eine Stimme alle anderen Stimmen. »Sand wird das Leben wieder sein, wenn Ihre Quelle uns versiegt!« Wann hatte sie das Wort gesagt? Er stand im Vorsaal. Zitternd. »In einer Minute werden sie mir entgegenstürzen! Mit Augen, worin der Abschied, nichts als Abschied . . . .«

Schwindel faßte ihn. Die Hand fuhr aus dem Mantel. »Geliebte!« stöhnte er; griff nach dem nächsten Sessel.

»O, Exzellenz?«

Hoch schoß er auf. Und ließ den Sessel fallen. Glotzte sinnlos ins beglückte Gesicht des alten Dieners, der wie ein Vater angelaufen kam. »Bartolomeo,« stammelte er, »sage drinnen, daß ich . . . . . .«

Und machte blitzschnell kehrt. Und rannte. Wie ein Verbrecher, der verfolgt wird, aus dem Saal. Durchs Haus hinab, durch Flur und Tor und Garten in den Weg hinein. Die spanische Treppe wie ein Sturzbach nieder. Empor bis zur Piazzo del popolo im Sturmschritt. Erst vor der Pforte angekommen, hielt er ein. »Sie müssen's mir verzeihen! Es überstieg die Kraft!«

Und ging nun langsam, mit herrisch dem erwürgten Herzen abgerungenen Schritten durch die Pforte; zurück nach Norden.

Als er, weit überm Ponte Molle, umdrehte, graute schon der Tag. »*Jetzt* ist's getan! Tret ich nun noch einmal ein, – ist's nur noch dieser Leib!« Was? Hinter diesen Toren stand noch immer Rom? »Eis!« kommandierte er heiser. »Nein, Eisen!« Und wahrhaftig: Eisen, Eis, in kaltem Fluß stieg in den Leib herein. Den Geist erfaßte es nicht. Das Herz jedoch . . .

»Ja! Stirb!!«

Hoch, ohne jede Träne, schritt er durch das Tor. Ohne mit der Wimper zu zucken, unterm Bogen durch. Sah schon, mit stahlgewordenem Blick, den Schein des Platzes endgültig verwandelt winken, als er, wie angerufen, stutzte. Was – regt sich dort im Dämmer? Löst sich aus der Nacht der Nische? Blickt mich, leis näherschleichend, *so* ver« . . traut . . . . . .?

Im nächsten Augenblick, urselig jauchzend, mit Armen, die sie wild in seine rissen, hing er am Halse der Geliebten wieder. »Du! Du! Du! Du!! Kommst noch einmal! Kommst einmal noch!« Und wie ein Paar, das nichts mehr trennt, in letzter Hochzeit, einten sie sich; ewig.

Zehntes Buch

Gestalt

Aufgeregt, ohne anzuklopfen, stürzte die alte Lise in Frau von Steins Salon herein. »Euer Gnaden! Wissen Euer Gnaden schon: Der Herr Geheimerat ist angekommen! Nach zehne. Die Marianne hat die Kalesche einfahren gesehen!«

Steif drehte sich Frau von Stein auf ihrem Fauteuil um. »Leibhaftig gesehen?«

Die alte Lise ward noch aufgeregter. »Sie sollen eine Masse Gepäck ausgeladen haben. Und das Erste, was er getan hat, war, daß er die Dorothee ausgeschimpft hat, weil ihr ein vezianischer Spiegel in der Hand blieb. Mein Gott!«

»Scherben bedeuten Glück.«

»Ein vezianischer Spiegel!«

»Venezianischer!«

Die alte Lise schlich an die Tür zurück. »Trotzdem!«

»Wie spät ist es?«

»Nah an halbzwölfe.«

»Gute Nacht!«

Frau von Stein glitt der Stickrahmen in den Schoß. »Also wieder da!« Auf violettem Grunde ein Schäferpaar liebte sich im Stickrahmen. Die Gesichter waren grau und verzerrt. Die Gewänder wiesen scharf gegeneinander stechende Farben. Der Wiesenplan, in dem das Paar, haargenau stereotyp, schäkerte, hatte ein falsches Grün. Schließlich blieb es gleichgültig, was man stickte!

Frau von Stein erhob sich und blies die dritte Kerze aus.

Dann sperrte sie die Tür ab. Josias war bei Hofe; konnte aber jeden Augenblick kommen. Nun nahm sie den zweiarmigen Kandelaber und schritt an den Sekretär. Der Schlüssel mußte dreimal gedreht, dann aber erst noch ein geheimer Knopf gedrückt werden.

Da lagen: das Tagebuch aus Venedig und die Briefe.

Als sie schon blätterte, kam ihr der Zweifel. Sie warf das dicke Tagebuch zu, schob den Brief vom November 1786 fort. Was sollen Buchstaben beweisen, wenn das Gefühl nicht bewies? Das Gefühl aber sagte . . .

Auffahrend, hochrot, schloß sie den Sekretär. In gewohnter Gebärde strich die Hand den schwarzen Taffet des Kleides nieder. Staubig! »Es ist einfach vorbei! Lange schon!« sagte sie, mit ganz schmalen Lippen. Trat an den Spiegel. Wie alt war sie nun? Ausdruck von Ohnmacht kam in die Züge, die sich spiegeln ließen. Sechsundvierzig? Sie war wirklich alt geworden. Der Hals zeigte Schatten. Die Backenknochen traten zu stark aus den Wangen hervor. Das Haar silberte silberner als Puder. Der Mund . . .

»Nein! Er wird dich nicht mehr küssen!« sagte sie scharf, mit ganz spitzigen Lippen. Obwohl sie nicht erkannt hatte, daß sie verwelkt war.

Als es von der Schloßkapelle ein Uhr schlug, Regen an die Wände flog, streckte sie sich streng gerade, steif und knöchern in ihrem Bette aus. »Es ist einfach vorbei! Lange schon!« Und mit aller Helligkeit des zerwühlten Geistes rief sie die Monotonie der letzten anderthalb Jahre vor das Bewußtsein. Wenn man sich frägt: ein Mann, dem eine Frau elf Jahre lang angeblich Alles war, dem diese Frau ihren ganzen Menschen hingegeben hat, dieser Mann schreibt: zugrundegegangen wäre ich, hätte ich nicht die Flucht ergriffen!

»Niemals! Niemals!« Sie preßte die Lippen fest aufeinander, die Hände unterm Kopfkissen machten erzwungene Fäustchen. »Das vergesse ich eben niemals!«

Übrigens: stand nicht dasselbe in jedem Briefe? War der Ausdruck der höchsten Lust, die er in Welschland genoß, nicht das unwiderlegliche Urteil über die Lust am Besitze von ihr?

»Er hat – zweifellos! – geliebt unten! Ich kenne ihn! Nein!« Krampfhaft schloß sie die Augen. »Es ist und bleibt vorbei! Ich könnte auch gar nicht mehr!«

»Lotte, was ist dir?« Nach Stunden – laut stöhnend – fuhr sie auf. Erblickte Licht, Steinen im Nachtkleid über sie gebeugt. »Du schriest als ob du am Messer stecktest!« Gern beugte sie sich zurück. »Lösch aus!« Und noch klarer wurde der Geist. Da sagen die Leute: eine kalte Hundeschnauze ist sie. Den Mann läßt sie, den gutmütigen Stallmeister, neben ihrer hochgeputzten Seele dreinlaufen. Die Kinder hext sie an. Hat keiner was Gutes neben ihr. Etepetete. Ein unwarmer Egoist. »O, ich könnte schon anders sein!« Armselig hob sich die Brust, die im Alleinleben Meer von Gift und Bitternis geworden war. »Konnte es auch! Aber: erst in tauber Luft atmen, dann einen Mann finden wie ihn, dann ihm nie ganz gehören, – und ihn dann verlieren . . .?«

An wen? Woran hatte sie ihn verloren? An andere Frauen? Höchstens tage- oder wochenlange. An ein Land? Kann man einen Menschen an ein Land verlieren? An seine Kunst? War nicht sie der Quell seiner Kunst gewesen? Oder – doch nicht?

Es krähten die Hähne den grauen Junimorgen durch, da sagte sie: »oder an ihn selber? Aber warum ist er mir plötzlich ein Rätsel? Er war es doch nicht?« Und in derselben Angst, in der sie seit vielen Monaten jede Nacht durchweint hatte, weinte sie jetzt. Niederlage. Hilflosigkeit. Waffenlosigkeit. »Wenn ich nur wenigstens nicht dieses böse Gift da innen hätte! Lachen könnte, als ob nichts geschehen wäre! Ihm trällernd entgegenlaufen könnte, so daß er mir schon am Gesichte ansähe: es ist nichts gewesen! Dann machte ich ihn spielend auch glauben . . .«

Weinend breitete sie die Arme aus: Er war doch wenigstens wieder da!

Der erste Sonnenstrahl traf die Stadt. Den Knauf des Pfarrkirchturms. Golden erschimmerten die Tore. Alte Giebel wurden angezündet. Hohe rote Schornsteine. Das Fürstenhaus, die Schnecke, die Bibliothek, der Wall der Esplanade, im Land draußen Tiefurt, Belvedere, der hochgelegene Sitz des Geheimerates von Schmidt, – nun auch das Gartenhaus erwachten. Karren rollten übers regennasse Pflaster. Türen öffneten sich. Stuben öffneten sich. In ganz helle Morgengärten, durch Fenster, Tore und Flure sahen die Gäßchen. Die Hähne krähten lustiger. Zum Erfurter Tor zog eine Schar Gänse mit Hofbäckers Nannchen hinaus. Vor dem blauschattigen, geräumigen Haus am Frauenplan standen der Stadtschreiber Solmann und der Poliziste Wack. »Er ist eingerückt gestern. Mhm!« sagte der Stadtschreiber. Er war klein, dick, grau in grau gekleidet und nieste morgens halbe Stunden lang. »Helf Gott!« erwiderte zum zehntenmal der Poliziste. »Nu mag's wieder angehen! Er soll zudem viel Dreck mitgebracht haben.« – »Mhm.« – »Ein ganzer Wagen mit Steiner und Statue.« – »War schon immer hoidioh; halbets wenigstens!« nieste der Stadtschreiber. »Bleibt es!« – »Hier werdt man gern hoidio.« – »Wird die Steinin . . .«

»Hihihihi!« Und wollüstig lachten sie. Beugten sich in drallem Verstehen über ihre Bäuche.

»Siehe,« neigte sich in derselben Stunde der Wiedergekommene zärtlich über die endlich träumende Frau, »das ganze Land da unten, die sagenhafte Schönheit, die es hat, und den innigen Rausch, den einer erleiden muß, wenn er von da aus hinabkommt, – mit einem Schrei der Erlösung habe ich sie hinter mir gelassen, als es endlich hieß: nun ist der Pflicht genug getan! Geht es wieder nach Hause! In die Heimat! Zu dir!« Und mit sehnenden Armen, Armen gänzlich unverwelkter Liebe umarmte er sie; jünger, als je zuvor.

Mit einem strahlenden Lächeln erschien sie am Frühstückstisch. Was? Sie umarmte den Gatten? Goß ihm die Milch ein? Und Fritz bekam den Lockenkopf frisch an ihre Brust gedrückt? Als Stein aufstand, begleitete sie ihn bis an die Haustür. Mit freundlicher Mahnung schickte sie den Knaben auf seine Stube. »Ja. Aber erst lernen, mein Kind!« Glanz lag auf ihren Zügen. Hatte sie sich am Ende doch getäuscht? Unrecht getan? Als es zehn schlug, kam sie erhitzt aus dem Flur zurück. Noch einmal nachgeschaut hatte sie, ob Ordnung sei. Vor zwei Jahren, als er den letzten Besuch bei ihr gemacht, hatte sie seinen Ring getragen. Sie holte den Ring aus dem Schränkchen und steckte ihn an. Auch, erinnerte sie sich, hatte damals der Thymianstrauch, den er ihr selber eingesetzt, auf dem Tische gestanden. Sie brachte den Strauch herbei, stellte ihn auf den Tisch. Die Hauptsache aber war – tapfer trat sie von neuem vor den Spiegel – die Hauptsache war: daß sie ihm *froh* entgegenlief. Sonst bestand vielleicht Gefahr, daß er . . .

Daß er . . .?

»Ah!« Hochmütig machte sie sich groß. Stand es so, daß sie, Charlotte von Stein, vor dem Mann, den sie liebte, die großmütige Verzeiherin spielen mußte, um ihn wieder zu kriegen?

Nervös setzte sie sich. Peinlich rasch, wie Gewohnheit das Fremde verläßt, sank die nachgiebige Stimmung von ihr ab; fiel der eingeborene Eitelkeitsstolz wieder über sie. Als ob nicht die ganze Clique schadenfreudig gelacht hätte, damals, als sie geheim plötzlich verlassen worden war? Fürstenhaus und sein Komet nicht schon Wetten abschlössen, jetzt, in dieser Stunde, ob er sie wieder »beglücken« würde oder nicht? Und als ob es ihm nicht gleichsähe, jetzt, in dieser Minute, sein Genie über die Diele seiner Stube schreiten zu lassen, wohlgefällig, fähig, jederzeit für jedes Verlorene Ersatz zu finden und dabei zu schmunzeln: Na! Kein böses Wort zu sagen, wird sie sich getrauen!

Ah nein! Wild nahm sie den Stickrahmen in die Hände. Häßlich war sie jetzt. In den Wangen dunkle Löcher. Um den unüppigen Mund ein Zug von eiskaltem Haß. Die Gestalt eckig, hager; abweisend. Und dennoch: während sie nun stickte, als ob ihr alle sinnlosen Arbeiten einfielen, die in anderthalb Jahren nur dazu aufgenommen und getan worden waren, um die trostlos leere Zeit totzuschlagen, kamen ihr die Tränen. Wie durch ein kleines Scheibchen im Fenster, hinter dem sich der fahlblaue Himmel wieder fahlgrau machte, schien der reiche Himmel der Vergangenheit in die zwiespältige Seele herein. Kam der niemals wieder? Warum nicht? Ist es nicht trotz allem möglich, ja fast wahrscheinlich, daß er reuevoll heimkehrt? Im ersten Augenblick des Wiedersehns durch irgend einen göttlichen Zufall das Eis schmilzt und das Unvergängliche – »denn es ist doch unvergänglich!« – wieder auflebt? Wenn sie sich nur abrang, ein heiteres Gesicht zu machen, so zu scheinen, als ob nichts gewesen wäre, und –

Sie fuhr vom Sessel auf; es hatte geschellt.

»Der Diener von Wedeln!« Rasenden Herzschlags setzte sie sich zurück.

Wo ist – *er?*

Aber wie gefühllos langsame Wellen zerrannen die Stunden. »Nein,« sagten sie, je mählicher, unbarmherziger sie zurück wallten ins Meer, »wir wissen nichts! Wissen gar nichts!«

»Mama!« Fritz schaute, als es gegen Zwölf ging, beim zaghaft geöffneten Türspalt herein. »Weißt du, daß Onkel Goethe gekommen ist? Darf ich hinüber?«

»N – nein!«

Als das enttäuschte Gesichtlein verschwunden war, tat es ihr leid, daß sie »Nein« und daß sie es so scharf gesagt hatte. Wie ein Schimmer von Trost ging's über ihre Reue: wenn schon nicht meinetwegen, kommt er doch sicher des Buben halber! »Fritz!« rief sie unschlüssig in den Flur hinaus, – da schellte es zum zweitenmal.

Wachsbleich, mit aller Mühe gegen das Zittern kämpfend, das sie wie der Sturm packte, stellte sie sich mitten unter dem Lüster auf.

Herder trat ein.

Ein tiefer, höfisch ausgehauchter Atemzug verließ ihre hochaufgerichtete Brust.

»Ja, was sagen Sie dazu?« Mit dem ganzen rosig backigen Gesicht lachte Herder. Einen Strauß Margueriten trug er in der Hand. »Das ist eine Überraschung? Was?« Und indem er ihr mit einer nicht eindeutigen Geste – hie und da sind seine Augen unausstehlich! blitzte es in Frau von Steins Augen auf – den Strauß überreichte: »Er war noch nicht da?«

»Ich komme soeben von der Herzogin.«

»Er spart sich das Beste auf zuletzt auf.« Prustend setzte sich Herder nieder. Die prallen Schenkel, ein wenig zu kurz für den langen, geblähten Oberleib, saßen in der gewitterhaft stechenden Sonne. Er habe keine Ahnung gehabt. Karoline sagte jeden Morgen: paß auf, heute kommt er! Er kam natürlich nie. Und nun, – »ich gehe vor einer Stunde zu Amalia, sie hatte nach mir geschickt, – wer jagt aus dem Tor heraus? Er! Prachtvoll sieht er aus!«

Ruhig, das glattgewordene, regungslose Gesicht tief über den Rahmen gebeugt, stickte Frau von Stein weiter. »Augen,« fuhr Herder fort, »wie gesättigte Löwen. Löwen sage ich, denn das Erste nach unserer Umarmung war, daß er sich mit beiden Händen an den Kopf fuhr, mich wütend anstierte und brüllte: Diese Käfige! Wie kann man's in solchen Kerkern nur aushalten!«

»Aber,« fuhr er nach einer Pause, in der Frau von Stein fast lustig aufgelacht hatte, fort, »aber – ich habe es ihm natürlich ins Gesicht gesagt, – etwas . . .Triviales, ja, wie soll ich sagen? etwas . . . Gewöhnliches steht in seinem Gesichte! Sie müssen es ihm wegwaschen!« Mit wehender Hand fuhr er durch die Luft. »Ich glaube: die Leute, mit denen er umging, waren un peu trop de bohême!«

»Und was sagt er von Italien?«

Sorglos lachte Herder. Es stand ja jetzt fest, daß er binnen kurzem mit Dahlberg hinabgehen würde! »Er macht mit der Hand einen verächtlichen Bogen um ganz Deutschland herum, wenn man ihn nach Italien fragt, mißhandelt mit dem Absatz den deutschen Kieselstein im deutschen Weg, und im übrigen, glaube ich,« – lauernd beugte er sein Gesicht tiefer – »wäre er uns nicht mehr gekommen, wenn nicht . . .«

» . . . . ich ihn gezogen hätte?«

Verblüfft stutzte Herder. Lachte kurz auf. Faßte sich aber rasch. Von Frauenherzen verstand er nichts. »Jedenfalls haben Sie die Aufgabe,« sagte er, indem er eine Marguerite zerzupfte, »ihm das aufgestaute Meer aus dem Damm zu reißen. Er muß voll sein von Erlebnis zum Platzen. Einem Manne wird er ja nur die eine oder andere Ähre zeigen. Ihnen muß er ganz Italien vor die Füße legen! Es macht mir den Eindruck, als ob, wenn man ihn nur mit dem Finger anrührte, schöne Berge, Kastellstädte, Prachtkirchen, Torsi, Gemälde, Geschichte, Verse, Musik und Erkenntnisse, ohne

Maß, aus ihm herausspringen müßten. Rühren Sie ihn fest an und halten Sie einen en tout cas darunter! Obwohl er nämlich schon fast zwei Monate von Rom weg ist, . . .« Er sprang auf; ans Fenster. »Da kommt er! Ich höre . . .«

Ohne mit der Wimper zu zucken, blieb Frau von Stein sitzen. In sausender Jagd flog ihr das Blut durch den Leib, wechselten Nacht und Tag im Tanz vor den Augen, Todesangst und Himmelslicht durch die bebende Seele.

»Nein! Es ist Bode.« Kleinlaut kam Herder vom Fenster zurück. »Was macht Bode bei Ihnen?«

Sie war schon aufgestanden. »Bode?« Ohne Herrschaft die Stimme. Es durfte nicht Bode sein! Mußte er sein! »Ich kann gar nicht glauben, daß Bode . . . .«

Da stand Bode aber schon im Salon. Und war Bode. Denn Goethe ritt soeben auf der schmierigen Straße nach Belvedere hinaus. Der Herzog weilte im Schloß. Die Luft war von erbärmlicher Schlaffheit. Die Landschaft lag in den farblosesten Horizonten unerträglichster Langweile. Die paar Hügel der Ferne erhoben sich wie ausgetrieben von einer Erde, die die Eintönigkeit ihrer Fläche nicht mehr ertrug. Kirchtürmlein blinkten spitzig. Bauernhöfe standen mit ausbietender Offenheit. Die Wiesen enthielten keine andere Wesenheit in ihren Blumen, als die des inzüchtig erstarrten ewig Gleichen, das keine Sonderart mehr hervorzubringen vermag. Die Bäume ragten mit geheimnislosen Kronen. Die Wolken hoben sich nicht in geprägten Formen aus dem Himmel, sondern verschwammen darin wie unausgebildete Kinderseelen in der unentwickelten Seele der Eltern. Was die Lerchen sangen, klang ohne Bezug auf die Harmonien im Kosmos, und die Grillen zirpten unausdehnbar: mitteldeutscher Morgen. Wie aber nun das Tier, das ihn trug, aus dem formlosen Gang in klappernden Trab verfiel, die Straße stillzustehen schien und mit leerem Körper das Schloß aus den Felderbuckeln hervorkam, rief er erschrocken: »Galopp!« spornte, legte sich tief über den Hals und flog mit geschlossenen Augen davon.

Ein plötzliches Geräusch machte ihn erwachen. Die zwei Posten vor der Toreinfahrt präsentierten die Gewehre. Präsentierten sie, daß ihnen die Knochen und den Gewehren die Knochen rasselten. Mit starr naturlosen Gesichtern, die starr sinnlose Schnurrbärte querten, schauten sie den Anjagenden kannibalisch schräg an.

»Du bist der Husar Kühnelt?«

»Zu Befehl!« schrie der Posten.

»Und du heißest Mahncke?«

»Zu Befehl!« schrie der zweite.

Im Hofe drin ward ihm sogleich das Pferd abgenommen. Der Gärtner, den Strohhut an der Hosennaht, stand grinsend im Sande und der Leibjäger Anton lächelte noch zufriedener. »Exzellenz sinn aber lang in Dalche geblieben!« wagte der Gärtner nach lange emsigem Nicken zu sagen; er war ein weinerlicher Greis. »Keine Samens oder Pflänzchens mitgebracht, Exzellenz?«

Ein dankbarer Strahl flog über Goethes Gesicht. »Eine ganze Menge!« erwiderte er und klopfte dem Alten auf die Schulter. »Komme Sonnabends um sechse ins Gartenhaus!« Es schlipste nämlich der Hofkommissar Bölker jetzt über die schmale weiße Treppe herab. Diese kleine weiße Treppe war vor drei Jahren gebaut worden, um leichtere Kommunikation zu schaffen. Drum sah sie so kerzenweiß aus im Braungrau der Schloßsteinmasse. »Euer Exzellenz,« nahte Bölker schwer höfisch – er war schmächtig, von oben bis unten tadellos, und kahlköpfig – »sind bereits gemeldet. Der Herr Hofmarschall von Klinckowström ist oben, der Herr Major von Knebel und ein Attachée vom Gothaer Hofe, dessen Namen mir« – er wurde rot wie bewegter

Feldmohn – »leider entfallen ist. Nicht der übliche nämlich; ich sah ihn noch nie.«

Goethe stieg die Treppen hinan. Die Wände, die Kandelaber, die schüchternen Blumenvasen, die niedlichen Sofachen, die ausdruckslosen Historien- und Ahnenbilder, die von gestern her bekannten Lakaiengesichter, der Knix der Beschließerin Frau Inneberger, – es kam ihm der Schweiß auf die Stirn. Ja, nur rasch, in Gottesnamen, hinein in die Antichambre!

Kaum aber drin in der Antichambre, wie in einem Traum, prallte er zurück: »Knebel!«

Gemütlich, nicht Traum, sondern eindeutigste Wirklichkeit, schritt ihm Knebel entgegen. Genau so unhastig, als kehrte Goethe von einem Ausflug nach Ilmenau zurück. »Also wirklich?« Im selben Augenblick aber, sie wollten sich gerade umarmen, fuhr der Kammerhusar im Fenster mit einem unterdrückten Schrei auf. »Herr Geheimderat von Goethe!« rief er strahlend, klirrte von Rüstung und Respekt, und war schon drin im Audienzsaal. Rot vor Wut stürzte Klinckowström aus der Tür. »Der Herr Geheimderat von Goethe!« meldete der wiedererschienene Kammerhusar herausfordernd. »Nein!« schob Goethe Knebeln vor sich hin; er hörte weder Klinckowströms »O??«, noch sah er sein Goldstrotzen. »Herr Major von Knebel war vor mir da.«

»Herr Geheimderat von Goethe!« wiederholte noch strahlender der Kammerhusar; schlug die Hacken zusammen, – Karl August stand da.

»Na nu?«

Als hätte er ihn niemals gekannt, flog Goethe Knebeln davon, Karl August an die Brust, und ließ sich wie ein Ding hinter die Tür hineinziehen.

»Also – endlich wieder da!«

Goethe fühlte, wie Karl Augusts Hände ihm das Haar streichelten. Wie Karl Augusts Herz stürmisch an seinem Herzen schlug. Krallte sich immer tiefer in die Husarenuniform ein, umschlang den schlanken Mann immer fester, grub das atemlos lechzende Gesicht immer durstiger in die Brust mit dem großen silbernen Stern. Als Karl August sich endlich von ihm löste, zärtlich mit beiden Armen ihn vor sich hinstellte, ihm mit seinem hellen Aug ins Auge schaute, ging ein Riß durch Goethes Gestalt. Heiß langte die Hand nach der geliebten, riß sie empor an die Lippen: »Mein Fürst! Mein fürstlicher, gütiger Fürst!«

»Um Gotteswillen!« entriß ihm Karl August die Hand. »Du wirst doch nicht . . . !«

»Doch!« Und unwiderstehlich fing Goethe die Hand wieder ein. Dicke Tränen stürzten aus den weitoffenen Augen. »Und Sie müssen mich's tun lassen! Es ist in dieser ersten Sekunde kein anderes Gefühl und kein anderes Wort da drin,« – mit der Faust schlug er an die Brust – »als: Dank! Dank! Dank! Und wieder nur Dank! Nein! Lassen Sie mich reden!«

»Ja! Aber sag »du«!«

»Sie wissen ja nicht,« fuhr Goethe unheimlich eilig fort, »was Sie mir getan haben! Wie Sie mich beschämt, überschüttet haben! Kein einziger Fürst in ganz Deutschland hätte so wie Sie . . .«

»Aber zum Donnerwetter!« Gerührt, über sein Maß verlegen war Karl August und wußte sich nicht mehr zu helfen. Mit rauher Hand schüttelte er den Berauschten. »Da kommst du nach zwei Jahren aus der Sonne der Freiheit, kommst als Künstler zurück, das Schiff vollgeladen mit Fasanen, nach denen mir das Wasser im Munde zusammenläuft, und weißt nichts Besseres zu tun, als zu winseln wie Herder, wenn ich ihm fünfzig Dukaten schenke! Anschauen laß dich!« Und noch einmal, mit soldatischen Armen, stellte er ihn vor sich her. »Herrlich! Wie ein Senner!«

»Nein!« Entzückend lachte er auf. »Wie Bacchus! Das hast du fein gemacht! Übrigens . . . . .«

Brüsk ließ er Goethen los. Wandte sich um eine Linie nach der Seite. Und schwieg.

»Übrigens?«

Karl August durchmaß dreimal den düsteren Raum. Zu den niedrigen Fenstern, die in den Hof gingen, kam nur soviel Licht herein, daß der schmutziggelbe Grund der zwei Gobelins gerade noch auffiel. Eine Büste Amalias stand zwischen den zwei Gobelins, ein Paravent mit Watteaubildern vor dem weißen Rokokoofen, und eine erzene Schale auf schwarzem Sockel unter dem neuen Porträt Friedrichs des Großen gegenüber der Eingangstür. Alle diese Dinge und seinen schmalen Ebenholzschreibtisch, der nicht hereinpaßte, betrachtete Karl August. »Armer Teufel!« dachte er wehmütig. »Wie muß dir das jetzt vorkommen!«

»Du bist also,« sagte er endlich, »nicht *ganz* ungerne zurückgekommen?«

»Es wurde mir,« antwortete Goethe ohne Pause, der unverhohlene Schauder vor diesen Dingen saß in seinen Augen, »von Monat zu Monat klarer, daß ich unten wohl werden mußte, sein aber nur hier könne.«

Scheu wie eine Frau trat ihm Karl August näher. Sein gescheites Gesicht hatte keine Farbe. »Rede ganz offen!« Stahlscharf fragte das Auge. »Bist du zu *mir* gerne wiedergekommen?«

Voll hielt Goethe den Blick aus. Ein festes Bewußtsein erschien glänzend auf seiner Stirn. »Ich verdanke dir allein, was ich bin und habe. Und ich glaube, du allein weißt, was ich bin und habe!«

Ganz leise ergriff Karl August seine Hand. Ließ sie aber gleich wieder los. »Ich kann dir darauf nur antworten, daß ich dich an allen Ecken und Enden vermißt habe!« Energisch richtete er sich auf. »Warst du schon bei Louisen?«

»Nein. Ich hörte, Sie seien bei der Herzogin Mutter, und ließ mich darum im Palais melden. Ich will von hier aus zu Ihrer Durchlaucht.«

»Und Herdern? Schon gesehen?«

»Er ging ins Palais, als ich herauskam.«

»Frau von Stein?«

»Noch nicht.«

Wie zurechtgewiesen senkte Karl August den Blick. »Und sonst – wen?«

»Bertuchen, Boden, Ludekum, Wedeln, Schardten, Kalben. Jetzt noch Klinckowström und Knebeln.«

»Armer Teufel!« Zärtlich, mit einem ganz nur liebevollen Lächeln trat ihm Karl August dicht heran. »Es muß dir ja, auf deutsch gesagt, zum Speien zumute sein! Widersprich nicht! Wie wenn man nach einer Liebesnacht« – ungestüm: »natürlich war's keine Liebesnacht, ich weiß schon! – an den Familienfrühstückstisch zurück kommt! Oder?«

»Fort! Fort! Fort!« schrie in Goethes verzweifelter Brust drin die Sehnsucht. »Fort!«

»Sag! Ist's nicht wahr?«

»Gottseidank,« – heiser: »daß wenigstens Sie da sind!«

Jäh nahm ihn Karl August unter dem Arm. Zog ihn zur Tür hin. »Es weiß jedenfalls keiner besser als ich, was es einen Goethe gekostet hat, seine Fasanen gerade nach Weimar zu frachten!« Seufzer. »Ich muß jetzt den Gothaer nehmen. August kommt in den nächsten Tagen. Und Knebel will auch raunzen. Alle raunzen sie!« Mit tapfer zurückerobertem Lachen: »Ich bin nach neun bei dir, abends! Geh jetzt zu Louisen! Und – sei lieb mit ihr!«

»Er ist wahnsinnig!« fluchte Knebel, – Goethe hatte im Garten auf ihn gewartet – als sie nebeneinander heimtrabten. »Seitdem er Militär gerochen hat und jeden Morgen einen Preußen zum Frühstück essen muß, damit er sich großdeutsch genug fühle für den Weimarer Kartoffelton, ist mit ihm nicht mehr zu reden.« Alt war Knebel geworden. Das Mißmutige in seinem Stoppelgesicht stand wie nie mehr auflösbare Wolkenbank gegen ein hilfloses Sonnenschimmerchen im Auge. Es sei kein Mensch mehr mit dem Herzog zufrieden. Und er mit keinem Menschen. Preußen bescheiße ihn, wo es könne. Stuttgart lache ihn auf offener Straße aus. Die kleinen Höfchen machen sich nur wichtig damit, ihm zu folgen. Auch sei nie Geld da. Der neue Kammerpräsident habe die verdientesten Eigenschaften. »Aber was kann er machen, wenn das Land Experimenten dient? Und da stolziert Er in seiner Kürassieruniform herum und läßt Noten konzipieren und elfmal mundieren und sendet Herolde und sich selber, und glaubt, der Drahtzieher zu sein. Und wird gezogen! Du wirst eine schöne Mühe haben, mit ihm fertig zu werden!«

»Ich habe keine Funktionen mehr. Wenigstens so gut wie keine mehr.«

»Umso lästiger wird er dir persönlich fallen. Redest du mit ihm vom Wetter, so antwortet er: geeintes Deutschland! Von der Jagd: größeres Deutschland! Von den Weibern: nationalempfindendes Deutschland! Hat er dich über Italien ausgefragt?«

»Dazu langte die Zeit nicht.«

»Sie wird niemals langen!« Die Absätze gab Knebel dem Roß, obwohl sie schon in der Gasse drin trabten. »Er sieht eben nicht ein, daß in Deutschland für einen vornehmen

Geist nichts zu machen ist! Warum bist du eigentlich zurückgekommen?«

Steif zuckte Goethe die Achseln; sie hielten vor dem Hause am Frauenplan. Der Diener Sutor kam aus dem Tor gesprungen; grinste unerträglich selig. Die Häuser platzauf und platzab schmunzelten unaushaltbar vertraulich. Ein Storch saß schnatternd auf dem höchsten Giebel des Hofbäckerhauses. Vor dem Martinschen Weinkeller rollten vier derbe Burschen Fässer über die geneigte Schwelle. Der Briefträger Ackermann trat gerade aus dem Schlundgäßchen herein. Über dem grünen Laden des Greißlers Haarholz schaute die Großmutter aus dem winzigen Fenster. Und fiel es einem gar zu bedenken ein, daß östlich, südlich, westlich und nördlich von diesem Platze auch nur solche Häuschen und Bursche, Briefträger, Greißler, Großmütter und Störche ihre tödliche Langeweile totschlugen, und dann weiter hinter diesen Häuschen und Toren . . .

»Also, besonders gut aufgelegt finde ich dich gerade nicht?« schimpfte Knebel gereizt; er war eben abgestiegen. »Wenn wir hier gallig und verdorrt herumlaufen, das versteh ich. Aber wenn man aus der Welt kommt? Apropos, kann ich bei dir essen?«

»Sei nicht böse,« erwiderte Goethe gewappnet, »ich bin von der Reise noch müde. Und muß noch zur Herzogin.«.

Mit der Reitpeitsche in die Luft, dann, grob, an die groben Stiefelröhren schlug Knebel; die Reitpeitsche war eine eschene, aus dem Hölzchen hinterm Gartenhaus. »Bon! Geh ich zu Steinen. Kann ich dich anmelden?«

Goethe klopfte der Stute überlang den Hals. »Ich bin nicht sicher, daß ich noch heute dazu komme.«

»Und wann kann man den welschen Hokuspokus sehen?«

Goethe umarmte fast den Hals des Tieres. »Von nächster Woche an immer.«

»Luftballon!« fluchte Knebel durch die Zähne, als er an die Ackerwand herankam. »Ein arroganter infamer Eisbär ist er!« wollte er sich die Entrüstung von der kochenden Brust donnerwettern, als er Frau von Stein erblickte. Aber Frau von Stein war Stein heute. »Wedel speist mit,« erklärte sie gleich beim Handkuß. »Josias kommt nicht.« Mit einer Grimasse schluckte Knebel hinab. »Er ist ungenießbarer denn je!« kitzelte es ihn, nach jedem Gang teuflischer loszubrechen, und er räusperte und hustete. Aber er kam nicht einmal dazu, den Namen des Ungenießbaren auszusprechen. Denn Frau von Stein sprach ununterbrochen. Und nur mit Wedeln. Sie sah, das war deutlich zu bemerken, ununterbrochen dabei beim Fenster hinaus. Aber umso angelegentlicher redete sie. Lachte. Wedel auch. Sie aber noch herzlicher. Wurde jetzt rot, jetzt wachsbleich, stieß einmal das Salzfaß um, rettete das anderemal mit bewundernswerter Ruhe das Glas Rotwein, das Knebel gerade umzustoßen im Begriffe war, und sagte, als nach dem Dessert die Göchhausen, Karoline Herder und Klinckowström zum Kaffee kamen und die Göchhausen listig meinte: »Sollen wir uns nicht zu den Oleandern hinaussetzen?« mit einem ganz kurzen, kindlich einfältigen Hochheben des Köpfchens: »Ist's nicht zu windig?« In einem Zug, kaum mehr Herr seines Dampfs, goß Knebel den Samos hinab. Das war doch die höhere Unverfrorenheit! Die da wie auf Eiern tanzten und lauerten, wollten ja alle nichts anderes, als von ihm reden! Und getrauten sich nicht! »Holla?« klopfte er umso bäurischer mit dem Mittelfinger ans Tischholz, »hat ihn noch niemand von den Damens gesehen?« Und – ward blaß bis in die Lippen. Als ob sie meuchlings einen Stich in den Rücken bekommen hätte, fuhr Frau von Stein zusammen. Jäh flammten Lichter auf in den gierigen Gesichtern der Besucher: das Stichwort ist gesprochen! Aber während sie noch einmal überlegten, sagte Frau von Stein – sie spielte mit den Fingern der rechten Hand auf der Lehne des Sessels, vor dem sie stand, und hielt sich doch fest daran –:

»Goethen? Bei mir war er noch nicht. Hast du ihn schon zu Gesicht bekommen?«

»N – nein,« stammelte die Göchhausen, obwohl sie ihn schon um neun Uhr morgens zu Gesicht bekommen hatte. Ihr ungeheurer Federhut nickte verzweifelt: »Nein.«

»Sie auch nicht?«

Karoline Herder trug ein schwarzes Foulardkleid mit großen, weißen Tupfen und Sammetschuhe von bronzebrauner Farbe zu resedagrünen Strümpfen. »Nein,« antwortete sie todesverachtend.

»Aber Klinckowström und ich!« rief Knebel ungeheuer laut, indem er sich ungeheuer erhob.

»Also nur Herr von Herder?« lächelte Frau von Stein, während Klinckowström sich ergeben in den Fauteuil fallen ließ und Knebel wie erschlagen den Mund aufriß. »Und wie fand ihn Herr von Herder?«

»Ist Johann Gottfried nicht da gewesen?« Mit einem mitleidigen Blick maß Frau von Stein die Vorlaute. Aber ehe sie noch ein Wort sagen konnte, nahm ihr Wedel den Sessel aus der Hand. »Haben die Herrschaften den Schildpattfächer schon gesehen, den die Herzogin Mutter aus Paris geschickt bekommen hat?« fragte er parat wie ein Erzengel.

Und als ob sie allesamt eine zu gefährliche Klettertour gemacht hätten, aber im letzten Augenblick noch von geistesgegenwärtigem Arm zurückgerissen worden wären, atmeten sie erlöst auf; bis auf Knebeln. Denn was ging nun die Plappertasche dieser Bucklichen so gewandt los? Und ließ der unverschämte Lügenmund dieses Wedel Anekdotchen auf Anekdotchen fallen? Und noch dazu alle über diesen Fächer? Geräuschvoll wurde es. Eng aneinander rückten die plötzlich quecksilbernen Leiber. Klinckowström trank in einem fort, von allen berühmten Fächern der Welt schwindelnd. Karoline Herder machte mit dem rechten Fuß das rotsamtene Schemelchen wippen, rollte die runden Augen und lachte umso unentwegter fromm, je mädchenhaft unschuldiger Frau von Stein lachte. Was? schien Frau von Stein zu lachen, geradezu hübsch war sie jetzt, was? Ihr habt euch eingebildet, mich fangen zu können, wenn ihr nur gleich recht plump über ihn herfielet heute? Und nun habe ich euch die Suppe versalzen! Gesindel! »Ich besaß einmal einen Fächer aus Goldfiligran,« lachte sie tückisch wie eine kokette Diebin, die den Fächer gestohlen und dann um eine Million verkauft hat. »Aus Petersburg war er. Irgend ein Zar soll ihn seiner mecklenburgischen Geliebten geschenkt . . .«

Da erhob sich Knebel. Ihm tanzte es schwarz vor den Augen. Er reimte sich nichts mehr. »Weißt du mir am Ende, Klinckowström,« fragte er jämmerlich und tippte den Hofmarschall auf den sattdasitzenden Schenkel, »weißt du mir eine nette Wohnung am Lande? In dem Nest da bleiben will ich nicht, und Jena ist genau so stinkfade. Und das Gartenhaus ist ab heute perdu!«

» . . . . . irgend ein Zar,« wiederholte Frau von Stein noch höher aufwachsend, als habe weder sie, noch Klinckowström, noch einer der anderen auch nur ein Wort von Knebeln erfangen, »seiner mecklenburgischen Geliebten geschenkt haben. Josias erwarb ihn auf einer Reise, weiß nicht mehr, wie und wo. Drei Jahre lang hatte ich ihn, alle Leute bestaunten ihn; so oft ich ihn aus dem Schrank holte, schaute ich ihn glücklich an. Und eines Abends, es war Ball bei Hofe, es ist schon Mitternacht vorbei, ruft mich die Herzogin, ich lasse meinen Tänzer gehorsam stehen und folge, . . .«

» . . . und folge . . .?«

»Nein,« kicherte sie lüstern, mit beiden Händen plötzlich abwehrend, »das weitere kann ich nur Thusneldchen erzählen!« Und indem sie sich schon zum Ohr der Bucklingen, die gierig herantrippelte, hinüberbeugte, fuhr sie mit unbändigem Gelächter, so, daß es gehört werden mußte, fort: »die Herzogin hatte zuviel Eis gegessen und ich mußte sie begleiten. Und da dürfte ich irgend eine dumme Bewegung gemacht haben . . . . .«

Jauchzendes Gelächter.

»Und? Hat man ihn nie mehr gefunden?« brüllte Klinckowström überglücklich.

Und noch tolleres Lachen.

»Und jetzt?« Atemlos horchte sie auf. Niemand mehr da? Alle fort?

». . . bin ich allein?«

Wie? Heiß sprang sie empor, an die Tür. Versperrte die Tür. War, was diese Puppen da plapperten, nicht ebenso erbärmlich, wie das, was sie dachte? Hatte nur einer von ihnen die Ruhe in sich, die ihm überlegene Gerechtigkeit den anderen gegenüber erlaubte? Bestimmung in seinem Inneren? Unverrückbares Ziel seiner Stunden? Sie sah Fritzen mit dem Hofmeister in die Gasse treten. War sie etwa eine Mutter? Josias hatte beim Aufstehen am Morgen vergeblich um neue Manschetten gebeten. War sie eine Gattin? Und was hatte sie heute noch zu tun? Nichts! Und morgen? Auch nichts!

Und übermorgen?

Schauder erfaßte sie. Als er sie noch liebte! »Als du mich noch liebtest!« Und jetzt nützte keine Gewalt mehr! Zusammen stürzte das Kartenhaus der stundenlang tyrannisch geübten Beherrschung. Wie Frost des unbarmherzigsten Herbststurms kam das Zittern. Wie ein Strom, der nicht mehr frägt, wo er einreißt, das Weinen. Als er mich noch liebte! Wie da seine bloße Existenz das Land erweitert, den fahlsten Tag zur Sonne erkräftet, die Stimme des gewöhn-

lichsten Menschen bedeutend gemacht und die einfachsten
Güter zu Wundergaben erhöht hatte! Fürchtete man sich
etwa abends vor der Nacht? Sie war süßes Sichhingeben an
die Erinnerungen des Tages. Vor dem nächsten Morgen? Er
sagte es nur wieder neu, wieder anders: du bist die Ge-
fährtin eines Geistes, der die grauesten Erde zum Himmel
umschafft! Solch ein Mann, wenn er liebt, aber –? Ja, darin
stak der Kern des furchtbaren Geheimnisses! So ein Mann
vermochte zweierlei: die Frau, die er liebte, zum Menschen
zu machen, – und dabei trotzdem der Herr seines Menschen
zu bleiben. Sein Geschöpf wird die Frau. Er aber, wenn er
ihre Hand ausläßt, – geht zur Betrachtung der Welt zurück;
zu seinem Gedichte; zum Lauschen in seine Erlebnisse, die
sich, wie aus einander, stündlich neu gebären. Sie hingegen? Wohin geht sie? Er ist die Säule, die das Dach ihres
Lebens trägt. An diese Säule gelehnt, bleibt sie wartend
stehen, tagelang, wochenlang, monatelang. Denn sie kann
keinen anderen Platz mehr finden, wo sie sonst noch zu
stehen, keinen anderen Weltkreis entdecken, worin sie sonst
noch zu atmen vermöchte. Verfallen ist sie dem Mann, der
ihr nicht verfallen ist! Und er hat jetzt – Italien! Weil sie ihn
nicht mehr ausgefüllt hatte, war er nach Italien geflohen!
Und kommt er nun wieder, und füllt sie ihn nun wieder
nicht aus, –

Wenn er aber nicht wiederkommt?

»O Gott! Gott! Gott!« Die hochaufgerichteten Arme an die
Pfosten der Tür gestemmt und das verzweifelte Antlitz auf
diese zitternden Arme gelegt, weinte sie hilflos. Wenn er
jetzt käme, nur ein einziges gutes Wort sagte, mit seinen alten Armen sie umfinge, – »o, ehrfürchtig dich preisen und
loben wollte ich, Gott, danken inbrünstig dem Strohhalm,
der mir ins Meer hinaus gereicht würde, all meinen unseligen Stolz einstecken, diese hochmütige Fordersucht, Zerstörungswut, Kleinlichkeit, Sprödheit, Eifersucht, Neidisch-
keit, Scheelsucht, Mißgunst, Schwachherzigkeit, und dies

versteinte Herz weich machen, – nur damit ich nicht mehr so allein sein müßte; so unfruchtbar all . . .«

»Lotte!«

Und sie lag in seinem Arm. Göttliche Flut in Seele und Gliedern. Wie im Rausch eines sonnigen Wirbels umlichtete ihr Mensch sich. Es war der alte Arm, der sie hielt. Und die Lippen die alten, die sie küßten. Er sagte nur noch einmal: »Lotte!« Dann nichts mehr. Dieses aber hatte er leise, lächelnd, fast beschwörend gesagt. Sie fühlte aufschwebend: wie rast ihm das Herz! Hatte er sich seit Monaten gefürchtet vor dieser Stunde? Oder sich monatelang gesehnt nach dieser Stunde? Sehen konnte sie, wollte sie ihn nicht. Nur: »Er ist wieder da!« Andächtig staunend, halb unbewußt, streichelte sie seine Hand. Schmiegte das Gesicht tiefer an ihn. Seufzte. Ach, seufzte. Löste sich endlich, erlöst, von ihm.

Und sah ihn nun. Und sagte noch während dieses ersten Blicks, unbewußt: »Also bist du auch zu mir gekommen!«

Wie aus großer reicher Nacht heraus lächelte er.

»Zuletzt auch zu mir?«

»Ich mußte wohl zuerst zum Herzog?«

Mit verzweifelten Fingern, verzweifelt, zerdrückte sie den unwiderstehlichen Zwang ihres verhexten Wesens, zu vernichten, obwohl es gerettet schon aufbauen wollte; würgte machtlos die Ohnmacht hinab, gegen diesen Zwang aufzukommen. Er war stärker als sie. »Die ganze Stadt hat dich schon gesehen!«

»Ich – konnte nicht früher.«

Der Teufel, so tapfer sie sich auch gegen ihn wehrte, riß sie tiefer noch in die Krallen. »Man weidete sich schon daran, daß du mich für zuletzt aufspartest. Ganz Weimar!«

Er blickte, ohne zu antworten, im Raume umher. Alles wie einst! Und alles lebte noch! Atmete noch! Und alles Erlebte sitzt untötbar da drinnen im Herzen! Mit völlig gleichmütigem Auge streifte er die Frau. Er hatte sich schon zwischen den Zaubern Roms bis zum Bleichwerden vor dieser Stunde gefürchtet. Die Angst vor diesem Wiedersehen die Räder seines Wagens, der von Italien heraufuhr, tückisch gehemmt. Er war, ehvor er die paar Schritte da herüber getan hatte, stundenlang in der engen, versperrten Stube zu Hause auf und nieder gegangen, zögernd vor dem Schwert dieser Stunde. Und nun drohte von diesem Schwerte her nichts mehr! Diese Frau, mit dieser Frau hatte er mehr als die Liebe zwischen Mann und Frau erlebt. Er liebte diese Frau nicht mehr als Mann. »Aber als Mensch muß ich sie, solange ich lebe, noch lieben!« Diese Frau allein konnte auch verstehen, warum er nun Heimweh litt. Und weil sie wissen mußte, wie ihre Gemeinschaft jenseits von Liebe und Kälte lag, auch verstehen, warum er auch dieses Leid bedürftig zu ihr hintrug. »Du empfängst mich nicht lieb, Lotte!« sagte er unschuldig; er sah keine Gefahr mehr.

»Hast du dir einen anderen Empfang erwartet?«

Fest sah er sie an. Erkannte ohne Erstaunen: alt ist sie geworden. Ohne Erstaunen: sie möchte so gerne weich sein, zergehen in der Freude des Wiedersehens. Sich ganz vergessen und hingeben dieser Freude, ohne die sie diese Nacht nicht ertragen hätte. Aber es war von allem Anfang viel Eitelkeitsstolz in ihrer Liebe gewesen! Den Stolz der Beleidigten mag sie nicht einstreichen; sich zur demütig genießenden Wonne des Wiedervereintseins zu entschließen, vergönnt sie sich nicht, ehevor sie mir nicht gezeigt hat: Du hast mich zu Tode gekränkt. »Gewiß!« sagte er, indem er sich setzte. »Ich war und bin sicher, nur von dir so empfangen zu werden, wie ich es nach dieser Heimkehr bedarf.«

Ich liebe dich! Liebe dich! Blühe wieder auf, weil du nur endlich wieder da bist! Ich habe alles vergessen! Es war ja nichts Böses, was du mir angetan hast! Nimm mich nur wieder hin, mache, was du willst, aus mir, – nur: rede so weiter! wollte sie im Schauer der Seligkeit sagen. Schöner Frühlingssturm flog durch das entfesselte Gemüt. Wie schwächliche Irrungen starben die Monate des Wartens unter seinem bloßen Blicke dahin, nur weil er wahrhaftig und körperlich da saß. Mit ganz jungen Füßen stand die Gegenwart im Raum, und was dieser Raum von ihnen beiden gesehen und gehört hatte, knüpfte sich am ungetrübten Strahl seines Auges ohne Hindernis an eine noch reichere Zukunft. Und dennoch – was bohrte so unnachsichtig in ihr drin: übergib dich nicht? Umflorte die Wollust ihres Augs, ihres Ohrs mit dem satanischen Gift des unersättlichen Mißtrauens und preßte ihr die Lippen zusammen, daß sie nicht so reden konnte, wie sie reden wollte, und befahl unerbittlich: erst muß er zerknirscht mir zu Füßen liegen und seine Schuld bekennen, *bevor* ich . . . . . ? »Du hast also nicht das Empfinden,« stieß sie in der fieberhaften Spannung, ob er dem Zwang, den der Teufel ihr auflegte, sich beugen würde, hervor, »daß du – sagen wir: häßlich an mir gehandelt hast?«

Überrascht fuhr er auf. Werden Frauen, wenn man sie allein läßt, dumm? »Wenn man von einer Schuld reden kann,« antwortete er, noch immer gleichmütig, »so habe ich das Gefühl, sie in Rom gebüßt zu haben. Damals, als deine ersten Briefe mich aus allen Himmeln rissen. Übrigens auch, dir diese Schuld demütigst abgebittet zu haben. Seither . . .«

»Hast du sie niemals mehr gefühlt?«

»Nein!« Er nahm die Lehne seines Sessels kräftig in die Hand. »Meine regelmäßigen Briefe, die dir mein ganzes italisches Erlebnis schilderten, . . .«

»Dein ganzes?«

»Jedenfalls alles Wesentliche!«

»Und das Unwesentliche?«

Nur noch schärfer sah er sie an. »Ich glaube, daß, wenn man einander eilf Jahre lang so gut wie jeden Gedanken anvertraut hat, man auch reif genug dazu geworden ist, einander auch das Unwesentliche aus der Zeit der ersten Trennung anzuvertrauen. Ich wenigstens fühle kein Bedürfnis, Geheimnisse zu machen. Wir sind nun ja wieder beisammen!«

»Wie stellst du dir das vor?«

»Was?«

»Dieses Beisammensein?«

»Ja – kannst du dir vorstellen, daß wir *nicht* beisammen sein müßten?«

Wie der Schein einer noch verborgenen Sonne, die aber gewiß, alles leicht übersiegend, bald aufgehen wird, traf sie das Wort. Aber nur umso entschlossener, jetzt mit der einzigen Karte zu spielen, die ihr die Raserei ihres Stolzes noch aufzwang, verhüllte sie das Gesicht mit dem gefährlichen Nachschein einer Sonne, die niemals wieder aufgehen wird. »*Du* konntest es dir doch vorstellen! *Du* verließest mich ja!«

»Lotte!« Getroffen von all den unsterblichen Einflüsterungen, die ihre Gestalt, ihr Auge, ihre Stimme, die vertraute Landschaft dieser Stube ihm zuschickten, neigte er sich zu ihr hinüber. »*Müssen* wir davon wirklich noch einmal reden, Lotte?«

»Sehe ich nicht, daß dir bange ist davor?«

»Nein!« Aufrichtig beteuerte er. »Ich meine nur: ist es nicht abgetan? Lange schon?«

»Wenn die Frage noch einmal an dich heranträte: mit Abschied oder ohne Abschied von mir gehen? – Du gingest wieder ohne Abschied?«

»Gewiß nicht! Nachdem ich gesehen habe, wie ich dich damit kränkte, gewiß nicht mehr! Aber so, wie es damals stand, . . .«

»Wie stand es denn damals?«

Und im Nu, als ob er es im Augenblick wieder so erlebte, wie damals, umtrübte sein Auge sich. Überfiel die lähmendste Unsicherheit seine Gestalt. Stockte ihm das Bewußtsein vom Leben in Seele und Gliedern. »Ich *mußte* fort! Es war nicht mehr aufzuschieben! Und niemand sollte mich davon noch zurückhalten! Ich fürchtete . . .«

»Zugrundezugehen?«

Weit und furchtlos öffnete sich sein Auge. »Ich wäre totsicher zugrundegegangen!«

»Verdurstet?«

»Vertrocknet! Ich hätte mich niemals gefunden ohne die Flucht!« Bange, allen Gleichmutes auf einmal ganz ledig und nichts anderes mehr erschauend als das grauenhafte Gesicht der Gefahr, die nun freilich überwunden war, sprang er vom Sessel. »Ich kannte nur *eine* Welt! Hatte nur *ein* Bild vom Menschen! War stumpf geworden in einer einzigen, täglich drückender gleichartiger Arbeit. Sah mir nirgends den Gegensatz meines Wesens vorgehalten werden. Suchte vergeblich die ergänzende Hemisphäre. Und hörte doch Kräfte in mir brausen, Geister mich rufen, Fähigkeiten in mir flüstern, und fand den Stab nicht, um diese wartenden Wasser aus dem Felsen zu schlagen. War also verdammt dazu, mich unter Umständen begraben zu lassen, ohne geworden zu sein, was ich, vielleicht, hätte werden können! Mit einem Wort . . .«

»Mit einem Wort: du hast mich schon damals nicht mehr geliebt!«

»Hierauf – erwidere ich nicht.«

Sie erhob sich. Schritt wie blind, von zielloser Hand geleitet, durch die Stube, die sich mit dem Grau der Dämmerung grinsend anfüllte. Ließ sich, zurückgekehrt, Opfer peitschender Hetzstürme, wieder nieder. »Dann antwortest du mir vielleicht auf eine andere Frage? Klipp und klar? *Jetzt* liebst du mich nicht mehr?«

»Lucchesini« – schonungslos, gerade als er schon den Mund auftat, um zu reden, stieß sie ihm die Worte mitten ins Auge hinein – »soll in Berlin erzählt haben, du hättest dich ausgiebig – sagen wir: amusiert?«

Blitzschnell machte er sich steif. Bolzengerade. Und undurchdringliches Dunkel überzog sein Gesicht. »Seit wann frägt Lotte den Klatsch, um über Goethe etwas zu hören?«

»Du wirst doch nicht behaupten wollen, daß du wie ein Mönch gelebt hast, unten?«

Er ließ die Lehne des Sessels aus der Faust fahren, daß der Sessel wankte. »Ich fühle mich zwar nicht im mindesten verpflichtet, auf diese Frage zu antworten,

»Ich habe dir alles gegeben, was ich dir geben durfte!«

»Aber ich beantworte sie trotzdem!« Wachsgelb stach sein Gesicht, hoch überm Sofaholz, in die finstere Wand hinein. »Und sage: nein!«

Als ob sie plötzlich Glas wäre, aus dem dünnsten Glas gebaut und in Glas gekleidet, klirrte sie, wie sie sich erhob. Mit dem vollkommen blutlosen Antlitz, den farblos mageren Armen bewegte sie sich tappend durchs Zwielicht an das Fenster hin. In der Brust drin, nach oben, nach unten, nach allen Seiten züngelten giftrote Flammen, so, daß Fleisch und Blut wie gefoltert aufkreischten. Aus den Wänden und

Dingen des Raumes feuerheiße Schlangen mit spitzen Köpfen nach diesem brennenden Blut, diesem zuckenden Fleisch hin. Taumelnd erreichte sie das Fenster. Ergriff mit der Rechten den Flügel; stieß ihn auf. Stieß ihn zu. »Gut, daß du den Mut hast, aufrichtig zu sein!« Ah! Und da hatte sie sich noch einen ganzen nichtswürdigen Tag lang verzeihend, nachsichtig und demütig gemacht! Ihren richtig witternden Stolz gesteinigt, im geheimsten Inneren drin noch gehofft, nur ein Wahn sei es gewesen, der sie seit Jahr und Tag mit den grausamsten Visionen peinigte! Ja, vor Minuten noch sich eine va banque-Spielerin genannt, die mit besessenem Riskiermut den Tod herausfordere! »Wie gesagt: gut, daß du ihn endlich findest! Es erleichtert den Abschied! Adieu!«

Wie von einem tollwütigen Hund angefallen, stürzte er auf. »Ich bin der letzte, der sich das zweimal sagen läßt!«

»Ich sage es zum zweitenmal: Adieu!«

»Ich kann Steine klopfen, einen Mord begehen, mich aufhängen, Alles, was du willst! Aber eines nicht: gegen dieses Wort auch nur ein einziges aussprechen!«

»Ich sage es zum drittenmal: Adieu!«

»Ahnst du nicht,« – und mit eisernen Händen fing, preßte er ihre gläsernen, – »wie du frevelst?«

»Das auch noch?« Wirr und schrill lachte sie auf. »An deinem Herzen?«

»Laß mich mit dem Herzen aus!« Außer sich riß er die klirrende Gestalt an seine wild aufgewachsene. »An deinem und an meinem Leben! Und das ist mehr, als das Herz, kommt mir vor! An der Vergangenheit von elf unsterblichen Jahren, . . .«

» . . . die in Rom in einem Bordell gestorben sind! – Laß mich!« schrie sie; stieß ihn wie den Feind aller Feinde von sich. Aber seine Hände, sogleich, während seine Zähne niegesehen nackt aufblitzten, griffen noch sicherer nach ihr. Hinter seiner Stirne, wie er die Hassende noch unbarmherziger an sich heranzwang, kreisten die Gesichte eines furchtbaren Todes. Gebar sich von Sekunde zu Sekunde höhnischer überwältigend die Ahnung des grauenhaften Irrtums, der ihn elf nutzlose Jahre gekostet und Rom mit vergeblichen Krämpfen zerquält hatte. Und, wenn er sich wirklich erwahrte, den gerade erst geborenen und heimgekehrten Menschen mit einem einzigen Schnitt in zwei Hälften auseinanderriß: Körper und Seele! »Wenn dir's meine Briefen nicht sagten, daß ich, selbst wo ich weit weg von jedem Menschen sein wollte, der mich abhängig zu machen begehrte, nicht einen Augenblick lang unseren gemeinsamen Besitz an Erleben und Erfahrung im Stiche ließ! Mich nur, *weil* ich die volle innere Sicherheit empfand, mich dir zurückzubringen, todesverachtend in alle Weiten und Höhen hineinwagte und . . . . .«

» . . . in alle Tiefen!«

»Und bin ich etwa kein Mensch?« Daß der Raum erbebte, stampfte er in den Boden. »Und wer hat dir im Feber noch geschrieben, daß er es nicht verwinden kann, – nicht verwinden *konnte*,« – und zum zweitenmal stampfte er in den Boden – »daß du nicht ihm gehörtest? Daß ich mich jahrelang umsonst abmühte, das natürliche Betteln meines natürlichen Menschen nach dir, die ich liebte, zu erwürgen, . . .«

» . . . um es« – ha, jetzt hatte sie sich freigemacht, stand mit lästernden Augen vor ihm! – »im Arm einer Dirne zu erlösen?«

»Wer hat das Recht, mir das vorzuwerfen?«

Unbegreiflich hoch, gegen seine tollkühne Stirn, wuchs sie auf. »Ich habe nicht das leiseste Bedürfnis, dich wegen deiner römischen Abenteuer zur Rede zu stellen!«

»Und tust es dennoch!«

»Und die Antwort genügt mir! Du scheinst nämlich nicht mehr zu wissen,« – wie zwei lachende Dolche durchbohrten ihre Augen seine Augen, – »daß du mir, *mir!* der du zehntausendmal die Ewigkeit deiner Liebe vorgedichtet hattest, bei Nacht und Nebel durchgegangen bist!«

»Weil ich mich sonst nicht losgerissen hätte!«

»Und zwei Jahre lang unten wie ein Prasser geschwelgt hast!«

»Wie ein Lasttier mich abgequält!« Aus zerfleischter Brust stöhnend, die noch alle Wundmale der Erweckung trug, und mit hilfloser Hand wehrte er ihre häßlich anzeigende Hand ab. »Im Schweiße meiner Seele mit den Engeln des Herrn gerungen!«

»Mit jedem Wort deiner Briefe schadenfreudig in mein Darben, in meine roh bloßgestellte Einsamkeit hineingejauchzt hast du: Ja! Ihr Elenden, Spießbürger, Philister, denen ich, Gottseidank! endlich entflohen bin, kriechet da rettungslos im dreckigsten Staube, indes ich, der Begnadete, ...«

Mit einem Krach, unter seinem Hieb, schlug der zweite Flügel des Fensters zu. ». . . . . . der für *euch* sammelte, für *euch* sich bereicherte, für *dich* sah, hörte und aufnahm!«

»Und der jetzt, weil er wieder da ist, wieder daherkommt in dieses Zimmer, und als ob nicht das mindeste geschehen wäre, sich einbildet: nun fangen wir eben wieder dort an, wo wir aufgehört haben. – Du!« Und wie eine Furie flog sie vor seinen Leib hin. »Wofür hältst du mich eigentlich?«

Er tat einen Schritt von ihr weg. Machte nach einer Minute, während ihr empörtes Wort schaurig verhallte, mit unsäglicher Anstrengung: »Hm«. Tat dann den zweiten Schritt. Und die kleine mißgestaltete Parze in der Nacht des Busens

584

drin hob nun spöttisch ihr Scherchen und schnitt den Faden ab. Er war tot.

»Ich lehne es ab, dir auf diesem Wege weiter zu folgen,« begann er endlich ohne jede Stimme. Alle Glieder des Leibs, jeder Stein des neugefügten Daseins taten weh von der ungeheueren Gewalt der Zähmung, die er sich auferlegte. »Ich bin auf diesem Wege nicht anzutreffen! Wo ich noch immer zu finden bin . . .«

»Ich sage zum viertenmal: Adieu!«

»Bemühe dich nicht!« wehrte er traurig ab. »Du wirst mich nicht aus dem Konzepte bringen. Ich bin nicht klein genug, um dir auch nur eines der häßlichen Worte nachzutragen, die du mir an den Kopf warfst!«

»Höre!« Lodernd wandte sie sich um, durch die schwere Dämmerung blinkte das jähe Weiß ihrer Stirn, aus ihrer Faust fielen die Nadeln, die sie dem Thymianzweige abgerissen hatte. »Das ist der Gipfel! Bist du größenwahnsinnig auch geworden?«

»Ich werde diese Szene vergessen.«

»Ich werde sie niemals vergessen!«

Um einen Zoll, eiskalt, verneigte er sich vor ihr. »Ich werde sie vergessen, was immer auch *dir* zu tun beliebt. Du glaubst im Recht zu sein, und ich glaube im Recht zu sein. Da eine Vereinigung dieser Standpunkte nicht möglich ist, kann meine Pflicht nur noch so weit gehen, . . .«

Ohne noch zu wissen, was sie tat, warf sie ihm die Nadeln, die sie noch in der Faust trug, mitten hinein ins Gesicht, und alles an ihr, in dem Raum, in der Welt vor den Fenstern stürzte in Auflösung. »Ich verzichte auf jeden Beweis dieses Pflichtgefühls!«

»Es handelt sich um eine Pflicht mir gegenüber,« fuhr er unbeugsam fort. »Und aus dieser Pflicht heraus habe ich noch zu sagen, in welcher Absicht ich heute zu dir kam. Und das hast du« – und von neuem und noch unbarmherziger zwang er sie vor sich an die Wand – »jawohl: anzuhören! *Mußt* du anhören! Du fragtest mich vorhin, – erinnere dich!« Und atemlos preßte er die Frau, die rasend nichts anderes mehr im Sinn hatte als diesem Strudel von Todesqual zu entfliehen, in die Schrecknis der Ecke. »Fragtest mich: aber jetzt liebst du mich nicht mehr? Und darauf sollst du die Antwort haben!« Wie? Er stand mit Charlotte, mit Charlotte! wie ein Feind gegen die Feindin im Kampf an dieser Wand da? »Ich habe mich mit vollem Bewußtsein abgekehrt von jeder Liebe, die meine Existenz einem zweiten Menschen so verhaften kann, daß von ihr nichts mehr übrig bleibt. Aber nicht aus Leichtsinn oder Kälte habe ich diese Operation an mir vorgenommen, sondern, – glaube mir . . .«

»Oder glaube mir nicht!« lachte er furchtbar auf.

»Wie du willst! Sondern, weil ich zur Einsicht gekommen bin, daß ich, wenn ich überhaupt noch etwas werden wollte, als Erstem nur noch mir leben dürfte!«

»Lache nur! Spotte nur!« keuchte er, gegen alle tyrannische Bändigung rannen ihm die Tränen über die zuckenden Wangen herab. »Ja! Ich sage es noch einmal: meinem eigenen Ich! Meiner Aufgabe an mir selber! Und daß *du* das verstehen würdest, dein Herz weit und groß genug sein würde, um zu begreifen, daß ich diesen Weg gehen mußte, aber, auch wenn ich ihn ginge, ja, welchen Weg immer ich ginge, *dir* nicht verloren gehen könnte, im Gegenteil, dir noch viel ganzer und wahrer gehören müßte, wenn du mir weitsichtig einräumtest, meine eigene Person auszuentwickeln . . .«

»Still!« Mit wahnsinniger Hand fuhr sie ihm an den Mund. Mit wahnsinnigem Leib, während das Schluchzen des steil aufschießenden Hasses, der fluchenden Verachtung aus ihrer dampfenden Brust brach, schob sie ihn von sich, tat sie, als er totenblaß bis in die Mitte des Zimmers zurückgewichen war, die entsetzten Hände von ihm weg und griff mit diesen Händen ins verworfene Haar. »Und wenn du dir dann hier in Weimar eine Maitresse anschaffst und ich deine eigene Person »weitsichtig sich ausentwickeln lasse«, ... Geh!« schrie sie ihn an, daß die Fenster klirrten, »oder ich . . . . .«

Im nächsten Augenblick, weil er wie angenagelt in der Diele unter dem Luster Stein wurde, schoß sie an ihm vorbei, sausend hinein in das Zimmer nebenan, schlug die Tür zu und riß den Riegel vor.

Langsam, nach einer Ewigkeit ganz toten Nachlauschens, ging er. Deutlich hörte sie seinen Schritt im Flur. Dann auf der Schwelle. Dann in der Gasse. »Babette!« kommandierte sie; da war volle Nacht in dem Zimmer. Fritz solle kommen. Als Fritz vor der Tür stand: Joseph solle kommen. Als Josef hereintreten wollte: »Was hat die Herzogin antworten lassen?« Und schon unterbrach sie das Greisengestammel. »Richte die Jagdkleider des Herrn Stallmeisters her!« Und nun, urplötzlich, wie Flut geißelnder Körner, brachen ihr die Tränen aus den Augen. Mit kleinen, elenden Schrittchen schleppte sie sich an den Nähtisch. Erblickte auf dem Kästchen an der Wand die kreisrunde Schale aus Meißen. Mit einem Sprung an die Wand! Mit tobsüchtigen Fingern an die Schale! »Ah!« In zwei große Hälften zerkrachte die Schale.

Aber erst, als sich die Scherben weder von den tobsüchtigen Händen, noch von den tobsüchtigen Füßen noch teilen ließen, fiel sie in den Sessel zurück. Ohne Leben zu sein schien sie nun. Die Augen, während die blutenden Hände das Gesicht hielten, gingen glotzend hinaus in die Laterne, die am Rande der großen Wiese stand. In der Lampe der Laterne saß das Nichts. Im Schafte der Laterne saß das Nichts. In den kreisrunden Schatten um den Schaft saß das

Nichts. Hier im Zimmer, in allen Dingen, die sie umstanden, saß das Nichts. Im Himmel draußen, der wieder leise Regen träufelte, saß das Nichts. Aber in ihrem Blut, in ihrem Fleisch drin, in dieser hingeschlachteten Seele drin, da saß es erst ganz: als die Welt! Nein, es gab keinen Gott mehr! Nein, es gab keine Menschen mehr! Keinen Frühling, keine Sonne mehr! Nur noch Teufel und Bestien, die sich zerfleischten. Und die Hohlheit des grenzenlos sinnlosen Raumes, darin diese Bestien sich, ewig Nichts weiterzeugend, zerfleischten. »Du!« schrie sie fluchend aus dieser Hölle hinaus in die regnende Nacht und preßte die Fäuste an die ganz leeren Schläfen. »Du!«

Aber, der es hören sollte, hörte es nicht! Der es hören sollte, saß wie ein Leichnam neben dem Herzog unter dem Überdach seines Hauses vorm Garten. Karl August wußte den Grund dieses Todes nicht. Er hatte mit bewundernswert andauernd gespieltem Interesse römische Marmore, vesuvianische Laven, sizilische Kiesel, Pflanzenkerne, Gipse, ein paar kleine Faunsköpfe, die Bilder Kniepens, die Zeichnungen Goethes, Kopien Burys, Lipsens und eine Anzahl von Stichen betrachtet; hundertmal Fragen gestellt, die beweisen sollten, wie nachwandelnd er den Spuren des Freundes gefolgt war. Einredelos zugehört, wenn der Freund ohne Ton, wie in ein Grab hinein, erzählte. Daraufhin jedesmal noch eine Frage gestellt, nur damit der Andere nicht glaube, daß die Teilnahme schon tot sei. Und schwieg nun. Er lag in einem altväterlichen Lehnstuhl, der dicht an der Wand stand. Unter seine Füße war ein Schemel gestellt worden, damit er nicht die Feuchtigkeit der Erde zu spüren bekäme. Als er schließlich das Empfinden hatte, zu lange und zu vorzeitig geschwiegen zu haben, und weil der Leichnam nebenan auf dem unbequemen Flachstuhl hartnäckig starr blieb, sagte er: »In einem Gespräch läßt sich dies Thema ja überhaupt nicht erschöpfen. Darüber werden wir noch Monate lang zu reden haben.«

Rührend bist du, Karl August! dachte Goethe wehmütig. Und weh ergriff er seine Hand. »Erzählen doch *Sie* mir! Das ist wichtiger!«

»Wichtiger?« Mit einem kurzen Lachen richtete sich Karl August auf. »Daß es nicht wichtiger ist, weiß ich. Halte mich nicht für so dumm, zu glauben, daß ich nicht wüßte, daß das Wichtigste, was ich noch tun kann, das ist: *dich* leben zu lassen.« Gereizt stieß er die Hand in die Luft. »Ich habe doch keinen Grund, dir zu schmeicheln? Trotzdem möchte ich dir gerne von mir erzählen! Ja! Weil du der Einzige bist, der noch immerhin annimmt, daß, was ich tue, aus einem ehrlichen Willen heraus getan wird. Während mir alle anderen gerade diesen ehrlichen Willen vorwerfen. Mich gerade deshalb verspotten, weil ich ihnen nicht klug genug scheine, um die Lügen zu spüren und die Fangnetze zu durchblicken, die man Weimar stellt. Zu ehrgeizig, um die Roheiten und mitunter auch Dummheiten des Soldatenlebens nicht mitzumachen und Reisen zu Menschen zu tun, die mich für einen idealen Schwachkopf halten und als solchen abspeisen. Kurz: weil ich ihnen zu gläubig erscheine, als daß ich den Mitspielern der ganzen Weltgeschichte und ihrem zweifelhaften Repertoire mißtraute, werfen sie mir meine Bestrebungen vor!« Leidenschaftlich riß sich die Gestalt nach der Seite der anderen hin. »Ist es noch immer, auch nach Italien, dein Grundsatz, daß man im Lande bleiben und im Lande wirken müsse, weil man auf diese Weise auch am meisten für die Welt wirken könne, – die *nicht* hohl ist, wie diese anderen meinen? Sage!«

»Gott!« erwiderte Goethe zögernd, ihm rollten Schleier vor den Augen, was stand noch fest und was nicht mehr? »Je weiter sich mir da unten die Blickgrenzen entfernten, umso zwingender lernte ich erkennen: es gibt keine andere Weisheit vom einen zum anderen, als die: ihn nach seiner Fasson selig werden zu lassen.«

»Praktisch!« Hart ergriff Karl August das Kelchglas auf dem Tischchen neben seinem Sessel und leerte es auf einen Zug. »Aber kalt!«

»Gebe ich zu.«

»Warum der Seufzer?« Waghalsig versuchend legte Karl August den Arm um Goethen. »Seien wir einfach deutlich. Deine Heimkehr fiel problematisch aus. Mußte so ausfallen. Wie, wenn ich dir nun vorschlüge: komme auf vier Wochen mit mir zum Regiment nach Aschersleben?«

»Heiliger Dominikus!«

Mit aller Verstandestüchtigkeit wehrte sich Karl August dagegen, sich gekränkt zu fühlen. »Oder: rekapituliere mit mir die Ergebnisse meiner bisherigen Bemühungen um den Fürstenbund, mach dir ein resumierendes Programm daraus und führe zusammen mit mir die weiteren Verhandlungen durch?«

»Ich könnte es einfach nicht!« hauchte Goethe.. »Könnte es nicht!«

Fröstelnd zog Karl August die Decke über die Knie. »Obwohl du mich – am meisten von all diesen da liebst?«

»Aus meinem ganzen Herzen und mit meiner ganzen Überzeugung!«

»Und mich, persönlich, auch rechtfertigst in dem, was ich tue?«

»Ohne jeden subjektiven Rest!«

»Objektiv aber?«

Jetzt bekam der Leichnam Bewegung. »Ich weiß sehr gut, daß Sie Preußen, Stuttgart, Darmstadt und so weiter nicht für gütige Evangelisten halten!« begann er heiß. »Daß sie nicht nach dem äußerlichen Ruhm streben, pater patriae genannt zu werden, und daß das Soldatenleben mit

590

seinen Schablonen Ihnen in Kürze unerträglich erscheinen muß. Kurz: daß Sie dies alles auf sich nehmen, trotzdem Sie seine Unzulänglichkeit genau und schon heute übersehen. Denn Sie können sich in den Grenzen dieses Landes nicht ausleben!«

»Was Sie aber,« vollendete er noch heißer, »in dieser persönlichen Verfassung auszuwirken streben, mißbillige ich genau nur so persönlich, wie Sie oder ein anderer mein ganz anderes, persönliches Streben mißbilligen. Es trennen uns also nur Anlageeigentümlichkeiten. Ansichtsunterschiede. Wenn Sie wollen: Geschmacksverschiedenheiten!«

»Die Persönlichkeit eben!« Nachdenklich senkte Karl August das Haupt. Sagte lange nichts. »Und dennoch erblicke ich,« fuhr er plötzlich auf, »eine gewisse Analogie zwischen deinem und meinem Wirken. Die nämlich, daß du . . .«

Traurig unterbrach Goethe: »Daß ich, der Prediger des Wirkens im kleinen Kreise, bei Nacht und Nebel in die Welt hinausfloh, . . .«

» . . . die *nicht* hohl ist!«

Inbrünstig ergriff Goethe die hellen, kühlen Hände des Herzogs. ». . . um von der Welt aus in den kleinen Kreis zurückzuwirken. Ja! Diesen Vorwurf habe ich mir oft gemacht, wenn ich mich, in der Welt draußen, der eifrigen, oft sehr intoleranten Monitionen erinnerte, mit denen ich Ihnen tausendmal lästig fiel!«

»Und hoffentlich noch recht oft lästig fallen wirst!« Und geradezu gierig rückte Karl August an ihn heran. »Italien darf dir nicht deinen Charakter genommen haben! Charakter aber ist immer etwas Intransigentes! Der Unterschied zwischen uns bleibt ja auch bei nachsichtigster Duldung meiner Steckenpferde immer noch groß genug: du wirkst für den Geist der ganzen Welt, ich für ein Stück ihres Körpers. Andere Fähigkeiten habe ich nicht!«

Wer ist da bei mir? Welches Haupt liegt an meiner Brust? stöhnte Goethes zerschlagenes Herz auf; den letzten Kuß unter der Porta del popolo küßte er wieder.

»Mehr aber, als seine eigenen Grenzen einsehen lernen,« vollendete Karl August ergeben, »kann man nicht!«

Gehe! flehten beschwörend die Augen aus dem Haupte, das an Goethes Brust lag, zu ihm empor. Kehre um! Gehe! Und mit der Glut jener Liebe, die ewig ist, weil sie erworben ward in der Prüfung des Herzens, im unerbittlichen Suchen des Lichts und im Kampf gegen das Finster-Bequeme, schmiegte das Haupt des Geliebten sich dem sehnenden Schlage. Oder siehst du nicht, schlug dieser Schlag, die unwandelbare Gräue, die dir die mühsam errungene Flamme raubend umfrißt? Nicht die Kleinheit der Gemüter, die sich deiner größeren Einsamkeit auftrotzen? Wenn schon dieser, der dich von allen am ehrlichsten liebt, nicht zu folgen vermag dem Wege, den dein neugeborener Mensch weist? Jene Frau, der du untrennlicher Gefährte bleiben wolltest, wo du ihr Geliebter nicht mehr sein konntest, dich wie einen untreuen Baron von der Schwelle jagt, – wie werden dann erst die noch Kleineren sein, die nicht lieben, sondern hassen . . . . . . ?

»Und – die Ackerwand?« fragte, nach langem Zögern, der Herzog.

»O, furchtbar!«

Wehmütig erhob sich Karl August. Aus dem Leibe, der sich neben ihm wieder steif an die Wand schmieden ließ, stieg ihm von Minute zu Minute durchsichtiger und vertrauter die Person dieses Leibes entgegen. Neigte sich ihm zu, seinem aufrichtigen Geiste, der aufrichtige Geist dieser Person, blickte ihn treu an, zweifelte nicht lange, legte sich ihm in die Arme und verschmolz mit ihm. Jugend dämmerte mit verklingenden Spielen auf. Die Rücksichtslosigkeit des Mannwerdens, die Mann von Mann reißt, fand harte Akzente. Draußen im Garten, weit voneinander geschieden, schritten zwei Getrennte. Da aber, in der Brust, die Vergangenes und Gegenwärtiges gleichzeitig und mit Ruhe schaute, floß die eine Seele brüderlich ein in die andere, und beide, als Eines, sagten lächelnd: »Widerfährt uns nicht dasselbe Schicksal?« – »Lebewohl!« Leicht stand Karl August auf. Leicht nahm er die leblose Hand. »Du hast mir wohlgetan! Wie immer! Ich glaube nicht, daß du jemals nicht wissen könntest, was du mir bist! *Damit* aber muß man sich wohl abfinden: daß . . . . .«

»Daß?« fragte leise der andre.

» . . . zwei ausgeprägte Persönlichkeiten, trotz dem innigsten Drang, einander in restlosem Verstehen zu erlösen, einander nicht weiter erlösen können, als ihre unabänderbaren Richtungen es erlauben. Und daß die letzte Möglichkeit dieses Drangs sich nicht im Positiven ausleben darf: im Wohltun durch Aufnahme des anderen; sondern im Negativen: in der Erkenntnis eben dieser Beschränkung! Ich hätte dir so gerne die ganze Fülle deines Erwecktseins von der Seele genommen, die keucht unter der Fülle, und kann es beim herzlichsten Willen nicht! Du nähmest mir so gerne ab, wovon mein kleineres Hirn und meine mäßige Seele übervoll ist, und kannst es auch nicht! Und doch, scheint mir, steht jedem von uns, im Männlichen, auf der ganzen Welt niemand verstehender nahe, als eben der andere! –Sei still!« lächelte er und zog den anderen zärtlich in den Flur. »Wenigstens wissen wir um das Geheimnis dieser Armut! Es heißt: Du und ich!«

»Bleiben Sie mir!« schlang sich Goethe im dunkelsten Flur drin bettelnd um ihn. »Bleiben Sie mir!«

»Bleibe *du* mir!«

»Mißverstehen Sie mich nicht!«

»Niemals!«

»Groß ist dieser Fürst!« flüsterte der Zerbrochene weh vor sich hin, als er, ausgelöscht völlig, die schwarze Treppe in die schwarze Stube hinaufstieg. »Ein Mensch ist dieser Fürst!« rief er laut in die Wände hinein, mitten in der taubstummen Nacht. »Ich liebe dich, Karl August!« – »Ich liebe dich, Lotte!« rief er, noch lauter, noch heißer in das noch schwärzere Finster. »Liebe euch alle!« Und wie niedergeschlagen sank er zu Boden. Umarmte ohnmächtig den Schafttorso einer Säule, der leidend aufragte aus der Unordnung der leidenden Dinge. »Ja, du weißt es!« Und als ob der kalte Stein das Antlitz der Geliebten wäre, mit dem vollen Feuer der Sehnsucht schmiegte er die Wange an die Säule, küßte sie, küßte sie. »Weißt es, wie ich sie lieben wollte! Alle! Während ich mir Liebe ausriß mit hartherziger Hand aus dem Herzen, um die Welt in mich hineinzutrinken, für sie, für sie alle, – immer nur neue, immer neue Liebe sammelte! Und nun knie ich da, die Arme voll Wunder und die Augen voll Sonne und die Brust voll Gnade, um sie alle so zu erlösen, wie ich selber erlöst wurde, – und sie stoßen mich alle zurück! Alle! Selbst sie!«

»Aber ich nicht!« flüsterte der Mund der Geliebten an seiner Wange.

Und noch sehnsüchtiger küßte er, küßte er die schmiegende Säule. Noch weher.

Freilich, als er an einem der nächsten Tage an der Hoftafel erschien, wußte sein Mund von diesem brennenden Kusse nichts mehr. Undurchsichtiger als jemals vor Jahren war sein Gesicht. Das Auge ungewiß. Die Bewegungen unfrei. Jede Regung unter der ständigen Obhut des Willens. Hingegen sein Wort, wo er es hergab, völlig sicher. Nur als er, zur Herzogin Mutter hintretend, Frau von Stein gewahr wurde, kam auch das Wort ins Schaukeln. Er schien zu stolpern, errötete. »Du und ich?« fuhr es eiskalt durch den steif getragenen Leib. »Muß da nicht noch etwas getan werden, zwischen: mir und dir?« In der nächsten Sekunde trieb er schon wieder im Flusse. Amalia entriß ihn, hängte sich ihm ein, zog ihn in die Fensternische. Gerade, als Karl August auf die Nische zusteuerte, ließ ihn Louise zu sich bitten. »Kommen Sie nächster Tage doch wieder!« bat das kühle Blumengesicht über dem blaßblauen Kleide aus Einsamkeit und Abwehr zu ihm empor. »Aber nicht so wie jüngst. Länger; zum rechten Erzählen!« – »Gerne! Zu gerne!« lächelte er mit bereitwilligster Verbeugung. – »Komödiant!« zischte der Herzog, mit düsterem Beifall, hinter ihm. Für einen Augenblick fiel die Maske; mit seinem eigenen Gesicht blickte Goethe ihn an. Im nächsten saß sie noch gefestigter in den Zügen. Aalglatt entschlüpfte er dem Herzog und der Herzogin, trat auf die Gräfin Reuß zu. Die Gräfin Reuß saß zwischen dem Grafen Goertz und dem Grafen Witzleben. Zwei entzückende Pflästerchen gingen mit ihren lebhaften Pausbackwängelein unentwegt auf und nieder. »Sehr richtig!« bestätigte er strahlend. »Ein herrliches Land!«

»Auch ein sehr romantisches Land?«

»Auch ein sehr romantisches Land!«

»Haben Sie viele Apfelsinen gegessen?«

»In Sizilien schon zum Frühstück. Vom Baum herab!«

»O, das muß . . . .« Parat schoß die Gräfin auf. Der Zeremonienmeister hatte das Zeichen zur Tafel gegeben.

»O?«

Wie ein Dolch durchbohrte Goethen der Ruf. Zu seiner Rechten saß Frau von Stein. Wie einst. Lautlos ließ er sich nieder. An der Mitte der Tafel hatte Amalia Platz genommen. Zu ihren Seiten der Herzog von Meiningen und Karl August. Ihr gegenüber Louise mit dem Prinzen von Gotha und Goethen. »Sagen Sie mir,« fragte ihn, ganz im Sattel, Frau von Stein, kaum daß er die Fassung wieder erlangt hatte, »war die Tafel je so komisch zusammengestellt?« Aus vollkommen beherrschten Augen sah sie ihn an. »Ich meine . . . .« – »Fürwahr!« Das Herz schlug ihm bis zum Halse empor. »Höchst merkwürdig! Sie meinen, wie kommen wir zwei . . . .?« Erschrocken verbesserte er: »Sie und ich in die engste Familie?«

»Man will den Heimkehrer genießen! Sie sind das Wundertier! Also los mit der Vorstellung!« antwortete sie sehr laut.

»Ist's möglich?« hörte man da die Gräfin Reuß erschüttert lamentieren. Prinz Konstantin hatte soeben erzählt, die Vorstehhündin der Gräfin Benckendorff sei gestorben. »Die Diana, die entzückende Diana? Was für ein Unglück!«

»Was redet die Reuß von einer Diana?« suchte Amalia neugierig rundum.

»Finden Sie nicht, daß es heuer schon unerträglich heiß ist?« fragte Frau von Stein unbehelligt weiter. »Entsetzlich!«

»Ja? Ich bin schon sehr an höhere Temperaturen gewöhnt.«

»War es so arg?«

»Unerträglich, oft. Besonders, wenn der Scirocco ging.«

»Und im Winter?«

»Oft unerträglich kalt. Man kann nicht ordentlich heizen unten.«

»Puhhh!«

»Die Luft ist, dazu, so unglaublich dünn . . . .«

»Goethe!« Karl August hob den Kopf. »Du hast die Diana der Gräfin Benckendorff doch auch gekannt?«

»Gewiß, Durchlaucht!«

»Ist hin!«

»Die Diana!« kreischte Frau von Stein affektiert auf.

»Es gab keinen Hund, der besser auf Schnepfen ging!« klagte bewegt Karl August. »Jammerschade!«

Aber nur eine Minute lang währte die stumm nachempfindende Trauer. Die Gräfin Reuß begann, aufgeregt, zu erzählen, sie habe dem Tier, so oft sie zu Benckendorffs kam, Reiskuchen mitgebracht. Es fraß nichts lieber als Reiskuchen. Schnell deutete Prinz Konstantin an, daß diese Diana die Gräfin Benckendorff vor Jahren vor einer peinlichen Überraschung bewahrt habe. »Kann man's erzählen?« lachte Karl August dazwischen. Als Prinz Konstantin verlegen die Achseln zuckte, bemerkte, von unten herauf, ergebenst Herder, soviel er wisse, habe die Gräfin das Tier dreizehn Jahre lang besessen. Es sei also begreiflich . . . . . ? »Ihr Vater war ein Schotte, nicht?« fragte zärtlich Fräulein von Waldern. »Und sie war ein schönes Tier!« erlaubte sich Graf Goertz zu betonen. »Und Goethe mag Hunde nicht leiden!« stieß die Göchhausen, die gierigen Augen hungrig auf Goethens Miene, Herrn von Einsiedel an. Aber schon erzählte der Herzog von Meiningen eine rührende, ellenlange Hundegeschichte. Sie reichte über das filet de boeuf hinaus. Kaum war sie zu Ende, löste ihn Prinz August ab. »Hunde,« begann er teilnahmsvoll, sein freimütig offenes Gesicht schaute in tiefem Ernst auf das Pastetchen hinab, das seine Gabel eben zerteilt hatte, »Hunde haben zweifellos Seelen! Kann man das von einem Rinde, zum Beispiel, nicht behaupten . . .«

»Vom Pferde behaupte ich es!« behauptete Karl August.

»Und wenn man so einen Hund,« klang die gläserne Stimme der Frau von Fritsch empor, »noch so sehr mißhandelt, ja maltraitiert . . . .«

»Jawohl!« neigte Georg von Meiningen andächtig den semmelblonden Kopf. »Er kommt doch immer wieder!«

»Das weiß ich gerade nicht?«

»Immer wieder!« schwor Frau von Stein, rauschend von Hohn. »Es ist seine typische Eigentümlichkeit, treu zu sein! Ergo . . .«

»Herr von Goethe!« Mit anzüglichem Augenzwinkern lachte Amalia zu ihm hinüber. »Was sagen die lichten Götter hinter Ihrer Stirn zu diesem Hundezirkus?«

»Ja!« stimmte so überzeugt, als ob er von selber daraufgekommen wäre, der Herzog von Meiningen zu. »Erzählen *Sie* uns lieber etwas! Von unten!«

»Endlich!« Mit seiner ganzen Liebe zu Goethen beugte sich Prinz August ihm zu. »Ich habe mir nur nichts zu sagen gewagt. Exzellenz! Seien Sie gütig!«

»Hunde haben Seelen, haben Hoheit behauptet!« lächelte Frau von Stein schnippisch.

Hell hob sich Goethes Gesicht. »Der Kunsthändler Jenkins in Rom,« begann er ohne weiteres, »hatte einen Hund . . .«

»Nein! Nein! Nein!« wehrten entrüstet die Herzoginnen ab. Karl August schnitt eine Grimasse, die Prinzen taten konsterniert, Fräulein von Göchhausen hob spitzbübisch das Lorgnon an die Augen. »Der Kunsthändler Jenkins hatte einen Hund?« wagte trotz alledem Frau von Stein zu wiederholen. »Nun? Und?«

Immer verwegener war Goethens Antlitz geworden. »Es ist keine aufregende Geschichte,« fuhr er fort. »Der Hund hieß Lupo, war ein Schäferhund, nicht schön und nicht häßlich. Jenkins hatte ihn bereits an die elf, zwölf Jahre . . . .«

»Hm?« schnitt der Herzog die zweite Grimasse.

»Selbst wenn er aufs Kapitol ging, zum Senator oder zum Staatssekretär, immer sah man den Hund bei ihm. Ohne diesen Hund mitzuhaben, kaufte oder verkaufte er nicht den schäbigsten Tonkrug. Wie wir nun im Herbst zusammen in Castelgandolfo waren, . . .«

»So lassen Sie doch den Hund fahren und beschreiben Sie uns Castelgandolfo!« unterbrach Amalia leidenschaftlich.

» . . . stahl sich das Tier,« lachte Goethe ungerührt, »eines Abends fort. Und war nirgends mehr zu finden. Das war noch nie vorgekommen. Jenkins über die Maßen aufgeregt. Ließ überall suchen. Umsonst! Der Hund war und blieb eben weg. Als er am fünften Tage, ganz langsam, schleppend, zurückkam, – man muß ihn gesehen haben, wie er zweifelnd die Stufen heraufschlich – machte ihm Jenkins ein Mordsdonnerwetter. Prügelte ihn, daß die Haselgerte dreimal brach. Das Tier schien zu sagen: ich habe doch gar nichts anderes getan, als ein bißchen herumspekuliert in der Welt da draußen! Aber Jenkins schlug zu, immer zu, bis der Hund wie eine Teppichrolle . . .«

»Fi donc!« machte die Gräfin Reuß.

» . . . . unter dem Tische lag. Nach etwa einer Stunde aber steht der Hund plötzlich auf, beutelt sich, schaut Jenkins, uns, die Wände, die Möbel sehr eindringlich an, – und schleicht wieder weg. Und nun begann das Wetten. Kommt er wieder, oder kommt er nicht wieder? Ist er ein treuer Hund oder kein treuer Hund? Ist er überhaupt ein Hund? Ich habe ihn noch deutlich vor Augen: wie er, immer wieder wägend, zurückschielend, in die Straße hinaus pfotet, auf dem Platz, in den sie mündet, Halt macht, rundum überlegt, nun in die Gasse einbiegt, die zur osteria del diavolo hinabführt, die knapp überm See steht, erst Tritt vor Tritt die Häuser entlang kriecht, dann auf einmal sich zusammenreißt und schnurstracks auf die osteria zusaust. Diese osteria muß man nun allerdings kennen, um die unheimliche Anziehung zu begreifen, die sie auf den Hund übte.« Und mit plötzlich völlig verwandeltem Auge, das Haupt hoch emporgerissen, blitzte er über die glitzernde Tafel. In großem Bogen fuhr die Hand die Luft vor seinem Gesichte ab. »Der See ist mittags ganz blau. Gandolfo erhebt sich auf hohem Felsen über ihm. Eng aneinandergepreßt stehen das Schloß, die Häuser, die Villen, der Dom auf dieser Riffküste. Weit hinaus in das Wasser läuft vielformiger dunkler Spiegel. Von links über der Stadt herab schaut Rocca in den See; zerissener Kletterbau tollkühn übereinander getürmter Hütten. Von rechts her umarmen ihn die Wälder, die von Marino, Albano, Genzano und Nemi herauf ziehen und mit dichtem Laub seine Ufer überhängen. Sitzt man aber an einem der Marmortischchen vor der osteria del diavolo, hart über der immer strahlgeschmückten Welle des Sees, . . .«

Alle, weil er, wie um mit flüsternden Fingern über das Haupt der Geliebten an seiner Brust hinzustreichhln, für einen Augenblick aussetzte, richteten die Köpfe gespannt auf ihn. Eine Maus hätte man laufen gehört, so still ward die Tafel.

» . . . dann erhebt sich, genau einem gegenüber, der Monte Cavo. In lichten Bogen schwingt er sich hinter Rocca mit Eichen und Kastanien zum hellgrünen Sattel hinauf, der die große Linde trägt, und von der Kuppe südlich hinab nach den Weinbergen von Nemi, die in seine letzten Halden hinaufkriechen. Nachmittags oder abends, wenn Gandolfo, vor der Sonne, schwerblau aus dem schwerschattigen Ufer aufragt, die geballten gelben Wolken über die Kuppeln fliegen und es vom Tibertal herüber donnert, steht der Cavo in schwefligem Scheine. Alles Dunkle ist dann zu beiden Seiten der osteria, die ihre Oleander in hohen Stauden über das Wasser hinaus biegt, an dem See. Und alles Lichte jenseits. Der Ginster rieselt wie Gold die Hänge herab. Das Felsige des Bodens, wo es durchschimmert, lichterloh rot.

Um die Bäume und Büsche schwebt wie eine durchsichtige Hülle, die lebendig ist, der Glast eines geradezu rasenden Grüns. Die Kronenbögen oben auf der Kuppe heben sich vom Himmel wie Tageslicht vom Mondlicht ab. Dieser Himmel aber . . . .«

Als ob unter der Haut seines Gesichtes loderndes Feuer flutete, hinter dem Dunkel seiner Augen unheimlich wachsende Helle brennte und seine Gestalt plötzlich von jeder Beziehung zu ihrer Umgebung frei würde, stellte er den rechten Ellbogen in den Damast der Tafel und machte aus den Fingern der erhobenen Hand eine dreizackige Zange, die den Berg aus dem See heben und noch höher hinein in den Himmel recken wollte. »Was man über römischen Himmel zu hören bekommt,« fuhr er rettungslos gebannt in den Zwang des Bildes fort, »ist Unsinn! Natürlich leuchtet er. Ganze, große, unübersichtliche Länder macht er mit einem einzigen Niederblick klar und einfach. Von Jahrtausenden her trägt er noch Schälle, Düfte und Licht in sich. Was ihn aber dazu befähigt, jede Landschaft zu idealisieren, aus der bestimmten Stunde, in der man sie anschaut, in die Atmosphäre einer Zeitlosigkeit zu versetzen, deren Gefühltwerden wie allerhöchste Schönheit wirkt, . . .«

»Und der Hund?«

Mit einem lauten Ruck fuhren die Köpfe der Hörer und Schauer aus dem magischen Zirkel und richteten sich auf Frau von Stein.

»Der Hund?« Ein diabolisches Lächeln stieg auf Goethes Lippen hernieder. »Der Hund,« grub er Wort für Wort, bei zierlichster Verbeugung, in Frau von Steins wachsbleiches Gesicht, »war kein treuer Hund! Ich habe ihn ein paar Tage später in der osteria del diavolo angetroffen. Es ging ihm ausgezeichnet. Jawohl! schien mir sein geradezu listig gewordenes Auge zu sagen, die Welt ist nicht nur bei Herrn Jenkins, mein Freund! Ich fühle mich wohl hier . . . . .«

»Kannibalisch! Wie fünfhundert . . . ..«

»Prost, Thusneldchen!« rief begeistert Karl August und trank der Vermessenen zu.

» . . . und hoffe mit Grund,« vollendete Goethe, »hier begraben zu werden. Was befehlen Euere Durchlaucht?«

»Später!« lächelte Amalia bedeutungsvoll zurück und winkte Louisen. Die Tafel war aufgehoben.

Allein, tiefgesenkten Gesichtes, schritt Goethe nach Hause. Nun, ja, nun glomm er wieder auf den Lippen, der brennende Kuß! Ungelebt, unwahr rollte die letzte Stunde zurück ins Vergangene. Wie ein Vampyr lag, als er ins Tor trat, die kommende Nacht überm Dache. Im Flur dumpfes Dunkel. Irgendwo in der Ferne des Korridors der scheu zurückschlürfende Schritt der Diener. Die Treppe wie Aufstieg ins Gefängnis. Kälte in jedem Fenster. Enge in der Stube. Diese niedrige Decke! Dieser Handwerksburschenofen! Luftsehnend riß er das Fenster auf. Nur die unsäglich stille Nacht glotzte herein. Ist da wirklich ringsum nicht *ein* Mensch, zu dem hin man jetzt fliehen, dem man entgegenfliegen, die Hände, ohne sich der Glut zu schämen, drücken und ins lebendige Gesicht hinein sagen kann: »Du begreifst, nicht wahr, ich habe meine zweite Geburt erlebt? Bin zum Überfließen voll davon, meine Adern wollen bersten von der Fülle des Bluts, mein Herz springt, weil es sich ausgedehnt hat für alles Herrliche und Bittere *aller* Welt! Du verstehst also, daß ich schenken will, hingeuden, dir vor die Füße werfen muß diesen ungeheuren Besitz?« Denn wenn diese reißende Flut nicht ausgeschüttet wird, nicht Freunde habgierig und süchtig greifen nach den Schätzen, der Wiedergeborene sich nicht erkennen darf in den Mienen der noch nicht Wiedergeborenen, an ihrer Armut nicht seinen Reichtum abmessen und an ihrer Sehnsucht seine Erfüllung, – was, was ist dann die Erweckung?

»Was?«

Vor dem Tisch ließ er sich nieder. In die Hände vergrub er das Gesicht. Kein Hauch kam von der Nacht herein. Keine Stimme. Nicht ein Funke fremder Menschensehnsucht nach ihm. Sie schliefen. Alle schliefen. Wer aber nicht schlief, höhnte ihn. Neidete ihm. Setzte ihn herab. Haßte ihn. Urteil riefen Lippen, Fluch sogar Seelen! Und wenn die Tage so weiterschreiten, – »auslachen wird man mich zuletzt, das wird das Ende sein und der ganze Gewinn!« Laut sprang er auf. Sperrte die Tür ab. Oder hält das ein Mensch, dem Millionen ewiger Vorstellungen hinter der Stirn sitzen, dem die Welt wie eine Vertraute ins Auge schaut, die gesamte Vergangenheit der Menschheit trägt er gesammelt wie sein eigen Herz in der Brust, mit blutwarmen Händen wühlt er in der Gewißheit der Gegenwart, alle Breiten und Höhen der Zukunft dehnen sich offen vor seinen Füßen aus, – hält ein solcher Mensch es beliebig lang aus, in seiner wahrsten Wesenheit mißverstanden zu werden wie ein »untreuer Hund«, bei Hofe die Verzweiflung der Langweile in Lüge und Dummheit zu wandeln, und nach jedem hinabgewürgten Tag vor einer solchen Nacht wieder zu sitzen, über deren geistlos stierer Starrstille der neue hinabzuwürgende Morgen schon aufgähnt?

»Nein! Nein! Nein!« Die Hände an den Schläfen, lief er im Käfig ohne Sinn auf und nieder. Es war tiefe, tief finstere Nacht. »Wenn es schon wahr ist, daß ein Mensch die Erweckung an sich erfährt, um endlich ganz er zu sein, und das heißt doch: er unter Menschen, – trotzdem, und wenn ich dran krepieren sollte, dränge ich mich ihnen nicht auf! Ich kann's auch allein machen!« Allein machen? Mit der Stirn an der Wand blieb er stehen. Hatte er in Rom je gezweifelt, was er erworben hatte? War es ihm nicht noch auf der Heimreise ein Leichtes gewesen, fein logisch von zuunterst bis zuoberst den ganzen Bau aufzutürmen, nicht einen einzigen Ziegel vergessen? Und jetzt? »Weiß ich nichts mehr davon!« Trostlos, nur um dem Anblick des Zerrinnens des klargesichteten Reichtums in das Nichts des Chaotischen zu entfliehen, riß er die Kleider vom Leibe und warf sich aufs Bett. Augen zumachen! Schlafen! Geduld! Nicht nachdenken! Nicht aller Tage Abend ist heute! »Es könnte ja auch sein, daß es tatsächlich anders gemeint war? Daß gewollt war, daß ich mich fand, um allein zu existieren, aus mir allein heraus weiter zu wirken? Anstatt diesen da, die doch Muscheln haben wollen, die Perlen zu streuen?« Also: Schlafen!

Aber er schlief nicht, und als der Morgen dämmerte, sah er den Morgen schon Mittag werden. Auf dem Bette sitzend, halb angekleidet, fühlte er: da im Herzen drin Wunde, die aufschreit, wenn ich nur den Fuß rühre. Da im Hirn drin Stich auf Stich, wie sich jagende Meuten. Da im Auge –

Das Entsetzen packte ihn, daß er weiß ward: der Morgen war Tag geworden!

»Ja! Was ist?« stammelte er, den Blick noch immer drin in der Bleiche über den fahlen Dächern.

Sutor war eingetreten. »Herr Fritz von Stein war da, gestern abend. Ich wies ihn ab.«

»Warum?«

»Exzellenz hatten doch befohlen . . . . . ?«

»Aber doch nicht den Buben?«

Geistesgegenwärtig wies Sutor die Kleider, die er auf dem Arm trug. Es waren die römischen; grauen, abgeschabten. Die des Herrn Filippo Möller. »Ich hab alles drunter und drüber gekehrt, und kann das Medaillchen nicht finden!«

Arm ward Goethes Blick. Hatte es etwa nichts bedeutet, daß Lotte das Medaillchen verlor, das er ihr vor zwei Jahren im Karlsbad geschenkt, und daß er ein gleiches, das sie ihm in Schneeberg umgehängt, auch verloren hatte? »Hat Herr von Stein nichts zurückgelassen?«

»Nichts. Aber der kommt schon wieder!«

»Und wenn er nicht wiederkommt?«

Aber seelenruhig legte Sutor die Kleider auf den Sessel. Stapfte dann vorsichtig an das Pult heran, auf dem ein piranesischer Stich vom Kolosseum ausgelegt war. Klein war Sutor. Andächtig hob er sich auf den Zehen empor, streckte bedachtsam die Hände aus, so, daß er das vom Gerolltsein gebogene Blatt eben fassen konnte, und schaute.

Endlich, den einfältigen Kopf zu Goethen zurückgewendet, flüsterte er strahlend: »Es muß schon grandios sein!«

»Das Kolosseum?«

»Alles! Dieses ganze Italien!«

»Ja!« sagte Goethe fest. »Es ist das Paradies. Das verlorene Paradies!«

Kühn drehte sich Sutor um. »Warum verloren? Man bestellt ein Wägelchen, zwei Pferde, und fährt hinunter, wenn's einem hier nimmer behagt. Die Welt ist nicht nur in Weimar, mein lieber Freund, pflegte mein Großvater zu sagen!« Mit dem ganzen Gesichte lachte er. Listig kam er näher. »Wenn ich unten an der Stube vorübergehe, wo die Sachen liegen, die Herr Geheimderat mitgebracht haben, . . . Herr Geheimderat! Einmal müssen Sie mir doch alles zeigen! Immer nur so vorbeischleichen müssen an der versperrten Tür?«

Lächeln flog auf Goethes Gesicht. »Bist ein guter Bursche! Wollen sehen!« Väterlich schob er ihn hinaus. So war es: die Einfältigen, die, welchen die Dämmerung des ungelebten Lebens nicht den Blitz der Begierde nach Macht, Ruhm und Gut entzündet hatte, die waren noch empfindlich. Die anderen? »Und ich habe dich so geliebt, Lotte!« Damit er nur nicht aufschreie in der Not, preßte er die Zähne aufeinander. Die zitternden Hände auf den Tisch. Alles andere, was ihm, seitdem er wieder hier war, widerfahren, Schlag auf Schlag wie ein folgerichtig sich entwickelndes Gewitter von rachesüchtigen Strafen, – »es ist mit einem frechen Lachen wegzufegen! Aber *dieses!*« Gewiß, zehntausendmal konnte er es wiederholen: sich aufrecken, die Luft der Verachtung in die Backen nehmen und wissen: ich habe mehr Kraft als ihr alle, denn ich habe sie nicht von außen, sondern in mir! Aber war er deshalb geflohen vor zwei Jahren, um nach zwei Jahren in dieselbe gekrampfte Existenz der Einsamkeit zurückzukehren? Ein Funke Licht erschien im milchigen Himmel. Als ob dieser Funke ihm eine Hoffnung verkündete, machte er sich los vom Tische, gab die Hände auf den Rücken und begann wieder auf und nieder zu schreiten im Käfig. Gibt es nämlich einen Käfig auf dieser Menschenerde, der anders als durch Großherzigkeit, Weitherzigkeit aufgerissen werden kann? Hatte sie, am Ende, Fritzen herübergeschickt? War das ein Zeichen? Empfand auch sie, daß es so nicht bleiben könne, nicht bleiben dürfe? »Nein! So darf es nicht bleiben!« Stürmisch wurde sein Schritt. Die Flügel seiner Nase zuckten. In den Augen kämpfender Wechsel von Dunkel und Leuchten. Drehte sich die Stube um seine Irrjagd? Die Welt um die Stube? »Aber? Wie es anfangen? Zu ihr hinübergehen, – noch einmal?«

»Nein!« Er stampfte in den Boden. Allein sein! Allein bleiben! Nach solchem Ende gibt es keinen Anfang mehr! Ein Geist, der wahr ist, erkennt das und ergibt sich. Und ein Geist, der voll ist, läßt sich auch in einem Käfig nicht zur Unfruchtbarkeit pressen. Man sitzt da, denkt, schreibt, sinnt wieder, alles Erworbene blüht langsam auf, glüht umso kräftiger und lichter auf, je weniger nun noch ein anderer Geist dazu wirft, – und eines Tages ist der Erweckte zum Höchsten imstande, wozu es ein Geist in der Welt bringen kann: von sich allein zu leben! »Oder habe ich's nicht etwa, seitdem ich Mann geworden bin, einzig und allein nur darauthin angelegt? In Rom, wie sie doch alle meinten, ich lebte von ihnen, indes ich oft mutterseelen einsam, ja wie der einzige Mensch in der Wüste . . . .«

Der Schweiß trat ihm auf die Stirne. Als ob er sonst umfallen müßte, lehnte er sich schwer an das Pult. Hatte er sich, am Ende, in Rom doch zu leichtfertig dazu entschlossen, ein für allemal das Herz zu töten und sich so von den Menschen zu lösen? »Karl August,« flüsterte er, wie in eine Miene grausigen Schreckens gebannt, vor sich hin, »sagt: du und ich! Und ist trotzdem der Einzige, an den ich mich klammern will! Aber ein Mann! Ich jedoch« – über das Dielenbrett stolperte er, erblickte den angefangenen Brief mit der Aufschrift »Lieber Meyer« auf dem Tische – »brauche ich wirklich eine Frau? Kann mich nur eine Frau fassen?« Und: war dann Charlotte vielleicht im Rechte? Darf eine Frau, die man wie seinen Gott geliebt hat, verlangen, daß man ihr entweder mit dem Herzen weitergehöre, oder gar nicht mehr? Darf sie das?

»Nein! Was ich wollte, was ich von ihr erwartete,« – in Fetzen zerriß er den hilflosen Brief – »und was ich auch jetzt nicht aufgeben will, das ist . . .«

Scharf schaute er in den zweiten Funken, der im milchigen Himmel drin aufglomm. ». . . das hat mit der Liebe zwischen Mann und Weib nichts zu tun! Alles Geschaffene entwickelt sich. Auch die Liebe. Die meinige hat sich dahin entwickelt, daß ich nicht mehr abhängig sein kann von ihr, – und mich dennoch ausgießen will! *Muß!* Aber wo nun? Wo,« stieß er, gewürgt von der Qual, Vulkan zu sein und nicht ausbrechen zu können, in den höhnischen Funken hinein, »ist nun dieser eine, einzige Mensch, dieses lebendige Herz, das mir den heroischen Entschluß, heimzukehren, mit Milde, mit Nachsicht, mit Freude, – ach! mit *Durst* nach mir vergilt? Wo?«

»Ein Kurier Seiner Durchlaucht ist unten!« flüsterte es aufgeregt durch das Schlüsselloch herein.

Er riß die Tür auf. Aber als er die Treppe hinabgejagt kam, fand er neben dem Kurier Herdern. »Melden Sie Seiner

Durchlaucht,« fertigte er rasch den Husaren ab, »daß ich pünktlich um acht bei Seiner Durchlaucht sein werde! – Komm!« sagte er gleich darauf zu Herdern und schob ihn in die große dunkle Stube; »setz dich!«

»Du beliebst, dich verleugnen zu lassen?«

»Ich hatte zu tun.«

»Ich kam im Auftrag des Herzogs!«

»Ist bereits erledigt.«

»Du weißt doch noch nichts von Edelsheims Briefen?«

»Alles!«

»Ich muß sagen,« – feuerrot wurde Herders Gesicht – »wenn ich der Herzog wäre . . . .«

»Gott sei Dank bist du nicht der Herzog! Sei nicht böse!« Grimmig lächelte der Blick, weil Herders Brust sich schon drohend aufblähte; »ich gesteh es: ich bin gereizt.«

»Gereizt? Einstimmiges Urteil von ganz Weimar: unerträglich!«

»Bon!«

Wütend schüttelte Herder den Haarbeutel. »Du willst a tout prix das enfant terrible von Weimar *bleiben?*«

»Bist du gekommen, um mir Sottisen zu sagen?«

»Hast du mich empfangen, um mir Sottisen zu sagen?«

»Ich wollte dich überhaupt nicht empfangen!«

Wie von einer Schlange gebissen, sprang Herder empor. Aber auch Goethe. »Bleibe!« sagte er ruhig und drückte den nach Atem Ringenden in den Fauteuil zurück.

Lange saßen sie schweigend.

Es ist etwas in diesem Gesichte, schien Goethes angestrengtes Auge sich auf einmal anzuvertrauen, was mir contre coeur geht. Sein Applomb? Seine zur Schau getragene Unzufriedenheit mit der Welt?

Es ist etwas in diesem Gesichte, bestätigte Herders zwinkerndes Auge, was ich nicht leiden kann! Sein Hochmut? Seine unverhohlene Verachtung aller Zeitgenossen?

Der Zwischenraum hier zwischen uns, dachte Goethe tollkühn lächelnd, als ob er diese Gefahr gar heraufbeschwören wollte, könnte sich binnen wenigen Sekunden zur unüberbrückbaren Kluft auswachsen, wenn ich nicht rechtzeitig ein begütigendes Wort fände!

Aber ehe er es fand, räusperte sich Herder begütigend. »Sieh! Wenn du auf diese Weise fortfährst, zu brüskieren . . . .«

»Man brüskiert mich!«

»Wenn du auf diese Weise fortfährst, zu brüskieren,« wiederholte Herder fast priesterlich sanft, »dann, siehe, könnte es – und es wäre das schrecklichste Unglück für uns und dich! – geschehen, daß du ein einsames Alter leiden müßtest. Denn sowohl du, scheint mir, bist schon zu alt, als auch wir sind schon zu alt, als daß du es darauf ankommen lassen dürftest, Abstände zu schaffen, die sich, unter Umständen, ohne daß man es merkte, binnen wenigen Wochen zu unüberbrückbaren Klüften auswachsen könnten! Deine Art neulich bei Hofe . . . . .«

»Man verliert sich einmal aus der Hand!«

»Deine Weise Knebeln gegenüber . . .«

»Mein Lieber!« Hart rückte Goethe seinen Sessel. »Ich will gewiß nicht sagen, daß ich mir nicht ein gutgemeintes Wort von euch gefallen lasse. Was ich aber sagen will, ist:

Lehrmeister habe ich niemals einen gebraucht, und brauche auch heute keinen! Ich kehre vor Niemandes Tür . . . .«

»Aber« – und noch einmal sollte es gütig klingen – »du gehst wie der König von Rom einher, seit du zurück bist!«

»Euer Auge, das mich so sieht!«

»So!« Und aus war es mit Herders Beherrschung. »Dann,« stieß er keuchend hervor, »mußt du gnädig verzeihen, daß dir endlich einer die Wahrheit sagt! Es ist ganz schön, anderthalb Jahre lang in der Welt gewesen zu sein und liebevolle Briefe, . . .«

»*Allzu* liebevolle!«

» . . . inbrünstige Episteln geschrieben zu haben, *uns!*« Wie ein Schiff auf dem hohen Meer schwankte Herder auf seinem Sessel. »Und dann, wenn man uns wiedersieht, hochmütig die Achseln zu zucken, als wären wir Hyperboräer, die keine Europa noch angepißt hat! Da warten wir über Jahr und Tag auf dich, in einer samtenen Liebe und Geduld, die so mancher den Ausfluß übermäßiger Protektion genannt hat, . . .«

»Wer?«

» . . und du kommst, und bist ein Altar von Arroganz! Ja, um des Himmels willen, war noch kein Deutscher vor dir in Italien? Bist du der einzige Deutsche, der es fassen konnte? Oder glaubst du, ganz Deutschland warte darauf, um deine ultramontane Mißstimmung mit ergebenstem Weihrauch zu versöhnen? Nein! Darin irrst du, mein Freund! Und das, scheint mir, mußte einer dir sagen!«

»Nein!« Knapp stand Goethe auf. »Das mußte mir keiner sagen! Und du am wenigsten! Und jetzt reden wir über deine Aufträge. Was hast du auszurichten?«

Nach Luft schnappte Herder. Erschrocken rollten die Augen. War der Angriff zu kühn gewesen? Die Kehle, die in

Überfalten aus dem Kragen stieg, würgte Bissen hinab. Die Hände lagen platt und rot auf den Knien. »Der Herzog läßt dich bitten,« brachte er endlich hervor, er wußte nicht, zog er damit den Rückzug an oder machte er die Kluft noch tiefer, »den Entwurf für die Akademie, den ich ausgearbeitet und mit Edelsheim erörtert habe, en petit comitée: du, er, ich, zu prüfen.«

»Ich stehe zur Verfügung.«

»Es gehört ja wohl in dein jetziges Ressort?«

»Ganz richtig.«

»Tritt also dieses Komitee,« äffte Herder Goethes Befehl an den Husaren nach, »heute abend pünktlich um acht Uhr zusammen? Oder?«

»Abends pünktlich um acht will der Herzog meine Meinung in einer anderen Sache erfahren!«

»So?«

Und wieder und noch hartnäckiger schwiegen sie. Was? Diese große dunkle Stube war ihnen doch vertraut? Hier roch doch rundum nichts Unbekanntes? Konnte überhaupt etwas wirklich Trennendes zwischen sie treten? Wußte nicht jeder des anderen Lebens- und Ideengang übergenau? Aber gerade als jeder, zur gleichen Sekunde, diesen Gedanken dachte, fühlte sich jeder vom anderen noch getrennter. Er ist noch körperlicher, noch sinnenhafter und noch eingebildeter auf diese seine Lebkraft geworden! stieg in Herder das Gift auf. Fühlt sich jetzt als Verwandter aller Geschöpfe, als arbiter alles Leibhabenden, und seine Gesichte höhnen die ›Gestaltlosigkeit‹ der Ideen. Nebenbei aber weiß er, – peinlich rückte er seinen Sessel um einen Zoll von Goethens Sessel fort – was er für mich getan, erbettelt und durchgesetzt hat! Vom Ersten bis ins Letzte! – Deine Ideen, antwortete Goethes leicht erratendes Auge, in allen Ehren! Aber es scheint, ich habe sie zuviel in Ehren gehalten. Man soll Niemandes Herz überschätzen! Und, liebt man über Entfernungen hinaus, nicht vergessen, welcher Liebevortäuscher der trennende Raum ist! Leider – kennt er mich so genau! Sein Blick sticht, und Takt hat er nie besessen!

»Was wird's mit deiner Italienfahrt?« fragte er plötzlich.

»Keine Angst!« Rauh lachte Herder auf; ihn verführte Nachgiebigkeit immer zum Rückfall. »Ich frage dich nicht aus. Höchstens Technisches, Äußerliches möchte ich wissen.« Herausfordernd schaute er Goethen ins verblüffte Gesicht. »Ich habe selbst Augen, Ohren und Hirn. Aber« – und im Augenblick drehte er um, war ein anderer – »was für Kleider soll ich mitnehmen? Hm?«

»Ganz wie Amalia!« lächelte Goethe. »Übrigens, Amalia lud mich ein.«

»Wozu?«

»Mit ihr zu gehen.«

Einen Satz tat Herders Sessel. Das wäre das Höchste! »Und du hast natürlich abgelehnt?«

»Warum natürlich?«

»Du bist doch gerade erst zurückgekommen?«

Ein Falzbein nahm Goethe vom Tische. »Auch wenn ich nicht mit Amalia gehe: kommt einen die Lust an, so bestellt man sich eben ein Wägelchen, zwei Pferde, und rösselt einfach hinab!«

»Und deine Arbeiten?«

Wollüstig drehte Goethe das Falzbein. »Die können doch überall gemacht werden! Da oder dort!«

Herders Gesicht ging im Anschwall des Bluts wie der Mond auf. »Weißt du, daß Schiller eine Rezension über deinen ›Egmont‹ schreibt?«

»Nein. Ich weiß nur, daß man das Klärchen, hier, eine Dirne genannt hat!«

»Und den ›Dom Carlos‹ hast du noch nicht zu Gesicht bekommen?«

»Ich trage auch kein Verlangen darnach. Mir liegen die ›Räuber‹ noch auf dem Magen.«

Zappelig ward Herder. Wenn *du* ihm nicht gerecht wirst, warf ihm blitzschnell und gewissensbißscharf die Generalsuperintendentenseele vor, wer soll dann mit ihm gerecht sein? Aber das Gift des unausrottbaren Empfindens, durch diesen Mann zeitlebens in die zweite Rolle hinabgestoßen zu sein, trotz seinem viel größeren Reichtum an Ideen diesen paar ›Götzen und Iphigenien‹ zu unterliegen, übertönte die Stimme. Denn: wenn jetzt zu all diesem noch käme, daß er auch in Rom *neben* diesem Mann sein müßte!? »Du hattest,« fragte er stotternd, »keine besondere Toilette hinab mitgenommen?«

»Nein. Ich floh ja! Und war der Herr Möller unten.«

»Und wenn du an den päpstlichen Hof gingst?«

»Ich ging nie.«

»Zum Gesandten?«

»Ging ich auch nie.«

»Zu den conversazioni?«

»Erst recht nicht.«

Nervös hüstelte Herder. »Da liegt eben ein Unterschied zwischen dir und mir. Du warst unten . . . .«

»Niemand. Sehr richtig!« Und noch wollüstiger drehte Goethe das Falzbein. Du – und ich! Wie sie alle, die da in Weimar verblieben waren, während er sich einbildete, ein Mensch geworden zu sein, dieses »Du und ich!« gierig und ausschließlich herausstellten! »Ich war einer von den vielen

Gaffern und Lauschern. Du aber gehst, wenn ich so sagen darf, als der Bischof des Herzogs von Weimar hinab!«

»Eben!«

Genießend ließ Goethe die Unterlippe hängen. »Und mußt dich daher mit weiser Voraussicht ausstatten! Ich rate: einen Campagneanzug, – das genügt – und vier bis fünf schwarze. Darunter gewiß zwei aus Seide. Etwas Gold oder Violett mag nicht schaden! Du mußt ja bedenken: ich habe unten sehr deutlich gesagt, wer du bist!«

»Wie–so?«

Schonungslos sah ihm Goethe ins Gesicht, das im Einstrom zufriedener Genugtuung seine polierte Glätte verlor. »Ich war unten, wenn ich so sagen soll, ohne Würde. Einer von den Künstlern eben. Dich hingegen gab ich ihnen in deiner ganzen geistigen und positionellen Würde zu erwarten. Diese *Würde* also – ich betone das Wort dreimal! – wirst du zu repräsentieren haben, unten.«

Zögernd erhob sich Herder. Zwiespältig. »Schade, daß wir nicht zusammen unten sein konnten!«

»*Ich* habe es unausgesetzt bedauert!«

Vor die Vitrine hin trat Herder, in der Karlsbader Gesteinstücke wohlgeordnet, wohlbezeichnet, in übersichtlicher Folge gesammelt lagen. »Tasso,« fragte er leichthin, ohne Seitenblick im Betrachten, »hast du noch nicht gefördert?«

»Der Plan ist fertig.«

»Faust?«

»Ein Stückchen.«

»Und« – sehr gewandt drehte Herder um – »was kommt nun als erstes dran?«

Obwohl er dieser teuflischen Frage gegenüber den Kopf möglichst gleichgültig hoch aufheben wollte, es senkte sich

Goethens Gesicht. Worin die Erweckung auswirken? Peinigt diese Frage nicht schon Tage und Nächte? Foltert sie nicht mit ihrem unablässigen Hohnblick? Muß nicht das Ergebnis dieser Reise als etwas Urgewisses in dir drinnen liegen, so fest urgewiß, daß du nur die Ärmel zu schütteln brauchst, und es fließt greifbar und sichtbar heraus? »Ich weiß noch nicht,« sagte er heiser. »Wollen sehen.«

Salbungsvoll trat Herder an ihn heran. Weich legte er die zwei beruhigten Hände über die steifen kalten, und mit dem Blick eines Predigers versuchte er das abgewandte Auge zu treffen. »Ich enthalte mich jeden Rates. Ich verstehe den embaras des richesses; ich verstehe auch das Gefühl des Deplaziertseins, das dich jetzt, hier, verzweifelt und darum ungerecht macht. Aber ich meine, du darfst, wenn du dein Hauptwirken nun auf den Dichter werfen willst, nicht den Stern übersehen, der im Aufgehen ist und, wenn du nicht wieder bald zu leuchten anhebst, gefährlich werden kann! Es steckt etwas in diesem ›Dom Carlos‹, kann ich dir sagen . . .«

»Gott!« Behende öffnete Goethe die Tür. »Ich bin schließlich nicht auf die Welt gekommen, um ein Stern am deutschen Himmel zu werden, sondern . . . . .«

»Sondern?«

»Lebewohl!« Eigentümlich hell lachte er und zog den Arm von Herder zurück. »Und hab keine Angst. Es wird alles werden.«

»Es wird gar nichts werden!« sagte er aber ganz leise vor sich hin und ganz langsam, als sich die Tür hinter Herdern geschlossen hatte. Sein Gesicht war jetzt grau. Aber keine Empörung mehr in den Augen. Nur noch Müdigkeit. Müde war auch die Gestalt. »Nicht wahr,« flüsterte er wehmütig zur Geliebten hinab, die noch immer treu an ihm lehnte, »Du würdest mich nicht mehr erkennen jetzt? Ja! Der Mensch denkt und Gott lenkt!« Aber nicht einmal eine

Träne gab das ermattete Auge jetzt her. Da ist eine Stube, sagte es ergeben. Rund herum ein Haus. Rund um das Haus eine brave Stadt, die nichts dafür kann, daß ich viel mehr sehne als sie. Gute Stadt. Würdige, biedere Leute. Du mußt dich ihnen anbequemen! Nicht sie sich dir! Wenn du schon einmal weißt, daß du anders bist als alle anderen, dann mußt auch *du* es sein, der ihnen, überlegen, entgegenkommt! Oder – sich ohne sie ergibt! »Nein!« begehrte leidenschaftlich die treue Geliebte an seiner Brust auf, – wenn sie nur das Auge hob, glänzte Roms göttlicher Himmel – »nein! Gehe nicht zu ihr hin ein zweitesmal!« – »Doch!« sagte er fest. »Ich will es mir nicht hingehen lassen, aus Stolz oder Starrsinn nicht das letzte zu versuchen.« – »Und wenn es umsonst ist?« – »Es wird nicht umsonst sein!« – »Es wird ganz gewiß umsonst sein!« – »Es wird ganz gewiß nicht umsonst sein!« schrie er auf, stieß die Geliebte von sich, schlug die Hände vors Gesicht und lief aus der Stube.

»Exzellenz!« hielt ihn Sutor auf dem Treppenabsatze auf, »Herr von Dalberg lassen fragen . . .«

Ohne die Hände vom Gesicht zu nehmen, begann er die Treppe hinabzusteigen.

»Aber Seine Durchlaucht der Prinz von Gotha sind auch da gewesen!«

Dieses nämlich war es: Diese Stube, dieses Haus, diese Stadt, dieses Land war die Heimat! Aber jene Frau an der Ackerwand drüben, – wenn dieses Herz nicht wie durch ein Wunder sich noch einmal aufmacht und alleinsichtig lispelt: Aber ich bin es noch *mehr* . . ?

»Aber erst der Weinbauer, Exzellenz!« Atemlos kam Sutor nachgesprungen. »Dreimal sprach er schon vor, und wenn

Sie nicht heute bestellen, – er hat nur noch sieben Yhren vom Weißen!«

Nicht einmal mit der Hand winkte Goethe ab. Wie ein Nachtwandler stieg er die Treppe zu Ende. Wie ein Nachtwandler nach wenigen Minuten sie wieder hernieder. »Tu es nicht! Tu es nicht!« beschwor ihn vor dem Tor die Geliebte, in panischer Furcht hängte sie sich an ihn, alle Wonnen dieser Glieder, alle Zauber dieser Seele, des Glücks ungemessene Tage riefen ihn an: »Tu es nicht! Tu es nicht!« Er aber nickte nicht einmal mehr. Löste sie wortlos von sich und ging. Dreimal, weil ihm das Blut wie ein Hammer die Schläfen schlug, umkreiste er das Haus an der Ackerwand. »Nein!« stampfte er in der Wiese, abseits vom Hause, in den Boden. »Nein, ich tue es nicht!« Ein Stückchen Blauhimmel sah er im Osten. Die Sonne traf einen Heuwiesenabhang, daß er hell zwischen Obstbäumen glänzte. Der Duft streichelte ihn. Der Glanz tröstete ihn: es muß, wird auch allein gehen! Aber der Schritt seiner Füße gehorchte ihm nicht mehr. Er ging nicht dem lockenden Hang, ging in Windungen, in Abwegen, dennoch in stetem Näherhinzielen dem Hause zu. Auf der Schwelle noch schien er zu überlegen. Das rechte Bein stand im Stufenstein, das linke im Erdboden. Aber als er von der Stufe wahrhaftig zurücktreten wollte, – »und wenn sie mich auch gesehen haben sollte!« – erscholl ein Jauchzen, zwei stürmische Arme fühlte er um seinen Hals, Kuß auf Kuß auf den Lippen. »Endlich!« jauchzte trunken der Knabe. Trunken, in seligem Zögern, lauschte Goethe. Erlösung brach die Starre der Glieder, in süßer Ermattung verebbte der Herzschlag. Also war es doch das Richtige gewesen! »Komm, mein Kind!« schluchzte er, ohne Scham liefen ihm die Tränen über die Wangen herab. »Mein gutes, liebes Kind, komm!«

»Nein!« machte er sich zärtlich los, als der Knabe ungeduldig die Klinke in die Hand nahm und ihn ins Zimmer hineinschieben wollte. »Rufe die Mama! Ich habe mit ihr zu sprechen. Du kommst um sechs ins Gartenhaus hinaus. Dort reden wir zwei miteinander!«

»Mama!« jubelte der Bub ins Stockwerk hinauf.

Sie vernahm es sogleich! Mordlustig war ihr Herz von ihren eigenen Händen zerfetzt worden. Wie eine Leiche kalt und starr war sie schon gewesen. Aber selbst diese Leiche noch hatte sie zerfetzt. Nichts mußte zuletzt sein! Nicht jenes Nichts, das sie nach der Verjagung des Geliebten in aller Welt und in ihr selber gesehen hatte! Dieses hatte sein Gesicht nicht behalten. Nein! Ein Gorgohaupt trug jetzt die Welt! Und wo sie diese Miene noch nicht trug, gor die wahnsinnige Gier, zu schänden, was noch nicht geschändet war, den Geifer des zertretenen Gemüts in jeden letzten Winkel hinein zu spritzen und für ewig und immer zu schaffen: das endgültige Nichts!

Jetzt aber, als der Knabe sagte: »Mama, er ist unten!« – ah!

Also war das Herz doch noch nicht Nichts? Mit dem Schlag eines Blitzes in die chaotische Vielheit der Möglichkeiten gerissen, die nun, zauberhaft, sich dem ermordeten Sinn wieder auftaten, kniete sie zu Füßen ihres Bettes nieder. »Laß mich,« rang die blutbesprengte Seele nach oben in bebender Bitte, »laß mich nur jetzt nicht allein! Es geht diesmal auf Leben und Sterben!«

Während er unten wartete. Ohne Angst wartete. Das Mumienhafte, die Drohung der Mauern und Wälle war von ihm plötzlich geschwunden. Wie den sicheren Morgenstrahl des Erwecktseins trug er den jauchzenden Kuß des Knaben in der Brust. So war es also doch das Richtige gewesen! Leicht atmete er auf. Die Sonne kam. Ein heiteres Windchen fächelte draußen. Das Grün entbreitete sich. Die Dinge, jedes Aug und Seele altvertraut, stiegen heimlich von den Wänden fort und lächelten in freundlichem Reigen ihm zu. »Nicht wahr,« klang es von überallher auf ihn ein,

»hier ist *doch* deine Heimat?« – »Ja!« Gerne ließ er sich nieder. »Ja!« wiederholte er fest. »Und nun wird alles werden!« Wie man nur hatte fürchten können, daß es *nicht* werden würde! Man muß opfern! Sich hinzugeben wissen! Hatte er in Italien jemals anderes bezielt, als sich über das Schicksal, das ihm und Lotte nun einmal zugeteilt war, siegreich zu erheben? Sein Leben und sein Werk nicht mehr stören zu lassen von der Tyrannei einer Leidenschaft, die nur durch Geist zu bändigen war? »Nichts anderes! Herr über das sein, was trennt!« Und nun? Herrschaft in Blut und in Seele! Ist *das* nun die Heimkehr? Wirkt jetzt erst die zweite Geburt?

»Lotte!«

Wie ein Kind lief er ihr entgegen. Riß die Hände an die Lippen. »Ich hielt es nicht mehr aus, Lotte! Vergib und vergiß! Wir zwei können doch so nicht auseinandergehen! Lotte!«

Also stand es fest: er liebt mich noch! Man mochte es lesen, wie immer man wollte, es stand untrüglich da in seinen Augen! Er liebt mich! Sie lächelte. Himmlisch sanft, so, wie einst. Er liebt mich! Das Nichts zerrann! Das Gorgohaupt schwand aus der Welt! Tief, tief jetzt Atem ziehen! Fest steht es: er liebt mich! »Es ist gut von dir,« sagte sie, trotz allen wilden Jubels in der Brust doch gemessen, »daß du kommst. Ich danke dir! Wir wollen doch den Leuten nicht das Schauspiel bieten . . . .«

»Ich bin nicht der Leute halber gekommen!« unterbrach er innig – o, diesmal wollte er vorsichtig sein! – »sondern meinetwegen! Ich konnte es nicht ertragen so!«

Sie nickte nur. Wie der Raum seine Maße nun wieder bekam! Die Welt sich draußen leicht wiederum zusammenbaute! »Komm«, sagte sie, jetzt war *sie* wie ein Kind, »setz dich zu mir her und erzähle!«

»Der Hund war also – doch treu?«

Ohne ein Wort herauszubringen, nahm sie den Stickrahmen. Die Hände zitterten ihr. Daß dieses Wunder doch geschehen war! Denn: ein Wunder war es! Und welches!

»Und: sag!« Mit einer Stimme, in deren Spannung noch der ganze Wahnsinn der verquälten Nacht zitterte, tappte er sich näher. »Ist's nun vorbei? Endgültig wieder rein zwischen uns, Lotte?«

Ob er jetzt, in der nächsten Sekunde, aufspringen, sie in die Arme reißen, umschlingen, küssen, küssen wird, daß der letzte Rest des Grauenhaften aus ihr schwand, das letzte Eis schmolz, die Zukunft ihren goldenen Vorhang aufzog und das Meer vor ihrem Blick erschien, in dem die durstverbrannte Seele endlich eintauchen durfte? »Ich glaube,« sagte sie, mit Mühe sich behauptend im Wirbel, den ihre ruhelose Wonne und seine selige Ruhe um sie tanzten, »wir sollen gar nicht mehr reden davon? Meinst du nicht?«

»Im Gegenteil!« Ihm war so köstlich wohl jetzt im Innersten, in so erlösten Zügen genoß er die Befreiung, daß er keine Gefahr mehr zu fürchten vermochte. »Ich *möchte* davon reden! Sag« – weil sie unwillkürlich die Lippen schloß –: »hättest du es so – ertragen?«

Was hieß diese Frage? Sie war nicht nur zugrundegegangen in diesem Zusammenbruch, sondern die Fratze eines Menschen geworden darin! »Es mußte wohl ertragen werden!«

»Wieso: mußte?« Gespannt rückte er den Sessel.

»Wenn du nicht kamst?«

»Dann hättest du mich doch gerufen?«

»Ich glaube nicht!«

»Doch! So wie ich, hättest du empfunden, ... Du! Lotte!« Heiß nahm er ihr die Hände vom Rahmen fort. »Sag doch!

Du hättest es doch nicht ertragen *können!* Du so wenig wie ich!«

»Ich hätte dich nicht gerufen.« Sanft entzog sie ihm die Hände. Schein namenlosen Grauens fiel auf ihr Gesicht zurück. »Nicht, weil ich es ertragen hätte, . . .«

»War's denn nicht furchtbar?«

Der schwache Leib, im Ansturm seiner Worte, seiner Blicke viel zu schwach, erbebte. »Natürlich. Aber . . .«

»Aber?«

Es stand ja fest! Sie lächelte. Erhob sich, ließ sich, wie um zu prüfen, ob sie wohl nicht träume, wieder nieder. Ja! Es stand fest! Bewußtlos legte sie das zuckende Gesicht in die zuckenden Hände. »Ich meine,« hauchten die Lippen zwischen den Fingern hervor, »wenn es feststand, daß du mich nicht nur verlassen, sondern auch verraten hattest?« Im Nu darauf entschlossen das Haupt hoch emporgerissen und angstvoll: »Reden wir nicht mehr davon!«

Er wandte das Gesicht weg. Wie suchend. War hierin etwas, was nicht weggeleugnet und darum auch nicht ausgelöscht werden konnte? »Wie du willst, Lotte!« Um Gotteswillen nur jetzt nichts mehr kalt werden lassen! Einen zweiten solchen Bruch überlebten sie beide nicht! »Genau so, wie du willst! Wir machen es so:« – ganz der Alte, lächelte er – »Lotte frägt, und Hanns antwortet! Ist es recht so?«

Wenn er mir jetzt, – »Gut!« nickte sie zufrieden, sie hatte es wohl herausgehört: das klang, wie's einst geklungen hatte – wenn er mir jetzt zu Füßen fiele, so wie einst oft, wenn er das Übermaß der Liebe nicht mehr bändigen konnte, und mich erdrücken, ersticken würde mit seinen Küssen, – nicht, weil ich nach Küssen brenne, aber . . . . »Sitzest du nicht schlecht?«

»Nein! Herrlich!« In lange nicht mehr gekanntem Frieden lachte er. »Also frage, Lotte!«

»Ja!« Und fast sicher hob sich nun ihre Brust. »Zuerst aber noch: *warum* möchtest du davon reden?«

»Weil ich möchte, daß kein unverstandenes Stück Leben zwischen uns stünde.«

»Wenn ich es aber nicht verstünde?«

Die helle Gewißheit, daß nun sein gewordener Mensch sich ungehemmt erweisen und auswirken können werde, machte ihn vollkommen ruhig. »Du verstündest es gewiß!«

»Hast du mich angelogen? – Erschrick nur nicht!« Was für ein zärtliches Lächeln! Furchtvoll nahm sie seine Hand. »Ich meine: hast du übertrieben?«

»Worin nur?«

Sie wollte es, weiß Gott, nicht! Und tat es dennoch: fuhr ihm liebkosend über den Scheitel. »In dem, was du neulich erzählt hast! Versteh mich recht!« Ja! Jetzt strömte das Echte, das Gute, das Gütige, Warme, das früher doch gewiß auch in ihr gewesen war, endlich ganz wieder zurück in ihr Wesen! »Wir Frauen sehen die großen Linien der Entwicklung von Menschen, die wir lieben, viel weniger deutlich, als das Detail. Und an diesem Detail bleiben wir kleben! So erschreckt uns oft, was euch gar nicht berührt!«

»Sehr richtig!«

»Und dazu erst noch . . .«

»Erst noch?« Er sprang auch jetzt nicht auf, riß sie auch jetzt nicht in die Arme. Aber lieb hielt er ihre Hand an seine Wange. »Erst noch?«

»Unser – Stolz!«

»Und erst noch der deinige, Lotte!« Kindhaft herzlich lachte er auf.

»Also sag! Du hast nicht übertrieben?«

»Nein!« Und nur noch inniger hielt er ihre Hand an die Wange. »Dazu hätte ich keinen Grund gehabt. Und zum Zuwenigsagen kein Recht.«

»Wäre es nicht oft besser,« – blitzschnell wandte sie das Gesicht von ihm weg – »uns anzulügen?«

»*Ich – dich?*«

Das gab ihr einen Stich. Durchs Herz. Oder, wieder, durch den Stolz. Sogleich, kundig, merkte er es. »Ich hätte dich vielleicht angelogen, wenn . . . .«

»Darüber komme ich nicht hinweg!« Als ob sausender Sturmschatten überraschte Erde überflöge, veränderte sich ihr Gesicht. »Daß du mich *nicht* angelogen hast!«

Und jetzt sprang er auf. Jetzt kniete er bei ihr nieder. Aber nur der Arm, in einer Gebärde, die alle Gerechtigkeit seines endlich wieder freien Gemütes aussprach, legte er um ihren Nacken. Nicht die Spur eines Begehrens, von Unruhe oder Werben lag in der Zartheit, mit der er seine Schläfe an die ihre legte. »Das hätte ich doch nicht tun können, Lotte! Wir haben uns doch niemals angelogen. Wie hätte ich nur daran denken dürfen, die Frucht dieser Jahre mit dir genießen zu wollen, wenn ich dir nicht offen . . . .«

Als ob sie den Teufel von sich wegjagen müßte, der höhnisch grinsend sich wieder nahte, machte sie sich frei. Das alles wollte sie ja nicht hören! Warum verstand er nicht, daß sie gerade das nicht hören wollte? Nicht Geständnisse! Nein! Widerruf! Und wenn nicht Widerruf, dann: Feuer, Flamme, Ekstase, die die Lüge achtlos entseelten! »Jetzt soll lieber Hanns fragen,« schüttelte sie wirr den Kopf, »und Lotte wird antworten!«

»Nein! Lotte wird weiter fragen,« – er war ja zu arglos im Herzen, als daß er die Gefahr nicht unterschätzte! – »und Hanns weiter antworten.«

Ein Loch stach die plötzliche Nadel in den Stoff. In den Finger. »Was war also das Schönste in Italien?«

Jetzt – war es da! Jetzt sah der Geborene sich selber! Nach dieser Frage, aus diesem Munde, nach dem Bekennendürfen zu diesem Menschen hin hatte er sich bis zu dieser Stunde vergebens gesehnt! Glanz spielte um seinen Mund. Feuer, Flamme, Ekstase lohten im weitaufgerissenen Auge. »Daß ich endlich mich selber fand.«

»Also, eigentlich, – du selber warst das Schönste?«

Er sah den zweiten, noch drohenderen Schatten gar nicht, der wie böser Flügelschlag sie streifte. In unschuldigstem Triumph schaute er sie an. »Eigentlich: ja! Endlich einmal . . . .« – die Arme breitete er aus, als wollte, könnte, dürfte er nun die ganze Glorie des ungeheuren Erlebens an seine übervolle Brust reißen – »endlich einmal entdecken und erkennen: was man ist; wo man ist; wie man ist!«

»Das wußtest du doch auch früher!«

»Nichts!« Geringschätzig, im vollen Spiel der Schönheit, das ihn zum erstenmal in allen Akkorden frei umsang, warf er die rechte Hand aus dem Gelenke. »Was weiß man von sich selber, bevor man – zum Beispiel! – ein Schiff bestiegen hat und einem die Erde unter den Füßen schwindet? Welt gerochen, sich auf sich selber, *nur* auf sich selber angewiesen gefühlt hat? Überhaupt, Unsereiner . . . .«

»Der Mann überhaupt?« Das Blut tropfte ihr aus dem Finger. Er sah es nicht. Ihr Busen hob und senkte sich rasend. Er sah es nicht. Ein dritter, vierter, fünfter Schatten – er sah es nicht – flog über ihre Stirne. Gewarnt, mit Todesmut, rang sie gegen die feindlichen Heere: weg, weg von mir, Verdammte! Verfluchte! In atemlos ungesprochener Bitte flehte der wiederüberfallene Sinn nach oben: laß mich nur jetzt nicht allein! Jetzt geht es auf Leben und Sterben! Er aber hörte es nicht. »Vielleicht jeder Mann!« fuhr er ahnungslos fort. »Sicher aber: Unsereiner. Ein Künstler. Der *muß* sich einmal selber haben! Einmal zum eigenen Bewußtsein kommen! Da hatte ich mich eilf, zwölf Jahre lang nur anderen gewidmet, anderer Leben gelebt, nie bis ins letzte, bis in die nackte Wahrheit mich! Nur immer andere!«

»Und worauf« – obwohl sie keinen Bissen Luft mehr hatte, unterbrach sie ihn mit klarster Stimme – »hast du dich am meisten zurückgefreut, von unten?«

Ohne weiters gab er Antwort: »Darauf: den Fund, die Erweckung, das Geborenwordensein hier bei dir auszuleben. Auszuwirken. Sein zu lassen, was geworden ist. Zu sehen, wie . . . .«

»Also, wiederum eigentlich, auf dich?« Nein! Nein! zwang sie sich heroisch ab, weil sie ihn stutzen sah, mit letzter, eilig herbefohlener Kraft: heut darf nichts mehr scheitern! Gerettet, was noch zu retten ist! Nacht ist noch besser als Wahnsinn! »Ist's nicht wahr?«

»Auch das scheint wahr.«

»*Ist's* nicht?«

In komischer Verlegenheit senkte er den Kopf. »Es klingt mir gar zu scharf nach – Egoismus.«

Gegen ihren bettelnden Willen, wie mit einer Lampe schaute sie ihm ins Gesicht. »Der Hund kehrte zu Herrn Jenkins zurück, nachdem er und weil er sich in der osteria del diavolo sattgegessen hatte? Seine Treue war also Egoismus?«

Ungeschickt, als ob er nicht richtig gehört hätte oder sich so stellte, neigte er sich vor. Verschleierte sich die Sonne? Wankt der eben eingerammte Pfeiler schon wieder? »Jeden-

falls,« sagte er mit einem falschen Lachen, – »ist er zurückgekehrt!«

»Darauf kommt es wohl nicht an?«

»Sondern worauf?«

Mit aller Gewalt richtete sie sich auf. So trieb man ja rettungslos in den Ruin! Mutig preßte sie den Stickrahmen an
die Brust, in der verzweifelt Himmel und Hölle gegeneinander stritten. Vernunft! Klugheit! Kühle! »Fragen wir
lieber wieder! Erzähle! Wie ist die Landschaft unten?«

Da erhob er sich. Ganz kurz. Trat auf das Sofa zu, das unterm Spiegel in der Ecke stand, und ließ sich darauf nieder.
»Die Landschaft?« Schwarz wurde es vor seinen Augen.
Wie Tau vom Baume, den der Wind mißhandelt, fiel von
der Gestalt die junge Straffheit ab. Die süße Wärme, die das
Blut entbunden, das Herz enteist, den Bann der letzten
Wochen wie mit Frühlingswogen gebrochen hatte, wie vor
dem unerbittlich wieder aufgetauchten Gesicht des Winters
rollte sie zurück. Steif wurde der Leib. Fremd der Ausdruck. Wie in einem konstruierten Raume, worin Sanguin-
ische sich plötzlich höhnisch enttäuscht wiederfinden,
nachdem sie soeben den Äther durchflogen haben, bewegte
er sich. »Die Landschaft? Soweit ich sie in meinen Briefen
noch nicht beschrieben habe?« Und umständlich, und nur
noch vom einzigen Wunsch getrieben, das gestrandete
Schiff heil ans Ufer zu bringen und so unpersönlich und
harmlos lange zu reden, daß auch der abgefeimteste Geist
die Zeit nicht mehr finden konnte, um ein zweites Leck zu
schlagen, beschrieb er: Ebene um Florenz. Hügel in Umbri-
en. Die Campagna. Das Becken von Terracina. Den Busen
von Neapel. Sizilianische Küste. Sizilianisches Binnenland.
Gesteine. Pflanzenzucht. Meteorologisches. Absichtlich nirgends Farbe aufsetzend. Die von Sekunde zu Sekunde unbarmherziger das Gemüt zurückerobernde Dämmerung mit
abstraktem Schildern bannend. Die Verstockung, die ihn

wie geile Todeskälte wieder überfiel, in Lakonität der Sätze umformend. Die beißende Reue, zuviel – und vergebens! – an Versöhnungssehnsucht und Selbstentblößung aufgewendet zu haben, in der Stimme nur zu frei verratend. Der Himmel Italiens? Ich mache ihn – die Fäuste ballte er – ich mache ihn grau! Tot! Verdorben! Die Glut der Sonne, Frömmigkeit der Linien, erhabene Form der Dinge, Reife der Früchte? Ich morde sie mit Worten! Sterbt! Verhüllt euch! Ja! Zerstörungswut, je länger und je ferner er so redete, floß immer unwiderstehlicher in seine Worte. »Im großen Ganzen kann man sagen,« – »es ist vorbei!« schrie drin im Inneren die endgültige Stimme, – »kann man sagen: Zuviel Stereotypes, Überliefertes. Wenig Primitives und Neues. Ich könnte auch nicht behaupten, daß mich so sehr die Landschaft als solche gefangen nahm. Viel mehr . . . . .«

So? Jetzt glaubte er wohl im Kreise wiederum zurück zu sein und begann ihn, nichts fühlend, von neuem? »Und diese Ausflüge und Wanderungen,« unterbrach sie daher in panischer Angst – es war kein Zweifel mehr: zum zweitenmal und endgültig hatte sie verloren! – »hast du allein oder mit Tischbein gemacht?«

»Ja. Oder mit Kniepen.«

»Oder mit – kurz: mit den Freunden oder – Freundinnen?«

»Ich hatte keine Freundinnen!«

»Ich meine: mit jenen Freunden und mit der einen oder der anderen . . . . .«

»Ich hatte keine eine oder andere!«

»Du hast doch jüngst selbst gesagt . . . .«

»Ich habe dich mit dem Herzen nie verraten!«

Blitz und Donner, und doch keine Hilfe? »Erzähl weiter!« bettelte sie.

»Nein! Ich erzähle jetzt nicht weiter!«

»Doch!« In grausiger Furcht, – sie wußte genau vorher, wie es nun enden müßte –: »Erzähle! Erzähl weiter!«

Mit einem verzweifelten Sprung schoß er auf aus den Kissen, Dolch und Feuer im Auge. »Wenn du es nur endlich einmal *natürlich* nehmen wolltest! Sehen, erfassen, begreifen, aber nicht starrköpfig beurteilen! Da stehe ich zum zweitenmal vor dir, mache kein einziges Geheimnis aus meinem Erleben, decke mich dir völlig auf, zeige schamlos, wonach ich mich sehne, wessen ich bedarf, was ich nicht entbehren kann . . . . .«

Wie ein Pfeil von Gift sauste es von ihren Lippen: »Du kannst sagen, was du willst, aber – es ist nicht Liebe!«

»Ja, um des Himmels willen,« rang er gefoltert die Hände, »gibt es zwischen Menschen, wie wir zwei sind, denn wahrhaftig und wirklich nur den einen, engen, egoistischen Begriff der Liebe?«

Und sie erstarrte im Nu. Als ob sie gefrierend sich zusammenzöge, mit ganz und gar ratlosen Augen sah sie ihn an. Ihre Glieder schienen wie auf Befehl das Leben zu verlieren. Ihre Lippen bebten nicht unter der Wunde des Schwerts, das der Teufel der Teufel geschwungen hatte. Die Hände, die sich vom Stickrahmen gelöst hatten, suchten sinnlos im Schoße. »Ist das dein Ernst?« wollte sie, im letzten Aufzucken von Hoffnung, noch fragen. Aber jede seiner felsern gewordenen, rastlos und rücksichtslos verschlossenen Mienen, der Nachhall seiner drohenden Stimme, die lähmende Geradheit seines aufgereckten Leibes bestätigten: »natürlich ist es mein Ernst!« »Ich kann machen dagegen, was ich will«, stieß sie endlich armselig hervor, wie papierdünnes Messer, das Fleisch schneidet, klang es, »alle Müh ist vergebens. Es ist stärker als ich! Du hast mich verlassen und verraten, und kamst als absichtlicher, fast eitler Egoist zurück! Darüber komme ich nicht hinweg! – Deshalb brauchst du nicht bleich fortzugehen!« sprang sie wahnsin-

nig auf, weil er sich stumm eben verbeugte und ihre Hand
an die Lippen zog. »Eine Rücksicht, glaube ich, bist du mir
jedenfalls schuldig? Zu sorgen, daß nicht auch noch die
Leute . . . .«

»Gewiß!« Eisig, in keinem Zug mehr anderes als Ende, verbeugte er sich zum zweitenmal. »Daran will ich's nicht
fehlen lassen!«

Und ging.

Wie eine Statue starrte sie ihm nach. Was geschah nun?

Was war nun?

Ja! Was ist jetzt? Ein kaltes, unschönes Lächeln ging über
Goethes Gesicht. Er wollte es in viel zu genauer Kenntnis
seines Sinns, vertreiben. Es blieb. Groll? Schmerz? Weh?
Gar nichts tat weh! Es war höchstens Bedauern darüber da,
solange gebraucht zu haben, um bekehrt worden zu sein.
Wovon bekehrt? Rasch ging er über die Ilmbrücke. Am andern Ufer angelangt, blieb er stehen. Drehte um. Kein
Zweifel! Diese Brücke stürzte jetzt ein. Die Joche sanken in
den Boden. Das Dielenwerk folgte. Mit einem Krach
sausten Sparren, Streben und Trümmer nach. Unerstaunt
schwemmte der Fluß das Zerbrochene fort. Die Stadt jenseits aber verlor ihr bekanntes Gesicht. In dieses zurück gab
es keine Wiederkehr. Schonungslos, während Türme, Dächer, Wälle, Tore, Zinnen, Giebel sich wie in einem Märchen-
spiel verwandelten, mußte es gedacht werden: die Vergangenheit stirbt in diesem Augenblick, und – ein neues Leben
beginnt!

Welches?

Überlegen ging er die Anlagen durch; in den Stern hinein.
Bolzengerade Entschlossenheit kam in sein Wesen. Weder
Reue, noch Grauen. Der Würfel ist gefallen! Und so, wie er
hatte fallen müssen. Als er, mitten in der Wiese, abseits
vom Weg, ein zärtliches Paar gewahrte, lächelte er mitlei-

dig. Als ob es nicht von allem Anfang an festgestanden hätte, daß: zum zweitenmal geboren werden, heißt: reif werden, um vom eigenen Kapital zu leben! Natürlich! Mit knöcherigem Griff fuhr die Rechte über die Hirtentaschen, Sauerampfer und Labkräuter hin, durch die er unbewegt schritt. »Es werden noch Hunderte von Menschen in mein Leben treten. Es wird auch wieder Feuer fangen, Liebe fühlen, sich mitteilen, anderen schenken, auf andere sich freuen, das Herz. Aber jenes Herz, das einen einzigen Gott kennt, –: das zweite? Er lächelte. Gewaltsam. War's denn nicht eigentümlich? Der Himmel stand ohne Wolke. Und troff doch nicht Sinn, nicht Gefühl. Die Wiesenfelder brannten in hellgrüner Sommersonne. Und hatten doch keine Glut, keine Wärme. Die Hintergründe, Bäume, Sträucher, bestrahlte Wege, Rondeaus, ferne Bänke zogen sich perspektivisch reizvoll in den seinen Blaudunst des Mittags an den Hügeln zurück. Und sagten doch nicht Leben aus, Lieben. Stimmen von Vögeln, spielenden Kindern, schneidenden Sicheln, von naher Stadt, Grillen und Zikaden läuteten reg miteinander. Und läuteten doch: Einsam! Schnell, als müßte er auf der Stelle, in dieser Sekunde noch, die ein Schicksal entschied, diesen Symbolen gegenüber die Riesenstärke fühlen, in ihrer Einsamkeit kräftig zu leben, Reis zu treiben, Knoten auf Knoten zu schießen und Krone zu entwickeln, fuhr er mit der Hand an das Herz. Und eine süße, hohe, treue erfaßte die greifende. Und eine Stimme, die von jenseits aller irdischen Wechsel klang, flüsterte sicher: »Verzweifle nicht! Alles ist da noch! Du hast die Kraft! Hast sie!« Und ein ewiges Auge blickte ihn stolz an: »ich bin sie!« Verborgen – wie von nun an alles verborgen sein oder verwandelt werden mußte! – fuhr die Hand zurück. Die Jahrtausende, die Geister, und Faust, der sie in seinem Menschen einte, waren da drin! Voll lebendig! Ha! Jetzt lebe, Faust! Jetzt zeuge deine Welt aus den Welten! Jetzt erfahre: nur, wer niemals und von nichts je genug hat, – was immer er *nicht* hat, baut ihm die Pyramide! Frösteln durchfuhr ihn. Wägend setzte er sich auf die Stockkrücke. Schritt das Mädchen, das da drüben aus den Büschen trat, geniert errötend, auf ihn zu? Wohl, Faust, jetzt zeige recht, was du . . . . .

»Morgen!« unterbrach er sich; lächelte, als das Persönchen wahrhaftig vor ihm knixte. Klein war sie, derb, drall. Aber hübsch. Die braunen Locken fielen voll herein in die Wangen. Weiß blitzten die Zähne zwischen überroten Lippen. Ein allzu bunter Schal lag um die Schultern. Den Busen, der deutlich unterm weißen Mieder zitterte, ließ er frei. »Was soll ich für sie tun?« fragte er gewinnend, weil sie stotternd jetzt eine Rolle überreichte. »Wie heißt sie?«

»Vulpius.«

»Vulpius?« Durch einen spöttischen Rechen zog der Mund das Wort. »Schwester vom . . . . . ?«

»Jawohl!« Jetzt war sie geradezu verteufelt hübsch. »Christiane Vulpius. Mein Bruder, . . . ich bin in der Kunstblumenfabrik. Mein Bruder . . . er hat . . .«

»Hm.« Er hob die Rolle. Las. Überlange. Dann noch einmal. Diesmal – anderes! Sein Auge, in absichtlich übertriebener Unbekümmertheit, flog über dem Papierrand das Persönchen ab: die gewöhnliche Stirn, die großen, runden, dunkeln Augen, die vollen Wangen, den unverkennbar üppigen Kußmund, die Arme, den Busen, die . . . »nun,« lächelte er fast lebemännisch: Füßchen waren es gerade nicht! Doch wohlgebaute Füße! Plötzlich, daß das Papier raschelte, ließ er die Rolle sich wieder rollen. Und – fuhr wie in einem Blitzeinfall auf. Warum denn nicht? Warum auch blinzelt dies niedliche Auge so vertraulich? »Kennt sie« – fremd riß er die Gestalt hoch; Luft! Entspannung! Entladung! – »kennt sie mein Gartenhaus?«

»Drunten an der Ilm? Gegen dem von Schmidtschen über?«

»Ganz recht!« Und noch fremder die Gestalt aufgereckt in den fühllosen Himmel! Und noch eindeutiger gelächelt! »Mag sie um fünfe hinabkommen? Wir sehen dann, was sich in der Sache machen läßt? Hm?«

Purpurrot ward sie. »Wenn Exzellenz . . .«

»Abgemacht! Um fünfe!« Und nun, unverschleiert spielerisch, blickte er nach. »Hm? Was wird das?«

Wäre das – zögernd schritt er weiter – *das* der richtige Beginn des Auswirkens der Erweckung?

Mit dem Stock, vernichtungsfreudig, köpfte er Disteln am Wege. »Wer hat mir was zu sagen? Wen geht es etwas an? Wer weiß etwas, – *will* etwas von mir wissen?«

Als er das Gartenhaus aus den frischen Linden hervorblinken sah, glaubte er, eine hohe, schwarze Gestalt in die Büsche am Berglein verschwinden zu sehen. Ingrimmig grinsend blieb er stehen. »Weißt du vielleicht etwas von mir, einseitiger Alter? Was heißt euch: ein Mensch?«

Rasch emporgestiegen, eingetreten in die obere Stube, befahl er Tinte und Papier. »Ich bin für niemand zu Hause. Um fünf Uhr kommt eine Bittstellerin; die wird vorgelassen,« schaffte er an, als Götz wiederkam. Setzte sich ans Fenster, in das die Zweige hereinrauschten. Und ward erfaßt. Und entführt. Sogleich. Um zwei Uhr standen über hundert Verse vom Tasso auf den Blättern. So? Es geht also allein auch? Groß, weitoffen schaute das Auge hinab in die Wirbel des Grünen. Wie einen harten Block aus Gold, dem keine Flamme mehr ankann, fühlte er das Herz in der Brust drin. Kalt. Nicht mehr biegsam, erreichbar. Aber sein! Stark stand er auf. »Steht es etwa schon fest, was ich mit dem Miselchen beginne? Ist Tasso nicht auch nur ein Stück Faust, wie: Erde-Untersuchen oder Blätter-Sezieren? Dichtet sich Faust nicht unwillkürlich von selber, indem er alle Stücke seines Lebens dichtet?« Aber, nachdem um vier Uhr auch die nächsten hundert Verse blank aufs Papier geschrieben waren, wandelte ihn unwiderstehlicher Trieb an, in den Garten hinabzusteigen. Zögernd plötzlich, voll geheimer Furcht, schwankte er die Treppe nieder. In der Kühle jenes Raums, in den es von einer Felsenplatte unvergeßlich herabflüsterte: »Hier gedachte der Liebende seiner Geliebten!« fiel ihm eine Träne verschämt aus dem Auge. Der Boden, der sie auffing, seufzte. Der Himmel, der in Fetzen durch die dunkeln Kronen herabblinkte, als er sie gewahrte, seufzte. Efeu, Steine, Fels und Bank, als sie sie glitzern sahen, seufzten. Die Arme wie nach einem entschwebenden Traume ausgebreitet, der bis ans irdische Ende mit himmlischer Weihe, mit Opfern ohnegleichen geträumt worden war, lispelte er gezwungen vor sich hin:

»Eine Liebe hatt ich, sie war mir lieber als alles!
Aber ich hab sie nicht mehr! – Schweig, und ertrag den Verlust!«

Aber als er, nach Stunden, zum zweitenmal in den Garten niederkam und wieder in den heiligen Raum trat, zerriß er diese Worte fluchend in Trümmer. »Mama!« stürzte in derselben Sekunde Fritz in Frau von Steins zerbrochenen Salon herein. »Mama, weißt du, wer heute abend bei ihm unten gewesen ist?«

Aus völlig erloschenen Augen blickte Frau von Stein auf den brennenden Knaben.

»Er hat mich doch eingeladen für sechse?«

»Und?« Wie mit der Zange riß Frau von Stein sich das Wort aus der Brust.

»Man ließ mich nicht vor!« Zitternd glühte der trostlose Blick. »Er habe Besuch. Weißt du, wen?«

Kein zweites Wort fand Frau von Stein. Sinnlos begann sie zu sticken. Nimmer die Welt allein trug jetzt das Gorgohaupt! Sie selber, die da für ewig zertreten im Fenster saß, war jetzt die Gorgo! »Nein!« stammelte sie endlich.

»Ich auch nicht. Als Götz heimlich zu tun anfing, kehrte ich um. Dann aber kehrte ich wieder um und kletterte in die Linde hinauf; in die, die vor der Schlafstube steht.« Das Herz schlug ihm bis in den Hals hinauf. Sollte er's sagen, oder nicht sagen? »Ich möchte nämlich wissen,« brachte er endlich feuerrot heraus, »hat er eine Braut, jetzt?«

Als ob ihr ein Eisenarm den Kopf hinüberrisse, wandte sich Frau von Stein dem Sohne zu. »Wie – so?«

»Es war ein Frauenzimmer drin. Und «– atemlos bohrte Fritz seinen Blick in den furchtbaren der Mutter – »und sie haben sich schrecklich – abgeküßt.«

»Wer: sie?« Schneeweiß war Frau von Steins Gesicht. »Wer: sie?«

»Er und, ich weiß nicht, wer!«

»Zerrinnt!« befahl da der Mann in dem heiligen Raume zu den Worten, die er knirschend zerrissen hatte. Streckte den Arm gegen sie aus wie gegen ein schneeweißes Gesicht, das nun den wirklichen, den lebendigen Tod litt. Und verzerrt ward sein Antlitz. Verbogen der Mund. Strich auf der braunen, der südlichen Stirne. »Wir wollen vielleicht lieber so sagen:« lachte es.

»Kennst du die herrliche Wirkung der endlich befriedigten Liebe?
Körper verbindet sie schön, wenn sie die Geister befreit!«

»Nein!« schrie er gleich darauf rasend, hieb mit den Händen in die verdämmerte Luft, ließ den Kies unter dem sausenden Schritt kreischen. »Auch ihr: zerrinnt!«

»Exzellenz wollen nicht zu Abend essen?« kam Goetz. Es war neun Uhr.

»Sperr das Haus ab und lege dich schlafen!«

»Und wann befehlen,« – so ein Abend war noch nicht vorgekommen, seit Goetz diente! – »geweckt zu werden?«

»Gar nicht!«

Ins Haus zurück! Jagdschritt!

Allein nun? Ganz allein?

War Erweckung auch nichts Endgültiges? Bedeutete die zweite Geburt nur die Terrasse über dem überwundenen Anstieg der Irrungen, erhob sich über ihr aber wieder eine neue, noch steinichtere Halde? Zu neuer Terrasse?

Lag einer der Sinne der Erweckung darin, daß man sein Herz vernichtete und Blut an Stelle des Herzens setzte? Rechtfertigte es die Gnade der zweiten Geburt, daß sich der menschvertriebene, herzbeleidigte Geist, um sich den Atem zum Weiterfliegen zu holen, trivialisch erniedrigte?

Oder: ist sich – tief legte sich Goethe, den Blick tief draußen in der Nacht, in den Sessel zurück – ist sich ein guter Mensch in seinem dunklen Drange des rechten Wegs doch stets bewußt?

»Denke nicht! Grüble nicht! Bereue nicht! Zögere nicht! *Tue!*« Und wieder erfaßte ihn die Zeit. Und entführte ihn. Als es vom versunkenen Ufer herüber zwölf Uhr schlug, standen Tassos heiligster Jauchzer an die entsagende Liebe, und Leonores heiligste Sehnsucht nach entsagender Liebe wie goldenes Gewirke aus Seele und Leib auf den tränenbeträufelten Blättern. Drinnen im tiefbegrabenen Herzen, das schmähende Reue zerriß und, zur gleichen Zeit, restlose Kenntnis seines menschlichen Wesens beschwichtigte, schwangen die Jahrtausende ungestört ihre ewigen Mäntel, streuten die Geister unbehelligt die ewigen Funken. Hinter dem Geist aber, der dies Herz barg und wie aus marmornem Brunnen mit unfehlbarer Hand Woge auf Woge heraufschöpfte, um ein Stück seines menschgewordenen Faust Mensch werden zu lassen, flammte Fausts wissendes Auge und war beides: Träne und Lachen zugleich. »O!« rief der zuckende Mund des göttlich unergründlich Befohlenen weh in die Himmel empor, als er, in finsterster Nacht, zum drittenmal unten stand im geheiligten Raume. »Wer es nicht weiß, daß ich Jesus sein möchte, erdelos, fleckenlos, ungetrübt, – wenn ich nicht ich sein müßte! Einsamer Seher, um – überhaupt zu sein!« Und wie angerührt vom letzten Geheimnis alles Lebendigen, schüttelte er das zwiefach umkränzte Haupt. Denn, siehe! beide Melodien, die er bewußtlos heute in die Welt gerufen und bewußt wieder zerrinnen geheißen hatte, – einträchtig klangen sie nun, webten sie, sangen sie nebeneinander durch die lichtlose Nacht. »Nein!« wehrte er wehmütig ab; ihnen beiden. Und preßte die einsame Stirn an den Stamm der Linde, die sie schweigend verstand. »Daß ich mein Herz nun dir, Liebste, und allen entzog und an mich nahm, dafür zahle ich – der Himmel ist Zeuge! – mehr als reichlich Tribut! Aber . . .«

Und da sah er es klar: das ist alles schon geschehen! In Italien ist dies alles schon geschehen! Nun bestätigte die Geburt noch: die Heimat! Ruhig löste er sich vom Baume. Friedlich grüßte er Felsen, Strauch, Efeu, den Boden, die Bank. Und auch als das Auge, indes der Fuß schon dem grabstillen Hause zustrebte, keinen Stern im Himmel gewahrte, nur geebnete, reglose Finsternis, blieb es ungerührt stark. »Das ewig *Männliche* zieht uns hinan!« sagte er laut vor sich hin, schritt zur Mauer und griff nach der Pforte.

Ende.